叶舟作品

叶舟 著

凉州十八拍 卷

图书在版编目（CIP）数据

凉州十八拍/叶舟著.—杭州：浙江文艺出版社，2022.12
（2023.7重印）
　　ISBN 978-7-5339-7040-6

Ⅰ.①凉…　Ⅱ.①叶…　Ⅲ.①长篇小说－中国－当代
Ⅳ.①I247.5

中国版本图书馆CIP数据核字（2022）第222760号

策　　划	虞文军　曹元勇
统　　筹	曹元勇
责任编辑	曹元勇　李　灿　易肖奇　周　思
助理编辑	王希铭
营销编辑	耿德加　胡凤凡
责任印制	吴春娟　睢静静
封面设计	@Mlimt_Design
数字编辑	姜梦冉　诸婧琦

凉州十八拍
叶　舟　著

出版发行	浙江文艺出版社
地　　址	杭州市体育场路347号
邮　　编	310006
电　　话	0571-85176953（总编办）
	0571-85152727（市场部）
印　　刷	上海盛通时代印刷有限公司
开　　本	685毫米×965毫米　1/16
字　　数	1340千字
印　　张	102.5
插　　页	12
版　　次	2022年12月第1版
印　　次	2023年7月第5次印刷
书　　号	ISBN 978-7-5339-7040-6
定　　价	228.00元（全三卷）

版权所有　侵权必究

凉州十八拍

目 录

上 卷

第一拍 / 0005
  胡笳一节   0007
  胡笳二节   0017
  胡笳三节   0027

第二拍 / 0039
  胡笳四节   0041
  胡笳五节   0047
  胡笳六节   0058
  胡笳七节   0070
  胡笳八节   0080
  胡笳九节   0096
  胡笳十节   0107
  胡笳十一节   0116
  胡笳十二节   0133

第三拍 / 0145
  胡笳十三节   0147
  胡笳十四节   0152
  胡笳十五节   0170
  胡笳十六节   0187
  胡笳十七节   0211
  胡笳十八节   0222
  胡笳十九节   0239
  胡笳二十节   0243
  胡笳二十一节   0258
  胡笳二十二节   0269
  胡笳二十三节   0283

第四拍 / 0287

  胡笳二十四节   0289
  胡笳二十五节   0309
  胡笳二十六节   0323
  胡笳二十七节   0336
  胡笳二十八节   0344

第五拍 / 0353

  胡笳二十九节   0355
  胡笳三十节   0371
  胡笳三十一节   0383
  胡笳三十二节   0394
  胡笳三十三节   0401
  胡笳三十四节   0415
  胡笳三十五节   0423
  胡笳三十六节   0434
  胡笳三十七节   0450
  胡笳三十八节   0464
  胡笳三十九节   0470
  胡笳四十节   0476
  胡笳四十一节   0483
  胡笳四十二节   0491
  胡笳四十三节   0501
  胡笳四十四节   0518

中 卷

第六拍 / 0527

  胡笳四十五节   0539
  胡笳四十六节   0556
  胡笳四十七节   0566
  胡笳四十八节   0579

第七拍 / 0587

　　胡笳四十九节　　　　　　　　　　　　　　　　　　　　0589
　　胡笳五十节　　　　　　　　　　　　　　　　　　　　　0606
　　胡笳五十一节　　　　　　　　　　　　　　　　　　　　0624

第八拍 / 0639

　　胡笳五十二节　　　　　　　　　　　　　　　　　　　　0641
　　胡笳五十三节　　　　　　　　　　　　　　　　　　　　0662
　　胡笳五十四节　　　　　　　　　　　　　　　　　　　　0678
　　胡笳五十五节　　　　　　　　　　　　　　　　　　　　0682
　　胡笳五十六节　　　　　　　　　　　　　　　　　　　　0694
　　胡笳五十七节　　　　　　　　　　　　　　　　　　　　0711
　　胡笳五十八节　　　　　　　　　　　　　　　　　　　　0718
　　胡笳五十九节　　　　　　　　　　　　　　　　　　　　0743

第九拍 / 0755

　　胡笳六十节　　　　　　　　　　　　　　　　　　　　　0757
　　胡笳六十一节　　　　　　　　　　　　　　　　　　　　0773
　　胡笳六十二节　　　　　　　　　　　　　　　　　　　　0793

第十拍 / 0805

　　胡笳六十三节　　　　　　　　　　　　　　　　　　　　0807
　　胡笳六十四节　　　　　　　　　　　　　　　　　　　　0826
　　胡笳六十五节　　　　　　　　　　　　　　　　　　　　0840

第十一拍 / 0861

　　胡笳六十六节　　　　　　　　　　　　　　　　　　　　0863
　　胡笳六十七节　　　　　　　　　　　　　　　　　　　　0880
　　胡笳六十八节　　　　　　　　　　　　　　　　　　　　0896
　　胡笳六十九节　　　　　　　　　　　　　　　　　　　　0912

第十二拍 / 0917

　　胡笳七十节　　　　　　　　　　　　　　　　　　　　　0919
　　胡笳七十一节　　　　　　　　　　　　　　　　　　　　0924
　　胡笳七十二节　　　　　　　　　　　　　　　　　　　　0937
　　胡笳七十三节　　　　　　　　　　　　　　　　　　　　0944
　　胡笳七十四节　　　　　　　　　　　　　　　　　　　　0962

第十三拍 / 0977

  胡笳七十五节　　　　　　　　　　　　0979
  胡笳七十六节　　　　　　　　　　　　0996
  胡笳七十七节　　　　　　　　　　　　1003
  胡笳七十八节　　　　　　　　　　　　1012
  胡笳七十九节　　　　　　　　　　　　1024
  胡笳八十节　　　　　　　　　　　　　1039
  胡笳八十一节　　　　　　　　　　　　1048
  胡笳八十二节　　　　　　　　　　　　1061
  胡笳八十三节　　　　　　　　　　　　1081

下　卷

第十四拍 / 1087

  胡笳八十四节　　　　　　　　　　　　1089
  胡笳八十五节　　　　　　　　　　　　1102
  胡笳八十六节　　　　　　　　　　　　1123
  胡笳八十七节　　　　　　　　　　　　1134
  胡笳八十八节　　　　　　　　　　　　1152
  胡笳八十九节　　　　　　　　　　　　1161
  胡笳九十节　　　　　　　　　　　　　1180
  胡笳九十一节　　　　　　　　　　　　1195

第十五拍 / 1199

  胡笳九十二节　　　　　　　　　　　　1201
  胡笳九十三节　　　　　　　　　　　　1218
  胡笳九十四节　　　　　　　　　　　　1230
  胡笳九十五节　　　　　　　　　　　　1242
  胡笳九十六节　　　　　　　　　　　　1252
  胡笳九十七节　　　　　　　　　　　　1262
  胡笳九十八节　　　　　　　　　　　　1276
  胡笳九十九节　　　　　　　　　　　　1289
  胡笳一百节　　　　　　　　　　　　　1294
  胡笳一百一节　　　　　　　　　　　　1307

第十六拍 / 1309

胡笳一百二节	1311
胡笳一百三节	1325
胡笳一百四节	1339
胡笳一百五节	1348
胡笳一百六节	1359
胡笳一百七节	1369
胡笳一百八节	1376
胡笳一百九节	1392
胡笳一百十节	1407

第十七拍 / 1411

胡笳一百十一节	1413
胡笳一百十二节	1428
胡笳一百十三节	1433
胡笳一百十四节	1454
胡笳一百十五节	1459
胡笳一百十六节	1470
胡笳一百十七节	1486
胡笳一百十八节	1499
胡笳一百十九节	1511
胡笳一百二十节	1520

第十八拍 / 1527

胡笳一百二十一节	1529
胡笳一百二十二节	1540
胡笳一百二十三节	1550
胡笳一百二十四节	1557
胡笳一百二十五节	1565
胡笳一百二十六节	1574
胡笳一百二十七节	1581
胡笳一百二十八节	1595
胡笳一百二十九节	1607
胡笳一百三十节	1618

上 卷

(第一拍至第五拍)

"人事慷慨，烈士武臣，多出凉州……崇节俭，敦礼让，质而不野，尚武兴文。"

——《钦定四库全书·甘肃通志》(卷二十一)

天凭日月，人凭心，
秤杆凭的定盘星；
佛凭香火，官凭印，
江山凭的是忠义。

——父亲生前改编的《凉州宝卷》

第一拍

胡笳一节

变乱有根系：世道乱在了朝廷，人间乱在了会馆、寺院与街市。

连续十余载，河西走廊一带的坏消息马不停蹄，像一个人吃坏了肚子，开始卧病和呻吟。宣统二年（1910年），古历五月，一种疯狂生长的闹草劈空而至，开疆斥土地蔓延开来，像失控的火势，像飘失的野马，突然间扑向了镇番县，逼近了凉州地界。是时，天折地陷，大厦将倾，紫禁城内乱象纷呈，远挂于西陲边地的这一片河西锈带，竟也无人问津，任由其生死活灭。开初，武威县衙接获了闹草肆虐的报告后，还一连迭地致电省城兰州，央请朝廷拨付专款，用于刈除这一场几十年不遇的重大灾情。岂料，凉州心热，兰州性冷，眼瞅着目下的一切没有了下文时，天台大人彭志研气血攻心，跌了一大跤，在门槛上摔碎了胯骨。择上一日黄昏，县衙后门驶出了一辆呢子车轿，彭志研率着师爷和车把式，出城东向，寅夜赶往了古浪县。据称土门镇上有一位藏人曼巴（大夫）手段凌厉，尤擅接骨之术，主仆们自此去而不返。这么着，在灾情一路呼号，摧城拔寨，即将围困武威城的关节上，人们自然将目光投向了六郡老，哀恳这一帮神仙大人速速出面，救万民于水火之中。

那时节，郡老们一个个已届耄耋之年，平日里深居简行，咳咳嗽嗽的，连尿水也夹不住，鲜有人前去叨扰或问计。但是，六郡老的心一直亮着，耳朵也张听着，向来就不是吃素饭的主子。位列郡老之首的穆赫穆大人，原本是武举出身，一世飘零，早年间在云贵一带为官，致仕之后，归隐于武威城内的穷街陋巷，但乡望素孚，深受拥戴。前一个清明节，穆赫突然被一个噩梦捉住了，于是玉山颓倒，缠绵于病榻，昼夜无明地乱说胡话。奇迹的是，当求请的乡人们成团结伙，密密麻麻地跪在了院门外，哭诉已毕，开始点火焚表时，穆赫身上的那些邪祟一眨眼便凋落了，死灭了，人也一骨碌翻坐了起来，双目如炬，清醒得就像一碗供佛的净水。穆赫大人携着其他的五位郡老，效法当年西征的左文襄公，抬棺北上，将抗灾的帐幕，搭在了镇番县城以南的苏武山上，又将四乡八坊的子弟们遣散出去，撒豆成兵，迎向了扯天漫地的闹草。很快，驿马如流星，摘采来的第一捆新鲜闹草被紧急送上了山顶。六郡老挑灯夜战，辨识了足足一宿，这才一致判定，这种开满了粉红色花朵的茎叶乃是歹毒植物，确凿无误。在四郡两关一线，人们言辞简练，话语明朗，将牲畜可以食用的茎叶称之为有利植物，反之，一律归为了歹毒植物。穆赫胆烈心疾，当即撅断了一根拇指粗的闹草，觑见茎秆中渗出了一股乳白色的浓浆，三七不问，一口吞在嘴里，拼命咂巴了一番。众目睽睽之下，穆赫穆大人仿佛被一道邪恶的闪电击中了，突然间眼睛斜了，嘴也歪了，气息错乱，整个颊脸上抽搐不止，浑身像起了一场火灾似的，高烧不退。在即将栽落的前一刻，穆赫摆脱了众人的帮扶，挣扎着捉住了一支毛笔，留下了几颗惊恐万丈的墨字：

封路。灭草。揽畜。

这么着，继左宗棠提兵入疆，征用了四郡两关，河西一线因战事中断后，这是第二次全境封路。彼时，控扼祁连山以北这一片连绵绿洲的，乃凉州镇守使马廷勷家族一脉，军地隔膜，自然对这一场重大灾情袖手一旁，作壁上观。在闹草泛滥的那些年，民国初造，共和体制开始了，即便后来废凉州府，设甘凉道，治武威县（辖武威、永昌、镇番、古浪、平番、张掖、东乐、山丹、抚彝九县），但像武威和张掖这样的一等县，各自的警员也不过二十余名，实属有心无力。事实上，封路的决断是由六郡老共同下达的，穆赫穆大人拼着最后一口元气，率先在那一张纸的落尾上，签下了他个人的名讳，并当众吃了咒。剩下的郡老们不甘人后，蝉联而上，纷纷咬破了指肚，将带血的手印摁在了那一行墨字的周围。在迷离之际，穆赫一面呕吐，一面发咒说：倘若灾患不灭，武威城如此危如累卵的话，诸位一定切记，将来务必要将老朽的这一具尸身子，当成一根千年的干柴，在秋后蘸满火油，投进山下的闹草丛中，让我火烧连营，焚尸灭迹，替河西父老们挣来一座清凉世界吧。那一刻，旁侧里的伴当们面露威棱，指天戳地，嚷喊道：不，并非只有你穆大人这一根干柴，我等六名苍然匹夫，生受了凉州百姓这么多年的信赖与追随，此番如若带不回一片广大的清凉，接引不来一个太平世界，岂不是与老贼无异？在尘土漠漠的苏武山上，六郡老摇身一变，结成了一捆千年的干柴，一根坚忍的主心骨，钉在了凉州人的心坎上，局势一下子稳静了许多。官府无能，加之兵营和百姓等于两张皮，一点也指靠不上，一幕起自民间的抗灾自保运动，在那个初夏的时节，成了凉州全境头等重要的课业。由六郡老共同签发的手谕，被一群后生紧急送下了苏武山，传布四乡八坊，广为人知。城外的各门庄子抽人，城内的每户人家拔丁，组成了一支支强悍的巡防队伍，扑向了郊外的旷野和道路，截断东西，围堵南北，将一张密实而森严的大网，笼盖在了这一片绿洲之上。

殊为遗憾的是，到了那一年的秋末冬初，眼见着闹草灭除无望，穆赫穆大人却在一个下霜的晌午，口鼻里喷出了一股子鲜血，张看着山脚下寒凝的大地，匆匆下了世。穆家的后人们犹记得那一句咒言，披麻戴孝，连做了七天七夜的水陆道场，打算将亡者的遗骸一把火烧掉，兑现成一根干柴。恰在这个关节上，五位郡老却不干了，出面叫停了这种蠢行，再三声言：化人也可以，但不能单独化了穆大人，让他一个人恓惶，一个人孤魂游走，一个人落怜，干脆等大家百年之后，将这一捆子肉身干柴集体付火，将众人的骨灰扬撒在闹草丛中，变成六个厉鬼，剪灭这一种猝然而至的歹毒植物吧。话音刚落，穆赫的眼睛忽然合上了，面带笑意，热身子也终于凉了下来，被款款地殓入了棺木，暂厝在了山顶的苏武庙里。

苏武庙门前，张挂着一副光绪十一年创制的长联，自右至左，依次是：十九年身老羊群仗节不移匈奴地，三千里书传雁信生还犹是汉廷臣。

谁也不曾料及，穆赫穆大人的灵柩这么一放，便放了足足七年有余，棺木上油漆剥落，几根冥钉也锈蚀不堪。活着的伴当们并未食言，在辗转到来的季节轮替中，一个个拖着佝偻而羸弱的身子骨，萧然地踏遍了整个凉州，抢在了抗灾自保的第一线。直到最后一位主事的赵家爸咽气后，大家方才魂归道山，相率投火，一把把骨灰在寒凉的罡风中彻底消失。凉州百姓们笃信，这一届的六郡老并没有撒手不管，他们已然位列仙班，趺坐在了头顶的神龛之上，继续庇护着这一方水土。说不定，他们还是六根楔子，钉住了阴阳，锁住了风水，在冥冥之中，依旧布施着一种福分。果然，在赵家爸殁了的第二年，曾经纠缠于河西一带的遍地闹草，突然间失踪了，灭迹了，寸草不再。最后一棵歹毒植物究竟去了哪里，这和它的来路一样，令人猜解不透，逐渐成谜。不管怎样，六郡老生前所应许过的那一片清凉世界，终于降临在了凉州全境，麦子仍是麦子，扁豆还是扁豆，牛羊蕃息，鸡犬之声相闻。与此呼应的，则是东西方向的长路彻底打开了，南北大道从此畅行无碍，骆驼队星夜趱足，驰奔于北疆一线，南来的马帮也络绎于途，昼夜不舍。一时间，河西四郡贸易炽盛，人口激增，进入了一段持续的丰年。时至现在，凉州人犹记得穆赫穆大人那一辈子郡老们的年代，无论如何，那是一幕珍贵的大光阴，让人感喟不尽。

抗灾的第一条法则便是封路。封路是大有讲究的。

彼时，六郡老依照经验，一再判定，这种歹毒植物不该是从官道上窜入的，可能另有他途。因为官府的税卡林立，加之马廷勤部撒出去的军事哨卡犹如篦子一般，游走于官道两侧，任何一支商团或零客，谁也不乐意被剥皮抽筋，所以远远地避开了城镇和庄子，取道北疆一带的旷野与大漠，潜行不绝。后来，这个论断找见了根据，郡老们几经爬梳，终于撬开了一个牧羊人的嘴，获知第一丛闹草就出现在红敖包，而红敖包距离镇番县城不过二百余里。据牧羊人供述，他只是一名代牧者，祖上也干这个营生，从没有出过半点差池。代牧是一桩最下等的活计，劳苦之外，沿途上还充斥着叵测与危险，所获的报酬，无非是来年的一些皮张和羊毛。今年的气候诡异，倒春寒闹腾了半个多月，家家户户的饲料告罄后，羊群饿成了一把干骨头。无奈之下，庄户们将羊只托付给了他，三百头左右，顶风出牧，去求一条生路。羊群在北部的戈壁干滩上兜兜转转，啃完了干草，趁着气温陡升时，这才顺风归牧。岂料，一进入红敖包的地界后，一种半人高的陌生花草铺天盖地，仿佛一座座帐幕，也好似粉墨登台的戏子。牧羊人来不及伸手拦挡，羊群便像一道洪水，流泻了进去，遍地里响起了牙齿的声音。牧羊人当时大意了，抱着羊铲，在太阳地里睡了一大觉，待睁开眼睛后，发现状况不妙。其时，羊群已经全部毙命，四蹄朝天，口吐白沫，嘴角上像害了烂疮。牧羊人知道自己闯下了天祸，跑进了一片胡杨林，将自己挂在了树枝上，幸亏被一个拾粪的老汉救下了。郡老们跟着牧羊人，找见了事发地点，但那时候一切已沦为了后手。不管是羊道，抑或是驼路，开满了粉红色花朵的闹草，犹如一片地火似的，扑向了凉州深处。在郡老们惊魂未定的关节上，牧羊人愧怍不安，偷偷地溜了出去，再一次挂在了树上，跟着一群羊的亡灵升了天，结成了永世的伴当。

　　一日黄昏，赵家爸罨下了苏武山，站在背阴处溺尿。突然间，从半尺厚的尘土中跃起了两个人，一左，一右，搂住了他的大腿，张口便喝。跟班的后生们不敢马虎，赶紧叉住了对方，递上了水囊。歇缓片刻后，两个人哇的一声号哭了出来，死了爹丧了娘似的。赵家爸探问再三，方才得知，其中一个四川口音的乃是雇主，这一趟押着瓷器和砖茶，打算去往阿拉善右旗一带销售，不承想，半路上折了贸易，血本无归。雇主一味地詈骂道：日他的仙人板板，闹了鬼，鬼打住了路，我现在就去寺里供香，赎我身上的罪孽吧。另一名则是驼夫，上了年纪，老实巴交的样子，当着赵家爸的面，打开了包袱卷，竟然是一大堆骆驼的门齿和皮张上的火印。赵家爸也是内行，骇然至极，清点完了火印和门齿，惊愕地说：天杀的，十九头大牲口呀，就这么报销了，仔细你的主子点了你的天灯。驼夫畏惧道：大人有所不知，此番押运，不光折了一支骆驼队，还赔上了我的两个伴当，一个是我儿子，另一个则是我的叔伯老子，他们如今都横死他乡，葬身黄沙，但我不得不带着这些证据，去给掌柜的当面复命，我怕坏了这一行的规矩。话未言毕，驼夫已是泪下如雨，哭成了一堆稀泥。

　　原来，这一门驼户驻扎在腾格里沙漠以北的红柳疙瘩，家大业大，旗下的骆驼足有四五百峰，专门往包头一带贩运皮毛和雅布赖的盐块，一般的零客，很难入得了老掌柜的法眼。四川商人盘磨了半个月，况且嘴巴上抹了蜂蜜水，老掌柜拗不过这一顿纠缠，遂派出了一小支驼队，心下也没指望着挣钱。驼队开拔后，一路西行，顺利地穿过了沙漠边缘，抵达了一座水站。水站名叫板井子，恰逢解冻不久的季节，一些野草鹅黄浅绿地蔓延在附近，驼夫也不作他想，打算就地休整几日，补养一下牲口。岂料，这一群骆驼比人还要灵性，扛着身上的大宗货物，一道烟地跑了。待驼夫们追撵过去时，方才发现，十九个哑巴伴当正站在一片粉红色的野草丛中，大吃二喝，目中无人，好像天老爷赐下了一堆新鲜的酥油和苜蓿。驼夫们当然生疑了，眼前的这种奇异花草竟然闻所未闻，并且深知，越是颜色艳丽的花朵，可能毒性越大，比如罂粟。不巧的是，那一刻从沙漠里刮来了一股沙尘，盘桓在了水站的上空，驼夫们便也撒了懒，没有及时地制止骆驼群的冒险。转瞬，这一支驼队炸了群，好像它们的肚子里藏下了莫名的厉鬼，一边狂怒，一边离弦而去，奔逃四方。眼见着畜货两失，爷父三个连死的心都有了，于是匆匆商议了一番，分头失散，准备将骆驼拾掇回来。事实上，发疯的骆驼留下了各自的踪迹，不是碎裂的瓷片，便是粉末状的茶叶。不出半个月，这名驼夫和雇主便陆续找见了二十一具尸骸，死状惨烈，令人不堪目睹。几经判断，驼夫认定牲口们是被那种歹毒的植物拿住了，所以神经致幻，视力错乱，又经不住脏腑之间药性的磨折，有的投了崖，有的碰死在了山岩上，还有的毒发身亡，根本没留下一个活口。在那一片无情无义的旷原上，悲哀简直无足轻重，儿子的脖颈子断了，显然是被疯驼咬死的；叔伯老子也被开了膛，肠肠肚肚地流了一地，可能是让牲口蹄子划开的。驼夫抚尸痛哭了三天，眼泪几乎淌干了，这才狠下心来，掘出了墓穴，葬埋了亲人。临走前，按着骆驼队古老的法则，驼夫逐一撬下了牲口的门齿，又将身上的火印完整地剥了下来，扛在了肩上。驼夫心知，即便这一趟贸易折了，有了牲口的门齿和火印作为凭据，老掌柜最终也会法外施恩的，否则的话，留在家中的妻儿老小，将从此为奴，一辈子不得翻身。驼夫率着四川商人，本来直取红柳疙瘩的，但由于悲伤所致，误入了沙漠，这才站在了苏武山下，邂逅了抗灾的人群。听罢驼夫的绍介，赵家爸念他是一条汉子，是信人，便极力挽留，让二位歇缓几天，再上路也不迟。驼夫拒绝了，声言说，他必须第一时间赶回家里，将这个噩讯通报给驼主，让老掌柜立刻停止贸易，因为路断了，没有了指望。赵家爸让人准备了水囊和干粮，又馈赠了一笔盘缠。临别前，驼夫伏下身子，磕了头，哀告道：大人，镇番县危险，武威城恐怕也是在劫难逃，务请你们抓紧封路，这个亏吃不得呀。又哭诉道：眼见为实，大人，你有所不知，那根本不是什么花花草草，那是一片粉红色的泥淖，一块恶魔的领地，一条被邪祟和鬼神霸占了的通道，镇番县扔过去多少牛羊，不会听见一个响声，凉州人赶进去多少驼马，也只有等着把眼泪哭干了，封路才是最要紧的事情。

此后，赵家爸采纳了这一劝告，勒令自东至西的各路巡防队伍，用铁锹和镢头，刨断了北疆一带的大路小径，昼夜派驻了人手，严密防控。一时间，人流止息，民间贸易完全停顿，凉州全境几乎处于孤立的状态，由此引发了张掖、酒泉、敦煌三郡极大的不满与怒火。

忽一日，一骑飘至，立在了苏武山下，求见凉州郡老们。

秋天深了，天地渐渐地寒凉了下来。赵家爸瞭见，山下的那一匹快马上，摇曳着一位胡子拉碴、衣衫不整的汉子，正在痴笑，不由得心生反感。赵家爸心猜，对方或许是一介保商游击，八成跟先前的驼夫那样，折了买卖，身负噩讯，青皮寡脸地来这里蹭油水的。但在内里深处，赵家爸一派晦暗，这个家伙单人独马，冲破了镇番县以北广袤的封锁线，恰巧说明了郡老们制定的抗灾策略的破产，整个夏秋之季的不倦努力，事实上也归于失败。讯问之后，对方果然是一名游击，一直在敦煌境内靠保商和向导谋生，此番前来，却是以信使专递的身份，一路上携带了敦煌、酒泉和张掖等地的抗议书，声讨凉州郡老们的暴行与短见，吁请立即开路，放行驼队与马帮，恢复贸易。这些讨伐檄文大多出自上述三个郡县的商会、社团和豪绅巨贾，也不乏各省驻当地的会馆。赵家爸匆匆瞭看了一眼，便将信函撇在了一旁，表情不屑。见游击伸手索要回执，赵家爸登时恼了，呵斥道：贼娃子，你是来给凉州升血压的，还是给武威城号脉的？这名游击倒也不惧，端坐在马背上，抱拳一揖：大人，自古理水治河，讲究的是疏，而不是堵，你们耗费了大量的钱财和人力，设卡封路，割地为牢，我看倒不如即刻开放渠道，让河水卸下了脾气，野蛮变作平顺，泥沙归于沉寂，然后再拾掇它也不迟，这也是对付歹毒植物的不二法门，还望三思。那几日，上游里一定下过暴雨，山脚下的苏武河洪水湍急，浊浪排空。赵家爸盯望着远处的粼粼波光，反诘道：后生，你的话在理，句句是真，这也是老先人们理水治河的旧例，但是这一场天大的灾难是从西路上流淌过来的，敦煌可以开闸，酒泉也可以放行，张掖的狗不叫，门又不关，任凭这些歹毒植物一马平川地蔓延过来，莫非凉州就是一座大粪坑，白白吃下这个苦楚，受下这一场天谴？游击哑默了半晌，怅然道：大人，芥子宇宙，针尖道场，河西的路是同一条路，头顶的长生天，自然也是同一座天，值此大难临头，闹草越境而来，喧腾在了北疆一线，也就恳请凉州郡老们不要东家长，西家短，非要分出一个彼此来。闻听此言，赵家爸立时窥见了破绽，探问道：后生，你方才说闹草越境而来，难不成这些歹毒植物的根源就在马鬃山以北？游击点了点头，笃定地说：的确，我走南闯北，大半辈子都在保商护团，我认得这种草，它们的老家就在俄境，我敢吃这个咒。仿佛要验证自己的话，游击掏出来几张花花绿绿的俄帖（卢布），递给了赵家爸，又释解道：大人，老话说，橘生淮南则为橘，橘生淮北则为枳，别看这种草现在凶恶万分，但在俄境那里，却是一种有利植物，或许是水土不服，被河西一带的盐碱地根本上改变了脾性吧。俄境？赵家爸一时间慌乱不堪，狐疑道：哎哟，这几千里的长路，难道闹草长了腿，生了翅翼，偏偏来河西四郡坐窝，专门在凉州地界上祸害？游击答复说：不然，依我的经验，一定是穿梭往来的驼队和马帮，不小心在牲口蹄子里夹带了草籽，恰好又遇见了水分，所以在一夕之间暴发了灾情。赵家爸简直失笑坏了，笑得肋巴也在疼，讥讽道：后生，你最好少说那些不打粮食的话，你家的屋顶上着了火，你却跑来问我借柴，恕我体谅不了，咱们就此别过，各自安生去吧。见求告无门，游击悻悻地走了，连一碗茶水也没有喝上。

　　赵家爸颇感自负，背起手，仰看着秋日里明净的天空。这一时，一群南下的大雁滑过了头顶，恰巧掉下来一滴鸟屎。赵家爸从肩膀上揩下鸟屎，拈在指头上嗅了嗅，几粒歹毒植物的草籽赫然眼前，像针尖一般确凿。赵家爸悲哀地闭上了双目，一再感喟道：唉，我这一把老骨头，我只能管得住地上的蹄子，至于天上的翅膀，那是天老爷和佛陀的家事，我不能插手，我也插不上手。这么着，赵家爸以六郡老的名义，又下达了一份紧急告示：第一，凉州境内的大路小径，开始有限放行，对所有的驼队、马帮和公务使团，一律查看牲口蹄子，就地灭毒，否则便没收证照，原路遣回；第二，在收秋结束、今年的作物归仓后，不论是条田块地，还是城外的旷野通衢，凡是有枯草露头的地方，统统举火，一律烧荒；第三，在闹草最为猖獗的区域，设坛作法，昼夜诵经，并抓紧收缴武威、镇番、永昌三县所有戏班子里的大小响器，派出精干人手，沿着北疆一带敲锣鸣号，击鼓放炮，将南下越冬的鸟群一概遣散，力争将天空打扫得干干净净，不留下任何一个死角。

　　进入腊月里，凉州全境突然慌了，家家户户开始杀羊宰驼，血腥气就像一股股罡风，滞重而危险，游走在街巷中。人们的鞋子也被染红了，鼻脸惨白，仿佛一群被阎王爷逐出来的鬼魅，表情上写满了敌意。骆驼是全家人的饭碗，羊是来年的油盐酱醋。这种大规模的屠戮，并不是因为春节到了，大家的牙齿上要沾满荤腥，实在是由于饲料告罄，又不敢外出牧养，唯恐遭到闹草的暗算，所以才出此下策。那一段，屠夫是最热门的人物，手里提着刀子，脊背上挂着磨石，野狗蹿上了树，迎面而来的马车纷纷惊掉了。比屠夫忙乱的，另有专门熟羊皮的白皮匠，还有熟驼皮的大皮匠，一匠难求，工钱也扶摇直上。这一年的武威县大雪拥城，堆银砌玉，白花花一片，但这并不是天老爷的降赐，而是在罡风中晾晒的羊皮。带血的羊皮挂在墙头屋角，铺在屋脊院落，吊在廊檐和晾绳上，僵硬成了一张张洋铁皮似的。一俟出了城，人们惊愕地瞭见，天空是一只用了八辈子的锅底，漆黑，油腻，呛人鼻息。举火之后，烟云占据了头顶，日头不见了，星宿不见了，天老爷和佛陀也闭上了窗户与门。火带翻卷着，犹如一根根曲里拐弯的擀面杖，擀过了大地，将枯草扬成了灰烬，将石头和沙子燎化了一遍。在北疆抗灾的一线，来自凉州各个寺庙和道观的当家人，包括卖卜算卦的术士们，纷纷请愿上阵，设坛供祭，各念各的经，各唱各的法。镇番县的妇人和娃娃们，沿着腾格里沙漠的边缘，弧形状地撒开了，一边跳脚，一边朝着天空深处呱喊，各种响器大作，炮仗齐鸣。秋末初冬，连同西伯利亚的寒潮一起飞掠河西的大群候鸟，惊见了凉州地界上的这一幕，登时色飞骨骇，乱羽缤纷，只好取道新疆，前往印度越冬去了。在紊乱的天际上，当地的土麻雀损失甚巨，因为找不见一块落脚的所在，要么咳血挣扎，要么坠落而亡。瞭见麻雀像石子一样地掉在了地上，最欢腾的莫过于娃娃们，掏出一根尿绳，拌上生泥，裹住雀子，当即开始了烧烤。先时，那些被刨断的羊道驼路陆续恢复了通行，但巡防队伍丝毫不敢懈怠，一旦锁住了驼队、马帮或公务使团，先检查货物，再抓住牲口的蹄子，非要问出一个皂白青红不可。在这些星布的卡口上，有一条铁律必须无条件执行，那便是大小牲口的蹄子，一概过水。过水分两步，第一步是白水，亦即石灰水，第二步则是黑水，指的是大名鼎鼎的凉州熏醋。凉州人笃信，在黑白双煞的作用下，哪怕是一块石头，也将被灭失本性，遑论芝麻大小的草籽了。在灾情汹涌的那些年，凉州的各个醋坊内炉焰高涨，从不歇停，远在祁连山北麓的每一座石灰窑，也是昼夜无眠，开足了马力，呼应着苏武山上的指令。郡老们围坐在帐幕中，一面烤火，一面闻听着领衔的赵家爸沉雄的声嗓：明有王法，暗有神，我偏就不信，我收拾不了这一群开花结籽的贼娃子。又当众发咒说：你们想死的尽管去死，千万不要劳心费神，等我最后一个咽了气，我一定给大家捎上一封准信。

天与愿违，待来年开春后，开满了粉红色花朵的闹草不仅没有灭绝，反倒像大水漫灌，淹过了镇番和永昌二县，侵占良田，蚕食绿洲，直逼到了武威城外。荒年由此肇始了，饥馑骤降，饿殍遍地，一直持续了七八年之久。那是一段沉痛的记忆，此后凉州人不大愿意提及，就怕揭开伤疤，惹来一幕幕同情的泪水，后世的史料中也鲜有披露。但是，凉州人清晰地记得那一届的最后一位郡老在临死之际的交代，并道路纷传，广为周知。弥留的那一刻，赵家爸石破天惊地说：

娃子们，凉州的地底下乱了，马醒了，灯亮了，祭天的金人也来了。

胡笳二节

民国九年，也就是灾情式微，歹毒植物逐渐风止草偃之后，凉州境内却又出现了一桩惨烈之事。不过，这桩惨祸并不像闹草那般气焰熏天，横行无碍，而是如一团席卷的地火，秘密潜行，差一点将凉州焚毁殆尽。

这一年雨水恰当，天老爷格外施恩，百姓们遇上了一个难得的丰年。收秋时，城外的田间地头上一派熟黄，人马欢腾，武威城内的行商坐贾也是纷纷磨尖了牙齿，趁势涨价，连针头线脑的也不放过。吊诡的是，坐落在杨府巷一带的七八家老字号的布料庄人满为患，扯布的伙计们顾不上擦汗，剪子也老掉了，撕扯的声音简直像一群大牲口在放屁。很快，店里库存的红绿两种颜色的布匹售罄了，但白布和黑布这样的大路货却码成了山，销路不旺。掌柜们急出了满头的疙瘩，一边抓紧进货，一边拦挡下空手而走的顾客，探问说：好我的姑舅，好我的婶娘，你们这是打算在腊月里唱戏呀，还是准备在正月里嫁女？再者，红配绿，臭狗屁，红配绿，一只鸡，这么浅显的道理，你们总该知道吧？顾客们一手指天，一手戳地，笑而忘言，哑默着走掉了，徒留下了一地的谜题。

腊月里的一日晚夕，家住犬门街的小商人杨照应回家了，带着三匹马、一名伙计，另有半皮口袋的银洋。此前，杨照应在兰州城里盘下了一家店面，一直忙于打理生意，无暇省亲，今次返乡，已是两年半之后，自然喜不自禁。薄暗中，杨照应叩了半天的门，方才发现铁将军把守，家中无人。候了一个来时辰，身上快要冻麻时，杨照应便隔着墙头，询问左邻右舍，妻儿们究竟去了哪里。邻舍们答复说，收了秋就走了，坐着呢子车轿走的，听说串亲戚去了。杨照应为长，下面还有三个弟弟，均居住在武威城内，距离也不太远，并不难找。令人失望的是杨照应蹚摸了大半夜，手也拍肿了，弟弟们的家一概关门落锁，声息全无。当天夜里，主仆二人落脚在了车马店，草草入睡，次日一早，赶在开城放行之时，又一道烟地出了南门，抬头瞭见了天边的雪山，以及青海一带的长云。祁连山北麓的土著以游牧为主，除了盛产上等的皮张外，在冬月里制作的新鲜酥油，一向在兰州城驰名。杨照应几经辗转，跑遍了山脚下的冬窝子，订购了一批酥油，并商定了交货的时间与地点。待返回武威城时，古历的新年已经过了四天，街道上遍地碎红，炮仗声不断。

　　拐入了犬门街，杨照应瞭见家门大张，家中的老仆提着一只羊皮方灯，正在迎来送往。杨照应的脚步慢了下来，心知有异，便仄身在了一个角落里，探头观望。虽然漂泊在外，离家经年，但杨照应凭着记忆，认定眼前的这些人面孔很生，既非街坊邻居，也不是杨门里的远房。那一霎，杨照应或许还心存善念，皇上都有穷亲戚呢，况且是一般人家，也说不定，这些人是妻子结交的伴当，平时嗑瓜子说是非，解个心慌罢了，目下又在过年当中，门槛是开放的。而杨潘氏天性外露，向来咋咋呼呼的，属于人来疯。半晌后，杨照应突然慌了，扶住了旁边的墙，稳住了自己。视野中，那些进出杨家的人，一个个表情诡谲，面目深奥，要么捧着香烟纸火，要么攥着一根根硕大的念珠，打躬作揖，煞是神秘。杨照应的内里登时燎起了一场火灾，但商人的老练和狡黠，又让他稳静了下来。杨照应喊来伙计，如此这般地交代了一番，见他引开了门前的老仆，忙抓起一把墙灰，抹在了鼻脸上，又放下帽翅子，竖起羊毛衣领，簌簌簌跑进了家门。

　　在这个清寒的夜里，杨家的庭院中跪满了人，既有鲜衣亮靴的士绅，也不乏鸠首枯面的穷骨头。堂屋的廊檐下灯火如昼，赫然摆放着一桌供品，一炉轻烟缭绕不止，伴随着四下里的诵经声和牙齿打架的声音。杨照应也跪下了，膝行几步，埋在了人堆中，扪心观察。不一时，家中的老仆返身回来，上紧了门杠，当众呱喊说：有请四大护法，清扫邪祟，祛除晦气，替大家降吉了。杨照应愕然地瞭见，站在灯光下的所谓四大护法，三个是自己的亲弟弟，另一个竟是儿子，唇红齿白，峨冠博带，脊背上绑扎着戏子们的背靠，一副君临天下的样子。罡风吹袭，头顶上的瓦叶子呜呜作响，仿佛一只只销魂的响器。仪式开始了，护法们分散开来，一边往空中抛撒，一边念念有词：降甘霖，下雨露，金兰同盟在点录。夜空被寒风擦白了，犹如一阵阵的碎雪，落在了前心后脊。杨照应蹙住鼻子，仔细一嗅，知道这是今年的新麦粉，并不是陈粮，更不是雪花。杨照应跪伏着，瞥见儿子堂皇而至，点录到了自己身畔的一位老叟，喝问名姓与住址。老叟颤栗着，一把搂住了儿子的腿，泪下如雨：护法，老朽乃火神庙后街的郑宅。话未言毕，一口痰突地卡在了他的嗓眼上，再也没了下文。杨照应灵机一动，趁势抱住了老叟，嚷喊道：爹，爹你快躺在我的怀里，我替你捶一捶呀。岂料，身为护法的儿子却不耐烦了，叱令杨照应抬起了头，将一把麦粉款款撒将下来，敷在了父亲的颊脸上，又叨念说：施法雨，洒恩情，金兰同盟是兄弟。这一霎，杨照应凄楚地张看着儿子，高了，瘦了，两年多不见，如今出脱成了一介标致的少年人。儿子跋扈着，气焰熏天，并未认清脚下的这个人。眼泪淌了下来，杨照应按着前头的规矩，抱住了儿子的大腿，开始还礼，磕下了一地的头。在内里深处，杨照应却切齿地说：贼疙瘩，这一回你着实犯上作乱了，老子屈辱大了，老子先忍一忍吧，看看你们如何把这一折子阴阳戏唱完。

　　点录的程序完毕后，老仆复又站在了廊檐下，清了清声嗓，尖喊说：天朗朗，地灵灵，恭请仙姑来说情。在一阵阵麦粉的漾荡中，四大护法分列两厢，从堂屋内抬出来一只漆金的圈椅，好像腾云驾雾似的，安顿在了供桌旁。圈椅上高坐的那位妇人，不是旁人，正是杨潘氏。杨照应盯看着妻子，一时间失了三魂，丢了六魄，忙掐住了大腿上的一坨肉，感觉就像是棉花。杨潘氏的爹老子是一介货郎担子，走街串巷，生性油滑，女儿自小耳濡目染，口舌上自然不肯吃亏。嫁入犬门街之后，杨潘氏除了嘴碎，也还算恪守妇道，但像目下这样一朝成仙，装神弄鬼，却也是一桩稀罕事。杨潘氏穿了一件红罩衣，下身是绿色的灯笼裤，头上箍着一块蓝包巾，描眉画眼，鼻脸上敷了一层厚厚的胭脂，嘴唇血红，好像刚刚啃完了一个死娃娃。坐定后，杨潘氏目光一扫，巡看了一番庭院中下跪的人，突然摇响了手中的法铃，厉声道：乾坤大，天地小，金兰法王来做主。闻听此话，周遭的人们纷纷动作开来，脱衣掀帽，摘靴解袄，露出了里头的衣裳。一眨眼的工夫，不论是男将妇人，还是成人稚童，几乎是清一色的上红下绿，仿佛从同一只染缸里捞出来似的。四大护法来去逡巡着，眼神像锥子。杨照应知道个人落了单，十分扎眼，赶紧拥住了旁边的老叟，竟发现自己也感染上了寒战，心里潮起了一股酸楚的汁液。法铃再次响起了，杨潘氏款然道：呃，诸位办道员，本仙姑作为金兰法王派驻在武威城里的中心坛主之一，今晚夕召集大家碰面，实是为传谕他老人家的法旨来的；前不久，我才离开了法王，带着四大护法从天梯山回来，这件事已经火烧眉毛了，不能再拖了。杨潘氏踱出了廊檐，背着手，穿行在人堆中，俨然是一副天台大人的样子，又接续道：是这，再过些时候，也就是古历的正月十六，适逢法王的寿辰，这着实是一个天神降赐的大日子。诸位知道，法王一向爱惜子民，不肯劳碌信众，加之他老人家又是天语纶音，从不透露这个秘密，我也是从天梯山一个高级主持的嘴里意外获知的。瞭见妻子蹒跚了过来，杨照应身上的寒战越发剧烈了，匍匐在地，唯恐生出什么事端来。杨潘氏道：兄弟姊妹们，法王的礼让与谦和，说明了他老人家的慈祥，但我们却不能瞒睡装死，寸心不表。本仙姑乃同盟的分坛坛主，我意已决，打算提前三天上山；我另外还雇了一支工匠队、一组响器班子、几个鸿宾楼的红案子厨师，将来在天梯山下扎彩门，设寿坛，大宴宾客。诸位，为了让法王悦纳，这么些年来，我杨家已经陆续割田卖地，打掉了弟弟们的几个铺面，我男将在兰州城里赚下的银两，也全都供养给了法王，但身为女流之辈，毕竟独木难支，一碗水解不了众人冒烟的嗓子。俗话说，羔羊跪乳，乌鸦反哺；既然法王是咱们的天，是咱们的地，也是大家再世的父母，今生的凭靠，本仙姑这回头一个认捐，我今早上已经卖掉了这一座宅院，现在轮到你们了。话说至此，杨潘氏陡然变色，尖声道：哎哟，各位办道员，你们每个人的手下没有三四十号信众，少说也有一二十人吧，千万不敢小气，别认捐那些老鼠尾巴和虱子皮，趁着丰年，要捐就捐一些真金白银。这些劝募的辞藻，分明像一支支喷溅的火炬，立时引燃了在场的每个人，有的哭笑，有的叩头，呼喊着法王的名号，乱作一团。四大护法带着册簿和笔墨，一边询问认捐的数目，一边催令对方签字画押，以此为据。

本来，杨照应的心中还坐落着这一院宅子，不破，不旧，好歹也能遮风避雨，甜饭淡菜，给妻儿们一个起码的交代。目下，这一座宅院突然间垮塌了，摧梁拔柱，烟尘四起，犹如一片荒凉的废墟。杨照应恍惚地瞭见，一些城狐社鼠，一些红男绿女，纷纷游走其间，鬼魅森森，自己好像置身于阴曹地府一般，一阵子发寒，一阵子烧烫，竟也难以把持。这一刻，杨照应连死的心也有了，本想一跃而起，雷霆大怒，扑上去撕烂那个婆娘的嘴，但多年的买卖生涯，又让他心里的算盘珠子拨弄了几遍，知道还不能意气用事。恰巧，旁边的老叟喊着解手，杨照应二话不讲，将其背在身上，趁乱踅出了大门，跟伙计会合了。主仆二人殷勤备至，一路呵护，不消半个时辰，便来到了火神庙后街的郑宅，将老叟送回了家。杨照应返身上马时，一脚踩空，而后便失去了知觉。

三日后，杨照应方从昏迷中醒转了过来，得知自己患上了严重的寒热症，高烧不退，昼夜乱语。伙计又相告说，幸亏郑家伯父菩萨心肠，收留了他们，又拖着羸弱的身子骨，抓药煎汤，求神问卦，否则的话，一切都难以逆料。厢房里日光雪亮，土炕不冷也不烫，瞭见老人家拎着一只包袱进来时，杨照应一骨碌滚下了炕，趴在地上，实实在在地磕了三个响头，早已是泪水扑面，哽咽难语。杨照应不肯起身，硬是将主人请上了炕，坐在上首，自己则偎在了老叟的膝下，态度谦恭。老叟蔼然道：哎哟，千万别称呼我伯父，老朽生受不起，你两人既然是郑家的客人，等于是投到了金兰同盟的门下，做了法王的弟子，我高兴还来不及呐。擦完了喜悦的泪水，主人又释解道：在教内，众生一概平等，不分出身，也不论背景，统统以兄弟姊妹相称，老朽痴长了几岁，如今就贸然地喊你们一声贤弟，让我们一道联手，听命于法王，供养这一世里最大的福田吧。言毕，老叟解开了包袱皮，拎出来两套衣裳，上红下绿，催喊客人们赶紧换上，否则就入不了神主堂。又道：二位贤弟，你们现在来补缺，真是天神对愚兄的惜疼呀，那两个贼娃子失踪后，我负责的分坛内一直空缺了两个名额，没少受仙姑娘娘的责骂，还险些被除了籍，罢了我的办道员一职。呃，今个天我终于踏实了，代替法王收服了你们，再过几天，咱们跟着仙姑一起上天梯山，去给法王过寿吧。毕竟是商人，眼观六路，耳听八方，杨照应心知这些话大有埋伏，只随意地将那一件红罩衣披在了身上，沉声道：仁兄，俗话说，真传一句话，假传万卷书，我们可不想秃子借了你月亮的光；这金兰同盟，这仙姑娘娘，这一身宽袍大氅的穿戴，究竟所为何来？你得仔细说出一个根苗吧！

原来，七年前，位于天梯山下的土观寺第六代住持脱缁后，僧侣们便跑光了。荒凉了数载，香火复燃，钟磬再起，一时间名播遐迩，从祁连山北麓响彻到了凉州全境。京兆人刘恪，原本是武威城外满族大营里的一名标统，上马舞军刀，下马抄经书，可谓是文武兼备。辛亥之后，满营解散了，军阀马廷勤一族占据了那一座城池。值此危局，刘恪并不像其他的官兵那样，贱卖财产，携金带银，踏上归乡的路。刘恪立在城头上望气，瞭见南方一带生龙活虎，烟云紧锁，端是一块再生之地，于是潜行而去，化入了那一片榛莽之中。如此蛰伏了几年，待重新出山后，刘恪俨然已是金兰同盟的盟主，人称法王，座下的弟子亦不过一二十名，谨慎度日。在草芽阶段，附近庄子里的人们对土观寺的香火深表怀疑，佛不是佛，道不是道，叩拜和供养的对象，竟然是一介胡子拉碴、满嘴异乡口音的肉身凡胎，不由得厌倦日深。究其实，金兰同盟的突然坐大，以至于燎原遍地，无孔不入，得益于两个头面人物。那一年开春，永昌县令沈半坡按照惯例，赶着春牛，率着一帮子耆老与乡绅，前往天梯山中朝佛，祈求雨水和丰年。蹊跷的是，沈半坡临时变了卦，命人拆除了大佛脚下的香案，撤走了供品，转投到了土观寺。众目睽睽之下，沈半坡伏身在地，纳头便拜，又破天荒地宰杀了那一头春牛，当场祭献给了法王。沈半坡的这一番行止，显然起到了典范作用，同行的伴当们纷纷效仿，抛下了自尊，密密麻麻地跪了一地，皈依了法王。此后，永昌境内果然是雨水连绵，丰年不断，让一些异样的声音逐渐化为了乌有，家家设坛，户户称臣。武威城西的教场一带，坐落着一座百年老寺，名曰灵招寺。时任方丈释蒙怀乃本地松树镇人氏，早年间游方天下，去过五台山和峨眉山，一向法度森严，治寺有方，香火堪比护国寺之一的海藏寺。三年前的佛诞日，照例要举办一场浴佛大典，当人们拿着柳枝，蘸上净水，拥入大雄宝殿时，讶异地发现，法台上的那一尊镇寺之宝象牙佛不见了，一个身披明黄色袈裟的粗糙汉子趺坐在那里，五官僵冷，正在把玩一串佛珠。更为揪心的一幕出现了，释蒙怀身穿一件普通袈裟，跪在法台下磕头，又弓下腰身，将半碗净水洒在了对方的脊背上，而后垂手站在了一旁，乖顺得像一只绵羊。就在香客们进退失据的那一霎，释蒙怀开腔道：列位，本是一家人，关门好说话；老朽遁入沙门也已经有三十六载了，只可惜我有眼无珠，此前一直拜错了神，烧错了香，空欢喜了一场。喏，这一位法王其实才是人间的佛陀，是我们的灯，也是大家今生今世最大的福田。这句话充斥着法力，一下子解除了香客们心中的羁绊，那一日供上的净水，比往年要多出来整整三大缸，脚下像发了洪水似的。灵招寺的突然改宗，引起了凉州沙门的极大不安，以海藏寺住持光尘为首的一批高僧大德，打上门去，非要究问出一个底细不可。岂想，一连辩了几天的经，释蒙怀的牙齿很硬，坚不松口，甚至还引用了《华严悲智偈》中的说法，款然道：佛法原不为庸众说也，我这是如入火聚，得清凉门。光尘诸人悻悻而退，只好使出了强硬的手段，派人封锁住了灵招寺，断水，断粮，断香火，企图困死对方。这么着，释蒙怀也来了一记釜底抽薪，率着全部的弟子和信众，投进了天梯山里，让灵招寺野草横生，狐狼穿梭，彻底撂了荒。在那些年月，凉州人道路纷传，沈半坡和释蒙怀这两个老贼一定是被人拿住了把柄，至于具体的把柄是什么，迄今也没有一个结论。与此相反，在声誉日隆的金兰同盟内部，沈释二人被委以重任，成了法王的掌玺大弟子，显赫一时。

　　金兰同盟内设有公共坛主、中心坛主、办道员、分股主持、中道总主持和点传师等职位。刘恪作为法王，高居顶端，不仅总缆教内外的一切事务，一言九鼎，还接受全体信众的膜拜与供养。人间之佛陀、凉州之明灯、百姓之依恃，随着这些无上冠冕的袭来，刘恪逐渐地被拥戴成了一个传说中的圣人，金兰同盟的影响力也渗透进了凉州全境，甚至波及到了张掖、酒泉和敦煌三郡。每逢大节小庆，朝觐的人们充塞于途，天梯山一带人欢马嘶，倘若想在土观寺附近扎一座帐篷，简直比登天还难。在这样的日子里，金兰同盟突然间阔了，大到金银、麝香、藏红花、车马、佛像、丝绸和洋布，小到梁木、檩条、砖瓦、粮食与羊只，认捐的账簿往往能积攒到一尺多厚。平素里，金兰同盟是以分坛的形式活动的，武威城内总计有九座分坛，暗中较劲，彼此倾轧，以期博取法王的欢心。令人欣慰的是，仙姑杨潘氏作为犬门街的这一支坛主，巾帼不让须眉，一直孜孜矻矻地办教，在金兰同盟中可谓是一枝独秀。一提及仙姑，老叟赶紧抱拳，朝着虚空中频频作揖，鼻脸上写满了恭敬的表情。

听罢了主人的介绍，杨照应探问说：仁兄，我们身上的这两件衣裳，原本是留给谁的，你方才说空缺了两个名额，恰巧由我们补上了？老叟喟叹道：唉，那两个贼正是我的儿子们，因为办道的事，父子反目，亲人结成了仇家，半年前他们就失踪了，留下口信说，兄弟俩一趟子去闯荡兰州城了。话锋一转，又厉声道：不过，在金兰同盟里，每个人都应当无父无母，无儿无女，无亲无故，唯有法王才是我们的柱梁，也是我们在这一幕光阴中的恩主。杨照应反诘道：倘若两位小掌柜从兰州城里回来，又不肯入教，仁兄又该如何处置？老叟蓦地变色，以掌作刀，在虚空中劈将下来，寒光一闪，给出了确凿的答复。又说：在这方面，仙姑实在是凉州的典范人物，更是金兰同盟的前进分子，她不但将叔伯和儿子归化了，甚至把自己也捐了出去，所以她享有了四大护法，将来升任点传师也是水到渠成的事情。杨照应含着一腔苦涩，慢慢地穿上了红绿参半的衣裳，黯然道：的确，仙姑的头顶上风水卓然，肩膀上有神，眼睛里带喜，将来的前程自然不必多言。见客人们归顺了，老叟十分快慰，悄语道：仙姑已经被收了，被法王收了，这是本坛的大喜事呀。杨照应问说：收了，怎么收了？老叟道：收成了妃子，仙姑如今是金兰同盟的娘娘之一，秘不外传的。再问时，老叟忽然抽了自己一耳光，钳口噤声了。此后的数日，主仆二人坐在郑家的神主堂内，昏暝度日，略去不表。

到了那一日,也就是犬门街的信众们开赴天梯山祝寿的前一天,凉州落下了新年的第一场大雪。罡风席卷中,杨照应敲开了家门,瞭见儿子尖声一叫,扑进了自己的怀里。杨照应顾不上惜疼他,掏出来一把六合糖,儿子便蹲在廊檐下去吮了。杨潘氏闻声出了门,待认清是丈夫回来后,一时惊恐,手里的半块玉米发糕掉在了地上,责骂道:你个鬼,你咋回来了么?杨潘氏的身后又多出了三个人,护法兼弟弟们,目光齐刷刷地瞥望了过来,充满了戒备。杨照应取下门廊上的一把抽子,掸净了肩膀上的雪,摘下帽子,又除下了臃肿的皮袄,堂皇地走进了屋子里。杨潘氏简直惊掉了,这上红下绿的一身装扮,岂不是表明了身份,夫君恰巧也是同道中人嘛。杨照应一边烤火,一边诡笑,瞭见妻子蹒跚了过来,开腔道:他爹,原来你也在兰州城里办道呀,你干么不早说,我的心一直悬着呐。杨照应抱拳,朝着虚空里一揖:法王在上,你我虽有夫妻的名分,但根本上却是金兰同盟的臣民,你如今贵为仙姑,又带着弟弟们和儿子站在了正途上,我高兴还来不及呐。这番话,一下子解除了杨潘氏心上的胄甲,活泛开来,拾起地上的玉米发糕,塞在了嘴里。杨照应款笑说:明日一早,我们全家就要去天梯山礼拜法王了,这么冷的天气,干脆一起吃一顿团圆饭吧。杨潘氏挣长了脖颈子,诘问道:吃团圆饭,拿啥吃?家里连半碗干面,连一根葱也没有了,这个年我们是饿着肚子过来的。的确,这个家已经不复从前了,穷寒,凋敝,死气沉沉,墙壁上挂满了尘索和蜘蛛网。杨照应咧笑道:快去开门吧,听声音应该是伙计回来了,我在醉仙楼订了一只暖锅子,我已经闻见羊肉的香味了。院门打开后,伙计果然端着一只沸腾的黄铜锅子,款款地支在了炕桌上,掀开了盖子。儿子早就忍不住了,攥住一片肥肉,吞进了肚子里。这一时,杨照应呵斥道:统统滚下去,去把道内的红绿衣裳换上,把鼻脸擦洗干净了再吃饭,不能坏了规矩。

四下里阒寂时,杨照应突然一拍脑门,讶异道:哎呀,你看我这个死脑筋,差一点忘了大事,今个天是部落里的人来交货的日子,我本该在南门外接酥油的。伙计不作他想,安顿下了掌柜的,让杨照应一家子团聚,他自己则掉头而走。杨照应跳下了炕,赤脚追到了廊檐下，一把攀住了伙计的胳膊，嘟囔了半天，眼泪率先淌了下来。末了，杨照应方说：娃子，你千万记住，人的心其实比酥油还软，不到万不得已的话，实在是硬不起来呀。伙计狐疑不堪，又听掌柜的吩咐说：酥油怕晒，但是我不怕，等将来的一天，你单另带我去一个向阳的地方吧。言毕，杨照应闪身入内，迅速将门扇掩上了。

这一桩灭门惨案是次日被发现的。

伙计没接获酥油，空手而归，发现犬门街的那一张土炕上横尸六具，浑身发紫，早已冰凉透顶了。报官后，武威县警察局立即派出了一支巡警，进入现场勘察，并很快在羊肉锅子内检出了剧毒马钱子，另有少量的砒霜。彼时，正值上元节之际，花灯满市，彩门高悬，加之主办该案的警佐亦是金兰同盟的一名前进分子，便也大事化小，小事化了。伙计悲愤不已，在郊外的化人场，将其他五具尸骸炼成了灰，趁黑抛撒在了菜田中，一风吹净。伙计惦念着主人生前对自己的种种好处，又忆想起了他的临终嘱托，于是在一块向阳的坡顶，落葬了杨照应的尸身，挥泪下山。

但是，这一切尚未了结。活在这一幕光阴中，求百事之荣，不如免一事之辱；邀千人之欢，不如释一人之怒。谁也未曾料到，这伙计竟是一名忠义之徒，蛰伏了大半年以后，混入了金兰同盟，又凭着一身的伶俐与乖巧，在土观寺内担任了办道员的角色。在一次法会上，伙计谋刺了刘恪，致其血溅当场，一命归西。干完了这些，伙计并没有逃亡，被疯狂的信众们擒获后，当天便喂了铡刀，尸首块子被丢进了深涧与林莽之中。

不过，就在金兰同盟树倒猢狲散的关节上，刘恪的胞弟刘弘闻讯而至，披上了所谓的佛衣，充任了新一届的法王。比起前任来讲，刘弘更是生性狡黠，手段百出，将这一门邪恶的教义光大到了鼎盛的阶段。据《武威地区志》记载，"……京兆人刘弘客居天梯山，以妖术惑众，欺世诬民，受骗者千余人"，堪可证明。

金兰同盟的彻底覆灭则是在解放后。1953年5月，凉州全境基本上根除了反动会道门组织，从此阴霾涤净，一派天清气朗。

胡笳三节

另有一桩诡谲之事，曾经搅动了整个凉州，但终究没有了下文。

秋上，薄霜落地，风景枯涩。上半天时，一辆棉麻装饰的车轿驶进了武威城东门，轮毂上沾满了烂泥，辕马喷着白雾，好像走了一晚夕的夜路。车夫停住鞭子，频频探问路人：福音堂咋走么？答案是一致的，路人们指着西天，分别相告说：是这，王府街上一共有两家福音堂，一个位东，一个在西，并不难寻。不一时，棉麻车轿来到了王府街，找见了第一家，轿厢内忽地跳下来了两名女子，一高，一矬，身穿碎花袄，头上扎着包巾，很快就叩开了大门。传事室的执事满脸睡意，未及开口，但听小个子的问说：呔，问你个事，张约瑟住在这里么？对这种死眉耷眼、没大没小的问话，执事只给了她一张冷脊背，欲掉头进门。这一霎，另一名女子摘下了包巾，高鼻深目，金发如瀑，颊脸冻得像一块惨白的羊皮。执事也是礼数之人，颇见过世面，忙却步回来，抱拳一揖：姑子，你有了啥难肠，尽管当面盼咐，福音堂虽然庙小，但还是有求必应的。小个子咕噜一笑，抢白道：天杀的，她可不是洋姑子，她叫凯瑟琳，一个修女，此番从西安城来凉州，专程给她哥哥张约瑟送药的。又绍介说，她本人叫陈朝露，目下是西安女中的一名学员，趁着秋假，一面给凯瑟琳当译员，一面修法文。因为这兄妹俩是从法兰西过来的，妹妹在替上帝传播福音，哥哥约瑟则是一个地理考察队员，有官方的证照，目的地是敦煌的莫高窟。不巧的是，约瑟一行翻越乌鞘岭时遇上了特大风雪，一下子发了疟疾，滞留在了武威城，迫不得已了，这才给妹妹修书一封，索要救命的良药金鸡纳霜。一旁的凯瑟琳应该听懂了伴当的话，眼眶中储满了泪水，殷殷盯望着。闻听了这些世上的心酸，执事坦承道：哎哟，只怪我家的风水欠佳，根微缘浅，不曾接待过什么洋大人，更别提那个张约瑟了。末了，执事抬了抬下巴，冲着长街的尽头，轻蔑地说：喏，那头还有一座小庙，你们不妨去打问一下，或许能遂愿吧。

其实，西侧的福音堂更加阔大而簇新，不仅一砖到顶，墙面上还描画了圣人。圣人头戴荆冠，山根耸立，颊脸瘦削，一部蜷曲的大胡子显得累赘不堪。洋姑子，不，那个名叫凯瑟琳的修女趴在了矮墙上，盯看着圣人，蓦然间泪水婆娑，呢喃道：主啊，约瑟就是这个样子，我哥哥一定在这里，我嗅见了他的气味。门开了，一个黑衣皂袍的执事拎着扫把，开始清理地上的落叶和枯枝，一边弓腰，一边哼唱道：二九天，马槽里来了个大圣人，降祥瑞，主子爷转世在武威城，寒窑一座可以避风雨，山药米拌面也能养性命，从此后，耶稣娃子便要长大成人……扫把蹚了过来，陈朝露一脚踩住了梢子，抢问道：先生，我一不问主子，二不问耶稣娃子，我只问有没有一个叫张约瑟的洋大人，最近住在你这里？执事仰起了五官，却原来是一介瞎汉，啧啧道：哎哟，既然东边的小庙没收留张约瑟，那我家的宝殿干么要作践自己？陈朝露失笑道：我明白了，原来凉州就是一盘散沙，大家面和心不和，相互拆台，谁都会在背后使绊子，下冷子，捅刀子，真是辜负了这一座郡县的美名。执事附和道：的确，你现在知道的话，也不算太迟，小心为妙吧。言毕，执事抽走了扫把，地上的枯叶发出了一种簌簌的声音，仿佛心碎，也仿佛筋骨断裂了似的。

棉麻车轿颠簸到了午时，终于停在了羊市街，辕马卧在了墙根下，再也不肯动弹。陈朝露跳下车，在路旁的锅盔铺子买了几个热大饼，先给了车夫，而后掀开幕帘，递给了修女，瞭见凯瑟琳满目哀戚，正在祷告。饿了这么久，简直能吞下去一只羊，陈朝露蹲在车夫的旁侧里，嚼吃了起来，夸赞说：油泼辣子夹馍，一是驱寒，另一个解馋。车夫的嘴角上挂满了红油，舔舐道：凉州的猪大肠辣子可带劲了，女人吃了是穆桂英，男将吃了是猛张飞。恰在这时，车厢内传出了一声惨叫，凯瑟琳连滚带爬地下了车，花容失色，好像被一个恐怖的梦魇捉住了。陈朝露丢下吃食，刚打算上去探问时，却见凯瑟琳一道烟地跑远了，卷起了地上的草屑和落叶。陪同了一路，陈朝露深知这位修女性格乖戾，喜怒无常，但像眼前这样狼狈地撒疯，却也鲜见。凯瑟琳一边狂奔，一边扔掉了身上的衣裳，大呼小叫的，最后只剩下了一件单薄的僧衣，当然是洋姑子的那种古怪款式。拐过了羊市街，右侧的一座花园院门大敞，阒寂无人。凯瑟琳蓦地发现了几只大水缸，水深及腰，便不管不顾地将脑袋埋在了水中，泛起了一连串无辜的气泡。陈朝露抱着对方的衣裳，伺立一旁，显然被凯瑟琳的这种举止吓坏了，思想说，哀莫大于心死。半晌后，凯瑟琳终于认输了，拔出了头颅，仰面问天，湿漉漉地问说：主啊，你给我吃了什么，我着火了，我几乎快要烧死了？原来如此，陈朝露盯望着修女那一根缺盐少油的舌头，窃笑道：吃了猪大肠辣子。猪大肠？凯瑟琳闻听此言，忽然捧住了颊脸，像一堵垮塌下来的山墙，颓坐在地，忍不住地呕吐开来。其实，呕吐也只是虚张声势罢了，根本没有什么内容。当凯瑟琳噙着泪水，抬望着那一片秋天冷寂的天空时，刹那间怒放了笑容，笑得不亦乐乎，差不多就要躺在地上打滚了。陈朝露被这种不荤不素的情绪磨折不已，忙顺着修女的目光瞥望过去，但见不远处是一座砖灰色的厅堂，门楣上张挂着一块匾额，上书三颗墨字：

天主堂

身后传来了一声轻咳，一位司铎模样的凉州人，佝偻着腰身，移步道：敢问，丫头你是凯瑟琳吧，你是从西安城来的？修女的泪水再一次淌了下来，点头称是，接住了陈朝露递来的衣裳，赶紧将自己收拾整齐。司铎掀开了特殊的大白衣，从怀中摸出来一封信，递给了修女：丫头，劳苦你了，我等了你十天半月，这是张约瑟临走前留下的，老朽不敢怠慢。凯瑟琳惊讶道：我哥哥去了哪里？主啊，他不是得了疟疾，我专门带着金鸡纳霜来探望他的。司铎在胸前画了十字，款笑说：一切归于主，令兄已经康复了，活泼得简直像一只兔子，他离开了凉州，追撵自己的伴当们去了，估计考察队应该到了焉支山一带吧。喜悦像一阵隐约的秋风，笼盖在了凯瑟琳的身上。她踮着脚，踱开了几步，迅速看完了那封信，嘴角上挂满了十足的笑意。司铎交代说：丫头，客房已经安排妥了，今晚夕你们将就一夜吧，另外还有什么需要效劳的，尽管吩咐。凯瑟琳也不客气，直率道：洗澡，我要洗澡。

所谓的洗澡房，不过是天主堂花园角落里的一个杂物间，屋顶上砌了一座小池子，晒了大半天，水温不太瘆人。陈朝露拎起皮管子，冲净了脚上的泥垢和草屑，交给了修女，随她尽兴。这一时，凯瑟琳除下了身上全部的衣裳，挂在门端的钉子上，赤条条地站着，一览无余。陈朝露的颊脸腾的一下红透了，不敢去瞧，又忍不住窥视了一番，琢磨说，这么雪亮的身材，也只有在洋画片里方能见到，竟像一只江南的花瓶那般优美呀。修女祷告了几句，抓住陈朝露的手，将一只金灿灿的怀表、一根挂着十字架的项链，递给了对方。偏偏在这个关节上，陈朝露瞥见那一辆棉麻车轿，从天主堂花园门口匆匆闪过，突然忆想起了那一包金鸡纳霜，忙掉头而出，掩上了门扇。悲剧发生了，一切都始料不及。临离开之际，陈朝露随手将那两样东西搁在了洗澡房的窗台上，拔腿便跑。墙头上的一只黑老鸹被惊飞了，门口的几只野狗也被吓跑了，棉麻车轿却没了踪迹。天主堂的一扇花窗敞开着，司铎正捧着一本书，凑在鼻脸上阅读，大概是眼睛花了的缘故吧。陈朝露慌忙择了一个方向，簌簌而去。

半个时辰后，当陈朝露眉飞色舞地捧着一包金鸡纳霜，跫入天主堂花园时，发现凯瑟琳满脸威棱，逼视着自己，哀求地问：怀表，我的金怀表呢？修女的手中攥着那一根十字架项链，但怀表不翼而飞了。陈朝露头皮一麻，跑到了窗台前，空空如也，脸色立时憋成了茄子，一包西药也掉在了地上。修女料知不妙，眼眶里储满了泪水，嗫嚅道：你知道么，那块怀表是我从法兰西带来的，它属于约瑟哥哥，我祖父弥留之际特意让我转交给他的，表盘底部还镌刻着我们家族的族徽。陈朝露笃定道：我发誓，我刚才搁在了窗台上，这屁大的工夫，难道它长了腿不成？凯瑟琳道：它的确长了两条腿，一个叫时针，一个叫分针，可即便这样，它也不会自己跑掉的，一定是丢了，真的丢了。陈朝露心知，修女慈心于怀，不愿意说出被盗或者被偷之类的字眼，分明替自己留下了一份颜面，遂一再劝慰说：先莫慌忙，兴许还在的，凉州人哪怕拾到了，怀表对他们来讲，其实也毫无用处。凯瑟琳掉转身子，怏怏地走了，嘟囔道：主啊，我的时间丢了，我把时间弄丢了。客房的门哐啷一声碰上了，犹如一记嘹亮的耳光，落在了陈朝露的颊脸上。

或许，恰是"时间"这个词，令陈朝露觉出了分量，滋生了愧疚，暗自下定决心，一定要将怀表追回来，不能让修女失望。陈朝露趴在花窗前，一把夺掉了司铎手中的经书，究问刚才有没有人进来过。司铎忆想了一番，推出来了两个人，一个是天主堂雇佣的运水匠，另一个则是山西会馆的大掌柜袁炳成，除此无他。陈朝露问说：运水匠自然是来送水的，那几只大缸全都满了，这可以理解，可那个袁炳成所为何来？司铎笑说：瓜女子，人有三急，我总不能拦挡住他，让他丢了体面吧？陈朝露问清了山西会馆的门牌地址，又记下了运水匠的水牌号码，在黄昏垂降之前，揣着一肚子的怒火，投进了武威城的街巷深处。

夜饭前，水站是最忙碌的所在。所谓的水站，不过是一眼旺盛的甘泉，据称曾被大和尚开过光，念过泉水经，水质清醇甘洌，一般的人家吃用不起，只能掘井自饮。附近挤满了运水车，骡马嘶叫，吆喝声起。陈朝露盯看着水桶上的红漆号码，很快就寻见了那个湿漉漉的贩子，将其邀在了一棵柳树下，道明了原因。运水匠当即恼掉了，发咒说：不是我干的，我的手干净呐。陈朝露问说：你一个买卖人，难道你不看时间么？贩子答复道：我是鸡叫了就出门，鬼叫了才回家，你白送我一块怀表，我还嫌它太累赘。针对陈朝露的再三追问，贩子思忖道：的确，我在花园里瞭见了袁炳成，他提着裤子跑进了茅厕，出来后，问我要了一瓢水洗净了手，这一点我不乱嚼舌头，但你千万别出卖我，因为山西会馆也是我的雇主，我在袁炳成的勺子下面盛饭呐。

辞别了运水匠，陈朝露一路南行，穿过了流木巷、何家牌坊、制革厂与青苗公所，进入了会馆街，抬头瞭见了一座门楼上的匾额：山西会馆。不巧的是，门端里支着一张石头棋盘，一群士绅模样的家伙分坐两翼，俨然是楚河汉界，各为其主，喧闹成了一锅滚沸的稀饭。薄暗中，陈朝露趋前几步，打量来去，但见两员棋手双目紧闭，颊脸上筋脉颤栗，预示着这一盘残局已到了生死之际，须臾不敢大意。偏在这时，伙计出了门，将一盏羊皮方灯挂在门廊的钩子上，开始沏茶续水，唯独落下了一只旧茶碗，因为碗底里没有茶，只是半碗浓黑的药汤，味道刺鼻。陈朝露由此判定，眼前这个红鼻头的棋手，多半是袁炳成其人，于是挤在了人堆里，抱膝观战，迅速有了一个大胆的见解。陈朝露乃新式女性，学养全面，突然发现了棋盘上一步极其朴素的招数，竟被大家忽略掉了，遂偎在了袁炳成的旁侧，嘀咕道：哎呀，宁可十年不要将，不能一日不拱卒。袁炳成得到了这一句开示，蓦地睁开了眼睛，目射精光，一连番地拱卒上前，摧城拔寨，最终大获全胜，鸣金收兵。围观的士绅们呼啦啦地散去了，各回各家，各喊各妈。袁炳成心情大好，唤来了伙计，沏上一杯新茶，相当客气地邀请陈朝露落座在了对面，说了一大堆好话。陈朝露性子泼辣，虚实相间，吊诡地说：我下午碰见过你，在天主堂花园，所以我刚才乐意帮你。袁炳成面露讶色：咦，你碰见过我？那可真是在下的福分，难怪你慷慨助拳，让我反败为胜了。这是一份供词，目下坐实了，陈朝露登时宽释了许多，开始追问怀表的下落。袁炳成听罢，款然一笑：女公子，其实我下半天哪也没去，甚至没离开过这条会馆街半步，因为今个天是打擂台的日子，我跟城外的彭高棋下了整整七盘，仰赖于你的点拨，我好歹赢了他一次，我着实高兴。这一时，袁炳成抓住了半碗药汤，递在嘴边：至于那一块怀表么，我不需要，我也用不着它，我剩下的光阴不多了，阎王爷一直在掂算着我的归期。陈朝露失声道：怎么，你要死了，你没多少时间了？袁炳成笃定地说：女公子，你一定记住，凉州境内没有时间，凉州人有的只是光阴。我大半生都在河西一带打理生意，但现在我快被踢出这一幕人世上的光阴了，我准备过些日子举家回到山西运城去，叶落归根，总归是一个不错的交代么。这种怆然而悲凉的答案，令陈朝露的内里潮起了一种罪愆感，忙起身告辞，落寞无比。岂料，袁炳成咧笑道：女公子，倘若你真的在天主堂花园里看见过在下，那一定是你走了眼，因为我恰巧知道，另有一个老贼娃子跟我长得八九不离十，简直就像一棵树上结下的歪枣子。陈朝露嘻然道：可是，只有你的鼻子是红的，像一根冻坏了的胡萝卜。对方答：他也好不到哪去，他那一根烂鼻子，就像一颗摔碎了的秋柿子。又追问道：他究竟是谁？答复说：那个老贼娃子叫葛世权，在沙金巷开了一家寄售所，我这就带你去。言毕，袁炳成将手中的汤药泼在了脚下，率先走了。

月亮像一只吊灯，挂在了广漠的夜空。寒鸦寥落，叫声空旷而冰凉。

夜饭已毕，但弥漫在武威城大小街巷中的柴烟，犹如一道湿重的流水，漾荡在眼前。寄售所打烊了，绕到了院子后身，袁炳成叩开了一扇木门。葛世权不在家，儿子哈欠连天，声称他爹去了哪里，几时回来，他也不甚清楚，所以夜饭拖宕着，自己快要饿死了。门廊的灯光下，摆设着一桌饭食，不仅凉了，上面还落满了一层蚊蝇，袁炳成便相信了对方的话。陈朝露忖度，这个山西人一定和葛家谙熟，平时少不了买卖上的往来。果然，袁炳成问说：娃子，下半天来铺子里挂货的人多么？呃，有没有人专门来寄卖一块怀表？见对方语塞，袁炳成便也不客气，催喊说：你快把铺子开开，我亲自瞭一眼，否则我不素心。寄售所内货物驳杂，应有尽有，干脆下不去脚，堪比一座废弃的库房。袁炳成将一盏方灯搁在柜台上，突然间，一切都清晰了起来，架子上的物品从黑暗中浮现而出，历历在目。陈朝露看见了古砚、旧纸、鼻烟壶、木刻雕版、铜锁、金戒子、银鞍、佛教法器、唐卡、青金石、破损的经书、镇尺、石头镜、乐器、羊脂玉、发黄的关照等等，简直讶异得不得了，却偏偏没发现一只怀表，失落是必然的。袁炳成逐层检查了一遍货架，手停在了一块空档处，指尖揩了揩污渍，搭在了鼻尖下嗅闻。葛家的儿子介绍说：那里原本有一座灯台，挂了货之后，我还灌上火油试过，上百年的老家当了，居然还可以点着。袁炳成叱问：仔细说，别连毛带草的。儿子道：呃，一件老古董罢了，枝形的灯台，寄卖的人当时释解说，他是在平田整地时挖到了一座无主坟，寻获了这个，所以才偷偷摸摸来挂货的。这东西在铺子里放了大半年，太晦气了，我爹正打算扔掉它，不承想，今个下午就出了货，价钱也合适。袁炳成再次揩下来一块污渍，这回不是嗅，而是含在嘴里吮了吮，蓦地松开了表情。儿子嘟囔说：也就怪了，下半天我也在铺子里，进来买灯台的那个人，竟然是一个瞎子。哎哟，我死活也不明白，瞎子点灯不是白费蜡么，他干么要花那一笔冤枉钱呐。这一时，袁炳成宽释地说：鸡有鸡道，马有马路，瞎子活在另一幕光阴中，你我自然不知，最好少打搅他们吧。

求问未果，两个人悻悻地踅出了寄售所，站在了庭院当中。袁炳成搓手道：女公子，看你也饿了，干脆咱们客随主便，在此将就一顿吧？言毕，袁炳成率先落座在了廊檐下，抄起筷子，吃得山呼海啸，旁若无人。陈朝露本来嫌怨那一群蚊蝇，但终究拗不过饥饿，便顺从了建议，捧住了饭碗。饭食像糌子，黄米熬煮的，上头砌着一层辣子炒番瓜。陈朝露盯看着旁侧的葛家儿子，忽然恶心开来，忙低下头去，偷偷地吐在了地上。这一霎，一只土狗蹿了出来，嗅闻了一番陈朝露的鞋子，又偎在了袁炳成的身下，舔舐着他的脚踝，好像很熟稔的样子。陈朝露胆怯极了，又拘于礼节，只好违心地吞咽着，直到袁炳成撂下了碗筷，声称去方便一下，率着土狗隐入了后院，她这才踏实了下来。阒寂中，葛家的儿子相问说：司铎是谁？陈朝露一愣：司铎就是神甫，你干么问这个？对方道：呃，我也是刚想起来，下半天来买灯台的那个瞎子，说他要去天主堂送给司铎，因为司铎喜欢收集古董，说不定他还能赚上一笔。陈朝露骇然地说：但那不仅仅是一件古董，你说过的，你灌过油，你还点着过它？对方点点头，接续道：的确，我灌满了火油，捻子还是新疆长棉搓下的，不过灯台有点漏，可能有沙眼吧。陈朝露款然一笑：难怪你身上那么难闻，你快进去换一件衣裳吧。

过了半晌，待袁炳成回返后，却不见了陈朝露的身影，显然是不辞而去。一阵脚声传来时，袁炳成突然炸了，一个饿虎扑食，双手卡住了葛家儿子的细脖子，掐断了他的喉咙，将其撂在了墙根里的花椒树下。

一辆简易马车狂奔着，穿行在武威城内，吓得墙头屋顶上的黑老鸹惊羽乱飞，叫声瘆人。马车是陈朝露临时雇下的，刚贩完菜，她只好坐在半车菜叶子上头，催喊赶紧，目的地是天主堂花园。从西安城出来，一路西行，陈朝露太了解那个修女的秉性了。这个时辰上，她一定雷打不动地在做晚祷，在望弥撒，司铎八成也陪伴在一旁，机会尚在。陈朝露探问说：几时了？菜贩子答：上半夜吧。陈朝露哀告道：我问的是几点了？答复说：看天色，应该是上半夜吧。陈朝露几乎疯了，揪住自己的头发，咆哮道：天呐，凉州乱了，凉州竟然连时间也没有，求求你，快抄一条近道吧。

星光下，天主堂花园内一派悄寂，安静得就像那几大缸清水，纹丝不动。晚祷结束后，修女和司铎踅出了殿堂，站在廊檐下互道晚安，一个是蹩脚的汉话，另一个则是当地的土语。凯瑟琳钻进了客房，掩上门，灯光打在了窗棂上。司铎咳嗽着，掸净了衣裳和鞋子上的灰土，扶住墙，摸进了自己的房舍。这一时，陈朝露趴在了花窗前，瞭见司铎摸出来一盒洋火，噗的一声，一根微弱的火苗挂在了眼前。陈朝露不打算客气，一口气给吹灭了，告诫道：不要举火，一旦你点着了这一只枝形灯台，火油喷溅出来的话，整个天主堂恐怕将要化为灰烬的。司铎的眼睛快麻掉了，盯望了半天，这才辨识出了对方，款然道：呃，主说，深夜的灯光才是一种爱，一种哲学。陈朝露厌倦了这种引经据典，坦言道：幸亏我及时赶来了，时间站在了我这一边，是这，你下午收集的那个古董，那一座枝形灯台，恐怕有危险，我的预感不太好。司铎的心思被窥破了，辩解说：我承认，有人私下里向我出售一件古董，但我足足等了一下午，他也没来，我的订金打了水漂。陈朝露稍感欣慰，讥诮道：这个也难说，一只灯台对瞎子用处不大，说不定明天你就会遂愿的，你得仔细才是。司铎举起一根白蜡，又擦着了洋火，不悦地说：千万别小瞧了瞎子，眼睛可以灭掉，但他们的心也许还亮着呐。陈朝露一时愧疚，知道冒犯了对方，索性戳穿道：神甫，夜色越深，你身上的嘀嗒声也就越明亮，越清晰，你又何必多此一举呢？火苗再次熄灭了，彼此又陷入了一片哑默的黑暗中。

不一时，司铎扶住门框，趔趄着出来了，立在了陈朝露的跟前，眼中储满了泪水。司铎撩开了大白衣，将那一只怀表摸出来，塞给了对方，哽咽道：你应该是主的使者，你拯救了我，没有让我彻底堕落下去！我现在物归原主吧，也请你保守这个秘密，替天主堂留下一个颜面。陈朝露接过了怀表，蔼然道：误会罢了，爱藏古的人，难免会贪心；这只怀表虽说也是一件老东西，但它不属于凉州，也不属于你。司铎局促难安，空洞的眼神游移着，直到一场漫天的大火在城中心一带燎原开来，方才解除了他身上的尴尬。

火焰肆虐着，照亮了半个武威城，仿佛给夜空镶上了一道燃烧的穹顶。

这一霎，四街八坊的人们蜂拥而出，站在天主堂花园的门口，拔长了脖颈子，远眺着王府街。司铎失神道：主啊，福音堂烧了，东边的那家福音堂发了这么大的火灾。陈朝露心知他的眼睛快麻掉了，便纠正说：不，不是一家，那两座毗邻的福音堂谁也无法幸免，一起葬身火海了。司铎当即哭下了，哭得像一介罪人：主啊，我知道这一场惩罚的根源，在这一片凉州的土地上，你的歌声竟无法降落，让我们像世上的孤儿，没有了凭依。悲伤是可以传染的，念及这一天的狼狈与仓皇，陈朝露悲凉地说：凉州就是一盘散沙，走着瞧吧，这里只会越来越荒唐走板，成为一块法外之地的，谁也束缚不了它。司铎犹在忏悔中，叨念说：主啊，我知道这一场惩罚的根源。陈朝露反诘道：哼，根源只在于那两家福音堂不睦，一个给另一个下药；这回一定是瞎子点灯，殃及了自身。在隐约的火光下，陈朝露冷不丁地瞭见，山西会馆的大掌柜袁炳成挤出了人群，像一个幸灾乐祸的看客，慢慢地踱了过来。

司铎也终于认出了对方，蓦地止住了哭腔，扑将上去，一把薅住了袁炳成的领口。司铎切齿地说：你个贼人，你才是幕后的黑手，你在天主堂这里没有得逞，所以盯上了王府街，现在又将福音堂烧掉了。袁炳成无辜极了：神甫，你可别乱嚼舌头，我是来看热闹的，火烧财门开，谁不想沾吉呀？司铎被一阵愤怒攫取了，抢白道：你几次三番地来找我，想霸占天主堂的这一块地皮，打算将山西会馆搬迁过来，我拒绝了你，于是你另有筹谋，今晚夕终于下了毒手。袁炳成推开了对方，苦楚道：真的，我只是来看热闹的；我刚才路过王府街时，瞭见巡警队拿获了那个纵火的瞎子，当场打了个半死。我还听说，这是你们教门里的内讧，夜饭之后，瞎子揣着一座枝形灯台，混在晚祷的人群中，摸进了隔壁的福音堂；那只灯台里灌满了玉门油矿的火油，瞎子被发现后，跟执事打斗了起来，后来执事被烧成了一根焦炭。闻听此话，司铎瘫坐在地，一时间泣不成声。袁炳成却犹不罢休，接续道：据瞎子招供，他携带的那一只老古董，恰恰出自天主堂，出自你的手，这一场教门中的内讧，你算是赢家一个。停顿一番后，又道：呃，已经下半夜了，看样子大火快被扑灭了，在下估计明日一早，巡警队肯定要来敲你们天主堂的门，问个究竟不可。

这个过程中，来自西安城的客人完全被无视了，恍若一粒风中的草芥，无足轻重。孰料，陈朝露恰是被这种轻慢给激怒了，逼视着那一只红鼻子，笃定道：大掌柜，即便我手中没有片纸寸言的证据，但我敢打赌，你跟这一场火灾脱不了干系。袁炳成豁达地说：女公子，在下洗耳恭听。陈朝露有备而来，历数道：其一，你下午时进入了这座花园，也许是替瞎子来踩点的，不巧发现了我和修女这两个访客，你生怕酿出太多的人命，所以才叫停了纵火；但瞎子不这么想，瞎子已经箭在弦上了，你也无法阻止。其二，你在会馆街上下棋，我有求于你，你当即感觉到可以利用我这个外人，拿我当一颗棋子，所以你带我去了沙金巷的寄售所，故意泄露了瞎子买灯，包括神甫大人喜欢藏古的细节，以备我将来做一名证人，替你效力；不承想，千般算计，万种谋划，你还是老虎丢了盹，露出了一些马脚。袁炳成蓦地抱住了双拳，逊然道：女公子，在下哪里露出了破绽，让你这么揪住不放？务请你当面开示一番。陈朝露毕竟未脱学生气，自负地说：哈哈，你谎称自己久病未愈，打算叶落归根，但你实在不该将那一碗汤药泼在地上，这有悖常理。另一个，在会馆门前沏茶续水的那个伙计，后来摇身一变，做了寄售所的少掌柜，但他衣服上那种煎药熬汤的味道，却是一时间难以洗净。当然了，还有那一只狗。袁炳成一愣：狗？陈朝露点头道：那只狗认得你，对你很服帖。

一阵狂笑过去后，袁炳成突然沉静了下来，笃定地说：亏先人的，狗都认得我，偏偏女公子你兜头泼粪，一再构陷于我，让在下颜面无光。呃，实话说给你知道吧，我并不是山西会馆的袁大掌柜，我只是一家小寄售所的葛世权，虽然我的鼻子也烂掉了，烂得像一颗秋柿子那样。陈朝露愕然道：你，你是葛世权？答复说：正是，沙金巷只有一个葛世权，凉州恐怕也不会有第二个了。言毕，这个人萧然而逝，背影上高深莫测，犹如一道难解的谜题，让陈朝露一时不堪。

大概是在福音堂火灾事件的三年半之后，一本由上海岩波书局刊行的《修女西行记》，辗转流入了凉州境内，一时间道路纷传，谣诼四起。著者爱丽丝·陈在《凉州惊魂》一节中自述道：次日，东方既白，余与凯瑟琳、司铎及车夫遁出武威城南门，仓皇如丧家之犬，悲鸣似折翼之鸟，狼亢西行，丢盔卸甲，苟全了性命……是故，光荣和冠冕全归于主，一切赞美亦归于主。

在那一段晦暗难明的日子里，凉州人成团结伙，揣着天大的耻辱，频频叩开了位于原天主堂花园的山西会馆新址，究问缘故，却意外地得知，前任大掌柜袁炳成在奉调回晋的途中，不幸遭遇了惊马，当场车覆人亡，客死他乡。

在这一节的尾段，业已皈依了天主教的陈朝露如是说：……西途中，回望整个凉州，竟仿佛一块激进而愤慨的炭石，表黑里红，储满了一团机密的火焰。倘若假以时日，未来势必将石破天惊，引全体国人侧目。

第二拍

胡笳四节

列位，总因笔墨徜徉，首先叙述一桩凉州票决之事。

这一日，叙毕了上述的古今，朱绣作结道：是呀，自古而来，变乱有根系，世道乱在了朝廷，人间大多乱在了会馆、寺院与街市，此乃万古不磨的真理。朱绣合上了扇子，觉得声嗓中发了一场火灾，口干舌燥，恍惚难持。墙壁上分别张挂了两块竖匾，漆底白字，径尺有余。左首谓：各照衣冠；右侧称：莫谈军事。朱绣又接续说：唉，在下翻遍了这人世间的典籍，妄言的多，痴心的多，但唯有这一句话，可谓是一针见血之辞。

门开了，伙计提着鹤嘴壶，刚注满了一只茶碗，冷不防挨了一记抽脖子，疼得他捂住了后颈子。沈光宅收住了手掌，叱骂道：你个贼日下的，你最好长个眼睛，茶早就败掉了，无滋无味的，让老子咋下嘴么？这种口气夹枪带棒的，分明长满了荆棘，朱绣咳嗽了一下，涵养占了上风，倒也不打算反诘。俗话说，麻雀也有三两的脾气呐，况且是一介少年人。伙计嘟囔着，粗手陋脚了起来，一只瓷盘子滑下了桌角，啪的一下炸碎了，地上铺满了一层尖叫。这么着，彭澹然忽地惊醒了，王曰信吓得跳将起来，揩着嘴角上的口水，秦望澜则摸出了一块白手巾，拭着额头上的虚汗，探问道：总教大人，你的古今喧完了吧？朱绣荒凉地说：呃，我也就那么几套古今，不外是闹草、金兰同盟、修女和怀表，尽是一些车轱辘话，难怪你们几位刚才在打瞌睡，一个个像卧佛似的。彭澹然附和道：说得也是，别看这外头的武威城挤挤挨挨、人多嘴杂、红尘万丈的，其实人活一世，无非就是生死二字，另一个则是名利道场，除此无他。说着话，彭澹然将手中的半碗残茶泼在了地上，又追了一口痰。这让朱绣觉得，自己先时的那些絮叨与辞藻，不过是夏夜里的一只黑老鸹在陈情，在表白，简直惊不起什么波澜，枉费了一腔子的热肝辣肠。

大概从民国十六年始，武威城内忽然崛起了许多茶肆，沿街挂巷的，成了一道特色的风景。凉州人认为，一日无茶则滞，三日无茶则痛；又说，宁可一日无粮，不可一日无茶。原先在家门里头喝的罐罐茶，如今走上了台面，风尚一时。这一届的六郡老实则五人，两年前，作为主心骨的冯克诚下世后，那个位子便一直空悬着，既没有补缺，甚至也无人提出一个备选的名单。郡老们相互盯看着，好像彼此的目光之间，停着一支猎猎燃烧的烛火，但是谁先开口，谁就会吹灭这一盏心灯似的。茶肆兴起后，郡老们结束了先前散兵游勇的状态，纷纷走出了家门，三天一见面，五天一聚首，大多选择在了文香府。文香府的老掌柜葛望义喜从天降，心知这五位郡老的大驾光临，替自己开了财门，做了吆喝，于是专门辟出了一个干净的包间，由着他们讲古论今，挥霍时日。凉州人碰了面，一般都喜欢喧个慌，一喧再喧，心中的乏力与苦闷便解除了，然后各自上路去讨生活。喧慌的内容上天入地，包罗万象，既有道德三皇五帝、功名夏后商周、英雄五霸闹春秋，亦有三坟五典、八索九丘，当然也落不下眼前这一幕光阴中的颠沛与跌仆，甚至于家长里短、针头线脑什么的。渐渐地，这种喧慌的秉性便成了一种"讲古今"，随便拽出来一名驼夫或脚户，他的肚子里一定装满了辞藻和唱本，直到将唾沫渣子说干，还不见休止。各整衣冠，莫谈军事。葛望义知道，这两块漆底白字的牌匾，对郡老们基本上无效，形同摆设。这一个夏天快要过去了，郡老们颠三倒四的，天天在述说一些陈旧的古今，大家的耳朵里几乎长出了茧子，脏腑中生出了霉胎。除了当日坐庄主讲的人飞沫四溅外，剩下的几位昏昏欲睡、口水横流，却又不甘罢席，好像唯恐错失了一个重大的时刻。葛望义偶尔进来一趟，不输礼节，笑得嘴角一直咧到了耳朵根子下。凭着生意人的敏锐，以及这几个月里陆续耳食而来的一些细节，葛望义忖度，这个在凉州境内克尽厥职的高尚团体，这五位节操可风、负有时誉的郡老，一定在静候某个人，一个堪称修竹傲立的大人物。这么一念想，葛望义便万般谨慎，须臾不敢怠慢，生怕捅了这一座马蜂窝，惹恼了列位神仙。

果然，闻听了瓷盘子惊叫的声音，葛望义丢下外面的客人，钻出柜台，闪进了包间内。在掌柜的眼中，这岂止是五位众所推服的郡老呀，他们更是文香府的一班财神，平素里，八抬大轿也请不来的。葛望义赶紧抱拳，逐个虚上一礼，忙着致歉。朱绣絮叨了这么久，真气耗尽，嚼吃着几根茶叶，虚无地拉开了门扇，黯然道：今日别过吧，改天再议。这个关节上，伙计又格外添了一把柴，浇了一遍火油，一只茶碗啪地摔碎了，仿佛一记凶兆。葛望义实在气不过，反手一个耳光，打在了伙计的鼻脸上，叱骂道：狼日的，快卷铺盖滚吧，这里没你吃饭的家当了。意外的是，伙计突然扔掉了手中的抹布，踩在脚下，阴笑说：也好，小爷早就不想伺候人了，你结算了我这几个月的工钱，我马上滚蛋。葛望义一下子钉住了，瞪目道：你个贼疙瘩，你真不想干了，文香府可没亏待过你呀！伙计答复说：哼，在文香府干上一辈子，我顶多也就是一个下人；今个天是权爱棠府上的少东主留须的日子，我只想去沾沾吉，以后像他那样出人头地，做一个人上人。葛望义犹在错愕中，一方面震惊于下人的无礼，另一方面被当众批颊，台面难下，遂哀恳说：阿骨里，你再斟酌一下，外头的日子难过，这里好歹有一碗可口的饭食吧。伙计站在窗口下，俯身外探，唏嘘说：哎哟，看天色，恐怕留须的典礼快要结束了；我不能再等了，我这就去沾吉，革除了这浑身上下的晦气。

不待伙计出门，沈光宅一把捉住了这个少年人的腕子，拉拽了回来，惊问道：阿骨里，你方才说的可是权爱棠府上，是少东主在举办留须仪式么？伙计答：哼，不是少东主是谁，谁还能闹出这么大的动静呀？活动着手腕，又说：昨晚夕，少东主从城外的承平堡回来了，让府上的管家知会了一声待诏，打算今日午时去那一家理发铺子留须，还交代说务必要保密，我也是偶然获知的，待诏的嘴本来就是一只破喇叭嘛。彭澹然立时肃穆了下来，合十道：上佛护佑，少东主终于出关了，他的这一番供养，堪称凉州百姓的极大典范，策励子孙，令人企羡。身为武威城外五门十八姓的总乡约，王曰信的快慰也是溢于言表，却一再地愧疚道：少东主孝行天下，这三年的守丧着实吃了不少的苦头，如今这么冷清地回来了，我等锣鼓不敲，弦索不响，实在是不该呀。秦望澜款然一笑，宽释道：诸位，别再枉费口舌了，常言道持志如心痛，大家在文香府里耗了一整个夏天了，不就是单等着这一天，等着承平堡的大门开启，少东主结束了三年的守孝期，重归这一座城池嘛。听罢此言，郡老们的声嗓中涌过了一阵阵激奋，各揣暗喜，却又不轻易言表。

趁着这个工夫，伙计一道烟地溜走了，打算去开辟个人的另一条生路。葛望义拔脚追撵了上去，准备劝住他，竟然被朱绣一胳膊拦挡在了门口。朱绣的目光逡巡了一大圈，见群情焰焰，便知道在场的伴当们早已暗中联通，自己倒不如就坡下驴，以待将来。这么着，朱绣展颜一笑，对葛望义相告说：

"快去，烦请准备一套生活，大人们马上就要票决了。"

"这个简单，总教稍候。"答复道。

转瞬，几套崭新的笔墨搁在了桌案上，包括一摞子木质的空白名签。在凉州土话里，生活即笔墨，笔墨亦称生活。郡老们依次擦净了手，拢在了桌案旁，目光纷纷环视着，知道这是一个重大的时刻，不由得扪心静气，场面肃然。

朱绣俯下身子，将毛笔逐一膏上了墨汁，连同名签牌子分发完毕后，只留下了自己的那一套。王曰信趴在了墙角的桌子上，背对众人。沈光宅踱到了临街的窗口，用袖子擦掉了一层浮灰，将那一张名签款款地摆放端正，气息匀称。秦望澜则用指尖蘸了一点茶汤，在桌面上一指一画，先行练起了笔。作为凉州境内著名的大居士，彭澹然双目微合，叨念着佛号，一阵阵激动的颤栗涌集而过，连身上的罩衣也在抖索不停。文香府的掌柜乃一介白身，自然无权参与，但他深谙河西一带所谓票决的全套程序。葛望义出去了一趟，折返回来后，在包间的上风水迅速摆设了一桌清供。一块大红的缎子被面铺底，正中央立着一尊佛像，左首是一碗净水，右侧却是一盏花瓶，斜插着一枝素白的鲜花，显然是从后院的花园中临时摘来的。葛望义又取来了一只拳石大小的香炉，点了三根线香，气氛氤氲，缭绕不止。

不一时，郡老们各自填写完了手中的名签，陆续拢将过来，立在了佛像面前。朱绣是最后一位动笔的，当着伴当们的面，吃力地写下了一颗墨字：顾。事实上，这颗字枯涩乏力，溜肩塌背，根本衬不上朱绣个人所荷担的乡学总教的显赫身份。汗水敷在了颊脸上，朱绣捉住羊毫，打算去膏墨时，却见周围的郡老们纷纷出手，将各自的名签亮在了桌案上，一字并排。沈光宅忽地笑了，笑声中夹杂着咳嗽和一口死痰。王曰信捶打着心口，嘻然道：呵呵，一个意思，一个意思么，总教就不必再写了，有这个姓氏就够了。彭澹然依旧改不了他个人的习性，双膝一软，款款地跪在了佛像下，伏在地上，激颤不止。见此情状，秦望澜或许有一点愠怒，拍了几下巴掌，吆喊说：悄静，票决结束了，诸位心同此意，毫无异议，终于递补上了最后一员名额，全美了咱们这么些年的念想。是这，今个天略微晚了，当然也不能行事仓促，枉顾了斯文，干脆择上一个黄道吉日，大家一趟子前往权爱棠大人的府上，当面说与少东主，共同下了这一封报喜的红帖吧。

众人依次称好，觉得这是一个无可疵议的论断。

朱绣的胃里一阵子痉挛，仿佛有一只铁拳扼住了自己，先时蘸起的那一滴墨汁掉下来，溅在了前襟上。朱绣搁下了墨笔，苦笑道：的确，不用我写了，天下皆是聪明人，聪明人不必细提，你们已经替我说了出来，我当然附议。文香府的掌柜突然发觉朱绣的脸色蜡黄，身子摇曳，忙搭手过来，打算帮扶他一把，却被后者断然拒绝了。朱绣示意对方，赶紧送客，时辰不早了，下半天差不多快要结束了。葛望义依言照办，临出门之前，瞭见那一块大红色的缎面上，一张张墨迹未干的名签，填写着一个相同的名字：

顾山农

半晌后，葛望义送完客，端着一碗热开水进了门，催喊朱绣赶紧喝下去。窗外，整个凉州的天空夯实无比，夕光打在了上头，犹如一堵寺院里的山墙，壁立眼前，一派殷红。见朱绣立在窗下，身形萧索，纹丝未动，葛望义忐忑地问说：

"大人，你病下了么？"

这一时,朱绣竟然噙着一捧泪水,哽咽地相告说:"唉,病下的是别人,但吃药的却是我,你尽管放宽心吧。"

不巧,一只黑老鸹斜掠而来,落在了窗台上,令人抽心一疼,深觉晦气。

胡笳五节

第三乡学简称弘毅，位于武威城西，毗邻着的驻甘国民革命军第七仓库专储军粮与物资，戒备森严，一向人迹罕至。围墙外，除了沙石路两侧的槐柳与刺柏，成片的条田蝉联而去，仿佛最好的匠人刚刚擀出来的一块绿毡，笼盖在视野中。临近收秋之际，庄稼一天一个样，进入了黄熟阶段。仰赖了天老爷的眷顾，今年的凉州全境一改往昔，风调雨顺，给了苍生百姓一个苏息的机会，所以各方面谨慎异常，生怕惊扰了田间地头上逗留的广大神灵，让人空欢喜一场。一只只喜鹊却毫不知情，在枝柯中穿梭与唱和，这几大家子长幼有序，其乐融融。下半天快要结束时，一辆干净的呢子车轿紧急刹车，突然驶停在了一大片树荫下，腾起了车顶那么高的土尘，经久不去。车肩上，一个精壮的青年汉子收起了鞭杆子，跳将下来，在树上系住了缰绳，辕马便不再放肆了，垂头啃食着路边的碎草。略一迟疑，青年汉子蓦地松开了眉头，展颜一笑，款步走向了轿窗，吼喊说：达云，你咋了么，干么不下车？

列位看官，此君并非一介凡器，俗常之辈，他恰是整个凉州境内节望清高、名著天下的权爱棠大人的女婿，如今的少东主顾山农是也。

隔着一层幕帘，顾山农笑说：达云，离乡学还有半里路呢，你吆喝着停在半道上，究竟是来接弟弟的，还是打算劫谁的生辰纲呀？半晌后，一个声音飘然而出，幽怨道：唉，你有所不知么，惊白的胆子小，羞脸大，在乡学里可没少受欺负，上几回我去大门口接他时，他唯恐大家笑话，当即就恼下了，害得我追撵不上，他一直到了下半夜才回的家。听罢了女人的诉苦，顾山农又笑了：依我看，这个小贼目下最欠缺的就是胆量；一个儿子娃娃，整天獐头鼠目，胸无大志，不思进取，好像裆里少了那三两精肉似的，连个扎花的丫头也不如。这本是一句戏谑的话，况且在郊外，不比在家中，但妻子的反诘依旧猛烈，好像她吃足了枪药，这一天一夜也尚未消化干净，犹在发作。说风就是雨，达云讥讽道：呃，照你的意见，惊白如今的不成器，应该怨怪的倒是权家了，我和家父一向疏于管教，溺爱骄纵，以至于荒废了他这一根栋梁之材，耽误了他将来那一番宰相和元帅的前程？话不投机，顾山农一边掸着灰尘，一边哀恳道：放宽心吧，我此番回来，一切将大有不同，我是专门来去他身上的毛病的，我偏就不信。达云抢白道：哼，你回来了又能咋样么？我爹下世了整整三年，权家已经不是过去的样子了，要不是这个弟弟，恐怕我也熬不到今个天，早就随着爹老子去了。悲哀像车窗上的那一块幕帘，隔开了彼此，似乎每一句问答，都发自遥远的祁连山上的深涧险壑之中。顾山农摇头，一味地苦笑着，虚声下气地说：抱歉，我不是来给惊白去病的，我把他当小先人一般地伺候吧，就当他是我这辈子命里的一个劫数。

恰巧，路边的官渠中提前放了夜水，先是一堆枯枝败叶，接着便白亮了，水声哗然，浪花漾荡。顾山农蹲在渠边，仔细地搓完了两手，净了面，用一块干手巾擦拭完毕，又摸出来一把牛角小梳子，开始整理胡须。事实上，留须仪式并不是在街上的理发铺子里举办的，临到了中午时，顾山农突然更换了主意，将待诏请进了府上，悄悄地办妥了这一道手续。像所有的新鞋子上了脚那样，顾山农还不太适应这一番变化，这需要一份耐心。

蓦地，一双手按在了肩膀上，顾山农身子一僵，知道是妻子下了车。达云幽怨地说：山农，我想拜托你一件事，这也是家父生前的心愿，你务必要答应。顾山农点头，捉住了达云的腕子：你咋了呀，干么如此生分？我可是权家的女婿，扛着整个天呐。达云的胳膊挣了回去，嗫嚅道：将来，不管发生了什么事，你一定要对惊白好，权家就这么一个儿子，我也只有这个弟弟了。这种托孤的话，一时间让顾山农色飞骨惊，伤悼不已，腾地站了起来。

日头西斜，一种广漠的天光照临下来，笼盖在了凉州的郊野上，令人无心可猜。

　　和昨天一样，不，其实这三年来，达云始终是眼前的这一身装束，黑衣，素裤，鞋面上蒙覆了一层白布，左臂上还别着一根孝带。顾山农恍然了，妻子的冷寂与封闭，并非针对着自己，而是被一种丧父的悲痛所攫取，落地生根，不可自拔，竟然缠绵了三年之久。见丈夫拥了过来，达云拧身避开了，凄楚地揩掉了眼角上的泪，瞭看着远处弘毅乡学的大门，暗自哽咽。顾山农忽然计出如神，慨然道：是这，既然大锅里的饭菜不可口，咱们干脆另开一桌，让惊白吃小灶吧，我偏就不信，我手上捏塑不出一个精美的少年人。达云瞠目道：你！你可千万不要耍横，惊白可不是马驹子，也不是捉来的幼鹰，由着你的性子去折腾；我最清楚弟弟的秉性了，他顶多就是一只小油灯，一口气便能吹灭。这是误会。顾山农忙释解说：哎哟，我知道惊白是你心头上的一碗蜜，我绝不动他一根指头。我刚才的意思是说，与其让他在乡学里这么混日子，滥竽充数，不如趁着今个天开始放秋假，干脆退学算了，等下个学年再攀上一根高枝，拜一位名师，单独去吃小灶吧。达云失声道：退学！你让惊白不念书了，革除了他的学籍？你知道么，这可是我爹在世时一手安顿的，你不能造次，耽误了弟弟的前程呀？顾山农蔼然道：不，书还要念，钟还得敲；只不过我打算将惊白托付给一个人，恐怕凉州的天底下也只有他，才能遂了外父和你的心愿。达云盯望着丈夫嘴唇上的那一抹新胡须，觉得这些话很缥缈，似信非信：山农，你打算托付给谁？谁才是惊白的伯乐，弟弟的贵人？顾山农笃定道：朱绣，朱绣朱先生。朱先生？达云再次愕然了，逼问道：天呐，你何德何能，你能搬动那一座神山么？你可别连毛带草地说话呀。瞭见丈夫慷慨地点了点头，达云罕见地笑了，倾肠相告地说：但愿吧，但愿你的这一席话是天语纶音，或许能让弟弟的性子苏醒过来，以后知所警诫，深通世故，也就不负了权家对他的这一腔子心血。

　　恰在此时，弘毅乡学里的号铃响了，今年的秋假由此开始。

　　弘毅乡学实施的是寄宿制，每隔一旬，学子们才返家一趟，预备下一阶段的饭菜和衣物。顾山农夫妇拔长脖颈子，张看了半天，下学的娃娃们擦身而过，几乎快走光了，竟也没瞭见弟弟。达云急了，放开天足，掉头追撵了上去，好歹扯住了其中的一个，探问说：徐惊白呢，你们谁看见徐惊白了？岂料，围拢过来的娃娃们扑哧一下子笑开了，好像这个名字挠在了大家的胳肢窝上。笑毕后，一个方说：娘子在后头，娘子在唱戏呐。达云的脑子里立时燎起了一场火灾，呵斥道：什么娘子呀，我问的是徐惊白！娃娃突然变了色，朝脚下啐了一口唾沫，恼恨地说：呸！你身上戴了孝，你别碰我，你滚远一点，别让我沾上你的邪祟。扯拽中，娃娃手里的一只咸菜坛子掉了，摔碎在了脚下，便狼嚎般地哭将开来，哭得刹不住车。达云心知自己错了，却也万般无奈，只好巴兮兮地盯望着丈夫。顾山农倒也简单，缓步踱了过来，摸了摸娃娃的头，整理了一番他的衣裳。刹那间，娃娃们一哄而散了，像一群缭乱的麻雀，了无影踪。达云从惊惧中抬起头，哀告说：你做了啥？你刚才吓唬他们了吧？顾山农兀自离开了，答复说：这些小贼也一样，人的话未必听得懂，但钱的话一定会懂；能用几个麻钱解决了的事，那根本不是事。

终于，徐惊白出现在了沙石路上，样子吊诡，脚步狼亢。

跟其他的娃娃彻底不同，惊白的手中既没有拎什么咸菜坛子，肩膀上也不曾挎着一卷需要拆洗的被褥。相反，一只红柳条编织的背篓，压在了惊白的脊背上，让他佝偻下腰身，吃力地挂着一把羊铲，寸步前行。背篓里堆放着马粪、驴粪、牛粪和羊粪，足足有大半筐，大概是天热的缘故吧，粪水不断，滴滴答答地淋在路面上，气味恶劣。顾山农一把拦住了女人，遮护在身后，不许她露头，只打算自己亲自去瞧瞧这个权家的义子究竟咋了，如何变成了这么一块扶不上墙的烂泥，一个废物。自小，惊白就有点女气，不仅声嗓尖细，走在路上也是两个膝盖骨打来碰去的，好像粘连了，好像投错了胎，丢了裆里的那三两精肉，枉为了儿子娃娃。顾山农发现，惊白此刻也不例外，一边落泪，一边铲起了地上的一坨狗屎，隔着肩胛，扔在了背篓中，鼻脸上沾满了一层粪渣。达云再也忍不住了，失声喊了一声弟弟，撕心裂肺的。这个关节上，惊白仿佛被这一声喊叫灌输了生气，突然扔掉羊铲，直起了身子，轻快地呱喊道：姐，你咋来了，我又闯祸了么？盯望了半晌，又求问说：姐，你旁边的那个盖胡子是谁？家里新换了一个赶车的伙计么？闻听此话，顾山农的心里立时失笑了起来，暗骂道：你个小贼疙瘩，故意气我呀，我今晚夕不敲烂你的箍拐，我就罢食一顿。顾山农分神的时候，达云扑将出去，一道烟地奔向了弟弟，还险些滑倒在地。

惊白抓起脚下的一把沙石，迎面撒了过来，吼喊道：姐，你别过来，后面有弹弓，千万小心。咫尺之距，达云分明瞭见，弟弟早已被一种恐惧拿住了，两股战战，六神无主，仓皇地指了指身后。果然，在道路两侧的槐柳下，一群碎娃娃举起弹弓，呈包抄之势，俨然押解着徐惊白这个人质，在看他的洋相，在出他的丑。惊白咧笑说：姐，你先回家去，等我把这条路上的粪拾完了，他们也就放了我，反正这又不是一回两回了。暗箭难防，达云哀告道：少爷羔子，姐供你是来念书的，不是来拾粪的；你现在这么个样子，姐身上的每一疙瘩肉都在跳呐。惊白却不以为然，重新抓住了羊铲，嘻然道：我不累，我拾一坨狗屎，我就想象把它塞进了陈匹三的嘴里，再拾上一泡马粪，我想象着把它抹在了马眉臣的鼻脸上，总之我也不吃亏。膝盖一软，达云蹲在了地上，绝望地说：天呐，你别再逞能了，你的话就像鸡沟子里的闪电，一文不值。

见姐弟俩闹够了，顾山农从车架上抽出来一丈多长的鞭子，在头顶上划出了几个圆弧，而后反手一拧，扔下了一道霹雳。响鞭中，槐柳树上的喜鹊们炸了群，一下子高飞低掠地跑掉了，吓得那一帮娃娃四散惊逃，消遁在了周围的庄稼地里。

扔掉了背篓，惊白一时间乱头粗服的，带着脊背上湿漉漉的粪水，忸怩地踱了过来。没有了外辱，惊白立刻嚣张开来，话也乌烟瘴气的，斜睨道：山农哥，哪个狼吃的待诏给你修剪的胡茬子呀？太难看了，简直像一把猪鬃刷子，衬不上你的风采呀。照旧是尖声细气的声嗓，像个丫头，膝盖也并拢着，腰肢摇曳。弟弟的这种不堪样子，让顾山农捂住了口鼻，讥讽道：少爷羔子，老鸹就别再笑话猪黑了。你一个念书的学子连书本和墨笔都丢光了，现在居然拾起了狗屎和猪粪，你真是有一折子呀。惊白并不接茬，堂皇地说：呃，我明白了！常言道，骏马剪鬃才算马，娃娃剃头才成人，留个盖胡子才是你顾山农么。再说你守孝三年出了关，如今有了这么一撮乱毛，说明你开始执掌权家，替我和姐姐顶门立户了。达云从昏聩中起身，表情惨白，一把揪住了弟弟的耳朵，往路旁的水渠上拉拽：先人，你是我的先人，我求求你，快把你的爪子和猪头涮干净。等涮干净了，姐姐给你吃六合糖吧。闻听有赏，惊白顿时乖顺了许多，除下了身上腌臜的衣裳，双手捧起了清水。

这个夏末的傍晚，重新进入武威城不久，又以一副新面孔示人的顾山农，笨拙地吆赶着一辆麻布车轿，驶离了城西的第七仓库一带，穿过了清凉池、探马巷、监院、督军留守处、制革厂与盐仓，停在了权府的后门。其实，所谓的府邸，不过是一种夸饰之词，也包含着凉州人此前对权爱棠大人的敬慕与推服；但是与城内真正的巨家大族相比，这里显得逼仄和寒微，既没有张挂一块块明晃晃的世家牌匾，也不曾设立巡夜的家丁。听见响铃，管家出了门，接过缰绳，将车轿吆了进去。恰是夜饭之际，街巷中弥漫着一股股粗劣的柴烟，呛人鼻息。顾山农揣着一腔子的心事，立在后门上，巡看了一遭附近的情况，闪身趑入了家门，慢慢地放下了门杠。

在内院的厢房里，弟弟惊白像个饿死鬼转世来的，趴在了炕桌上，吃得山呼海啸，油水四溅。照着顾山农临走前的吩咐，管家掐着时辰，从鸿宾楼提来了一盒子饭食，少不了又是惊白最爱吃的夹沙肉、扣肘子、鸡肉垫卷子和萝卜羊肉，七碟子八碗的，足够开一桌席。姐姐达云骑坐在炕头上，举起抽子，驱打着周围的苍蝇，又用筷子挑来拣去，将肥肉疙瘩一律码在了弟弟的碗中，感喟说：哎哟，狼和你一个吃相，猪也可以跟你结拜了，慢一点吧，别卡了喉咙。论及学业时，惊白的口中指东戳西的，连一篇像样的文章也背诵不出来，怨怪这，怨怪那，似乎世上的人们都欠着他一大笔债。达云索性不问了，知道惊白不是一个念书的料子，再过些年等弟弟身体长开了，结实一点后，跟着丈夫去学买卖，也不失为一条正道。顾山农进来了一趟，达云递上筷子，他却说不饿。惊白讥讽道：哥，你不是不饿，你是怕弄脏了那一撮漂亮的盖胡子吧？顾山农反诘道：嘴上没毛，办事不牢，权家没你说话的份，仔细你的吃相吧。

外院是用来待客理事的，三年多未曾踏足，如今已呈一种荒凉之态。门窗旧了，屋脊上的蒿草倒伏一片，权爱棠生前最喜欢的两株牡丹也已经枯死，但根还留着。这一时，街巷中的一股股柴烟翻墙跃瓦，涌集而来，弥漫在了偌大的庭院中，也漾荡在左侧的申明亭，以及南墙下的旌善亭一带。一入夜，柴烟便有点湿重，一疙瘩一疙瘩的，仿佛耸动的人群麇集于此，再现了权府当年的热闹与喧哗。顾山农垂手肃立在堂屋的廊檐下，收住了怆惶，瞥见管家从内院里趑了出来，眉开眼笑的。管家拿着一大摞帖子，绍介道：少东主，你回家的消息可是轰动了半个武威城呀。这不，你昨晚夕刚到，郡老们刚才便陆续差人下达了红帖，有的邀你去府上叙旧，也有的打问日子，想来咱们家里做客，拜见你一面。顾山农不曾伸手去接，泊然处之，目光却一直挂在了天际上，好像那一幕傍晚的余晖大有深意。管家又道：唉，我快忙死了，刚才家里的门槛几乎被踏烂了，最蹊跷的是文香府的葛掌柜也来敲门，一不沾亲带故，二来也没有任何的交情，他却送来了几张名签，上面全写着少东主你的名字。说着话，管家摸出来一只锦囊，铺在了窗台上，又将名签仔细地排成一列，让当家人去端详。顾山农瞭看了一眼，从那些笔画各异的墨字中，依次认出了彭澹然、王曰信、沈光宅和秦望澜的手迹。当然了，剩下的那一颗单独的"顾"字，应该出自朱绣朱先生之手吧。管家狐疑道：这一张也真就怪了，只写了少东主你的姓，好像舍不得他那一点点墨汁似的。顾山农因笑说：唉，倒也不是舍不得那一点墨，想必他对我有什么成见，或许还揣了一肚子的怨气吧。管家灵慧极了，探问说：咦，听你的这个口气，少东主八成知道这些墨字是谁写的了？那么这些名签牌子究竟是什么意图呀？顾山农打开锦囊，将名签复又装了进去，扎住了束绳：逢节，你别一惊一乍的了，这不过是葛掌柜想卖好，想结交咱们权家罢了，并无深意。管家姓廖，名逢节，依旧喋喋不休地说：不管咋样，凉州的五郡老纷纷来下红帖子，如此地礼遇少东主，至少说明武威城将来是你的道场；我这样一个下人，腰杆子弯了三年多，今个天才算拔直了，现在心里也不再焦干了。这些肺腑之词，备极苦闷，顾山农本想申斥几句，却见管家目中闪闪，遂缓颊道：你记住，以后口不能敞，凡事要守秘，这个院子里的大小事，绝不能跨出门槛半步。偏偏此时，达云在内院里呱喊，催促丫鬟赶紧去烧洗澡水，再替惊白预备一套干净的衣裳。管家道：

"还是我去吧，这个小少爷呀，一般人真还伺候不动的。"

顾山农附和道："的确，惯出了他一身的坏毛病，权家不能再当羔子一样养活他了，我正打算给他配一个方子呐。"

"你就放心开方子吧，抓药的事我来干。"热络道。

"嗯，我再提醒你一次，口不能敞。"

管家走了，湮没在了浓重的柴烟中，忽然又被喊了回来。顾山农狐疑道：逢节，这是啥味道呀？打得人头晕眼花的，脚下也不稳当。管家不停地抽吸着鼻子，恍然道：呃，前头的一户人家开了熏醋坊，这半年来让人苦不堪言的，习惯了就好。获知了答案，顾山农虽然不怪，却也不发一语。

风从南部西藏和青海的方向上一路吹来，天光哑默，几乎快要熄灭在了祁连山的身上。顾山农举首，张看着半似透明、半似昏暝的天空，冷不丁地瞭见，一道白影挣脱了暮色，盘旋在了权府的上空，紧接着，又有一对翅膀掠来，俨然是俩影双双。打了一声唿哨，顾山农抬起胳膊，先后有两只鸽子栖落下来，站在了臂弯里。顾山农嘀咕道：哎哟，真是难为二位了，这个熏醋的味道太大，我都犯晕了，恐怕也害得你们差一点迷了路吧。鸽子的腿脚上各自绑着一枚羽管，羽管来自老鹰，轻盈、防水，据说还能辟邪，一路无碍，毫无天敌。顾山农在窗台上撒下了一把黄米，款待信使们，又从羽管中抽出来两页信瓤，擦着了洋火。一拃长的纸头，话也不多，顾山农瞥了一眼，便知道了大概，遂将火苗喂了上去，仔细地焚化了。待鸽子们吃毕后，顾山农将两枚羽管分别绑定，恢复了原状，然后再次发出了唿哨。

薄暗中，信使们身子一矬，蝉联而出，闪电般地消遁在了凉州的夜空深处。

在顾山农看来，这些愚蠢的提问是不必作答的。或者说，发往这两个地址的空羽管，本身就是一种答复，让对方去斟酌吧。干完了这些琐事，顾山农不免宽释了许多，心情大快，犹如目下庭院中的柴烟，业已被长风涤荡殆尽，夜空澄澈，清光徐来，似乎西天上的那一轮下弦月也伸手可摘。唯一的唐突，或许来自新蓄的胡子，就像一块膏药那样粘连在唇上，令顾山农稍感不适。这么着，顾山农忆想起了凉州的一句俗话，蝙蝠再飞也不是鸟，新鞋再好也跟不上脚，胡子亦概莫能外。另一句俗语也十分恰切，相当应景，说基础不牢，地动山摇。不错，今天这一幕广为人知的留须仪式，无疑是顾山农的开场锣鼓，也是他日后称雄西疆，骁行于河西四郡两关的一切基础。

此乃后话，暂且按住不表。

惊白的卧房中油灯豁亮，嘻然一片。这个少爷羔子吃饱喝足了，沐浴一新，盘坐在炕上，正在跟姐姐玩一堆羊拐骨。与三年前没有两样，惊白简直太耗人了，达云陪不到半夜，他是决然不肯罢休的。隔着窗户，顾山农欣慰地发现，妻子也是出浴不久，穿着一身月白色的罩衣，云鬓虚拢，颊脸彤红，散发出一位少妇特有的气息，全然没有了白昼里的那一份悲戚与哀痛。念想至此，顾山农当即知道了缘由所在，拔脚去了一趟对面的厢房，转瞬出来后，又钻入了外面的庭院中。在那一座枯死的花坛旁，顾山农扔掉了妻子的孝服、孝带和白罩布的鞋子，泼上了火油，一把火点着了。在赳赳然的光焰中，顾山农笃信，盘桓在这一座宅院上空长达三年之久的阴霾，自此可以凋落了，歇止了。明日一早，一幕崭新的光阴将降赐下来，笼盖在这一家人的身上。这无论如何都是一桩幸事，也是天老爷的恩遇吧。

丫鬟和下人们都在隔壁的马院，临熄灯前，管家相告说，他想去街上转转，新菜籽和胡麻下来了，家里的那几间油坊最近昼夜无息，忙得不可开交，生意甚好。顾山农当即交代，你最好打上几斤散酒，让伙计们解解乏，等自己闲下来了再去酬谢。廖逢节走后，顾山农关门落锁，这才觉得疲倦像一根沉重的门杠，压在了身上，不由得哈欠连天。

大概子夜时分，顾山农被一阵窸窣声惊醒了，脚下头一凉，瞭见一个黑影上了炕，沿着被窝筒子爬了上来。迷蒙中，顾山农误以为是弟弟惊白又来捣蛋，刚要呵斥，却发觉是妻子赤条条地趴在了自己身上，一股熟悉的体香灌满了鼻腔。达云将头埋在了丈夫的心口上，一种轻微的颤栗连绵而来，浑身越发地烧烫了。昨日晚夕，也就是顾山农回家的当天夜里,还不等丈夫求欢,达云便收拾出一套干净的被褥,扔在了厢房内,让他自便。悲哀去如抽丝,顾山农心生怜惜,不忍拂逆,只好出去将就了一夜。目下,达云的双乳覆压在身上,两腿钳住了丈夫,彻底缴械了,这分明是一种渴求解脱的态度。顾山农的内里潮起了一股惜疼的汁水,一手箍住了妻子的腰肢,另一只手搂住了她的臀部,摩挲不止。达云呢喃道:尿太子,尿太子刚才尿湿了半个炕,把我赶了出来,我没地方去了。这是个牵强的借口,一针即破。顾山农佯装惊讶:天呐,他都十几岁的人了,居然还在尿炕,看我明天早起不拾掇他一顿才怪了。达云申辩说:尿就尿了吧,反正塌不了炕,你最好给惊白留下个面子,别挫伤了他。每次触及这个话题,总是无果而终,达云一般是红脸,恶人都让丈夫扮演完了。顾山农哀恳地说:唉,我去承平堡守孝的这三年,真是难心了你,家里的这一大摊子尚且不论,单就惊白这个少爷羔子,你既把他当弟弟一样拉扯,又像儿子一般供着,我可以想见。达云的眼泪簌簌地下来了,啜泣道:山农,我跟你三年没见面了,这三年里我啥都能扛得下来,我不怕,但唯独父亲的下世,简直像活埋了我似的,我始终也缓不过这一口气来。顾山农暗中使劲,抱住了妻子,仿佛要将她藏在自己的躯体当中。事实上,名著一时的权爱棠之死,迄今仍是一个谜,更是达云的一桩重大心病。良夜漫漫,顾山农不想纠缠,也不打算败坏了此刻的兴致,遂哀告说:你记住,往生的是外父,但权家还没有死,权家人还在,武威城里有多少双眼睛在盯着咱们呢,我偏就不信,他们能看上这一个笑话。达云挣起了身子,眼眸烁闪:山农,听你的口气,你好像已经有了主意,你说说看?顾山农简略道:是这,我现在拿定了主意,打算开一家保价局,专门跟河西沿线上的驼队、马帮与商团打交道;这总比家里的那几间老旧的油坊要强盛上许多,等着瞧吧,好日子还在后头呐。达云骇然道:天老爷,你竟然忘了这一句谚语么?不做中人不作保,一生一世无烦恼。你好端端的,干么去蹚那一道浑水呀?顾山农截铁道:三年结束了,我思谋了整整三年,谁劝我也没用;如今是我在顶门立户,我在挑大梁,我一定要让你和弟弟开心,从此过上舒坦的日子。达云笑说:所以,你刚才偷偷地烧掉了我的孝服，连鞋子也烧了？顾山农款然道：嗯，我的眼窝子太浅了，我尤其见不得自己的女人悲苦，一想起你这三年以来的酸辛，我就痛恨自己，唉。达云登时软塌了，软得像一堆棉花，伏在了丈夫的身上，伸出舌头，舔舐着那一抹新蓄的胡茬子。

岂料，顾山农不肯就范，一下子推开了妻子，拦腰一抱，便将达云压在了身下。顾山农的内里燎起了一场冲天的火焰，也知道那一件男人的东西起了势，跃马横枪，即将侵门踏户，一泻千里。不承想，顾山农刚刚分开了妻子的大腿，却闻听惊白突然跑来了，拼命地敲打着窗框，嚎叫说：姐，我发烧了，我头疼。

弟弟的求告果然就像一件惊烽羽书，十万火急。达云团住了身子，慌忙应答，又一骨碌翻坐了起来，草草穿戴上，启门而出。黢黑中，达云摸了摸惊白的额头和腋窝，洵不虚言，已经烫得像一块烧炭了。将弟弟哄进了卧房，安顿在了炕上后，达云赶紧淘了几块冷手巾，敷在了他的头上。后半夜，达云提着一只羊皮灯笼，去往外院里寻药时，风突然紧了，将一些落叶和杂物吹拂了过来。达云俯下身子，拾起一块尚未焚烧干净的小纸条，借着灯光，瞭见了上面的几颗墨字：

阅后付火

胡笳六节

承平堡坐落在武威城的北门外，突兀而立，赫然若一头巨兽。

收秋开始后，凉州遍地金色，果蔬上市，庄稼黄熟。天空晴明万里，犹若一大块蓝色的瓦叶子，遮覆在头顶，让庶民百姓时时抬望，感恩天老爷在这一年当中的成全，赐下了口粮和念想。这一段，城内外的各个寺院里稠人广众，香火炽盛，不仅功德箱里叮当作响，就连灶房中的大小粮坑也灌满了新麦子，胡麻油溢出了缸口，鼠辈们就像在过年似的。各寺的住持慈悲为怀，不忍香客们口干舌燥，远途上奔波，纷纷开放了舍饭。舍饭也简单，无非是小米稀饭、酸菜拌汤、素包子和花卷之类的，尽可以敞开肚子大吃，无人指斥。偏偏在这时，张汲水却被无量寺的执事轰了出来，执事甚至还放出了一匹獒犬，追撵了他大概有一里路，最后他才逃出生天。

张汲水倒也不恼，喜滋滋地扛着一卷生牛皮，粗手大脚地摇曳在路上。逢见路人，张汲水一般会露出锈黄色的牙齿，再三探问道：承平堡在哪儿？顾大人山农先生是不是在堡子里？路人们纷纷掩住了口鼻，目中惊惧，要么惶惶而逃，要么含混地相告说：北门外，去北门外一带寻问吧。张汲水明白，所谓的猪嫌狗不爱，指的正是自己这一类人，于是冲着路人们的背影，啐上几嘴的臭唾沫，眼前的沙石路便开阔了，大路朝天，由着他的性子去霸道。在武威城外晃荡了三两天，张汲水终于摸到了承平堡，却发现门锁上积满了一层灰垢，雀屎斑驳，锈迹丛生。凭着经验，张汲水绕到了北侧的门端里，在一道夸张的廊檐下打开了生牛皮，半铺半盖，就此开始了露宿的生涯。糟心的是，生牛皮密不透风，张汲水一旦躺了进去，身上便出汗发热，一种猖獗的奇痒布满了每一个骨头缝子、每一根关节，让他几乎疯掉了，只想去撞上南墙，一了百了。这么着，秋凉的夜晚全部报销了，张汲水往往瘫坐在地上，一边抬望着凉州的锦绣夜空，一边挠着浑身上下，难耐地说：我烂掉了，我快烂掉了，我干脆没了指望呀。

这种病症是在夏天时发作的，起先只是在裆部孵出了一片红疹子，碎如芝麻，张汲水亦不在意。作为一介保商护团的游击，张汲水跨在马脊上，无论寒暑，常年驰奔于河西北疆的旷野干滩一线，沟子经常溃烂，就像牙齿碰了舌头一样稀松平常。渐渐地，事情不妙了，那一片红疹子犹如蟠龙，盘踞在了张汲水的身上，并且像菜花一般地怒放，脓血不止。当时，张汲水寄居在无量寺不久，事先已经跟执事谈妥了，他必须打出三千块胡基，换取一日三顿的素饭，还可以在一间禅房内过夜。麦熟时节，寺里的香客们少之又少，执事也跑回到丰乐镇的家中去帮忙。这一段，无量寺的僧侣们接获了一份稀罕的供养，要替一位刚刚下世的财主做道场，念大经，所以也就无暇他顾。没有了束缚，张汲水便天天蹲在山门前，一边晒日头，一边盯望着行人，表情上似乎写着一张寻人告示。入秋后，执事折返回来，瞭见张汲水的这个怂样子，一下子就火了，抄起大扫把，将他撵进了后院中。执事指着木头模子和一大堆干土，逼问道：胡基呢，你打的胡基呢？答复说：前些天太热了，打下的胡基容易开裂，等再凉一段时日后，你看我的手段吧，我准保兑现了诺言。胡基也叫土坯，寺里的后墙坍塌了一半，秋后要开工修补，急慌也没有用。执事捂住了口鼻，目光在游击的身上逡巡了一番，煞是诧异。张汲水释解说：没啥，真的没啥，我懒得洗澡罢了，我一直在养虱子呐。

香火鼎沸了之后，山门洞开，执事忙得连放屁的工夫也没有了。张汲水践约，开始打起了胡基，但他并不曾亲自动手，而是花了一笔钱，雇上两个熟练的匠人，在后院里忙碌。割舍下了这一桩义务，张汲水全身心地投入乌泱泱的香客们当中，一面辨识着陌生的脸孔，一面耳食着大家的言辞，脑子里渐渐地有了一张谱子，暗自欢喜。

一日黄昏，无量寺的方丈慌忙踅出了禅房，小僧们清水泼阶，换上新鲜的供品，又搬出来了两只奢华的锦凳，而后齐刷刷地分列在大雄宝殿的廊檐下，扪心静候。大人物来了，眼前的这个阵仗执事没见过，张汲水更是无缘得见，一时间稀罕死了。执事卖排道：哎哟，来的这位大人姓彭，名澹然，他不仅是凉州的五郡老之一，且是大居士，声威显著，精通佛法，在河西的四郡两关一带颇受尊崇，很是吃得开。张汲水暗忖，难怪连方丈也这么虚声下气的，搬出了无量寺的最高礼仪。彭澹然是坐着一顶轿乘来的，面目清癯，不事喧哗，磕了一地的头。礼佛毕，方丈邀彭澹然落座在了锦凳上，开始茶叙。方丈恭维道：上佛护佑，有了大居士的这一番诵念，苍生们有福了，凉州也有福了。彭澹然却说：呵呵，老朽今个天前来朝佛，一不为苍生，二不为凉州，只专门替一个人来求福报，祈请佛祖为他加冕，给他降赐下一块最大的福田，咱们大家也好跟着他沾吉吧。方丈狐疑道：敢问，居士口中的这位大人，究竟是个啥来头，到底姓字名谁，竟然劳动了你这位圣人光临寒寺，刚才还做完了一整套的大礼？彭澹然朗笑道：法师，这个人其实你也认得，他虽然只有三十出头，但凭着他这些年来的有力作为，可谓是胸有江河，崖岸自高，恐怕凉州的地界上，几辈子人的光阴里才能出这么一个俊杰呀。又唏嘘道：唉，我们这些老棺材瓤子的时日不多了，新一辈人的大光阴提前启幕了；俗话说，狗朝屁走，人朝势走，这便是天下大势，麻眼人也能看得明白。道在屎溺。闻听了这一席话，方丈立时放下了庄重，附和道：的确，人抬人抬出高人，僧抬僧抬出高僧；居士方才的这一番言辞，分明是在替那一位大人设了坛场，布了供养，凉州的这一河水眼看着就要开了。岂料，彭澹然黯然了许多，喟叹道：只可惜，这位大人是一个唯谨唯恭、谦虚抑让的君子。前不久，我们五个老朽共同票决，一致通过，递补他进入了团体，成为第六名当家人，以期全美了第一届的郡老们当初结社邑义时制定下的宗旨，光大地方，恕道待人，力求把凉州的这一碗水端平。可偏偏，我等五人一道签署的报喜帖子，却被对方退了回来，婉拒了邀约；又不死心，包括沈光宅、秦望澜、王曰信和我在内的人，抬着一张张老脸前去拜访，却无一例外地吃了闭门羹，连他的一句话也搭不上。这不，事情杠在了这里，僵到了现在，所以我才来磕头拜佛，希望不要别生枝节，也好让他回心转气，体谅一下大家的这一腔子好意,服膺了凉州百姓的重托,尽快就任了吧。茶水太烫,彭澹然啜了一口,又忽然喷了出来,打湿了半个膝盖。

方丈似乎显得修行不足,诧异道:天老爷,那可是郡老的位子呀,万众景仰,莫不服属,掰着几根指头就能数过来的,谁还敢如此地大胆和轻慢?彭澹然瞥上一眼,讥讽地说:世上还真有这样的人,你心中的金銮殿,偏巧是他眼里的粪土堆;你拎着一根金箍棒,他却视之为猪尿脬,这便是云泥之别。登时,方丈羞臊坏了,鼻脸像关公一般:大居士,敢问你一再称道的这位冷面人物,可是权爱棠大人的贤婿顾山农?是这,我方才想起来了,昨日晚夕里,秦望澜派家里的伙计送来了一桌子供品,在功德簿上签的却是顾山农之名,今天你又来弘法,专门替这位候补的郡老祈求福报,所以我才有这么一问。哼,老贼娃子,他倒捷足先登了,抢了风头!彭澹然的内里叱骂了一声,倾肠相告说:不错,这位候任的年轻郡老恰恰是顾山农;他这些天出了城,又回到了承平堡,斩关落锁的,始终也不肯见人,分明是害怕大家去泼烦他,他想图个清静罢了。

言毕,彭澹然携着怨气,离开了锦凳,上了那一顶轿子。

无疑,这是张汲水第一次耳食了武威城的上层机密。顾山农和承平堡,这两个异常陌生的名字,犹如倔强的种子,一旦埋在了张汲水的心中,终有破土萌芽的那一日。稍后的几天,郡老们当中的王曰信与沈光宅,也先后派人来无量寺接洽,并以顾山农个人的名义,秘密地捐出了一笔钱,为目下这一个凉州全境的丰年,连做了七八场公开的祈福大法会。

又一日,天气酷暑,热浪浮盈,张汲水蹴在慈恩殿的一道廊檐下晒阴凉。病症持续着,既怕风,又怕晒,一俟出了汗,汗水敷在了溃烂处,那一种噬心的奇痒,往往让张汲水山崩地裂,难以自持。慈恩殿乃偏殿,相比前面的大雄宝殿而言,香客们较少,反倒是柏树和桧树上头的雀鸟成团结伙,将天空吵闹成了一大锅豆子,不见消停。张汲水抠完了痒痒,从腋窝下抽出了手,这才发现五根指头上鲜血淋漓,一股恶臭险些让他晕死过去。这个关节上,城外下双一带梁家庄子里的妇人梁华,率着一门老小,扑通跪在了大殿前,一边献供,一边尖声嚎哭了起来。身为游击，张汲水这一趟从北疆方向上狼狈而来，南下的途中，曾在梁华的家里借宿过几夜，自然识得这一位故人。游击还知道，梁家庄子一向阴盛阳衰，大小事情一概由婆娘说了算，男将们根本插不上嘴。果然，丈夫跪在了梁华的沟子后头，女人哭一声，他也跟着号上一声，女人哭破了肝胆，他也几乎快把额头磕烂了，总之像一介小跟班。张汲水不想劝，更羞于上去见个面，因为浑身的味道犹如半个月前吃剩的一锅馊饭，生怕对方小看了自己。可渐渐地，张汲水觉出了不祥，因为梁华收住了哭声，另换了一本折子戏，前脚刚刚哀嚎完一位叫权爱棠大人的亡魂，后脚又开始咒骂起了一个叫梁凤的娼妇。

张汲水略知一二，梁华和梁凤不仅是亲姊妹，彼此还是妯娌，虽然比邻而居，但关系不睦，视若仇敌，比夏天的一坑大粪还要恶劣。在梁华家逗留的那几日，隔壁院子里不时地泼过来一股子脏水，扔过来一些碎瓦烂砖，吓得大人娃娃们不敢露头。梁华也不是一个饶爷爷的孙子，踩住梯子，将一碗碗滚开的面汤泼将过去，甚至将儿子拉下来的屎橛子丢在天上，炸开了姐姐家的头顶。问及内幕，梁华不悦道：哼，她梁凤枉为了我的姐姐，她不配，她缺德，她干下的都是狼心狗肺的事情。张汲水劝慰道：哎哟，你对我这么一个外人都菩萨心肠，何苦对自己的亲姐姐恶语相加，或许她也有一肚子的难肠呐。梁华当即翻了脸：呸，仔细你端着谁家的饭碗，你别不识抬举呀。次日，梁华的窝囊鬼丈夫开始找碴了，张汲水千恩万谢，还是被逐出了下双一带，继续南下。

眼前，梁华跪坐在慈恩殿之下，一把鼻涕一把泪，哭诉说：婆婆呀，你死得太落怜了，你甩手一走，却把不孝的恶名安在了我头上，让下双的人们天天戳我的脊梁骨，我活不成人了。停顿了半晌，又开始磕头：大人，权爱棠大人，你三年前在世时，曾在权府的申明亭，断过我和梁凤两家的官司，你老人家英明，你是凉州的包公，你各打了五十大板，让我先一个月伺候婆婆，梁凤下一个月再接手。呜呜，天老爷看着呢，天老爷可没打瞌睡，婆婆在我家里时，一顿一碗稠饭，身上干净得站不住一只苍蝇，人也旺盛；可偏偏，一到了隔壁的院子里，婆婆就像被邪祟拿住了似的，茶饭不思，不是胳膊上一片片淤紫，便是脊背里一块块血疙瘩，明摆着这是虐待么。陈述至此，梁华突然被一种黑暗的沉痛所裹挟，尖起了声嗓：好我的婆婆呀！你死的当日，我揭开了被窝，这才瞭见你躺在了一堆屎尿当中，浑身上下没有一处囫囵的地方。呃，我真是气不过，我当时就扑上去撕了那个娼妇的嘴，抓烂了婊子的鼻脸，我恨不得将她卖进窑子里去，一解我心中积攒下的怨恨。

　　岂料，姐姐梁凤也来了，挎着一只旧笸篮，塞满了香烟纸表，大声叱问说：呔！你嘴里灌了大粪呀，还是我掐死了你的娃娃？谁是娼妇，谁是婊子，谁要进窑子？你个卖沟子的，你今个天不给我说知道，看我不撕烂了你的裤裆。婆婆生前信佛，只拜无量寺，姊妹俩依规而来，不承想撞在了一搭里，难免冰炭不容。梁华丝毫不惧，奋力朝地上啐了几口臭唾沫，反诘道：哼，不做亏心事，不怕鬼敲门，婆婆是怎么屈死的，谁的心里都有一本明账，你又何必在佛堂下扮孝子呢？梁凤擤了一把鼻涕，甩在了脚下：挨屎的货，实话说给你知道吧，婆婆是老死的，无病无灾地走掉的，这怨怪不了我；我今个天到寺里来，不像你这样子拖家带口，专门给婆婆的亡魂上演一折子哭戏，我是来祭奠权爱棠大人的，我昨晚夕梦见了权大人，我烧香是应该的。说着话，梁凤果真点燃了几张黄表，喂在了妹妹的脚下，仿佛在生祭。纸灰像一群黑色的老鸹，缭绕不去，吓得娃娃们四散惊逃。梁华一脚踩灭了火焰，詈骂道：呸！驴槽里伸进来了一个马嘴，你想趁机吃一泡热屎，我还不拉给你呐；权大人是多么干净的人呀，容不得你乱语三千，嘴里长草，小心他老人家从承平堡里跑出来，戳穿你的伎俩。梁凤因笑说：母狗，天气这么晴明，你却说着阴曹地府里的黑话，权爱棠大人虽然下世了，但他老人家的女婿顾山农如今顶门立户，候任了新一届的郡老。哼，信不信我再递上一张状子，把你这个卖沟子的货，请去权府的申明亭一趟，让顾山农做一个评断，当众剥了你这个妲己的外衣？在河西一带，凉州妇人们最是剽悍，嘴上一般不挂锁子，凡事不论尺码，一旦干起了架，火力往往集中在了裤腰带以下。反正有的是唾沫，唾沫星子带毒，彼此怨谤交集，口讲指画，非要拼出一个折骨伤筋的结局不可。这一日亦不例外,梁华见自己落了下风,受到了威胁,便一个蹦子跳将过去,薅住了姐姐的头发,先自哭下了,开始求援。梁凤是带着牙齿来的,一口叼住了妹妹肩胛上的肉,一股咸腥的味道灌满了口腔,眩天晕地的。梁华的丈夫知道不妙,跑上去劝架,一味地哀求双方。这么着,梁凤抽空腾出了嘴巴,呵斥道:滚开,滚远一点!你以为你的裆里长了一根肉橛子,你就是男人么?哼,弟兄俩就是一双太监,但凡你们身上有钢的话,又何必让自己的婆娘这么现世,这么丢脸呀?

闻听此话,梁华的男将迅速闪开了,蹶在了一棵柏树下,伤心至极,哭得简直像一头被阉掉的草驴。吊诡的是,就在梁家姊妹厮打不休,彼此鼻青脸肿、凶焰高炽的关节上,摆设在慈恩殿阶沿下的那一张供桌上,一只净瓶突然间炸裂了,碎瓷分崩,留下了一地的荆棘。此乃凶兆。姊妹俩慌忙松开了架势,诧异地盯看着,竟不知道这一只净瓶是被日光晒炸的,还是偶然摔碎的,但它俨然是一种警告,一阵当头棒喝。

天意弄人,一切都像戏楼子上的唱本那样,无巧不成书。

一大群雀鸟轰的一声,飞离了地面,徐惊白脚下拌蒜,怏怏地拐入了庭院。达云尾在了后头,攥着一根柳条,不停地劈打在弟弟的腿上,一再地哀告着。趸到了佛殿下,惊白顽劣不堪,兀自抓起了供桌上的一颗桃子,吃将开来。达云断喝说:跪下,跪下了给爹认罪!否则今晚夕没你的饭可吃,你跟着那一帮贼娃子,那一群乱世魔王混肚子去吧。惊白挣长了脖颈子,狡辩说:我没罪,我是被冤枉的;陈匹三和马眉臣偷了探马巷的一只鸡王,见主人追了过来,他们硬是塞在了我的怀里,结果我被拿获了,这分明就是栽赃么。达云抽了弟弟一柳条,数落道:哼,三斤的鸭子两斤嘴,你反倒占上理了?秋假放了这么些天,你天天在外头玩疯了,你的魂丢干净了吧?姐给你布置的课业,你居然连一篇国文也背不上来,写下的墨字就像狗刨过的那样,抽了筋,折了脊梁。唉,你这样的不成器,简直让我的眼泪快淌干了,我的心也要烂透了。达云备极苦闷,颠连无告,弟弟却全不在意,一直鸡皮蛙脸地嬉笑着,又放肆地抓了一把红枣,嚼吃了起来。达云哀恳道:惊白,你可记住了,这不光是姐的话,也是爹老子在天上的意思。俗话说，狼行千里吃肉，狗行千里吃屎，你再不能和那一帮下三烂鬼混了，否则，你将来连一个像样的前程也不会有。岂料，惊白反问说：姐，那你究竟希望我吃肉呀，还是去吃屎？一时语塞，这个不堪的话题让达云的泪水婆娑而下，好像内里的一颗苦胆破了，委屈到了极点。惊白却鬼祟道：姐，其实我只爱吃肉，马眉臣和陈匹三先前喊我去，就是想用泥巴和柴火烤一只公鸡来着，他们两个贼一定是狼，我跟着狼，在武威城里自然吃不了亏的，你只管放宽心吧。

达云抬手，将一记响亮的耳光，掼在了弟弟的颊脸上，下手很重。打完了，达云哇地哭出了声，后悔得只想剁掉这一根胳膊，立刻给惊白赔个不是。这是她平生第一次动粗，竟然又是针对着弟弟，达云的心几乎被撕碎了，碎得就像佛殿下的这一地烂瓷，再也收拾不起来。达云拧身而走，一口气跑到了寺墙下的树荫里，与梁家姊妹站在了一起。日光灼灼，秋老虎在天上独擅胜场，空气都快被点燃了。惊白捂住腮帮子，愕然了半天，发现姐姐真的气坏了，便知道自己又闯了祸，愧疚难当，于是膝盖一软，当即跪在了佛殿下，偷偷地啜泣。

先是梁华惊呆了，暗中捉住了姐姐的手，嘀咕说：大小姐，权家的大小姐。梁凤诧异地盯看着自己的手，脸一红：没错，跪着的那个娃子是权大人的义子，姓徐，名叫惊白。梁华道：你瞧瞧，大小姐哭得多伤心呀，心都哭破了，她那么金贵的人，她居然还会哭么？梁凤相告道：听说，权大人下世后，大小姐一直就没缓过来，幸亏三周年过去了，现在脱掉了孝服，精神多了。思忖一番，又含沙射影地说：明摆着的事，一定是让那个不争气的弟弟惹哭的，徐惊白仗着年岁小，为非作歹，骑在姐姐的头上拉屎拉尿，惯坏的。梁华尴尬地缩回了手，嗫嚅道：呃，也不能只怪小的，有时候也许是上梁不正呐。这一刻，揣在姊妹俩心中的那一团怒火变得一文不值，渐渐歇止了，因为权家大小姐的悲苦，才是武威城的耻辱之一。梁华黯然地说：姐，我忘不了权家的一饭之恩，我舍不得她，我去陪着大小姐哭上一鼻子吧。梁凤亦道：嗯，姐也没忘，姐的肚子里现在全是眼泪，你千万别劝我。说着话，梁凤率先哭嚎了起来，梁华自然也不甘人后，一道烟地相跟上了，哭声尖利。

在二十余载的光阴中，凭恃着他自己操履严明、守正不阿的风范，也仰赖于他能策善谋、圆通无碍的合宜之道，权爱棠一向被誉为凉州世界的"活包公"，众所推服，为人景仰。在广袤的凉州境内，倘如说官府衙门代表着一种法律、一种公义，那么由于经年的军阀割据、内战侵害、糜烂西北，加之要员频频更迭，难免凸显出了它的傀儡性质，它的易变、平庸和乌有之气。朱绣朱先生尝言，人胜法，则法为虚器，良不诬也。是故，百姓们一旦遇上了难以排遣的纠纷与祸患时，很少去叩阙鸣冤，告讦乞怜，求得一个燃犀烛照的公正结果。相反，这些琐碎饾饤的皮相之事，往往会给当事人带来更大的屈辱与不安，不仅伸张无望，卵不敌石，而且与初衷大相凿枘，甚至将拖垮他们这一辈子。在官府的另一面，历届的六郡老却象征着一种乡村的古老秩序。这种秩序由道德、乡约、习俗和典籍，以及田夫故老当中的权威人物所构成，倡导忠孝节义，恪守成宪，犹如一扇从容而稳定的磨盘，压阵于九州万方，弥患补阙，让大地上的生民们一如既往，节节守卫。稍显遗憾的是，过往的那些郡老们大多风烛残年，即便勉如所请，出面去平息一两桩不疼不痒的事端，基本上也是有心无力，难以区处。光绪末期，权爱棠的父亲在两湖一带飘零为官，因为性格耿介，势孤力蹙，终究是一生不甚得志。致仕之后，权老太爷携家带口，改业落户，归隐在了偌大的武威城中，不为世人所识。渐渐地，声名从外部传到了边区远省的河西一线，人们这才讶异地发现，原来自己跟一位令人企羡的大人物同处一城，朝夕与共。这么着，先是城里头的一些居民，买卖场上的行商坐贾、贩夫走卒、货郎零担，而后是城外头的庄稼把式和下苦人，因为针尖大小的纠纷，因为债务或恩怨，纷纷求告到了权府的门上，央请权老太爷出面，做一个公平和公正的了断。在暮年的黄昏中，权老太爷率着儿子权爱棠，心情恳切地跟对方攀谈，再三理论，掌握了其中的关键症结后，最终开出了一张张彼此都能接纳的良方，弥合了分歧，解除了怨谤，令大家涣然冰释，百事转苏。

权老太爷赍志而殁后，权府的门上的确冷清过好几年，让凉州人心思梗塞，追怀不已，也让一切琐碎的争讼虚悬着，人情板荡，失去了往日的那一种优容和清明。宣统二年，时任武威知县的潘嘉义，携着一块金匾，深夜造访了权府。潘嘉义举人出身，浙江长兴人，一向开明圆通，实属谙熟边局、爱甘如己之贤员。潘嘉义哀恳地说：一方水土，化解一方纠纷，凉州地界上的事情，还是消弭在当地为好，倘若连芝麻大小的官司也打到了衙门里去，闹得鸡飞狗跳，人心不宁，岂不是辜负了这一座名郡的美誉么。捎来的那一块灿烂金匾上，镌刻着省城兰州极负名望的刘尔炘先生亲书的两行墨字：德润人心，法安天下。对于这种拜访和请益，权爱棠连番拒绝了两次；到了第三趟时，无论从公谊与私情诸方面来讲，实在是难以油滑和婉转，于是他彻底打开了权府的门庭，子承父志，重操旧业。只不过，那一块沉甸甸的金匾并不曾张挂出来，炫耀四邻。数年之后，权爱棠借着一个机会，将其捐赠了出去，几度易手，迄今仍保存于武威文庙之内，簇新如初。

　　与乃父不同，权爱棠承袭了这一衣钵后，只在朔望二日开门纳客，断案明理，判定是非。其时，民国初造，河西一带兵连祸结，这一支武装力量忽忽焉消失后，另一股军阀势力却如狂燎烈焰，占据在城头，撒布于四野，压榨当地，鱼肉百姓，一时间生计成了最大的难题。权家一直经营着几座老油坊，分散在城内外，但父亲带来的那一批老匠人相继下世后，各个关节便出了问题，不得不盯。权爱棠慈心广阔，手段新颖，又带有某种完备的经验与眼光，料知争相踏破了自家的门槛，一身阴影地前来控诉和投状的人们，大多集中在家产、婚姻、争斗与亲情诸方面，惜乎自己只具有说服及劝解的本分，却无一丝一毫天赐神授般的仲裁能力。这么着，权爱棠在庭院中修葺了两座亭子，一曰申明亭，一曰旌善亭。前者供当事各方的申诉和理论，呈奏请示，一吐为快；后者用于表彰，力求为凉州人塑造典范，进而榜样天下。渐渐地，这两座亭子别立新宗，具有了一种象征意义。

　　从中调剂，就事匡维，权爱棠在恪守父亲的遗训下，并不是一个人独霸专行，私擅一面。每到了朔望日的前几天，他总会拎上一个精致的礼盒，亲自去拜访某位郡老，延请对方前来旁听，以助声威。当届的郡老们虽然一个个七老八十的，儿女们也暗中牵绊，可他们一旦目睹了权爱棠眉目轩朗的样子，又频频执起了子侄辈的礼数，不由得忆想起了当年的权老太爷，于是欣然允诺了，只当是自己出门去透透气、散散心罢了。意外的是，天气晴好的日子，在申明亭中坐镇的不止一位郡老，大家相率效仿，彼此鼓劲，将生命中最后的一道余晖，播撒在了权府的院子里。用其中一位郡老的话说，参与类似的劝服与评判，实际上是在替个人耕作福田，大有神禹疏凿天下之功，所以就不请自来了。这还不算，每次碰上一些疑难杂症似的纠纷时，权爱棠一般本着兼听则明的原则，派出家里的一辆辆呢子车轿，将当事人驻地附近的士绅耆老们接了过来，共同匡危扶倾，力求做出一个让各方均可接受的结论。无疑，这是一个三堂会审的民间模式，既有事实上的根由，亦兼具了相当的权威性。那些结束了诉讼，走出了权府大门的凉州人，不再复议，更不敢翻案，而是心心念念地记挂着权爱棠大人的千番劳碌，万般苦心，似乎往后的日子有了定盘的星星。

于是乎，朔望二日的权府聚首，名著一时，令不肖者犹知忌惮，使贤良者有所依归；同时也让权爱棠这个名字道路纷传，负有时誉，仿佛南部祁连山之顶的那一线雪峰，庄重如冠冕，悬挂于凉州的天际之上，万众景从。

梁氏姊妹的这一桩恩怨，一直闹得不可开交，尽人皆知，最后也卷入了权府，祈请权爱棠出面，给一个公正的意见。见面的前几天，权爱棠换上素服，装扮成了一名前去家访的塾师，在下双的梁家庄子一带仔细地打问过内情，掌握了一个大概。当日，在姊妹俩怒气冲天，相互嚷骂着进入权家大院后，出乎意料的事情发生了。权爱棠并不曾将她们领入申明亭，让双方各说各话，分庭抗礼，而是频频致谢，先后请进了旌善亭内。当着一干士绅耆老的面，权爱棠不由分说，给姊妹俩各自披上了一条大红色的绸子被面，身上豁然一亮。权爱棠道：你们的心结，不外乎是为了赡养婆婆而引发的，这一份善行和孝敬，天老爷瞭见了，梁家庄子里的父老们也能掐着指头说出来，所以我给你们披了红，以示旌表。话锋一转，却又教诲说：你们是一母所生的姊妹，本是一家人，关门好说话，不料想，你们两个的嘴上都没有挂锁，只知道逞口舌之能，各不礼让。有道是多门之室生风，多言之人生祸，长此以往，你们不仅让下双一带的乡邻们失笑，还会败光了自家的风水。我看这个婆婆也是苦命人，分明坐在了针尖浪口之上，一场孝行变了质，现如今却成了煎逼和磨折。权爱棠忖度事情无果，当即下达了判语：也罢，眼瞅着你们一个热火，另一个冷灰，干脆分开吧，各自赡养一个月，月初的头一天轮替交接，你们走吧。

眼泪像秋水，漫流在了姊妹俩的颊脸上，脚下却生了根，挪不开步子。权爱棠和士绅耆老们走光了，看热闹的邻舍们也觉得寡淡，赡养婆婆毕竟不如杀人放火那么刺激，于是纷纷散尽了。恰是夜饭的时辰，空气中充溢着一阵阵饭食的香味，惹人馋涎。梁华清楚，权大人的话等于各打了五十大板，自己作为状告人，一点便宜也没占上，反而家丑外扬，弄得里外不是人。梁凤也明白，身为姐姐的她，跨进权府大门的那一刹那，先行输了理，毫无生息之机。但是，权大人是何等睿智而老成的人物呀，第一，没有当众斥退她们，第二，也不曾去皮见骨地羞辱两人，倒是他个人破费了一大笔钱，购来了两条奢华的绸子被面，正品的苏州货，及时地兜住了这一桩纠纷，不至于恶化下去。其实，姊妹俩的泪水是为权大人淌下的，可因为面子薄，谁也不肯吐口，跑上去道一声谢意。这个关节上，大小姐达云端着一只托盘，送来了两碗羊肉旗花面，上头敷着一层炝过的沙葱、一坨油泼辣子，催喊她们快吃，千万别饿坏了，也别嫌弃这一顿粗茶淡饭。姊妹们一时间忘了客气，连汤带水地下了肚，舒坦得直打饱嗝。丫鬟跑过来，搁下了一套食盒。达云介绍说，这是她爹从馆子里特地预订的一大钵粉蒸羊肉，十成烂，就怕梁家庄子上的婆婆牙口不好，嚼不动。天呐，这才是一声棒喝，也不啻于一道紧箍咒。梁凤羞愧极了：哎哟，我自己咥饱了，咋就忘了家里的老祖宗呀，我真是该死，我千错万错了。妹妹也说：大小姐，刚才我是拌着眼泪吃下去的，让我慢慢地消化这一碗饭吧；我现在给天老爷磕个头，也给权大人和你磕个头。礼毕，姊妹俩默契十足，一左一右地提着食盒，惶惶然地跑出了权家的大门，消失不见。达云却并不上心，这样一件芥末小事，像一碗清水那么平常，时时上演，又何足挂齿呐。

俗话说，佛经易懂，家经难念。至于梁家姊妹后来的关系越发僵冷，毫无转圜的余地，那是另外的一折子戏文。总因笔墨有限，此处略过不表。

胡笳七节

此刻，达云盯望着佛殿前下跪的弟弟，恓惶到了极点，眼泪可以作证。

自己哭，那是缘于悔恨，平日里娇纵了惊白，让他变成了一个少爷羔子，一介偷鸡摸狗的二流子。可达云惊魂地发现，这个人世上竟然还有比她更心碎的主子，哭得天塌地陷，哭声像一堆缠麻，撕扯不清。先是梁凤拽住了达云的胳膊，哀求道：大小姐，你缓一缓吧，小心哭坏了身子骨，权大人的亡魂在大殿上坐着呢，你别打扰了他老人家的清静。接着，梁华也扑将过来，攀住了达云的肩胛，宽慰说：好我的大小姐，往生的走了，现世的还活着，权大人留下的那一大摊子和整个承平堡，还指望着你跟少东主一起去操持，继续做咱们凉州人的定盘星呐。妹妹灵慧，口舌像开了光似的，一向能说在点子上。梁凤不甘，接续道：对呀，武威城里谁人不知，哪个不晓，少东主如今是候任的郡老之一，这分明就是凉州人对权大人的补偿，大家的心里全部服属了你家的男将，从没听见过一个怪声。梁华啧啧道：天呐，有了权大人这样劲拔的老泰山，也才会有顾山农一般的好姑爷，他才三十啷当岁，就已经票决成了郡老之一，位列仙班，大小姐呀，我这一腔子的眼泪叫高兴，我揣着满肚子的蜂蜜水，让我陪着你哭上一鼻子吧。言毕，哭声嘹亮开来。

达云向来记不住人，但这些知根问底的话，这些聒噪，令她一时警觉，及时地收住了悲哀，用目光询问起了左右。这么着，梁家姊妹潦草地说起了当初的那一碗羊肉旗花面、那一钵酥烂的粉蒸羊肉，还欢喜地告诉达云，她们一直舍不得用苏州产的绸子被面，迄今还压在箱子底里。达云宽释了许多，也被姊妹俩的这一番示好迅速感染了，目中闪闪，如见故人。恰巧，刚才过来的路上，达云买了几块白雪雪的手巾，忙从口袋里掏摸了出来，一家赠送了一条，催喊她们赶紧把眼泪擦掉，别像一个哭皮胎似的，让外人笑话。

这个人世上，偏偏有一种货色，惯于借别人的火，破他人的财。

在树荫下闲荒了几句，达云的表情上出现了晴天丽日，却冷不丁地听见梁凤说：大小姐，你以后别再伤自己了，为那个少爷羔子哭坏了身子骨，太不划算了。达云狐疑道：你说了个啥，什么不划算了？梁华插嘴道：哎呀，凉州人谁不知道，那个羔子不就是权家拾来的么！他一个没爹没娘的娃娃，投胎在了你们家，也算是祖上烧了八辈子的高香，才得了这么一个大福报。惊白跪在不远处，回眸张看着姐姐。达云唯恐弟弟耳食了去，伤了他的心，蓦地变色道：呔，你们这些连毛带草的话，以后最好烂在肚子里，谁再嚼舌头，仔细我翻脸不认人。梁凤的脑子里的确灌了屎，分不清皂白，依旧喋喋道：唉，也不是我们姐妹俩嘴贱，武威城里的人们都这么传言，说权大人拾了一个儿子娃娃，当成了金疙瘩，可能在生肖属相上出了毛病吧，所以突然就殁了，下世了，大人没有得享天年。达云挣扎着一笑，苦楚地说：也好，你我只是萍水相逢，路人罢了，我自然管束不住你们的三千乱语；不过，自今而后，权家的大门你们敲不开，承平堡的门槛你们也迈不进去，烦请二位别再旧话重提，说什么一饭之恩了。言罢，达云晕眩起来，身子摇曳着，慢慢地踱出了那一片树荫，置身于火辣的日光下。达云觉得自己培植了那么久的尊严，竟然像一场无辜的大雪，消融得一干二净。

这个时候，寄居在无量寺的游击张汲水，正蹲在惊白的身畔，一边捡拾地上的碎瓷，一边火急地催促：娃子，你可跪在了针尖锥顶上，你挪开一下吧，那边有个蒲团，小心你的膝盖。惊白已经彻底湿透了，仿佛穿戴了一件汗水的甲胄，咬牙道：我不疼，姐姐不松口，我就这么跪下去，一直到她宽谅了我。这名少年的倔强与执拗，令张汲水大感意外，手上忙乱了起来。岂料，惊白却说：哎呀，你别动弹了，你看你的指头上都是血水，你快去寻个大夫，抓紧包扎一下吧。张汲水眼睛一湿，反问道：娃子，你也不怎么囫囵，你的膝盖下面像一块钉板，难道你就不疼么？偏巧，达云走了过来，一眼瞭见了弟弟膝下那一片刺目的血水，狼一般地尖嚎了起来。可任凭姐姐怎么拉拽，如何地哭求，惊白就像扎了根似的，不为所动。达云简直气坏了，一把揪住了自己的头发，撕扯一气，恨不得立刻死掉算了，眼不见为净。无助之下，达云掉头欲走，又险些被蹲在地上的游击绊上一跤，趔趄了几步。达云激烈地说：你别捡了，别纵容了这个少爷羔子，让他跪死算了，反正上佛、菩萨和我爹老子在殿堂上看着呢，天老爷也是非明断，不关你我的事。转瞬，达云的语气又迅速哀婉了下来，央告说：这位小叔，假如你也是菩萨的弟子，那我想借一把你的力气，麻烦你将我的这个小祖宗扛走吧，别再丢人现世了；唉，山门外停着一辆我家里的车轿，你把他扔进去算了，我都快臊死了。对于一介游击来讲，类似的托付不在话下，像翻身下马那么简单。张汲水揽住了惊白的细腰，将这名少年扛在了脊背上，又用双手兜住了他的挣扎。

日头像一块烧炭，火星四溅。今年的秋老虎也不是吃素的，张开了獠牙。

往山门外疾行的过程中，惊白渐渐地规矩了下来。不承想，腿脚安静了，嘴上却依旧不饶人：臭呀，臭死我了，你是不是沤了一个夏天的大粪，没进过茅厕？见对方不语，惊白便愈发鬼祟了，搭在了游击的耳畔，悄语道：呃，我明白，你生疮化脓了，你身上的这一张皮子还没熟好，你最好去城里寻一个大皮匠，多用一些硝石吧。张狂至此，惊白又道：对了，马眉臣他爹老子是武威城里最好的大皮匠，熟一张骆驼皮也不过七八天，我明日带你去一趟吧。张汲水停足了片刻，将惊白再次扛稳当了，反诘道：娃子，仔细你的口舌，你根本没资格嘲笑我，将来你就知道了。惊白一时讶异，这个像骡马一般的胯下之人，居然牙齿很硬，遂开心地说：哈哈，明明是我骑着你，我现在吆驴子喝马的，难道这不是资格么？张汲水答复道：哼，实话说给你知道吧，我看不起你，一点也看不起，我只当自己现在背了一个窝囊人，一个废物。惊白立时慌了，开始喋喋地究问原因。张汲水一面喘息，一面相告说：娃子，你记住我下面的话，因为你还要长大，你还有一幕大好的光阴,你千万别枉费了自己,去做一个龌龊的下三烂。喂,你啥意思么?你有屁就放吧。惊白不悦道。张汲水蔼然地说:第一,你是个儿子娃娃,你的膝盖上砌着两块黄金,将来可千万不要随便下跪;一个人倘若跪习惯了,黄金也能变成糟豆腐,以后卖不出什么好价钱的。惊白心知,这是一句带钢的话,纯粹是为了他好,于是搪塞道:刚才那是朝佛,跪拜我爹老子呢,你不懂。游击并不理会,接续说:其次,后面的那位女香客,实属一位在世的菩萨;我听出了个中缘由,她虽然只是你的姐姐,但尽的却是爹娘老子的义务,你不该惹她生气,冒犯了她的天威。俗话说,宁死当官的爹,不死乞讨的娘,你将来慢慢去斟酌吧。惊白怅然一叹:唉,你八成不知,我姐姐啥都好,除了那一双愚蠢的大脚;不信的话,你回头瞅上一眼,无量寺里那么多的妇人,唯有权家的这个大小姐脚步放浪,样子像母夜叉一般。张汲水憋住了笑,释解道:那叫天足,自打共和以来,街面上时兴这个,你姐姐不过是一员激进分子罢了。惊白懒怠地伏在了游击的肩膀上,喟叹说:其实呀,我在乡学里干的那些架,十有八九是为了我姐姐,谁敢咒骂一声她的大脚,少不了要吃一顿我的铁拳头。张汲水探问道:咦,那么你的战绩如何呢?思忖之后,惊白悠然道:哼,看你说的,怀才不遇有怀才不遇的战略,同归于尽也有同归于尽的打法,岂能一概而论!不过呢,在下最喜欢的还是不战而屈人之兵,此乃上策。这一套失败的说辞,终于让游击失笑了出来,恳切道:娃子,趁着我心情好,我现在免费售给你一个计策吧,让你能时时保护住自己,绝不吃亏。惊白大喜,乖巧地问:是啥么,什么锦囊妙计呀?游击指着地上的一块湿瓜皮,相告说:打不过就跑,三十六计,走为上。

这个关节上,达云追了过来,打断了彼此的热闹,将他们领到了山墙下的一辆车轿旁。惊白进了轿厢后,膝盖上的疼痛登时发作了,忽地卧在了毡毯上,气力全无。达云摸遍了浑身,竟然没钱了,连一块大铜元也没有,便一时尴尬,只好红着脸说:

"这位叔,今个天我走得太急慌,给你行不上一个礼性,日后你要是路过我们权家的大门,一定进来喝口茶,吃个馍,千万不要客气呀。"吊诡的是，达云瞭见眼前的这个游击情绪突然失控了，热泪敷面，嘴角抽搐，哀恳道：

"大小姐，你不必拘礼，行礼性的应该是我，只怪我粗头乱服，一点点准备也没有。"

这种亲爱如素识的口吻，令达云不免张皇，因笑说："叔，你到底咋了么？你哭个啥？你又行的哪一门子的礼性呀？"

"呃，你是观世音菩萨，你和令尊权大人都是在世的菩萨。"游击嗫嚅着，从赶车的小伙计手里，接过了上马凳，仔细地摆在了轿厢旁，招呼达云上车，"天色不早了，二位紧跑慢行，一路上安生吧。"

"叔，你好歹给我一个名姓，将来再见面时，我起码可以称呼你，不要输掉了礼节。"

"你不必太费心，我不过是一名下人罢了，说了你也记不住。"

游击萧然道。

半晌后，车子已经驶远了，达云仍然瞥见，那一个臭味熏天的中年汉子，就像一根孤独的经幢杆子，戳在了无量寺的山门前，无所凭依，落寞寡欢。

折身回到了慈恩殿前的庭院中，梁家姊妹居然还在吵嘴，一个数落着另一个，另一个则脱下了鞋子，正打算抽对方的鼻脸。母狗，两只母狗，张汲水在心里恶骂着，抄起了一根大扫把，一路横扫过去，最终将这一对泼妇逐出了佛门圣地，讨回了一片清凉世界。

岂料，几日之后，张汲水也遭遇了同样的命运，被执事断然轰出了山门，负谤难明。

香客们越多，游击便越兴奋，从早至晚，天天枯坐在无量寺的寺门前，目光如筮，盯视着那些远道而来的人，表情上依旧是一张寻人启事。三千块的胡基刚打完一半，匠人们嚷喊着涨工钱，因为寺里使用的胡基不比平时的土坯，不仅尺码大，分量重，还不能在露天下曝晒，需要仔细地阴干。这是讹人。张汲水一下子火了，本想吹灯拔蜡，一拍两散，但转念一想，自己的肩上还荷担着另外的使命，便苍凉地答应了下来，将工钱翻了一倍，并当场兑付了现钱。一日黄昏，执事踱了过来，和游击并排坐在了山门下，远眺着晚霞笼盖之中的武威城，相互揣测。

执事试探说：你个贼娃子，你一不供香火，二不磕头，却偏偏赖在寺里不走，大和尚问过我好几回了，我也没有一个子丑寅卯。张汲水挽住了裤脚，抠着身上的剧痒，一阵阵颤栗犹如漾荡而起的皮屑，飘失在了光线中，令人作呕。游击回说：哎哟，我原本就不是来朝佛的；我其实在等一个人，往年间，他只拜无量寺这一座庙，所以我被一根链子拴在了这达，熬出了这一身的烂病。执事大为好奇。的确，等人是一件苦差事，过了这个高粱村，便没了这家麦子店，但究竟是一个什么样的人，值得你像一头铁打的骡子，快把我的这一根门槛坐塌了？你说说看。游击快快地说：野鸡无名，草鞋无号，他也不是啥大人物，他只是我的雇主，我喊他大姑爹，我一直等着跟他会合，如今却下落不明了。闻听此话，执事着实有些丧气，掐断了谈说下去的兴趣，拍净了屁股上的灰，踏着晚课的钟声，消失在了大雄宝殿内。

　　事发当日，武威城的一户豪门慷慨捐供，包下了一场大经法会，但也并不禁绝附近的乡邻们来沾吉。这一家人世代缨鼎，仅仅是亲门近族，差不多就有两百口子。男将们纷纷跪伏在大殿下，伺候着香火，婆娘娃娃们则簇拥在了后头，要么吃喝，要么吵闹，好像一锅刚刚炒熟的豆子，总之不得消停。张汲水不谙实情，自然也不甘错失这么一个热闹的机会，挤在了人群的缝隙当中，查看着每一张陌生的面孔。突然，一名膀大腰圆的妇人掉转了头，先是甩过来一记耳光，而后一把薅住了游击的脖领子，尖喊说：龌龊鬼，你个下流坯子，阎王爷的铡刀在等着你呐！张汲水一下子被打蒙了，愣怔道：你这位嫂子，天老爷一直亮闪闪的，你可不能说后半夜的胡话，乱嚼牙茬呀！亲戚们立时拢将过来，结成了同一个阵营，更加助长了这个妇人的气焰，指斥说：你们快瞧，瞧他的那一只爪子，他可真是一个狼日下的货，敢在寺院里这么下流，当众在摸她的肉橛子。完了完了，这下子砸锅倒灶了，一世的清名也毁了，张汲水的内里秋风肃杀，哀鸿遍野，将伸在裤裆里的那一只手仓皇地掏了出来，发现唾沫横飞，拳脚也开始遮天蔽日的，砸向了自己。绝望之际，张汲水瞭见执事从天而降，像一块盾牌似的，将自己隔离了出来，免受了这一幕无妄之灾。但是，执事也相当公正，需要给这一门阔气的施主有个确凿的交代。

这么着，执事喊来了一根粗麻绳，将绳子箍在了游击的脖颈子上，锁住了张汲水，一道烟地带离了是非之地。

到了后院，两个匠人正在打胡基，泥浆泛滥，草屑横空，让人几乎睁不开眼睛。张汲水绊了一跤，砸烂了七八块湿漉漉的土坯，再站起来时，俨然成了一个泥人。执事善心，解除了那一根绳套，央求道：你走吧，现在就走；无量寺的庙实在是太小了，容不下你这个人，你最好去宽展处喝茶，去明亮里活命吧。张汲水释解说：天老爷在上，我并没有丧尽天良，刚才真是太痒了，我实在忍不住才抠了一趟，结果让人家误会了。执事道：唉，哪怕你这个说法占了理，但无量寺里也没有替你治病的方子，你还说个锤子呢，你快滚吧。张汲水苦楚地说：的确，烂掉的是我的锤子，但我的心是清白的，你再宽谅我一个阶段，好歹让我把这个秋天过完吧。

见事有不欢，执事面笼寒霜，当即牵来了一条看寺护院的獒犬，丢开了铁链子。不愧是游击，亡命的本领也堪称一流，张汲水越墙而出，寻见了自己仅有的一件家当，扛起那一卷生牛皮，恓惶再三，就此告别了无量寺。

在承平堡北门外逗留了几日后，张汲水慢慢地摸见了规律，子夜前后，不管是星光密布、和静清远，抑或是大风竟宵、彻夜未息，不远处的三岔路口附近，常常麇集着一批批负重的驼马，形如鬼魅。不用问，张汲水嗅上一鼻子，便猜出这是即将上路的商团与驼队，正在为挑选哪一个方向而争执不休，难分高下。身为一介保商游击，张汲水的前半生一直游走于北疆一线，在戈壁干滩上挣钱活命，鲜少跨入绿洲，更遑论进城入世了。目下，在河西首郡的武威城外惊见了这一幕，张汲水暗自喟叹，真是钱难挣，屎难吃，这个薄凉的人世上竟没有一桩轻松的营生呀。依凭经验，张汲水心中了然，这些打算塞铃而走、潜行过境的商团，大概有三个群体来把控。一是内地的商号，虽然商号一般身具了大官僚与大财东的背景，但他们的物资和人马一旦翻过了乌鞘岭，越过古浪峡，进入了狭长的河西走廊地界后，往往如飘失的野马，势孤力蹙，让一切的念想都虚悬不已，实难掌握。二是马帮，这一支力量主要来自甘肃的河州和陇南方向，货物以茶叶、蜀锦、瓷器、调料与手工艺品为主，产地大多在云贵川一带；同样的道理，当他们取道西路，渡过了黄河天堑，漫下了祁连山的北坡后，河西四郡的连绵绿洲以及平原之道，究竟是一块百应百诺的芝兰之地，还是一片天寒地冻、路远马亡的广袤泥淖，谁也不敢去拍腔子，去打包票。三是大规模的驼队，这些经年不辍的贸易团伙，以贩运羊毛、牛毛、皮张、矿石和鲜白盐为主，向东可以抵达包头和张家口，往西则穿过了巴丹吉林沙漠和马鬃山沿线，直取巴里坤草原与猩猩峡，方可进入口外的新疆；无疑，这是一条省俭之道，也是老辈子的马户和驼夫们探摸出来的路径，赓续至今。

明世宗嘉靖三年，朝廷闭嘉峪关，废沙州，弃敦煌，整个河西走廊由此成了一片绝境，一条僵死的锈带，贸易停顿，窒碍难行。清世宗雍正三年，朝廷又重启塞防，打开了西域门户，并拨付专款，叱令从甘肃的五十六个州县开始大规模移民，填充四郡两关，威慑西天。即便目下中华民国已然定鼎，万象一新，但是税负仍不见减免，相反却让一批又一批的买卖家和贸易人不堪其重，宁肯选择了北疆一线，蹈死犯险，也不情愿自己的血汗钱被盘剥殆尽，颗粒无收。在武威、张掖、酒泉、嘉峪关和敦煌这一条官道上，税卡林立，税目繁多，除了当地军阀的检查站、官府的哨位、土著居民的公然作梗之外，还时常出没着一股股前朝的卡兵。清朝覆亡之后，一部分心如枯槁的卡兵并没有回归内地，甚至成建制地丛聚为盗，糜烂河西。一俟抢掠成功，这些人便像一阵恐怖的罡风，消遁在了祁连山的榛莽之中，开始蛰伏，寻找下一个可以祸害的目标。暗夜下，张汲水一边抠着浑身的奇痒，一边在心里断喝道：走吧，趁着凉快赶紧上路吧，天一亮就热死了，你们要仔细善待那些牲口。这一刻，张汲水并不打算跑过去帮腔，替陌生人筹谋一二，过过嘴瘾，因为他最清楚不过，自己虽然谙熟北疆方面的大小路径，但经验是有限的，不值得去挥霍一空，必须留待将来。至为重要的，张汲水的内心当中揣着一道秘密的使命，令其举步艰难，万般无奈。当然，这种磨折所带来的后果之一，便是浑身上下的奇痒，无药可治。

后半夜开始了，三岔路口附近的驼队和马帮走得一个不剩，田野上传来了阵阵蛙鸣，夹杂着野狗的吠叫。果如所料，那些商团本就是一盘散沙，结不成伙，搭不了伴，最终各自上了路，大概到了明日午时之际，方能在一个未知的地点歇下脚来，熬过毒辣的日头。张汲水失笑着，将一卷生牛皮铺开在承平堡北门的廊檐下，顺势摊开了肉体。其实，也只有在鸡叫头遍的这一段时辰内，张汲水一般会忘了这个浮世上的劳碌与怨恨，小憩片刻。在睡梦中，他死去了一回，又挣扎着活了过来，揩净眼屎后，发现凉州依旧，还是老样子。

这一日却是例外。

鸡叫二遍时，廊檐外斜过来了一阵雨丝，空气清凉，密云酥润，这是秋天开始服软的迹象之一。张汲水撒了懒，打算再丢一个盹，忽然觉得一只绵软的手，按在了自己的额头上，摩挲再三。喂，快醒醒，你病下了么？来人问。游击猜测，对方或许是一个早起的拾粪老汉，便答复说：三岔路口上的粪多，再迟的话，你恐怕就白耽搁了。来人试完了体温，焦灼道：哎呀，你烫得着实厉害，你一定是发了烧，我带你去看大夫吧？这么着，张汲水一骨碌爬起来，款笑道：不错，我确实病下了，但我的这个病名声不好，你最好站远一点。

抬望中，对方并没有背着粪篓，手中也没有拿什么羊铲，却安慰说：唉，生而为人，你我吃的都是五谷杂粮，谁还没有一个害病的光景呀，这跟名声关系不大，你也不必自责。来人清癯干瘦，像一根筷子戳在了雨雾中，一件灰黑的罩衫湿漉漉的，显得脖颈子细长，下巴上的那一绺胡子也十分倔强。因为头戴了一顶陈旧的草帽，游击始终也窥不见对方的表情，但知道刚才的问话是一份关爱，心中不由得潮起了一团感念的汁液。张汲水揭开了衣裳，将脓血斑斑、溃烂成疮的前心后背逐个亮了出来，以此来证实自己所言不虚。岂料，对方骇然一惊，立时变色道：天呐，你身上的毒性太大了！这足以把一头牦牛放倒，况且还是你这么一个快漏气的肉胎。目光逡巡了一遭，来人又指着路旁的那一排白杨树，催喊说：快去，沟里的渠水比较洁净，你抓紧洗漱上一下，换上我的衫子，我这就带你去城里找梅郎中。言毕，这个人迅速除下了自己的罩衫，递将过来。

张汲水的眼睛一下子湿了，并不是落雨的缘故，哀告说：叔，我不洗了，我也不能洗。对方催逼道：梅郎中的名声最大，医术一流，他跟我的交情也不错，你得听我的，你千万不能犟。张汲水释解说：我不能下到沟渠里去，我也不能洗澡，我身上有毒，我的这个病名声不好，我怕弄脏了这一渠的清水，祸害了下游里的父老们。对方登时怔住了，表情上一片可悯之状，忽而又漾荡出了一种欣慰之色，仿佛眼前的这一切蔚然入目。偏偏在这个关节上，张汲水开腔道：

"叔，我认得你。"

"你认得我，你咋认得的？"

纳罕道。

游击思忖了片刻，方说："叔，我可是一个猫鬼神，反正夜里睡不着，我瞭见你经常围着这一座承平堡在转圈子。你都转了好几夜了，莫非你丢了啥东西么？"

"不，你认错人了，我只是路过。"言罢此话，对方却后几步，一把压低了草帽，簌簌而走，徒留下了一道萧然且哑默的背影。

这一刻，凉州大地让附近的公鸡们彻底唱白了，慢慢地浮现出了一片旧基式廓、关河险固的模样，一如从前。在幕天席地的雨水中，张汲水终究不明白自己做错了什么，冒犯了何人，只有仰首问天，觉得心中风起沙移，急湍怒号，似乎塌掉了一角。

同样，在承平堡北侧的城墙上，另有一个人收回了目光，轻声一叹。

胡笳八节

秋日的天空，像淬火之后一片湛蓝的瓦叶子，覆在了祁连山北麓的广袤绿洲上。

承平堡可不是一般的堡子，它堪比一座城池，一处要塞，一座囊括了几辈子家人的深宅大院，距武威城北门大概有三里路之遥。在这个人烟辐辏、百货猬集的河西首郡，又因为它外表质朴，整体格局束身敛气，所以承平堡大有以屈求伸之势，显得并不唐突与招摇。天呐，不愧是大手笔，此乃我平生仅见，朱绣朱先生拐上了角楼，暗自感喟道。

角楼兀立，坐落在堡子的东北端，左右毗邻着一砖到顶的墙垛。瓦檐上稗草茂密，漆色剥落，柱梁间沾满了雀屎，加之门窗破损，更像是一座简易的亭子。拾级而上，顾山农一路殷勤，尾在了朱绣的身畔，隐约听见了客人内里当中的一阵阵轰鸣，却并不惊诧，似乎这是一桩意料当中的事情。朱绣瞭见，承平堡的整体氛围仍旧是童山如秃，一派灰蒙蒙的样子，甚少藏风聚气，基本上连人的味道也嗅不见。也难怪，在这长达三年之久的服丧期内，承平堡大门落锁，二门紧闭，除了顾山农这个招女婿独自守孝、恪守旧制之外，外人实难敲开堡子的大门，一偿好奇。但是，眼前的石阶洒扫一新，清水泼地，顾山农也不离左右，这分明又是合宜的待客之道，朱绣便逐渐缓颊，一路上说笑着。

跨入迈道，站在角楼之上，整个武威城犹如一座庞大的沙盘，横陈于眼前。朱绣一时间轻快了，攀住了主人的肩膀，喜悦道：少东主，多谢了，敢情你今个天赐给了我一双登云靴呀。登云靴？顾山农一时狐疑，不免探问道。朱绣不答，目光像一只尽情的风筝，滑向了天涯，一方面迫切，另一方面又书卷气十足。南望远山，积雪一白，冈峦重复，弥望无际，乃祁连山一线也。秋风从身后吹刮而来，粗粝，硬朗，暗含着一丝凉意。朱绣不必回头，便知道云有云穴，风有风巢，这些无形的使者一定来自北疆，先是席卷了蒙古草原地带，接着又掠过了腾格里左近的沙漠与干滩，开始给凉州全境转换季节，披毛戴革了。左手一侧，遥远的乌鞘岭和古浪峡山环河抱，结局紧严，自古为兵家必争之地。不料，这一刻东行的官道上尘雾四塞，日色浑白，一点也瞭不见地面上的细节，朱绣便移步而去，立在了对过东北角的瞭望台上。隔着垛口望去，整个河西的门户大开，缠绵的绿洲上田畴平旷，渠水回绕，村树衔接，真是一派繁富之象。收秋已经接近了尾声，丰年的到来，好像让凉州的地壤上长的不是五谷稼穑，而是一坨坨的金疙瘩，盯望上一阵子，眼睛就会发涩，不觉得有什么稀罕。作为股肱大郡，又是河西走廊的首善之区，凉州一旦好了，那么甘州、肃州和沙州自然也是相率效仿，永享利益。反之，倘若武威县有一个头痛脑热的话，张掖、酒泉与敦煌则绝对是气象惨黯，少不了被牵累。朱绣腹有经纶，早些年因为办学的事，一直穿梭往来，始终觉得西去的这一条长路好有一比。如果说它是一根瓜蔓，河西四郡俨然就是一窝熟透了的旱沙瓜，一气联络，让道路两岸的父老乡邻大快朵颐，舌头上铺满了蜜汁，而凉州自然是其中最滚圆的那一只。再有一比，设若说整个河西是一座庙宇的话，那么凉州便是大雄宝殿，布敛云雨，永镇金阙，剩下的郡县不过是一些配殿罢了。这跟任何戏班子的构成颇为相似，吹鼓手再怎么招摇，定音的永远是那一只握住了琴颈的手。思想至此，朱绣忽然释放出了一阵由衷的笑声，觉得天慈地悲，这一世的轮回中，天老爷将他安顿在了凉州，这无论如何都是一记坐虎针龙的妙手。无负今日，无负此生，朱绣这么给自己打气。

　　不巧，一阵劲风从蒙古的方向上刮来，灌在了朱绣的衣袍中，扯拽着他在迈道上趔趄了几步，好像脊背上扛了一只猖獗的气囊。顾山农一胳膊抄住了总教的腰身，稳住了对方，笑说：先生，堡子里太寒碜了，没能提前准备下帐幕，下一回我仔细才是。不，要帐幕多此一举，站在这堂皇的四方城内，犹如置身于紫微星下，当年的康熙和乾隆也不过如此。你要是拦起了一块布，岂不是大煞了风景么？朱绣反诘道。顾山农抱拳一揖：呃，我刚才发现先生又要作诗了，这个寒碜的堡子，倘若能听到先生的天语纶音，不啻于一种加冕，可这恼人的风，偏偏打断了先生的思绪，真是太可惜了。闻听此言，一向以诗名自负的朱绣不免脸红，仿佛被人窥破了心思，赶紧表情一锁，笃定道：哎哟，好我的少东主，这些年你困坐愁城，在这里专心为权爱棠大人披麻戴孝，在下虽然混迹于城里，酒囊饭袋，一无是处，可我的这一颗心也天天悬在承平堡内，记挂着地底下的那一位故人。唉，不怕你笑话，别说作诗了，这三年多来，我甚至连生活也不曾握过一次，肚子里的词章几乎忘光了，还得重头再拾呀。在凉州土话里，"生活"一词是对毛笔的敬称，自有一番深意。这一霎，顾山农发现了总教大人脸上的那一份哀戚之色，便不想让这个话题继续下去，破坏了彼此的心境，辜负了秋光，忙道：抱歉，晚生刚才说话不当，先生不必介怀，山农是一个粗人，不配谈什么诗词韵律，前头有一席茶，还等着先生去品尝呐。说着话，顾山农率先而走，将朱绣朱先生再一次邀进了角楼内，宾主二人分坐在了石头桌子的两端，相视一笑。

　　窗口下立着一只小火炉，铁壶里的水刚刚滚沸，刺啦刺啦的，漾起了一股股蒸气，被外界的风刮走了，飘失一空。顾山农拔下铁壶，开始净碗冲茶，指头上安静极了，似乎这也是对客人的一份礼遇。这个过程中，朱绣的目光并不在石桌上，茶乃静品，况且茶不是今日的主题，不必分神。朱绣盯看着巴掌大小的炉口，彤红炽烈，无烟，无味，也无火舌，但几块炭石精神劲拔，外黑里白，燃烧到了极致。不用问，这是一个木炭炉子，木炭应该是用祁连山里上好的花楸木炼制的，产量稀少，价钱不菲，一般的人家伺候不起。渐渐地，朱绣的诗心再一次发作了，暗忖道，眼前的这一切同样好有一比，这承平堡，这位不久前刚刚蓄了一抹胡子的后生，岂不是跟炉子里特殊的炭火那样，品质洁净，仪表肃穆，但腔子里分明揣了一团烈焰似的，令人在温暖之余，还会滋生出一种信赖么。目光瞥向了窗外，但见一疙瘩云朵挂在了秋空之上，幻变无常，放逸不拘。朱绣的内里忽然潮起了一股温热的汁液，不停地叨念说：权大人，权爱棠，你就知足吧，你就宽了心去往生吧，这白花花亮堂一片的人世上，这一幕活人的大光阴里，已经没有了你的那一把交椅，没有了你的角色，你真的可以闭上眼睛，不必惦记了。这些哑默的话语，与故人如此辞别的道白，在总教的心中轰鸣不已，而后又像一道琐屑的灰尘，慢慢落地。

顾山农抬身，双手奉来了一碗茶汤，朱绣赶紧接住了，停在了手上，殷殷一笑：少东主，你早早地打发家里的车轿去接我，又陪着在下参观了一趟承平堡，耽搁了你不少的时辰，呵呵，我揣测，今天总不会因为一碗茶这么简单吧？顾山农攥着一块抹布，拭净了桌面上的水渍，豁然道：先生多虑了，先生在整个凉州乃至河西一带素孚众望，赫赫著闻，山农作为晚辈，只有拜访和请益的份，岂敢僭越礼数，抱有另外的企图呀？先生快请，趁热喝下吧。朱绣盯视着眼前这个俊朗而沉静的青年，目光中沁出了千般赏识、万种惊叹，但囿于自己的身份，也缘于个人的性格，有些话不便悉数道出，只好搁浅在了肺腑之中，留待将来。三年多了，自打权爱棠大人突然发病，匆匆下世，承平堡这个崭新的城池尚未启用，就潦草地办理了一场葬礼之后，今天是宾主双方的头一次晤面。朱绣深信，承平堡送出去的第一封红帖就是给他的，绝不会有另外的人选。帖子的落尾上，签署了少东主的名姓，那三颗漂亮的墨字系人离绪，仿佛权大人犹在这一座人间，而这不过是皓首故人的又一次邀约。因为这个，朱绣没有不便就道、辞谢不赴的借口，今日里游览了大半天，目下已是意兴阑珊，人困马乏，这一碗茶汤恰恰是最佳的解脱之道。不过，朱绣的心里仍旧横亘着一道谜题，不吐不快。这个谜题深邃广漠，不唯他一个人所有，也是其他的郡老，包括凉州全境的百姓一致的困惑。见时机恰当，朱绣开腔道：少东主，你从承平堡回城的次日，我们五个老朽心投意洽，经过郑重的票决，公推你为第六名郡老，补齐了这个议事班子；但是，在下陆续接获了其他的伴当们传来的话，说你坚辞不就，画关自守，既没有答复那些送来的帖子，就连上门去恭喜的沈光宅和王曰信两位大人也是四望无涯，吃了闭门羹，你让他们在权府的门外，足足晾了有大半天呀。顾山农抱拳，虚上一礼：先生，幸亏你这么信赖山农，有此一问，也好让我有一个辩解的机会。是这，郡老们的票决是一码事，但晚生的心思又是另一码事。山农这辈子鸡皮蛙脸的，纯属于一毫无补之人，百身莫赎的弟子；我知道个人的斤两，也清楚自己的福报，岂敢骄奢僭罔，顺着大人们的抬举蹬鼻子上脸呀。

如此恳切而清亮的话，如此谦虚抑让的表情，令朱绣呼的一声，内心腾起了一团焰火，烂漫若锦。朱绣道："呵呵，真可谓一夫所守，千人莫度呀。少东主刚才的这一番话，自然是胸有江河，崖岸自高，令老夫不由得忆想起了一则典故。"

"哟，先生尽管开示，晚生不敢大意。"

顾山农一欠身，满目虔敬之色。

"春秋年间，晋国人豫让有云，以众人待我，我以众人报之，以国士待我，我当以国士报之。如此看来，最近少东主几次三番的推辞，根本错在了我们这一帮老朽的身上，错在了凉州，应当是礼遇得不够，慢待了少东主吧？"朱绣款然道。

顾山农一时惶然，起身侧立，哀告说："先生，万万不能这么讲。按你刚才的意思，山农真以为照错了镜子，一旦失控，轻则不知好歹，没边没沿，倘若再一步步地丧失了戒惧，恐怕也将废了我的这一生。"

仁人君子尤当直谅其心，不必苛绳其辞。朱绣带着这么一个良善的愿望，暗自点头，嘴上却不依不饶，率直地说："少东主，目下的这个议事班子已经有些年月了，如今老的老，病的病，糠的糠，实在是迫切地需要一支你这样的新鲜力量，来补血回气，来顶门立户。圣人曰，不生万物，天地之穷也，不储衣物，人类之穷也。如果议事班子错过了少东主你，想必也是凉州之穷吧。"

顾山农再一次抱拳揖礼，唯谨唯恭，释解道："先生，倘若我不曾记错的话，权爱棠大人在世的时候，郡老们也有过几次秘密的票决，力邀他老人家进入议事班子，递补上那一个空缺。晚生作为女婿，既然外父都自感能力匮乏，难以胜任，我又岂能贪天之功，借郡老们的大好阴凉，在这一块地界上狐假虎威呢？"

这一番陈词节节有力，其中衷曲，朱绣听了个透彻明白，便知大势已去，覆水难收。抱着最后一丝期冀，朱绣再发感喟：

"少东主，你先不慌忙答复，口舌太急，必有失误。老朽只告诉你，这郡老的角色可是千金难买，尊崇无比，你一旦错过了高粱村，以后就没有这个麦子店了。难道你甘心自己浑噩一生，在武威城里当一辈子的油坊主么？"

顾山农苦楚一笑："先生，你一向节望清高，特行卓识，但刚才那些轻蔑贸易、鄙视商业的话，晚生却不敢苟同。不过呢，先生法眼明鉴，大致猜中了十之八九，山农最近突发奇想，正打算开一条新路，创一门新式的生意，做一个共和时代的商人。"

石头终于落地了，这就是最后的谜底。

见事有不欢，朱绣一般会采取婉转路线，绝不贸然处之，遂缓颊道："少东主，你千万别忘了，票决的结果已经是定文，凉州百姓也早已人尽皆知，不管你将来是一介商人，还是荷担了郡老的身份，你始终都是一个鲜亮的人物，一个焦点所在。希望你好自为之，踏稳每一个步子，不要枉费了这一份天意。"思想了片刻，又蔼然地说，"时日还长，况且你正当年华，郡老的那个位子即便空荒着，闲置着，可谁都知道它姓顾，名叫顾山农，没有人能从你的手里抢走它，这一点我敢打包票。"

"先生，你就不问问，山农要开一条什么样的贸易新路么？"

仰脸一笑，探问道。

"呃，老朽念书念愚了，实在不懂那些五行八作的门道，少东主但说无妨。"

这一刻，顾山农肃穆了表情，截铁地说："先生既然以恕道待人，为晚生慷慨地打了包票，那我不能不殷勤相告，掏出这一腔子的肝胆。是这，我打算开一家保价局，替河西沿线，尤其是北疆一带的商团与驼队，替祁连山南北两麓的马帮作价保商，解除他们的忧患和惊惧，让他们求一个平安，挣一笔劳碌钱，也好获得这个人世上起码的安稳吧。"

朱绣不谙贸易，但闻听了此言，忽然朗笑道："呵呵，不愧是权爱棠大人的贤婿，你的这一番高论真是取今复古、别立新宗呀。老朽心里着实痛快，今个天太痛快了，我攒足了这一生的清誉，来为你顾山农打包票，你却在为天下的商贾们祈福，为凉州的将来筹谋再三，也为这河西一线的四郡两关把脉问诊，开疆斥路。不错，你我虽然是一镜两面，但其中的格局和气象，实际是有云泥之分，高下立判。少东主，不，贤侄，眼下没有外人，也没有什么繁文缛节的讲究，老夫不揣冒昧，现在就替凉州百姓，替这个人世上的大小通衢，万千路径，先给你行上一礼吧。"

言毕，朱绣朱先生款款地搁下了茶碗，腾身而起，垂手肃立，仔仔细细地鞠了一躬，完全是凉州总教的那一副庄严派头。

不过，变起仓促，拦挡已经是来不及了，顾山农只有硬着头皮，扛住了这一份莫大的礼遇，惶然不堪。为了掩饰自己的尴尬，顾山农抓住对方的茶碗，泼在地上，又沏上了热汤，恭敬地端给了客人。谈议了大半天，朱绣确实渴坏了，接住了茶汤，一饮而尽，突然间表情一冷，目中透出了一种讶异的神色。未及发问，朱绣瞭见顾山农从身上摸出来一只锦囊，解开了束绳，将一摞名签逐个摆在了石桌上。朱绣记得它们，这不就是郡老们最后一次票决的证据么。但是，它们何以走出了武威城里的文香茶府，又怎么到了承平堡，此刻攥在了顾山农的手中，这一切已然成谜，来不及探究。顾山农哀恳地说：

"先生，诸位大人对晚生的器重，让我铭肌镂骨，没齿难忘，可惜的是山农根浅缘微，毫无寸尺功德，实在难以鸠占鹊巢，忝列在郡老们的班子里，唯恐玷污了这一件凉州名器。我以为，这个话题不过是琐屑饾饤之词，今日里可以打个结了，也好让山农将来矢志于心，埋头在贸易之上，为凉州寻见一个生息之机。"

朱绣说不出话来，频频点头称是，因为口舌中噙着一股奇异的茶汤，简直被攥住了魂魄似的。见总教首肯了，顾山农抓起那些名签，一张，接着一张，丢进了炉口中。噗地站起了一根火柱，摇曳着，仿佛一个喝醉了的人物。朱绣眼尖，从墨迹上瞭见，先是彭澹然和王曰信，紧跟着秦望澜与沈光宅，这些郡老当时签下的票据，已经焚为了灰烬，再也难以佐证那一场递补的仪式了。这个关节上，顾山农捏住了最后一张，刚准备投火时，却又转过身来，递给了客人：

"先生，这是你的墨宝，晚生不敢造次。你留下吧，权当是一个纪念也好。"

"呃，有这个字就足矣。"

的确，名签上只有一颗突兀而莽撞的墨字：顾。朱绣潦草地答复完，一方面被一种巨大的愧疚所慑服，深感对不住眼前的这一位栋梁之材，另一方面却也厌恶顿生，觉得自己老马失了前蹄，斯文扫地，落笔成文的那一颗墨字丑陋、狰狞，鸠首鹄面，彻底暴露了他当时的那一份促狭之心，寒宵之举。朱绣赶紧撂下了空碗，一把夺过顾山农手中的名签，揣入了怀中，颊脸上彤红一片，好像一方新鲜的印泥。

半晌后，朱绣方才缓过了劲来，狐疑道：少东主，你款待老朽的这是什么茶，竟然如此怪异，令人惊悸不已，却又甘之若饴？顾山农唎笑着，重新注满了一碗，瞭见客人并不推辞，当即长鲸吸水，下巴上也滴滴答答的，打湿了半个衣襟。先生，你走南闯北，一辈子见过大世面，敢问这个茶究竟如何？顾山农探问道。这一时，朱绣不停地哑巴着嘴，仿佛鸭子戏水似的，斟酌道：哎哟，老朽仅有一点皮相之谈，说出来也不怕少东主你笑话。这个茶就像一个人在长路上行脚，其中的颠连往来，蕴藏的深秀和本末，真是好有一比呀。登时，顾山农张开了双耳，相问说：行脚，这个话如何释解呀？对了，总教大人喜欢比喻，总觉得这个人世上的万千事物，终归是草蛇灰线，伏脉千里，一定有一种神秘的因果和意志勾连上下，衔接天地，令人无心可猜，所以晚生这才有此一问。这么着，朱绣摇晃着满肚子的茶汤，澎湃地说：是这，刚开始，这个茶又苦，又涩，又腥，好像一颗刚刚割下来的猪苦胆，简直让人难以下咽，口舌上也布满了一层荆棘刺似的，左右莫是。少东主，一个在长路上行脚的人，一旦误入了绝境，站在了荒凉世界中，只见飞石满空，风起沙移，昼嘶夜号，恐怕连死的心也都有了，这个茶刚入口的味道，大概就是这么一个感觉吧。顾山农提来了一壶新开的水，蒸气漾荡着，恍惚如帐：先生，假如到了你说的这个地步，要么吐掉这一口茶，折身而返，方能脱离险境，保全性命，再要么，拼命咽下这一颗苦胆，大不了前路上天寒地冻，路远马亡，但这毕竟也是一桩儿子娃娃的课业吧。朱绣面似沉铁，追问道：那么少东主如果遇见了这么一个坎，应该是咽下呢，还是会当场吐掉？顾山农并不答话，注满了一大碗酱油色的茶汤，高高捧起，冲着对面这一位清癯的大人欠身一礼，迅速灌在了自己的肚子里。

偏偏在这个时候，一只喜鹊从天空中飞落下来，停在了角楼的窗台上，敛住翅膀，盯望着这一幕人事机微的谈话，叽叽喳喳地开始了插嘴。朱绣压低了声嗓，喜悦地说：哎呀，少东主果然是真纯之人，只有咏絮之才才会那么悲观。老朽以为，身处绝境之中，一定不能退却，即便是一碗苦胆水，也要硬着头皮喝下去，也势必要拔脚上路，开出一条自己的大道，走出毳帐穹庐，走出荒垠绝漠，最终才能知道山河如昔，边地生春，这一个明晃晃的人间凡世令人惜疼不已，值得你我二人去活上一回，去欢闹过一场；这便是无负此生，无负今日呀。一阵阵激动的颤栗，波涌在了顾山农的身上，他眼眸中噙着一滴滴烁闪的泪珠，恳切道：先生说得好！你刚才的演讲先抑后扬，犹如海上神山，令人向往；再说了，这一番大彻如悟的言辞，分明也是大人对晚生的开示，让山农感激涕零，不知该如何回报。朱绣品咂着茶汤的味道，猛地拍打起了桌面，快慰地说：啧啧，这个茶真是千经万典，天地独造，尤其是它的回甘，它在渡尽劫波之后的傲然，它死地重生的那一种烂漫，真让老夫大开眼界呀。顾山农相告说：先生，这个茶叫罗布麻茶，来自口外的罗布淖尔。

罗布麻茶，朱绣记住了这个名字，依旧沉浸在一种广漠的喜悦当中，不可自拔。顾山农道：晚生这一趟回来，一直忙于料理家中的琐屑，来不及腾开身子，去拜谒每一位郡老，这实在是我的不周，我先输了礼性。是这，再过上一段日子，便是九九重阳节了，山农打算邀请五位大人不辞劳碌，结伴出城，一道去郊外的沙山上，专门喝一桌这个茶，开开心，顺便也替诸位郡老洒扫祈福，盼着大人们在这一世里福寿绵延，各自拥有一个长生天。对这个闻所未闻的大胆建议，朱绣一时犹豫，况且也不能擅自做主，便迅速回避了。朱绣啜下了一口茶，冷不丁地张开了嘴巴，将舌头伸出来，亮给了顾山农，表情上煞是稚气，好像一介童子似的。末了，朱绣描绘说：哎哟，简直太稀奇了，现在我的舌头上就像抹了一层蜂蜜水，就像敷了一层新鲜的酥油，也像种满了芍药和月季一般，我得噙着这一口香氛回家，我真是舍不得吐纳了。顾山农被这种夸张的情绪忽然感染了，连忙搁下了手中的茶碗，央告道：先生，重阳节的那一桌茶，还得请你抽空赐下一个名号，否则的话，水也不开，茶也不烫，岂不是扫了大家的兴致，郡老们也将怨怪怎么？朱绣依然故我，率直地说：少东主，你别自私，你也别太腼腆了，我刚才的话那可是掏心挖肺，肝胆相告。快来，你也把舌头吐出来，让老朽仔细看看，这罗布麻茶回甘了之后，究竟在你的身上结出了什么样的因果？

　　闻听此话，顾山农立时沉下了脸，面色郁结，似乎被深刻地冒犯了。这个关节上，朱绣瞭见顾山农的那一抹新胡子湿漉漉的，挂满了茶汤和残叶，忽然间心头一热，抓起桌子上的抹布，欢快地跑了过去。顾山农不解其意，也来不及应对，却见朱绣已经出手如电，将那一块臭烘烘的抹布捂在了自己的嘴上，执拗地说：来来来，老朽帮你擦擦嘴，擦干净了再说话。顾山农躲闪着，抗拒着，生怕自己一使劲，不小心碰坏了眼前的这一尊老瓷器，变得以下犯上，百口莫辩。朱绣却余兴未泯，一边揩拭，一边叮嘱道：记住喽，你现在可是权家的顶门杠子，你是少当家，以后要仪态端庄，要有人主之风，再不能这么邋遢下去了。

　　终于，顾山农动怒了，一把夺过了抹布，掷向了窗外。

　　意外的是，那块抹布竟然像一件宽大的斗篷，倏忽间滑落了下来，将窗台上的喜鹊兜头一裹，当场拿获了。喜鹊拼命挣扎着，一迭声地诉说着天大的冤屈，好像它被押进了法场，即将开铡问斩似的。朱绣尴尬极了，汗下如浆，知道自己极力挤出来的这一丝笑容折骨伤筋，粗劣，窳败，琐碎苛细，犹如一片斑驳而无妄的铁锈，令人憎恶。另外，先前刚刚平息下去的那一种巨大的愧疚感，再一次地涌集而至，见心入骨，让他深以自危。顾山农虽然心有不怿，但明白自己作为承平堡的主人，简直太粗野，也太无礼了，遂松开了表情，豁然道：先生，我这是眼花了，我还以为来的是一只老鸹呐。朱绣也趁势下了坡，自嘲道：唉，如今的喜鹊和老鸹一个怂样子，不光多嘴多舌，分明还是不逞之徒呀。说着话，朱绣哈了哈腰，踱到了窗台下，一把抓住了那只活蹦乱跳的喜鹊，仔细地解开了那一块缠麻般的湿抹布，抬手一抛，将其放了生。

天空像一叶写经的大纸，喜鹊留下了一行墨黑的残迹，简捷地消失了。

这一时，承平堡的庭院中，传来了管家急切的喊声：少东主，你快下来一趟，大小姐在门端外候着呐。顾山农闻听后，倒也不慌，重新沏上了热茶，一碗捧给了客人，另一碗停在了他自己的面前。朱绣扬了扬下巴，催他快去，别耽误了事情。顾山农却眉目一沉，慢慢地挽起了袖子，哀叹说：哎哟，也不怕先生你笑话，山农的头上顶着一只火盆子，权家也不能幸免，头上照例顶着一只屎盆子，指不定啥时候就会鸡飞蛋打，囚头垢面，让整个凉州人耻笑不已。朱绣一下子醒悟了，劝慰道：咦，你说的是惊白吧？不过，照我的意见，你跟大小姐摊上这么个难肠的弟弟，恐怕也是前世里的因果，到了这一世里必须要偿还的，谁叫你是他的姐夫，达云又跟惊白亲热得像一母所生，活剥不开呀。顿了顿，又叮嘱道：少东主，这件事你心里一定要有一个尺码，对待弟弟既要不骄、不纵、不宠，但也断然不可举止过分，坏了彼此的情义，最终反目成仇；毕竟，权爱棠大人的那一张脸比天还大，比地还广，不看僧面，佛面自然也不能被泼粪，让权家这几十年的声誉毁于一旦。这是一句蔚然入心的告诫，也是一次善意的敲打。顾山农点头应承，喟叹道：这个少爷羔子呀，八成又闯下了大祸，因为达云甚少来承平堡，她今个天的这种架势，一定跟惊白脱不了干系。直到管家的喊声追了上来，廖逢节站在了角楼下头时，顾山农方抬手作揖，央告说：先生，你尽管自便，待晚生料理完了这些琐碎，再过来给你赔罪吧。

言毕，主仆二人陆续走了。

朱绣相跟了出去，站在迈道上，隔着砖石的垛口，盯望着顾山农不疾不徐、款款地走下了阶梯，消失在了庭院中。一路上，顾山农并没有申斥管家刚才的仓皇之态，也未曾问及弟弟惊白的现状。相反，他却云淡风轻地谈起了郊外的沙山，督促廖逢节抓紧去一趟，实地踏勘一下环境，尽快筹办重阳节之日的茶会，不可拖宕。念及顾山农先时的那一番颓丧，此刻又目睹了他抱道自重的另一种神色，朱绣不由得想起了太史公的一句话，大概是胜不妄喜，败不惶馁，胸藏惊雷而面如平湖者，可拜上将军也。

这么着，在高云广天之下，朱绣冲着主人的背影，伸出了大拇指，夸赞不已。

日头西斜，光线从南部祁连山一带的山脊上拂吹而来，一马平川，仿佛裹挟了榛莽丛林当中的那一股凉意，将凉州吹彻，让大地上土脉膏腴，民物殷稠，一幕幕繁富之象，不亚于省城兰州。秋天深了，这是河西绿洲上特有的天气，云气相连，形影微茫。朱绣的内里深处，渐渐地滋生出了一点点诗意，仿佛有一支失而复得的墨笔，被他无形地捉在了手中，开始踱步，就此吟咏。大地醍醐，凉州之安谧，稼穑之丰饶，足见天地好生之德。在这一场活命的大光阴中，人与物，走兽和鸣禽，花枝及佛龛，大致上同样具备了这一份本性吧。半晌后，朱绣感慨罢了，这才将自己的目光收束回来，落在了规模宏阔的承平堡身上。

事实上，朱绣深知，这不是原本拟议中的城堡，这是一座赝品，一件尚未定鼎的产物。

此刻，承平堡清晰明亮，仿佛一幅缜密的工笔画，铺陈在眼前。置身于角楼一带，朱绣瞭见这个四方城的南面，也就是堡子的正门，朝向了武威城。正门的头上悬着一座门楼。门楼矬住了身子，貌似敛声静气，装点省俭，却又分明携带着一种分庭抗礼之势，一般人实难察觉。门楼的左首顶端，隔着漫长的迈道，大概在三十多米开外，矗立着一座阔大巍峨的文楼，同样，右首的顶端则是一座结构相仿的武楼，彼此之间相互呼应，精神深邃。在朱绣看来，倘若将承平堡比喻为一只偌大的风筝，那么文武二楼俨然就是两个关键的肩胛，一俟它们动念起意，张开了宽大的双翼，耸出了地表，那么整个堡子也将一飞冲天，高插云际。不错，文楼和武楼恰恰是承平堡的魂魄所在，只要它们一心不乱，身后的角楼和瞭望台，便会锁住东北向和西北向，弥患补阙，形成一种首尾联接、层递直上的慎重格局。

目光下沉，落在了庭院中，朱绣冷不丁地抽心一疼。

按着先时顾山农的绍介，以及这大半天的游览，朱绣的脑子里已然有了一册图谱。现在的承平堡总计分为三进，从堡子的门楼下款步入内，俨然是外院。外院的西侧是一座新式的马厩，料槽是石质的，雕工尚可，上面敷满了蝙蝠与忍冬。马厩的地上垫了一层熟土，用来收集粪水，当中则站着一排大缸，灌满了清水，旁边挂着五六把猪鬃刷子，牲口们有了洗浴的福分。朱绣当时思忖，照眼前的这个规模估算，拴进去几十匹骡马，恐怕也不成问题。东侧是一间狭长的草料棚，紧挨着车手房和工具房，各种各样的械具与车马备料堆天砌地，足够用上一辈子那么久。沿着一条覆盖着屋瓦的特殊游廊，进入二道门，朱绣来到了中院，左右两厢皆是宽大的客房，门窗素雅，漆色鲜明，似乎是刚刚新刷上去的，有一种改制的痕迹。与武威城内的驿馆和商栈没有区别，客房内沿墙砌出了一座大土炕，烟道外置，上面起码能睡下几个剽悍的汉子。炕头是炼砖垒筑的，缝隙间勾勒了白灰，好像一匹拓写完毕的徽州长宣，内容不详。朱绣讶异地发现，整个炕面是用丈尺不一的祁连山上的石板铺就的，虽然错落棋布，但是花纹吻合，如界画然。即便在河西一带，伐自祁连山中的石材也是价钱不菲，一般用于佛殿和祠堂，像承平堡这样大手笔地糟践，如此桀骜不驯地挥霍，仍然让经见过一番世面的朱绣，暗中倒吸了一口凉气。上半天参观时，朱绣不免揶揄道：少东主，你这是打算开车马店呀，还是准备给河西设一座坛场？乖乖，从堡子外面，任何人实难猜得出这里头的锦绣与斑斓，怨不得武威城里有了一些浮淫之议，也难怪这三年多来，凉州上下的目光都盯在了承平堡的身上。顾山农掩上了客房的门，尾在了身后，歉疚道：先生，晚生失礼了，本应该提早请你来堡子里做客的，可家中的事情就像一堆缠麻，一直腾不出手来。呃，前些日子天气太大，夜里干脆睡不着，想必先生也无法入眠，我在上面的迈道上乘凉时，瞭见先生轻衣薄褂的，围着这个堡子在转圈子，一转就是三趟，这分明是在给山农上发条，念紧箍咒，所以我赶紧奉上了帖子，邀你拨冗前来，务必给侄儿点化一二，也好让我开了心窍，明白大体。朱绣的内里咯噔一声，气血涌上了颊脸，一时间红透了，径自说：少东主，你怕是认错了人，老朽最近反省不少，重又拾起了典籍和辞章，开始亲近先贤圣人了，往往一念就是一个通宵，也绝少出门。顾山农嗯了一声，由衷地说：不管咋样，这第一封红帖由你签收了，先生是承平堡接待的第一位贵客，这毫无疵议，自然也是山农脸上的一道光亮，足够我去武威城里炫耀一番的。这一席话温润人心，滴水不漏，朱绣朱先生煞是受用，又顺着一条特殊的游廊，脚步轻快地走向了第三道门。

进了门，便是宽展而谨严的内院，这才是整个承平堡的总枢之地。

沿着中轴线，一间亮堂的客厅横亘在院中，气势上贯通了南门与北门，仿佛一根劲拔的脊椎骨，拱卫着堡子的天地。内院的门端两侧，分布着四五间厢房，大概是家眷们的区域。虽说此刻杳无一人，但出于礼貌，朱绣折转了身子，慢慢踱开了。在北面的窗口，朱绣瞭见在角楼和瞭望台的身下，一间是小佛堂，另一间却是账房。门楣上张挂着巴掌大小的木匾，清晰地镂刻着这几颗字，钉子是新的，说明挂上去不久。顾山农进来了，左手端着一盘葡萄、酥梨和鏊饼，右手则是一碟熟麻子、炒黄豆与杏皮，嚷喊着朱先生，请他过来歇息，别站麻了腿。不料，朱绣却被墙角的那一只枣木架子吸引住了，蹲在地上，眼睛里突然长出了几根刺，活生生的荆棘刺，疼得他钻心，疼得他牙齿间渗出了一股股的酸水，难以自持。枣木架子总计五层，自上而下，从左至右，高低错落地叠放着十几套古籍善本，桑皮纸的封面和开本特征不一，锁线与上面的墨字也是凿凿有痕。不必说，游览了大半天，直到此刻，朱绣的心里才像吞下了一颗秤砣似的，稳静了下来，忙伸出手，捧住了其中的一册。书皮上落满了灰尘，朱绣用袖子拭净后，瞭见了《儒典》二字，眼睛便更疼了，刺也扎得更深了。情急之下，又匆忙翻到了扉页，朱绣果然发现了左下角的一行款识：

光绪三十一年　敦煌鸣山书院　素书楼主人　题

这一刻，彼此猝然一见，不胜天涯之感。朱绣的内里突然攥住了一只拳头，压住了狂乱的心跳，生恐自己情绪失当，侵门踏户，让顾山农见了可笑。不错，这套《儒典》恰是朱绣早些年在河西一带游学时，从敦煌鸣山书院的山长丰鼎文先生手上请来的。光阴漠漠，人世炎凉，目下它已经泛黄老旧了，简直堪比一沓子黄表，少人问津。素书楼这个名字清晰如昨，恍若隔世，它不过是朱绣废弃掉的七八个斋号当中的一个，倘若不是今日望风而归，主人恐怕也忆想不起来。在款识的尾部，钤下了一方藏书章，铁线描，小篆，照例是"素书楼"这三颗字。令人唏嘘的是，原先彤霞照野的一片朱砂色，业已褪净了色泽，失去了斑斓，变成了一抹惨黯的迹印，类似于一块荒漠穷山罢了。顾山农又催了一嗓子。朱绣索性坐在了地上，含混地应答着，暗忖说，念书人见了书本，假如不像一群饿狼见到了羊肉疙瘩那样发狂，岂不是咄咄怪事？这一点，想必少东主应该体谅得到，也一定会主随客便吧。放下了手头的《儒典》，朱绣又捧住了另外的经籍，一本是《春秋墨说》，另一本则是《孝经综纬》，皆是东晋十六国时期，敦煌本地的大学问家郭瑀所撰。不出意外，扉页上仍旧是那一方闲章，那一行熟悉的墨字，仿佛朱绣的半生所藏，早已秘密地转移在了承平堡内，从此分灯法脉、另立门户了似的。朱绣心知，这一切缘起于一桩良善的愿望，但是变故猝生，随着权爱棠大人的下世，这些借阅出去的典籍，犹如故人失散，泯然于这一幕光阴和河山之间，渐行渐远。倘若现在开口索回，一来不合时宜，二者，相信也是对亡灵的大不敬，干脆作罢吧。

在书架的最底层，朱绣霍然发现了一本单薄的册子，有二三十页，细棉绳锁线，封面则是用桑皮纸粘贴的，周围带着白面糨子的干燥痕迹。天呐，这正是妻子朱王氏的手工，这个妇人粗手陋脚了大半辈子，居然丢人丢到了承平堡内。朱绣赶紧抽了出来，定睛一瞧，果然是《苦主斋诗稿》。从早年间的素书楼，到目下的苦主斋，其间也更换过不少的斋号，但它们如同死亡子遗一般，无常而逝，羽化一空，只剩下了这两个满含讥诮的名字，似乎印证了朱绣朱先生的不得志，以及他跌落山崖般的人生轨迹。诗稿的失而复得，让朱绣恍惚成痱，大喜过望，突然间有了一归本业、力返真纯的念头，顿觉窗外这澄澈一气的秋空，不失为佛陀的一叶写经，充满了莫大的恩遇和降赐。朱绣或许激奋得过了头，嚷喊说：少东主，你去给我寻一根掸子来，快去。顾山农嚼吃着杏皮子，狐疑道：胆子，还是担子？朱绣露出了一股娃娃家的稚气，喉咙里咯咯咯地鸡叫了几声，开怀道：哎哟，鸡毛掸子，我这是要打扫灰尘，灰尘几乎快把人淹死了。顾山农汗颜地说：的确，堡子里最缺的就是人气，这三年来积攒下的灰尘，足够烧成一块炼砖了。说着话，顾山农出了门。

见四下无人，朱绣匆忙解开了纽襻，扯开领口，将那一沓诗稿塞了进去，贴身揣在了怀里。顾山农复又进了门，手中攥着一根布抽子，并不是鸡毛掸子。朱绣不吭不哈，一把接了过来，开始抽打枣木架子，似乎他这个凉州总教改行别业，现在丢掉了教鞭，成了一介老仆。那些陈年的灰尘扑簌簌的，漾荡而起，呛人鼻息，犹如一道肮脏的帐幕，张挂在了客厅的仰衬下，弥漫在了四壁之间，混淆了目光。趁着这个机会，朱绣站在了门槛外，先将抽子挂在了钉子上，抱拳一揖，相告说：少东主，搅达了你不少时辰，老朽也该告辞了。顾山农一怔：先生，这收秋已经完毕了，凉州全境也歇缓了下来，敢问你还有另外的筹谋，非要这么急吼吼地回家么？朱绣释解道：不，老朽闲也闲着，但心里着实过意不去，毕竟少东主的时间金贵，客走主安么。这一时，顾山农一把揽住了客人的胳臂，拥向了东北角的楼梯，抬手介绍说：先生留步，角楼上的那一壶水怕是滚开了，让晚生给你泡一碗今年的新茶吧。

罗布麻茶，来自新疆的罗布淖尔，那一种强劲的回甘绵延不散，此刻仍旧像一层蜂蜜水，一团花香，逗留在了唇齿之间，令朱绣大感过瘾。抬望中，一线铅灰色的长云从青海的方向上覆压而来，掠过了祁连山，直扑武威城。

哎哟，来头不小，怕是要下了，朱绣暗忖道。

胡笳九节

列位，总因光阴有闲，此处蘸一滴陈墨，暂且翻到前一页。

秋天的脾性有些古怪。前一日的夜里，城里也下过一小阵子牛毛细雨。夜饭罢后，朱绣照例躺在了苦主斋的炕上，翻看着一本旧书。朱王氏洗涮完，借着稀薄的天光，蹲在廊檐下纳着一张棉鞋底子。眼瞅着即将入冬，一不留神就是腊月和春节了，家里夏是单，冬是棉，朱王氏掐着节气，从不让男将分心。半晌后，灯苗矮下了身子，挣扎不起，又接着灭了。朱绣抓住灯台摇了摇，发现油枯了，忙披衣下炕，趔到了院子里。这个关节上，院门被叩响了，声音很急，有人低沉了嗓子在外头喊：朱先生，朱先生快开门呀。寒灯纸上，秋风雨凉。这么个静谧的读书之夜，朱绣最恼恨的就是被人打扰，遂努了努嘴，让妻子抓紧去应门。

待朱绣给壶中灌满了油，返至苦主斋，将灯台放在了炕桌上，用洋火点亮时，妻子也撩起了门帘，闪身入内。咦，下雨了么，看你的头发？朱绣问说。朱王氏摸了摸头顶，潦草道：蛤蟆的眼泪，下不大，地皮也不会湿。说着话，朱王氏将一封帖子搁在了炕桌上，偏腿坐在炕沿旁，戴上了顶针，接着纳鞋底。朱绣捧住了书，原样斜签在一摞被褥上，目光找见了先时的那一行段落，无心他顾。收秋后，凉州一带的风气糜烂，奢侈之风蔓延，不论是豪门著户，还是恆仃人家，纷纷借口今年的好年景，开始了大吃二喝，醉生梦死。在这样的欢愉场合中，设若能邀请上像总教大人这样的门面人物，不但主人家的脸上光彩，就连附近的三街六巷也将跟着沾吉，起码下一年的谈资有了着落。不出意料，这些日子里，朱家的门槛几乎快被踏烂了，递送帖子的人一阵风地来，又一道烟地去，让朱王氏的喉咙都焦干了，声嗓粗粝不已，像吞下了一张砂纸。对那些帖子，朱绣一般不闻不问，甚至懒得拆封，由着妻子去处置。这样的态度，自然是缘于读书人的一贯清高，但是最内里的原因，却是朱绣的日子越发地捉襟见肘了，根本行不起礼性。应约去上门做客，总不能赤手空拳的，这家送一副大馍馍，那家再送一套点心包包，这的确有违朱先生的本心。夫妻俩盘磨一番，觉得这个口子不能开，一开就垮坝，恐怕将来也拾掇不住，所以笑脸收下了帖子之后，一概不予答复。至于那些帖子的去处，朱王氏自有分寸，因为是上好的油光纸，于是都被她剪成了大大小小的鞋样子。有一回，朱绣穿上了新鞋，吓得不敢落脚，戏谑说：哎哟，左脚下是一桌满汉全席，右脚下是一场十八碗的宴席，让我如何是好呀！朱王氏知道他馋肉了，隔天去集市上割来了几根羊肋条，跟白萝卜一道炖在了砂锅里，一家老小这才过足了瘾。

　　阒寂中，妻子嘀咕道：又来了，这个管家可真怪，不识眼色。朱绣放下了书本，摸见了炕桌上的帖子，见上面粘贴着一坨红蜡，随口问说：谁呀，谁刚才那么火急地敲门？在河西一带，古风犹存，凡是婚事、寿宴、擢升和发财之类的请柬，一律要打上红蜡的记符，简称红帖。反之，那些事关报丧、噩讯与灾难的帖子，打的却是白蜡，简称白帖，一般不受人待见。呃，他自己说姓廖，权府的管家，妻子答复。闻听此言，朱绣一骨碌翻坐了起来，抓住剪子，拆开了信皮，迅速获悉了其中的内容。事实上，在对凉州境内的大小邀约，朱绣借口不便就道、辞谢未赴之外，心中残剩的一个念头，则是来自权府的邀请。往昔的日子，也就是权爱棠在世的光阴里，这样的礼遇隔三岔五，两点一线，以至于妻子时常发问：权大人又找你去拿主意呀，留不留夜饭？这条路后来断了，断得突然，断得决绝，因为权爱棠一夕毙命，带走了关于承平堡的全部秘密。目下，病树发芽，朽木重生，权府的少东主竟然差人送达了一封红帖，邀请朱先生赴承平堡一叙，这不免让朱绣大感意外，一方面抚古吊今，怅然思深，另一方面又滋生出了一种自卑与窒碍。仔细瞭看了几遍帖子，朱绣疑惑道：又来了，你刚才说了一个"又"，"又"是啥意思？朱王氏举起锥子尖，在头发里蹭了一下，回说：是这，这个管家前头来过两趟，你不在家，他放下帖子便走了。一时间，朱绣简直泼烦极了，埋怨道：你个死脑子，我让你扮演门神，拦挡的是那些鸡零狗碎的琐事，像权府下达的帖子，你竟然也敢隐瞒不报，难道这个家里没有了男将，由着你指天戳地么？朱王氏噙着泪水，欲辩无词，知道朱先生彻底恼了，才讲出了如此的重话。朱绣却不依不饶，猛地一拳，捶在了墙壁上，吼喊说：你个泥胎子，还愣着干啥，快去把那两件帖子寻出来，小心我点了这座房子，大不了不过了。

朱王氏吓坏了，一屁股滑下了炕头，蹒跚着一双小脚出了门。朱绣松开了拳头，心生不忍，将炕上的锥子、麻绳、剪子和鞋底子归拢整齐，兀自叹气。妻子是一位塾师的女儿，自小念过书，家教严，还学会了一手好茶饭，谨守着门风。早年间，朱绣还是一介零担教员，刚出道不久，在武威城内毫无立锥之地，只有趁着秋冬两季农闲之时，跑到一些偏僻的庄子和祁连山中，替娃娃们开蒙，赚取一点零碎钱。朱绣的勤勉与踏实，以及博学孝友，持身端严，尤其是他不辞风雨，穿行在凉州大地上，效力于当地教育的远大抱负，渐渐地引起了王塾师的注意。寻了一个恰当的机会，塾师将朱绣请进了家里，一番攀谈过后，更是获知了这个后生典学有成，德业日新，一时间欢喜得不成。在彼此心投意洽之际，塾师当即输诚道：娃子，你现在啥也不缺，你只缺一块上马石，好让你这一辈子撒欢地跑起来，去做一匹真正的凉州天马。朱绣不解，辩称道：先生，我缺的不是上马石，我需要的只是一间课堂、一张讲台，我的天命或许仅此而已。这么着，塾师相告道：偏巧，我的这个私塾实在是太忙了，简直忙不过来，就让那一张狭窄的劈柴讲台，做你的上马石吧。这种见心入骨的关爱，如此斩关落锁的托付，让朱绣一下子觉得天开了，地阔了，这一生的路也由此打通了。朱绣跪在地上，仔细地磕下了三个头，就此开启了自己训子课徒的漫长生涯。

活在这个颠连无告的人世上，人其实只有一幕光阴，不会太多，但朱绣显然是个例外。缘于朱绣倾心凉州教育的志业，加之他广交善缘、多所结纳的性格魅力，他自身的这一幕光阴中，时常出现了嫁接与延展，先后邂逅了不同的贵人，令其如鸡中之鹤，傲然于这一片绿洲之上。接过了王塾师的衣钵后，朱绣一方面克尽阙职，另一方面唯谨唯恭，一直赡养着老人。双方虽称师徒，实为父子，直到王塾师终老不讳，这才渐渐地撒开了手，阴阳两隔。总教的身份是由县府在民国九年颁授的，红蓝两色的任命状，迄今仍张挂在这一座苦主斋的正墙上，仿佛让清亮的灯光，布满了一种守正不阿的意味。朱绣立在炕沿上，抬起胳膊够着了那一张状子，用袖子上下擦拭了一番，其实本来就干净得没一粒灰尘。

  门帘一掀，钻进来了一只大筐篮。朱王氏在后头吃力地抱着，小脚摇曳，蹒跚到了炕头旁，随手一倾，竟然乌七八糟地泄满了半个炕。灰尘扑腾，朱绣掩住了口鼻，这才发现是颜色各异的碎布头，带着潮湿而陈旧的气味。妻子像一只老鼹鼠，不停地掏挖着筐子里瓷实的东西，嘀咕道：哎呀，别的帖子我都架了火，权府的那两张明明放在了手边，我这个死脑子，真是不如糨糊呀。朱绣心知，这几年来，妻子昼夜无明地在打布坯子，在纳鞋底，在搓麻绳，在上鞋帮子，究竟用坏了多少顶针，磨烂了多少楦头，恐怕也没有个定数。凭着妻子的那一番劲头，做下的新鞋几乎码成了一堵墙，一个月换一双，这辈子恐怕也穿不完。朱绣睁眼闭眼，从不过问，唯恐挫伤了妻子的自尊心，但在内里深处，一种对自己的厌倦，一种书生无用的颓败感，就像一窝疯狂的沙蛇，时常噬咬着他，令其坐卧不安。朱绣抽空打探过几回，原来妻子将这些手工制品，悄悄寄售在了赵汇鞋袜店，赚来的零碎钱，全都补贴了家用。在武威城内，赵汇鞋袜店是一家老字号，生意繁昌，客户满途，像寄售这样的勾当未曾与闻。显然，这根本不是因为小脚女人的虚声下气，也不是她的性格温良，而是缘于总教大人的脸面。朱绣还了解到，比起赵汇家中的那一批正规匠人，朱王氏的手工大概属于中下等，学徒的档次。赵掌柜心思缜密，将朱王氏寄售的鞋子当作了附属品，买一送一，买二送一，长流水，不间断，最终都变成了现钱，又让女人浑然不知，天天沉浸在针线中，乐此不疲。这些乌糟糟的碎布头，大多来自城里的几家裁缝铺子，此前是朱王氏上门去讨要的，获知了她的身份后，店家们便不定期地送来几包袄，个中原委，不言自明。这一时，朱王氏掏空了筐子，终于寻见了那两封帖子，大赦般地递给了丈夫。岂料，朱绣并不迫切，从身上摸出来一块干净的手巾，揩拭着妻子头发上的雨滴，惜疼地说：唉，夜里凉，小心身子骨，你和我不比从前了。

这个夜晚就此报销了。入睡后，朱绣枕着胳臂，盯视着黑黢黢的仰衬纸，逝去的光阴犹如一幕幕皮影戏，在脑子里穿梭往来，弦索不断。秋风挟持着一阵阵凉雨，拍打着门窗，声嗓中呜咽不止。整个夜空仿佛一座辽阔的帐幕，笼盖在了凉州大地上，让朱绣的记忆清晰如昨，一气衔接。事实上，在千门万户的凉州百姓当中，只有一个人始终盯牢了承平堡，未曾懈怠，也没有过丝毫的放弃，以至于持志如心痛，骨鲠在喉，迄今也消化不得。这个人不是旁人，恰是朱绣朱先生。就在前不久，一连几日，朱绣吃罢夜饭后，抓起草帽便要出门。朱王氏追问：不念书了？天也没下呀，拿着个草帽当盾牌么？朱绣打着饱嗝，敷衍说：肚子太胀了，出去消消食，正所谓饭后百步走，气死老郎中。妻子在身后揶揄道：哼，才吃了半碗荞面搅团，一个屁就放光了，你快去快回吧。夜色下，人稀路也宽，朱绣不停地围着承平堡转圈子，心里才凉快了下来，也稳静了不少。岂料，一个邋遢鬼，一个在堡子的北门外露宿的病游击，居然窥破了总教的意图。朱绣胆怯了，惶惶如一只沙老鼠，龟缩在了苦主斋内，就此断了再去打探的念头。

反正难眠，浑身的骨骼好像也在作怪，朱绣不时地爬起来，摸见洋火，从枕头下取出了三封帖子，凑在油灯下详察，几乎烂熟于心了。帖子的内文一律简短明了，区区一行墨字，大意是邀请朱先生拨冗就行，赴武威城北门外的承平堡茶叙，也好当面求教，一解思念之苦。落尾是权府的少东主顾山农的签名，另有年月日，等等。朱绣掐指一算，最早送达的一封，大概在七日之前，第二封则在三天前的午后。加上今日傍晚的，朱绣迅速料定，权府的少东主三天一发，遣使而来，可见对方的心态急迫，或许顾山农有什么揭不开锅的事情，也或许他火烧眉毛了。吹灭灯，朱绣复又躺下了，可枕头下的那些辞藻，立时变成了一大堆喋喋乱语的嘴巴，吵得他心里迅速开了锅，滚成了一大锅沸水，干脆消停不得。朱绣将帖子抱在怀中，双目圆睁，瞥见窗外夜色昏暝，大概已经是后半夜了。

鸡叫头一遍时，朱王氏从身畔坐起来，摸黑叠住了她的那一卷被窝，拾走了枕头，又攥着一只笤帚疙瘩头，将半个炕面清扫干净。朱绣一直伴睡着，知道这是妻子的作息，她不是起夜，而是要去灶房里蒸馍馍、煮小米汤了。每念及此，朱绣的内里便会吟咏出那一句老话：布衣暖，菜根香，读书滋味长。岂料，公鸡再次打鸣时，朱王氏却火急火燎地进了门，点上灯，将一只滚烫的烙铁支在炕头上。朱绣忽地翻坐起来，蜷在了炕角，瞭见妻子将一件灰黑色的长衫铺在炕毡上，又灌下了满满一嘴的凉水，噗噗噗地开始喷洒。水雾中，灯光漠漠，朱王氏撅着沟子，在打湿的长衫上垫了一块麻布，仔细地熨烫开来。朱绣认得，这件衣裳是妻子腊月里在王宝珠裁缝店定做的，过旧历大年时，他只穿过两回，一次是去海藏寺朝佛进香，另一次则是去坟上祭奠，后来就压在了柜子里，始终也舍不得。朱绣戏谑道：哎哟，你这是灭祟呢，还是在驱邪，大清早的舞枪弄棒，不让人梦周公了呀？妻子停下了熨烫，抢白道：哼，你的周公不在这座寒窑里，我心里最清楚，你这三年多的苦日子熬到了头，你也该打一声鸣，更换一下风水了。闻听朱王氏话语果决，朱绣不由一怔，假嗔道：你嘴上没挂锁子，乱语三千的，你这是成心要轰我下炕吧？真是怪哉了，我的福田不在这个苦主斋，难不成还要搬入兰州城的肃王府，住进北平城的金銮殿，去丢咱们凉州人的脸么？朱王氏熨完了领口，用牙齿咬断了一根线头，答复说：好我的朱先生，你瞒天瞒地瞒菩萨，谁都能欺瞒过去，可我终究是你枕头上的女人，我不想拖你的后腿。是这，天亮后，你就穿着这一件新衣裳去做客吧，事不过三，你就坡下驴也不失为一个策略。朱绣的瞌睡彻底醒了，讶异道：去做客，去哪里做客？朱王氏款然一笑：呵呵，我已经答应了权府的廖管家，晌午前后，他会打发一辆车轿来咱家门口接你。哦，这虽说不是去出将入相，可毕竟是对凉州总教的起码礼遇吧，我当时就应承下来了。

朱绣噙着一句詈骂，刚要脱口，却又感觉有辱斯文，硬生生地吞咽了下去。这一股郁闷无处撒，朱绣只好抄起那半瓢水，径直泼在了烙铁上，刺啦一声，漾起了一团蒸气。朱王氏倒也不恼，咧笑说：你看看，你看看，明摆着你有一肚子的念想，可我一戳破你的心思，你的脸就像漆匠刷上了另外的颜色。哼，你个姐己，你的这些无知妄说，顶多就是以讹传讹，败坏了我的清誉不说，还祸害了凉州的江山，朱绣反诘道。类似的斗嘴时有发生，像饭里的盐，像身上的丝棉，彼此间面红耳赤，却又缺少不得。朱王氏揶揄说：唉，这一夜你翻来覆去的，快把这个炕面给磨烂了，你不是不想去，你只是搁不下这一张老脸，你还怨恨着权大人，因为他食言了，他那么突然一死，你没了靠山。朱绣被点了穴，戳到了痛处，拾起一双快板结了的脏袜子，揉了揉，打算下炕：贼婆娘，我的旁边睡了一个姐己，将来我再有了啥心思，看来也不能抱怨一个字，我得防着你记黑账。朱王氏嘻然，一把夺走了丈夫手中的脏袜子，打开炕柜，将一套干净的秋衣摆在面前，包括两只新棉线袜子。朱绣吞下了这一口愠怒，慢慢服了软，先抓住抿裆裤，又逐个解开了新罩衣上的纽襻，唉声一叹。妻子出去了一下，半晌后，重新拎着那一只炽烈的烙铁进门，瞥见丈夫颓坐着，浑身精赤溜光的，不肯换衣。朱王氏上了炕，撅起沟子，继续熨烫着长衫，蓦地听见丈夫嘶哑着嗓子，哀告说：她妈，你快来瞅瞅，我这腔子上的是啥东西？呃，这应该是老人斑吧，一定是，我啥时候长了这么一块邪祟呀？不待妻子有所反应，朱绣捉住了她的手，按在了自己的胸脯上。果然，那一块斑痕有核桃大小，色沉，灰黑，异于周遭的肌肤，像强行打进去的一颗铁钉，锈在了肉体中似的。朱绣显然吓坏了，喋喋道：哎呀，我爹是五十七上殁的，我爷是五十九差七天下的世；我记得很清，事发前他们的身上也长过这样的邪祟，这是老人斑，这更是天老爷下达的一声告诫。我该如何是好呀？朱王氏挣脱了手，抚在丈夫的额头上，恓惶道：她爸，你夜里着凉了么？你发烧了么？朱绣恐惧地说：死婆娘，你快去把那一个剪子烧红，我要剔除这一块邪祟，剜掉这一疙瘩烂肉，不能让它来咒我，你快去呀。这个关节上，朱王氏忽然破涕为笑：先生，好我的先生，这并不是邪祟，肉也没烂，你一直囫囵着呐。抓起灯台，照在了丈夫的胸脯上，朱王氏宽释道：她爸，你的记性越来越差了，你忘了么？这是你那一年去镇番县巡学，半路上车马掉下了悬崖,你撞在了山石上留下的疤痕。闻听此言,朱绣婆娑着泪水,慢慢地收回了魂魄。朱王氏接续说:车翻了,除了你还有一口气,其他的人都睡在了棺木中;权爱棠大人率着一支队伍,从北疆接回了你们,该葬的葬,该养的养,所以你千万别怕。朱绣捧住了妻子的下巴,哀告道:她妈,我们朱家男人的寿数,可能就在五十多岁,这是一个坎,我怕我迈不过去呀。灯苗炸了一声,矮下了身子,将夫妻俩陷入在了昏黑中。朱绣怅然道:唉,权爱棠那个老贼娃子,纵然他生前对我有千般的恩义,万种的礼遇,但他那么突然一死,让我轻若一根鸿毛,让我的这后半辈子,险些成了凉州的一个笑话。妻子伏下身子,脑袋枕在了朱绣的腿面上,笃定地说:不,承平堡还在,权大人的后人们也在,这三封急吼吼的红帖,说不定就是一个兑现的信号。她爸,你一向怕惯了,你凡事都从坏处着想,这一回你再不可书生意气了。毕竟是塾师的闺女,家学在身,朱王氏笑意敷面,抬望着丈夫,念白道:万民流离朝不静,奸权窃命汉室倾;聘先生莫为别个事,安稳天下定太平。这一刻,朱绣听懂了,这恰是秦腔折子戏《三顾茅庐》中的唱段,遂伸出了指头,一板一眼地敲击着炕桌,应和道:哎哟哟,刘皇爷把我的心思唱软,铁石人一见他也要痛酸,罢罢罢把清静一笔勾断,下山去将世事整理一番。

吟罢,朱王氏摸出了一根粗针,打算去剔亮油灯,却被丈夫拦挡下了。朱绣瞭看着窗户纸上粉末状的光线,喜悦地说:不必了,凉州已经亮了。妻子也附和道:实话呀,天亮了,雨也停下来了。

夜雨带来了一丝薄雾,迤逦在这个清冽的早上,窗户纸也湿了。朱绣换上了新衣裳,在院子里来回踱步,感觉这一双棉线袜子很踏实,暖意丛生,就像往昔里,每到了新的一个学年,妻子总会将他从头到脚地装扮一新,拿出庄严,拿出总教的样子。朱王氏熨烫妥了,将那一件长衫挂在廊檐下晾晒,转身进了灶房。那一刻,长衫像一介单薄而簇新的人,摇曳风中,散尽了湿气与哀怨。朱绣暗忖,死生如蜕也不过如此,就像目下这个渐渐走入了萧索的季节,换过年之后,又将戴上阳春三月的冠冕,一下子翻花喷雪、高薄云表起来。院中的雾气飘失了,凉州的穹庐犹如一座威仪的佛龛,将这一天的大好光阴，慈悲地降赐了下来。朱绣兀立着，仰首问天，脑子里突然跑出来了一个令他心荆肉棘的辞藻：天演。

是的，一切皆为天演，天老爷站在高处，布置着人世上的所有。

灶房中一声熟油的炸响，炝沙葱的味道席卷而至。转瞬，朱王氏端着一只托盘出来，款款地搁在了窗台上，招呼丈夫快用。照例是老三样，腌洋姜、韭菜花、青辣子，另有一碟子热花卷。昨日是小米汤，现在妻子下了洋芋块，拌了拌汤，一层油汪汪的沙葱花敷在了汤面上，微酸，咸淡适宜。朱绣吹着气，喝下了几口，筷头一挑，竟然从碗底里捞出来了两颗荷包蛋，暗嗔道：啬皮鬼，今天倒大方了，看来承平堡的面子的确不小呀。妻子向来节俭，自打闺女下了乡，去一个远房亲戚家里游秋后，屋后的那只老母鸡下的蛋，就被她悉数没收了，只等着给闺女贴膘。这一时，朱王氏蹴在廊檐下，在一块板材上刷了面糊子，择出大小不一的碎布头，又开始打布坯子。这是她每日的课业，和茶饭一样殷勤。朱绣紧着过去，呱喊道：快张嘴。妻子抬头，糊涂地洞开了嘴巴，朱绣趁机将一颗荷包蛋拨了进去，催促说：趁热，你一个，我一个，先热乎起来吧。做了多年的柴米夫妻，谁也不讲究，哪怕是对方的剩饭。朱绣蹲在旁侧里，风卷残云，一口气吸溜毕了，舌头舔净了碗底，方才作罢。这以后，朱绣相帮着妻子，一边整理那些碎布头，一边耳食着街上的动静。不承想，朱王氏突然扔掉了刷子，嚎啕开来，哀告说：天呐，我想闺女了，着实想，想得我心里快塌掉了。朱绣哄唆说：你看你，说风就是雨的，丫头走了才半个月，你就哭成泪胎子了。朱王氏捧住脸，声音从指缝中漏了出来：嗯，我心里其实有一本明账，承平堡的帖子现在一来，你的三魂六魄就被勾走了，往后的日子里，那只老母鸡便是我唯一的伴当了。

偏巧这个时候，院门外传来了一阵嘹亮的咳咳声，好像一匹骡马在咳嗽，在敲门。

朱王氏揩掉了眼泪，踮着小脚，犹如一根松开的牛皮筋，一道烟地扑向了院门。朱绣肃穆下来，从廊檐上摘下了那一件长衫，有点潮，尚未干透，只好穿戴起来，系紧了纽襻。这天晌午，承平堡派出了一辆蓝呢子车轿，辕马是雪白色的，又是权府的管家廖逢节亲自来接人，如此的礼遇，可见一斑。瞭见总教夫人出了门，管家跳下了车，抱拳一揖，问候再三。朱王氏嗔怪道：哎哟，你几时来的，你咋不言传一声呀？廖逢节回说：老嫂子，雨停下时我就来了，我怕朱先生昨晚夕读书太迟，心想着让他多睡一阵子呐。朱王氏就坡下驴，顺嘴道：可不是么，读书人都一个毛病，鸡叫头遍时，他才吹了灯。

瞭见朱绣浑身簇新地出来了，廖逢节赶紧摆正了上马凳，挑开了轿厢的帘子。朱绣虚上一礼，道了辛苦，像从前那样起身上车，一切都熟门熟路。天光下，目送着车轿驶出了这一条巷道，朱王氏突然一拍脑门，跑回了家，转瞬又拎着一个包袱出来了，孤单单地戳在街上。朱王氏沮丧道：唉，空手夯拳地去做客，不带上一个礼性，这成何体统呀？我给少东主和大小姐预备下的新鞋子，穿在这个季节最合适不过了。

这些枝节的琐事，朱绣自然不知。

风越发地狂躁了。乌云像一堆板结的蛋清，疙瘩状地挂在了武威城的头上。

候了大半天，顾山农仍未现身，朱绣不免着急。按着这个天气，徒步回家的话，至少还得一个多时辰，再使用主人的车轿，朱绣肯定过意不去。天象紊乱，风沙迷眼，一种浓重的土腥气呛人鼻息。朱绣折身跑回了角楼，打算避一避，就在俯身去关窗子的一霎，眼前的这一幅景象筋骨逼现，满面威棱，铺陈在了视野中。一时间，朱绣惊得目瞪口呆，吞下了不少的沙子，也忘了再去关窗子。

天杀的，这个堡子根本不是原先计划中的书院。究其实，它是一座完美的军事要塞。

不错，这一切分明是被粗暴地篡改过的，充满了背信、机密与无知，甚至包括权爱棠大人的猝死。当初的土木草案中，一无瞭望台，二无角楼，这也倒罢了，点缀而已。至为荒唐的是，这些环城一周的堞垛，以及密密麻麻的射击孔，本来是北疆一带，尤其是镇番县的先人们为了抵御匪患和贼寇，几百年里沿袭下来的建筑风格。但它突兀地出现在了武威城外，又以"承平"二字命名了这座堡子，不仅跟权爱棠大人与朱绣当初的愿心不符，更是和一座拟议中的书院格格不入，相去了十万八千余里。忆及三年前的那一幕葬仪，朱绣只觉得自己油尽灯枯，心一直瞎掉了，暗无天日，到了此刻也没有拨亮，更不曾苏息过来。朱绣的内里乱如缠麻，纠结着自责、懊悔、无奈和一种不安的怀疑，却无法找见一根确凿的线头。

突然间，从堡子的东北方向上，传来了一阵激烈的枪声。

枪声来得迅疾，消失得也快，朱绣甚至连眉毛也没有动弹一下，见怪不怪，知道那是新城一带又在大开杀戒了，持续了数日。国民革命军第七军驻扎在新城，由他们捕获的枭雄与匪首，以及当年从县警察局移交而来的死囚，统统在秋后问斩，被子弹打烂了心脏，枪杀在了一条狐狼出没的干滩上。枪声撺掇了乌云，一眨眼的工夫，指头蛋大小的雨滴狂飙而下，甚至夹杂着冷子。冷子即冰雹。幸亏是收秋之后，牛羊归栏，五谷入库，否则凉州就惨了。廊檐水像一幕帘子，滞重地拂动着。角楼上的瓦叶子或许被打碎了，犹如一只康熙年间的破牛皮鼓，声音嶙峋，刺耳难听。

朱绣闭上窗子，手抚在了少东主刚才落座的那只凳子上，忆及先前促膝耳坐，两个人尽情言欢的场面，不由得又是一声喟叹。瞭见顾山农的茶碗中残剩了一半液体，朱绣便不作他想，端起来灌在了口腔中。漱完了口舌，朱绣立在门端上，一吐为快，瞥见廖逢节簌簌簌地从迈道上奔了过来，迫切道：先生，少东主有请，你仔细脚下。不由分说，管家除下了自己身上的那一件雨披，小羊皮鞣制的油衣，前后一兜，罩住了客人，护持着朱绣赶紧下去。

这一回，走的是南门东侧的阶梯。拐过了迈道，路经文楼时，朱绣瞥见旁边的窗台上扔着一本皱巴巴的书册。雨水打湿了半截子封面，湿漉漉的，让一行油印的墨字清晰入目：《赵氏孤儿》。

"呵呵，少东主最近又开始唱了？"

"可不是么，少东主怕是技痒难耐，他又偷偷地重拾了老本行，悄悄地在堡子里吊嗓子呐。"管家的五官湿漉漉的，又咧笑说，"先生得了空就来，或许能听上一耳朵。"

"山农的那个嗓子呀，当年让四喜班都很嫉妒。"

朱绣由衷地说。

胡笳十节

  脱可木徘徊在西山口外的馒头山下，拎着一支铁喇叭，样子像在办丧事。
  喇叭是生铁铸下的，开始生锈，慢慢穿上了一件半红半黄的外衣，足有七八斤重。俗话说，天下乌鸦一般黑，但祁连山中就有一种乌鸦是麻色的，属于例外；所以人世上的喇叭未必只能吹，或许还有另外的奇异功能，比如这一支。脱可木一手提着铁喇叭，另一只手在空气中挖抓了几下，无风，无尘，日光像一炉炭灰，晒得人蔫头耷脑的，于是彻底死了心。按理说，崖壁上布满了大小不一的洞穴，多半是牧羊人陆续掘下的，煞是清凉，在这么大的天气里，躲进去睡上一觉，最是惬意不过，但脱可木并不这么想。临来时，脱可木带了一辆胶皮轮子的架子车，正停在山崖下的阴凉地带，上面塞满了糊口的一套家当，稀奇古怪的，一般人难以辨识。太热了，脱可木抽出来一卷生牛皮，铺在地上，有点硌，又赶紧揭开后，捡走了几颗尖锐的石子，这才展括了，平整了。没有枕头，恰巧带来了几根沙萝卜，比一般娃娃的大腿还要粗，吊着几根晒蔫了的绿秧子，可以将就着使用。岂料，脱可木仰躺下去，脑袋刚一碰到沙萝卜，沙萝卜啪的一声碎了，裂成了几瓣，汁水丛聚。在河西，这个季节的果蔬便是如此，吹弹可破，经不住一点点磕碰。嗅见了沙萝卜的刺激味道，脱可木的胃突然一抽，就像一只攥紧的拳头，又慢慢地松开了。饥饿犹如一座空虚的毡帐，扯天漫地，让他心慌不已。实际上，车帮子上拴着一只干粮袋，沉甸甸的，是用今年的新麦子做下的炒面，拌了酥油、杏核与芝麻。这本来是过节才有的吃食，但前晚夕母亲闻听儿子连夜出走，打算上一趟西山口外时，便急死慌忙地钻进灶房，烟熏火燎了一番，提着一袋子炒面出来了，竟然怵惶得说不出一句话。饿归饿，饿得眼冒金星，饿得狼心狗肺，但脱可木一点也不想动弹，觉得身子骨就像一扇疲倦的磨盘，鲁智深和武松也搬动不了。这么着，脱可木随手抓起了地上的半截子沙萝卜，一边嚼吃，一边盯望着幽深的天空。在瞌睡席卷而至的那一霎，脱可木恍如一颗碎石子，被抛入了天坑深处，杳无声息。

挨过了正午，日头西斜，秋老虎一下子式微了，服帖了这个季节，让一种广漠的凉意垂降下来，驾临在了腾格里沙漠以西。西山口横亘于武威城和镇番县之间，山势嵯峨，石骨嶙峋；尤其是北部的馒头山左近，打眼一望，简直形如破釜，夹峙如门，俨然是一座阴曹地府里才有的机密关隘。这个地名是老先人们传下来的，正话反说，偏偏将险要之所描述成了一片坦荡之地，用香喷喷的馒头打了比拟；可见早些年的马帮和驼队无路可走，只有厌身于这一条羊肠般的东西孔道，方能保全性命，笼络货物，从而取道甘州、肃州、嘉峪关和敦煌，一路抵达猩猩峡外的新疆，赚取这一趟的辛苦钱。

日头挂着，无辜地挂着，像一个丧偶的鳏夫，热身子渐渐地凉了下来。下半天开始后，西山口外旷无人烟，宛成戈壁，几乎是一座洪荒世界也。

突然间，一骑轻浮，如泛沧溟，飘然而出。

一介白衣少年矗在马脊上，勒住了缰绳，瞭见眼前的这一片坡地形如锅底，地以沙石为骨，万物不生。再远处，驿路一线，蜿蜒山麓，为南北两山所束，大概还有半个多时辰的路程，于是心下一喜，有了戏谑的念头。此刻，少年的后背上，正趴着一个模样敦实的娃娃，一边磨牙，一边打着呼噜，好像瞌睡才是这个人世上最金贵的东西。娃娃的胳膊箍在了少年的腰间，双手锁得很紧，口水淌下来一大摊，濡湿了对方的脊背，幸亏一路上汗水涔涔的，没被少年察觉，也不曾发生冲突。少年从马褡子里取出来一只水囊，灌了满满一嘴，侧转过身子，噗的一声，悉数喷在了娃娃的鼻脸上。在旱山干滩一带，一俟遇见水，哪怕是一颗僵死的石头，没准也会苏醒过来的。果然，娃娃抽着鼻子，探出了舌头，舔着嘴唇上的水滴，央告道：哎哟，要么不给，要么索性让小爷我喝个痛快，你别那么啬皮呀。趁着对方分神的一霎，少年掰开了他的两臂，猿臂一舒，将其顺了下去，丢在了地上。这么着，娃娃彻底醒来了，手搭凉棚，仰看着马背上的那名少年，表情渐渐地诡谲了起来。

呔！你睡了一路，我的马都快让你挣死了，我还不知道你的名字呢。你叫个啥？少年居高临下地问道。娃娃晒得浑身炭黑，回说：野鸡无名，草鞋无号，我告诉了你，像你这样有钱人家的公子也记不住，那还不如不说，也好节省一些唾沫。这分明是一句带刺的话，少年倒也不恼，反诘说：你个小贼，你真是嘴里不打粮食，我一个在长路上赶脚的人，何以让你心生妒火，觉得我是一个纨绔子弟呀？娃娃扑哧一笑，努了努嘴：嘿嘿，你脚上的这一双单靴，早就暴露了你的身份，你不是少爷，便是公子，因为赶脚的人不会这么糟践鞋子，尤其是在一条刀子般的沙石路上。闻听此话，少年一时恼恨，抬起了一只脚，迅速除下了单靴，掷在了地上。靴子翻滚了几下，犹如一只晒死的旱獭，没了声息。去脱另外一只时，少年觑见对方的表情依旧鬼祟，心猜他一定另有唱本，便停了下来。这一时，娃娃目中澄澈，一边吐着舌头，一边笑话道：你看你，这就是你少爷的脾气，公子的做派。可是问题在于鞋子并不值钱，你能大方一回，把胯下的这一匹枣红马也扔掉么？少年一怔，抚摸着马颈上的长鬃，不明就里。娃娃焕然地说：少爷，俗话讲，铁打的骡子，纸糊的马，像你这样单独出了远门，来西山口一带游山玩水的浪荡公子，原不该骑这么一匹良骏，你的目标太大了，明摆着，你是求前世的报应来了。少年突地恼了，似乎身上装满了火药，詈骂道：你个贼日的，狼吃的，你这分明是借我的火，破我的财，你在我的马背上睡了大半天，如今却乱语三千，满嘴大粪，对着我的伴当发咒，这难道不是猪八戒倒打一耙么？娃娃苦楚着表情，冷不防抬手，扇了他自己一耳光，赶紧争辩道：天老爷，这个意思绝不是我的，我是好心提醒少爷你，将来你出门在外，尤其是独自一人的时候，千万不可牵上这么一匹炫耀的快马，因为在北疆一带，最不扎眼的就是长走马，那样的话，也就没有人去打你的坏主意了。

少年冰雪聪明，知道学问来了，目下恰是一个大好的契机，忙压下了内里的怒火，求问道：好我的姑舅哥，你刚才说的这两样，究竟有个啥区别？你的嘴肯定是被佛爷开过光的，让我沾沾吉吧。这么一怂恿，娃娃登时板正了起来，绍介道：少爷，这其中的区别可就大了。长走马跟骆驼一个样，属于大牲口，一般是用来贩运货物的，吃苦下力还可以，倘若论起威风和灵性的话，它们简直连快马的一只蹄子也比不上。那么快马呢，难道快马就是云间的蛟龙，天上的鲲鹏？少年追问道。眼前这个人小鬼大的娃娃，豁然而笑，露出了一排锈黄色的门牙：不错，自古而来，快马本就是飞行游击、刀客和朝廷驿使的坐骑，也是菩萨、僧侣与当世枭雄的车驾，一般人实在难以降伏；喏，比如你胯下的这一匹阿尔金马，毛色鲜红得就像一匹缎子，我一直称它是流霞。

这些深奥的言辞，诘屈难测的经验，令少年一时晕眩，愕然不已，遂哀告说：这位小爷，你究竟是啥人？你到底是什么生辰八字？你哄唆了我大半天，莫非我的眼睛真的瞎了，竟然跟你这个龌龊鬼搭上了伴，走了这几十里的长路？面对一连番的诘问，娃娃炭黑的脸上，蓦地放射出了一种异样的神采，傲然道：少爷，实话说给你知道吧，我在石羊河两岸混饭吃，我靠指路为生，风里来，水里去，浪荡了一二十年，但像你这样胆大包天的贵公子，甘心送死的少主子，我却是头一回碰见。少年狐疑不堪，呱喊道：哎呀，你满嘴的炉灰渣子，我看你的长相，撑死了也就十三四岁，你却吹牛说，你自己威风八面了那么多年。娃娃喟叹道：唉，十三四岁的那一场光阴中没我了，我长得太黑，压住了我的本相，也说不定我现在刚巧到了五六十岁的时辰里，所以少爷你惜疼一下我这个孽障人吧。少年不依不饶，再次追问说：喂，你声称自己靠指路为生，我实在思想不过，随手指一指方向，难道还能当饭吃么？另外一个，你凭啥指路，莫非你的肚子里装着一本神州舆地图志，你才以此谋生，靠它供养？这么着，一种怆然的情绪，笼盖在了对方的颊脸上，切齿道：嗯，我凭指头吃饭，我靠方向活命，这是天老爷赏下的一只金饭碗；菩萨慈悲，菩萨也不忍心饿死一只瞎了眼的麻雀，况且是像我这样的半脸汉。哑默了片刻，又笃定地说：少爷，我的肚子里只有一副下水，自然没装什么舆地图志，因为早些年我是一名脚户哥，走南闯北，像骡马一样奔波。呵呵，容我夸一句海口吧，这东起包头和榆林，西至阿拉善、巴里坤与猩猩峡，在整个北疆，在祁连山的阳坡和北麓，在河西大道上，迄今连一根草也不敢哄骗我，没有一颗石头胆敢绊倒我，天上的老鹰和雀鸟见了我，一般都要作揖，地上的狐狼与熊罴碰上我，也会磕头求饶，谁也不敢从门缝里小看了我，哪怕我的这一具肉身子残缺着，我这辈子像个半脸汉，又是个可怜人。喋喋中，这个身不盈尺的家伙激动开来，竟然伸出了一根指头，指了指头顶的天，戳了戳脚下的地，似乎在说：天上地下，唯我独尊。

　　下半天的日光不再刺眼，温凉地翻卷着，仿佛一道宿命的天河之水，洗刷着人世上的一切哽咽与苦楚。这一霎，少年僵在了马脊上，失了三魂，丢了六魄，突然被眼前的这一幕震惊了。的确，那个爪子奇怪极了，几乎不能算作是人的一只手，粗短，愚蠢，骨节突出，仿佛被一把斧头砍断的荆条，齐刷刷的。尤其让少年铭心镂骨的，却是对方的五指之间，粘连着一层薄薄的皮膜，在日光中呈粉红色，好像一扇衣襟，锁住了五根嶙峋的肋骨。少年懊悔不迭，跟这个临时的伴当一路西行，走了整整大半天，自己简直粗陋惯了，竟然现在才发现了对方的异状。在眼前这一片气象荒劣、浑白无际的旷原上，一种莫名的恐惧犹如滚石，山崩水飞地扑向了少年。这么着，少年的心中蓦地坐住了一个狰狞的词：矬子。

　　在凉州方言中，矬子便是侏儒，侏儒就是矬子。谁都明白，在这个苦寒的下界里，天老爷亏欠下他们的，将来一定会加倍报偿，万般倚赖。是故，一般的侏儒大多是身疾心烈、肝胆沸腾、天赋异禀，仿佛鸡中之鹤，也犹如这个人世上的一枚异数。念想至此，少年再也坐不住了，觉得血脉偾张，一下子跃起了身子，打算滚鞍下马。

　　岂料，侏儒指完了天，戳完了地，慢慢地蹒跚了过来，伸出他那一双怪异的手，按在了枣红马的鼻门上，上下抚弄，表情欢喜。少年睁大了一双眸子，再次确认了眼前的事实，那一层粘连的皮膜紧绷绷的，充斥着活力，布满了汗毛，既不是什么羔子皮制成的手套，也绝不是凉州杂耍班子里的下流道具。相反，它们和十根指头一胎所生，浑然一体，毫无区别，紧凑得就像一支亲门近族里共同长大的兄弟。这么一思想，少年便宽释了下来，不再惧怕，踏实地坐在了马背上，近乎讨好地露齿一笑。

也就奇了怪了，侏儒的手抚摸下去时，胯下的这匹枣红马居然垂下了长颈，一副俯首称臣的样子，驯服极了。这还不算，少年分明感觉到，一种激动而强劲的颤栗，从枣红马的脏腑深处挥鞭而来，让他摇曳不止，难以自持。少年咂摸着这种颤栗，渐渐地辨识了出来，所谓故友相见，所谓天涯重逢，大概也不过如此吧。少年抬身，抱拳一揖，探问说：这位小哥，我记得你先前喊了一声这匹马，你叫它是什么？对方豁然一笑，坦言道：流霞，自打我们结识以来，我一直喊它流霞，喊了将近三年了。唉，也就最近这半年多吧，它可能享福去了，不再见我，所以我跟它生疏了不少。顿了顿，又挖苦说：不过呢，流霞毕竟是上品的阿尔金马，它的鼻子灵，眼睛也尖，礼数周全，还懂得一点点温良恭俭让，所以刚才它嗅见了我身上的臭汗，立刻认出了我这个当哥哥的。这一霎，与少年的惭愧和羞臊不同，枣红马闻听了这些夸奖，再一次服帖了，鼻门搭在了侏儒的身上，一阵子呻唤，一阵子撒娇，令人嫉恨。少年恍惚地说：小哥，你恐怕认错了吧，这个大牲口是我家里的，天天拴在马院当中，一向大门不出，二门不迈，更舍不得让它去耕田拉车，你何曾见过它在荒天野地里浪荡了三年之久呀？侏儒呵斥道：呸，小爷我吐一口唾沫就是钉子，我说过的话钢筋铁骨，板眼分明，从来就不打诳语，你不必疑心我；再者，这满世界大了，你一个黄口小儿，嘴上的毛还没长全，你需要去求教的事情也太多了。不过呢，现在看在流霞的面子上，我免费送你一句忠告吧，以后出门在外，多叫一声哥，少爬十里坡，切记。少年是倔强的，倘若少年不倔强，便不是儿子娃娃，那就等于一堆烂劈柴。于是，少年又追问说：小哥，我家里的马匹一般不烙火印，家父不容许这么干，就怕伤害了牲口，这在武威城里人尽皆知。咦，你方才说自己在石羊河两岸混饭吃,靠指路挣钱,难道这一匹流霞,当了你将近三年的财神,替你山月送银,秋水赠金,尔等就好比一双狗皮袜子,彼此结成了莫逆之交不成?

此乃一针见血之计。

侏儒怔忡着,倏忽间,却又变换出了另一套戏法。侏儒从身上摸出来一把老豌豆,摊在掌心里,喂给了流霞。吊诡的是,一向不吃外食的大牲口,居然翻卷着棒子般的舌头,将豆子悉数纳入了口中,嚼得放肆,吃得猖獗,完全不顾忌主子的脸皮,一股生豆面的气息漾荡而来,好像一记隔夜的臭屁。少年蹙住了鼻子,越发相信,眼前的这个侏儒和大牲口,一定有过很深的交往,难怪他刚才那么惜疼它,也难怪此刻的天涯重逢,令他们掩饰不住暗喜,不料想却被自己及时窥破了,获知了真相。侏儒仍不消停,攒出了一大口湿唾沫,吐在了掌心里,分别抹在了流霞的两个眼窝上。浸润了片刻后,侏儒攥住袖口,洗脸似的,从枣红马黑黢黢的眼眶中,抠下来了几疙瘩眼屎,揩掉了鼻涕状的黏液,方停下了手。呸,一个吃里爬外的畜生,一个掂不住几斤几两的货色,一个在六道轮回中难以再世为人的东西,等着瞧吧,你将来的去处只有一个,那就是大皮匠的案头,非活剥了你,非杀剐了你,将你鞣制成一张褥子皮不可。少年一面在心里咒骂着,一面却挤出了夸张的笑脸,手中突然多出了几枚大铜元,亮闪闪的,一种金属的撩拨声,被他把玩得格外清脆,煞是响亮。

"喏,我的话你可以不懂,但是钱的话,你一定会懂的。"少年搓摸着大铜元,似乎攥住了一块袁大头,吹了一口气,搭在耳畔上听音。

侏儒白眼一翻:"嘿嘿,真是尕驴的屁多,尕人的事多。你不惜疼你爹娘老子的血汗钱,你烧得慌么,少爷?"顿了顿,又沉声道,"其实呀,你应该感激流霞才是,要不是它,我今早上也不会答应给你带路;从石羊河一直晒到了这个西山口外,我的皮囊都快被晒干了。是这,我当时开价一块铜元,对你意思一下,现在少一厘我不干,多半分我也不取。交割吧。"言毕,那一只丑陋的爪子伸了过来。

"实话说吧,多出来的这几块,我是特地替人转交给你的。"

少年灵光一现。

"替人？咦，你的意思是说，你是专门替他来羊拐骨码头，找见我这个半脸汉，用几块大铜元便打发了我么？"显然，少年的话属于诱供，歪打正着，像一块石头投进了湖心，泛起了旧日的涟漪。侏儒的表情皱巴巴的，咬筋抽搐着，苍然地说："喂，他到底咋了？他自己不来，他跑不动了么？他的病现在如何了，他是不是下不了炕，他不会是在放命吧？"

"呃，他还勉强活着，虽然比不上一般人，但也强过了瞎子、瘸子和哑巴，好歹能端住自己吃饭的碗。"俗话说，刀子来了棉花接，面对这一连串的生死之问，少年登时油滑了起来，变成了一座棉花垛子，百应百诺。又撒谎道："他一直惦记着你，这回听说我要走一趟西山口外，便特地叮嘱我去羊拐骨码头一带寻你，托我转交这一笔小钱。"

侏儒仰面道："你实话说清楚，他这么些年一直在寻的那种药，最后找见了么？"

"药？啥药？"

破绽乍现。

"救命的药。"

"你放宽心吧，他的碗里除了饭食，连一粒药渣子也看不见。"

"呔，你究竟是什么人？马贼，还是惯偷？爬墙的，还是上梁的？你最好道个蔓儿吧。"对方骤然变色，身形一矬，早已封住了撤退的路，"依我的判断，你这个少爷羔子来路不明，你胯下的这一匹阿尔金马也是事出反常，跟你相当的夹生。哼，我先拿获了你，再慢慢地搞明白你的户头，摸清楚你的伙食簿子吧。"

少年牙齿很硬，倔强道："真是英雄脚臭，好汉屁多。我信赖你，你反倒给我栽赃呀？"

"我只喊三声，你自己滚下来。"呵斥道。

"哎呀，你快瞅那边，山根里冒烟了，怕是来人了。"

随手一指。

趁着对方分神的刹那，少年两腿一夹，拨转马头，凶狠地抽了一鞭子，一道烟地跑远了。枣红马毕竟是家中的一口子，外人再好，最后还得听命于主子。向下的这一面坡地越发陡峭了，沙石飞溅，尘土踏起，直通向西山口外的那一片锅底。见少年惊逃了，逃得比一只天上的鹞鹰迅疾，比地上的一只野兔还狼狈，侏儒仰首问天，怅然道：你个小贼，你真是不知天高地厚，不谙礼数，也不懂得世道凶险；小爷我本打算给你免费授赠一门学问的，不承想，你却不识抬举，脚底下抹了油，也罢，也罢。这一刻，斜阳西匿，道阻且长，远望着怪石狰狞、万冢累累的西山一带，侏儒竟愕然地发现，地上扔着一只单靴，另有一副水囊。凭着自小的经验，侏儒知道这是一个疏忽，一次大意，但这样的错误一定会要了少年的命，让他以卵投石，有去无归。惶然中，侏儒拾起了那只单靴和水囊，发足追撵了一段，吆喊了几声，但奈何两条腿的人，终究抵不上四条腿的流霞，最后怆然地哀叹了一声，颓坐在了这一片乱石蹲踞的坡地上。

　　少年有所不知，这个在石羊河两岸以指路为生的家伙，此后足足等了他两天半，直到风沙四弥、水囊干瘪之后，这才怏怏地离开了这一角虚悬之地，折身而返。常言道，舍此就彼，泰否剥复，谁也不曾料及，恰是这一场不欢而散的西山之行，在双方的心底里种下了一种病因，由此揭开了凉州境内最为机深的一幕血腥秘密。

　　其中衷曲，暂且按下不表，先来做一次复盘吧。

胡笳十一节

大概在天色初白时，羊拐骨码头一带，突然刮起了一场盲风，锁住了石羊河南北，茫茫不见天日。盲风一词，取自北疆以远蒙古人的说法，被驼队、马帮和商团带入了河西境内，渐渐地叫开了。罡风乃一种激进性的寒流，尘暴也不过是腾格里沙漠上吹来的一幕幕沙烟，大抵上可以忍受。在这些诡谲的气候中，只有盲风最为恐怖，不分季节，一俟弥漫开来的话，令人一无方向，二无遮挡，仿佛是从地壤深处吐出来的一场黄雾，甚至连一颗沙粒也不见，只有扯天漫地的广大粉尘。

大地醍醐，山河自有主张，心存妙计。

本来，贯穿腾格里沙漠以西的这一条河流，看似平缓驯顺，四季安澜，实际上却是一头蛰伏的野牛，带着尖锐的犄角和蹄子。无论西行或东进，每一支驼队和马帮站在岸边时，石羊河就像一道锋利的刀刃，将生死横在了眼前，供其选择。冬天是一个例外，往往网开一面，封冻的河水犹若一场恩遇，即便脚下打滑，也能将这些大牲口送上彼岸，从此埋首天涯。在这一带，春天是沙暴的疆土，到了夏秋之季，洪水频发，处处决堤。几百年间，这条脾性古怪、艰深莫测的河流，将良田变成了沙地，让稗草淹没了苗木，驱离了不少的庄户人家，就此改业落户，投奔他乡去谋生。是故，穿梭于腾格里西线的商团和零客们当中有一句口头禅：石羊河，菩萨的脸，恶鬼的心；石羊河，一脚踏进去，赶紧去烧纸。

但是，上佛慈悲，天老爷在绝情无义的时候，仍旧降赐下了一线生机。石羊河在拐过蒙家庄子后，突然折身，留下了一段大约十五里长的东西河道，又蓦然北上，恢复了原状。恰恰是这一段牙长的河床，形似羊拐骨，将河水暂时打压下去，擀成了一张平滑挺括的毡毯，从此利益众生。虽说河西境内绿洲连绵，水脉广泛，但大多数当地人不谙水性，视之如天堑险途，唯恐躲避不及。这么着，在石羊河流域尚没有一座桥梁的年代，脑筋灵光的，率先从省城兰州的黄河段，引进了牛皮筏子，在蒙家庄子左近开始了水运，输送货物，载运人畜，渐渐地形成了一座小型码头。目下，秋水泛滥，泥浆翻卷，到了石羊河最危险的一季，下头的那一座简易石桥被封死了，禁行十日。镇番县府在北岸插了一块警示牌，口气恶劣：落水即成鱼鳖，将来转世无望。作为一等县的武威县府则相当克制，也在南岸的牌子上题写了一行墨字：提脚入水之际，想想身后爹娘。在如此凄清的早上，任何一个外人的闯入，肯定充满了嫌疑。

枣红马突破了盲风，站在羊拐骨码头时，已经浑身汗湿，咴咴不已。

少年塑在马背上，被眼前的这一幕惊呆了。因为携带了无数粉尘的盲风，就像往年的腊月里，从敦煌赶来的杂耍班子手中的神奇口袋，能够变幻出这个人世上的千种武器，万般货色。瞧瞧，在码头下方的这一片回水湾，盲风就像一头蠢笨的白熊，脚步踉跄，从空气中滑了过来，吓得坐骑扬起了长颈，鬃毛直竖，眼珠子几乎快要惊掉了。转瞬，白熊消失了，它们忽而又变成了一扇森严的大门，门钉明亮，挂锁落关，仿佛可以听见里头有一支禁军在巡查，在呵斥，在大耍威风。少年相信，对面这一座缥缈的城池，倘若不是皇帝的金銮殿，至少也是武威城外的承平堡，化身而至，前来捕获自己的。少年干笑了一声，心中涌过了一阵后快，觉得这一次的脱逃有惊无险，近乎完美，这实在是得益于他自己的聪明，一般人难以堪比。不承想，这一座虚幻的城堡，竟然禁不住一个喷嚏。少年刚打完了喷嚏，便发现对面的一切离析分崩，碎成了一地的齑粉，缭乱四起。盲风是裹挟在一起的粉末，比沙粒还细，要细上许多倍，又带着刺鼻的土腥味。或许，天庭里真的有一座磨坊，上苍将人世间的苦楚、伤心与泪水，统统扔在了磨槽中，研磨了十万八千年之久，然后吹了一口气，还在了凉州的地界上。但是，这还没完，漾荡而起的一股股细碎粉尘，渐渐地黏连在了天空中，撕扯不烂。恍惚中，它们又被铸成了一辆威猛高大的滑车，咔嚓作响，带着无数的利刃与铁刺，从头顶上扑将下来，直取他的性命。少年虽然看久了凉州四喜班的秦腔折子戏《挑滑车》，但知道他自己不是千里挑一的高宠，手中也没有那一杆长枪，惊骇之下，忙丢开了缰绳，一骨碌滚落下来，仄身在了马肚子下面。

幸亏，什么也不曾发生，滑车犹如被一支无形的扫把拍了一下，忽然间飘失了。

躲了一阵子，少年卸下了惊惧，一手掏出裆里的家什，站在堤岸上，开始放肆地撒尿。一根尿绳射在了盲风深处，射进了河水中，让他的身上布满了明亮的颤栗，一时间痛快极了。昨晚夕，借宿在蒙家庄子里，虽说那个老姨娘十分殷勤，除了茶饭招待，还在热炕里填了一簸箕锯末，生怕他水土不服，夜里受了寒。然而，因为个中缘故，少年几乎站了整整一宿，眼皮子在打群架，沟子却不敢挨近炕沿。到了后半夜，肚子果然发作了，好像吃下去的那一碗馓饭在闹鬼，在作法。少年踅出了屋门，转了一大遭，却找不见茅厕。在清凉的夜色中，墙根下飘来了一丝异味，少年便不管不顾，一头扎了进去，脱下裤子就拉。刚拉了一半，身后传来了畜生的低吼，少年回头一瞥，却见几头黑猪拱了上来，简直像抢食似的。来不及应对，少年一个蹦子跃过了旁边的半堵胡基墙，瘫坐在了地上，哭的心也有了，觉得这一次的逃亡真是心酸死了，处处碰壁，连这个世界上最丑陋的畜生也放不过自己。恓惶罢了，少年爬起来，从屋后的草料棚子里，牵出了自己的枣红马，连一声招呼也没打。因为老姨娘的耳朵背，又怕打扰了她的瞌睡，只能偷摸着离开了。意外的是，这一人一骑刚刚摸出了蒙家庄子，快要接近石羊河时，一幕广阔的盲风呼啦啦而来，天地缟素，甚至有一些悲凉无助。少年在盲风中转达了大半个时辰，左右莫是，前后失据，胯下的坐骑已经是汗出如浆，他也早就忘了自己肚子里积攒下的这一泡尿水。那一霎，庄子里的公鸡开始叫了，陆续叫了。公鸡们仿佛一群执法严明的判官，先是判定了夜黑里的阴阳，又腾云驾雾，前来诊断这一幕光阴中的大小是非。天色一白，少年的魂魄也就回来了，哪怕逃亡的这一口饭不好吃，也得端住了这一只饭钵。

尿到了半程，河面上突然豁喇一声，撕开了一道口子。少年攥着家什，夹住了热尿，讶异地发现一个娃娃从河底里站了起来，除了他裆里的那一块破布，浑身精赤溜光的。娃娃盯视着少年的那一截男根，怨怼道：呔，敢问你手上抓着的那一两糟肉，究竟镶了金，还是嵌了银？这么一问，东西吓得缩了回去，尿意全无，少年赧然道：客气了，在下既没有镶金，也不曾嵌银，但它却是我的命根子，我不能亏待了它。咦，你这么恼怒，你到底是何方人士？对方撩起了一轮轮河水，浣洗着身上的沙子，决绝地说：哼，我刚才差一点替天行道，打算趁你不防备时，一口咬掉你的小牛牛，拿去祭了河神。少年的顽劣心突然乍现，戏谑道：哎哟，那你干么还不咬呀？赶紧趁热咬下来，拿去献给河神，说不定也是奇功一件，他老人家少不了犒赏你的。顿了顿，又狂妄地说：你一个碎怂，你的确有所不知，我刚才撒下去的那一泡童子尿，其实是今早上的第一碗罐罐茶，已经端在了河神的炕桌上。呵呵，想必河神大人此刻一面吃着油糕，一面喝着热茶，唯独苦楚了你这个没有拴链子的，跑上来就想咬人。对方凄凉一笑：呃，你别口条乱飞了，你这种鸡沟子里冒闪电的话，并不会激怒我；我之所以没有刿了你的鸡巴，把你变成一个太监，不是我心善，实在是因为……阿嚏，对方抖索了一下肩胛，这一记喷嚏犹如响锣重鼓，分明在警告这个少年。又接续道：嗯，实在是因为我现在搞不清楚，你究竟是公的，还是母的。少年脸色彤红，尖起了声嗓，辩解道：呔，我当然是公的，十足的公的，你先前已经瞭见了，我站着撒尿呐。对方摇头，轻蔑道：嘻，你长了这么一根肉橛子又能如何？天底下吊着那三两糟肉的男将多了去了，但他们未必就是儿子娃娃，因为儿子娃娃绝不会像你这样悖天逆地、欺师灭祖的。

一瞬时，少年哑默了下来，仿佛心中的一扇窗户纸，突然被戳破了。

偏巧这时，一只黑白相间的水鸟刺破了盲风，落在了堤岸上，解除了少年的难堪。水鸟并不消停，啄食了一番羽毛，又张开左右膀子，护住了后庭，再三挣扎。果然，待水鸟飞走后，沙地上留下了一坨新鲜的屎尿，清晰在案。少年忆想起来了，武威城里以前有过一名老太监，甘州人，据说曾经服侍过光绪和宣统二帝。共和之后，他照例被革命军扫地出宫，一路西行，本打算归乡养老，岂料一踏入凉州地界后，却耻于回家，就地安顿了下来。凭着手头的积蓄，老太监置办了一座小院，又在暮年之际，认了一个瓜怂做了干儿子。多年来，这爷父二人堪称是武威城中的一道风景，老子佝偻着腰身，抱住一只雕花的漆盒，一路走，一路咳嗽，儿子则扛着一根白蜡杆子，卷起了旗幡，乖乖地尾在后头。上半天一趟，下半天一趟，不管刮风下雨，也不论季候节气，每日两次的出巡，总是比乡学里的号铃来得准时。偶尔，有年岁相仿的街坊相问：老大人，既然腿脚不利索，干么还在磨自己的鞋底子，晒这个日头呀？答复说：哎哟，以往在紫禁城里圈得太久了，如今松开了筋骨，不这么走上一遭的话，感觉白来到了这个阳世上。再问：你怀里的那一只百宝箱，装的是金锭呀，还是藏着宣统爷的圣旨？打开瞅一瞅，让凉州人开开眼界吧。值此要紧三关，老太监朝身后一努嘴，迅速解开了袍衣，人也贴着墙根蹲了下去。瓜儿子会意，取下了肩上的那一面旗幡，用白蜡杆子一挑，泼喇喇作响，立刻遮护住了爹老子，让他单独去舒坦。俗话说，自屎不臭，凉州人也是见不得别人的秽物，尤其是粪水，所以满街道的人呼啦啦地散光了，免得恶心。久而久之，那一面旗幡有了别称，要么叫尿帘子，要么叫屎帘子，视具体情况酌定。小的时候，少年和伴当们也曾围观过几回，又克制不住好奇，待瓜儿子将帘子收起、老太监立起身之后，定睛一望，这才发现墙根下干干净净的，空无一物。带着满腹的狐疑，大家说与了弘毅乡学里最开明的尹先生，追问究竟。不承想，尹先生抚案赞叹，莞尔道：瞧瞧，这种行止就是教养，一定是在宫里教化的；狮子老了，但毕竟是狮子，这位大人便是一头文明的狮子。又释解说：文明其实没那么虚幻，也并不深奥，文明当然是从枝节上开花的，此所谓涓流成海，积土为山。喋喋了许久，少年和伴当们仍然费解，尹先生干脆放下了架子，更换了语气，通俗地说：诸位记住了，群处守住嘴，独处守住心；你们每个人的身上都长了两张嘴，上面的那一个务必要讷于言、敏于行，至于下头的那一张嘴么，千万不要两腿一叉，随处屎溺，脏污了脚下的凉州大地；那位老大人便是一介典范。不久后，乡学里的这一次师生辩论不胫而走，瓜儿子肩上的那一块旗幡，又有了一个新式的称谓：狮子帘。

老太监究竟是哪一年殁的，凉州人说法不一，也无从考据。唯一的线索来自瓜儿子，自从干老子下世后，他就彻底傻掉了，天天扛着那一根白蜡杆子，游街串巷的，仿佛在招魂。但是，不管他脑子里的游丝有多乱，一旦有人当街拦住了他，询问老太监的具体下落时，瓜儿子便将白蜡杆子插在路旁的墙缝中，抖落那一扇狮子帘，遮护住周遭，再用几声臭屁，用了自己白生生的屁股蛋子去作答。这是一种姿态，干老子的把戏，上一辈人的衣钵，如今穿在了这个连鼻涕都拾掇不住的家伙身上，竟也如此端庄，令人不敢小觑。最终，消息还是从郊外的化人场泄露出来的，闹得沸反盈天，整个河西一线上道路纷传，人人侧目。一名化工在酩酊之际，当众绍介说，老太监的尸身子是他亲自劈了松木，泼上火油，烧成了一把骨灰的。瓜儿子异常孝顺，照着干老子生前的那一番嘱托，将骨灰撒在了甘州境内，了却了老大人的心愿。听罢此言，更是加剧了凉州人的好奇和疑心，纷纷追问说：那一只百宝箱，那个雕花的漆盒呢？化工如实道：烧了，跟老大人一趟子烧掉的。又问：你好歹也吐个口吧，漆盒里究竟藏的是金坨子，还是紫禁城里的文书？这么着，化工蓦地哭了，口讲指画地说：爷叔们，其实漆盒里啥也没有，除了一小截木头，但这根木头精雕细刻，又光又滑，好像上了一层白蜡似的。见众人懵懂，化工叉开了两腿，指了指自己的裤裆，开示道：哎呀，那一种成色，那一手雕工，简直就像一根活着的肉橛子，一套男将的好家什。

没过多久，少年和伴当们便从尹先生的口中，获知了这一幕争执的详情。据尹先生描述，化工刚刚做完了那个下流的动作，一下子惹怒了旁桌上的一位士绅。这个人不是别人，恰恰是当届的六郡老之一，武威城外五门十八姓的总乡约王曰信。王曰信当即呵斥道：狗儿子，你满嘴吃屎的，竟敢拿亡人的缺陷来下酒，你信也不信，我现在就断了你这一世的活路？当着鸿宾楼上诸多客人的面，王曰信激愤无比：的确，有的人虽然活着，但活得像鬼；有些人业已成鬼，却一生磊落，不枉了他在这一世里的为人。呃，同此一理，有的人即便带着全套的男人东西，但他成不了一个指天戳地的儿子娃娃。老大人苦寒出身，为这个世道所屈，自小净身入宫，然而这么些年来，他的清洁，他的端庄与隐忍，凉州人却是看在了眼里，记在了心中。末了，尹先生哈哈大笑，说那个化工当时羞愧难当，借着醉意，趁乱爬出了鸿宾楼的窗口，不料竟失足摔了下去，骑在了楼下一辆贩煤车的横梁上，杀猪般地嚎叫开来。伴当们听着就疼，嚷喊说：估计蛋破了，蛋一定碎了。

　　盯望着那一坨鸟屎，少年回忆般般，觉得自己输礼在先，嘴上也没有门锁，一味地逞口舌之快，活该如此。又往深里一思索，留在武威城里的那一桩天祸尚未了结，屎沟子还没擦干净，倘若在这一趟逃亡的路上继续煽风点火，处处结仇，纵使天老爷下凡，恐怕也救赎不了他自己。这一霎，少年挤出了笑脸，又递过去一只手，亲昵道：姑舅，快上来吧，别凉下了，你刚才在打喷嚏，万一受寒了不妥。这是一句示好的话，攀亲结义，见机而作，说给谁听，谁都会受用的。果然，娃娃释然一笑，相问说：听你的口音，你该是城里来的吧？今个天幸亏是我，也恰巧刮起了这一场盲风，否则惊动了蒙家庄子的那伙歹人，发现你往水里撒尿，糟践了石羊河，那你可就倒了大霉了；你至少要挖一年的沙，才能赎回自由。挖沙，挖沙做啥么？少年急迫地问。对方轻蔑地说：也没啥，挖了沙晒干，来年压瓜种菜呗。哼，罚你去挖上一年的沙，免受一顿拳脚棍棒，我估计那也是蒙家庄子的歹人们手下留情，念及你是一个城里娃娃罢了。听话听音，锣鼓听声。少年突然狂笑开来，笑得狼心狗肺，简直刹不住车了，讥诮说：哎哟，照你的意思，你一定是我的先锋官，吃过那一帮歹人的苦头，所以你的心上结了痂，留下了伤疤。对方倒也痛快，抹了一把鼻脸上的粉尘，坦承道：的确，我以前性子古怪，喝酒不要命，有一回让苞谷酒喝醉了，吐在了河滩上，等醒来之后，我被吊在了蒙家庄子的歪脖子柳树上，不吃不喝，吊了三天两夜，比猴子还难看。唉，打了不罚，罚了不打，他们欺负我是个孤儿，又作践我是一个半脸汉，罚我去挖了三年多的沙子，结果他们的西瓜比打麦场上的石磙子还大，我却脱了好几层皮，我如果不记仇，天老爷也不答应。少年感同身受，想起了个人的遭际，一时间被对方的情绪给控制了，便道：姑舅，我信你，蒙家庄子的确瘆人，昨晚夕我就住在那里，连跳蚤、臭虫和虱子都那么疯狂，况且庄子上的人呐。类似的宽慰并不曾见效，反而助长了苦主的怨气。对方切齿地说：哼，虽然我先天不足，娘胎里被亏欠了，我是天老爷捏塑下的一个孽障人、半脸汉，但我实心瞧不起蒙家庄子，也瞧不起那些种田栽瓜的庄稼把式；我独惯了，两个肩膀一颗头，我现在所做的一切，根本上是为了复仇，让石羊河上下的人们睁开狗眼，将来也难以见到我的一丁点可笑。少年发问道：咦，那你到底吃的哪一碗饭么？对方省俭地说：贸易。

自始至终，话里话外，类似于半脸汉、孽障人这样一些心荆肉棘的言辞，让人抽心一疼的自谓，这个武威城里的少年人竟疏忽掉了，心生麻痹，丝毫也没有窥破眼前之人的异状，以及他身上涌集而过的那一份蚀骨的悲凉。真的，怨怪不了这个秋天，也怨怪不了这一幕扯天漫地的盲风，因为一切才刚刚开始。

少年肃穆了下来，踩着湿软的河沙，趔趄上去，再一次伸出了手：姑舅，我知道你刚才是为我好，你赶紧上来说话吧，水里太冷了，也太凶险，刚才漂过去了一棵杨树，还卷走了一头死驴，我眼见为实的。这一番倾肠相告，并没有引起对方的呼应，相反，那个敦实的娃娃盯住了少年的一双单靴，发问说：喂，你脚上这么干净，你一定是骑马来的吧？少年一得意，点头称是，念白道：哇呀呀，胯下的火焰驹四蹄生火，正奔驰又只见星稀月落，加一鞭且从那草坡越过，惊动了林中鸟梦里南柯。此乃秦腔折子戏《火焰驹》里的一则段落，目下被拿出来渲染，照例是撞上了一堵南墙，杳无呼应。对方沉声问：呃，那你的伴当呢，坐骑呢？少年回首，指着岸上那一团化不开的盲风，喟叹道：唉，一大早的，它就像一个饿死鬼转世的货，寻见了一堆青草，咥得正欢呐。娃娃攥着一双大拳头，骨节嘎巴作响，失望地说：哼，我要是你的话，我就不会丢下自己的伴当，跑过来卖嘴。但凡是一个合格的人，出门的人，应该知道马就是家里的一口子,也是长路上的生死兄弟,你敬它一尺,它终究还你一丈。屁话一大堆,真是老婆娘的缠脚布,又臭又长,少年一方面在心里不快,另一方面却辩解道:牛要牵,马要鞭,婆娘不打要上天;你也别那么玄乎了,再美的花也不过是一把草,再俊的马也只是一头牲口,我不稀罕。这种针尖对麦芒的话,一般会燎起一场冲天的烈焰,伤害了彼此,就此不欢而散。但这个娃娃当即让了一步,逊然地说:呃,其实也不能怪你,你这是头一次出门远足,你还没吃过大亏,也没绊过跟头,将来的时候,我的这些话一定管用。这一时,少年占据了上风,内里嘻然,态度上也便客气了几分:对呀,万事开头难么!我还从没走过这么长的路,我走了多少里,连我自己也不知道,反正我快疲沓了,身上的骨头也在喊疼,可惜的是这个世上没有卖后悔药的郎中。对方因笑说:记住了,是狼就要磨好牙,是羊就要练好腿。我猜你没这么简单,你并不是来石羊河一带游秋的;你这一副神色,简直跟一头惊掉了的尕骡子一样。少年登时一愣,似乎这句话掐住了他的七寸,释解道:是这,武威城里最近兵荒马乱的,听说要枪毙一批人犯,还听说有人要去劫军方的法场,我自己闲得心慌,挡手绊脚的,谁看我也不顺眼,我只好一个人溜达了出来,打算沿着石羊河,去西山口外,去馒头山一带散散心,如此而已,骗你我就不是人。对方依旧不饶:呵呵,你有心事,你一定是来寻人的,我敢吃咒。少年偏执地说:求你了,我不寻人,我也没有什么心事,你的聪明千万别用在我身上。

秋水汹涌,泥沙似浆,裹挟着大量零乱的枯枝败叶,像一张编织失败的席子,滑脱了手,往下游里冲去。少年暗忖道,我心匪席,不可卷也,你休想撬开我的牙齿,套出我的秘密,然后拿我去报官,去邀功,去请赏。突然间,石羊河里站起了一个浪头,足有一丈多高,扑将过来,吞噬了一切,速度快得就像啐了一口唾沫。少年眼睁睁地瞭见,那个跟自己斗嘴的娃娃,趔趄了一下,一瞬间便消失了,沉入了河底。少年却后几步,两腿发软,喉咙干涩,一屁股坐在了滩涂上,失了三魂、丢了六魄似的。半晌后,少年方才缓过劲来,哭喊道:碎怂,你个碎怂,你千万别吓唬我了,你刚刚还是热身子,一定不要难为我，逼迫我去报丧，让蒙家庄子的人们抬埋了你的冷身子。石羊河依旧故我，浊浪翻卷，搅动着呛人的盲风，将羊拐骨码头一带，渐渐地变成了一片修罗之场。又嘶哑地呱喊道：你个坏怂，你个狼吃剩下的，你别戏弄我了，我承认，我的确有心事，我就是来寻人的，那个人是我的同砚席友，我在乡学里的齐肩兄弟，我求你了，你快露个头吧，要不然我就去蒙家庄子里喊人了。

如此这般的絮叨，并不曾换来石羊河的一番怜悯，加之上游里暴雨发力，到了码头一带时，狰狞毕现，横行无忌。哭了大半晌，声嗓干了，少年忽然觉得寡落落的，自己像一介号丧的妇人，没意思透顶了，遂立起了身子，拍净了屁股，意欲离开。

却不料想，这个关节上，那个该死的家伙复又出现了，竟然骑着一只筐子，颠簸在无际的水浪上，危险至极。

实话说，少年一向惧水，一个漩涡便会让他眩天晕地的，但他硬铮铮地挺住了，箍住了两手，呈喇叭状，詈骂说：呔，你个贼日下的！你以为你是天损星张顺么？你以为自己是浪里白条么？你刚才吓死老子了，小爷的苦胆也快被你吓破了。事实上，如此的咆哮一如乱羽，被石羊河上的盲风吹得七零八落，并不奏效。奇迹的是，那个娃娃骑在一只陈旧的筐子上，好像胯下是一匹快马，竟然如履平地，簌簌而来。少年止住了怨愤，好奇地张看着，猝然发现头顶之上的风沙中，原来埋着一根黝黑的长索，手腕一般粗细，绷紧在河面上，贯通了南北两岸。当然，这才是一座码头应该具备的样子，起码的设施。至于那一根悬空的长索是麻绳拧下的，抑或是精铁打制的，少年并不操心。目下，那只筐子是安全的，或许有一根看不见的绳子，挂在了长索上，谁知道呐。瓦解了这一桩机密，先时的惊悸、担忧与恐惧突然间苍白了许多，异乡的少年将嘲弄和狂笑咽进了肚子里，迅速积攒了一大堆的夸耀之词，打算统统献出去，缓和一下彼此间这种露水般的关系。石羊河往下游里倾泻着，嵯峨的水浪形成了一条搓板路，寸步难行。筐子毕竟是筐子，既不是吕布的追风赤兔，也不是常山赵子龙的照夜玉狮子，在那个家伙的裤裆下一直打滑，样子滑稽极了。终于，一个磨盘大的漩涡猛烈袭来，将筐子彻底吞没了，又将娃娃一巴掌掀起，抛在了半空中。

少年来不及嘶喊，却见对方在石羊河的上空摇曳了几下，突然猿臂一舒，挂在了头顶的索道上，保住了性命。天呐，你个该死的猴子，老子的苦胆又被你吓破了一颗，少年怨怪道。对方却全无惧色，吊在了半空中，像秋寒中的一片叶子，答复说：的确，本猴王刚才闯了一趟东海龙宫，又拜见了一回河神，好歹也求证了一件事。呸，你别满嘴的炉灰渣子！俗话说猪往前拱，鸡往后刨，你自己都是泥菩萨过河，还操心什么是非呀？少年轻蔑道。这一霎，一阵嘲弄般的笑声像密集的雨水，从头顶上洒将下来：哈哈，简直失笑死人了，我刚才提着几套点心盒子，走了一趟龙宫，东海龙王说你究竟是公是母，他一点也不掌握，他老人家请你抽空去一趟，也好验明正身。少年立时急了：哼，反正我是站着撒尿的，我可能得罪了龙王爷，刚才撒了他一脸的尿水吧，难怪他不说我的好话，如此诋毁我。对方挂在长索上，荡着秋千，再次笑说：呃，后来我又去问了问河神，河神也没有一个确凿的子丑寅卯，但是他托付了我，让我现在回来摸一摸你的裤裆，拔一根你的汗毛，顺便把你录在石羊河的户头簿子里，将来也好相认呀。这一连番的戏谑与挖苦，终于激怒了异乡的少年人，少年俯身拾起了脚下的一块石子，扔向了那只丑陋的猴子。

但是，一切都扑空了，愤怒未遂。

好像秋千一下子升高了，那只猴子躲开了袭击，又一瞬间松开了臂膀，挣脱了长索，将自己抛向了堤岸。少年惊愕地瞭见，他在空中打了几个华丽的旋子，而后就像一根粗短的树桩，直脱脱地戳在了滩涂上，露齿一笑，门牙残缺不全，颜色锈黄。咫尺之距，彼此间四目相对，少年不免有些羞臊，于是先发制人地说：

"果然，上天入地，大闹天宫，我这回相信了，你不愧是一个弼马温。"

"哎呀，我真是罪过，我吓着你了吧？我方才听见你在号哭，哭得那么恓惶，眼泪几乎把整个石羊河都打湿了，河神请我吃席，我也没赏脸，一个斤斗就跑来见你了。"

"不错，我刚才哭了半天的丧，但不知道死的是谁。"

少年讥讽道。

"听着，黑不提白，白不提黑。咱们今个天有缘相识一场，那就肩膀齐，当兄弟，我现在就认了你。"这个像笤帚一样高的家伙，表情突然一冷，沉郁地说，"我是个孽障人，我这辈子就在地上刨着吃，刨着吃才香呢，这就是我的命。不过，刚才你那么一哭，简直把我的心给哭塌了，还从来没有人这样惜疼过我，惦记过我的生死。喏，你究竟是何方贵人，你总得给我一个名姓吧？"

见面问根苗，此乃河西一带的惯例。

"唉，其实也没这个必要，你我不过是一面之缘，等天气开了，盲风散了，你刨你的食，我上我的路，我还要去西山口外一趟，耽误不得。"其实，少年一直犹疑着，险些吐了口，但囿于个人的身份，以及这一路上的惊魂与仓皇，被迫掐灭了这个念想，从而失去了一个结交的契机。又顽劣地说："水猴子，等下一次见了面，你可千万别再让我号丧呀。"

"也罢。见面留一线，来日好相见，虽然你看不起我。"苦楚道。

"你的马呢？"

"什么马？"诧异道。

"你的伴当呀。你策马而来的，石羊河的秋水也奈何不了你。"少年一般是记仇的，睚眦必报地说，"你方才不是在教训我，说马是家里的一口子，也是齐肩的兄弟么？"

"鱼筐。你走眼了，那其实是抓鱼用的。"

耻笑道。

像是在印证这句话，湍急的河面上，那一只陈旧而残破的筐子，竟然不请自来，款款地泊在了岸头。筐子呈锥状，一头粗，一头尖，灌满了泥浆，动弹不得了。即便河西一带水脉广泛，随季节流淌不定，宛如大小游龙，但它终究是一座焦山枯原、荒漠干滩的庞大舞台，所以当地的人们向来对河中之事目迷口噤，十分生畏。少年也是好奇的，闻听筐子里有鱼，便一下子来了精神，忙不迭地尾在了后头，生怕对方关闭了这一扇门，缺少了见识。盲风撕扯着，粉尘波来荡去，一只水鸟的鸣叫从虚空中溅落了下来，显得三心二意，内容不详。目下，这个自称在石羊河两岸指路为生的家伙蹚了过去，戳在水中，一把抄住了筐子，扣在了滩涂上，倾倒一空。少年凑了过去，睁大眼睛，盯视了良久，突然间失望透顶了，觉得这不过是对方的又一场把戏，哄自己开心罢了。脚下头，一些枝杈和败叶，一些烂绳头与卵石，带着石羊河底下的陈腐味道，分明是一堆垃圾，让少年不免心凉。果然，对方沮丧地说：唉，狼吃下的，这是我昨晚夕下的筐子，下在了河汊当中，搁了这么整整一夜，居然捞不上一条鱼来，可能是见了鬼了。少年失笑开来，讥讽道：呵呵，你真是吹牛皮不打腹稿，你既然是东海龙王的座上宾，又是河神的老熟人，如今连个门子也走不通，可见你的嘴里不打粮食，只知道撒谎。对方却也不饶，反诘道：哼，依我看，今个天我落了空，运气欠佳，全然是因为你来了，你带来了坏风水，吓跑了石羊河里的亲戚们。少年嘻然，接续道：我敢打这个赌，你就是一根怪骨头，你跟凉州人的确不一样，你的嘴上毫无禁忌，你吃不惯地上的五谷杂粮，消化不了牛羊肉，所以你趁着盲风的天气，偷偷地在这里布下了一座迷魂阵，捉鱼钓王八，现在不幸被我撞见了。哎呀呀，一想到你的肚子里装满了臭鱼烂虾，我的恶心就上来了，等一下找个僻静的地方，我干脆吐干净吧。吃葱吃蒜不吃姜，此乃激将之法，但少年的这一番企图并没有得逞。透过苍劲的盲风，少年瞧见，这个诡异的家伙始终哑默着，埋头搬起了几块石头，扔在了锥形的筐子里，复又将其沉入河水中，慢慢地滑落在了河汊地带，随即湮没不见了。无疑，这又是在下筐子，在排兵布阵，在设置一片杀戮之所。少年执拗道：实话说吧，在武威城里，在整个凉州，没有一个人肯吃鱼，也不会有谁懂得吐刺，恶心是一方面，口舌上的禁忌则是另一方面，只因为凉州乃是储粮养士之地，气血炽烈，人事慷慨，根本就瞧不起那些鱼鳖之辈的东西。这时候，娃娃干罢了，在河水中净完手，直起了腰身：喏，是蛇一身冷，是鱼一身腥，其实我跟你一致，我从不吃鱼，我也不会吐刺。少年欢然地说：的确，鱼访鱼，虾访虾，好汉访好汉，小鬼访的王八蛋，我猜想你应该如此。这么着，对方款笑道：实不相瞒，这两年我在羊拐骨码头捉鱼，这是我发现的一桩新贸易，我得定期交货，不能让自己饿了肚子；只可惜石羊河上游下过暴雨，今个天的洪水太猛，我又碰见了你这个聒噪鬼，唉，算是白干了！少年虚上一礼，探问说：咦，哪一门子的新贸易呀？我见过贩盐运煤的，也听说过走私金银的，你现在拿鱼虾来做文章，我偏就不信。这么着，对方截铁道：这是下奶的方子，你自然不知。

河风吹刮了过来，却跟盲风不同，带着一种空旷的寒意，先凉了人的腿脚，后冷了身子，无处可逃。少年眼尖，突然被一阵烁闪的白鳞吸引住了，探身一瞧，原来是三两条大拇指粗细的小鱼，在枯枝烂叶中挣扎，板荡不已。这个笤帚一样高的娃娃突然拦住了少年，不许对方靠前，他自己却叉开了手指，捧住了那些小鱼，一边惜疼着，一边放入了石羊河中。河水浑浊，犹如一张被撑坏了的毡毯，面子上皱皱巴巴的。几条小鱼沉入了水中，先是昏头涨脑了一阵子，又蓦然醒来了，白鳞一闪，消失在了那一块黄沙色的毡毯下，一别两宽，各生欢喜。娃娃肃立着，两手合十，叨念了一番阿弥陀佛，善哉善哉。念毕后，他竟然掉头而走，连一声咳嗽也不愿意留下。眼见着没有了下文，少年被一种更大的好奇心所攫取，忙扑进了帐幕一般的盲风中，一路嚷喊着，追撵了上去。

码头左近地势颇高，盲风宽松，视线开明，隐约地传来了对岸公鸡的打鸣声。

这个清寒的早上，河滩上立着一只牛皮筏子，约摸一丈半之高，仿佛一个疲惫的巨人在垂头打盹，还未从夜晚中醒来。筏子是用整张的生牛皮缝制下的，大概花销了七八张吧，中间架设着一根根白蜡杆子，呈米字状，撑起了整个脊骨，边角周正，颜色暗沉，样子类似于一只大簸箩，分量十足。在那些既往的旧光阴当中，趟行于河西沿线上的商团、驼队、马帮和零担，一旦遭遇了大河前横、道路梗塞时，除了冒险泅渡之外，牛皮筏子便是他们唯一的选择，除此无他。少年追上了那个笤帚一样高的娃娃，瞭见他拧开了一只油葫芦，将油水灌在了抹布上，仔细地擦洗起了筏子上绷紧的生牛皮。这一霎，鼻子突然灵光了，嗅见空气中油汪汪的，少年当即断定，这是上好的胡麻油，成分浓郁，格外馨香。也就奇了怪了，原本还皲裂、干涩、发皱的生牛皮，一俟涂抹上了胡麻油，立时更换了样子，变得柔软、熨帖、挺括无比，颜色也渐渐地红润了起来。少年对此并不陌生，在武威城时，他经常去大皮匠的家中串门，见识过这一道养护的工艺，知道生牛皮上了油之后，还需要去慢慢阴干，以防炸裂，如此才能用上一二十年，去赚取辛苦钱。目下的这个天气，水汽缠绵，天锁地闭，恰巧是一个晾晒的好机会。少年暗忖说，哎哟，真是有眼不识金镶玉，原来这个寸钉一样的家伙，不但是一个浪里白条，竟然还是石羊河上的一介水把式呀！看他的那一番架势，好像上下几十里的各位河长与水利人员，分明要服属于他，听命于他似的。带着这一份钦敬，少年赶紧抓住了一块抹布，蘸上了胡麻油，帮衬着擦洗了起来。

姑舅，你刚才说下奶，下什么奶呀？趁着对方心情不错，少年相问道。娃娃回说：你吃过你妈的奶水么？倘若她老人家当时奶水不足，你又饿得青面寡皮的，那就要下奶，而炖一锅石羊河的鱼汤，听说是最灵验的一个偏方。少年哀愁道：实话说吧，我还没咂过我娘老子的奶头，我来到这个人世上不久，她就下世了，我甚至不知道她的长相。这是一个难堪的话题，娃娃怔开了，站在了牛皮筏子的背后，继续擦油：那是，我信你的话，你瘦得就像一根筷子，声嗓也像个丫头子似的，一定是小时候亏欠了自己的身子骨，到现在也没长开吧。顿了顿，又兀自喟叹道：哎呀，我这次可能要食言了！新城的骑兵一般是夜饭前后来取货的，现在这么大的洪水，难保我刚才下的那个筐子会让他满意，能带走几条有斤有两的活鱼；不过实在不行的话，等上半天的盲风散了，我就放筏子下水，亲自去给河神大人张个嘴，求个情，先借上几条活鱼，免得挨骂吧。

隔着一层生硬的牛皮，少年闻听此话，立刻吓出了一身的冷汗，两股战战，胆怯地问道：好我的姑舅，你方才说什么了？你说武威城外的军营里派出了一支骑兵，要来羊拐骨码头，专门来寻你的么？声音从筏子的背后飘了过来，释解道：不，你听岔了。其实每次来取货的只有一人一骑，据说他的官衔还不小，可能是革命军的一名副官吧；当初就是他沿着石羊河一路北上，打问到了我，才跟我定下了这一桩买卖。少年惊恐地说：啊呸！你的耳根子太软了，那些扛枪吃粮穿着老虎皮的丘八，一定在打另外的算盘。哎呀，时候不早了，在下也该赶路了，要不然天黑之前，我也摸不到西山口外。言毕，少年往兜里顺手揣起抹布，将油乎乎的指头嚅在了舌尖上，朝着盲风深处的河滩地带，打了一记刺耳的嘧哨。孰料，筏子背后的那个家伙扑哧一声笑了，笑得很吊诡，嘀咕说：失笑死了，这些天失笑死我了，我一直在猜想，军营里的那一位太太吃了我捉的活鱼后，她究竟下不下奶，她的奶水足不足？少年愤懑地说：你个碎怂，你真是人小鬼大，我看你八成是想叼住那一位太太的奶头，下害罢了。对方却道：不错，但凡是一个裤裆里挂了三两精肉的人，倘若不惦记妇人，没有这么个坏念想的话，岂不是枉为了一个儿子娃娃么？

这一霎，枣红马甩着长鬃，突破了盲风，隐约现身了。

在河岸上啃食青草的那一匹坐骑，现在吃饱喝足了，循着少年的嘧哨声，披覆了一层浅白色的粉尘，踢踏而来。彼此相见，枣红马忽地雀跃开来，偎在了少年的身畔，长尾高扬，用鼻门擦碰着主人的衣襟，煞是亲热。少年抚摸了一番它的颈鬃，从马褡子里摸出来一只响铃，挂在了它的长颈下，又猛地一个蹦子跳将起来，翻身骑在了马脊上。少年扯拽住左右的缰绳，两腿一夹，吆喊了一声，正待离开时，却闻听身后传来了一声断喝：

且慢！

那个寸钉一般的家伙显然恼怒了，一脚踢飞了支撑着牛皮筏子的白蜡杆子，突然追了过来。筏子像一块从祁连山上伐下来的山石，一头栽落在地，没了声息。少年耸立着，分明瞭见这个在蒙家庄子里也吃不开的家伙目射精光，虎视鹰瞵，一直盯视着自己胯下的坐骑，表情复杂而沉重。半晌后，他才慢慢地止息了个人的情绪，慌忙捡起脚下的一个烂包袱，掏出来一套衣裤，迅速穿戴妥当了。少年不打算流连，更不想浪费唾沫，便从马褡子里抽出了鞭子，拨正了马头。这个关节上，娃娃抱住了双拳，躬身施上一礼，探问道：

"敢问远路上的客人，你真的想闯一趟西山口外么？"

点头称是。

"呵呵，也许我昨日拜了庙，朝了佛，来了运气，今个天能挣上你的一块大铜元。我不诳你，我就开这个价。"对方言辞焰焰，以势欺人，似乎容不得一点异见。又道："等着瞧吧，我是个不错的向导，西山口外的那些猫道狗道，一般不会对我耍花子的。"

"呃，这就叫指路为生？"

"不错。我只要一枚大铜元，虽然你的钱袋子很鼓。"娃娃乜斜了一眼。

"看来，你翻脸比咳嗽一声还快。至于你是不是一个好向导，咱们在路上瞧吧。"少年的话，等于是接纳了对方，答应了这一桩契约，又不免担心，"那个革命军的骑兵咋办，你又不是天上的鹞鹰，天黑之前可以折返回来，跟他谋面？"

"常言道，今天的肝子，肯定比明天的肉香，我现在陪着你去闯荡一遭西山口外，恐怕也是显而易见的天意了，我不能错失。"说着话，这个不知天高地厚的家伙扑将上来，一下子骑在了少年的身后，两只手箍住了对方的腰身，锁得很紧，又尖喊道，"记住，你快把头抬起来，看稳天空，脊梁也要挺直，别像一只小蛤蟆。"

这么着，两个人塑在马背上，穿过了这个秋天的一场特大盲风，离开了羊拐骨码头。

胡笳十二节

目下，日头这个老鳏夫变凉了，冷身子挂在天边，让四野大荒之上的肃杀和寒气逼现了出来，笼盖在西山外的这一片狭长入口上。少年勒住了马缰，环视眼前，但见起伏的冈峦与岩石童山如秃，其势愈杀。从北疆袭来的一阵阵劲风，或许刮了千年之久，犹如一把把带了牙齿的刷子，昼夜无息，将山口地带啃食得一毛不拔。身后，也就是刚刚驶下来的那一面坡地陡峭生威，光滑腻眼，仿佛一架巨大的天梯，将天空拱卫了上去，安顿在了世间万物的头顶之上。这一时，少年终于意识到了，自己站在了西山口外的锅底里，除了强行进山，遂了这一路上的念想外，实际上别无他途。不过，少年又记起了在学堂上念过的那句话，所谓危邦不入，乱邦不居，心中也就不免打鼓，一时两难。很快，少年的意气和血性纷披而来，好像十万雄狮在前头开路，大不了做一回豹子头林冲，雪夜上梁山，一切均不在话下。这么一得意，少年仰躺在马脊上，攒出了一口湿唾沫，啐进了天空。半天过去了，唾沫也不见掉下来，八成是被天老爷没收了吧，少年思忖道。

岂料，胯下的坐骑甩着蹄子，趔趄着，犹疑着，皮惊肉跳，口鼻中喷吐的气息干燥而短促，似乎随时要掀翻身上的东西，脱缰而去。少年开始胆怯了，讶异地发现脚下的这一条羊肠小径乱石纵横，色如猪肝，上面趴满了成百上千的蝎虎子，纹丝不动。蝎虎子类似于沙蜥蜴一类，沙石的颜色，约摸筷子头那么大，但生性凶恶，喜欢攻击一些大牲口，饮食鲜血。枣红马彻底躁乱了，一边嘶鸣着，一边挣开了缰绳，发足狂奔，蹄铁捶打着地面，几乎能将这一片干滩旷原戳开无数个窟窿,去觅见一条格外的生路。少年跌宕在马背上,昏头涨脑的,一时间觉得天空乱了,群山塌陷了,浑身的骨骼也散了架,目中的一切渐渐地狰狞了起来,自己的这一条小命也危在旦夕。果然,像俗话说的那样,好事如菩萨显灵,坏事往往成团结伙,枣红马奔逃了大概七八里地,突然耸起了脊梁,尥开了蹶子,一下子将少年扔了出去,重重地摔在了一堆砾石当中,差一点毙命。

这个关节上,少年顾不得针刺般的疼痛,也不敢分神去惜疼身体,一骨碌爬将起来,追撵了过去。少年明白,一旦走失了坐骑,自己将是真正的孤家寡人,天喊不灵,地叫不应,生死就在指日之间。但是,索命的鬼终究还是来了,一块块砾石张开了嶙峋的牙齿,咬住了他的脚,撕扯着他的力气,拖曳着他的方向,绝情辣手,急湍怒号,仿佛不远处有一座阴曹地府,才是他今日的归宿。少年色飞骨惊,加之身胚子一向羸弱,跑不出多远,便一下子气馁了,突然跪在了地上,放肆地嚎啕起来。实际上,这只是一种干嚎,挤不出一滴眼泪,更多的则是诅咒和詈骂。少年抓住了一块石头,锤击着地面,嚷骂道:贼日下的,你个大牲口,你这个背主的小人,你这个贪生怕死的丑角,我终于看透了你。这一折子不见效,他又扯开了声嗓,追喊说:呔,你就是一个屁,一个被我放生的屁,你去宽处活人吧,你去金银乡里享福吧,我现在跟你割袍断义,最好这一世里各走各路,不要相见。喋喋了半晌,少年蓦地记起了下半天以来,这一路上反复哑摸的那些往事与画面,尤其是那个在石羊河畔靠指路为生的娃娃,那个跟自己吹灯拔蜡,如今已经彻底翻了脸的侏儒。对了,那家伙说过,多喊几声哥,少爬十里坡。少年突然灵光乍现,更换了口气,冲着西山口外的那一片干滩,冲着枣红马荡起的那一幕烟尘,尖声哀求道:流霞,我的脚坏了,我的脚烂掉了;流霞,我的血管破了,我八成是不得活了。

喊叫了三回两次,少年的声音就像冷灶寒烟似的,被旷原上的一阵阵劲风迅速清除了,恍然成空。的确,此刻只有一只单靴,鞋底破了,帮子烂了;另外的一个光脚丫子血肉模糊,好像刚刚在屠夫的案子上刹开的蹄子,惨不忍睹。变起仓促,淌血是一回事,要命的则是一阵阵锥心的疼痛抓住了肉体，仿佛在脏腑之间撒下了一把铁钉子，扎了根，盘了营，纠缠不去。少年颓坐在沙石路上，抱住残脚，泪水汹涌中，瞭见数不过来的伤口内，血水横流。照着以往打架斗殴之后的经验，少年刨开了地上的一层浮沙，撮出了一把干土，仔细地撒在了伤口上，登时抽心一疼，龇牙咧嘴了半天。这种干土晾晒了多年，细若粉尘，既无杂质，也不带病菌，一俟吸附在了伤口里，止血性极强，凉州人莫不如此。抬望中，日头沉堕了下去，仿佛卡在了遥远天边的祁连山的坳口中，垂了首，叹着气，认命了似的。太阳老了，但它毕竟还是太阳，挣扎着将广漠的夕光抛撒下来，敬天法祖，光芒烛地，粗鲁中带着一份沉重，踉跄中含着一种亲切，让这一片西山口外，出现了一段短暂的光绚，犹若一座四月八佛诞日晚上的大雄宝殿，梵音四起，金色灿然。

无疑，这是北疆一带秋天特有的季候，倏忽之间，晨昏更迭，天色渐渐地晦暗了下来。西路上，一颗硕大的太白金星挣破了天幕，像一根巨幅的钉子，挂住了慢慢降临的暮色。四野大荒之上，于是稳静，于是以全始终，凉意沁了下来。

但是，上佛悲悯，长生天怜惜，陷落在这一块破釜的底部，这一片低洼当中，漆色如盖，俨然又是另一种庇护与成全，替这个远路上来的少年人，另开了一道生门。幕天席地中，从蒙古和俄境一带吹刮而来的冷风，擦着坡顶的边缘，一路南下，抽走了白昼里的热气，泯灭了这个人世上的所有温度，偏偏放过了藏在釜底的这个少年。薄暮中，少年的眼睛几乎快望麻了，一不曾瞭见那匹枣红马的影子，二没有发现伴当的蹄子践踏起来的一股股烟尘，走得绝情无义，失散得一干二净了。哼，失望也大抵如此，有啥了不得的，既然已经说过了恩断义绝的话，那就没有唾面自干的道理，少年暗忖道。这一时，干土见了效，不仅止住了血水，暂时弥合了伤口，先时的那一种疼痛也不复剧烈，只剩下了一丝丝钝刀子割肉的感觉，漫漶在了体内，隐约作痛。少年不免得意，又思想说：快滚吧！你既然去做了一堆冷灰，那我这一捧热火绝不会靠近你；哪怕你现在回了心，转了意，也断然不能从我的嘴里，讨上一份恩赦的法旨。夜色是一种烽火之警。夜色越深一寸，这一片釜底便越发地死寂和无助，成吨的黑暗填埋了下来，让一切都难以逆料。少年知道，不能再走了，其实也走不脱，地上的砾石和周遭的不测绊住了脚，眼下的第一要义，乃是如何过夜。幸亏头顶上星宿繁茂，将一层轻薄的光辉降赐了下来，仿佛人间犹在。少年找见了一面背风的斜坡，搬走了砾石，刨开了沙土，勉强掏出了一个坑洞，又在洞口上码了一堆石头，好像一道城垣，挡住了流沙。此后，少年将身子打折起来，抱住了双膝，艰难地蹴在了这一口坑洞里，心情一下子松弛开来，感觉三魂六魄就在自己的腔子里，天灵盖上也蹲着一尊金刚，嘉许不已。穴土而居，少年记起了从书本上念过的这个词，一再料定，大概就是眼下的这个样子吧。

一旦躲进了坑洞，少年这才明白，其实眼前的这一片万里岩疆并不是他的，沙子不是，石头不是；甚至在夜色中聒噪的那几只旱老鸹，也带着一迭声的失笑与嘲讽，对他指指戳戳，消停不得。打眼望去，西山口外昏暝一派，阴阳难辨，一方面像杀人盈野、死伤枕藉的血腥沙场，另一方面又像一座令人抚今吊古、怅然思深的破旧庙宇。这一切，无疑是天老爷布下的坛场，与少年无涉，也不容任何人染指。一念至此，少年迅速释然了，自己不过是一个闯入者，一介赤贫如洗的过客，等天明之后，彼此便是陌路，了无挂碍。少年趴在膝头上，目光巡看着天空这一片幽深的瓦叶子，一再思忖，祁连山在何处？武威城又在哪里？承平堡究竟在什么方位？盯望了半天，少年沮丧地发现，原来自己自始至终揣着一本糊涂账，从武威城里狼狈出逃的第一天起，算盘就打乱了，脑子里炖着一大锅糨子，只顾着亡命，现在居然连个起码的方向也丢失了，分明是一粒芥子，死生由命，无足轻重。然而，转念一想，少年却被一种澎湃而激越的后快占据了，一时间开怀不已，辩白说，反正天祸业已闯下了，证据攥在了警察局的手中，这件事闹得满城风雨，谣诼遍地，好在自己比兔子还机灵，闻风而逃，插了翅膀一样地飞落在了北疆，否则就一言难尽了。再者，石羊河畔的侏儒不经意地透露，有一个新城大营来的国民军副官，不，或许是一支骑兵队，将在夜饭之前抵达羊拐骨码头；天知道，这是不是陷阱，打算设计来拿获他本人的。现在，少年差不多胜券在握，决绝地相信，这一趟周游上十天半月，等武威城内风止雨歇、结局平静了之后，自己再策马而还，自然也就洗脱了先前的一切冤屈，还了全部的清白。或许，这一番告慰起了作用，也或许是连日来的劳顿开始发作，少年缩紧了身子，蹴在坑洞中，鼾声渐起。

也不知睡了有多久，更不明白这个时辰上，干滩旷原中的夜色填埋了多深，少年像一只惺忪的麻袋，寂然而寐。突然间，胃醒来了；胃不是一个人醒来的，还带来了一个嚣张的家伙，名叫饥饿。这个贼鸠形鹄状，类似于一支枭匪散勇，闪转腾挪，煽风纵火，将少年的满腔子睡意驱逐得一干二净，了无痕迹。哎哟，着实饿得心慌，饿得肚子里降旗高悬，饿得抓耳挠腮，饿得冒烟，饿得脑海中幻觉丛生。一碗粉蒸肉上来了，一根肘把子肥瘦相间，一盆羊汤上撒满了芫荽和蒜苗，一碟子花卷刚刚出屉，一个油饼子夹着热晶糕。恍惚中，少年略一掐算，天杀的，几乎有两夜一天没有进食了，哪怕是一颗酸梨或沙枣，也不曾亲近过自己，只顾着一路上亡命，连头也不敢回一下。昨晚夕，他好歹抵达了蒙家庄子，敲开门，道明了来由。那个老姨娘倒是很亲热，抬着一双麻眼，跌跌撞撞地站在锅台前，搅了半锅馓饭，递给了客人尖尖的一大碗。馓饭是荞面的，羼杂着豆子的腥气，半生不熟的样子，上头堆着一层腌韭菜。为了款待，她赶紧抱来了一只旧坛子，用口舌吮了一下指头，又用指头挢出来一疙瘩老猪油，抹在了客人的碗沿上。恶心上来了，恶心堵在了喉咙中，少年趁着对方出了门，将那一碗馓饭倒在了炉膛中，又添了一把柴火。当天夜里，吐也吐净了，拉也拉光了，他将自己弄成了一副空皮囊，难怪现在饿得一阵阵发虚，前心贴住了后脊似的。巧的是，少年挣开了胳膊，在腰包内寻摸了半天，竟然摸出来了一小块奶疙瘩，遂大喜过望，迅速丢在了舌头上，捂住了嘴巴，好像唯恐那一股香气跑光了，吃了大亏。奶疙瘩耐放，实在，营养足，一向是长路上的人们必备的吃食。咂摸了几口，奶疙瘩立时化了，还来不及识破滋味，便顺着食管滑了下去，掉在了肚子里。少年郁愤极了，吮吸着口舌，但毕竟是落袋为安，强似没有，也就宽释了下来。不承想，这块该死的奶疙瘩仅仅是一副药引子，廓开了胃囊，苏息了神经，将整个舞台拱手相让，令饥饿唱起了独角戏，生旦净末丑，宫商角徵羽，弦索不断。妈呀，饥饿明晃晃的，头上长角，脚下生根，一会子是丈八蛇矛，一会子又是方天画戟，彼此大战了三百回合。饥饿也是一头困兽，眼见着遁逃不得，生路无望，于是做了最后的死拼，肚脐中冒火，七窍里喷射着毒汁。一股酸液泛了上来，火辣辣的，犹如旱天下的一场地火，顺我者昌，逆我者亡，吞噬着躯体中的一切。渐渐地，少年觉得他在收缩变小，胳膊短了，腿短了，脖颈子在塌陷，这一颗跟了自己若干年的脑袋，竟然干瘪成了拳头那般的葫芦，整个皮囊也开始抽搐，出现了皲裂，也许将来上不了大皮匠的案头。念想如此一坏，满盘皆输，那些失败的预感鼎沸一时，如同附近的旱老鸹已经披麻戴孝，急不可耐，等待着下一步的抬埋，将他这个闯入者彻底地灭失。

腰包里空了，连一粒奶渣子也不见。少年又摸了一趟身上，抓出来一团软东西，刹那间，一股胡麻油的气息打头碰脸，沁人心脾。不错，一块油汪汪的抹布，随手揣上的，想必羊拐骨码头上的那个侏儒，也不会太计较。少年咬住了抹布的一头，一寸一寸地吸食着，胡麻油混合着口水，越攒越多，一下子漾荡开来，几乎要溢了嘴角。下咽时，根本不必使力，那一坨油水像一块滑稽的滚石，一道烟地掉落了下去，汁水四溅，漫流在了肉身的大路小径上，仿佛在武威城的核心地带，开了一家红火的油坊。少年踏实了少许，一再告诫自己，其实生而为人的这一具皮囊，和蒙覆在筏子上的那几张生牛皮毫无二致，一样需要膏油，一样有待滋养，一样以死作舟，将来也一样要横渡苦海，过完每个人仅有的这一世光阴。

事实上，恰是在这种马不停蹄的绝境与无助的催逼下，少年的心智迅速打开了；他过早地尝到了一个人沉沦的代价，堕落的辛涩，也包括潜藏在内里深处，在未来的日子里，将要激越而起的那一幕幕反叛，乃至于卓立不群，以及匡危扶倾的不世殊勋。但是，就目下而言，一切还为时尚早，少年终究是头一次跋涉北疆，还远远构不成那一抹明亮的边地春色。

嚼吃了半天，抹布上那一点可怜的油水被唼干了，唾沫也干了，但肚子仍是空的，比先时还饿。胃醒来了。胃就像一个害病的娃娃，哄也哄不消停。少年不素心，吐了出来，将抹布捏成了疙瘩，再次吞入口中，咂骨吸髓了一番。不料，天作孽的，抹布突然间反目，竟然变成了一团坚硬的荆棘，卡在了气管中，梗塞了呼吸。少年登时涨红了脸，青筋毕现，咳也咳不出来，咽却咽不下去，将拇指和食指戳在了嘴巴里，掏挖了半天，无一例外地失败了。佛烧一炷香，人活一口气。刚才还在收缩的这一具皮囊，此刻正在迅速膨胀，犹如腊月里宰杀年猪时，屠夫们吹大的那些猪尿脬，随时都有爆炸的危险。水，来碗水，快给我一碗水，少年不断地嚷喊着，在心里下了跪，哀求不已，却无人应和，哪怕是旷原上的一个鬼也不曾援手。少年逃脱了坑洞，趴在沙石上，捶了几拳头腔子，又拍了几巴掌脊背，但那一团荆棘却像鼹鼠似的，既不肯露头，也不再捣蛋，干脆关张歇业了。妈呀，憋死我了，求求你，来碗水呀，少年一边央告着，一边膝行过去，借着薄亮的天光，找见了破靴子、鞭杆子、烂衫子，水囊却不知所踪，当然他早已忘掉了那一幕纠葛。就在窒碍难明，几乎要晕厥过去的那一霎，少年突然扯开了腰带，褪下了裤子，将那一件儿子娃娃的家什掏将出来。天呐，心里惊喊了一声，少年赶紧捉住了它。

尿水是温烫的，挤出来了一股子，双手掬住后，少年灌在了口腔内。来不及回味，也不敢拖宕，少年挣扎着咽了下去，倏忽之间，获得了第一口生气。这还不够，他又叉开了两腿，尿了大大的一捧，长鲸吸水，贪婪地吞进了肚子里，终于活转了过来。荆棘疙瘩，不，其实是那一团油抹布，被少年咳了出来，详察了半天，竟是一只毛袜子，大概是驼毛织下的，根根剑戟，难怪那么扎嗓子。现在，恶心成了芝麻小问题，活着真好，活着能够瞭见头顶上繁密的星星，瞥见暗夜下的那一线远山，怀想着石羊河以南的武威城，这终究是一桩幸事。这么一思想，少年立时松弛了下来，捉住自己的家什，尿得放肆，尿得一鼓作气，仿佛石羊河给他传授过一套倾泻之秘诀似的。

黢黑中，干滩上的旱老鸹惊叫了几声，抬起翅膀跑掉了。夜色被划破了，仿佛农历四月里开河的冰凌，咔嚓作响。少年蹲在地上，目光惊魂，踅摸了半天后，终于发现一坨影子蹒跚了过来，打算向自己问罪似的。一念天堂，一念地狱。这突然的变故，让少年一下子心灰意冷,刚才的释然与暗喜全部砸锅倒灶了,不复眼前。少年夹住了沟子,缩紧了卵蛋,骇然地张看着,抓住一块石头,须臾不敢分神。半晌后,一阵蹄铁的擦剐声踢踏而来,又隐约地瞭见了那个大牲口喷吐的白气,一道,又一道,好像在黑夜的帐幕上,撒了几把白面似的。呵呵,少年登时失笑了出来,一个蹦子直起了身子,詈骂道:贼日下的,你这么背主,如此不讲情义,狗都要比你强上许多!真的,喂狗三天,熟三年,可是我喂了你三年,你连三天也记不得;现在你走投无路了,折返回来,你到底是想撕我的脸,还是打算升我的血压?照例的,这一个伴当干脆不懂人话,谁的脸色也不看,死眉耷眼地走了过来,鼻门顶在了主人的膝盖上,似乎在驱逐他,在催促他回避。少年愈发怒了,截铁道:哼,一次不忠,百事不用,我干脆就不认识你,你毕竟是畜生道里轮回的东西么,我不计较。

　　让开了一丈远,枣红马探下了长颈,舌头翻卷着,竟然在舔食那一坨尿水。在旱原干滩上,牲口对水的敏感,最为凌厉,人也难以望其项背。水是救命的甘露,水还是佛陀布施下来的醍醐,水的气息一旦播撒出去,就像挂起了一面明亮的旗幡,让大地上的生灵啸聚一时,哪怕拼上了个人的性命,也绝难割舍。刚才的那一泡尿犹在,尚未渗漏干净,或许是夜里太冷的缘故吧。枣红马舔食了一阵子,欬欬地嘶叫起来,不知是嫌不过瘾,还是尝见了那一股尿臊气,又接着举起了长颈,斜觑着旁侧里的主人。少年开怀道:呵呵,人家们喊你是流霞,你就真以为自己是马王爷了?屁,你不该叫流霞,你应该叫下流,你老盯着老子的裤裆干啥么?少年将手按在了腹部,有一点点鼓胀,不知是刚刚积攒下的尿水,还是先前舍不得撒完,俭省下来的,反正账上有了余粮。枣红马偎了过来,舔了一舌头主人受伤的脚,似乎是臣服,又俨然是一种忏悔,将罪责大包大揽地扛下了,分寸不让。在荒凉冷寂的西山口外,在这个肃杀的秋夜上,一种突兀的孤独别生枝节,攀留在了少年的心中,让他如鲠在喉,忽然间觉出了这个伴当的珍贵,这一匹坐骑的灵性。这么着,少年再次叉开了腿,嘹亮地溺尿开来,戏谑道:哎哟,千万别抹不开面子,我刚才也喝了,存货不多呀,趁热,快趁热。

不承想，枣红马连脖子也不给，径自踅开了，踱到了另外的一侧，像一堵山墙似的，蓦地卧在了干滩上。少年不觉得被斥了面子，一边收起了家什，揣进了裤裆，一边想起了武威城里大皮匠的话。大皮匠以前绍介过，说天上的龙，地上的马，这两样乃是人世上最清洁最干净的生灵，宁可饿死，也绝不吃腌臜之物。龙是天上的奇迹，天老爷的侍卫，少年无缘得见，但眼前的这一匹流霞，分明印证了大皮匠的话，洵不虚言。少年又思忖，流霞这个名字太过于轻佻了，有点女气，概括不了自己的这位伴当，最好在伯夷叔齐之间二选一，方能衬托出一匹良骏的威仪与秉性。然而，更名换姓乃是一桩相当谨慎的仪式，不仅要将坐骑牵入马王庙内，还得上香焚表，诵念经文，昭告四方神灵。这件事着实急不得，少年盘磨了一番，待身上的这一件冤屈清白了，回到武威城之后，再仔细料理也不迟。撒完了尿水，等于泻掉了全身的火，少年突然被一阵刺骨的寒冷攫住了，踉跄地奔了过去，团住腿脚，蜷在了枣红马的肚腹旁，借机取暖。

大概到了后半夜吧，连旱老鸹的声音也绝迹了，浑黑的夜色平衍宽广，仿佛一块从墨池中打捞出来的染布，张挂在天际上，密不透风。睡不踏实，寒冷像一根根牛毛，从每个毛孔中刺进来，骨骼是冰的，指甲皮是凉的，周身的血液也快被冻住了。流霞的肚腹等于是一面热炕，但暖了头，却顾不上脚，热了前心，又冷落了后背，一时难以两全。昏暝中，少年睁开了眼眸，意外地瞥见，一颗彗星从北斗的勺子中滴落下来，箭矢一般，曳着长长的尾巴，飘失在了镇番县的方向上。

在河西一带，彗星也叫扫把星。谁瞭见了扫把星，谁就会厄运缠身，倒霉透顶下去，除非去洗眼。但洗眼的前提是水，这无疑又是一桩奢侈之事。

刹那间，流霞突然惊掉了，撂下了主人，一跃而起，颀长的颈子探向了深不可测的旷原干滩，拼命地嘶叫开来，四个蹄子也擂击着地面。少年一骨碌爬起来，骇然地张看着远处，但夜色似铁，一切杳然，终究比不上牲口那么灵性。

狼，旷原上的狼群来了。十几只幽蓝的眼珠子分布在夜色中，一忽儿逼现出来，一忽儿又隐没无常，仿佛那一颗扫把星溅落下来的斑点，令少年色飞骨惊，恍惚成狱，吓出了浑身的冷汗。显然，狼群早有一番缜密的筹谋，精算无碍，有三四只穿梭在身后的坡顶上，切断了退路，频频地扑将而来，打算将目标轰开，撵进狭长的山口一带。更多的戈壁狼则伺伏在山口以外的两侧，让开了一条孔道，长嗥着，恐吓着，大有以静制动、张网待捕之势。少年立时慌下了，一直团团乱转，脚底的伤口再次复发了，感觉那些发烫的血水黏连在了砾石丛中，疼得钻心，也寸步难行。变起肘腋，这样的灭顶之兆，令枣红马一时间筋存怒脉，精神灿发，三回两次地奔跑着，折返着，犹如一堵用肉身子打下的墙城，将主人遮护在身后，以防不测。少年料知，目下的这一切实乃关门打狗之计，坡顶上的戈壁狼越是进逼下来，越不能上当，否则的话，山口左近便是自己和流霞的埋尸之地。天呐，少年冷不丁地记起来了，戈壁狼惧火。此刻唯有火攻，才能逐散狼群，一直挨到天光大亮，再替自己和流霞找见一扇生门，逃出死地。这么着，少年一番趔趄，跑向了刚才的那个坑洞，抓住了腰包。

这个关节上，一匹头狼从马肚子下蹿了出来，蓦地停在了那一块低洼处，用蹄子刨开了浮沙，疯狂地舔食起来。尿水犹在，尿水一定没有渗漏干净，所以成了狼群的第一目标。果然，这一只白颈的头狼渴坏了，呱唧呱唧地吸吮着，全然无视旁边的少年人，仿佛它才是这一片旷原干滩上的主宰。少年恍然了，枣红马先前之所以折而复返，之所以那么干，丢掉了它自己清洁的戒律，没皮没脸地去吸食尿液，八成不是口渴了，而是在清除尿液的气息，灭失地上的味道，事先防备着西山口外的这一群恶狼。一念至此，少年的内里潮起了一种难以遏止的愧疚，觉得误解了伴当的作为，枉顾了这一匹良骏的勇敢。但是，目下并不是一个道歉的恰当时机，枣红马仍旧来回奔跑着，呼啸着，拦挡下了另一侧的群狼，将主人庇护在了安全地带。少年深知，这叫围而不打，待枣红马彻底累瘫之后，待这一只白颈头狼过完了嘴瘾，它们才会腾出手来，轻易地将自己和伴当包抄了，撕扯成一堆肉末，捏成饺子或包子。这么着，少年摸出了腰包里的火具，打了七八下，啪的一声点着了。

一灯破夜。

即便在这个苍冷的秋夜，这一星寒凉的灯火，也不啻于一幕菩萨的奇迹，开启了生门，降赐了暖意。火具持续不了多久，少年拾起了那一只单靴，一气点燃了，丢在脚下。蓬勃的光焰蹿起了膝盖那么高，吓得那一只白颈头狼避开了，遁在了远处，加入到了群狼的长嗥当中。附近没有柴草，少年无奈地喝停了坐骑，解开了皮带扣，只留下了马褡子，却将那一副精美的马鞍卸下来，直接扔在了火堆里。鞍子是牛皮和牛筋绳缝制下的，火舌一旦蹿上去，油水便滋了出来，一下子助长了火势，仿佛一个虚张声势的傀儡，摇曳了半天，又渐渐地矮了下去，枯萎在眼前。火灭了。火灭得很死，好像什么也不曾发生过，如梦幻泡影，如露，亦如电。

黑暗迫切而至，那一种重若千钧的寒冷也卷土重来，笼盖在了四野大荒之上，弥望无边。一切都停顿下了，除了火，还包括心跳与神色，如同僵死的冷灰，不复生命的热烈，被抛弃在了这一片孤悬之所。枣红马已经累得够呛，身子打软，轰的一下，卧在了地上，口鼻声就像一只破损的风箱，粗鲁且莽撞。先时忙乱了一阵子，少年这才发现，伤口再次开裂了，黏稠的血水汩汩而下，类如报警。打着了火具，仓促地瞥上一眼，少年发现自己竟然穿了一双红靴子，仿佛血水的靴子。不疼，或许疼得太多，疼也就不算数了。但是，恰恰是这一种弥散开来的血腥气息，仿佛一页张贴出去的皇榜，一纸上谕，让山口外的戈壁狼群集结而来，呈一个扇形，越箍越紧，慢慢地扎上了绳结。少年颓坐在一道微微凸起的沙梁上，手脚发麻，内里晦暗，心知大势已去，便也彻底地放弃了，不再有一丝冀望。

死来了。死就在眼前。

死不是别的什么，死就是那一只白颈头狼的牙齿、尖利的爪子，以及喉咙中一阵阵滚雷般的低吼。头狼率先探摸了过来，一蹿，又一蹿，嗅闻着少年伤口上的血水。其他的麻狼则锁住了各个方向，大的小的，层叠而至，撕扯着少年的裤子，呼应着首领。少年哑默着，一直仰首问天，眼角上忽然挂上了几颗悲凉的泪滴，竟也不知道是他自己哭下的，还是头顶上这一片悲深愿重的天空，前来秘密祭奠他的。

偏偏在这时，天老爷现身了，天老爷赦免了地上的一切。

西山口上，传来了一阵阵低沉而旷然的吹鸣声，像一只埙，像一服热药，也像一具斩将夺旗的军鼓，掠过了偌大的砾石干滩，急湍怒号地奔袭而至，解了围，消了灾，拔除了眼前的这一幕困局与厄运。在呜呜呜奏鸣的天野下，少年悲喜交加地瞭见，那一只白颈头狼率着子弟们，犹如一道失败的洪水似的，遁逃得一干二净了。

这时候，少年终于哭了出来，嚷骂说：贼日下的，本少爷的苦胆都快被你们吓破了。

第三拍

胡笳十三节

"喂，来人可是惊白，武威城里的少爷？"

馒头山下，脱可木突然扯问了一嗓子，声音君临天下一般。

少年并未答话，单调地蠢在马背上，先自落下了泪水。视野中，西山口外的这一条孔道渐渐收束起来，形如山嘴，而北侧的馒头山则是一座关隘，犹如西门锁钥，启闭森严，又仿佛紫塞龙堆，从兹万里。胯下的枣红马却是另一番样子，闻听了对面的这一嗓子，刹那间，筋骨中灌输了一股生气似的，一连迭地碎跑开来。兽犹如此，人何以堪。少年赶紧收住了悢惶，指尖上抹了一疙瘩唾沫，偷偷地揩掉了眼角上的屎渣子，不由得端正了起来。

这一时，天光亮开了，日头湿漉漉的，窝在了腾格里沙漠的怀中，挂在了这个秋寒猎猎的早上。大概是有了救赎，邂逅了援兵，少年打眼望去，觉得一切都是新鲜的，般般分明。逃过了昨晚夕的那一场重大劫难，觅见了生息之机，此刻天净无云，死地重生，再次回到了这个珍贵而敞亮的人世间，置身于这一幕大好的光阴中，真是恍然一梦。无疑，这一次的遭际，俨然是一味深长且滋养的良药，金针深埋，布下了将来的因果，正在萌芽，开始破土。少年光着脚，夹紧了马腹，粗头乱服地冲向了那一处山嘴。

"来将通名。在下不斩无名之辈。"

又扯问了一声。

"木哥，好我的木哥，惊白又不是孙悟空，你就别耍猴子了。"一直这么称呼脱可木，现在亦不例外。惊白尖起了声嗓，哀求着，随即下了马，蹍起双足，迎了上去。岂料，脱可木懒洋洋地坐在那一块铁疙瘩上，胳膊一挥，呵斥住了对方，不许靠近。惊白抱屈道："木哥，我这一趟是专门来寻你的。我昨日去了蒙家庄子，我拜谒了令堂，方才得知你在前一天出了门，于是我嗅闻着木哥的无上仙气，木哥就像北斗勺子一般引路，一路追撵到了馒头山，现在终于得见了本尊。"口舌上抹了蜂蜜水，惊白的这一席话说得山高水长，云淡风轻，令谁也不忍拒绝。

脱可木失笑道："阿啧啧，武威城里的光鲜少爷莅临寒舍，那整个蒙家庄子的脸上擦了粉，涂了胭脂，一定惊动了四方邻舍。不过呀，我担心的是，我那个麻了双眼的娘，恐怕又搅了一碗荞面搅饭，搛了一碟子咸韭菜，慢待了你这个客人。"

"不，姨娘还额外添了一疙瘩老猪油，我咥了满满两碗，吃到了嗓子眼上。"惊白诡笑，手一探，从发痒的腋窝下摸出来一粒虱子，血红饱满，随口一吹，送在了脚下。又道："对了，昨晚夕我有福了，我就睡在了你的那一张热炕上，和跳蚤呀，和臭虫呀，喧了一整夜的古今，施舍了大半碗的血。木哥，你说说看，咱俩是不是生同衾，将来死同穴，算得上这一世的金兰兄弟？"

"我是单另一枝，我没你这样的兄弟。"

断然道。

"呃，那也至少是同砚席友，一起念过书吧？"惊白一时尴尬，心知热火碰见了冷灰，忙解下了马褡子，抱入怀中，喏嚅道，"木哥，上半年你辞了学，惊白的心里一直寥落落的，觉得自己丢掉了一件宝器，没有了可以说话的伴当。我最清楚了，你是因为家里穷，再一个是老姨娘常年害病，你又是十足的孝子，才这么委屈自己，耽误了个人的才华。"惊白拍了拍马褡子，恳切道："我有钱，这是我平素里积攒下的零花钱，足够你续上学籍，把剩余的那几门课业完成，起码能拿上一张合格的国民毕业文凭，将来也好活人，让令堂大人从此颐养天年。木哥，我此番前来，专门讨你的一句话，等秋假结束后，咱俩一趟子回城重新念书，原回睡在一个炕上吧？"

"少爷，你这是给我下药呢，还是打算收买我，封我的嘴？"

"你看你，好心当成了驴肝肺。"

怔忡地说。

"呵呵，依我看，据我对你这个少爷羔子的了解，你徐惊白一撅沟子，我便知道屎的成色。我后悔死了，我吹了大半夜的喇叭，嗓子快成了劈柴，这才驱散了那一群戈壁狼，救下了你的小命，你却暗怀鬼胎，谎话连天。哼，你恐怕忘了吧，在下的眼睛里可揉不得一粒沙子。"的确，脱可木的嗓子不是嗓子了，像鹅，像砧板上的一节碎骨，像一根开裂的车轴。

"那你干脆再把那一群狼喊过来，把我变成一堆狼粪吧。"

"惊白，你一定闯了祸，闯下了天大的祸。你这一副狼狈相告诉我，武威城容你不得，所以你才打着寻我的幌子，来西山一带避难的。"脱可木根本不客气，点了穴，戳了脸，决绝道，"说真的，不用那一群狼来啃你了，你的所作所为，还配不上天狼的高贵。"

"木哥，临来之前，我姐托我问候你。"

一记撒手锏。

"唉，惊白你千万记住，毁自己的不是旁人，正是你自己。"脱可木起身，将那一支喇叭扣在地上，铁疙瘩重重地抓住了地面，仿佛一座尖塔。又截铁地说："权家的大小姐不愧是一位活菩萨，但姐姐心中的苦楚与磨折，你这个做弟弟的一点也不体谅，反而加罪与她，亵渎了她。走着瞧吧，像你这么恃宠生娇，目无纲纪，如果继续放纵下去的话，姐姐将来就是武威城里的头号罪人，你实在是脱不了干系。我现在好心奉劝你一句，宁可让你自己五马分尸，也不要让菩萨落泪，因你耻辱。"

言毕，脱可木俯下身子，将耳朵贴在了喇叭嘴子上，开始谛听。

这些诛心的话，尤其是提及了姐姐，令惊白一时间疼痛莫名，思念不堪，仿佛内里的一座大殿塌掉了，狼藉一片，灰飞烟起。惊白忸怩着，肩胛紧锁，两个膝关节也并在了一起，端的是那一套在弘毅乡学时女里女气的样子。这一霎，脱可木听完了喇叭，面色一喜，迅速将自己脚上的那一双布鞋脱下来，一前一后，扔给了惊白。惊白知趣，当然也拗不过对方的强势，乖乖地从命了，穿在了脚上。哎呀，这天底下最烂的鞋子，况且尺码不符，惊白虽不怪，但它毕竟可以将就，同时也将蠲免了自己肉体上的痛楚，于是不再作声。不承想，脱可木下手太狠，紧接着扔过来了一块石头，打在了惊白的膝盖上，断喝道：

"呔，别像一个娘子，快把腿叉开，胳膊也张开。"

这么些年了，脱可木还是头一次轻蔑地喊他的绰号：娘子。惊白不肯相信，忍着疼，款款地叉开了腿脚，盯视着对方，不明白这又是哪一折子。天光下，惊白接着张开了双臂，稳住了下盘，羸弱、苍白、摇曳，犹如一叶纸，随时会被风吹破似的。脱可木扛起那支铁喇叭，赤着脚，蹒跚而至，目射精光，俨然是弘毅乡学里的尹先生那般，法无可逭地提问说：

"你回答，你现在像一颗什么汉字？"

"大。大小的大。"

脱可木啐了一口，煞是不屑。

"大人的大。正大光明的大。大写的大。"

慨然补充道。

"嗯，你说得固然不错，在在有理，但你身为一介男将，更应该成为另一颗汉字。"终究是一对同窗共读的昔日伴当，脱可木心生不忍，抓起自己的袖子，擦净了惊白颊脸上的灰尘，抚平了他的乱发，又叮嘱道，"惊白你一定记住，将来不管是泰山崩塌、昆仑摧折，无论是易水辞别、塞外牧羊，抑或去替天行道、蹈死犯险，你和我毕竟是儿子娃娃，这两具肉身子还是热的，还是发烫的，就应该一直昂起头，直起腰，叉开了两腿，像一根根柱梁那样，戳在天地之间，站在这一幕活命的大光阴当中。至少，你和我也要让裤裆里的那三两精肉悬吊起来，忠孝节义，发愤为雄，不负了凉州这一方水土的恩养吧？"

"木哥，你咋成尹先生了？"

"当然了，你我本来就是尹先生的门下弟子么。惊白，回到北疆的这一段日子里，我越发觉出了尹先生对咱们的好。这种好，又恰巧降赐在了我们的年少时节，足够将来享用一生了。"脱可木的恳切与关爱，让惊白不得不信服这一番肺腑之辞，深感这一次的逃亡抵达了终点，投靠有门。不料，伴当还是不饶："你再仔细看看，你应该是一颗什么字？"

"太。这个字是太。"惊白快慰道。

"什么太？"

"太史公的太。太庙的太。天下太平的太。"

真是聪明人不可细提，惊白脱口道来，一点也不含糊。

脱可木颔首而笑，掉转过去，突然一个蹦子，鹞鹰似的骑在了马背上，身姿耸然。逃离了死境，此刻沐浴在了一片嘹亮的晨光中，枣红马也是精神焕然，一时间雀跃无比，似乎连浑身的皮毛也油亮了起来，气息蓬勃。终于接洽上了，相会了，这一路的奔逃虽然胆战心惊，又难以启齿，但回头一望，莫不是一种淬炼与砥砺，以待来日。望见脱可木伸出了手，惊白一把握住了，翻身而上，偎坐在了他的身后，攀住了这一位兄长的肩头。不愧是蒙家庄子的后裔，骑术精湛，可以上马击狂胡，下马草军书。脱可木一手放开了缰绳，另一只手提着铁喇叭，策马跑进了那一处山嘴里，仿佛刹那之间，他接获了一封八百里急递，身衔了一桩重大使命。

"惊白，我恐怕只有一半个时辰的机会，所以拜托你一件事。"

"木哥你吩咐。"

脱可木回首，仔细道："从现在开始，你就是一个哑巴，你最好闭嘴。"

"那好吧，我现在哑巴了，我管住这一副口舌。"惊白猜测，八成是另一场好戏即将登台了，自己是唯一的看客，不由得诡笑了起来，又碎嘴地问，"木哥，在我装聋作哑之前，你实话告诉我，你手里的这一块铁疙瘩究竟叫个啥？"

"地耳朵。"

"你骗人，这明明就是一支救命的喇叭，你干么叫它地耳朵呢？"

这个早上，少年并没有获知答案。

胡笳十四节

列位，总因笔墨晴朗，一切因果婉转，这里先叙上一桩往事。

大概是在弘毅乡学里就读的第四个年头，徐惊白因为学业优异，各科甲等，加之权爱棠大人的面子作保，破例长格了一级，成了班上年岁最小的一员。

自汉武帝降旨"天下郡国皆立学校官"之后，武威郡也设立了学官，化育子弟，拔擢人才，大兴礼让，民风为之顿改。清代乾隆十二年起，凉州境内的初级教育规制，大体上分为三类，即社学、义学和私塾。私塾自不必提，遍布各处，难以指计，形式也相当地松散开放，基本上属于开蒙的阶段。社学乃是官办，一切支出主要依靠当地的官吏和乡绅捐赠的银钱与学粮，其中也不乏实力雄厚者，逐年购置学田，岁收租粮，以充当经费。义学缘起于西夏时期，明有所发展；雍正元年，清廷诏令"各省省政公祠、书院为义学，延师授徒，以广文教"以来，这才势如星火，遍地燎原了起来。与社学不同，义学的全部开支，一方面来自广泛的筹募，另一方面得益于宗族公款，生源对象也以贫寒子弟居多。天下共和，革故鼎新，从辛亥年至今，倏忽间过去了十七八载，如今的社学和义学，早已失去了门第与地域之界限，你中有我，我中有你，一般俗称为乡学。

暗中观察了一阵子，惊白掌握了脱可木的大概身世；又鉴于几个顽劣子弟对自己的公然嘲讽，当众侮辱，他渐渐地滋生出了一种愿望，内心也贴近了这个一贯落寞寡言的乡下人。在这一学级里，两个人一头一尾，惊白年岁最小，脱可木老成内向，比伴当们大了五六岁不止。按理说，一个乡下少年进入武威城来就读，家世要么是地主，要么就是发了横财的买卖家，才能供得起这个学，以免耽搁。相熟之后，惊白拐弯抹角地获知，原来脱可木的爹老子一直在城内游逛，身份是一介说客。说客亦称消息员，凭的是一双眼睛、两只耳朵，平素里眼观六路，耳听八方，将各种贸易的信息，以及天南海北之各类物资的差价悉数掌握，而后再寻找几个下家，口舌翻飞，上下其手，最后以理想的价钱售卖出去。那几年，这个说客干得顺风顺水，况且这个行当乃是无本生意，钱来得快，去得也急，便想让儿子念个书，喝几口墨水，也好将来接过他的饭钵。这么着，脱可木带着一口难听的乡下话，进入了弘毅乡学，开始了寄宿生涯。

乡学里有一间灶房，三个锅台。每日晚夕，号铃响过之后，学员们便像一群出了圈的羯羊，疯抢着去占据锅台，三五个人临时搭伴，有的做一大锅拨疙瘩，有的揪片子，有的吃碎面。暮色中，大家各自捧着海碗，密密麻麻地蹲在廊檐下，一阵阵喉咙声此起彼伏，恍如一池塘的青蛙。惊白从家里带来的馍馍和花卷，往往是伙夫帮着熘热的，另有一坛胡萝卜羊肉臊子，香气逼人。脱可木最后一个上灶，几乎顿顿是酸菜拌汤。干面疙瘩是娘老子事先搓完晾晒的，酸菜坛子里敷满了白沫，味道快馊了。脱可木也掌握不住火候，有时候清汤寡水的，能照见人的鼻脸，有时候又成了一锅焦黑的糨子，会刮破他的食管。偶尔，趁着对方不注意，惊白掭上一大勺肉臊子，丢在了旁边的锅里。脱可木吃出了味道后，一不言谢，二不抱怨，只是淡泊地说：别惯我的毛病，你吃你的，惊白你正在长身体呐。在廊檐下，脱可木绝少跟城里的子弟们搭腔，好像一张嘴，口音露了怯，害怕大家会取笑于他。实际上，可能只有惊白最清楚，他身上的那一份孤冷与萧索，多半是骄傲，这是由年龄和阅历造就的，与诸位同窗划开了一道鲜明的界限。拌汤太清，三嘴两口地吃毕了，脱可木犹不罢休，将一张鼻脸埋在了海碗中，用舌头吮来吮去的，舔得比一面水银镜子还光亮。夜课是相对自由的时间，喧哗、打闹与鼾声在所难免，脱可木偷偷地溜了出去，钻进后院里的一间柴房，点亮了一盏麻油灯台，翻开了书本。麻油灯烟大，不耐烧，还会惹来一连串的喷嚏。有一回，瞭见柴房里的灯台灭了，惊白跫身而入，央求道：是这，你容许我搭伴读书的话，我就借你一丈亮光，一盏吹不灭的灯台。对方反问说：咦，你是要凿壁，还是想囊萤借光？薄暗中，惊白将身后的东西取出来，挂在了绳钩上，又划着了一根洋火，点亮了一只新式的羊皮方灯。果然，这一幕光明胜于往昔，像刚刚摘采下来的新棉花，像雨后的云絮，散发出一层象牙白的色泽，连书本上的墨字也格外清晰。那以后，这两人像共谋似的，将这一间简陋而僻静的柴房，开辟成了另一座隐秘的课堂，鲜为人知。

由此，这一世的少年情义，开始秘密发端。

那一学年，由尹先生主持开设的课业，除了启蒙之类的读物外，还额外增加了一些专门性的知识，如《十七史蒙求》《名物蒙求》《增广性理字训》等等，又兼及一门珠算。道路纷传，尹先生来自西安城，可能是文举人，也或者是一介塾师。大清朝晏驾之后，这个打了半辈子光棍的人背井离乡，穿州过府，这才远避河西，落户在了武威城内驻甘国民革命军第七仓库外的这所乡学里，埋首典籍，悄静度日。如此驳杂的说法，竟没有一个人敢去当面求证；尹先生虽然睿智开明，不曾体罚过任何一名弟子，但他手中的那一根戒尺，未必就是吃素的。弘毅乡学中的成绩考核，多重平时表现，不仅视其学业，尤重人品与气节的修养。尹先生曾经亲自拟定了读书的方法，曰循序渐进，曰熟读精思，曰虚心涵泳，曰着紧用力，曰居敬持志。这几句话落笔成墨，被书写成了一丈高的标语，张挂在了四面的围墙上，仿佛凛然不可逾矩的天条，日日簇新，字字入目。宁可十年不要将，不能一日不拱卒，此乃尹先生的口头禅，也体现出了他苛责的另一面。尹先生反复甄选，最终定稿并一直执行不辍的教学法则是：诸生各置一簿，每日分晨起、午前、午后、灯下四时，按候将所为功课书其大要。晨起，温读经文；午前看经解、史鉴，听讲，习字；午后温经、记典故二个，用片纸书贴壁上，时为寓目，看《小学》《近思录》及诸语录数页，点读唐诗或诗律词赋（在二、七日夜间）；灯下仍业经史，带读古文及先辈程文，至三更就寝。……师长也置课簿，分别具裁，察其勤惰，慎其防闲、其省试，俾无废业。事实上，如此严谨而刻板的章程与教条，早已逾越了一所乡学的水准，但是勤勉地耕作了数载之后，这反而具有了典范的意义。凉州境内几家快要凋敝的书院，纷纷见贤思齐，亦将这一纸规范借鉴了过去，果然面貌一新，成效初见。在那些枯燥而冗长的暗夜中，尹先生手执一根戒尺，趑入了后院，贴在柴房外窥探，竟然惊喜地发现这两名学子孜孜矻矻的，要么在诵书，要么在谈议，气氛清奇而俊俏。尹先生不发一语，悄然退了出来，默默地在心中画下了一根红线，将那一座柴房视为法外之地，任何人不得干扰。

是故，这两个结伴修习的少年人，很快就出挑了，成了乡学里的先锋分子，门门课业独占鳌头，几乎瓜分完了各类旌表的奖状，由着他俩轮流坐庄，当仁不让。不过，在脱徐二人之间，拔尖之处又各有侧重。前者因了年龄的缘故，加之性格内向，心思缜密，所以在涉及经理道德等方面的《增广性理字训》、在关乎自然常识的《名物蒙求》以及珠算等方面略胜一筹。相反，徐惊白年岁偏弱，天真未凿，胜在了记忆力上，但凡《三字经》《四言杂字》《千家诗》等篇目中的内容，一般会脱口而出，绝无一丝磕绊。这么着，两个人犹如双璧，一时瑜亮，将来进入更高一级的书院去就读，似乎是板上钉钉的事情。惜乎，如同俗话说的那样，好日子就像一个喷嚏，歹日子长得像梦魇，如此亲密的关系，却因为后来的巨大变故，竟然中道崩殂，彼此远隔天涯，禁不住令人唏嘘。此乃后话。

在光鲜和荣誉的另一面，却是种种的不堪。脱可木的乡下口音，以及他爹老子的说客身份，很快就成了乡学里的伴当们嘲讽与挖苦的对象。按陈匹三的说法，说客不正当，也不地道，属鸡，天生就是在土里刨食的，这里叼一嘴，那里啃一口，不足挂齿。先时，脱可木一直哑默着，退让着，即便迎面恶语，对他日娘捣老子的，又哪怕唾沫飞过来，溅在了鼻脸上，他也是熄了火，旋即走人。但是，辱骂往往会上瘾的，欺凌也像一只无主的恶犬，你退一步，它就扑了上来，好像你是一堆热屎。有一回，脱可木照例站在锅台旁做拌汤，手伸进了面袋子，抓出来的却不是面粉，竟是一大把沙子；幸亏从家里带来了一包干馍馍，将就了七八天。在乡学中，第一个起来晨读的一定是脱可木，无论寒暑，也不计阴晴，准时得就像尹先生手中的那一只号铃。不料，那日早起，脱可木在炕头下寻摸了半天，鞋子不见了，裤带也不翼而飞。晚夕里，关门落锁，吹灯之时，这两样东西明明就摆在身畔，除非是恶作剧，一般不会有另外的释解。脱可木也不嚷喊，随便找了一截麻绳，系在了腰上，两脚精光，跑出去诵读了。课间拉歌的时候，脱可木一时尿急，跑进了围墙外的茅厕，骇然地发现，自己的鞋子和裤带竟被扔在了粪坑中，漂浮在一池子的粪汤上。这个乡下来的少年悲伤极了，蹲在坑口上，终于哭了出来。恰在这时，茅厕外扔过来了几块胡基和砖头，砸在了粪坑中，粪水四溅，泼了脱可木一头一脸，简直就像刚刚从屎尿中捞出来的样子。意外的是，脱可木并未当场发作，而是收住了泪水，越墙而出，在菜田旁的沟渠中洗净了浑身的龌龊，穿着一身湿漉漉的衣裳，出现在了操演场上，加入了拉歌的队伍中，仿佛什么事也不曾发生过。又一回，上课的号铃响了，脱可木因为去库房归还劳动课的铁锹和镢头，中间耽搁了，急匆匆地跑进了课堂，三七不问，一沟子坐在了板凳上，突然被钉住了。显然，一声惨叫划过了这个少年的体内，犹如一道霹雳，一幕闪电；但脱可木牙关紧咬，慢慢地抬起了屁股，瞭见血水淌了一地，皮肉也开了花。眼前，那一只快要散架的板凳上，几根锥子状的木楔子插在了榫卯中间，像倒刺，像钉耙，更像一个杀人的刑具。在一阵阵哄笑声中，尹先生扔下了手里的课本，奔下了讲台，一边查看脱可木的伤势，一边喝问究竟。脱可木忙宽释道：呃，怪我，真的怪我，这个破板凳其实是一只老虎，我早就应该把它喂了斧头，劈成劈柴的，如今活该遭此大罪，受这胯下之辱。尹先生出门找药去了，脱可木盯望了一圈伴当们，冲着那一张张幸灾乐祸的脸，截铁地说：呵呵，诸位或许不知，在下的后门是铁铸的，钢打的，别说你们这个五尺钉耙了，即便是吕布吕奉先的方天画戟，也休想掏出我肚子里的这一套下水，解了尔等的嘴馋；不过呢，我一向心慈手软，要是谁乐意伸出舌头来舔，也许我会松开沟门子，送他一记礼炮的。言毕，脱可木果真丢下了一个响屁，说到做到。敷上了止血粉，情况大体无碍了，尹先生继续宣讲开来，摇头晃脑的。为了防止伤口溃烂，这以后的半个多月，脱可木不敢落座，一直站着听讲，好像他是乡学里唯一的柱梁，遮护着众人。

私底下，陈匹三对自己的喽啰们说：哎呀，这个乡下棒子硬扎，可不是一块好惹的料子。作为齐肩兄弟，马眉臣也附和道：不错，姓脱的这个家伙心里头有钢，要么笼络过来，要么就抽了他的脚筋，熟了他的皮子，让他服属了咱们。马眉臣是大皮匠的儿子，嘴里总是案头上的话，充斥着一股子可怖的血腥味道。陈匹三却说：且等机会吧，就目前看来，这个人实在是挑不出啥毛病，端正得就像一介君子。

一种显而易见的孤立，仿佛凉州境内的天气，一眼便能看穿，无须多言。孤立是嗜血的，无孔不入，寸刀杀人。孤立又是寒气迫人的，犹如一块冷凝的钢板，密不透风，随时或将人置于死境。脱可木一味地隐忍着，退让着，像一只掉队的雀鸟，在乡学里形单影只，孤魂野鬼似的。在破例长格一级、插入上一届之前，惊白就耳食了不少关于这个乡下少年的种种传言，也曾经跟着众人起哄、嘘声耻笑、毫无根由地谩骂与恐吓。岂料，一切皆为前定。在这一世的光阴中，凤凰必定和麒麟聚首，祥云自然与佛光相伴，人生苦短，却终不能幸免。那一日，惊白夹着铺盖卷，搬进了最大的一间宿舍，恰巧被安置在了陈匹三和马眉臣的中间，做了同窗的伴当。

那间学员宿舍是一座废弃的旧庙改建的，空旷，颓败，尘索密布，煞是瘆人。站在这一头呱喊一声，半个时辰后，声音大概才会掉在另一头。当初动工时，各方联席做了一场隆重的法事，将佛像请入了别的山门驻锡，又铲除了全部基座，唯独留下了墙面上的各式泥塑与壁画，不是金刚与菩萨，便是忍冬和吉兽。沿着墙根的一侧，匠人们花尽了心思，使完了手段，这才盘出了一张热炕，大得足够一个庄子里的人们去晒粮食，去扬场，去闹社火。夜课之后，熄灯的号铃响起时，炕沿上便码放了一溜子青皮少年的脑壳，被窝和鞋子里的各种气息混淆着，令人作呕。刚开始，大家对惊白的到来颇为礼遇，一是他年纪碎，二来，也念及他是权家的小少爷，权爱棠大人的面子便是一块金字招牌。惊白悄静着，按时出操，准点上炕，心里头提起了一杆秤，称量着周遭的人际与是非，乖巧地度过了一段蛰伏期，直到露出了全部的马脚，他终于成了乡学里猪嫌狗不爱的一介人物。

当时秋假结束，新的一季学年开始了。乡学里组织了各个班次出城，将学员们撒在了田野地头上，去辨识植物，去观察农事，包括收秋的一切细节与自然常识。此乃尹先生力主的，当然也是"名物蒙求"这门课业的主要内容。岂料，这一年的寒冬提早到来了，从北疆刮来的第一场罡风，裹挟着特大暴雪，将河西一带密实地冻住了，成了一座冰雪之境。学员们铩羽而归，一个个咳咳嗽嗽、伤风感冒的，只好紧急叫停了课业，纷纷猫在了热炕上，要么喧慌说古今，要么掀牛九牌、玩石子棋。偏巧的是，乡学里雇用的那一名烧火工滞留未归，柴房内空荒无物，连一根劈柴也不见，热炕不热，相反却像一块冷石，半天也焐不烫，大家只得硬扛着。尹先生率着几名同僚，专门去了一趟祁连山，拉回来了几马车上好的精炭，但也只够灶房和课堂上的用需。惊白蜷卧在被窝筒子里，张了耳朵，听左右隔壁的在吹牛，在戏谑，在互骂不止。不错，一旦吹牛吹破了天，惊白也就不觉得酷寒难耐了，腿脚便开始放展，有了一丝丝轻薄的暖意。

马眉臣夸张地说：呵呵，你这个不算啥，有一回我跟着爹老子去乌鞘岭上收皮子，那才叫冷，游牧部落的帐篷里像一座冰窖，连火都冻住了，吹也吹不灭。左手的陈匹三不甘心，反诘道：哼，你那个算屣呀！几年前我们家接了一桩贸易，要给天梯山的寺院里送一车佛具，管家和住持干脆没法说话，因为话刚一出口，立刻就冻成了一块冰疙瘩；嗯，最后只有将冰疙瘩放在锅里，炒来炒去，等炒化了之后，才能获悉对方的内容。马眉臣落了下风，却也不甘心，给陈匹三递着眼色，又道：你那个也不算啥。我知道一个更厉害的冷法，冷得让人三魂荡荡，七魄悠悠，恨不得碰死在一堵墙上。陈匹三咦的一声：快讲呀，小心你的话也被冻住。这么着，马眉臣夸张地说：哎哟，最冷的时候，男将们的两枚卵蛋恐怕会冻裂，啪的一下，蛋皮破了，蛋黄也淌了一裤裆。陈匹三阴笑说：的确，我的蛋要是破了，这一世里枉为了男人，那么死的心我也就有了。闻听此言，惊白立时骇然，一手拽紧了被窝，另一只手往下探摸，巡查了三四个来回，蹊跷的是，裆里头空空如也，自己那一件男人的家什不见了，既不疼，也摸不见黏稠的蛋黄，暂时还死不了。刚才下夜课时，那一疙瘩精肉还吊挂着，还撒了尿，现在却杳然无迹，令人费解。惊白一边忆想，一边小心寻摸着，生怕隔壁两侧的家伙窥破了这一幕，招来耻笑。好我的天老爷呀，东西还在，家什没丢，它竟然被冻得缩了回去，变成了核桃似的一小疙瘩，胆怯地嵌在了皮肉当中，就像放生池子里的一只小乌龟。惊白欣慰极了，心里央求着，哄唆着，用指尖抠，用指头拔，但对方丝毫不给脸，怕冷似的，无论如何也不肯露头。这个关节上，左右二人扑将过来，一把掀掉了惊白的被窝，分别按住了他的大腿，将整个裆部亮了出来，暴露在了伴当们的面前。陈匹三厉声究问：你个小贼娃子，原来你是一个花木兰呀，你睡在老子的隔壁，难怪我近些日子做下的梦，总是跟春楼上的窑姐们脱不了干系。马眉臣拿出了大皮匠后裔的那一种态度，拨弄着惊白的肚皮，审慎地说：嗯，这一张皮子不赖，羔子皮，值一个好价钱，唯一的缺憾是分不出公母来，所以两说了。旧庙里四面漏风，寒气逼人，惊白浑身上下早已孵出了一层鸡皮疙瘩，暗红色，仿佛披上了一件粗糙的袈裟。炕上的伴当们纷纷拢了过来，叠罗汉一般，谁也不想错过这一幕折子戏，七嘴八舌的，应和着陈、马这两个乡学里的霸王，除了脱可木之外。脱可木的位置在对过的墙根下，自始至终，这个乡下棒子蒙头大睡，呼噜声不断，似乎这一场闹剧与他无关。当然，惊白初来乍到，柴房中的情义还来不及建立，况且这又是城中少年们的把戏，自卑像一条沙蛇，跟脱可木一道蜷缩在冰冷的炕角，不提也罢。无人惜疼，更没有人上来解围，惊白赤条条的，却也挣扎不得，只有攒出了一口口的精气，呱喊说：在呐，我的根在呐，我本来就是一个囫囵的儿子娃娃，我可以当着你们的面吃个咒。这么着，诸人松开了手，目光逼视过去，等待着答案。半晌后，惊白沮丧地发现，真是人倒霉，鬼吹灯，放屁也砸脚后跟，自己那一件男人的东西竟然羞臊无比，不肯示人，简直让伴当们失望透顶了。

　　娘子，这个绰号终于叫开了，越叫越顺口，几乎湮没了徐惊白这个本名。

　　在那些漫长且寂寥的冬夜里，凉州一带罡风呼啸，大雪如幕，将清寒的微光递进了门窗,让四壁之上的诸般形象浮现了出来,清晰入目。大炕上的伴当们闹够了,疲沓了,睡得像一河滩的石头。惊白却睡不着,也不敢睡,因为一旦闭上了眼睛,身下的这一张火炕就像腊月里的戏台,无眠无休,一整夜地在嚎叫。一排子炕洞开在了门外,凄厉的北风灌入进去,在偌大的烟道中盘桓不散,声音沙哑,于长夜中号丧似的。惊白总觉得自己像一片枯叶,颠荡,沉浮,寻不见一处落脚的根基。这么一熬煎,瞌睡仿佛指缝中的沙子,一下子便流失殆尽,惊白的双目变成了一颗颗不熄的红炭,一直燃烧到了天明。薄暗中,惊白的目光打在了墙壁上。那些电光石火的金刚,那些身形不堪的罗汉,那些匍匐于地的厉鬼与邪祟,倏忽之间,又带来了另一重的惊骇,让恐惧像一套冷寂的被褥,困住了这个少年。左右两侧的床铺是空的,待尹先生也入睡后,陈匹三和马眉臣便率着一干心腹,越墙而出,上附近的商栈或车马店里烤火去了。天亮时分,他们又踩着一阵阵公鸡的打鸣声回来,一切都做得滴水不漏。

其实,惊白不知,这是他在弘毅乡学里就读的最后一年。因为日后的冲突,也缘于权爱棠大人赍志而殁,他彻底失去了靠山,加之本人种种的不争气,烂泥扶不上墙,最后辞掉学籍,扛着铺盖卷滚蛋,似乎是唯一的选择了。

也不是睡不着,大概在后半夜最黑的那一段时辰上,惊白也会放展了肉身子,三魂升天,六魄漾荡,尽量补回来一些体力。不承想,这样的惬意却往往被打扰了,一场场睡眠终究泡了汤。有一回,惊白被一脚踢醒了,瞭见马眉臣扛着一只口袋上了炕,打开后,陈匹三开始给大家发放花生,一人一大捧。花生是从居延海商栈里偷来的,一支来自洛阳的商团舍不得吃,结果便宜了这一帮青皮少年。花生还是生的,大概发了霉,一股类似于豆面的腥气呼啸而起,羼杂着火炕上的烟油味道,简直让人难以下咽。既然伴当们吃得过瘾,惊白也就装出了一副津津有味的样子,攒下了一肚子的屁,让后门一带很不干净。另有一回,陈匹三偷来了几棵甜菜,切开后,人手一大块,除了在墙根下鼾声大作的脱可木之外,伴当们嚼吃的声音,仿佛一窝刚刚长出了牙齿的老鼠,在暗夜中粲然发光。马眉臣为了助兴,专门出去了一趟，转瞬之后，抱着一坛子苞谷酒回来了，声称此乃尹先生个人所藏，他刚才在地窖里起获的，人人有份，谁敢不从，谁将来就有告密的嫌疑。又透露说，尹先生去祁连山里拉炭了，三五天之内休课，大家的作业便是吃酒，吃了酒方能御寒。惊白经不住怂恿，也识不破伴当们的热情中暗藏了机关，成心在给他下害，反正是来者不拒，长鲸吸水。甜菜下酒，越吃越醉，惊白一下子就泥软在了炕上，昏睡了十几个钟头。如此一来，惊白的老毛病终于暴露了，开启了尿炕的可耻生涯。

次日夜里，约摸在子时之际，陈匹三呼哧一下爬起来，尖喊道：发水了，发大水了，大家快下来，炕要塌了。青皮少年们闻风而动，摸着黑，纷纷跳下了炕头，一个个揣着肚子里的残酒，张皇不已。马眉臣打着火，点亮了灯具，惊愕地发现惊白还盘坐在炕上，精沟子浸泡在那一摊水泊中，抱着一只粗碗在痴笑。惊白辩称道：唉，实在是对不住了，我半夜里口渴，我刚才不小心把水洒了，耽误了大家的瞌睡。闻听这个理由，原来不过是虚惊了一场，伴当们也不曾申斥他，遂各回各处，各做各梦。但是，左右两侧的领地，已经被惊白的一大泡尿水淹没了，侵犯了，即便另外铺了一张干燥的皮子，陈马二人也极不舒坦，这一口郁闷更是无处可撒。陈匹三看破了惊白的鬼祟，马眉臣同样嗅出了那一股尿臊气，互相交换了一下眼神，便有了大胆的主张，不再作声。习惯成自然，这一次开闸放水之后，惊白心知个人的旧病复发，自己便事先慌掉了。熄灯之后，惊白一般要找个借口，磨蹭上一段，先把肚子里的腌臜放空，而后抱着一只粗碗，偷偷地钻进被窝筒子里，带着一身的惊悸入眠。碗里头没水，只不过是一个道具，为可能的造次与冒犯埋下了伏笔。毕竟年少幼稚，旧庙中的那些个清寒的冬夜，以及大炕上蝉联而起的鼾声，让惊白一再轻信了，也由此解除了他肉体上的警觉，尿炕是不可避免的。

这天晚夕，惊白让一个梦魇拿住了。在梦中，惊白被困在了武威城内的一片屋顶上，一连跑过了几个街道，没发现一棵树，也不曾寻见一架救命的梯子，喊天天不应，叫地地不灵。天气太大，三伏季的日头明晃晃的，屋顶上的瓦叶子也在冒烟，雀鸟几乎绝灭了，哪怕一滴鸣叫也闻听不见。惊白焦干极了，身上像起了一场火灾，扑也扑不灭。这一时，脚下传来了一阵阵嚷喊：跳呀，惊白你放心跳呀。惊白打眼望去，原来地上有一座棉花垛，虚笼笼的，颜色像羊脂玉，也仿佛象牙白。不作他想，惊白拔起了身子，竟然像一根橡子似的，直挺挺地跳了下去。不料想，就在落地的那一霎，南门上刮来了一阵子祁连山里的恶风，将地上的棉花全部吹跑了，吹在了天上，变成了一疙瘩云。惊白收煞不住，掉在了一口深井里，井水淹没了他的头顶，灌满了他的脏腑，突然之间身体失控了，仿佛被攮了一锥子，落花流水春去也。闻听了惊白的呻吟和乱语，左右二人料知有变，按照先时约定好的口令，断喝了一声。大炕上的伴当们呼啦啦地起了身，席卷而至，掀开了被褥，扔掉了枕头，摔碎了那一只粗碗。果然，惊白犹在梦中，叉开的裤裆里擎天一柱，正尿得欢实，精沟子下面水漫金山，他自己却浑然不知。马眉臣早就备好了一副手铐脚镣，专门对付大牲口用的，此时派上了用场，区区一个羸弱的惊白，自然也不在话下。惊白疼醒了，虽然犯下的不是杀头之罪，但如此地丢人现眼，也着实愧怍难当，纵然这一张大炕是水泊梁山，那么聚义厅上绝无他将来的席次。如此一想，惊白只有破罐子破摔了，哀告着，呱喊着，腿脚踢打着，却也无济于事，被那一套刑具捆了个结结实实，动弹不得。其中一个小贼与惊白平日里有隙，趁此关头，团住了一只羊毛袜子，戳入了后者的嘴巴，声音立刻停了下来。显然，诸人为刀俎，惊白乃待宰的羔羊，只有眼睁睁地承受着，瞭见那个头角狰狞的陈匹三盘坐下来，一脸诡笑，慢慢地摸出了一把小眉刀。

"劁了吧？"

伴当们应声道："干脆劁了，劁了利索，以后让惊白蹲下撒尿。"

"也是，他本来就叫娘子，应该言出法随么。"

言毕，那一把明晃晃的小刀，犹如凶神恶煞的一撇眉毛，挤弄了几下，直接落将下来，喂在了惊白的命根子上。想象中，皮肉被割开了，血水四溢，筋折脉断，这一具肉身子立刻变成了一只破釜，一只无主的风筝，势必要凉却下去，城外的化人场则是最后的归宿。究其实，同窗共读的情分犹在，陈匹三并未真正地下手，他不过用了刀背，在那一根拇指粗细的阳具上划拉了一下，以示惩戒。惊白仰躺着，挣扎了一番后，终于吐掉了嘴里的羊毛袜子，开始了詈骂。反正，嘴是惊白的，口条也是惊白的，由着他日娘捣老子地开腔，一时间乱语三千，将炕上的伴当们挨个儿数落了一遍，直骂得一佛出世，二佛升天。这一刻，揭短是惊白的唯一武器，嚷喊说：陈匹三，不，你其实应该叫陈三屁，你家里虽然开了武威城里最大的佛具店，但一门老小并无信仰，大到塑像、佛龛和观世音菩萨，小到纸火、香烛与净碗，只不过是你们陈家挣钱吃饭的手段。哼，你爹娘老子初一不去朝佛，十五不曾献祭，难道凉州天上的神仙们不饿么，不渴么？哎呀，小爷我现在吃下这个咒，但愿你们陈家积攒下的金山银海，让神仙们一屁吹净，二屁涅槃，三屁之后，悉数化为了粪土，也好让你在这一世的炎凉中，明白如何去做人。顿了顿，惊白的嘴上好像抹了一层狼毒花的汁液，掉头盯上了马眉臣，破口大骂道：啧啧，你恐怕有所不知吧，武威城的百姓们私底下是如何称呼你爹老子的，断子绝孙，对，将来断子绝孙的大皮匠！哎哟，他老人家这辈子也真是不易，本来资深望重，骨头清白，却不料想被恶鬼和邪祟上了身，拿获了天良大义，他如今左手一柄开山斧，右手一把剔骨刀，杀天伐地的，不知道戕害了多少大牲口，夺走了什么样的无辜性命。我且问你，马难道不是家里的齐肩兄弟么？牛难道不是人间的伴当么？骆驼贵为六畜之首，河西大路上的第一等灵兽，号称十三像，集马耳、鼠目、兔口、羊鼻、龙项、虎背、猪肾、狗卵、鸡腿、牛蹄、猴毛、蛇尾、鹅头于一身，前半生为人役使，耗尽了膏油和力气，临到了老了，动弹不了的时候，却被你那个爹老子戳上一刀子，又熟成了一张皮子。依我的看法，你马眉臣应当赶紧滚回家里去，抱住大皮匠的腿，替坏了天良的爹老子叫上三遍魂，让他老人家放下屠刀，幡然知罪，将来也好有一个寿终正寝的结局吧。惊白喋喋不止，嘴巴上一味地逞强，骂得兴味淋漓，竟不知这一次真正地激怒了对面的两个冤家。

　　陈匹三佯笑着，从炕席上揪下来一根细麻绳，用唾沫濡湿后，扑将过来。在马眉臣的相帮下，细麻绳套在了惊白撒尿用的器具上，轻轻一扎，在包皮上打了一个死结。干完了这些，陈匹三并未作罢，手伸在了惊白的腋窝下，开始挠痒痒。马眉臣摘下了墙上的鸡毛掸子，拔下来一根羽毛，在惊白的脚心里划来划去，一面呼应着陈匹三，一面在阴阳怪气地作法。这一霎，惊白的肚子里平地生雷，五脏板荡，一大团气息溃散了，肆意漫流，忍不住地失笑开来。惊白笑得不亦乐乎，笑得狼心狗肺，仿佛一个病入膏肓之人，百药罔效。这么着，惊白服软了，以屈求伸地说：哎呀，好我的三屁哥，好我的皮匠哥，我前头去起夜，在茅厕里摔了一跤，不小心吃了黄颜色的粪，饮了茯茶色的汤，我说过的那些话统统不作数，二位好汉大人大量，放了我这一马吧。岂料，陈马二人并未接茬，既然锣鼓响了，唢呐吹了，不把这一折子大戏唱完，算不上一名合格的班头。旁边的喽啰们相当开心，拿来了一只笸篮，搁在了炕中央，大家各自抓了一把炒葵花子，吧唧吧唧地嗑了起来，嘴里头飞射而出的瓜子皮，落在了惊白的身上，就像穿上了一件滑稽的铠甲。伴当们呱喊说：齁死了，这个破瓜子太咸了，简直能打死卖盐的师傅，快把水勺子拿来，大家灭了喉咙里的火吧。水勺子在炕上走了一圈，最后停在了陈匹三的手中，遂探问说：惊白，你齁不齁，嗓子里冒烟了没有？此刻，惊白已经笑疼了肋巴骨，那一股气息犹如三伏天里戈壁干滩上的火风，在脏腑之间游走，燎焦了一切，焚毁了所有。惊白赶紧张开了狗嘴，陈匹三将剩下的冰水全部灌了进去，弄得他整个鼻脸都湿透了，却又古怪地诡笑开来，身子骨乱颤。马眉臣扔掉了那一根鸡毛，释然地说：结了，这一只尿脬马上就要爆炸了。陈匹三附议道：的确，我还从没见过童子的尿脬爆炸的，应该比炮仗还响吧。

接近天亮时，惊白的肚腹已经肿胀如鼓了，圆滚滚地坠在了肉身上，青筋横陈，血脉毕现，俨然一指头就能戳出水来。尤其是那一根拇指粗细的小阳具，红肿，卓立，颜色明亮，带着一份沮丧的悲哀。惊白被一套金属的械具捆缚着，早已被憋坏了，一迭声地苦求着，哀告着，却也无济于事。那一根细麻绳犹如封闭的山门，眼看着就要将这个尘世划分成阴阳两界，生的生，死的死，也仿佛旧庙大门外的罡风，在世上流浪，竟无人眷顾。马眉臣的手按在了惊白的肚皮上，摇晃了几下，一股漾荡的水声格外清晰，不由得喟叹道：呃，看娘子的这个怂样子，人不过是另外的一种大牲口，谈不上有什么高级，其实一泡尿照样会憋死他。岂料，惊白好为人师的毛病又犯了，插嘴说：这个自然，尹先生在课堂上讲授过《道德经》，老子大人曰，天地不仁，以万物为刍狗，所以惊白不值得尔等看笑话，速速将小爷松绑吧。照例，类似的恳求无人搭理，折子戏还没唱完，惊白只好退而求其次，苦笑道：唉，朝为座上客，夕成阶下囚，我如今方才明白过来，因为权府落败了，我爹老子不幸下了世，大家才这样下坡里追乏兔，柿子拣软的捏。一个喽啰讥讽道：娘子，你可别忘了，你只是权府抱养的一个娃娃，你跟权大人沾不上一丝血脉，你姓徐，你并不姓权。惊白习惯了这种诛心之辞，并不介怀，截铁地说：对，权府的老柱子塌了，但我姐达云还在，承平堡也在，另外一个是恪守旧制、发誓要守孝三年的顾山农，他是我哥。陈匹三并不打算将事情搞僵，忙化解了双方的争执，劝慰地说：哎哟，阳世是真的，人是假的，既然大家站在了这一幕大光阴里，哭是一个活法，闹也是一个活法，干脆就要一个痛快的，大不了结伴上梁山，劫了这全天下的生辰纲。说着话，陈匹三伸手去解那一根细麻绳，却也是来不及了。

墙根下，脱可木打了一声哈欠，像一尊唐朝年间的卧佛，突然醒来了。

或许，有的人真是天赋异禀，哪怕是睡个觉，也能在万马丛中扪心静目，一梦归乡。脱可木恰是这样的料子，不管旧庙外是寒流汹涌，抑或是晴天丽日，不论大炕上空无一人，还是乱成了一锅粥，只要他想入眠，便三七不问，钻进北疆一带游牧者特制的牛皮睡袋中，蒙头即睡，快得就像打了一声喷嚏。无疑，他的这种目中无人，他的孤立主义行径，亦是遭人嫉恨的原因之一。公鸡叫开了，天下渐白。在惊白濒临爆炸、命悬一线的关口上，脱可木犹如一介天神，自天而降，一脚踹开了其他的伴当，直取陈马二人。陈匹三见状不妙，骑在了炕沿上，埋头找鞋子。脱可木猿臂一舒，一把扣住了他的肩胛，另一只手又攥住了脖膝盖子，顺势一丢，便将对方抛了出去。陈匹三像一根榆木疙瘩，穿堂而过，重重地摔在了对面的墙壁上，一时间烟飞尘起，沙石四溅。趴了一阵子，待周身的疼痛涌集而来时，陈匹三这才抬起了头，骇然地瞭见左手边扔着一张菩萨的脸，右手边则是半张金刚的脸，自己的脊背上还扛着一条罗汉的大腿，破碎，支离，惨不忍睹。陈匹三当即号哭了起来，像死了爹丧了娘似的，竟然没有一个人上去相劝。作为在一家佛具店里长大的子弟，陈匹三再怎么顽劣，又如何地嚣张，目下见此情状，也知道自己闯下了天祸，得罪了般般神灵，报应是迟早的事。马眉臣趁此机会，一道烟地跑掉了，刚打开了窗扇，却被脱可木一把揽住了，将他的脑袋夹在了腋下，拖死狗一般地扔在了大炕中央。惊白真的要爆炸了，整个肚皮明晃晃的，好像姐姐达云在夏天时酵下的那一缸发面，虚软，无力，疲沓，掀翻了锅盖，慢慢地溢了出来。这一时，惊白的心中潮起了一股感念的汁液，忽然被灌输了一种倔强的精气似的，仰看着这一位将来的生死兄弟，喊出了此生中的第一声：木哥。惊白尖声道：木哥，木哥别怕，我来帮你。脱可木一直哑默着，但拳头攥得嘎巴乱响，马眉臣立时听懂了，掏出了一串锁钥，赶紧解枷卸具，打开了全部的手铐脚镣，当时就认栽了，折光了面子。惊白重获自由，赶忙撅起了精沟子，艰难地向炕头上爬行，打算去一趟茅厕，美美地舒坦一下。不承想，脱可木一把薅住了惊白的脖颈子，拉拽过去，低吼道：不必折腾了，你尽管尿吧，我给你收拾了一个现成的尿罐子，也好让他以后长个记性。马眉臣连死的心也有了，牙关紧咬，偏过了头去，却被脱可木的一只手锁住了嗓子，气息窒碍，只好乖乖地洞开了嘴巴，迎向了惊白。惊白抓着那一件男人的东西，解开了束绳，强忍着下盘当中的那一份压力，惊颤地说：木哥，这个使不得，我怕我尿不出来，我还怕他咬了我的命根子呐。脱可木冷不丁地给了惊白一个抽脖子，厉声道：你个怂货，嘴里不打粮食，你千万要记住，往后谁朝你的饭碗里吐痰，你一定要去刨了他的锅头，销了他吃饭的户头，尿，你尿给我看。惊白被逼急了，反诘道：木哥，这是在乡学里，难道你读过的那些圣贤书，统统喂进了狗肚子里么？反正，我是做不出这种泼皮无赖的勾当。脱可木被将了一军，手下松了松劲，讥诮道：哼，你的话跟鸡沟子里的闪电一样，不像是儿子娃娃讲的；我再告诫你一句，凡是轻仇之人，将来必定寡恩。惊白一下子被激怒了，断然道：木哥，己所不欲，勿施于人，这叫胯下之辱；我不能加害于自己的同砚席友，我有个人的尺码，我不可越线。脱可木约略一笑，目中烁闪，便也借坡下驴地松开了手，饶过了马眉臣。

一时间，惊白嘻然万分，拾起地上的一只空水囊，将家什塞了进去，开闸放水。这一顿长尿撒得昏天黑地，醉中望月，惊白感觉自己就像一碗刚刚出笼的粉蒸肉，浑身上下颤颤巍巍的，激灵不止，简直陶然极了。惊白双目闭合，为自己嘘声打气，竟也不知旁边的马眉臣膝行过来，替他捧住了那只膨胀的水囊。在这个凄冷而无端的早上，惊白为马眉臣保全下了最后的一点尊严，这就好比一峰三岁的骆驼被拽进了大皮匠的棚子，临到了开剥问斩之际，却被匆匆赶来的驼主拦挡下，大喊了一声：刀下留情。

待惊白尿毕后，脱可木轰走众人，撤掉了杂物，将这名少年的铺盖归拢起来，立刻搬迁到了墙根下，布置齐整。自此，挪开一步的脱可木，犹如一道高大且稳固的藩篱，将大炕上的伴当们一分为二，只手遮天，唯独将惊白庇护了下来，置于自己的眼皮子底下。入夜后，即便另外的大半张炕上喧慌的喧慌，打闹的打闹，却没有一个贼前来挑衅，敢于孤身犯险，仿佛脱可木身上的那一件牛皮睡袋里，暗藏了枪刺，埋伏了炸雷。这一桩事件过去后，惊白消停了区区几日，痼疾再犯，炕角里的那一方领地仿佛水乡泽国，应和着凉州境内一日冷似一日的天气，令人着实不堪。一旦尿下了，脱可木并不受侵扰，他的睡袋水火不入，犹如一件甲胄，内里充满了安详与暖意。惊白却惨极了，带着浑身的尿液，偷偷地趴在了炕头下，将酣睡中的脱可木摇醒，低声哀告道：木哥，实在对不住你的善心，我又闯祸了。脱可木迷离地说：唉，我每个时辰喊你一次，你不是刚刚才起夜回来么，你是牲口的尿脬么？惊白汗颜道：我明明尿光了，挤奶一样的，可不知咋了么，上了炕就成了癞蛤蟆。脱可木讥笑说：嗯，尿胎子，你这是从娘胎里害下的毛病，菩萨也救不了你，将就吧。言毕，这个乡下少年披衣出门，被旧庙外的一阵阵寒风打得趔趄不已，差一点吹跑，随后矮下身子消失了。惊白不甘，忙穿戴妥当，悄悄地尾了出去，在寒夜中张看了半天，这才发现对方扛着一只背篓回来了。背篓里塞满了去年秋上的枯叶，另有少量的干马粪和木柴棒子。脱可木打开了那一口靠墙的炕洞，将所有的柴草统统填了进去，又摸出了洋火，迅速点燃后，用铁锨一推，将火势集中在了惊白的铺位下。干完了这些，脱可木搬来了砖块和胡基，砌住了炕洞，拍打着手上的尘土，声音明亮，一下子传出去很远。

许多年之后，惊白依然记得，在那一个个镂心刻骨的冬夜，这位来自北疆蒙家庄子的少年伴当，手中的拍打声像叫魂，像上香，更像一群黝黑的大鸟，从四面八方飞来，将热腾腾的羽毛覆盖在了他的身上，让他突然间不再寒颤了，比眼睛里流出来的那一摊泪水还烧烫。惊白迟疑地说：木哥，你这是干啥么？你凭啥对我这么好？对方伸出了一根小拇指，似乎在鄙夷：走吧，少爷羔子，我这可是请君入瓮的把戏，让你烘干身上的罪孽！别怕，有我在呐！说着话，脱可木一把搂住了惊白，相率入门，趁着天明之前，或许还能睡上一阵子，指不定沾上什么吉，佛爷将会降下奇迹，亲自光临他们各自的梦中。

临睡之前，脱可木还伸长了脖颈子，搭在惊白的耳畔，专门授予了他一句睡觉的口诀：你记住，一定要先睡心，后睡眼，如此一来，你才能梦见佛光。惊白立时记下了，叨念了一番后，竟然全都搞混了，究竟是心在先，还是眼为后，干脆成了一笔麻缠的烂账。这么越斟酌，越兴奋，一颗心仿佛被膏了油的灯台，吹也吹不灭。

于是，旧庙中的大半张炕仍旧冰冷刺骨，唯有这一团暗火，在墙根下的烟道中曲折盘旋，将惊白的两个沟蛋子，炙烤成了猴子的屁股，开始辗转难眠。被褥也被迅速烘干了，散发出一股尿腥气，十分好闻。惊白缱绻在枕头上，盯望着身畔的脱可木，在对方忽高忽低的鼾声中，慢慢地盘磨出了一个大胆的计划。惊白决定找一个机会，开口央求姐姐，让她在鸿宾楼上订一桌酒席，专门招待脱可木一次，酬答这个夜晚的情义。不错，这顿饭绝不能降格，专吃两块响元（银元）一桌的那种，让这个乡下少年开开眼界，一饱口福吧。念想至此，惊白简直激动坏了，搓着身上的垢甲，恨不得一个耳光搌下去，扇醒了脱可木，立刻告知他这个喜讯。不过，惆怅也随之而来，惊白唏嘘地发现，自己跟着姐姐去吃那种高档次的酒席，还是在一年半以前。当时，惊白的三门课业均考出了甲等，尹先生亲自登门，给权府送达了一张鲜艳的嘉奖状子，还在门端外放了一挂鞭炮，说与了街坊四邻。守孝期未毕，姐姐虽然一身皂衣黑服，平日里茹素，却一下子喜从中来，拽开了手脚，领着弟弟扬长而去，直奔了钟鼓楼一带的鸿宾楼，连尹先生也不管不顾了。天老爷呀，两枚响元的价格，虽说是姐姐省俭下来的私房钱，但毕竟等于家里的某一座油坊无明无昼，几乎挣上半个多月的利润。具体吃了个啥，惊白如今也没有把握，只清晰地记得，姐弟俩离开时，带走了三套食盒的剩饭剩菜，又足足吃了三两天，最后全部生发了绿毛，彻底馊掉了。不当家，自然不知柴米贵。惊白执拗地认为，价钱大，便是饭菜香，心意诚，也才能匹配得上脱可木对自己的热肝辣肠、倾心善待。薄暗中，惊白兀自笑了，觉得一个儿子娃娃的首要美德，大概是守密吧，遂决定将这件事先搁在腔子里，等时机成熟后，再给脱可木一个突然袭击。

有道是人算不如天算，惊白的宴请尚未开席，脱可木的那一道菜却率先端了上来。

胡笳十五节

身为尿胎子，惊白的坏名声翻墙越瓦，跑出了乡学，成了学员家长们指戳的对象。虱子多了不痒人，惊白在娘子的凤冠上，现在又加上了一顶尿脖状的烂帽子，渐渐地也就习惯了。但是，有几个难缠的爹老子打上门来，堵住了尹先生，恳请他迅速将徐惊白从旧庙中调换出去，单独安置，绝对不可跟自家的后人们伙在一搭里，生怕不洁，不小心沾染上了邪祟。其中一个估计刚刚吃完屎，厉声斥责尹先生，说你姓尹的老匹夫起码也得恪守纲常，克己复礼，及时延请一名老郎中，去查实一下那个小贼究竟是不是二尾子，阴阳人。针对这些浮淫之议、狂妄之辞，尹先生统统一笑了之，不予作答。相反，尹先生又有了别样的手段，并迅速付诸实施了。

有天夜里，约摸是后半晌了，乡学里采购的一批柴火到了。卸完了货，尹先生疼得龇牙咧嘴，便提着一只方灯，悄悄踅入了旧庙。门轴一响，炕上的学员们悉数醒来了，还以为尹先生脑子糊涂，在这个时辰上来查铺，于是一个个假寐着，张起了耳朵。尹先生挂住了灯笼，嘴里抽着气，似乎被一种剧烈的痛楚攫住了，奈何不得。叫醒了炕上的两名弟子，尹先生将左手交给了陈匹三，右手递给了马眉臣，求告说：哎呀，方才卸了几马车的劈柴棒子，手上扎满了刺，老朽的眼睛着实花了，不得已来打搅你们，耽误了大家的好梦，拜托了，赶紧帮我剔出来吧。闻听先生有难，伴当们呼啦啦地拢了过来，有的倒开水，有的拿来了针线包，将所有的灯台点着了，一时间亮若白昼。陈马二人捧住了先生的手，翻里掉面，一根指头，又一根指头地详察，哭的心也就有了。天呐，这哪里是教书先生的一双手呀，皲裂，干枯，红肿，手背上布满了冻疮，手心里则是一个个小嘴状的裂口，或者结了痂，或者淌着血。一瞬时，大家恍然了，这个冬上，武威城内燃料告急，尹先生亲赴祁连山深处去拉炭，来回三四趟，难怪会有目下的这个结局。照实说，河西大道上拾粪的手，戈壁干滩上拦羊的手，郊外淘井的手，冰贩子的手，哪怕是一个亡人的手，总也强过尹先生的这一番遭际吧。惜疼是可以传染的，一旦惜疼开来，伴当们的眼泪便收煞不住了，少说也可以灌满三大缸。找了半天，一根刺竟也没有，但尹先生仍旧皱着眉，整个表情像一块腌坏了的咸菜疙瘩。陈匹三哀恳地说：先生，我挑上七八个人，轮换着背你，现在就去中山西路的膏药店，等它一开门，咱们也就到了。尹先生摇首道：不灵，我已经试过了，不花那个冤枉钱。旁侧里的马眉臣突然一拍大腿，将炕脑里的一只柏木箱子拽过来，打开锁头，寻见了一副小药囊，手一挤，一股蜡黄色的油膏冒将出来，味道腥恶，令人心里发潮。马眉臣绍介说：先生，此乃家父秘制下的骆驼油，骆驼本就是在苦寒之所换命的灵兽，所以它最能抗御极寒与风雪。呃，诸位千万别小看了这一疙瘩油膏，这起码是从三四头骆驼的身上提炼的，又辅之以藏红花、蜂蜜和姜皮，一防皲裂，二防糜烂。先生，我这就去洗个手，稍后给你搽上一遍，你便安心了。岂料，尹先生不为所动，愁苦地说：其实，药分三等，上药、中药和下药，你这个药膏既然取自大牲口的脂肪，那么当属下药，这份心意在下深受了，你还是仔细保管好它，说不定将来还能用在刀刃上呐。

啜了一口开水，尹先生目中闪闪，抿笑说：是这，我自己寻了一纸偏方，这个方子只有一味药，但我实在羞于启齿；方才疼得挨不住了，所以下了决心，来向诸位求助，看看能不能讨上一星半点，遂了尹某的这份私心。炕上的少年们嚷喊说：先生，你尽管吩咐，要力气有力气，要命有命，你随便点将吧，这一伙子人绝不敢说半个不字。尹先生抱拳，虚上一礼，笃定地说：童子尿，我的这双手只有泡在了童子尿当中，反复搓洗上几日，才有痊愈的可能。一席话，令伴当们错愕极了，似乎尹先生变了一个人，不是牛头马面，便是害上了失心疯，斯文扫地，全然没有了讲台上的那一份威仪与肃穆。尹先生接续说：其实，这童子尿也深具门道，讲究的是天亮之际的第一水；倘若公鸡叫开后，尘世上的腌臜和纷扰不免有所玷污，药性也就打了折扣。这么着，尹先生拿来了一只瓦盆，支在了炕头上，仿佛乞钵似的，扬声道：谁先来，谁愿意第一个出阵，做我帐下的先锋官，去温酒斩华雄，万军丛中取下那一颗上将的头颅？

这一霎，炕上的目光齐刷刷地瞥向了惊白，一半是怂恿，一半是讥笑，仿佛他才是抓药的掌柜，撒尿的先锋，当然的不二人选。先时，惊白还袖手一旁，只顾着看热闹，此刻风向一转，自己倒成了大家的话把子，颊面上腾地一红，红得像关羽关云长，一个蹦子跑开了，钻入了被窝，埋成了一座坟。呵呵，有请娘子，有请尿胎子出恭了，娘子不掏裆，尿胎子不开张，小的们谁也不敢造次呀。伴当们七嘴八舌的，乱如一群炸飞的麻雀，呼啸而上，打算揭了他的皮，掘了他的墓，将其从十八层地府中揪出来，率先垂范一次。不料，尹先生却有异议，咳嗽了一嗓子，喝停了众人。目光逡巡了一遭，尹先生亲自点了将，左手一指陈匹三，右手一戳马眉臣，又接着张王李赵地排下了次序，样子庄重，表情冷凝，犹如在讲堂上那般凛然不可冒犯。言毕，尹先生掉转过身子，背搭着两手，静候着答案。

天到底亮了。在这个清癯而婉转的早上，一阵阵激昂的溺尿声，带着少年们的莽撞、无知和快意，一次次地回荡在这座颓败的旧庙中，冲淡了门窗之外的萧瑟与肃杀，铲除了各自心头的块垒，一切都显得晴明了起来，澄澈了许多。是的，这一批优容的少年，这一群放逸不拘的伴当，这一伙子惊雷般的凉州子弟，属于他们的那一幕大光阴也才刚刚开始，有待这个轻薄且寒凉的人世去体味，去判别，去一探究竟。不一时，声音歇止了，炕头上的那只瓦盆中积满了新鲜的尿液，借着窗外的天光，泛滥出了一种金箔似的色泽。

尹先生掉头，疾步上去，将一对握拳款款地浸泡在了瓦盆中，释然一笑。

真的，眼前的这一幕令大家费解不已。什么烂方子呀！竟然让一向操履严明、课子训徒的尹先生如此屈尊，立在炕头，弓下了腰身，仔细地搓洗着指头，一点架子也没有。无门可入，这个疑问比熟背一本子《声律启蒙》还要伤脑筋，伴当们纷纷拢了过来，扪心盯视着。显然，瓦盆中的所谓汤药光滑腻手，温度适中，那十个指头快活极了，仿佛一大把渐渐发白的根须，在透明的地壤中纠缠着，吸吮着。尹先生一边搓洗，一边摇首，诵念说：不生不灭，不垢不净，不增不减，是故空中无色，无受想行识，无眼耳鼻舌身意，无色声香味触法，云云。登时，大家失笑死了，头一次见识了尹先生的稚童气，还当众扮演了一介小沙弥的角色。后来的几日，也就是每天的这个时辰上，尹先生一定会按时进门，抱着那一只瓦盆，讨要诸位弟子的第一水。学员们已经见怪不怪了，将预备好的一肚子汤药尽情地馈赠出去，让先生去疗治，假如尿水也能勉强充作是一副汤药的话。

  大概在第七天，也或者是第六天的早上，庙门嘎吱一响，众人瞭看过去时，尹先生的手中没有了瓦盆，相反却拎着一个口袋，吃力地搁在了炕上。尹先生眉目含笑，解开了绳子，掏出来一堆黑乎乎的东西，子丑寅卯，逐个摆在了炕头上，好像一队威猛的将士。众人不识此物，目光巴望着，也不敢多嘴。尹先生绍介道：喏，这个叫柿饼，去年秋上摘采下来的，前不久一位友人从陕西捎过来，我一直没舍得吃，今个天拿出来，权当是我报答诸位的滴水之恩吧。说罢，尹先生率先做了示范，拿起一块柿饼，用袖口擦掉了上面的糖霜，轻轻一掰，一团金黄色的果肉跃然而出，比佛殿内的供果更令人垂涎。弟子们一个个趋前，从先生的手中领上了柿饼，照着刚才的法子，撕开果肉，喂在了嘴里。不过，跟尹先生的大口咀嚼不同，这些少年舔一嘴，咬一点，舌头悄静地品咂着，一旦尝出了具体的味道，便囫囵地吞入了口中，牙齿像一群狂热的马蹄子，践踏开来，立时将柿饼碾成了一堆烂泥。天老爷，那一种见心入骨的死甜，那一份放肆的软糯，简直就像一口气吃光了凉州境内的甜菜，也仿佛把全天下的蜂蜜灌在了肚子里。于是乎，一个个东倒西歪的，陶醉不已。

  这个关节上，唯有惊白独自一人兀坐在墙角，张看着伴当们夸张而离奇的行止，一脸的不解。尹先生瞭见后，当即不舍，悄悄踱开了几步，突然发现这名少年人的双眸中，分别嵌着一粒晶亮而倔强的物质，忽而烁烨，忽而星灭，仿佛这暗夜中的一颗红炭，随时有可能被旷野干滩上的一股罡风，被这个人世上的一点点意外，甚至会被一句唐突的话所伤害。惊白讶异着，似乎不太相信，人们居然还能坐在被褥上，带着眼屎，如此地大吃二喝。这跟他在权府中的生活习性不符，也有悖于姐姐的一贯准则。惊白缩着肩，拔长了颈子，暗自发笑着。在尹先生的心目中，他俨然像一只雏鹰，不太合群，翅膀还嫩，一切都有待将来。这么着，尹先生招了招手，唤来了这个少年，温和地说：惊白，我想知道一下，这几天阁下给我赐药了没有？惊白的表情彤红绯赤的，局促了不少，嗫嚅道：先生，我尿不出来，当着大家的面，我没这个习惯。尹先生当即说：所以，你也不动我带来的柿饼，守着首阳山，不食周粟？这一时，惊白盘坐了起来，声音清亮，慨然道：非也，学生只是不肯相信，区区一泡尿汤，算什么神丹妙药，竟然说还能治好冬天的冻疮。尹先生款然一笑：道在屎溺，那这句话该如何释解？惊白回说：先生，学生愚钝，学生不懂得那些高深冗杂的道理；我以为，所谓的偏方不过是怪力乱神之辞，武威城里有梅郎中，有诸多的杏林妙手，还有不下十几家中医铺子，你不讲正念，却一连几天前来收集什么童子尿，我便打了折扣，学生的肚子里没存货，也懒得去凑数。如此的抢白，类似于佛面剥金，但尹先生并不曾恼怒，探问说：咦，这是惊白阁下要开示我了，老夫洗耳恭听，一定要请益求教，这"正念"二字该如何求解？惊白赧然了，结巴地说：其实，这个我也说不好，家父在世时，我常听他老人家在申明亭和旌善亭上这么讲，一旦说出了这个词，客人们便服帖了，好像下了咒那般神奇，我拾来的一点点牙慧，让先生见笑了。这一时，惊白眼眸中的那一颗红炭亮若恒星，澄澈，悠远，笃定，带着一份少年人的执念和不屈，他自己倒浑然不觉。尹先生因笑说：惊白，容老夫替你剖析一下吧。所谓正念的唯一门径，就是信则有，不信则无。你现在还小，少不更事，凡事都需要火候和时间，所以一切不能操之过急，急于下判断。惊白夸饰地说：哼，我也不小了，有时候姐姐还问我拿主意呢，我在权府可以当半个家，真不骗你。尹先生兀自摇首，作结道：所以，你要去信，试着去信一回这个薄凉的人间，信一次凉州和你身边的人们。

或许，为了印证刚才的话，尹先生将藏在身后的一双手取出来，当着众人的面，按在了炕头上。弟子们登时呆住了，这双手焕然簇新，手掌宽大肥厚，十根指头像葱白，带着一派福相，俨然是从前那一对捉住了墨笔的手，轻翻书卷的手，握住过戒尺的手。天呐，尹先生一定身怀法术，否则的话，断不至于隔了这么几日，竟如脱掉了蛇蜕似的，彻底康复了，甚至比这一座旧庙墙上那些菩萨的玉手还红润。尹先生猜破了大家的心理，唎笑道：呵呵，《诗经》有云，投之以桃，报之以李，老夫借了诸位的光芒，让一张偏方给治好了，这无论如何也是一份荣幸；有鉴于此，在下不揣冒昧，斗胆修改了那一句话，叫投我以琼浆，报君以柿饼，让大家一赶早就尝到了甜蜜，等一下号铃响了，你们务必抖擞起来，去参加中期会考吧。这并不意外，会考是提前敲定的，人人过关。但是，令弟子们分外诧异的，却是尹先生的表情突然被一阵阴云遮住了，慢慢地垮塌下来，随之浮现而出的，却是一种难以抹去的悲戚之色。不料，尹先生越陷越深，一方面哽咽着，另一方面举起了袖子，揩掉了眼角上大颗大颗的泪滴，又仰看着弟子们，抱拳一挥，哀恳地说：

"老夫谢过诸位。你们都是我的尿胎子，无一例外。"

弟子们纷纷回礼。

"但是，实心地说，在下厌恶这个词，每说一遍，我就知道玷污了自己的口舌，麻痹了心智，破坏了我这一辈子的修习。"话风陡变，尹先生更换了一种语气，沉雄地说，"诸位千万记牢了，自今日起，你们不再是什么尿胎子，也不要由着性子以此互称。在尹某看来，你们一个个都应该是太子，天赐神授的俊美少年，烂漫如锦，平日里一定要抱道自重，将来去匡危扶倾，去为这个国家昂起自己的头颅，去建立不世之殊勋。所以，我的眼睛里根本揉不得一粒沙子，我不许大家自轻自贱，死在那一根无良的舌头上。"

"太子？"

惊白闪了出来，声嗓清亮地探问。

"是的，全是太子。"截铁道。

"可太子是储君呀？"

"不错，尔等便是今日中国的太子，这个国家未来的储君。"

惊白又道："先生，这可是凉州，不是在紫禁城呀？"

"呃，将来你们一定会明白的。时辰不早了，"恰在此时，旧庙外传来了号铃声，这一日的课业开始了，尹先生忽然收住了内里的恓惶，抹了一把鼻脸上的泪光，掉转而去，并狠狠地丢下了一句话，"今天中期会考，我临时改了主意，作文的题目是《凉州报国书》。还请诸位学子仔细思考，谨慎下笔，切莫流于一纸空谈。唉，腊月快到了，春三月也不会太远；这人世上的光阴呀，真的像一本书，禁不住一番句读。"

拖曳着那一道苍凉的背影，抬脚跨过旧庙的门槛时，尹先生趔趄了一下，险些摔倒在地，幸亏扶住了门框。炕上的弟子们一个个泥塑着，谁也没有跑上去搀扶，当然也不敢。

会考的那一段，脱可木打了假条，急慌慌地去了一趟石羊河下游的蒙家庄子。惊白后来得知，他娘犯了心口病，差一点就见了阎王爷，托人捎话给了在武威城里做说客的丈夫，但丈夫忙于卖嘴，声称他刚刚接了一桩紧要的贸易，遂打发儿子当了一回顾命大臣，果然见了效。天下的儿子都是一味良药，他娘老子见了脱可木的面，一骨碌爬将起来，心口踏实了，身上的百病也散了。返校后，脱可木补考了几日，方才歇缓下来，对此前发生在旧庙中的那一幕懵懂不知。尹先生的手确实痊愈了，但这并不曾带动惊白的那个老毛病有所好转，相反却更加恶化了。进入了腊月，惊白哪怕在上炕前罢了食，断了水，可肚子仍旧像一眼不冻泉，加之脱可木不在身畔，无人喊他起夜，尿得就更亢奋了。也就是在这段时间，不管人前人后的，惊白的膝盖骨夹得更紧了，时常并拢在一起，仿佛要兜住裆里的尿水，样子很女态。有了尹先生的告诫，尿胎子这个绰号彻底消失了，但另一个却如影随形，像一条疯狗似的，追撵着惊白的裤脚，始终也摆脱不掉。这个绰号便是娘子。在整个乡学里，除了先生辈的，只有脱可木一个人谨守着口舌，从不喊惊白是娘子。这也就是惊白在内心当中，特别亲近对方的最深层次的原因。

然而，脱可木偷偷地预备了一手，积攒着情绪，等待着机会。

那一日，尹先生陪着河南洛阳来的客人，去了文庙里参观。没有了那一根戒尺的震慑，晨操不过是个样子，大家稀稀落落地站在操场上，揣着手，哈着气，全部都是一副冻死鬼的状态。众目睽睽之下，脱可木一手拖拽着惊白，一手拎着包袱卷，将后者安顿在了操场当中。脱可木捧住了惊白的脸，喝令说：喂，快把眼睛闭上，嘴巴张开，听话。惊白胆怯道：木哥，你这是做啥么？你来文的，千万别动粗呀。脱可木尖起了声嗓，似乎在晓谕众人，释解说：这个方子是骆驼客用的，驼队一旦上了路，最怕的就是大牲口坏了脏腑，关不住屎尿，只要喂服上一次，路途也就坦荡了，一切无虞。惊白呱喊说：好我的木哥，你下手也太狠了，你这是拿我当大牲口一样对待呀，什么狗屁的方子，你少给我设坛场吧。脱可木绍介说：听着，我实在是忍受不住了，我天天夜里躺在你撒下的那一片尿水上，你清蒸我，还是想炖煮我呢？其实呀，这个方子来自莫高窟的藏经洞，敦煌医书上明明记载的，骆驼客用了二十几年了，莫非还拿不掉你身上的那一点邪祟？这一趟回老家，我求爷爷告奶奶，这才从驼主的手上讨来了方子，你别泼烦我了，张嘴吧。闻听此话，惊白立时规矩了，牙齿打着架，洞开了口腔，仿佛将这一世的生死托付给了伴当。

原因无他。

去年夏末的一天，尹先生率着弟子们徒步远行，专程去了民众教育馆，参观了敦煌藏经洞文书卷子展，惊白迄今记忆犹新。据称，这批文书和卷子打算运往兰州城，交由甘肃省府去清点，去保存。不承想，路过武威城时，运输班子拿着由省府签发的文件，去向县警察局借人，准备由警员护卫，武装穿越乌鞘岭一线，而后抵达省城。消息泄露之后，县长吕介侯勃然大怒，申斥道：借人可以，省府文件上的这个萝卜章子也不会作假，但我既然出人又出力，至少也要瞄上一眼吧？这就好比去吃一次婚宴，礼金搭上了，笑脸赔上了，却见不到新娘子一面，成何体统呀？这个关节上，凉州的一群耆老乡绅又来集体施压，扬言道：啧啧，放眼整个河西，在这一路上的四郡两关当中，武威是实打实的一等县，敦煌不过才是鼻屎大小的一块地盘，如何能轻慢了咱们的大凉州，傲慢至此呀。吕介侯经过多方调解，软硬两手，终于定下了盘子，筹划了这一回的展览。意外的是，地点本来确定在了武威文庙，但文庙方面接获了县府的指示后，托词目前这一段正在翻新维修，不宜对外开放，事情便凉下了。文庙一向势大，乃是敬天法祖之所，光芒烛地。吕介侯悄悄地让了步，又将地址改在了文庙以东的民众教育馆，顺利地揭了幕，开了坛，跟一群七老八十的夫子沾了吉。热闹了大半天，民众教育馆一带也就门可罗雀了，另一种腔调开始泛滥，指斥说，那些丑陋的文书和卷子，其实是从一座老坟里挖出来的，谁看了，谁就要烂眼睛，说不定心魂也会被收走。

花了好几个时辰，仔细看完了一遭，尹先生面似生铁，一语不发，苍然地踅出了民众教育馆的大门，丢下身后的弟子们，兀自钻入了旁边的巷道中。伴当们一时雀跃，纷纷走散了，要么回家，要么去了集市上吃喝。脱可木窥见了一丝异常，忙喊住惊白，双双尾在了后面，不敢打搅先生。不一时，走出了巷道，居然站在了文庙的后门上。尹先生叩了门，庙祝出来后，慌忙对前者施礼，彼此间显得相当熟稔，不存在什么烦冗的客套。临入大殿门时，尹先生仔细整理了一番衣冠，拍打完肩上的灰土，膝盖突然一软，当即跪在了门首上，磕下了一地的响头，悲声大作，泣不成声。坏了，坏了坏了，这究竟是哪一折子戏，谁捅开了先生内里的那一座马蜂窝，别生枝节，令他伤悼不已呀？两名弟子狐疑了半天，趴在已经锁闭的门扇上，张看了一阵子，料知此事不妙，又唯恐先生有什么不测，便决定越墙而入。

文庙内古木森严，一派翕郁。时下是最热的天气，里头见不到施工的痕迹，相反却悄寂一片，安谧若一尊上古的青铜重器。一些雀鸟在林柯中盘桓着，偶尔的啁啾，越发地显出了这一座庭院的空旷、幽深与凛然不可侵犯。跳下了围墙，七兜八转的，两个人来到了状元桥上，终于摸见了那一条麻石板的甬道，不远处便是大殿。岂想，弟子们寻师未果，尹先生那一种痛断肝肠的长哭声，仿佛一只嘹亮的灯盏，一枚哨子，将他们引到了大殿门下。不错，尹先生正在哭庙，一把鼻涕一把泪，哭得山呼海啸，哭得系人愁绪，仿佛他的内心负土成坟，埋葬着这个人世上最难以启齿的冤屈。惊白悄声道：哎哟，这如何得了，先生的眼睛里哭下来的是苦胆，哭下来的是血，已经哭满了三大缸，现在连膝盖也打湿了，还不得消停呀。脱可木支起了耳朵，听风辨音，一下子恍然了，释解说：瓜娃子，先生这么哭，一定是心病发作了。喏，你仔细听吧！他其实在哭敦煌莫高窟，在哭藏经洞，在哭民众教育馆里的那些文书和卷子；他自称是罪人一个，上无回天之术，下无救赎之力，这才是要命的原因。惊白不舍地说：干脆，咱们背他回去吧，万一哭坏了身子骨，乡学也就解散了。脱可木却道：不，让他哭吧，哪怕先生的肚子里有一座眼泪的涝坝，终归也有哭不动的时候，也有哭完的那一刻。大殿的门槛外，尹先生一面恸哭着，叨念着，一面朝着孔圣人的坐像叩首，举止庄重，规矩得就像一名刚刚入学的稚童。

不承想，哭声停下了，夭折在了半途中。

尹先生蓦地起身，一道烟地跑下了台阶，绕过了香炉和香案，立在了一棵阔大的左公柳下。左公柳披头散发的，婆娑的枝条几乎垂在了地上，年深日久，却依旧千章万幕，沁人心脾。尹先生竟不客气，也顾不得斯文，手臂一揽，当即拔下来了十七八根，返回到了大殿之下。柳条饱满多汁，在尹先生的手中翻转了几下，居然被拧成了一根绿色的鞭子，扔在了脚下。而后，尹先生除下了自己的上衣，精赤着脊背，扑通一声，复又跪在了孔圣人的面前。这一回，尹先生并不曾哭诉，而是挺直了腰板，仰首问天，但分明有一种激烈的颤栗，布满了他的躯体。两名弟子纳罕极了，向来不苟言笑、恪守清规的尹先生，究竟揣着什么样的唱本，葫芦里卖的什么药，竟然将自己作践到了这个地步。非礼勿视，非礼勿听，弟子们刚打算遁开时，却闻听尹先生断喝了一句：咍，你们两个碎鬼还愣着干啥，老夫等着鞭笞，难道还要让我手把手地示范么？快滚出来吧，让尔等替天行道，惩罚一下我这个罪人，我这个百无一用的书生吧。显然，没有了退路，尹先生的愠怒着实得罪不起，弟子们悻悻地闪出了柱子，蹒跚了过去。尹先生又催喊道：快，快拾起鞭子来，抽我的脊梁！假如见不到血，那就是你们的问题了，千万别停下来。惊白灵光一现，相告说：木哥，你年岁比我大，你是尹先生的大弟子，这个欺师灭祖的罪名你先扛上吧。脱可木攥住了鞭子，苦笑道：小贼娃子，你一定记住，在孔庙的这个廊檐下，咱们跟尹先生是同一个辈分，没有亲疏，也不分远近，我这是在替上师和圣人动用家法，虽然我并不知道个中的因果。

说着话，鞭子落了下去，尹先生的身子摇曳了几下，又强硬地迎了上来。

七八鞭子之后，尹先生就被划花了，羸弱而干瘦的脊背上，伤口交错。血不是淌下来的，而是渗了出来，就像一群沙丘上的红蚂蚁，麇集在了后心里。惊白踢了伴当一脚，怨怪道：呸！你个狼吃剩下的，让你磨一下刀子，你还真想做屠夫么？快住手吧。尹先生接话说：接着打，手上有些力气，别给我挠痒痒了；一个罪孽在身的人，不值得弟子们同情，更不需要你们怜悯。脱可木亦是不忍，迟疑了片刻，鞭子停在了头顶。尹先生蓦地火了，厉声责难道：二位听着，此乃圣人门下的事，老夫实际上是一毫无补之人，百身莫赎的罪囚，倘若今个天在大成至圣先师的面前，你们纵容了我一次，宽宥了我一回，那岂不是吹灭了我的心灯，拔掉了我的心脉么？脱可木扔掉了鞭子，哀告道：先生，你又何苦如此呀？你先前还好端端的，你有说有笑，不承想看了一回敦煌的文书和卷子，你居然性情大坏，开始作践自己，最后又上演了这么一折子武戏，这究竟为了个啥么？

如此一问，尹先生便肃穆了下来，仔细道：是这，上半年的一天，也就是浴佛节的当日，一位江苏老友从中原来，路过凉州时，跟我有一夕之谈；凑巧的是，我从他手上借阅了一份《西北民国日报》，这才获知莫高窟藏经洞中的大量文书和卷子早已外泄，流落四方，飘失天下，一时间洛阳纸贵，一纸难求。目下，在北平、上海、南京、武汉和成都等要津，求购藏经洞文物的地下市场十分红火，利益空前。实不相瞒，我那个老友便是这条道上的人，此番进入河西一带，就是想碰碰运气，打算分一杯羹的。顿了顿，尹先生怅然一叹，接续说：唉，所谓的书生报国，看来也只是一句妄谈，因为书生除了一颗心、一杆笔之外，实在是作为有限，取消于人，全然没有一毫的定鼎之力。当时，抄录了那一页报章后，在下心急如焚，简直就像被人刨了自己家的祖坟似的，一刻也不敢耽搁；我整整花了一天两夜的时间，连续给敦煌方面修书，剖析时局，力陈利弊，甚至不惜撕破了这一张老脸，还以绝交相要挟，敦促对方一定要举菩萨之心，行烈士之义，务必从速将莫高窟藏经洞中的大小宝物截留下来，多抢下一张唐纸，多救下一份墨迹，便是我等这一辈读书人的不世之善功。草完了那一封万言书，在下誊抄干净，装入了信囊，又花了两块大响元，交由武威急递社，星夜送往了敦煌沙州城。然而，悲愤的是迄今为止，我的这一腔子心血竟如泥牛入海，没有了下文，而来自藏经洞的各类文书与卷子，却像沙石和洋芋蛋子那么不值钱，不论明面，还是暗中，一批一批地贩往了内地。刚才流连在民众教育馆，我只能眼睁睁地巴望着，目迷口噤，而无寸尺军功。试问，此刻在孔庙之内，在先师与圣人的目光审视下，假如我不是罪人的话，难道还有谁会站出来，去领受这一份天谴么？面对这个诘问，一向聪慧的惊白迅速发现了其中的破绽，坦率道：或许，一厢情愿也是一种错误，大可不必如此。先生的发心是好的，修撰的那一封万言长书，自然也是文采猎猎，鞭辟入里，可问题在于，先生是热火，倘若收信的那一方等于死灰，这岂不是灶冷烟寒，所托非人么？再说了，从凉州至沙州，一封信跑了上千里的路途，万一有个什么闪失，话捎不到敦煌方面，在这个兵荒马乱的年头，也是见怪不怪吧？尹先生频频颔首，带着一番嘉许的口吻，梳理一二：的确，惊白你这是动脑筋的话，不愧是权大人的后人。实话说吧，在急递社里，我的那封信是特别办理的，甲等加急，粘上了羽毛，所以酒资才那么昂贵；要知道，武威急递社不过是一家分部，它的总社就在敦煌沙州城，所以这一趟应该是熟路，不存在什么意外。惊白讶异地问：鸡毛信？尹先生适时地纠正道：不，文雅的称谓，它应该叫惊烽羽书。脱可木也插了嘴：先生，那就简单了，一定是收信的人将你的话当成了耳旁风，一不奉命照办，二不答复，龟缩在关外三县那个狼不拉屎的地方，一直在瞌睡装死。此言一出，尹先生哈哈大笑，扬声道：哎哟，你可真是黄口小儿，嘴无遮拦，孺子不可教也！丰鼎文先生乃是敦煌鸣山书院的山长，一辈子倾心教育，造诣深厚，奔波于祁连山下的四郡两关一线，时常在各家书院开坛说法，广洒佛雨，可谓是河西这一片片绿洲上的文章泰斗、博物君子，门下弟子无以计数；在下跟丰鼎文先生莫逆之交，书信往来也有一二十年了，彼此探讨学问，虽说也有红脸的时候，但那往往是君子之争，非关利益、门阀与地域，信件回复也从不过夜，除了这一次。惊白性子顽劣，咋呼地说：先生，你不该那么温良和谦逊，你干脆再写一封，夹枪带棒，飞沙走石，将那个瞌睡装死的鸟山长美美地拾掇上一顿，也好解了你心中的这一场郁闷。尹先生点头称是，荒凉地说：的确，我写过这么一封申斥书，却不是给鸣山书院，而是寄往了莫高窟的太清宫，原因只在于这家道观的道长王圆箓，便是整个敦煌境内文书和卷子大规模遗失的枢纽人物；我力陈了利害，也告诫了一番，恳请他从善如流，最好做一个顾家的人，千万别当败家的鬼。惊白问说：结果如何，那个牛鼻子老道咋回答先生的？尹先生揩了一把额头上的汗，汗水几乎晾成了盐碱，喟叹道：唉，退回来了，我的那封信原样不动，被急递社退了回来，无人收阅。脱可木狐疑地说：先生，卷子和文书乃是佛家的东西，他一个开炉炼丹的道人，干么插手沙门中的事情？尹先生会心一笑，想必在赞许这个提问，方释解道：二位，俗话说，萝卜上市，郎中回家，在正信的角度上看，佛家和道家其实没有一毫的区别，它们就像一根萝卜的两头，在这个苦寒而轻薄的人世间，专门是来疗治人们的心病的，所以那个道士染指藏经洞中的经书宝卷，也就不必苛责，更不值得惊怪了。脱可木点头，仍放不下一番忧心：先生，天地不应，敦煌聋哑，下一步又该如何盘算？尹先生盯望着孔圣人的面庞，截铁地说：哼，老夫也不怕事大，既然闹开了，那就烟筒里面扔石头，一条道走到黑吧！我盘磨着，等一下回去后，务必要抓紧撰写两篇檄文，一封致冯玉祥将军，另一封寄往兰州城，提醒一下甘肃省代主席刘郁芬阁下，请他设卡堵截，一定要将这一批宝物及时拿获，千万不能消失在省城的那一帮古董贩子手中。

　　偏偏，惊白同样也不怕事大，好像那一张破嘴被马蜂叮肿了似的，戏谑道：没用，真的没用，兰州城又不是一座茅厕，就那么几个屎坑子，一抓就抓住了。呃，在晚生看来，源头还在敦煌，只要那个鸟山长和牛鼻子老道不死的话，先生迟早会骂醒他们的，所以不该如此自责，心里熬煎。闻听此话，尹先生的脸突然拉长了，悲从中来，黄豆大的泪滴开始汹涌，身上也颤栗不止。尹先生道：惊白，让你给说破了，我这些天做的梦不太好，先是梦见丰鼎文山长下了世，又梦见王圆箓道长患上了恶疾，情况不妙。唏嘘了片刻，尹先生侧转了身子，抓起地上的鞭子，一记又一记，猛烈地抽打在了他自己的脊背上，哭诉道：我的梦不好，不吉祥；杜老夫子有云，访旧半为鬼，惊呼热中肠，但愿我在这个人世上的伴当们，不要因为我的这个梦中了邪祟，受了牵连呀。显然，劝也是白劝，弟子们自然不能围观，脱可木剜了惊白一眼，率先跑过了状元桥，消失不见了。惊白料知闯了祸，伏在地上磕了几个头，不知是献给了孔圣人，还是针对着尹先生，而后也急慌慌地溜走了。

这是惊白第一次耳食了藏经洞的秘密。既然敦煌在尹先生的心中分量十足，他这个门生也就没有理由不遵奉，况且这一张方子是专门治他的怪病的，脱可木也是一番好意。

眼下，见惊白驯服了，双目紧闭，狗窦大开，脱可木这才开始了戏法。伴当们袖了手，哈着气，齐刷刷地拢将而来，似乎觉得这个意外，比即将到来的腊月里的社火更刺激，更有趣。包袱卷里乱七八糟的，脱可木择出一只小布囊，解开了束绳，掏出来一挂婆婆娑娑的东西，举在了眼前。大家纷纷张看着，大概有十来根吧，似乎像旧棉花搓成的粗线，又似乎像皮子拧成的细绳，约摸有一拃长，在冬天的日光下不甚明朗。脱可木抖了抖，吹了几口气，灰尘散开后，有一层细腻的茸毛豁然眼前。陈匹三问说：哎呀，这是啥鸡巴呀？梅郎中也开不了这么奇异的药。脱可木反问：字纸，谁有字纸？马眉臣从身上摸出来一张麻纸，揩屁股剩下的，照着脱可木的吩咐，仔细地铺展在了包袱皮上。脱可木又喊：火，快划一根洋火。陈匹三狐疑着，拿出来一盒子洋火，第一根灭了，第二根也冒了烟，到了第三根终于着了，赶紧交在了伴当的手中。这么着，脱可木左手悬起了那一挂东西，右手的火苗喂将上去，扑哧一声，立时焚化开来。在清冽的空气中，一股毛发和油脂被燎焦的气味，随着一丝黑烟，漾荡，飘散，令大家的嗓子蓦地一紧。脱可木蹲在地上，仔细烧完了那些东西，将一小撮黑色的粉末，悉数收集在了麻纸当中。这还没完，另一只布囊也被打开后，脱可木抓出来一把白颜色的粉末，丢在了麻纸中，仔细地搅拌均匀了，方歇下手来。马眉臣喝问说：呔，乡下娃，你撒的是啥么？你究竟想画符呀，还是打算和泥盖房子？脱可木并不气恼，依旧是那一副乡间少年的倔驴样子，答复道：喏，白的是香灰，我从海藏寺里求来的，二合一，才能催发出真正的药性。陈匹三再问：那黑的呢？它刚才恶心了我一下。对方不语，似乎这个问题毫无挂碍，不值得去浪费唾沫。

终于，治病开始了。

脱可木将那一张麻纸卷起来，卷成了一个喇叭状，对准了惊白的口腔。惊白一直规矩着，夹紧了裤裆，憋住了肚子里的那一泡热尿，不敢开闸放水。念及这个蒙家庄子的伴当，外冷内热，侠义待人，为了自己羞于见人的这一桩痼疾，他竟然在冰封雪锁的天气下，去寻方求药，闯荡了一回寒冷的北疆，惊白的内里潮起了一份感激，暗自噙住了泪水。听话，嘴张大，再张大一些，脱可木吼喊说。在众人的注视下，脱可木将喇叭筒子里全部的粉末，灌在了惊白的舌头上，又递给他一个水囊，催促他抓紧冲服下去。惊白牛饮了一气，一面舔着嘴巴，一面睁眼道：木哥，这个药不苦，尝不见味道呀！脱可木咧笑说：小贼，你身上其实没病，你的病只在心里，所以心病还得心药治，这样才能去掉病根子，让你从此可以夹得住屎尿，不要牵累了大家。惊白的颊脸一下子红透了，像挂了一匹红染布，难堪极了：木哥，我刚端上了一碗热饭，你却跑过来朝碗里吐痰，你的这个脸，恐怕也翻得太快了吧？脱可木竖起了大拇指，褒奖道：呃，惊白你记住，一个人的胆量才是头等的；你刚才信任我，问也不问就喝了下去，你的胆量自然也是上乘的，在下佩服。见话里有话，惊白吮吸着舌头，惶恐地问：木哥，除了海藏寺的香灰，你刚才烧掉的那是啥？我的恶心上来了，我现在只想吐。这一霎，脱可木诡谲地说：呵呵，俗话讲，屎尿在暗处，道理在明处；老鼠最热衷在阴暗的地方打洞了，所以我烧掉了十几根老鼠尾巴，制成了这一味药，也算以毒攻毒吧。

老鼠尾巴。

果然，这句话就像一块烂砖头扔进了茅坑，粪水四处飞溅，操场上的伴当们惨然一叫，犹如一大群惊飞的麻雀，跑得一个不剩了。惊白压抑着喉咙中一阵阵的恶心，攀住了对方的胳膊，哀告说：木哥，你在骗我，那绝对不是老鼠尾巴，肯定不是的；我爹老子下世后，权家的大门冷清了，谁都想欺负我，但只有你不会。操场上冷寂凄凉，肩上是罡风，脚下是残雪，脱可木一把格开了对方的手，不愿纠缠，叮嘱道：惊白，我之所以这么干，就想让你尽快独立，不要过分地浸淫在个人的悲哀中；将来你一定会明白的，世上的儿子娃娃都是狠人，但狠人未必就是裤裆里挂了三两糟肉的货色，只有狠人敢拿自己开刀，敢于豁出去这一具热身子，在天地之间试法。惊白吸了一下鼻涕，瑟缩地说：木哥，我如今连十几根老鼠尾巴都吃进了肚子里，那我，那我算不算一个狠人？脱可木巡看了一圈空空荡荡的操场，不说是，亦不言否，因笑道：喏，只要狮子和老虎这么站着，我肯定方圆十几里之内，你连一只兔子也见不到，遑论其他。惊白再想争辩时，却见脱可木扬手指了指远处，蓦地掉头走了，一个咳嗽也没留下。

惊白回头，朝虚空里望去，目光酸涩，不明所以。半响后，他才瞭见了对面乡学的围墙上，依次站立着一颗颗墨字，曰虚心涵泳，曰著紧用力，曰居敬持志，云云。这些话是尹先生用石灰水刷上去的，当初簇新发白，目下却陈旧了许多，甚至还丢掉了几根笔画，但惊白仍然默记在心，一字不落。这件事发生之后，惊白在乡学中的地位突然间特殊了起来，人见人躲，谁见谁怕，仿佛他的手脚上长满了荆棘与恶疮，也好像他的衣服上沾满了令人忌惮的晦气。道路纷传，这个权家的后人曾经发过一场急症，脑子浑掉了，竟然当着凉州子弟们的面，活吞下了十几只大老鼠，现场惨烈不堪，让人吐天哇地的。虽然娘子这个绰号还在，欺辱事件也偶有发生，但惊白的个人处境，整体上有了一个不大不小的改观。

更为诡谲的是，脱可木带来的那一张方子，源于敦煌医书也好，来路不明也罢，总之让惊白长了记性，内里响起了一种更声，按时起夜，睡眠也稳静，减少了尿炕的次数。私下里，脱可木讥诮地说：哎哟，你终于夹住了屎尿，恭喜恭喜。惊白却傲慢地答复：木哥，还夹得不紧，求求你再给我几根老鼠尾巴，让我彻底痊愈呀。脱可木称许说：不错，你现在慢慢变狠了，着实令人刮目。惊白却猴子一般地蹿上了伴当的脊背，嘻然道：木哥，你才是狠人们的元帅，凉州八十万禁军的头把子，惊白乐意在你的帐下听令。

不料想，这两名少年的莫逆之交，在春天到来之后，竟意外地瓦解了，分手了。

胡笳十六节

过完了寒假，阴历三月报名开学，一直持续到了清明节气，脱可木始终是老样子，白昼里正常上课，一入了晚夕，便率着惊白钻进了乡学里的柴房，开始避离人群，夜夜诵读。按着旧例，在清明和谷雨之间的半个月，学校必须放春假，催使学员们回家，一则帮助大人们耕田间苗，野蛮体魄，二来可以辨五谷，识稼穑，这也是"名物蒙求"一门中应有的内容。临放假前，惊白便央求了达云，打算在鸿宾楼上兑现两块响元一桌的酒席，由姐姐张罗和作陪，专门给脱可木办一次饯行。达云先是叫好，因为弟弟的嘴里一贯没旁人，只有脱可木这唯一的善主，她的耳朵也快磨出了茧子来。不过，达云紧接着反对说：啧啧，鸿宾楼有啥可吃的，左一个扣肘子，右一个垫卷子，调料味太重了，见不到肉的本相，吃不出肉的原味。惊白一时间急了，嚷喊说：味道太重又咋了么？主要是两枚响元一桌呀，除了这个价码，不足以表达我的心意，你就大方一回吧。面对弟弟，达云一向心软且娇惯，款笑道：败家子，吃不了两枚的，难道就不能吃三块响元的？你呀，你自小就是武威城里养大的少爷羔子，你真是不知，其实北疆的人们最热衷一种吃食，眼睛里只有羊肉，哪怕你塞给他们一根猪肘把子，他们嚼出来的也是木头渣子的味道。这么着，姐弟俩终于敲定妥了。在共和街的清凉池北侧，新近开了一家镇番县的蒸羊肉店，名曰潘麻子，次日晚夕，双方相约在此碰面。

第二天午后，伴当们在旧庙内收拾行李，开始陆续回家了。脱可木的东西并不多，一根扁担就足够了，一头拴着咸菜坛子，另一头则是需要拆洗的被褥。惊白拦住了对方，将请客吃席的意思说与了他，本想着可以换回一张笑脸，一番客气，岂料脱可木眉头一锁，厉声道：你姐姐请客？权家的大小姐干么请我，我跟她连一毫的瓜葛也没有，仅在大门口见过三两次面，不过是点头之交呀？惊白早就预备了一篇腹稿，哀恳地说：木哥，你跟我是同砚席友，我在姐姐的面前也没少提你，她这么干，自然也是念及了这一份情义；你去了只管闭上眼睛吃，我替你搛菜，我在一旁伺候你。脱可木苦笑道：唉，你个少爷羔子，真是话比天大！肯定是你诳诈了一桌，却让我来背这个坏名声。俗话说凭菜吃馓饭，靠赖打官司，权家一直供着你惊白念书，你姐姐的钱又不是弹弓叉子打下来的，你凭什么盘剥？心领了，但这顿饭免了吧，我还要趁着下半天的好天气出城，走上一晚夕的夜路，估计大后天的这个时辰上，才能渡过石羊河，瞭见蒙家庄子。见对方牙齿很硬，不肯松口，惊白亦是莫可奈何。

可偏偏，尹先生在乡学门口喊住了这两个弟子，另生了枝节。

尹先生握着一根夸张的猪鬃刷子，仿佛戏台上的猛张飞，喝断当阳桥，一杆明晃晃的丈八蛇矛，着实令人生畏。原来，春季开学后，几间课堂内的土炉子封了火，但烟筒一直没有清扫，风倒灌了进来，咳嗽声缭乱，时常打断了大家的诵读。借着假期开始了，天气也不错，尹先生便想亲自动手，搬来了一架梯子，支在了廊檐下。爬了还没几步，尹先生忽然一脚踩空了，闪了腰，错了筋，只好沮丧地下来了，求助于眼前的弟子们。脱可木撂下了肩头的扁担，接住了那一根张牙舞爪的长柄刷子，一个蹦子登上梯子，站在了房顶上。惊白也打算表功，顾不得身后尹先生一迭声的劝阻，迅速攀了上去，一下子瞭见了围墙外连绵的菜田和绿树，以及远处的国民革命军第七仓库。至于吃席的话题，差不多就像一页撕碎了的卷子，惊白暂时忘过了。

柴灰比较容易处理，坚硬的猪鬃刷子探入烟道后，先是漾出了一道轻浮的黑烟，飘失在了蔚蓝的天空，剩下的那一部分飞落下去，掉在了炉膛内。最难啃的则是内壁上板结的烟油，结成了疙瘩状，刷子太软了，使不上劲。脱可木拿来了一把填炕的铁铲，锥子头，榆木的把柄，大概比门扇还高。他的身子一折，倒栽葱式地钻入了烟筒，拼命地铲削了起来。惊白怕出意外，赶紧抱住了伴当的腿，以防他滑落下去，丢了这一条阳世上的命。目下，脱可木的一身安危就系在了惊白的手中，可谓是一念天堂，一念地狱，倏忽之间，便可以生死两判。老狗记起千年屎，惊白虽然年岁不大，但这句话用在他的身上，照样有效。这么着，惊白松懈下来，将伴当往烟筒里送了一截子，又及时扣住了脚踝，阴笑道：你个狼吃的，你实话说知道，冬上的那一天，你干么给我作法，让我吞下了十几根老鼠尾巴？声音从烟道中浮了上来，仿佛嗓子是黑的，脱可木挣扎道：碎怂，你这是要灭口么？我寻下的方子，我求来的药，如今让你根治了尿炕的毛病，你却揣了一肚子的蛇蝎心肠，我瞎了眼么？惊白又往下送了一寸，假嗔道：狼吃剩下的，当初是你煽酒风、点醉火，你说让我做一个狠人的，现在我开始狠了，你的沟门子却又松了。脱可木浑身僵硬，尽力撑住了逼仄的孔道，求告说：哎哟，好我的惊白，好我的少爷，那不过是我当众演的一折子戏，狠人是做给那一帮浮浪子弟看的，虚中有实，实中有虚，你大可不必介意，恶心了自己。顿了顿，又释解说：瓜脑子，你也不思想一下，这凉州地界上的老鼠比你惊白还聪明，还狡诈，我上哪里去刨坑，去挖洞，一趟子割来十几根尾巴呀？呵呵，我不过是用一两脏棉花，一把黑羊毛，搓成了那么一件法器，在他们面前作了法，替你挣回来一份颜面罢了。惊白一时间恼了，又往下送了一寸：你说话连毛带草的，我不信。脱可木危险极了，再一次下了话：惊白，你是我主子，你现在要是能捉来一窝老鼠，我发誓，我一定会蘸上凉州熏醋，活吞了它们，反正我现在也饿了，饿得我前心贴住了后脊梁。这一句提醒，令惊白登时想起了潘麻子羊肉店里的酒席，遂缓颊道：木哥，老鼠的确难抓，你没这个口福，但蒸羊羔倒是有一只；其实呐，我姐姐设宴请客，目的在于拜托你一件事，让你回家的时候捎上一包袱旧衣裳，送给蒙家庄子的邻舍们。脱可木讶异地说：天老爷，这就是权家呀！权家真是把人活下了。惊白误以为这是讽刺，反诘道：咋了？皇上家也有穷亲戚呢，况且那些旧衣裳七八成新，也是我姐姐平素里省俭下来的，你少嫌弃吧。脱可木扭曲着身子，纠正道：屁上的话，你的嘴里从来就不打粮食；我警告你惊白，倘若你以后亏欠了达云，对不住你姐姐的话，我头一个不会饶恕你。惊白嘻然地问：哎哟，那也就是说，今晚夕你肯赏光坐席了？脱可木应承道：这个自然，既然菩萨姐姐看得起我这个乡下人，我一定得要脸呀。

尹先生扶着腰，踱出了廊檐，惊见了屋顶上的这一幕，忙断喝开来。惊白抱住伴当的大腿，将脱可木拔出了烟筒，死地生还，重新站在了凉州的天空下，彼此相视而笑。脱可木囫囵着，牙齿是白的，眼睛略白，其余的部分则沾满了油乎乎的烟灰，仿佛刚刚从一方砚田中捞出来的样子。后续的事情还很麻缠，要掏空炉膛，要用炼砖封闭了烟筒口，等等。弟子们说死了，尹先生坚不松口，生怕有个万一，催促他们赶紧滚下来，趁早回家去。

挑上担子，出了乡学的大门，在乌泱泱的人群中，脱可木的那一张黑脸格外刺目，招惹来了不少的冷笑。这个关节上，惊白的顽劣突然复发了，立在了伴当的面前，郑重地施上一礼，款然道：请问，先生可是开封府的包拯包大人？脱可木一时会心，颔首道：正是本官，你又是何人？惊白谄媚地说：相爷，在下只是一介无名之辈，文比不上诸葛孔明公孙策，武也攀不住义字当头的南侠展昭，但是在凉州的这个地界上，让我来替先生牵马拽镫，洒扫风尘，这也是晚生修下的福分，挣来的一炷高香吧。脱可木几乎失笑坏了，将担子换了一个肩膀，沉声道：也罢，眼见着武威城就在前头，老夫飘零至此，突见故人，不胜有天涯之感，你前头引路吧。惊白笑翻了，揶揄道：包黑子，咱们先去清凉池洗个澡，否则的话，你吓坏了我姐姐，让她像秦香莲那样哭哭啼啼的，我可担待不起呀。

清凉池就在共和街上，距离潘麻子羊肉店并不太远。

惊白抢先付了几个铜元，买了票，拿着店家赠送的一块土胰子，双双入内。清凉池是武威城里最大的一户澡堂子，另外兼营剃头、按摩、松骨、拔罐子、掏耳、修脚等等的门类，生意向来红火。掀开帘子时，惊白瞭见左右两侧的门脸上，各自张挂着一块竖匾，上书一颗颗墨字，险峻劲，大有敦煌索靖的章草意蕴。左侧称：一池神仙汤；右手谓：半生福禄水。这个时辰上，顾客反而稀少，伙计们抓紧时间在换水，已经舀干了大池子，擦洗完毕，凉水也放了一半，只等着再添热汤。脱可木除下了脏兮兮的衣裳，一头扎进了池子当中，大呼过瘾。惊白没解扣子，怯生生地站在旁侧里，鼻脸蜡黄，分明像一张黄表纸。脱可木催喊他下水，惊白借口自己不脏，也太麻烦，无须多此一举。催急了，惊白又称现在是凉水，等一下再说。这么着，脱可木像一截漂木，浮在了水面上，竟然沉不下去，得意极了。脱可木道：刚合适，这个水比石羊河的还暖和，我开始冒汗了。惊白你呀，你这样的少爷羔子就像一疙瘩酥油，含在嘴里怕化了，捧在手上怕碎了，简直是难曰。惊白并不还嘴，半个屁股骑坐在砖头池子上，试探着捞起了一捧水，却发现很快就渗光了，握住的只是一把虚空。

后来，伙计们挑着热水担子，三三两两地进来，一股脑地倒在了池子中。一时间，滚烫的蒸气开始汹涌，弥漫了四壁之间，只有咳嗽是清晰的，彼此的影子也泯然不见。蓦地，惊白还来不及呱喊，但见一双黑乎乎的爪子突袭过来，箍住了他的腰，一番天旋地转之后，他已经趴在了池口上，俨然是阶下囚一般。脱可木出手狠辣，赤条条地骑在了惊白的脊背上，又舀上几盆子热水，兜头浇了下来。惊白登时湿透了，哀告说：来文的，千万不要来武的，我自己脱，我自己也有手。这么着，惊白脱下一件，伴当拾起一件，直到前者一丝不挂，完全像一只被拔光了毛的白鸭子，让热腾腾的蒸气笼盖住了。脱可木抱着惊白的一堆湿衣服，喊住了一个刚进门的老伙计，交给了对方，并再三叮嘱，让店家赶紧搓洗一番，熨烫干净，费用另付。不料想，老伙计杵在了地上，表情呆滞，仿佛一根麻木的橡子，半天也不动弹。脱可木一时生疑，顺着他的目光瞥望过去，白茫茫的水汽中，除了惊白这个伴当之外，别无他人。喂，你认得他么？脱可木抬手一指惊白，低声发问。这一霎，老伙计突然慌乱起来，掐住了自己的喉咙，而后一边摆手否认，一边呜里哇啦地申辩，内容不详。脱可木明白了，这是个老哑巴，多说无益，心中便宽释了不少，又一把揽住惊白，一起跃入了池子当中，耍戏开来。老伙计弓着腰身，贪婪地盯视着那一池汤水中的少年，眼神活泛了，一半是惊惧，另一半则是喜悦。后来，蒸气越发地缭乱了，浓稠了，一切都不周详，老伙计这才一步一退，仔细地蹱了出去，还险些被门槛绊上一跤，幸亏扶住了边墙，方才稳静了下来。

惊白像一只蛤蟆，简直玩美了，这样的把戏在他的生涯中，纯粹是一次例外。

在权家，姐姐达云的规矩太多了，多得就像一车的牛毛，有的成文，有的不成文，但惊白一概不得违拗，必须去照旨遵奉。逾矩的话，惊白等于勾动了天雷地火，轻则招致一顿训斥，重则挨饿，无饭可吃，姐姐也会陪着他一起饥肠辘辘，眼泪可以淌满大半个院子。比如，在乡学里就读时，一旬回家一趟，每次刚跨进家门，姐姐便呼啸而来，一把揪住了惊白的耳朵，强行将其拖入了后院。丫鬟们早就烧开了一锅水，往里头撒了药粉。惊白在一道帘子后除下衣裳，丢在开水中，遂开始了灭虱，灭跳蚤。姐姐干净惯了，干净得有些反常，有些令人发指，哪怕头顶上飞过去了一只麻雀，她也怀疑人家拉下了一坨粪，沾在了自己身上。这个过程中，惊白即便有一万个不情愿，但姐姐手中的那一根鸡毛掸子不答应，他只能服帖，强权之下低下了头颅。另外，让惊白最不堪忍受的就是剃头，二十天左右剪一次，青皮寡脸的，发式狼狈，完全丧失了少年人的那一股子威风，周围袭来的一阵阵嘲讽与辱骂，自然也不可避免。待诏进了家，替惊白戴上了一件围脖子，开始在头顶动剪子时，姐姐便阴下了表情，催喊说：短一点，再短一点，别那么野。惊白梗起了脖颈子，反诘道：哎呀，你究竟是薅羊毛呢，还是想烫猪鬃，你干脆给一个痛快话吧？这一时，姐姐往往会搬出来她的大道理：瓜娃子，头发长了费脑子，你本来就豌豆大的那么一滴脑油，万一让头发吃掉的话，还怎么念书呀？知道哀告无果，惊白便闭死了眼睛，只在心里头过瘾，一遍遍地回击道：屠夫，刽子手，女刀客，杀人如麻的权达云，这一笔暂且先记在账簿上吧。料理完之后，惊白一下子不适应，姐姐却眉开眼笑地捧着一块水银镜子过来，一边让弟弟端详发式，一边诵念口诀，讥讽道：喂，你瞧瞧你，英雄胆，状元才，城墙厚的一张脸。这么着，姐弟俩拊掌大笑，互相挤弄上一阵子，刚才的怨怼也就一风吹净，没有了芥蒂。另有一桩事，让惊白在乡学中出尽了风头，但也备受嘲弄。大概在天气刚刚热起来的时候，武威城里忽然来了一支少年军，入住在了祁连商栈。这些少年大多是张掖驻防团的军人子弟，一个个面目俊朗，声嗓清丽，肩膀和惊白一样齐。此次长途拉练，一路上人困马乏，一俟休整下来，他们便如一大群雀鸟，噗噜噜地飞进了大街小巷中，轰动了整个县城。达云邂逅他们时，一下子惊住了，像一根钉子站在街上，内里生出了一份愧疚，接着又被一种强烈的好奇所吸引，目光艳羡。少年们装束一致，上身是一件毛料子的制服，四个兜，左右袖口上各钉着两枚金属纽扣，熠熠光辉。下身也是毛料子，做工精细，裤缝笔直，犹如刚刚切开的一牙西瓜，带着一道挺括的线条。从头到脚，又从脚至头，达云用眼神仔细地爬梳了好几遍。真正让她的身上开了锅，滚沸不止的，绝不是那一只只尖头皮鞋，而是少年们头上的帽子。帽子呈藏青色，半月形的檐角，穹顶下方是一条五彩的束带，箍在了头颅上，象征着五族共和。少年们迎面而来，分发传单，达云也抢了一张，赶紧揣回了家。当天夜里，达云便失眠了，也不知是泪水还是汗水，将那一份油墨的传单打湿了，揉皱了。达云双目圆睁，盯望着仰衬纸，一遍遍地叨念说：惊白可惜了，可惜了我的惊白弟弟。

也就巧了，大约半个月后，达云从家里的油坊出来，路过张宝福裁缝店时，忽然瞥见廊檐下的铁钩子上，挂着一套少年军的制服，袖口上的金属扣子格外明亮。问询时，掌柜的介绍说，这是一个张掖学员交来浆洗的，可他们突然开拔了，怕是来不及取，所以就那么一直挂着。达云心生欢喜，当即表示要买下，却被掌柜的拒绝了。张宝福说：这个店还要开下去呐，我不能因为一点点蝇头小利，坏了我的声誉，大小姐你就宽谅吧。达云掏出来三块饷银，争辩道：哎哟，人家已经回张掖去了，张掖和武威之间相隔几百里地，谁还会豆腐搅成肉价钱，专门派人来取一件衣服呀？张宝福一味地摇头，始终不吐口。见游说无果，达云便也退了一步：我租几天，租几天总可以吧？这么着，掌柜的挑下来门口的那件制服，用一块包袱皮裹好，交给了达云，连押金也没要。

一旬的课业结束了，惊白有两天的假期。那日晌午，惊白还在睡懒觉，姐姐便闯了进来，一巴掌拍醒了弟弟。达云称，城里头有一个大集，附近几个县的买卖家都来了，各种吃喝摊子铺排在街上，一眼望不到边，不如结伴去挥霍一顿。闻听此话，惊白一骨碌爬将起来，匆忙洗漱完毕，便欲出门。这个关节上，达云解开了包袱皮，拿出那一件制服，催令弟弟立刻换上，将帽子戴端正。不承想，惊白也认得这种少年军的装束，迟疑一番后，推辞说：我可不能冒充，我只是乡学里的一员，又不是丘八们的子弟，万一让凉州人见了失笑，姐姐的脸上也挂不住呀。虽说这是一句体己的暖心话，但达云的失望清晰可见，剖析道：哎呀，你可不能这样看轻了自己！张掖的娃娃们穿得，凉州的子弟们凭啥就穿不得？这种衣服大不了就是一张皮子，你们的瓢子却是一致的，你们如今都是中华民国的新式少年，将来的天下，还不是由着你们去做主，去荷担，去操心么。惊白讶异地说：姐，你的话怎么跟尹先生的一个腔调呀，好像你也在他的课堂上待过，受过他的熏陶似的？达云嘻然道：这个不假，爹老子在世时，尹先生就是咱们家的常客，我难免会灌上一些耳音，拾上一点点牙慧。这么着，惊白讨价还价地说：也好，我答应你做一回少年军，但前提是你换下这一身孝服；倘若一介新式少年的身边跟着一个戴孝的女子，岂不是让这一件制服大打折扣么？达云意外地同意了，让弟弟搀住胳膊，浪进了民族街的那一座集市中。

真是应了姐姐的看法，惊白属于鸡娃的嗉子麻雀的胃，吃不多来看不远。先哐了一碟子晶糕，又干掉了半碗羊杂碎，惊白的鼻脸上便布满了油光，声称连一颗瓜子也咽不下去了，否则就要吐。达云拽起了弟弟，让他在民族街上一趟一趟地行走，折返了三四个来回，相信这样才可以消食，有助于后续的饕餮。不过，达云真正的喜乐并不在吃喝上，她一直秘而不宣，外人也难以揣测，此乃这个年轻的妇人心中最汹涌的渴求，最恳切的一份期冀。当惊白身着那一套制服，拔长了颈子，脚步铿锵，穿行在灰黑的人群之中时，俨然是一只鸡中之鹤，高挑、洒脱、眉目清朗，似乎具备了一个少年人全部的美德，以及这个年龄上应有的才华。的确，佛靠金装，人靠衣装，达云尾在了弟弟的身后，一直追搡着，悄声呵斥道：快，快把腰杆子拔直了，别塌下去，你又不是属旱獭的。惊白回首，牙齿白净地说：大小姐，已经拔直了，比一根椽子还要直。达云纠正道：不，像椽子还不行，你应该像一根柱梁，上接云天，下戳地壤，做一个优良的儿子娃娃，顶天立地的伟汉子。惊白的脾气上来了，鬼祟道：姐，你说的那是孙悟空手里的金箍棒，可大可小，但凡是一具肉身，怎么会有那样夸张的脊梁骨呀，我又不是吃奶的月子娃。达云踢了弟弟一脚，踢空了，不悦道：小贼，我说了有，那就一定有，你最好扬起下巴，把天看稳，把路走端正，别让姐姐失望了。跟了一程，达云的两腿开始酸疼了，便站在了街边的廊檐下，踩住一只闲置的板凳，翘望着人群当中的弟弟。惊白照例走着，从东头至西头，又从西头折转回来，拽开了手脚，反正不在弘毅乡学里，没有了约束，自由极了。渐渐地，达云的心情暗沉了下去，有些灰败，武威城里的人们一定瞎掉了，有眼无珠，竟然对这一身英武而醒目的制服无动于衷，对惊白这一介俊朗的少年，也全然不放在眼中。达云暗忖，人抬人，抬出高人，僧抬僧，抬出高僧，既然大家这么不客气，如此地不顾情分，那就别怪权家的大小姐嗓门太大，我现在就把天空喊破，把这条街统统吵醒，让你们抬头看看吧。不过，转念一想，达云的悲哀立刻坐实了，要不是爹老子赍志而殁，猝然下世，要不是丈夫顾山农自囚于城北一带的承平堡，誓言守孝三年的话，她跟弟弟何至于这么清冷，连一个叫好的人也没维下。

　　不错，芥子宇宙，针尖道场，这分明是一个薄凉而寡恩的人间，扶墙墙倒，靠人人走。唯有弟弟才是她心上的一件小棉袄，小坎肩，不那么寒彻。达云噙着一腔子泪水，见惊白迎面过来时，跳下了板凳，一把捉住了弟弟的腕子，慌忙趔出了民族街。

　　冰鉴照相馆是去年开张的，价格离奇，况且又不是逢年过节，所以没有顾客。达云买了两张票，一张是姐弟俩的合影，另一张则是惊白的单人照。开始摆姿势时，达云不干了，要求店家挪开了身后的那一道拱门。拱门是用俗气的绸子装饰的，大红大绿，绾成了花瓣，落满了尘土，显然衬不上那一套少年军的制服。合照开始了，姐姐落座在一把椅子上，弟弟则偎在了身后，像一堵可以托付的砖墙。等待中，达云再一次捉住了惊白的手，安顿在了自己的肩膀上，觉得这样才踏实，才稳静。轮到惊白一个人时，达云突然发现不对劲，原来弟弟的脚上竟然是一双布鞋，而不是少年军特有的那种尖头皮鞋，气质减损了一大半，难怪不那么光鲜了。天老爷，买得起马，却买不起一副鞍子，真是丢人现眼呀。一时间，达云被一种巨大的懊恼所颠覆，一方面自责不已，一方面又让店家寻来了一对半新不旧的皮靴，暂时充了充数。惊白对此毫无异议，只要姐姐欢喜，哪怕给他钉上马掌，他也会乖乖就范。

　　返校的那日早上，伙计刚驾起了辕马，达云便一个蹦子钻入了轿厢，亲自去送弟弟。天色铅灰，一派下雨的前兆，惊白尚未睡醒，打了一路的哈欠。岂料，到了第七仓库附近，距离乡学的大门还有半里路的时候，达云喊停了车轿，又将那一套制服拿出来，勒令惊白换上。衣服是昨晚夕特地烫过的，另外还配了一双尖头皮鞋，达云狠心舍了一笔钱财，专门从闵二福皮靴店定制的，小牛皮，鞋帮上钉了三颗铜扣。惊白也没啥意见，糊涂地换在了身上，跳下车，跟姐姐告辞后，一头隐没在了无边的雨水中。达云靠在车架上，手搭凉棚，目光追撵了上去，瞭见弟弟卓立不群，果然像一匹不知畏惧的儿马，踢踏而走，扫荡了那一条白花花的土路。前面的人头很稠，但是当惊白像一道犁铧，耕开了人群时，伴当们则纷纷停下了脚步，侧立在杨柳树下，对着那一件少年军的制服大呼小叫，惊诧莫名。达云相信，那些缭乱的口哨声，那些指指戳戳，不外是一番嫉妒，一份小肚鸡肠，一种在凉州地界上疯狂发作的毒素。究其实，它们连一颗唾沫渣子也不如，根本入不了她自己的法眼，也玷污不了惊白肩膀上的那一股英武之气，猎猎之风。达云抬起了头，仰看着浑白的天空，几滴雨丝落在了眼角上，心里不住地哀告说：爹，你都瞭见了吧！这就是你一手拉扯大的惊白，也是你一再托梦给我，让我这辈子抬着、供着，一指头也不敢数落的后人，你老人家宽心吧。

　　雨下大了，一幕白雾锁在了左右两侧的树梢上，只闻鸟鸣，不见了人影。乡学内的号铃响起时，达云落下了帘子，对家里的车夫说：让车子绕一下民族街，我去取惊白的相片。

　　在冰鉴照相馆，听罢了店家嘴里那些荒唐的理由后，达云登时炸了，当即就扯断了几根扎花的绸子，扔在了脚下。达云尖喊说：机器出了毛病？哼，机器又不是人，咳嗽了，还是眼睛烂了？任凭店家怎么释解，如何宽慰，哪怕提出来等机器在兰州城修好之后，专门去一趟权家大院免费补拍几张，达云也一概拒绝了。拿着店家吐出来的一小笔退款，达云上了车，一路悲哀地回到了家门口，瞥见车夫的鬼祟神色时，发问道：喂，你说实话，我刚才像泼妇呢，还是像一只母老虎？车夫谄媚地说：不，大小姐其实是梁红玉，也是杨排风。达云一喜，随手将那一把钱犒赏了出去，车夫又说了一地的奉承话，句句蘸满了蜂蜜水。

　　令达云意想不到的是，乡学里发生的那一幕，此后变成了一桩无头案，她被蒙在了鼓里，永远也破解不了。就在那个细雨呼喊的早上，惊白踩着烂泥，一脸猴相，出现在学校门口时，陈匹三和马眉臣率着一帮子伴当，从围墙下面闪了出来，截住了他的路，耍戏开来。这一身少年军的制服，这一顶奇怪的帽子，简直让伴当们失笑死了，不是肚子疼，便是弯下了腰，蹲在了雨地中。惊白也跟着笑了，解开了风纪扣，无辜地说：哎哟，真是没办法，现在我姐姐当家，为了让她这一只母老虎高兴，我刚才走得可欢实了，比新城大营里的革命军还正规，脚骨头也快碎了。问及这一件制服的来历，马眉臣揶揄道：怎么，权家的那一个戏娃子，那个招女婿，是不是打算重披戏袍，再开嗓子了？陈匹三也附和说：啧啧，我听凉州的乡绅们讲，倘若少东主顾山农当年不入赘权家，继续靠声嗓吃饭的话，如今哪有四喜班的位子呀，总班头也一定非他莫属。惊白不愿意旧话重提，因为三年的服丧期未满，少东主仍在兑现诺言，困在了那一座承平堡内，不曾出关。惊白除下了制服，摘掉了帽子，讨好地说：诸位，有福同享，有难同当，谁想试穿一下，做一回少年军，尽管动手吧。恰在这时，尹先生头戴草帽，从雨雾中踅了出来，闻听了大概，突然断喝一声：狂妄，大清早的不去晨读，不尽学生的本分，乱扯是非，难道这里是菜市口么？既然鹰隼来了，也就没有了麻雀的事，伴当们呼啦啦地散失了，只留下了惊白一人。

　　意外的是，尹先生摘下了草帽，展颜一笑：请问你惊白，你手中的这一套衣裳，究竟姓字名谁？惊白一愣，率性地说：少年军穿的呀，这是我姐姐租来的。没办法，她刚才押送我到了大门口，我只能张冠李戴，将就一下了。雨水打在了尹先生的颊脸上，满是倦怠，好像他读了一整个通宵的书，不曾合过眼：呃，那老夫再问你，何谓少年，什么人才是少年军中的一员？惊白向来灵慧，迅速打起了腹稿，筹措了两三套措辞，似乎每一篇都是锦绣文章，不免自得了起来，感觉尹先生这一次的提问，自己起码可以获得甲等的成绩。不料想，尹先生的脸色愈发阴重了，腮帮子瘦削了许多，一对颧骨就像赵汇鞋袜店中的楦头，凸显了出来。尹先生握住拳头，捂在了嘴上，但咳嗽声一点也不听话，从他的腔子里翻滚出来，犹如一支失控的马群。听声音，简直皮包骨头似的，尹先生的身体等于一只空箱子，没有脏腑，也没有了肝肠，令人惜疼不已。咳完后，尹先生松开了握拳，眉头一皱，倒也并不作怪。惊白愕然地瞥见，尹先生的手心里有一疙瘩血，黑红，难闻，像极了一盒废弃不用的印泥。缓了片刻，尹先生的气息方平静了下来，带着歉疚的口吻说：唉，这个肺病如今拿住了我，始终也不见好转，看来我在讲台上的日子不多了，端不住这只碗了。惊白的心中闪过了一根霹雳，五内俱焚，汗毛倒竖，嗫嚅道：先生，这大清早的，你缘何这么悲哀，说出如此丧心的话来？以前你也在课堂上咳嗽过，现在多咳上几声，没有人怨怪你的。尹先生背住了双手，将血迹藏在了身后，艰涩地说：呃，肺乃气之根本，往后的余生，我或许要去验证那两个辞藻了，一个叫缘木求鱼，另一个便是无源之水。惊白抹了一把脸，雨水是冰的，这个早上令人胆怯而灰败，求告说：先生，我姐姐最近常跟梅郎中走动，我去托付她一声，尽快定下一个日子，晚生也好陪着你去一趟，抓上几服中药，先缓解了你的咳嗽再说吧。尹先生倔强地说：不必了，我的病我自己心里有数，今早上格外地凉，我可能受了一点点风寒吧。惊白却道：先生，你从来也不惜疼自己，油灯熏了你一夜，看把你的鼻脸都熏黑了；世上的书是读不完的，你这么拼命，难道是要出将入相么？尹先生苦楚着表情，仰首道：呵呵，老夫掐指一算，我这辈子的命数里，没有做文大臣和武大臣的福分了，但是经过我的调教，比如说你，你将来成为一介肱股之才，或许也不是一句梦话。顿了顿，声嗓忽然一变，截铁地说：惊白你记住，我的病是一桩耻辱，也是一个秘密，你不要当喇叭，捅了大家的马蜂窝，让乡学里从此人心惶惶。设若你坏了这个约定，即便我将来躺在墓穴中，一定也不会宽赦你；你瞧着吧，我会时常喊你过来，站在坟头前，给我一遍遍地背文章，错一罚十，老规矩。惊白沮丧地打断了对方：先生，这大天白日的，你干么非要讲一些夜里的无常话？

喏，言归正传，你还没有回答我的提问，请你开示一下老朽吧。何谓少年，什么人才是少年军中的一员？尹先生索性也不遮掩了，俯身抓起脚下的一把湿沙子，擦掉了血迹，又捧住双手，接住虚空中掉下来的雨水，仔细地浣洗了一番，在衣袍上抹干了。惊白知道，这个空旷而冷寂的操场，不啻于一座公开的课堂，先生的每一次发问，实际上是耳提面命，等于自己吃了一回小灶。这么着，惊白的胸膛中灌满了一股空前的生气，鼓舞地说：少年乃晨曦，少年乃霞光，少年乃初生的马驹，少年乃高天之上永不屈服的一只鹰，少年乃血勇，少年乃荷担之勇毅，少年也是疾风板荡之中的一棵劲草……闻听弟子舌灿莲花，一口气道出了十几桩比喻，几乎每一项都在虚空中打转转，尹先生既不叫好，也不曾喊停。终于，惊白的嘴说干了，锦绣的辞藻用光了，方歇缓了下来，彤红着一张脸，仿佛在等待对方用一支朱笔，判下甲等的成绩。

尹先生却并不打算这么干，肃立在缠绵的雨水中，头发湿了，肩膀湿了，沉吟了良久。末了，尹先生因笑说：记得，我以前在西安时读过一本书，名叫《天演论》，严复严几道译介的，上下二卷；当时我就成了他的信徒，也成了进化论的门生，一直笃信将来必胜于过去，少年必胜于老者，所以我相信进步的法则，更相信今日的少年乃是未来中国的柴薪，眼前的你们也一定是这个国家的储君。不过呢，我现在的想法或许变了，你手里的这一件制服，恰巧提醒了我。惊白捧着那件上衣，目光湿润，彻底打开了耳朵，扪心谛听着，知道此刻的这一幕犹如天启，亦是秘密的降赐，倘若失去了，从此将不再复得。尹先生蹒跚过来，立在了弟子的面前，喟叹说：唉，目下中国的时局，变起肘腋，折骨伤筋，军阀连年混战，百姓怨谤交集；这不过是为了一家一姓的利益纷争，你方唱罢，我方登台，而对于这个民族来讲，却无一丝一毫的助益。喏，就像这一件滑稽的制服，穿戴在了少年人的身上，论漂亮固然第一，究其实，它也只是一根孔雀的翎子，一件四喜班里的戏装，实在是不足挂齿。这一霎，惊白觉得手中的分量蓦地轻了许多，哪怕雨水打湿了它，赶紧求教说：先生，如果除下这一张皮，那下一步又该如何筹谋和计划呢？尹先生颔首，似乎觉得这才是一名弟子应有的觉悟与聪颖，便欸然道：是这，皮子不要紧，面子对凉州，乃至对整个中国也相当无益，现在最迫切的是更换瓤子，从每个民众的心中，焕发出一种簇新的精神，为国家和民族开一条真正的生路，凤凰涅槃，浴火重生。惊白浑身上下漾起了热气，不是雨，而是因为按捺不住的激奋与滚烫，恳切道：先生，开一条生路，怎么寻？又如何找？尹先生果决地说：呃，这个简单，只需要你删繁就简，表里一致，扔掉这一件虚荣的皮子，知道个人是谁，而后去勇敢地做一回自己，这就够了。

号铃再次响起后，校工举着一把伞，迎面跑将过来。尹先生将手中的草帽递给了惊白，抽搐一笑，掉头而走，钻入了伞下，按时去上课了。

午饭时，雨下得更厉害了。伴当们端着饭钵，像一排麻雀似的，蹲在了廊檐下，吸溜吸溜地填肚子。惊白没吃饭，偏偏挑了这个空子，撇下众人，站在了弥天漫地的操场上。在大家的狐疑声中，惊白将那一件少年军的制服扔在脚下，泼上了火油，擦着了洋火。气恼的是，惊白一连点了三根，全都灭了，好像火油只是个样子货。脱可木见状，丢下了饭碗，一道烟地跑了过来，一点就着了。两个人蹴在地上，一边用火钩子翻弄着，一边交换意见。先时，在课间休息的一刻，惊白简述了尹先生的话，脱可木现在才回应说：是的，先生所说在理，我虽然不知道城里人的习俗，但至少在北疆一带，老辈子的人就留下过一个关于穿衣戴帽的话。什么话？惊白追问。脱可木仔细道：生而为人，每个人都要在这个人世上走一遭，走完自己的大光阴，有的活成了树上的梢子，人中的龙凤，有的却寂寂无名，窝囊上一辈子；但不管置身于什么处境，有三件衣裳分外刺眼，格外沉重，在披挂之前，务必要慎之又慎，马虎不得。嗯，这头一件便是戎装，就像这一堆少年军的制服。俗话说，竖起大王旗，招来吃粮人；一旦当了兵，扛枪策马，也就背上了生死，忤逆了爹娘，从此由不得他自己了。惊白反诘道：木哥，可是另一句俗话又说，好男要当兵，好铁打长钉，岂不是跟你的话矛盾了么？脱可木发现，呢子易燃，火舌吞噬了制服的前襟后帘，将其迅速焚化成了一捧灰烬，没有了先前的形状，连地上的雨水也被染黑了。脱可木答复说：兵者，凶器也，上关乎天下之存亡，下牵涉百姓之安危，圣人不得已而用之，如今国家内乱，中原混战，甚至连喘息一天的机会也没有，和平更是无望，即便是一个囫囵人，也经不起这样的折腾，所以你跟我最好掐断这个扛枪吃粮的念头，乖乖地待在凉州的老窝里，先把自身建设好吧。面对这些烂熟的陈词，惊白并不陌生，因为现在脱可木的嘴，等于是尹先生的一支喇叭，将课堂上的讲义再次复述了一遍罢了。惊白揶揄道：木哥，我早看出来了，你绝不是平地里久卧之人，你高明，你是乡学里的狮子。那么第二件呢，请问？脱可木亦不计较，接续道：袈裟，第二件是袈裟，这个也是不敢轻易去触碰的。惊白轻蔑道：哼，有啥不敢碰的，袈裟又不是火药！街上那么多的假和尚、假喇嘛、假姑子和假道士，身上都揣着一张僧道证，天天吃香的，顿顿喝辣的，却也没见一根霹雳砍下来，将他们统统收走呀。脱可木抓住火钩子，挑起那一顶帽子，反复放在了火焰的中心，却发现根本不燃，于是从腰间拔出来了一把匕首：是这，袈裟之所以碰不得，因为一个人一旦穿上了袈裟，那就再也脱不下来了，它长在了肉里，种在了心头，从此难以割舍，生死不弃，这就叫正信。正信？木哥，你说说看，你自己有这个东西么？惊白追问道。脱可木瞥了一眼伴当，警告说：少爷，你别忘了，我可是从北疆来的，我是蒙家庄子上的子弟，所以你最好不要连毛带草地说话，也别给我点火。惊白跟着姐姐，曾经无数次地去过庙里，朝过佛，献过供，磕过头，大略了解这个话题当中的一般禁忌，知道不能乱嚼舌头，于是叨念了一句阿弥陀佛，也便安下心来，朝着对方伸出了三根指头，以示求教。脱可木再道：这第三件衣裳，名字叫血衣，人人都得穿，是命躲不过；不管谁走完了这一幕人世上的光阴，最后带走的只有这一片布，衣服上面甚至连一个口袋也不会缝下。话锋一转，又释解说：只不过，大多数的人将自己的血衣穿成了老衣，平淡一世，邋遢一生，唯有大丈夫和当世英雄，才能入得了汗青，青史留名，不负生涯。刀子扎了下去，帽子被豁开了，原来中间垫了一圈铁皮的圆箍，颜色已然生锈。脱可木抽出铁箍，将烂帽子扔进了火堆，轰的一声，火焰站了起来，像一介矮小的人，摇曳了几下。

惊白蹊跷地问：木哥，在戎装、袈裟和血衣这三样东西当中，倘若让你只挑一样的话，你该选哪样？脱可木立起身子，远望着围墙上的那一行校训，咧笑道：少爷，你知道的，我这个人可有点贪心呀。言毕，这个家伙竟然掉头走了，不是躲雨，而是奔向了窗台上的那只饭碗。惊白到底不甘心，赶紧尾了上去，吼喊说：咋样么，你给一句实话呀？脱可木突然咆哮道：少爷，我要么一件也不穿，要么三件全要，将来谁也拦不住我。

到了下一次返家时，达云问及那一件少年军制服的下落，惊白故作悲伤地说：哎呀，尹先生狗捉耗子，可能嫌我太出众了，所以给没收了。姐，你干脆提上一盒子桃酥，替我去赎回来吧！达云鬼脸一挤：算了吧，不疼的手指头别往磨眼里钻了，我才不干呐，咱们爹老子在世时，况且还让着尹先生三分，先让他保存着，反正衣裳也坏不了。惊白趁机道：说得也是，在武威城这个坛场中，谁不知道尹先生是一位博物君子、冷面人物呀。

当然，这是迄今为止，惊白对姐姐仅有的一次胜利，撒谎得逞的。

池子里的水一直是烫的；根本不用催喊，伙计提着木桶，矮下身子，将热汤源源不断地添了进去。伙计不是旁人，恰是刚才的那个老哑巴，弯成了一张弓，头也耷拉着。热气结成了疙瘩状，在通透的屋梁下徘徊不散，仿佛来自猩猩峡之外的优质长棉，正在晾晒。耍戏够了，两个伴当疲惫地趴在池口上，开始了相互埋怨。脱可木切齿道：唉，你也是没救了，教了你半天，连个狗刨也学不会，你真是旱地上的鸭子，吃土的命。惊白攻诘道：我又不属狗，我干么要学狗刨子？再说了，土里刨着吃才香呐。对方又道：我瞧见了，惊白你好像怕水,一旦下了水,你的全身都在哆嗦,比一张筛子还泼烦。惊白沮丧极了,辩解道:木哥,我可不像你,你打小就有一条石羊河,我却只有一个干脸盆,你在水里走路,我在岸上怵惶,比不得。伴当又说:水有啥可怕么?水跟五谷杂粮一样,养人性命的,你心里可能窝了什么病,落下了一个阴影吧。惊白并不想这么絮叨,简直是老婆娘的缠脚布,一个是臭,另一个是没完没了。这么着,惊白一巴掌击起了水浪,泼在了伴当的鼻脸上,方才令其闭嘴。脱可木亦不恼,抓起土胰子,擦在了自己身上,一边搓洗,一边吹口哨。忽然间,口哨声断了,脱可木盯望了过来,目光瘆人,疙里疙瘩地说:惊白,你这么把我当人,一点也不见外,我现在说一个谢字,分量也是轻的,反正,反正我记下了,你的好我想忘也忘不掉。惊白撑住胳臂,呼哧一下拔出了水面,骑坐在了池口上,失神道:木哥,你又犯的哪个病?我连一粒芥末大的事情也没干,你却说出如此的重话,我的肩膀可是担待不起呀。脱可木愣怔了半晌,眼睛却渐渐地红了,抽着鼻子:嗯,照理说,我一个乡下来的娃子,其实是没有缘分,也没有资格,跟你这样显赫的少爷一起洗澡的;今个天实在是太过分了,洗了澡不说,还单另给我摆了一桌席,我到现在还心慌呐。原来如此,惊白的不怿立刻消失了一大半,忙宽慰道:木哥,我才不是王八少爷,我也不想做一只绵羊羔子,咱们是乡学中的同砚席友,也是前世有缘、今生搭伙的伴当,你千万别在心里结下一个什么疙瘩,再让我去寻方问药,求你了。脱可木哽咽着嗓子:哼,你承认也好,摇头也罢,我只当这是权家对我的一份恩遇;如今我还在念书,等将来长了本事,有了一亩三分的天地时,我一定会报答大小姐和你的,我吃下这个咒。惊白也不愿意独贪天功,推让道:实话说吧,我不过是个跑腿的,替姐姐来传一句话,下了这个红帖;其实她才是幕后的主使,等一下见了面,你再去叩谢她也不迟。

搓洗了半晌,土胰子都快用光了,但脱可木的头发仍然板结着,五官也不甚清晰。惊白嫌脏,蹙着鼻子说:木哥,你酿下的这一池子墨汁,足够武威城里的娃娃们写一年的文章了。对方愧疚道:的确,我把整个烟囱里的灰全给带来了,水也黑了,你抓紧上去,在隔壁的清水池子里涮干净，在门外等我吧。惊白答应一声，逃也般地上了岸。

果然，外面的小池子里澄净透亮，刚刚注入的水不冷不烫，温度惬意。惊白站在池子中，水面齐膝，一时间不再忌惮，慢慢地蹲了下来，埋住了肩膀。跟刚才那个砖石结构的不同，眼前的小池子颇费匠心，池口和四壁上镶嵌了密密麻麻的戈壁石，大小一致，色泽迥异，显然是精心打磨出来的，与缝隙中的泥灰浑然一体。惊白抡起水花，涮了一阵子身体，干净之后，这才跋上了岸，摘下墙上的干手巾，擦拭开来。这一时，来自祁连山的夕光像一根粗壮的柱子，破窗而入，又转瞬被空气擀成了一块透明的毡毯，罩在了池子的上方。惊白立时呆住了，瞭见那些戈壁石一颗又一颗地亮了，烁烨无比，简直像极了凉州的夜空，要么黢黑一片，要么繁星璀璨，犹如天老爷在头顶上作怪。惊白扔掉了手巾，扑将过去，趴在池口上，挑中了最亮的一颗，开始抠挖。戈壁石亦称戈壁玛瑙，红的像鸡血，黄的像掰开的柿子肉，绿的像菠菜汁，白的像羊脂玉，蓝的却像一滴菩萨的泪水。这后一句话是姐姐说的，也是达云的最爱，此刻印证了，洵不虚言。

据武威城里的玉石贩子们讲，这种玛瑙盛产于关外三县的敦煌、安西和玉门，其中尤以嘉峪关一带的品相和质地最为上乘，价格殊高。又传言说，虽然戈壁干滩上石头遍布，满世界都是，但是要想找见一颗可以卖上大价钱的，除非你念上十万遍阿弥陀佛，磕下九百九十九个头，方可遂愿。戈壁滩凶险万分，大漠瀚海之间也是杀机重重，变幻丛生，一般人无法涉足，送命的事情时有发生，一去不还。当然了，也有回来的，设若遇上一个黑风暴发作的天气，时常瞭见一些白生生的骷髅，一些腿骨和牙齿，被一阵阵的罡风送出了险境，仿佛这些亡魂长了手脚，认得人世上的路。这其中有些是人的，有些是牲口的，反正都是倒霉鬼，没念过经，也没磕过头，终于找见了他们在这一世里的因果，无常地走了。玉石贩子们知所进退，一般了解迎风出牧、望风归牧的规律，往往在黄昏迫近的时候，背着空麻袋，带上钱两，游荡在戈壁干滩的边缘地带，盯紧了那些羊肠般的小径，求购再三。从里头走出来的人，大体上分为两类，一类是交割完贸易的保商游击，打算返回酒泉城，寻找下一趟买卖，沿路上拾获了不少的好石头，转手出去的话，半个月的吃喝也就有了着落；另一类则是牧羊人和驼夫，人数居多，大小牲口在啃食梭梭和草根时，他们闲着也是心慌，于是目光变成了一支支铲子，刮过了茫茫无垠的地皮，所获不菲。贩子们收购了石头后，甄别出三六九等，经过一系列的精细研磨，制成了各种形状的饰品，然后一路下了河西，甚至兜售到了省城兰州和西安城。究其实，上品的玛瑙一般做了供养，进入了寺院，要么装藏，要么粉饰了佛像。另外的拥趸来自四郡两关一线，城里大户人家的女主和小姐们，脖子上挂的，腕子上吊的，肚兜上坠的，扇子上别的，往往就是这一类货色。有一度，这个风气愈演愈烈，贩子们发生了内讧，以至于闹出了人命，械斗不断。县长吕介侯接获了警察局的报告后，下令四门严查，紧急施出了软硬两手，一是对戈壁石的贸易课以重税，二是对不法贩子予以拿惩，打入牢狱。那以后，这一股邪风才渐渐地消泯了下来，相关的买卖随之也走入了地下。

　　姐姐达云曾经为之痴迷，着实疯狂过一阵子。那时候，爹老子还在世，权家也很攒劲，风水健在。要是申明亭与旌善亭歇缓的话，夜饭罢后，权爱棠一般去散步或听戏；遇上天气不佳的日子，他便躲在书斋内，旁人不得干扰。也就奇怪了，在那大半年里，权家的偏门经常被叩开，达云率着丫鬟和伙计，将玉石贩子们迎进来，不敢声张，偷偷地领入了马院。灯台下，那些石头就像被膏了一层羊油似的，圆润，透亮，饱满，令达云一惊一乍，眼珠子都快掉了下来。每拈起一颗，对准了灯台，达云便发现石头的内部，往往镶嵌着一丛火苗，吹不走，也扇不灭，天生的尤物。达云舍出了钱财，下了血本，闺房炕柜上的那七八只大小抽屉，塞满了无数颗形色各异的石头。渐渐地，抽屉开始变形了。

　　其实，权爱棠对此了然于心，因为疼爱女儿，所以一直哑默着，况且这件事也无伤大雅。大概是到了承平堡的土建完成，门楼上即将刷漆时，权爱棠朝女儿伸出了一只手，款笑说：爹问你借一样东西。达云反问：我能有什么呀？我只有两个胳膊两条腿，爹你尽管使唤吧。权爱棠道：不错，我想借你卧房里那一柜子的玛瑙，压在承平堡门端左右的两只门海中，一则是个装点，显得贵气，二一个，可能会锁住风水。达云惊住了，呱喊说：爹，你这才是明珠暗投的把戏，我的那一颗颗玛瑙，可都是千挑万选的，怎么能扔在门口的那两只破缸里，我的牙快要笑掉了。原来，土建结束之际，权爱棠早在半年前从平凉安口镇订购的两只大水缸，已经运到了城北，栽在了承平堡的南门楼下，一左一右，把住了整个庭院。灌水时，权爱棠放弃了井水和泉水，特地选择了祁连山里的冰雪水，沉淀了三四日，这才将两只巨缸填满，一下子有了生气似的。现在叫门海，壁厚一拃，口径在一丈半之余，水面上亮汪汪的，仿佛一张清晰的字纸，倒映着凉州的云彩、飞鸟与天空。权爱棠率着朱绣朱先生，绕缸数匝，端详了大半天的工夫，总觉得缺少了一样东西。双方斟酌一番，最后结论一致，门海不但是用来防火的，它还兼备了观赏的功能。这么着，先是在缸底里铺了一层细沙，从海藏寺移来了几株莲花，又从省城兰州急递来了十几条金鱼，统统安置了进去。门海活泛了起来，花朵摇曳，金鱼透迤，水纹漾荡，大有一番妙意。朱绣诗兴大发，吟哦了一首绝句，一拍天灵盖，夸赞道：哎呀，不得了了，这两个明晃晃的门海，岂不就是整个承平堡的一双眼睛么！抬头问天，低眉守心，将来绝对是凉州境内的一方风水宝地。权爱棠点头称是，略一思忖，又觉得味道不对，因笑说：不错，此乃先生的点睛之笔；但是俗话讲，眸子里揉不得沙子，看来我另有一番使命，必须厚着脸皮，去说服小女达云，请她襄助一下了。听罢了父亲的绍介，达云哭的心也有了，决定三日之内不吃饭，也不洗脸梳头，将卧房的门反锁了，给出了一个鲜明的态度。然而，从窗缝里瞥望了几眼父亲，权爱棠脸上那一种尴尬的笑，那一番苍老的表情，又让达云的内里潮起了一股心酸的汁液，赶紧收住了泪水。达云心知，北门外的承平堡是父亲一生的心血所系，哪怕是一块砖石，一堆刚刚搅拌下的泥灰，门窗上的一块镂花，他都要亲自过问，绝不含糊。父亲的挑剔与苛刻，以及对完美的追求，落实在了下一辈的身上，做女儿的自然有所体悟，知道取舍。于是，达云拽住了父亲的手，将父亲请进了卧房，将炕柜上的所有抽屉都打开了。

清掉了门海中的沙子，将那些奇异的戈壁玛瑙，层层叠叠地码放进去，扶正了莲花。水再次灌满之后，承平堡的这一双眼瞳突然睁开了，目光迢递，绵远流长。那些游弋的金鱼，又仿佛日光的碎斑，落在了底部，将所有的玛瑙衬托了出来，清吉、高贵、内敛，带着一种远古的气息。一连三天，权爱棠专心陪着女儿，趴在了缸沿上，看个没完。后来，达云的一句话彻底解除了权爱棠的内疚，父女俩更加贴心了。当时，达云攀住了父亲的肩膀，忏悔道：唉，我差一点做了瞎事，让这些宝石暗无天日了，怪我，真的怪我。这是一段稀罕而短暂的光阴，日子就像抹上了新鲜的蜂蜜水，谁也不忍心一口吞下，只想细细地品尝。此后不久，来自承平堡的一幕惊天巨变，将这一切裹挟而去，打断了脊梁，剥皮，抽筋，扼杀，几乎瘫痪了这一座尚未开张的堡子，险些使之沦为一片废墟。

惊白下学返家后，从丫鬟的口中，偶然得知了这一桩破天荒的事情，当即判断出姐姐的心疼了，肉也疼了。敲门未遂，惊白便推开了窗子，探问再三。达云坐在闺房的阴暗处，抽搭着鼻子说：哼，舍了就舍了，心疼算个啥，肉掉了还会再长的。末了，又补充道：其实呀，姐姐最喜欢的是蓝玛瑙，蓝的干净，也最耐看了，就像从菩萨的眼睛里淌下来的一滴泪水，真的。惊白不便反驳，因为菩萨究竟哭不哭鼻子，肯定是另外一个难题，但姐姐的这个话，让少年人记得很牢，也由此埋下了秘密的因果。

抠挖了半天，这颗蓝玛瑙纹丝不动，就像长了一束根须似的，扎在了泥灰当中。蓝色的戈壁石，在夕光的映衬下，水灵灵的，并不格外突出，但是姐姐喜欢，这便是唯一的理由。惊白的指甲皮破了，疼得钻心，一丝血水渗了出来，用舌头吮了吮，这才止住了。要是有锥子，不，錾子最好了，撬开旁边的泥灰，才能起出这一疙瘩石头，遂了心愿。这么一思想，惊白忽然忆起脱可木的口袋里有一把钥匙，钥匙是铜制的，总比指甲皮强，不妨借来一用。惊白撅起精沟子，刚要起来，却闻听身后传来了一种古怪而诡谲的声音，赶紧放弃了，又乖乖地趴在了池口上，假装在歇息，在晾晒皮囊，生怕旁人窥破了他做贼的这一幕。

打个比喻吧，这种声音犹如一团缠麻，堵在了一个人的嗓子眼里，皮肉粘连，气息不畅。声音像笑，但更多的是哭，哭也哭不出来，仿佛搅了一大锅馓饭，掌握不住火候，于是半生不熟了，让人也咥不痛快。惊白悚然极了，立时敷出了一身的鸡皮疙瘩，姐姐的那句口头禅又像一道紧箍咒，嗡嗡嗡地轰鸣在了耳畔。姐姐经常戳着指头，牙齿很硬地说：弟弟你记住了，脸是要用一辈子的，用上一半天的东西，那叫屁股，所以你千万仔细着。惊白埋下了头，着实羞臊了一番，却也不甘心，目光从抬起的肘腋下偷窥上一眼，倏忽间释然了下来，登时愉悦了不少，随即展刮刮地趴平了，一副心无挂碍的样子。

哦，原来是清凉池的老伙计，刚才的那个哑巴汉，他的手上抓着一条白雪雪的手巾，正打算给客人搓背呐。

这也是澡票上的一项内容，惊白并未在意，将一整个精赤溜光的脊背交了出去，踏实地趴着。手巾被池子里的热汤淘湿了，拧成了半干，捂住在后心里。惊白感觉，老哑巴下手很轻，不像在搓澡，多半是在剥一颗煮鸡蛋，一边剥着脆壳，一边又怕撕破了里面的凤凰衣，伤害了瓤子。其实，在乡学里待了这么一旬，除了见天洗个脸之外，他的身上干脆没沾过水，垢甲八成已经板结了，味道也有点酸臭。惊白想象着，那一条手巾擦过皮囊时，白雪雪的颜色一下子就脏了，黑了，臭了，垢甲泥也被搓了出来，一根一根的，像火柴棒棒。呔，你是搓澡呢，还是在抠痒痒？你最好下手重一点，别耽搁了我吃席的时间，惊白催喊道。老哑巴显然听懂了，但囿于身体的缺陷，一个字也答不出来，喉咙里咕隆咕隆的，越发急，声音越含混，连个起码的意思也说不连贯。又开始擦搓了，这一回下手颇重，惊白突然舒坦了许多，头脚也放松了下来，觉得自己俨然是一只大柿饼，多余的渣子、苦闷和忧心，此刻统统被压榨了出来，意识澄净，神思敏锐，大有一番机明决断、当仁不让的气概。其实，少年人的心就是这样被鼓舞起来的，犹若香火供养了菩萨，也好似旱田走入了雨季，一般宜褒不宜贬，只需要等待一个恰当的时机，方可破土成材。惊白埋下了鼻脸，相问说：喏，我刚才瞧见了，你专门拿了一条新手巾进来的；按理说，像搓澡这样的芝麻小事，根本用不着如此浪费，一块破抹布，一件烂裤头便足够了，可你却偏偏礼遇我，对我另眼相待，我着实心领了。知道对方无法接茬，且不可相逼，惊白一连串的狐疑变成了自说自话，又道：呃，看你的嘴脸，你起码有一大把岁数了，我喊你叔吧。叔，你的这个手把子很重，也很吃劲，我猜你在清凉池吃饭之前，一定下过大力气，你是靠力气养活自己的。那我猜猜看，你要么种过田，要么赶过车，说不定也干过石匠和铁匠，反正你不是站在柜台旁打算盘的那种干净人。老哑巴的嗓眼里轰鸣着，一阵子像鸭叫，一阵子又像瓦裂了，令人煞是费解。不知是聪明使然，抑或是一份天赐的嗅觉，惊白喋喋地说：叔，你也别恼下，你就当我的话是一碗瓜子，你边听边嗑，替你解个心慌罢了。依我看，你从前恐怕是一名铁匠，天天跟炉子和锤子打交道，火焰喷溅了出来，不小心燎在了你的鼻脸上，难免会有左一坨右一坨的疤痕；幸亏还没有破相，也不太吓人，否则你就难以端上清凉池的这一碗饭了。这个关节上，老哑巴真的哑掉了，喉咙里没有了呜咽，口舌也失去了辩解，一种瘆人而凄冷的寂静，就像窗下的这一池子水，终究要凉却下去，跟着凉州的这一道夕光走入夜晚。

半晌后，老哑巴抓起一只水瓢，舀上水，慢慢地浇淋在了客人的脊背上，泼在了头脚上，冲净了垢甲泥，而后又攥住一块干手巾，擦掉了少年皮肤上的全部水渍。事情了了，惊白也该走了，但该死的舌头仍不罢休，冒昧地说：叔，你是后天哑掉的，你以前一定会说话，我估摸着，你可能遭过一个劫难，一个大劫难吧？

突然，老哑巴伸出了一只粗糙的大手，按在了惊白的后背，将其摁了下去，力量粗暴。惊白违拗不过，服帖地趴在了池口上，知道自己的破嘴又闯了祸，只好静待下文。脊背上沉重不堪，不唯是那一只手像镇妖的巨石，压住了孙猴子，惊白尤其感觉到，老哑巴的目光仿佛一张燃烧的筛子，罩在了他身上，一时间火辣辣的。人为刀俎，我为鱼肉，惊白动弹不得，乖巧地放展了整个皮囊，大有一番任人宰割的心理。但是，什么也不曾发生。在荒凉的阒寂中，老哑巴的嗓音像一只蠕动的蛤蟆，哽咽着，哀告着，乞怜着。水滴，不，应该是眼泪吧,掉在了惊白的脊背上,又被那一只大手仔细地揩净了,显得很难为情,指尖上也温柔极了,似乎在表示歉疚。惊白回头,瞭见老哑巴蹲在了地上,一手挥泪,一手抚摸着他的脊背。叔,你咋哭了?哎哟,你好端端的一个大人,谁委屈了你,让你哭成了一个泪胎子?终于,老哑巴收回了手,瘫坐在池口上,一个劲地摇首,意思在说:不,我没哭,这不叫哭。

趁着这个机会,惊白一骨碌站了起来,打算夺门而出。不料想,老哑巴身子一软,蓦地跪在地上,用胳膊箍住了少年的脚踝,拦挡下了对方。惊白却后一步,又退开一步,老哑巴仍不撒手,膝行而来,好像他本人就是拴在树上的一只怪物,难以甩脱。这一时,脱可木在隔壁的大池子里洗完后,用桶子里的冷水匆匆涮了一下,宣告沐浴结束了。隔着门口的那一扇帘子,脱可木对伴当吆喊说:惊白,我在外面候着,你别着急,我得先打开行李卷,挑一件干净的衣服穿上,否则就没脸去见权家的大小姐了。惊白应承了一句,挣扎中,一脚踢在了老哑巴的腰眼上,这才逃脱了那只爪子。意外的是,老哑巴不仅不恼,反而豁齿一笑,艰涩地吐出了几个字:

"香,香头子。"

惊白怔忡地问:"叔,香头子是啥意思,你把话说囫囵了么?"

"七,七颗。"

老哑巴一边谄笑,一边叉开了拇指和食指,举在空中,做出了一个确凿的手势:七。惊白登时厌恶极了,以为对方在讹人。不就是搓了搓背、擦了擦垢甲么,竟然狮子大张口,开出了这么大的价码。一念至此,惊白抬起脚,踹在了对方的心口上,踢翻了老哑巴,这才惶惶然地奔逃了出来,去跟脱可木会合了。

胡笳十七节

这个季节，日头一旦站在了祁连山顶上，来自西藏和青海的一阵阵南风，便跃下了北面坡一带，一路吹入了凉州境内，傍晚的气候也就凉了下来。夕光笼盖着，犬吠声，鸡叫声，车轴声，骡马和鞭子声，彼此交织一气，显得整个武威城里很拥挤，甚至连一碗水也泼不进去似的。也的确是这样子，夜饭的时间到了，鱼访鱼，虾访虾，好汉访好汉，孽障访的是王八蛋。人活在这一幕光阴中，一口吃食才是最大的关键。夜风迤逦，惊白的心情好到了极点，一面蹦跳着，一面瞥望旁边的伴当。出了清凉池，脱可木已经换上了干净衣裳，浑身上下一尘不染，五官明晰，尤其是头发干透了，蓬松，乌黑，爽朗，曳荡在晚风中，一种少年的气息异于他人。惊白相信，自己也差不多是这个样子，尹先生的门下，大多是腹有诗书、指点江山的基础料子，就像一只笼屉里蒸出来的馒头，区别不大。尤为重要的在于，姐姐天生就有一种干净的癖好，挑鼻子挑眼，最看重一个人的外貌了，这一点绝不能让她失望。只要姐姐高兴的话，一河滩的水就滚沸了，凉州的天便晴透了，惊白的快活日子当然也不在话下。沿着共和街，往北走了不太远的一程，惊白瞭见了潘麻子羊肉店的幌子。幌子乃黑白二色，黑布作底，用白粗布剪出了一只大羯羊的轮廓，缝缀其上，跃然于空中。羯羊的左右两侧，各有一行白色的墨字：镇番一绝，河西独家。门廊的柱子上，挂满了晒干的红辣子，也少不了长辫子的蒜头，一疙瘩一疙瘩地垂挂下来，拖在了阶沿上。店门外，靠窗的墙根下码满了各类菜蔬，白的白，红的红，绿的绿；有几根菜叶子烂了，渗出了一股股浊水，气味不祥，几乎要黏住人的鞋底子。失笑的是，白菜堆上插了一块告诫牌，俨然是潘麻子被偷急了，粗暴地写下了一句咒语：偷吧，偷了当药吃去，尽管吃饱。脱可木率先笑了，惊白也笑得几乎岔了气。

这一霎，旁边的窗子忽然推开了，达云的一张眉眼闪将出来，催喊他们速速进去，抓紧开席。惊白清亮地唤了一声姐，又指着伴当，正式地做了一番介绍。脱可木慌忙撂下了肩上的担子，双手一抱，施了大礼，道了吉祥的话。达云回说了什么，脱可木竟然连一个字也听不清晰，估计都是客套的言辞吧。半晌了，待直起了腰身后，脱可木的鼻脸仿佛关公关老爷，早已经红透了，好像他吃了一辈子的胡萝卜似的。或许，恰是因为对方的这一份羞涩，让达云心生疼爱，觉得眼前的这一介少年可交，于是便有了日后那一种漫无涯际的广阔信赖，包括铁石一般的天然好感。

入了座，脱可木和权家的大小姐分列在桌子的两端，四目相向。惊白则两头跑，张罗着茶水和葵花子。这是临窗的位子，墙角一带，相对有一番静谧，显然是达云的安排。脱可木犹在羞赧中，五官上彤红未褪，一忽儿瞥向窗外，一忽儿又埋下头去，手里玩着一根绳子，始终也不敢抬望对面的大小姐；但是在内里深处，这个来自北疆的少年一迭声地惊叹说：天呐，大小姐太美了，美得像一尊瓷器，白中含粉，粉中蕴白，简直就是从天梯山的佛窟里揭下来的一张壁画，走入凡尘的一位年轻度母。越这么思忖，脱可木越不敢抬头，垂首在绳子上，玩出了各种花样，绾成了一个个鸳鸯结、双塔结、吊水结、子母结与单棱结，又逐一拆解开来，再重复一遍。惊白看在了眼里，并不打算去劝阻，心知这是脱可木一贯的把戏，对付骡马之类的大牲口用的，就怕他自己手生了，所以天天揣着一截细绳子，在手指上练习不辍。为了这一桌千计万算的酒席，主要也因为弟弟的缘故，达云再次破了例，脱掉了那一套悲深愿重的孝服，换上了一件月白色的斜襟罩衣，头发虚笼着，盘在了脑后。姐姐态度蔼然，问东问西的，全然没有了大小姐的那一副派头，也收敛了身上那一种杨排风似的跋扈，柔软得像一根拂尘，温润得像一碗净水，让脱可木先时的拘束与忐忑一风吹净了，气氛融洽了许多。姐姐这么长脸，惊白简直欢实极了，不是沏茶，便是吆喝着店内的伙计，吩咐一二，仿佛回到了自己的家里，由着他这个少爷的性子胡耍。

达云询问了蒙家庄子的大概情况，又对石羊河两岸的事物频频好奇。脱可木渲染了半天，邀请达云抽空去做客，最好是在秋上，那时候瓜果熟了，新麦子也下来了，有无数的吃头，饿不下肚子。脱可木用指头蘸了水，在桌子上画了一张草图，大略讲解了一番蒙家庄子的方位，包括沿途上打尖歇脚的地点，骑马出行的话，大致需要两天半，要是赶上家里的车轿去一趟，三四天也下不来。在这一点上，姐弟俩开始了分歧，达云主张坐车，惊白则倾向于骑马，不仅灵便，还能效仿当年的班超、霍去病、卫青和使者张骞，一路上饱览河山，开拓胸襟，野蛮了精神与肉体。反正也说不过惊白的那一张利嘴，达云最终顺从了，知道这顶多是过了过干瘾，一切都无法成行。的确，三年的守丧期尚未完毕，丈夫顾山农仍旧身陷在城外的承平堡内，夫妻俩甚至连一面也见不了，各自在尽孝当中。在这样一段寂然的光阴里，一个妇道人家脱掉孝服，撇下家室，公然地奔赴北疆一带，去游山玩水，去披头散发，达云觉得生出这个念头的那一刻，自己已经够罪孽的了，也该去庙里朝一趟佛了。达云振作起来，指着门端一侧的柜台，对脱可木交代再三，说那里搁了一个包袱，里面的十几件衣裳洗烫干净了，有男将的，也有女人的，其实也没穿过几回，扔了可惜，打了布坯子纳鞋也是糟践。达云请他千万别嫌弃，干脆捎回蒙家庄子去，分发给左右邻舍吧。脱可木应承下了，忽地立了起来，又给大小姐施上一礼。见面问根苗，达云带着当姐姐的心态，相问说：姨娘的身子骨还健朗吧，姨娘属啥的？脱可木回道：我娘属鸡的，眼睛麻了不说，这一两年还害上了心口病，一旦犯病的话，人就栽在了地上，腿脚乱抽筋，我真是担心得要死，昨晚夕我还梦见给她办丧事呐。达云哀叹一声，又道：听说，令尊在城里办贸易，买卖的行情还好吧？这一霎，脱可木的表情骤然变了形，一半是怒火，另一半却是不屑，愤慨地说：呸，那个老贼娃子，我没他这样的爹老子。

气氛突然间僵住了，仿佛桌子上搁着一块寒冰，一切都很意外。

惊白剜了姐姐一眼，嫌她太多嘴，问啥不好，偏偏要提这一壶滚不开的水，惹得伴当满脸潮红，噙住了眼泪。不过，惊白转念一想，这也怨怪不了姐姐，事先没给她交底，所以才有了这么一折子，忙努了努嘴，支开了她。达云懊丧坏了，前一秒钟还坐立云端，手讲指画的，感觉自己像一介仙女，备受尊崇，这后一秒钟便形势突变，一个跟头栽落了下来，跌在了泥涂当中，露出了马脚，难免会有一种不堪。达云知道该咋办，一下子离席而去，打算将满腹的怨气撒在店家的头上，让自己好受一点。达云站在柜台前，左手抓起来一个秤盘，右手攥住了一只秤砣，一边敲锣，一边嚷喊说：掌柜的，我订的蒸全羊呢，你总不能让我一直嗑瓜子吧？伙计们也不怕事大，有的讥笑，有的围观过来，煽酒风，点醉火，嘴上也不干不净的。秤盘快被敲破了，食客们纷纷停下了筷子，有几个眼尖的认出了权家的大小姐，一时间惊得下巴也快掉了，死活不肯相信。达云正在气头上，不罢不休，继续呱喊道：哎哟，日头都快下山了，你家的羊究竟在念经呀，还是在赶考，怎么大半天的工夫了，唯独摆不上我的饭桌子？我看趁早关门算了。惊白既不想看见达云这么丢人现眼，又怕姐姐吃了亏，受到伙计们的抢白，赶紧奔了过去，扯开了双臂，将其护在了身后。这个关节上，掌柜的从后院里跑将出来，循声而至，一方面作揖，一方面小心地赔着不是，显然也认出了眼前的这一对姐弟，丝毫也不敢怠慢。

　　惊白忽然失笑开来，挑衅地说：呔，你应该就是潘麻子吧？我瞅了你半天，你的鼻脸上光鲜得站不住一只苍蝇，油汪汪的，你干么偏偏起了这么一个店名呀？潘掌柜抠着颊脸，一团和气地说：嗯，回少爷的话，我的脸上虽然没有一颗麻子，光鲜得像一个月娃子的屁股蛋子，但我心上的疙瘩太多，只不过你看不见罢了。惊白当即被要了一将，不甘地问：哎哟，别人家的痘子都长在了鼻脸上，你的疙瘩却种在了心里，这是个啥说头呀？潘掌柜长叹一声，手脚松弛了下来，灰败道：唉，来的全是客，喊这个是爹，称那个是爷，一个也不敢得罪，所以这心上长满了疙瘩，十三省的大夫也看不好我的病。显然，这是一个歉疚的姿态，事先堵住了客人的嘴，又化解了对方的责难。达云将秤砣和秤盘放了回去，心知自己输了理，于是堆起了笑，央求潘掌柜抓紧上菜，瓜子都嗑了半个时辰了。这么着，潘掌柜凑了过来，悄语道：是这，大小姐有所不知，你提前订的那一只蒸全羊其实早就好了，蒸了一下午，香了半条街；不巧的是，半路上杀出来一个程咬金，我也是干瞪眼，只能先去孝敬他了。惊白插嘴说：咦，还有没有公序良俗，还讲不讲先来后到？这个程咬金是哪个池子里的王八，哪一座山头上的大王？潘掌柜吓坏了，巡看了一眼周遭，虚声下气地说：天呐，好我的小少爷，你可不能嘴上没锁子，仔细着了人家的活计，招来一顿皮肉之苦；实话说吧，在后面院子里吃肉剔牙的不是旁人，正是陈垦丁阁下。达云莞尔一笑，附和道：也对，你的确惹不起他，我也惹不起，石头大了绕着走，反正我们没关系，等一等也无妨。

陈垦丁者，江西上饶人氏，肄业于云南陆军讲武堂，时任武威县警察局局长。

带着沮丧的心情，姐弟俩折身而返，回到了临窗的桌子前，却不见了客人。茶水还烫，那一副担子戳在墙根下，达云猜想，脱可木或许去了茅厕，娃娃们的屎尿多，这是天经地义的道理。惊白也大意了，抓起桌子上的那一根细绳子，像以往那样，开始破解伴当留下的谜题。在诸多的绳扣中，惊白找见了基本的拆解方法，可单单一个双塔扣，简直难死了他，脱可木也一直未告知其中的门道，悄悄地留了一手。达云嗑完几粒瓜子，突然来了气，懊恼地说：真是的，这个客我请后悔了，早知道这么狼心狗肺，还不如咱俩去吃上一碗行面，家里歇着去。弟弟专注在绳子上，聊赖地说：姐，谁又动了你的香火，犯了你的天颜？达云扔过来一把瓜子，仿佛一蓬飞针，詈骂道：哼，你个软骨头，心里没钢的家伙，你还讲不讲是非，分不分黑白？你要是长耳朵的话，你刚才一定听见了，这个蒙家庄子的娃娃是怎么咒他父亲的，咒得那么难听。原来如此，惊白知道了究竟，方停下了手中的把戏，截铁地说：姐，木哥说得不错呀，他那个爹老子的确是一个混账，凉州境内别无分号的一个老贼娃子，实在应该天打雷劈，让天老爷趁早收走了最好。达云气坏了，捶着自己的额头说：天呐，你个碎怂，你不讲公道也就罢了，如今还当起了他的帮凶，满嘴的炉灰渣子，难道今个天我是来喂狗的么，这个世道瞎了么？岂料，惊白也不妥协，牙齿很硬地说：姐，人穷三分冷，心穷七分苦，脱可木揣着一肚子的苦楚，他自然有他个人的立场，你千万别指鼻子戳脸的，伤了他的自尊。达云冷笑道：哼，一个嘴上没毛的东西，他苦个屁，他的那一具腔子里还有良心么？惊白哀恳地说：姐，我知道他有良心，只不过他的心里很穷，没有一个人给他长精神。

据惊白透露，这名北疆的少年辗转进入了武威城，就读于弘毅乡学，皆是他父亲一手操办的。作为家中的独子，脱可木深知爹老子的冀望，也打算循着那一条父辈走过的路，掸净泥土，穿上干净的鞋袜，做一个城里娃，当一介人上人。刚开始，双方感情甚笃，爹老子时常来乡学里探望，要么送吃喝，要么给儿子零花钱，一给一大把，眉头也不皱。脱可木有底子，以前在乡下的私塾里念过几年的书，手眼不生，加之年龄偏大，心智相对成熟，如今一门心思地做起了学员后，长进不少，很快就在同一届的伴当们之中崭露了头角，并且深得尹先生的欢心。恰是在这个阶段，惊白和脱可木有了一定的交情，成了无话不说的同窗，彼此激励，上进心十足。无疑，这些上得了台面的话，达云早有耳闻，弟弟不吝言辞，已经将脱可木塑造成了一介品格的典范，一位高山流水般的知音，好像对方本来就是权家的一员，一直在大门口晃荡，未曾远离。在如此光鲜的背后，脱可木身上那一种扪心念书的寂静，突然被彻底打破了，取而代之的，却是另一番让他切齿的仇恨，一种噬心的磨折，终究难以排遣，无法化解。有一回，大概是开春的时候，等其他人开吃后，惊白和脱可木这才进入灶房，做起了夜饭。惊白的饭食简单，馏了几个家里送来的凉包子，袖手一旁，陪着伴当说话。脱可木在开水锅里下了洋芋丁，扔进一勺酸菜，又搅了半碗面浆，开始做拨疙瘩。拨出去的面泥，像一条条小白鱼，翻滚在汤水中，连一点点油花也不见，令人胃口全无。那一时，惊白的嘴实在是太贱，无缘无故地说：木哥，你老子给你的零花钱呢，你就不能吃点肉臊么？闻听此话，脱可木黑下了脸：哼，那一点柴火钱够个啥，我全买了药背回了家，给我妈治病去了，可是现在也不见好转。惊白一撇嘴：哎哟，你老子是武威城里有名的说客，专门贩卖贸易情报的，这个行当又没有一厘的成本，只是干赚，还在乎那些散碎的银子么。或许，恰是这句话捅破了伴当心中的苦胆，脱可木扔掉了锅铲和筷子，舀上一碗水，泼了炉膛中，熄灭了灶火。末了，脱可木捧住鼻脸，蹴在了柴堆里，一味地哭将起来。

那是一种无声的悲鸣，又害怕门外的学员们发现，只有掐住声嗓，将这个人世上的苦楚与酸辛拼命地咽下去，由他一个人荷担。惊白也蹲下了，一时无措，觉得只有这样的陪伴，才是一个伴当真正的本分。脱可木瑟缩着，肩膀颤抖不止，仿佛肉体当中潜伏着一头野兽，随时要撕裂肌肤，毁掉囚笼，也许只有一次血腥的祭祀，方可止息这一场怒火。一面哀嚎，脱可木一面叨念说：妈，你今晚夕吃的是啥，昨天吃的又是啥么？儿子在城里头享清福，单单就亏了你一个，你眼睛麻了，你心口也疼，没有人服侍你，我真是没用呀。脱可木的心情持续败坏着，这天的夜课也没有去上，给尹先生告了假，出了一趟校门，天明时这才返回来。到底发生了什么变故，惊白始终也无法究问，只感觉对方的内里深处，隐藏着一幕深渊般的秘密。

又一日，到了后半夜的天气，惊白趸出了旧庙，上完茅厕，路过柴房时，竟然听见里头传出了一阵阵呜咽声。不会是旁人，一定是蒙家庄子的少年。惊白忽然记起，脱可木一宿未归，炕上的被褥也不曾打开过。惊白推开门，摸见了窗台上的洋火盒，刚要动作时，却听脱可木在黑暗中哀求说：别点灯，求你了。惊白探问再三，脱可木只搪塞地说，他刚才确实在大炕上睡觉，但是噩梦袭来了，梦见他娘老子突然殁了，他在张罗丧事，一下子哭醒，所以躲在了柴房中，独自清静一会儿。惊白偏就不信，执拗地划着了洋火，点亮了头顶上的方灯，照了过去。灯光如水，瞭见伴当的那一刹那，惊白的身上就像过了电，头发呼哧一下乍开了，感觉这一间柴房也塌了下来，砖石飞溅，烟尘呛人。显然，脱可木挨了打，被人暴揍了一顿，五官痉挛着，血肉模糊，一种暴力的痕迹历历在目。惊白冷笑道：哎呀，你个贼骨头，这下子你可圆不了自己的谎了！第一，你并不是上房揭瓦摔伤的；第二，你也不会掉在井里；三一个，你赖不到骡马的身上，因为你不曾骑着马来念书。那你实话说知道，你究竟惹了谁，让他把你揉成了一张破皮子，摔成了半截子烂瓦？见对方死眉耷眼的，惊白蓦地发了火，一脚踢在了伴当的腿上，对方当即爆发出了一声凄厉的惨叫。脱可木抽心一疼，虚弱地扑将过来，一把抱住了惊白的腰，埋下头去，恐惧地说：天杀的，打我的不是旁人，正是我爹老子；他那个老贼娃子花了钱，雇了一帮子地痞，揍了我半个多时辰，我差点就没了命呀。一直到天亮，脱可木的眼泪淌了足足有三缸，几乎快淹没了脚脖子。

此刻，面对姐姐的诘问，惊白反倒不惊不诧，显得相当平静。惊白拾起了那一根绳子，又开始拆解，相告说：也是没办法，他爹一直在耍赌，而且赌得很大，在武威城里名头响亮，各路上的人马都想跟那个老贼娃子赌上一把，连他个人的说客身份也早就荒废了。达云失声道：完了，这下子完了，赌博这个害人的东西，其实跟梅毒、痨病一个本质，一旦沾染上的话，那就没有了回头的路，菩萨也救赎不了。该死的双塔扣，几乎全是死结，干脆找不见窍门。惊白反问说：对了，尹先生一直在咳嗽，咳个不停，还在偷偷地吐血，八成是害了痨病吧？姐，你刚才说梅什么毒，这又是个啥？达云一拍桌角，断喝道：哼，仔细你的嘴，不该打听的就不要打听，你那个猪脑子最好放在课业上，少让我淘点气，姐姐也就阿弥陀佛了。惊白斜睨一眼，又接续道：唉，那个说客的本事可大了，除了热衷于耍赌之外，如今又喜欢上了花花子，这是木哥亲口告诉我的，你也要保密，千万别出卖了我呀。达云一脸狐疑，探问说：花花子，花花子究竟是个啥？你如实道来。惊白咬了半天绳结，依旧无效，于是含在了舌尖上，挤出来一口唾沫，在慢慢地濡湿。见弟弟现世报，不肯相告，达云便使出了一记老伎俩，摸出来一枚铜元，开始悬红。惊白并不客气，当即抓在手里，揣进了口袋，因笑说：是这，花花子是俄境一带的称谓，听尹先生讲，这十几年以来，马鬃山以北流窜着一窝又一窝的白匪武装，也少不了大量的贵族老爷，他们被列宁的红军打散了，被共产主义的苏维埃吓出了屎尿，所以盘踞在边境线上，靠种植花花子为生，那些东西一路卖到了河西，一块烟膏等于一疙瘩金子，啧啧。达云见不得啰唆，指斥说：我不操那门子的心，洋大人鼻脸上的毛还没褪干净呐，以前在街上碰见了，我就反胃。惊白了解姐姐的这个脾性，就好像她是一块刚刚打出来的新鲜酥油，容不下一粒尘埃。又道：其实呀，花花子就是鸦片，木哥的爹老子实际上当了一名大烟鬼，他把挣来的钱不是耍在了赌场里，便是去烧了烟泡，总之花不在儿子的身上。达云恍然了，锥心地说：完了完了，这个家肯定让那个老贼娃子败光了，难怪脱可木只长骨头不长肉，瘦得像一根橡子。惊白意外地发现，这个看似无解的双塔扣，经过了唾沫的浸泡，开始松脱了，于是扔在了茶碗中，沏上了开水，打算再观察一下。弟弟的三心二意，性格的毛糙，达云早就习惯了，不由得唏嘘道：惊白，姐姐倒有一个主意，既然你跟脱可木是一双狗皮袜子，谁也离不开谁，现在放了长假，那还不如让他住在咱们家里，你们也好一起结伴念书，我天天伺候你们，姐姐的茶饭手艺最近可有了起色呀。惊白忙不迭地摆手，予以拒绝：这个不行，一点门缝也没有；他娘老子还在蒙家庄子上，木哥又是孝子，谋多乱人意，你可别动了他的香火。达云慈心于世，款然道：这个最简单了，倘若他想尽孝，那就让廖逢节安排几个伙计，赶上一辆车轿去北疆，将他娘舒舒坦坦地接回来，了了这一份念想；俗话说，家有一老，多了一宝，我再下一份帖子，邀请梅郎中来家里出诊，指不定就治好了老人家的心口病，麻眼也不可怕，顶多就是几服药的工夫罢了。这个关节上，惊白忽地俯下身子，对着姐姐的耳眼，悄声道：求你了大小姐，你不要再添乱！木哥在武威城里还有一个小妈，那个老贼娃子偷偷纳下的一房外室，听说是从窑子里出来的，以前是一名娼妇，他爹老子捐了一大笔钱，这才洗白了女人的名声。

碎鬼，你别喷粪了，乱语三千的，这么龌龊的事情，你一个念书的学生娃娃，又是从哪里知道的？达云恼恨极了，甩过去的耳光停在了半空，不忍落下。惊白即刻哑默了，趴在桌子上，乱翻白眼，却也知道这人世上没有后悔药，话一吐口，便是钉子。如此机密的事实，含血带泪，难以启齿，不外是脱可木在那个特殊的时刻，受尽了屈辱，实在是绷不住了，才一吐苦水的。惊白料知，自己已经辜负了伴当，口舌上走了火，轻易地出卖了兄长的秘密，这等于在脱可木的身后，突然来了一刀子，有些下作，也有点卑鄙，简直算得上无耻小人一个。茶碗中，那一截子细绳子泡软了，双塔扣完全松脱了，乖乖地破了题。但是，惊白宁愿它仍是一个死结，最好套在他自己的颈项上，两脚一蹬，干脆吊死算了，去赎了这一桩可耻的罪孽。达云喋喋着，一直在数落弟弟。奇怪的是，她这一回并不曾流泪，牙齿上像开了刃似的，举一反三，基本上都是道德文章，以及父亲的在天之灵之类的。念了半天的紧箍咒，见弟弟毫无应答，皮疼肉不疼地趴在桌子上，达云冷不丁地抓住了那一只茶碗，扬手掷出了窗外，摔烂在了街道上。

一声唢呐响起，潘麻子率先从后院中奔了出来，身后跟着几名伙计，肩着一副十字状的担子。担子上吊着一张木质的托盘，比车轴辘还大，在潘掌柜的吆喝下，款款地安置在了临窗的桌案上。姐弟俩犹在对峙中，对眼前的珍馐美馔无动于衷，暗中绷住了一股劲，牙齿都快咬碎了。潘掌柜不谙内情，又急于表现，先是板住了表情，念了一阵子独门口诀，然后揭开了那个用麦草秆编织的罩子。这一霎，一大团蒸气袅娜而升，袭来了一股令人垂涎的肉香。待蒸气散尽后，一只产自镇番县的羔羊，头脚齐全地趴在托盘中央的一道堎坎上，白花花的油脂滴答着，像玉，像甘露，也像蜂箱里泌下来的滴滴蜜糖。蒸全羊本来是原味的，但潘麻子自有一套妙术，从腰带上解下来七八只小布囊，声称这是潘氏秘方，纯粹的调料粉，还需要最后一道工序，必须当着客人的面撒上去，将其中的味道催逼出来，才能达到极致。这么着，潘掌柜撒了一撮暗红色的粉末，开口说：藏红花来了。又撒了一把深绿的，吆喝说：新疆的孜然，从口外买来的，上上品。这个过程中，伏卧在托盘中的羔羊没一点意见，反正花花绿绿的调料撒了上去，好像给它穿上了几件艳丽的袄子，但不是寿衣。也就怪了，眨眼的工夫，那些粉末渗入了肉质当中，冰消雪化，水乳交融，味道突然间昂扬了起来，另一种奇异的气息挥之不去，简直无法用言辞去描摹。如此昂贵的一桌，这大概就是潘麻子的手段吧，贵有贵的道理，愿者上钩罢了。最后，潘掌柜又从布囊中抓出来一把焦糖色的调料，均匀地撒了下去，嘴里叨念了一句什么，谁也没有听清。

麻子，恐怕这最后一把调料，才是你的勾魂大术，真正的独家秘方吧？身后，一介铁塔般的汉子，一面剔着牙，一面相问道。潘掌柜回头，认出了张彝，却也不惊慌，敷衍道：哎哟，看破不要说破么！要是没有这一把东西垫底，陈阁下刚才也不会吃得那么痛快，大呼过瘾；如此看来，队长你的这一份孝心恰到好处呀。张彝捏着一根绣花针，啐掉了牙缝中的肉渣，款笑说：罂粟壳子，姓潘的，你真是舍得本钱，居然把一桌并不值钱的羊肉，办成了天上的龙王宴，陈阁下至今还被蒙在鼓里，难怪他的胃口那么好。姐弟俩清晰地听见了这句话，罂粟壳子，又眼睁睁地瞭见那一层焦糖色的调料，慢慢地渗入了羊肉的腠理，但碍于生人在场，也不便质问。潘掌柜擦净手，估计火候到了，抄起一把锋利的刀子，开始剖解全羊。不一时，肋条是肋条，肉疙瘩是肉疙瘩，一只全羊的形状彻底失踪了，整整码成了一堆，矗在托盘当中。张彝没走，看得饶有兴趣，感觉这个潘麻子就是一位现世的庖丁，一切都干得滴水不漏，令人眼睛也花了。潘掌柜催促道：大小姐，少爷，羊肉要趁热，赶紧动筷子吧。张彝也插嘴说：趁热吧，一凉下来的话，味道就塌了。

达云呼哧站了起来，拔长颈子，巡看了一遭，回绝道：不急，急不得，我的客人怕是去方便了，快去忙你们的吧，多谢。潘掌柜道：大小姐请来的客人，八成是享不了这个口福了，刚才咱们在柜台旁喧慌时，我亲眼瞭见那个小贼跳出了窗户，连一声咳嗽也没留下。达云眉毛一挑，扑在了窗台上，张看了半天乱哄哄的街道：跑了？他干么要跑呀，我又不吃他？惊白也慌掉了，仿佛一脚踩空了似的，这分明是面子和里子的问题，忙问说：木哥朝哪跑了，你实话说知道，求你了！潘麻子答复道：远在天边，近在眼前，他其实也没跑多远，跳下窗户后，那个小贼一头扎进了对面的平心定气馆，我敢肯定。平心定气馆？那是卖啥吃喝的，他一定饿坏了吧？达云追问。这么着，潘麻子跷起了大拇指和小拇指，衔在了嘴角上，俨然是一副抽吸烟锅子的姿态，笃定地说：

不，他溜进了大烟馆。

胡笳十八节

这个关节上，凉州境内又一桩令人不堪的祸事，猝然发生了。

平心定气馆的门脸不大，廊檐下没有牌匾，甚至连一块麻布的幌子也不见。与共和街上其他的店铺不同，目下黄昏已降，正是武威城内最热闹的一段，但这家的门板上得很严实，只留下了半个身子的开口，挂着一张破牛皮的门帘。门首一带，游荡着几名形迹可疑的家伙，不像小偷，多半是打手和喽啰，正在看家护院。羊肉店虽然开张不久，但潘麻子凭着买卖家的嗅觉，早就打问清楚了对方的底细，一向是井水不犯河水，各自发财。潘掌柜话音未落，达云却已失神，脖颈子拔得更长了，探出了窗口，竟不知这一桌宴席就此终结。张彝别生枝节，突然踢开凳子，冲了过去，一边将达云拉拽了进来，一边关窗子。达云火了，拼命地挣脱着，但对方像一头蛮牛，丝毫也奈何不得。窗子关闭后，隔绝了街上的市声，达云涨红了脸，嗅闻到了一股浓烈的酒气，遂逼视着对方：我不认得你，你究竟想干啥？呃，我请我的客，你吃你的酒，咱们最好两不耽搁吧。岂料，张彝并不让步，如实地说：大小姐，在下姓张名彝，武威县警察局步警队队长，现在奉命而来，你尽管差遣吧。达云越发慌了，一屁股坐在凳子上，张看了半天，这才发现另外桌子上的食客们纷纷起身，有的封住了店门，有的横在了去往后院的路上，却原来是一个团伙的。达云胆怯地说：奉命？请问官爷，谁给你下的命令，哪个给你发的令箭？张彝也不含糊，答复道：不是旁人，正是局长陈垦丁阁下。是这，大小姐如果还有什么疑问，可以去后院里当面请益，在下愿意前头带路。达云荒凉地说：呃，我跟他仅有一面之缘，当初家父下世后，他带着纸火和幛子来治丧，但家里不曾设灵堂，所以他又去了承平堡门外祭奠，仅此而已。张彝嘻然道：嗯，这就对了，局长认得你；刚才闻听大小姐在这里请客，他已经吩咐在下结算了这一桌的账单，你尽管安心吧！再说了，局长和少东主顾山农也有不错的交情，他们的脾气应该很对路。达云抢白道：哼，天还没黑透，你别说瞎话了！我家山农一直在承平堡内守孝，大门不出，二门不迈，担不起你说的那个名声。张彝含了含胸，以屈求伸地说：哎呀，武威城就这么指甲皮大的一点点，大家抬头不见低头见，况且这里也不是说话的场合，大小姐赶紧用饭吧，最好趁热。

活该要出事，出大事。

或许，一句话就是一根火苗，可以勾来天雷，也能够引发霹雳。潘掌柜旁听之后，觉得味道不对，心中怒斥道，贼日的，老子是卖肉的，又不是设坛的法官，唾沫渣子别冲着我来，毁了这个店的风水，脸上却堆起了笑，攀住了张彝的肩膀，热络地说：哎呀，好我的张队，我开的是一家薄利小店，挣的是蚊子大腿上的肉，赚的是苍蝇翅膀的钱，等一下差爷们动手时，务必仔细些，千万不要磕破了我的这一枚鸡蛋，打碎了我的这一颗蛋黄。张彝蓦地掉转头去，变色道：麻子，你嘴里打的什么粮食？哼，阁下还在后院里，你不去左右伺候着，这个台面上有你卖嘴的资格么？潘掌柜似乎并不惧怕，冷笑道：差爷，我又不是麻眼，更不是呆子，我暗中观察了好几日，步警队恐怕是锁定了对面的平心定气馆，现在只差一个借口，就要动手薅羊毛了吧？张彝被冒犯了，压抑着怒火：咦，骡子不死，毛病不改，你这么日能的，我倒想听听，你有什么高见。潘掌柜上前，径自打开了窗子，共和街上的喧嚣声杂沓而至：队长，俗话说饱带干粮，晴带雨伞，这个年头上哪怕开一家鸡毛小店，假如身后没个踏实的靠山，岂不是鸡飞蛋打了么？喏，你千万别小看了对面的平心定气馆，这个羊毛薅不得，第一你无法禁绝烟土，第二，你又不敢冲进去抓赌，劫了人家的银两，所以大家最好去宽处说话，在明亮里发财吧。张彝头痛地说：麻子，我偏就不信，难道这里不是凉州的地界，竟成了一块法外之地？潘掌柜瞭见，桌子上的羊肉已经沁住了，油疙瘩板结，全然没有了先时的那一种异香，便灰败地说：是这，对面的这家烟馆和赌场来头不小，背后站着的，根本上就是凉州的一位郡老，他老人家才是实际上的大东家。缓了一口气，又道：呃，我不能多嘴了，我怕自己的舌头将来喂了狗。

这一霎，对面的门板突然炸开了，分崩离析，瞬间碎成了一堆烂劈柴，声音像祁连山塌方了似的。

紧接着，一个人也被扔了出来，掼在地上，一动不动。惊白眼尖，大叫一声：哎呀，木哥挨打了，这下子没命了。果然，从平心定气馆里冲出来几条汉子，胳膊像木桩，布满了刺青，一个个赳赳然地，拢住了脱可木，又开始动手。这一顿拳打脚踢来得山呼海啸，凶猛而暴烈，即便是一头蛮牛，也没有一线挣脱的机会。脱可木趴在地上，痛苦地扭曲着，只好舍大保小，拼命地抱住了脑袋，将大半截身子交了出去，受人凌辱，遭人宰割。达云不曾经历过如此暴力的场面，手心里攥出了一把冷汗，胆怯地问：队长，你总不能见死不救吧？半个城的人都看见了，他还只是乡学里的一名读书郎，没有招惹过谁，我求你了！张彝踩在一只凳子上，先是系住了左脚的鞋带，然后系右脚：大小姐，你没必要操心吧！你跟他一不沾亲，二不带故，先让他们放肆放肆，等事情坐实了，我再出去拾掇也不迟。达云争辩说：他可是我的客人，这一桌子的羊肉，他才是坐上席的主角，我求你了，你赶紧救他一命吧。趁着这个机会，惊白偷偷地抓住托盘中的那一把刀子，掖在了腰间。张彝直起了身子，手中冷不丁多了一支短枪，咔嚓上了膛，回头吆喝道：弟兄们，等一下谨慎从事，听我的命令，务必将对面烟馆和赌场上的人全部拿获，一个也不要放掉。

共和街上的行人们围观着，叫嚣着，一台免费的武戏公然上演了，谁也不愿意站出来劝止，当然也不敢。渐渐地，人们漠然发现，那个腮帮子晒红的乡下少年不动了，瘫在地上，仿佛一只被拔掉了嘴子的气囊，正在干瘪下去，塌成了一堆。暴力停止了，平心定气馆的几名打手似乎也累了，依次蹲在地上，开始咳痰。每咳出来一口，打手们便拽长了脖子，远远地啐过去，糊在了少年人的身上。一阵子的工夫，脱可木便没了形状，将人们恶心坏了，纷纷掩住了口鼻。惊白眼泪巴巴的，出也出不去，待着又受罪，只好趴在窗台上，瞭见自己这一生的伴当像一条死狗，横卧在街头，一时间生死难料。惊白的声嗓喊哑了，喊在了心里，脱可木却闻听不见，好像他正在孤独地变凉。这个关节上，对面的门里踅出来了一介中年汉子，头戴礼帽，鼻梁上架着一副石头镜子，身材像筷子那么瘦，却是满面红光，八成刚刚吸食完了鸦片，还陶醉在那一种高潮中。惊白识得此人，失声道：哎呀，老贼娃子来了，他正是木哥的爹老子，那个靠卖嘴为生的说客。一旁的达云用额头磕碰着窗扇，揪心地说：天老爷，虎毒尚不食子，他简直就是一个畜生胎，专门来祸害人间的吧。

真的，买卖人成也是嘴，败也是嘴。潘掌柜实在控制不住个人的聪明，趋前一步，挑衅地说：差爷，果子熟了，人命也犯下了，难道你还不去摘采么？张彝道：熟是熟了，但还没有完全熟透，等一下我会全部拾在篮子里的，麻子你不必操心。暗中，步警队队长早已将浑身的力气攒在了胳膊上，等待最后的一击。潘掌柜又道：张队，你砸了对过的馆子，我这个门面的生意以后就难做了，还望你三思而行，给我留一条吃饭的活路吧。话未落地，张彝突然抬起了胳膊，一肘子击在了对方的腹部。潘掌柜捂住了肚子，疼得一阵子趔趄，后来跌倒在了墙根下，再也没有站起来。

老贼娃子，不，那名说客款然走到了街道中间，显然也被眼前的污秽恶心坏了，迟疑了片刻，又偏过头去，用脚尖踢了踢地上的少年人，阴笑说：死了么？这个碎怂真是经不住敲打，三拳两帮子的，他现在就变成了一只癞皮狗，吓唬老子呐。旁侧里的一个打手撸起了裤腿，查看伤口，恼恨地说：驴日的，他刚才差乎些咬下来我一坨肉，幸亏老子的拳头硬，这才囫囵了。说客哈哈大笑，劝慰道：呃，你比我攒劲，这个小贼下手太狠，一进门就抓起了灯台，泼了我一身灯油，就差一根洋火了，否则的话，我就被点了天灯，这条共和街恐怕也难逃劫数呀。打手回说：的确，你就差一根洋火了，不过不是在馆子里吃烟膏，你应该去郊外，你懂我的意思吧？说客坦然道：嗯，我懂你的意思，郊外的化人场更便利一些，不必我再破费了。想想也是，雇上一辆骡车，再去一趟蒙家庄子，将他抬埋在老坟里，意思也不大，不如就一把火烧了，撒在武威城外，下一世里他也许会投胎在这里，做一个人上人的。另外一名打手喟叹道：让我说，他毕竟也是你生养的儿子，你起码要给他一张烂席子吧，总不能这么脏兮兮地上路，连一个死在半路上的拾粪老汉也不如。说客反诘道：唉，世上的儿女们其实都是债主，到头来，这一笔冤枉钱还得由老子来出。这么着，说客冷不丁地瞭见了平心定气馆的门槛外，扔着一块擦鞋的破毡，于是三七不问，直接揭起来，苫在了那一具肉身上。说客拍了拍儿子，宽释地说：呃，你也别嫌弃了，这个暖和，这是用牛毛擀下的。

突然间，枪响了，一块瓦叶子滑落下来，碎在了人们脚下。

张彝率着步警队的便衣们，一阵风地冲出了羊肉店，分开了人群，将说客和几名打手全部拿获在了命案现场，无一脱逃。张彝痛快极了，激奋的表情似乎在声明，这一回他终于打在了平心定气馆的七寸上，掐住了对方的命门，真可谓屠龙打虎，犁庭扫穴。此前，趑摸了那么久，暗中使出了千般手段，但步警队一直被拦挡在了大烟馆之外，不得其门而入，这让张彝伤透了脑筋。今个天究竟是啥日子？张彝思想了一番，告诫自己，不管是啥日子，它一定是天老爷赐下的吉辰良日，就此撬开了对面的那一把锁，破开了它森严的门槛，不曾枉费了自己的这一腔子心血。实际上，没有比一具死尸更有说服力，也更有分量的了，况且这还是一个儿子娃娃，一介少年人，刚刚还活蹦乱跳的，目下却成了一副冷身子，可悯之状，令人痛惜。黄昏降落了下来，几只乌鸦踩在大烟馆的屋脊上，呱唧呱唧地啼叫，声音冰凉，仿佛在号丧似的。张彝巡看了一眼共和街上的风物，以及看客们的嘴脸，倏忽之间，瞥见一个熟悉的身影站在羊肉店的窗内，正在朝外打量。张彝迅速收回目光，落在了手中的短枪身上，觉得刚才开的那一枪实属关键，果然引来了陈垦丁阁下。

按凉州土话说，陈垦丁有点囊，性子似乎也太软弱，诸事犹疑不定，完全不像一介扛枪吃粮的汉子。但张彝知道，这个人其实颇有主见，心中带钢，自打上任之后，一切都在暗中掂量和观察，绝不会跟县长吕介侯发生一丝冲突，他自然也不是平地里久卧之人。鉴于和马警队队长王伯鱼的关系，张彝一直在争取陈垦丁的认可，却始终寻不见一个窍门。是日晚夕，陈垦丁竟然意外地答应了部下的这一顿吃请，从烦冗的公务中解脱了出来，落座在了共和街上，这让张彝狠狠地掐了几下自己大腿上的肉，方确信这是真的，夙愿达成了。天道好还，另一重惊喜来得更为恰切，就像上苍推演出来的一盘棋局，在这个稍纵即逝的关节上，平心定气馆里送出来了一具少年人的尸骸，轰动了整个武威城。张彝不得不开枪，表面上看，此乃他职权范围之内的事，一为震慑，二为收网，但是埋伏在内里深处的那一种切齿的仇恨，才是天然的动力。大概半年前，张彝唯一的胞妹带着两个娃娃，被逐出了家门，原因是那个大烟鬼的丈夫输掉了全部家产。妹妹羞愤难当，用一根绳子将娃娃们捆在身上，跳入了城外的一口枯井。葬埋了亲人，张彝曾经在坟头上起誓，倘若不铲平了共和街上的这家烟馆，此生将是一场枉然，做哥哥的也无异于禽兽。

可偏偏，天老爷在赠你一块酥油的同时，又递来了一碗苦口的黄连水。

张彝刚刚下令，让队员们一律锁拿了人犯，抓紧押往县警察局的当口，却骇然地发现，地上的那一具死尸动弹了，活转了过来。脱可木挣脱了身上的破毡，用肘子撑住自己，鼻青脸肿地抬望着凉州的黄昏，凄楚地咧笑开来。人群霍然却后了几步，又忍不住好奇，慢慢地挪移上前，拢住了这名少年人，目光焊在了他的五官上。真的，那一张鼻脸已经完全丧失了样子，血肉模糊，青筋乍现，就像一大坨酵起来的发面，虚弱不堪，也犹如一间捣毁了的染坊，各种颜色不明的汁水漫流着，一忽儿狰狞，一忽儿又怆然无助，变幻丛生。张彝简直失望透顶了，思忖道，假如这一桩命案无法坐实，一具冷身子死地生还，重新开始温烫的话，自己岂不是空欢喜了一场，还将落下一个粗暴与草率的骂名么。不过，转念一想，张彝又踏实了下来，依据个人的经验，他相信眼前的这一幕不过是回光返照，死是确凿的，死就像一名优良的骑手，已经跨在了这个少年人的脊背上，剩下的时间不多了。这么着，张彝打了一记手势，步警队的弟兄们立时明白了，遂放慢了手脚，盯住了每一名人犯。

攒足了精神后，脱可木垂下头去，两个肘关节像拐杖，拖曳着躯体，慢慢地向前头爬行。骨头碎了，筋脉或许也断了，整个肉身仿佛一只蠕动的蚯蚓，哀鸣不已。起先，目光是涣散的，疼痛的，现在渐渐地敛成了一束，从肿胀的眼缝中放射了出来，犹如两颗钉子，钉在了说客的那一双靴子上。脱可木伸出一只手，揽住了父亲的鞋跟，似乎一下子有了力气，获取了靠山，便打算挣扎着坐起来，给自己一个交代。岂料，说客却不答应，腾出了另一只脚，突然踩住了脱可木的胳膊，嘎嘣一声。脱可木疼得钻心，泪水哗然，加之盐分噬咬着伤口，一时间耗尽了残存的勇气，几乎瘫在了地上。

　　这时候，惊白俨然是一介鼠辈，三兜两转，从看客们的大腿缝隙间游了出来，蹲在了伴当的身畔。脱可木好歹瞭见了，露齿一笑，牙齿是红的。惊白不敢耽搁，抱住了说客踩踏的那只脚，试图将伴当拯救出来，遂一边用劲，一边激怒凶手：呔，大烟鬼，老贼娃子，蒙家庄子的大牲口，秦桧，哈迷蚩，魏忠贤，李莲英，你再不丢开的话，小爷的牙齿也不是吃素的。但是，说客依旧沉浸在那一份高潮的余韵当中，自拔不得，对一个娃娃的唾沫渣子根本不屑，似乎也瞧不上步警队的存在。说客摸了摸口袋，抓出来半把麻子，悠然地嗑将起来，脚上的力量却一点也不曾松懈。见恐吓无果，惊白便也急了，张开了牙口，一嘴叼了下去，咬住了说客的腿肚子。突然，天空中袭来了一记耳光，啪的一下，打在了惊白的颊脸上，火辣辣的，晕眩不堪，仿佛脑浆已经散了。惊白松开了牙齿，仰看着说客，再次咆哮道：卖嘴的货，烂了心肠的屠夫，你等着吧，阎王殿里的那一口铡刀，迟早就是你这个老匹夫的法场。说客像个聋子，始终也不接茬，啐出来的麻子皮纷扬而下，掉在了惊白的眼窝里。终究，被激怒的反倒是惊白了，牙齿一张，发疯地咬了过去。虚空中，第二个耳光来得更加响亮，打在了同一侧，惊白的五官登时变了形，蹙成了一疙瘩。这么着，惊白彻底爆炸了，手伸进了腰带，却愕然地发现，那一把刀子不见了。

　　惊白腾地侧转过去，瞭见身后的那个人豁开了人群，仓皇地跑掉了，手中攥着的，正是他从羊肉店里偷来的那一把匕首。刀子丢了，这就等于一名游击丢了良骏，一只老鹰丢了翅膀，再大的文章也没有了笔墨。惊白着实不甘，拔身而起，一道烟地追出了共和街。

半晌后，说客泼烦了起来，显然厌倦了那一把琐碎的麻子，随手一丢，悉数扔在了脚下，掉在了脱可木的鼻脸上。这是一个混沌的时刻，乱云飞渡，头绪万般，鸦片带来的愉悦与喜乐渐渐地退了潮，说客从巅峰状态中滑落了下来，失败和沮丧就像一块礁石，横亘在了他的内里当中。先时，说客还是红光满面，脚步轻快，觉得自己就是凉州天际上的一只鹞鹰，要风得风，要雨得雨，目下却情况逆变，前心后脊上敷满了一层层虚汗，脸色蜡黄，犹若一叶黄表。说客打着寒颤，抖落下来的那些鸡皮疙瘩，几乎可以填满一只背箕，于是只有嗑麻子，一来掩饰他个人的窘迫，另一个，自然是哄骗口舌，好让它有个干头，不要老惦记着鸦片膏子。稳静了片刻，说客抬脚，松开了地上的儿子，哀恳地说：瓜娃子，你命大，你今个天没有死成，说明你的寿数还长，天老爷不肯收你，明天你务必去一趟庙里，献个香，磕个头吧。话说至此，说客忽然被一阵子恓惶攫取了，摘下石头镜子，抠掉了眼角上的泪滴，接续道：娃子，你是爹生养下来的一疙瘩肉，爹实心地为了你好，凉州的水太深了，这个武威城里的王八也太多，你趁着这一口气干脆走吧，赶紧回蒙家庄子，去明亮里说话，到宽展的地方活人。石头镜子再次架在了鼻梁上，将泪水藏在了暗处，说客唏嘘地说：好我的娃子，爹的身上全是末路，可你不一样，你这辈子还有大光阴，你的好日子还在后头呐。

脱可木咬着牙，斜签起半边身子，答复说：对不住了，我活该让人千刀万剐，活该去死，刚才是我一时冲动，泼了你一身灯油，这是我的罪孽，这辈子恐怕也赎不清了，等来世再报吧。说客冷笑道：呵呵，你看你，你分明还在记我的仇呐！这个人世上，爹娘老子总有打错孩子的时候，打错也就打错了，就像你泼过来的灯油，终究是覆水难收；我总不能喊你一声先人，先人你饶恕我吧？脱可木的嘴脸肿了整整一圈，伤口还在淌血，啐了一口红唾沫说：爹，我不恨你，我也不恨这一座武威城，凉州的父老们也不曾惹我，我只恨自己还没有长大，脊梁不挺，拳头不硬，该来的大光阴还没有来。说客俯下身子，惜疼地摸了摸儿子的头，叮咛道：娃子，你趁早回蒙家庄子去吧，那里才有你一生的风水；城里头不是你混的，哪怕混完了你的这一世光阴，你也难有出头之日。脱可木忍着疼痛，撑住胳膊，终于坐了起来，苦楚地说：爹，这是你对我讲的最贴心的一句话，除了打我骂我，你从来就没有让我正当地活过人，一天也不曾开心过；爹，今个天当着城里人的面，我给你行一个大大的礼性吧。

不待说客拦挡，脱可木突然拽开了手脚，跪在地上，重重地磕下了一个头：爹，这个头只为报答你的养育之恩，是你把我带来的，带在了这个穷寒又寡恩的人世上，让我知道了暖凉，见识了情义，我的心里以前还供着一座佛龛，上面有老大人你的名讳，现在却只剩下了一个人，她就是我娘。接着，脱可木撅起沟子，又磕下了第二个，哀告道：爹，往后的生涯里，你一定要善待自己，鸦片是埋人的灰，赌具是杀人的刀，你千万要远离一点。有句话虽然难听，但我还是要说在当面，倘若将来的哪一日，老大人出了什么意外，不讳在了烟枪和赌桌上，我一定会第一时间赶来，在灵前尽孝，在寿材旁服丧，再将爹老子一路护送到蒙家庄子，抬埋在老坟里。停顿了一番，脱可木仔细磕下了第三个头，却冷不丁地悲声大作，怆然地说：老大人，你跟我这一世的父子关系，今个天就此终了了；来生少年的时节，让我再给你做一回儿子，重新替你牵马拽镫，为你结草衔环吧。

言毕，脱可木摇晃着站了起来，掉头欲走。

这一番心荆肉棘的言辞，张彝悉数听了进去，不由得潸然一片。在张彝看来，这个清寒子弟的所有举止，如此恺切，又如此地见心入骨，令人实在推服不已。真的，眼前的这名少年人不愧是一个儿子娃娃，心中有钢，词严义正，将来绝非一介凡俗而骄奢的咏絮之才，的确值得去结交，去换帖，去割头过命。事实上，这个良善且滚烫的念想，在未来的某一天如约地兑现了。随着徐惊白、脱可木和张彝诸人的相互结识，一幕发生在凉州大地上的生死悲欢，忠孝节义，方才慢慢地揭橥开来，呈现出了另一重深渊般的奇迹。但是，目下还为时尚早，一切也不过是根苗的阶段。脱可木遍体鳞伤，一瘸一拐地走向了潘麻子羊肉店，一个趔趄，差一点摔在地上。张彝及时地伸出了手，搀了一把，这才稳住了对方。这一霎，张彝瞭见了窗口边的陈垦丁，上峰带着一副不解的表情，正在盯视着自己。囿于身份，也缘于个人的职责所在，张彝举起了手中的铁家伙，朝着逐渐昏暗下来的夜空，又放了一枪，断喝道：日能的，一个也不许走脱，给我用绳子捆了，全部押走。

步警队的弟兄们奉命办理，各自掏出了一根长绳，开始捆人。

在羊肉店内，达云的心里一直在打鼓，始终也无法确定，窗下的这个人究竟是谁。半个时辰前，枪响了，步警队的便衣们冲出去拿人，铺子里一下空荒了起来。达云不爱凑热闹，即便今个天脱下了孝服，正常得像一名街上的小妇人，反正门窗大敞，视线明晰，什么也不会落下。略一迟疑，达云闻听身后传来了一阵粗重的喘息声，原来是一个男将，走路也不带风声，她自己便赶紧却后几步，让开了窗口。或许是急躁，也或许是暮色暗沉，对方不小心碰在了桌子上，哐当一声，嘴里嘀咕了一句什么，应该是抱歉之类的话。黄昏降下来了。黄昏像一幕无法无天的沙尘，从祁连山上吹袭而来，打算撕掉这一天的凉州日历，续写明日的话题。共和街上天光犹在，但铺子里迷离了许多，伙计们在吆喝着点灯，不一时，周遭的一切陆续浮现了出来，俨然还是刚才那一座旧时的人间。达云一边瞭看着窗外，一边瞥望着面前的这个男将，他体态清瘦，肩膀平直，两条腿一直并拢着，仿佛有一股气息灌输在身体中，抗拒不得，只能如此。男将穿着一身墨色的外套，周正严谨，熨烫一新，尤其是脚上的那一双皮鞋，一定打过蜡，上过油，光亮得简直站不住一只苍蝇。达云猜度，对方乃公门中人，神色沉浸，已经完全被共和街上发生的这一场变乱所吸引，无暇他顾，干脆将自己视若无物。哦，这也着实怨怪不了他，毕竟开了枪，出了大事，蒙家庄子的少年仍然生死未卜，身为一介女流，就这么隔窗观听一番，也许是最好的处置，达云如此告诫自己。

惊白跟说客撕扯的那一霎，达云恰巧错过了，因为桌子下头一闪，亮晶晶的。达云矮下身，拾在了手里，原来是一枚扣子。这么着，达云拽了拽对方，将扣子递了过去：喏，你袖子上的，线绷断了，这种扣子在城里不好配，你仔细些。男将回过了神，接住后，往袖口上瞄了一眼，恍然道：嘻，怪我，老是丢三落四的，毛病总也改不了，谢谢大小姐，劳烦你了。达云讶异道：怎么，你认得我呀？对方含了含胸，礼性地说：大小姐不认识在下，在下却记得大小姐当年馈赠的那一碗茶汤，咱们有过一面之缘。是这，鄙人陈垦丁，刚才因为事急，忘了给大小姐请安，还望你多加宽谅，恕我冒昧。潘掌柜从后院中蹒跚了过来，身上不疼了，恢复了买卖人的那一团和气，见两位客人正在攀谈，便报之以笑。达云顿悟了：哎哟，怪我眼拙，原来是阁下你；记得当初在我家里见面的时候，阁下那么富态，怎么现在就如此消瘦，真让人难以相认呀。陈垦丁张开了两臂，向达云展示了一番自己的腰身，戏谑地说：呵呵，大小姐果然一对法眼，陈某人掉了有二三十斤，除了夙夜在公，恐怕也是我服不住凉州的水土，所以才落了个这般下场吧。达云一笑，答复道：阁下此言差矣，凉州的水土养得了菩萨，也养得住金刚，养得了长生天和祁连，自然也养得住武威城与文庙，你怪怨不了旁人，我看你最好还是从个人的身上摸一摸脉，找一找病因吧。潘掌柜一心恭维，适时地说：大小姐的话才是一门真理，这凉州的水土不仅养仙女，甚至还专门养判官与将才，干脆包在我身上吧，麻子我开的这家羊肉店，恰巧就是给诸位贴膘的，以后也少不了二位的抬举。听罢此话，陈垦丁和达云相视而笑，回转过身子，又关注起了共和街上的动静。

那一刻，来自蒙家庄子的少年，刚刚给父亲磕完了三个响头，斩断了彼此的情分，挥泪离开。陈垦丁见过各种暴力的惨状，但像脱可木这样的年岁，如此被伤害的局面，仍旧让他大吃一惊，心中登时燎起了一场愤怒的火灾，手里嘎嘣一声，那一枚扣子竟然被捏碎了。同为农家子弟出身，陈垦丁在内里一遍遍地叫魂，猜度说，怕是骨头碎了，脏腑被踢烂了，这个少年现在没倒下，估计前半夜也就站不起来了。视野中，一幕诡谲的画面出现了，说客跳着脚，一边大声诅咒，一边朝着少年人的背影啐唾沫。大烟馆的那些打手，本来已经被步警队的队员们圈禁下了，只差一根绳子，此刻却纷纷闲散下来，东倒西歪的，有的在玩方格棋，有的在捉对划拳，过干瘾，仿佛他们一个个都是武威城的座上宾。怒火持续着，陈垦丁将这个病看在了步警队队长的头上，可偏偏不争气的是，张彝那个家伙戳在街道上，丢了三魂、失了六魄似的，不仅木讷，还一脸蠢相。终于，张彝的目光飘忽过来时，陈垦丁果断地打了一个手势，下达了收网的命令。

枪声再次响了。街道两侧的看客们纷乱而逃，除了说客和打手们，脱可木也不曾幸免。

看见风波又起，脱可木被一绳子扎住，跪在了廊檐下，疼得龇牙咧嘴，达云突然不干了。陈垦丁释然不少，知道武威城仍在自己的掌控当中，也清楚张彝将会收拾眼前的残局，遂掉转身子，穿过了中门，往后院里奔去。脚还未跨过门槛，达云冲了过来，一把扯拽住陈垦丁，求告道：阁下，刀下留人呀。后者一愣，相问说：大小姐，你干么慌乱，刀下留什么人呀？呃，你干脆跟我从后门走吧，街上实在不安全，我得替少东主着想，免得你有个闪失。达云闻听此语，立时有了主张，探问道：听阁下的口气，你跟我家山农也认识的吧？见对方点头，便笃定地说：是这，这一桌子饭本来是山农做东的，吃席的客人是乡下的一个亲戚娃子，武威城这般复杂，他人生地不熟的，刚走到这个店门口，结果就被你的人给抓了。陈垦丁说：哎呀，这一阵子案发密集，难免忙中出错，见谅见谅，大小姐的意思是？达云加重了语气，截铁道：阁下，山农可以作保，我也可以当着你的面吃咒，这个娃子是无辜的，他也是清白的。这一刻，陈垦丁面露难色，却又忽然间放晴了，叮咛道：大小姐稍候，千万不必着急。又侧转过去，询问潘掌柜说：你的生活呢？烦请你准备一套笔墨吧。掌柜的做出一个礼让的手势，陈垦丁跨过了门槛，簌簌而去，隐没在了后院中。

不一时，潘麻子碎跑着出来了，一边跑，一边吹着手上的一页纸，款款地递给了达云：大小姐，这是阁下的手谕，你赶紧去赎人吧，进了县牢就没救了。达云没接住，纸飘落在了地上，弯下腰去捡时，却意外地发现了那一枚裂成两瓣的扣子，遂一起抓在了手里。纸上的墨字略微干了，借着墙上昏聩的灯光，达云瞭见了一行整洁的楷书：

听大小姐的，从速照办。陈

出了门，达云蓦地发现，共和街上已然空旷了，夜色稠密，鸦群横飞。步警队押解着一干人犯，首尾蝉联，骂声四起，情急之下又开了几枪，以示震慑。脱可木的伤势颇为严重，身子累赘，落在了最后，被一名警员薅住了脖领子，慢慢地往前拖行，沟子后头曳着一根绳子，脚下拌蒜。平心定气馆的门脸破碎不堪，里面黢黑一片，仿佛一堵刚刚垮塌下来的山墙。张彝盯望了许久，觉得它就像一口深潭，秘不可测，背景复杂。此次行动虽然没有直捣黄龙，但好歹也撬开了一个裂缝，警告了对方，让他起码收敛上十天半月，相信也不成问题。目下，最为紧要的任务则是赶回武威县监狱，连夜提审，抓紧录完口供，从这一帮打手的身上，寻出另外一条思路，找见一种制胜的手段。这么思想着，张彝便觉得眼前的这个乡下少年最可靠，也足以依赖，因为他浑身的骨头可能断了，皮肉上的累累伤痕与血水，至少是一份挨打的证据，谁也难以反驳。唉，真是让他受罪了，暂时借来一用吧。张彝主意已定，支开了手下，亲自搀住了脱可木，打算离开。

不料，达云截住了张彝，二话不讲，将那一页纸递在了对方的眼前。张彝上下瞄了一趟，当即认出了陈垦丁的笔迹，确信无疑，但也不明白这其中的转折，究竟因何而起。脱可木浑身颤栗着，可能会随时栽倒，张彝慢慢腾出了半个脊背，让他倚靠上，探问说：大小姐，你有啥吩咐么，竟然搬动了阁下，口气如此严厉？达云收回了那张纸，折叠几下，揣在了口袋里，慨然道：放人，立刻放了我的客人，羊肉都快凉透了，添酒回灯也不失为一种补偿。张彝苦楚一笑：大小姐，他是你的客人不假，但更是这一桩殴斗案件的当事人和受害者，你总该宽限一两日，待我讯问完毕后，你再大摆筵席吧？达云一扬下巴，傲慢地说：怪哉了！你身为步警队队长，难道"从速办理"这四个字竟也不懂么？那好，那我现在替你释解一下吧，这意思就是说，我一旦开口，你就得放人。

张彝暗忖，像陈垦丁这样貌似软弱、表面上和稀泥、骨子里却意志坚决的人，之所以留下了确凿的手迹，自己又不出面来解决，一定有他深奥的道理。况且，这一行墨字滴水不漏，破绽全无，只说了让他听大小姐的，具体听什么，办什么，犹若纸面上的那一片茫茫空白，充斥着令人费解的谜题。不错，这便是陈垦丁的老辣之处，即便日后追查起来的话，亦将是无迹可寻，毫无线索。身畔，脱可木不停地呻唤着，这一具皮囊仿佛被抽掉了柱梁的旧房子，甚至连一声咳嗽也承受不住，遑论一场惊风骤雨了。当然，此前对这个乡下少年的那一份好感，也适时地涌集而来，占据了上风。张彝招了招手，喊来了那名警员，两个人相帮着，将脱可木身上的绳子拆解下来，当即释放了。

达云激动坏了，称谢道：队长，我欠你一个人情，往后你路过权家的时候，一定进来喝口水吧。张彝率着部下走远了，回头道：大小姐，还说不上谁欠谁的，你赶紧带着他离开吧，明枪易躲，暗箭难防，这件事可没那么简单。达云哽咽着声嗓，答复说：我记下了。

夜深了，共和街上的生意恢复了原状，户户举灯，家家吆喝，好像傍晚前后的那一场殴斗，不过是一碗开胃的头酒，徒增谈资罢了。来自北疆的驼主，来自古浪峡和祁连山一带的马户，以及穿梭于甘新一线的官商们，纷纷拢聚在此，称觞对饮，彼此交换着贸易的情报，理论着长路上的各种真假消息。这些人豪饮无度，出手阔绰，属于见面熟的性格，一向是店家们深为喜欢的顾客，不像城里人那么抠抠索索，计算着牙齿上的利息。一般来讲，共和街打烊了之后，官商们大多会挑一家熟悉的商栈或会馆，就此歇息下来，要么醒酒，要么打牛九牌。马户和驼主则不同，彼此揖别，一个个打着饱嗝，分头消失，在城外跟自己的队伍会合，而后连夜开拔，披戴着满天的星光，去往下一个目的地。气候着实热了，在这个季节上，天可以耽搁人，人却不能辜负了天老爷。

回到了羊肉店，达云好歹止住了悲哀，收起了泪水，将脱可木安顿在一张条凳上，款款地躺下了。眼前的这名少年，几乎完全脱略了人的形状，就像一颗被捏碎的肉丸子，一只被扎破的气囊，一枚被折断了的上上签，担在了凳子上，气息衰微。余光中，桌子上的那一堆羊肉已经沁住了，油疙瘩板结着，粘连着，颜色冰凉，充满了嫌疑。达云的喉咙中，忽然泛上来了一股膻腥的汁水，一下子恶心极了，差乎些喷了出来，幸亏及时捂住了嘴，这才咽了下去。但是，比起羊油疙瘩，令达云更加不堪的，则是脱可木身上的斑斑痰迹，糨糊一般地抹在了头脚上下，简直没一处干净的。达云清洁惯了，这一刻也只有耐着性子，喊来伙计，端来了一盆子温水，开始替他擦洗。可越是忙乱，达云内里的那一颗苦胆彻底破了，越发地无助和伤心了起来。连续换了四五盆子的水，最后又清洗了脱可木的鼻脸和头发，这个少年人方才焕然明朗，大约有了先时的样子。潘掌柜也是一位善人，拿来了店里头早就预备下的一些创伤膏和止血粉，又搽又抹，简单地疗治了一番。末了，后堂的伙计端来了一碗热汤，专门用红枣和枸杞熬煮的。达云一边叨念着阿弥陀佛，一边用勺子仔细地将汤水灌在了脱可木的嘴里。倏忽之间，她这才记起惊白不在左右，有那么一阵子不见了弟弟。

一念曹操，曹操就来了。

惊白一头蒸气，浑身是汗地跑了进来，瞭见伴当正躺在条凳上，伤口上已经敷了药，便也宽下了心。达云怨怼道：哎呀，你刚才死哪去了，这么兵荒马乱的，仔细你的蹄子被人给剁了。惊白答复说：姐，不知是眼花了呀，还是脑子浑掉了，晚夕里我好像活见了鬼，一直跟着我，甩也甩不掉它。达云煞是不屑，轻蔑地说：呸，做梦去吧，鬼才是世上的贵人，没工夫跟你扯淡，你不必这么吓唬我，再说我也不怕。惊白开始撒娇，攀住了达云的肩胛：姐，你抽空剪几个小纸人，我垫在鞋窝里，我偏就不信，我连蹦带跳地踩不死它。对了，你多剪一些，让木哥也使上，他最近可能犯了邪祟，一直不太平顺吧。毕竟是一双齐肩的兄弟，焦不离孟，孟不离焦。这个关节上，脱可木竟然醒转了过来，朝墙根下一瞥，开口道：扁担，拿我的扁担来。惊白虽然拿来了，交给了伴当，嘴上却不饶人：哼，你都这个怂样子了，站也站不住，要这一根打狗棍干么？你最好乖乖的，等一下街上的人稀了，咱们一块回家；晚上我跟你睡一个大炕，再听你吹牛，你哪怕把头顶上的仰衬纸吹破，姐姐也不会怨怪你的。岂料，脱可木从条凳上跌落下来，膝行了几步，跪在达云的脚下，突然磕了一个头：

"姐，告辞了，我现在连夜要回蒙家庄子，一刻也耽搁不起。"

"不敢当。哎呀，你这是折我的寿数呐，姐姐岂能让你跪着说话，快起来。"达云慌忙搀住了对方，瞭看了一眼门外的夜色，沉着地说，"天亮了再走，武威城马上就要四门落锁了，你想走也走不脱，别费那个力气。再者，几百里的长路，你的伤又这么严重，浑身累赘，等一下你跟姐姐回家后，我和管家合计合计，抓紧给你备一匹最好的快马，你只管睡觉。"

"不，我害怕我去迟一步的话，我娘早就殁了。"脱可木猛地哭下了，打开了话匣子，简略地道出了原委。不为别的，只因那个说客耍赌输了，出卖了母子俩，债主们拿着地契和房契，已于前一日奔赴北疆，前往蒙家庄子去交割。虽说名下仅有几亩薄田、一座倾圮的院落，但毕竟是他们的安身立命之所，割舍不得。又道："姐，你也别劝我，我的主意我自己拿。今晚夕哪怕宵禁，他们封了整个武威城，我也要跳下城墙，连夜回家，去搭救我娘。"

这是一个不容置辩的理由。达云踱上去，拽起了脱可木，整理了一番他的领口，拍净了膝盖上的灰，心酸地说："你个没良心的小贼，你还答应了姐姐去北疆，去石羊河，去蒙家庄子做客的，这么快就食言了，你还算不算儿子娃娃？"

"等将来吧，我记住了这个诺言，死生也要兑现的。"

笃定道。

作为乡学中的同砚席友，惊白比谁都知道这个乡下少年的秉性，一旦固执起来，即便是一群牦牛拖拽着，也难以让他回头。惊白收拾好担子，一头拴着包袱卷，另一头挂着咸菜罐子，将姐姐带来的家中伙计喊进门，搁在了他的肩上。脱可木搂住惊白，脑袋埋在了伴当的胸膛上，啜泣道：

"替我办一件事吧。你去告诉尹先生，我退学了。"

"干么要辞了学籍？"喝问道。

"我回不来了，这一走我就再也进不了武威城，我的命不在这里，我认了。"脱可木丢开了伴当，折身出门，悁惶地说，"我娘才是我这一辈子的长生天，我去供着，我去养着。惊白你千万记住，姐姐也是你的当世菩萨，你一定不要亏欠了她，伤了她的心。"不料，抬腿跨过门槛之际，脱可木却被绊了一跤，虚弱地往前一栽，仿佛一片秋后的叶子。

惊白抢上前去，将自己的整个脊背交给了伴当，呼哧一下，将其背在了身上。

胡笳十九节

北门上的更声像密集的雨点,劈头盖脸的,眼看就要关闸落锁了。

其实,城楼下的行人并不多,除了醉鬼、乞丐、拾粪老汉、小偷和地痞外,几乎寥寥无几。一个傻婆娘点燃了几张黄表,在墙根下一遍遍地叫魂;她的男将去掏喜鹊窝时,不幸从树顶上摔了下来,至今也不曾醒来。另有一个客栈小掌柜提着糨糊桶子,不紧不慢,沿街张贴着一页页招徕启事:留人小店,茶水方便,来者通顺,去者平安,米面方便,你我有缘。这一程约摸走了小半个时辰,见北门到了,惊白弯下膝盖,将脱可木放在地上,自己却一屁股坐下来,喘息不定,汗水蒸腾。达云也追了上来,一手支在了伙计的肩膀上,一手捶打着心口,起码叨念了一百遍阿弥陀佛。稍事休整后,脱可木接过了伙计手中的担子,扔掉了咸菜罐子,拎起那只包袱,将扁担当成了一根拐杖,趔趄着走了,竟然连头也不回,连一个咳嗽也没留下。姐弟俩不舍,又惶惶然地尾了上去。

门楼一带,哨警们敲了第一遍铜锣,正在抓紧布置拒马和沙袋,间杂着叫骂声。

这个关节上,从北城根下的砖塔巷子里,突然驶出来一辆车轿,气焰熏天,着实吓人。诡谲的是,这一辆三匹马的车轿并没有出城,路过脱可木时,吆车的伙计勒住了缰绳,刹住了车轱辘,用车尾截停了众人。车夫跳下了辕驾,挽起袖子,双拳一抱,探问说:这位姑舅,你可是连夜出城,打算去北疆,去镇番县,或者更远的地方么?脱可木忍住疼痛,点头称是。车夫咧笑道:果然,我方才瞥了一眼你的相貌，便知道你是西山口左近的人，石羊河两岸的子弟，又见你身上有伤，这一路上实在是太难心了，肯定会遭罪不少。是这，反正这个轿厢也空着，不能浪费了，里头只坐着我一位叔父，我干脆捎你一程吧，你也好陪着叔父喧个慌，扯个古今，解了这一路的单调如何。脱可木听出来了，对方恰恰是马鬃山与合黎山一带的口音，跟自己方向一致，同为天涯零落之人，内里当中不禁潮起了一阵阵激动的波澜，感恩连连。车夫十足的机灵，一下子猜中了这名少年人另有想法，遂再次抱拳，相告道：呵呵，你心里别乱打算盘了，我这是诚心邀你上车的，所以分文不取，你千万不要头疼呀。心思被当场戳破了，脱可木一时尴尬，赧然道：好我的姑舅，我烧香还来不及呐。

　　说话的空当上，惊白撇开了姐姐和伴当，兀自绕过这一顶灰呢子的轿厢，站在了辕驾的附近。借着城门楼子上的一缕灯光，惊白瞭见眼前的这三匹大马，正在打着响鼻，四蹄踢踏，一个个龙首牛身，长鬃曳地，健硕异常，简直堪称神品，跟武威城里那些灰头土脸的骡马判若两类，分明有云泥之别。终究是少年，对这个人世上的新颖之事充满了迫切的好奇，况且是骏马这样容仪丰伟、志气逼人的灵兽。惊白慢慢地靠近了辕马，嘴里央告着，伸出了手。不料想，辕马听懂了惊白的意思，敛住了鼻息，偏下了头颅，一个劲地蹭着他的衣袖，乖顺极了。惊白摸了摸辕马的鼻门，抚了抚它的猎猎长鬃，手一旦按下去的话，竟感觉不出那是一团发烫的肌肉，反而像是一块冰凉的祁连山岩石，刚刚从山巅上滚落下来的庞然大物。辕马是炭黑色的，比夜色还浓，一根杂毛也没有。惊白的指头滑过了它的躯体，鞍子状的脊梁上，忽然传来了一阵子抽搐，低沉而怯懦，仿佛肉身中藏着一只小嗓子，讶叫了几声。皮毛光滑腻手，颜色深邃，即便是武威城里最有名的瑞福庄，也拿不出一匹如此优美的缎子。末了，惊白踱到了辕马的后身子，发现它的半截子屁股上，遮盖着一块方形的牛皮，样式随意，边角很新，显然是临时切割下来的，聊备一格。惊白不免生疑，揭开了那一块牛皮，却迅速失望了，原来是一枚普通的火印。火印上烫了一颗巴掌大小的汉字：续。

　　达云在车后喊弟弟，惊白答应了一声，折身而返时，冷不丁地听见轿厢中发出了一阵饮泣声，又沙哑，又苍老。惊白的心中开始打鼓，盘磨再三，思忖道，在如此的暗夜和长路上，让自己的伴当去陪一个哭泣人，一个悲伤缠身的老家伙，实在是放心不下，也不太划算。难怪，吆车的伙计刚才那么客气，一不要钱，二不询问身份，开门见山地邀请脱可木上车，似乎后者才是这一辆车轿真正的主子。达云又喊了一声弟弟，但惊白并不着急，立在了轿厢下，隔着一道帘子，直脱脱地相问道：

"叔，你哭了么？你哭个啥？"

"回，回少爷的话，我没有哭。我，我哭个啥呀，我高兴，我高兴还来不及呐。"对方答复道。惊白倏忽间恍然了，心里的那一疙瘩冰也化开了，原来是一个老结巴，舌头打了结，喉咙生了锈。仿佛在印证刚才的话，轿厢里突然发出了一番古怪的笑声，催促道："少爷，天气，天气太凉了，你最好回去歇息吧，告辞了。"

惊白却道："叔，这是什么马？我以前根本没见过这么漂亮的神骏。"

"天马。"

"哎呀，天马？"急切道。

"正是。回，回少爷的话，这就是凉州天马。"老结巴越想说，嗓子里越像卡了一团缠麻，纠结不清，又道，"少爷，我们是北疆来的，养马的人家，姓一个续字。"

惊白问说："姓啥？"

"续，续香火的续。"

这一句话很清晰，惊白听懂了。

达云率着脱可木，呼啸地过来了，站在了辕驾前，狠狠地剜了弟弟一眼，显然嫌他累赘，也太泼烦了。既然伴当已经同意，姐姐也痛快地首肯了，惊白便无话可讲，只好相帮着车夫，在轿厢下支了一张凳子，搀扶着脱可木上了车，安顿妥了包袱卷和那一根扁担。车夫面对姐弟俩，抱拳一揖，说了道别和吉祥的话，而后一个蹿子跃上了车头，扬起手中的鞭杆子，一道霹雳炸响在了头顶上，转瞬之间就跑远了。

北门落锁关闸后，四处的灯火也逐渐地熄灭了，武威城开始悄静了下来。

回家的路上,达云懊丧不已,觉得事情干瞎了,宴席不曾兑现,客人反倒遭受了一顿凌辱,皮开肉绽的,真是气不过。姐姐的唉声叹气,并没有影响惊白的情绪,脱可木至少活着,热身子还在人间,还在这一幕光阴当中,这就足够了。念及姐姐的殷勤,甚至包括她的苛刻与挑剔,惊白款然地说:姐,为了你给我长脸,也为了你的母仪天下,我打算送你一件宝贝。达云反诘道:呸,我替你当牛做马的,哪有一点点皇娘娘的威风,你最好少寒碜我,我也不稀罕。惊白狡黠地说:也行,姐现在不喜欢蓝玛瑙了,那我只好送给丫鬟了。

这一霎,恰巧走到了文部巷口,夜色中飘来了一只灯笼,迎面而至。

灯笼停下后,一个粗哑的声音断喝道:回话,可是大小姐么?惊白驻足,确信是家里的管家寻来了,忙抢先回答:正是,除了大小姐,还有我,我是惊白呀。不承想,廖逢节蓦然大怒,申斥道:哼,简直是败了纲纪,坏了家风,不成体统,你们这样半夜三更地在外面游逛,万一让承平堡里的少东主知道的话,岂不是操碎了心么!

暗中,达云掐住了弟弟的胳膊,惊白疼极了,却也不敢叫一声。

胡笳二十节

"木哥，你究竟在搞啥名堂？"惊白怒了。

"这下子来了，终于来了。"

"啥来了？"

"应该是北疆的财神爷。不信的话，你过来听听吧。"脱可木直起身，交出了铁喇叭。

日光灼灼，西山口一带各处都在冒烟，沙尘腾起的细烟，贴着地皮在作乱。满目中焦干枯涩，山势扼要，景致在慢慢地收缩，大有一番秋深的意味。天却蓝得让人心慌，这种颜色并非是一个好兆头，具体是什么不祥，只有天老爷揣着一本明账。惊白刚才去了一趟僻背的山洼里撒尿，发现自己上半天拉下的那一泡粪，已经晒成了一根屎橛子，不由得动了怒，冲下山坡，横在了伴当的面前。也是，脱可木此前红嘴白牙地声称，他只有一半个时辰的机会，可今早上太阳从腾格里那边过来，现在一口气跑到了敦煌的方向上，眼看就要越过猩猩峡，进入了新疆。这几个时辰当中，他竟然一直撅着沟子，在听那一块铁疙瘩，一反常态，对惊白不理不睬。惊白摸不准伴当的脉，煞是无聊，先后吃下了两碗老姨娘做的炒面，啃了半截子萝卜，喝了三次水。枣红马也着实疲倦了，嚼下去半袋子黑豌豆，消化了三根萝卜，后来卧在了阴凉下，伸出棒子般的舌头，舔食着山石上的盐分，样子很过瘾。惊白躺在那一张生牛皮上，只睡了一拃长的时间，醒来后，整个脑子里杂七杂八，坎坷不已。没了办法，先是忆想了一番跟脱可木之间的交往，以及彼此的情义，深感当初的抉择乃是何等英明，将自己托付在了北疆，交代给了蒙家庄子的后人，这才有了此刻的解脱。末了，惊白又不免猜想了一阵遥远的武威城，料定在那一片南方的天空下，一定是祸事连连，山崩水飞，谣言遍地，乡学中的那几个家伙肯定也没好果子可吃。因为警察也不是吃素的，像陈垦丁、张彝和王伯鱼之辈，早已将那一座城池打造成了铁桶一般，哪怕是树上的一只老鸹，恐怕也被记录在案了。幸运的是，在事发前一日，惊白托词要出一趟城，赴承平堡面见少东主，求教一个课业上的难题。恰巧姐姐不在家，去找梅郎中寻方抓药了，管家廖逢节听信了惊白的话，赶紧牵出来了一匹枣红马，他这才溜出了武威城，踏上了逃亡之路。目下，虽说这一路上的颠沛与艰辛结束了，终于跟脱可木会合在了一起，但惊白再三告诫自己，关于武威城内的那一桩人命官司，还是不说为妙，最好烂在肚子里。其实，上半天的时候，惊白已经做了铺垫，对脱可木陈述了这一趟来的目的，理由有二：第一，受了姐姐的委托，专门是来劝学的，等一个多月之后，带着伴当返回城里，继续在弘毅乡学里就读；第二，当然是顺便来游秋，在石羊河与西山一带散散心，开阔眼界，野蛮体魄，将来也好撰写几篇锦绣文章，方不虚此行。当时，脱可木一边耳食，一边哼哈着，显得心事重重，一句话也没有追究，直接策马迎接而来，让惊白觉得万事大吉。

竟也不知道他的葫芦里到底卖的什么药，这几个时辰里，脱可木将那一支铁喇叭，倒扣在了三岔路口上，弯下腰，耳朵贴在喇叭嘴子上，听个没完。听也就听了，但惊白发现，伴当的表情相当复杂，一会儿嬉笑，一会儿凝重，前一阵子失望连连，后一阵子又手舞足蹈，仿佛那根本不是一块铁疙瘩，而是凉州四喜班的戏箱子。脱可木变了，惊白暗忖，自从他辞掉了学籍，返回北疆的这些日子里，身上好像有了一份别样的精神，干练，果决，苍劲，分明带着一种刚性，当然也更加沉默了，令人难以猜测。惊白谨守着先前的约定，既然伴当嫌他碍手碍脚，盼咐他最好做一个哑子，他也乐意奉陪，始终不发一语。岂料，刚才去山洼里撒尿时，惊白一下子火了，直觉得自己就像那一根屎橛子，兴冲冲地千里投奔而来，却被晾在了一旁，晒了大半天，浑身也都快冒烟了。这么着，惊白决定做一只老鸹，必须聒噪起来，于是一道烟地冲下了山坡，闯进了三岔路口，立在了脱可木的跟前，吼喊开来。

此刻，照着脱可木刚才的样子，惊白偏下头，将耳朵对准了喇叭嘴子，听了下去。

嗡的一声，惊白的这只耳朵飞离了，犹如掉进了一片幽冥世界中，落羽一般，显得空虚乏力，茫然无向。显然，那是一座黢黑的天地，稀薄，广大，令人窒息，带着坟墓当中才有的一种特殊死寂，让惊白极不适应。谛听了半晌，惊白相问说：木哥，你搞什么鬼？你要我听啥么？脱可木唎笑道：别急，你再仔细听！财神爷来了，财神爷给我送钱来了，这下子，我娘的心口病就有救了。惊白头痛地说：哎呀，你别讲不打粮食的话了，你给我一个明晰的答案吧！这个老法器明明就是一支铁喇叭，你昨晚夕吹了大半夜，才吓跑了狼群，干么现在又拿来请了财神？说话的工夫上，脱可木跑远了，将停放在山脚下的那一辆胶皮轮子的架子车拉过来，横在了路口上，表情雀跃。脱可木回说：喏，惊白你千万别小看了这一块铁疙瘩。论武，它可以驱散虎狼和熊黑，喝退三军，吓破对手的狗胆；至于论文的话，它也能够听风辨音，广罗这一块地界上的所有鸡零狗碎，大小动静，事先为我掌握，这就好比一道惊烽羽书，一介八百里急递的传驿，前来报告消息的。如此神神叨叨的话，惊白根本不屑，鄙夷地说：木哥，你以前给我讲过不少蒙家庄子的古今，难道这一件老法器，也有它不凡的来历，神秘的身世，就不能对我这个外人透露一二么？脱可木豁然一笑，释解说：不，这个铁疙瘩其实并不稀奇，虽说它是上好的精铁铸造的，用了差不多几百年了，仍旧囫囵着，连一块豁口也不见，可自打蒙家庄子的先人们解散了部落，放弃了游牧，开始在石羊河一带耕田务农之后，它也就派不上用场了，一直埋在我家的院子里，幸好被我偶然发现了。惊白相信了这些说辞，点头道：反正，在整个凉州人的心目中，蒙家庄子的说头太多，奇人也不少，你们跟一般的人着实不同，这谁都知道。这一时，脱可木抬起了下巴，表情上无比晴朗，傲慢地说：呵呵，你这句话才是真谛，想当初康熙皇帝为了嘉奖战功，褒扬蒙家庄子的先人们，特地颁下来一道圣旨，称呼他们为英雄部落，这个假不了，我可以用脑袋担保。惊白被伴当的情绪所感染，兴奋地说：木哥，说不定这个地耳朵当初是金子的，纯金铸下的，传说康熙爷那么圣明，又那么大方，难道他还在乎这一疙瘩金子么。脱可木道：也许吧。

换了一只耳朵，惊白接着听下去，突然面色大变，一时间惊呆了。

的确，惊白宁愿相信，刚才一定有一撮驴毛，塞住了他的耳朵眼，以至于错失了良机，还心生怨怪，觉得脱可木装神弄鬼，轻慢了自己。惊白蹲下来，搂住那一块铁疙瘩，歪起了脑袋，可谓是偏听偏信，样子滑稽极了。不愧叫地耳朵，七八斤重的喇叭口扣在地面上，敦实而牢靠，将附近方圆几十里，甚至上百里之内的所有动静，全部抓取了过来，收纳其中，悉数交给了惊白，让他辨听，甄别一二，而后去筛选出真正的有利情报。惊白闭上了双目，扪心谛听，果然发现那一座幽冥世界不再遥远了、混沌了。相反，它慢慢地有了一种鲜明的轮廓，以及生动的颜色，清晰地浮现在了惊白的脑海中。天呐，这应该就是人世间，是北疆，也是置身于此的西山口外。惊白现在听出来了，一支大牲口组成的队伍，朝着这个三岔路口而来，坚硬的蹄子捶打着路面，杂沓中有一种秩序，紊乱中又保持着一个方向。地耳朵简直神奇极了，手眼通天，吸纳了远处的一切声音，溅落的沙石，牲畜的喘息，贴着地面飞转的小旋风，包括从两侧的崖壁上翻滚下来的山石，在在分明。这其中，尤以一只响铃的嗓门最大，声音像黄铜质地的，起码有两个拳头那么大，叮当作响，一直也不闭嘴。惊白不必猜，当即判断出这应该是一匹头畜的。对头畜来讲，响铃就相当于一名先锋官手中的令旗，开山辟水，筑桥结筏，赳赳然地在前头引路，不是赵子龙，便是猛张飞。有一阵子，地耳朵干脆不响了，队伍停了下来似的，但倏忽之间，又传来了一片凌乱的鸣叫。惊白凭着自己在武威城里的一番见识，想当然地觉得，一定是牲口拉下了一坨热腾腾的粪，被周围的一群旱老鸹见了，纷纷抢上去吃席，你啄一口，我叼一嘴，反正粪疙瘩里有的是草籽和水分，不吃白不吃。但是，羊毛也不能随便薅，屎也不容易那么吃，一群旱老鸹咥得正欢时，斜刺里突然杀出来了一个大家伙，疯狂地咆哮了起来，声音尖厉，仿佛带着一排明晃晃的牙齿。这一霎，地耳朵里飘满了一群翅膀的惊叫声，逃也般地散了，飞走了，耳根子好歹清静了下来。狗，一定是狗，惊白这样判断完之后，不由得对怀中的这一件老法器充满了信任。又思想说，康熙这个人真是不赖，知人善用，奖罚分明，他将脱可木的先人们命名为英雄部落，良不诬也。

不承想，惊白睁开了眼，却被另一幕场景吸引了，慌忙拎起了地耳朵，跑了过去。

胶皮轮子的架子车看似不大，但装载了不少，林林总总下来，起码有二三十样东西。脱可木是个利索人，已经将车子横在了路口，车厢当成了桌案，陆续摆上了香烟烛火、黄表纸钱，左侧的花瓶中插了一枝芦苇，芦花摇曳，右侧则是一只白瓷碗，注满了净水，十分清亮。车帮子周围，依次立着一些纸马、纸鹤、纸庙、纸屋子、纸山、纸树和纸锅灶，做工粗糙，色彩俗气而邋遢。吊诡的是，脱可木拾来了三块石头，摆成了一座阎王灶，将事先带来的一捆劈柴打开，点了火，上面坐了一壶水，又抓起一把茯茶，扔了进去，慢慢地熬煮。接着，脱可木钻进车子底部，卸下来两张油腻腻的条凳，沿着阎王灶摆开，又抱出来一摞子茶碗，分别放在了凳子上。干毕后，脱可木重又回到了桌案前，在衣襟上擦了擦手，合十祷告了一番，解开一只黄包袱上的束绳，请出来一尊木头佛像，吹了吹佛像身上的灰尘，而后款款地摆在了桌子中央，表情相当肃穆。惊白认得这是一桌子清供，比起姐姐以前在无量寺里的精心供养，虽说少了点心和水果、经书与念珠，但还是可以勉强过关的。

木哥，你这是设的什么坛场？你究竟在请神呀，还是打算待客？惊白开腔道。脱可木歇缓了下来，兴致颇浓，相告说：呵呵，三年不开张，开张吃三年！小爷我这回两不误，一方面是待客，另一方面在请神；我偏就不信，这一座坛场挣不来钱，替我娘凑不够一笔吃药的盘缠。惊白揶揄说：这焦山枯水的所在，财神愿意悦纳么？谁敢在这里大吃二喝？脱可木以一个过来人的口气，老练地说：这就叫窍门，在挣钱之前，你如果不给客人施舍出一点甜头，不给财神爷的嘴上抹一点蜂蜜的话，那八成就要扑空的，相信我。对这些复杂的交易手段，在权家长大的少年毫无经验，也不操心，兴奋点仍旧在那一件老法器身上：木哥，现在走的是什么客，来的是哪一路财神爷？脱可木接过了地耳朵，扣在脚下，俯下身去，边听边说：哎呀，他们刚刚拐过了山嘴，朝这里来了，大概还有一里地的工夫。呃，倘若我没有猜错，这一支商团应该有十七峰骆驼、七匹马，另有一条獒犬，年岁大了，多半是祁连山南坡一带的土狗吧。这是一幅清晰而确凿的画面，惊白不得不信，讶异地问道：木哥，难道你听了那么一耳朵，就把蹄子全部数清楚了，还能分出大牲口的类别？脱可木答复说：骆驼都是公的，那一只獒犬是母的，大清早时，他们还有九匹坐骑，现在却损失了两匹，一定是半路上惹了大麻烦，所以才温居了半日，歇缓了两三个时辰，现在姗姗来迟了。俨然，伴当的口气是卧龙岗上的诸葛亮，十拿九稳的样子，又思忖道：依我看，这个领房子的脾气不小，一路上骂骂咧咧的，让伙计们走也不行，停也不是，简直为难极了；再者，这也根本不像一支正常的商团，既然带了如此之多的物资，却也不计较时间，这里头一定另有文章。领房子是一句蒙语，大掌柜或者首领的意思，惊白以前在乡学里求教过蒙家庄子的后人，所以并不陌生。惊白开始紧张了，哀恳地说：木哥，等一下我是当哑巴呢，还是做聋子？脱可木终于拔出了耳朵，迅速将那一块铁疙瘩藏在了车子底部，凝重地说：算尿了，你还是跑跑龙套吧，最好见机行事。

　　日头西下，南北两侧的山岩上出现了阴影，天气凉了下来。一团风滚草从孔道上跑出来，不幸被卡住了，挣扎再三，却也无奈。见此情状，几只旱獭从洞穴中呼啸而出，好像抢粮食一般，立刻将风滚草拆卸下来，变作了一堆枯枝烂柯，打算运回家中。是的，不久之后寒流就要来了，风雪无情，这些做窝的上佳材料，一定是上佛施舍下来的，天老爷也惦记着大地上的一切生灵。岂料，刚刚搬运了一半，一群旱獭突然间炸开了，仿佛一滴水掉在了油锅里，消失得一个不剩。这个关节上，替整个商团打头阵的那只獒犬出现了，样子怏怏的，一半像醉鬼，另一半又像病人，站在了三岔路口上，瞭了一眼对面的少年人，翻了翻白眼。

　　惊白失笑坏了，哈哈大笑，简直快要岔了气。

这只獒犬足有牛犊子那么大，单单一个蹄子，就像打夯的石锤。獒犬是祁连山一带土著部落里特有的品种，生性凶猛，忠心不贰，一顿饭就能干掉半只羊，一般的人家着实养活不起。惊白失笑死了，笑的是眼前的这个畜生生气皆无，威风不再，从头到脚的狗毛差不多褪完了，光身子，精沟子，还在这个人世上装样子。脱可木却不，盯视着对面的这一头猛兽时，早已吓出了一身冷汗，心也快跳出了腔子，不知如何应对。这个秋冬更迭的季节上，恰是大小牲口们换毛的时候，骆驼如此，骡马如此，獒犬自然亦不例外。视野中，这一位替整个商团保驾护航的先锋官，虽然毛发稀疏、灰头土脸的，仿佛一介游魂，但脱可木迅速发现，它的颈项上缠了一圈深红色的毛根，正在生发当中，与其他部位的毛色判若两类。事发突然，又过于急迫，脱可木一时间回忆不起来蒙家庄子上的人们曾经的传言，只感觉腿肚子在哆嗦，浑身发抖。头痛的是，惊白那种无法无天的笑声，那一番嘲弄和轻薄，终于激怒了对方。

獒犬冷不丁地醒转了，逼视着对面的这一双少年，龇开了牙齿，撑开了全部的骨骼，低声咆哮开来，犹如一张拉满的弯弓，势在必发。这种声音长满了钉子，暗藏着利刃，擦着地面席卷过去，拂起了地上的烟尘，令人心荆肉棘，魂飞魄散。惊白止住了笑声，同样吓傻了，一把揪住了伴当的袖子，喊了一声木哥。旁边的灶火上，一壶茯茶刚刚烧开，铁盖子啪嗒啪嗒的，一根水蒸气站在了空中。脱可木毫无退路，赶紧将惊白遮护在了身后，抬起胳膊，打算放手一搏，从这一头恶犬的牙口中，觅见一扇生门。

这一霎，天老爷现身了，天老爷也不忍心收人。

逼仄的孔道上，传来了一阵阵响铃，果然有七匹快马首尾蝉联，一道烟地闯了进来，搅乱了局面。头马突然被缰绳勒住了，人立而起，两个蹄子在空中踢打，庞大的身躯仿佛一幕屏风，将獒犬拦挡在了一旁。这一时，有人断喝道：红脖子，你给老子卧下，乖乖地。话音未落，但见那一只獒犬敛住了杀气，卸掉了浑身的力量，灰溜溜地跑到了山脚下的阴凉地带，当即缩成了一堆肉山，此后再也没有吱声。脱可木骇然无比，简直比先时面对猛兽的那一霎更加慌乱，也越发地畏惧，心里打鼓说：天呐，能将一头獒犬驯顺得如此服帖，又可以将一支马队引领得这般井然，人畜有序，上下不乱，足见这一位领房子的超级手段了，倘若不是天罡，他也必定是一尊地煞。脱可木的手心里攥出了汗水，张开双臂，再一次将惊白匿在了身后，自己却充当了盾牌。果然，似乎在印证脱可木的猜测，半晌后，后续的驼队负重而至。驼工们根本不用鞭子，也不必吆赶，这些正在换毛的公驼挤进了三岔路口，偎在了山脚下，分列两厢，高高低低地趴在了地上，有的忙于反刍，有的喷着鼻息。惊白像个猴子似的，按捺不住，一边跳着脚，一边数着骆驼，尖喊道：木哥，你可真是一个神人呀，不愧是康熙皇帝嘉奖过的部落后人，你拿着老法器只听了那么几耳朵，你说来了七匹马，结果就七匹，你说十七峰骆驼，现在又被你掐算了出来，小弟我简直对你五体投地了。如此的破口烂舌，令脱可木眉头一皱，央告道：惊白，你马上守住嘴，千万不许乱嚼舌头，来的可是一帮硬茬子，我已经嗅出味道不对了。惊白干脆听不进去，蔑视着这一群陌生人，嚣张地说：硬茬子？什么硬茬子呀！不就是一帮骆驼客，下力气吃饭的伙计么？

待整个驼队安顿停当后，马背上的人手纷纷跳将下来，总计七名。

在干燥的空气中，隐隐地传来了一股药草的气味。脱可木恰好站在风口下，及时地捕捉住了，不免料定，这可能是一帮药草贩子，途经此地，暂时歇缓一下。下马后，驼工们接住了缰绳，依次将坐骑牵在了另一侧的山岩下，扔下草料袋子，让这些哑巴伴当趁着天明，抓紧填饱肚子。脱可木脑子机灵，又会来事，目光在这七个人的鼻脸上趔摸了一番，当即判断出了每个人的身份，尤其是那个领房子。与其他人不同，领房子并不曾戴上一顶北疆地区惯常的牛皮毡帽，头发也没有堆在脖子里，相反却剪得很短，中间豁开了一根文明线，显得洁净而干爽。按理说，在长路上奔波来去，一件皮大衣乃是必备的行头，白昼里遮挡风沙，入了夜立刻变成了被褥，可以抵御寒凉。但这个领房子又跟伴当们迥异，只穿了一层单薄的罩衣，外面套了一件羊皮坎肩，羊毛从肩胛两侧冒了出来，白雪雪的样子，一尘不染。脱可木瞭见，领房子在跟伴当们低头说话时，面露难色，手势频频，一方面好像在说服大家，另一方面似乎在辩解什么。日头西斜，领房子左手上的那一枚金戒子恍若核桃般大小，烁烨闪光，煞是扎眼，这足够证明他应该就是这一支商团的当家人。

偏偏这时，该死的惊白不知火候地跑上前去，像四喜班的一介丑角似的。

脱可木拉拽了一把，却没劝住，惊白反身而去，拔下了灶火上的铁茶壶，挨个儿沏满了那一堆茶碗。惊白拍着巴掌，尖声呱喊说：喂，过路的君子留个步，好心的爷叔解个渴，一碗还魂汤，保你走四方，一壶神仙水，路上不见鬼……事实上，脱可木本打算放弃的，游山，打鸟，上坟，寻羊，随便找上一个借口，就可以脚底抹油，一走了之。凭着嗅觉，脱可木料知对方不但是一伙硬茬子，身上还裹挟着一股血腥的风暴，指不定要在哪个时辰上爆发。倘若自己一个人也就罢了，哪怕赤着脚，丢下车子，咳嗽一声的工夫上，他也能像蝎虎子一般，跑进山里头，苟全了这一条小命。可眼下，身畔却多了一介武威城里的少爷，一位齐肩的兄弟，一个白痴与傻瓜，他竟然妄想捉住了虱子挤奶，抓住了苍蝇借羽毛，真是枉费了一腔子心思。惊白的三千乱语，令脱可木灰败极了，眼底里一阵子发黑，昏聩不已。再睁开眼时，一切已为时晚矣，脱可木瞭见对面的那一干人簌簌而至，心说坏了，坏了坏了。领房子并不客气，率先落座在了一张条凳上，端起一碗茶汤，一口气灌进了肚子里，大呼痛快。见另外几个人一直磨蹭着，表情复杂，惊白误以为他们虚声下气，大概是在礼让大掌柜吧，忙吆喝大家趁热，茶汤凉了不过瘾。这么着，一个山墙般的黑胖子瘸着腿，款款踱了出来，骑在了另一张条凳上。

连续沏了两碗，领房子统统喝掉了，仿佛体内有一块广阔的旱田，此刻碰见了千年的甘霖似的，突然间酥润了。饮毕后，领房子叼了一根纸烟，用洋火点着了，一股辛辣的烟雾盘桓在嘴角，好像画上了一抹胡子，衬托得那一张鼻脸越发惨白了。脱可木跑过去帮衬，又打开了一皮囊的水，灌满了铁茶壶，重新坐在了灶火上，填了几根木柴。这个关节上，黑胖子举起了茶碗，仔细泼在了脚下，而后一直揉搓着膝盖和大腿，脸上的咬筋也抽搐不止，分明有一种剧烈的疼痛霸占了他。见黑胖子如此，身后的五个伙计也纷纷泼掉了手中的茶水，将空碗撂在了桌案上，袖手一旁，拢住了那个瘸腿的家伙，扈从一般地须臾不离。脱可木蹲在地上，一边拨弄着柴火，一边偷窥，暗自说，这一支商团肯定是两张皮，一路上不睦，彼此之间隔阂太深，掌柜的显然被这一帮揣着刀子的保商游击拿住了，难以使唤。原因无他，多半是佣金上出了问题，双方才这么置气的。

不料，惊白拎着刚刚滚沸的茶壶，跑过去添汤时，领房子突然出手，一把捉住了他的腕子，摁在了桌案上。惊白疼死了，垂下腰去，茶壶也差一点失手，告饶道：叔，这是做啥么？我好心伺候你，你却对我上手段，来这么一折子武戏，求你了。领房子取下嘴角的纸烟，将烟头抵近了惊白的皮肉，逼问说：小子，你怕是打错了算盘吧，这么个荒郊野地、狼不拉屎的所在，你干啥不好，偏偏来卖茶水，你安的什么心，你背后的主子是谁？惊白反诘道：哒，天还亮着，你干么说夜黑里的话呀？我这是白送的，我好心让你们解渴，谁说我要卖钱了，我才不稀罕呐。目光瞥望了一眼地上的马褡子，又执拗道：叔，不信的话，你打开它看看，里面的响元可全是我的，是我平时积攒下来的零花钱，还没花出去呐。领房子唎笑道：咦，听你的口音，想必还是武威城里的一位阔少爷呀，难怪细胳膊嫩腿的。是这，既然你不缺吃，不缺穿，不待在家里的金银窝，干么在西山口外耍戏，替我熬了这么一壶迷魂汤呢？惊白暂且不语，脑子里迅速盘磨了一番，凭对方那一口浓重的山西话，当即断定他另有来路，并不是新城大营的革命军派来的秘密骑兵，专门缉拿自己的。这么着，惊白马上宽释了下来，灵光乍现，当即发挥了他的聪明才气，现场作了一篇缜密而妥帖的文章，同时也解除了脱可木的忧心。

叔，抱歉，本人乃少年军中的一员，按照革命纪律，凡是关涉这一次秋训的内容，一概不得泄密，否则的话，我就会被除名。惊白笃定道。听罢此话，领房子扑哧笑了：呵呵，狗屁的少年军，你们的卵子和屎毛还没有长成，莫非国家要仰赖你们，拿你们指屁吹灯呀？惊白腾地红透了脸，有关少年军的这些内容，基本上来自姐姐曾经的灌输,以及那几页油印的传单,如今几乎全忘光了,只好强硬到底:阁下,士可杀,不可辱,少年军乃是未来中国的晨曦,也是国家兴亡的储备力量,切盼你三思而行,不要玷污了我们。领房子虽然敛住了表情,眼神中也拂荡着一种赏识,但疑心犹在,丝毫也没有宽赦对方的意思。这一时,纸烟已经烧到了尾巴根子上,领房子左手扣住了惊白的腕子,右手扔掉了烟头,从腰间拔出来一把军用匕首,突然扎在了桌案上,茶碗晃荡开来,险些滑了下去。

那好,你实话说来,你们是哪一方面的少年军?领房子叱问道。惊白回说:是乡学里的少年军,今年秋上才组建的,我荣幸地入选了。又问:呃,既然是少年军的一员,你干么是一副乞丐的嘴脸,那你的帽子和制服呢?惊白道:这一趟来西山口外长途拉练,实属第一次,当初出发得较为紧急,我们的衣裳还是半成品,全部都在裁缝铺子里。又追问:哪家乡学,名字叫什么?答复说:弘毅,学校叫弘毅。什么弘毅,哪两个字?这恰巧是惊白的强项,遂道:阁下,弘毅二字出自《论语》,士不可以不弘毅,任重而道远,仁以为己任,不亦重乎?朱子也说,非弘不能胜其重,非毅无以至其远,弘而不毅,则无规矩而难立,毅而不弘,则隘陋而无以居之……领房子摆了摆手,打断了对方的背诵,或者说卖弄,接续问:先生是谁,如何称呼?惊白清亮地说:先生姓尹名贤,先贤的贤,贤达的贤,字德生,陕西长武人氏,今年五十有二。

这一番诘问,不论正反,按理说已是对答如流,无一破绽,但领房子似乎仍不尽兴,再次抛出了一个问题:那你告诉我,乡学在武威城里的什么位置,周围又有什么特征?惊白答复说:在城西,乡学的对面是国民革命军的第七仓库,两者大概相距半里地吧。不承想,领房子面色一喜,抢问说:咦,原来在第七仓库附近呀,我以前还去过那里,记得仓库的大门很特别,刷了一种什么颜色来着?惊白笑说:对呀,刷了一种深蓝色,蓝大门,蓝色是水,主要目的是为了防火。领房子再问:哎哟,我记得仓库大门上还刷了两行标语,记忆模糊了。惊白道:左右两扇门,左边写了四颗字,曰"军事禁地",右边也是四颗,叫"违者拿惩"。又问道:既然是军方仓库,那么他们一天吹几次号？惊白答：五次，一天总共吹五次。领房子驳斥道：瞎说，一般的军营里每天只吹三次号，早中晚各一次，他们干么多出来了两次呀？这个尖锐的问题难不倒惊白，答案也是确凿的：是这，三次是作息号，另外的两次则是为了检查仓库里的物资，所以是五次。

领房子终于踏实了，松开了少年的腕子，讥讽道：嘻，少爷你贵为少年军的一员，不去马上封侯，不去建功立业，怎么沦落到了烧火煮茶的地步？惊白活动着手腕，貌似歉疚地说：唉，一言难尽，还不是因为我犯了错，遭到了惩戒，如今将我贬成了一名火头军，替大家烧茶做饭么；午时前后，大部队已经撤离了西山，这一堆烂摊子便交给我来收拾，结果碰见了阁下。领房子兀自笑开了，笑得敞亮一片，调侃道：少爷，你究竟犯了什么错？你是摸了寡妇的奶头呀，还是日弄了哪个闺女，这么不划算的？惊白住了嘴，再也不愿意作答，颊脸却红成了关老爷。

旁侧里，脱可木意外地瞥见，对面的黑胖子摆了摆手，领房子的诡笑便戛然止住了，蔼然道：茶不错，人也没麻烦，应该是安全的。这句话就像一纸赦免令，黑胖子当即捧住了茶碗，吹开了浮沫，两口喝光了，胡子上湿漉漉的。另外的五名扈从见状，也纷纷牛饮了起来，一时间响起了喉咙的声音。又一壶茶水烧开后，脱可木亲自上前，逐一沏满了，瞭见黑胖子掏出来一大包肉干，抓起一块，在茶汤中蘸上一下，丢在了嘴里，细嚼慢咽，尽情地吃着独食，不让任何人。在北疆一线，那些保商护队的游击和刀客，经年行走在风沙与烈日下，无遮无拦的，要么是红脸膛，要么是黑嘴脸，脱可木当然见识过不少，并不诧异。但是，眼前这个犹如山墙一般的大胖子，却黑得太过分了，像从炉灶上揭起来的锅底，像烧了一晚夕的灯灰，像砚田里的一摊墨汁，简直瞧不见他的五官，甚至是一丝一毫的表情。目睹了刚才的这一幕，脱可木不由得忆想起了流传在北疆地区的一个说法，每一支势大气粗的商团和驼队内部，绝对安插着一名试毒员，吃喝之前，由他先动第一筷子，饮第一口，从而保证整个队伍的安全，以防中了蛊，遭了咒，吞下了毒药，人财两失。这是一条古老而缄默的法则，虽然零客和货郎担子们无法效仿，但游击与刀客们一般是提着脑袋吃饭，凭着胆量活命，生死二字，向来在须臾之间，对此深信不疑。这么一思想，脱可木当即打了一阵子寒颤，立刻断定，这个目中无人、不良于行的黑胖子，实际上才是真正的领房子，也是这一支药草队伍的主心骨。至于那个操着一口山西腔，穿着羊皮坎肩的家伙，不过就是一介傀儡，一个幌子，一具虚张声势的皮囊，在替大掌柜和游击们试毒罢了。

这一惊觉，反倒让脱可木生出了不少的畏惧，裤裆里冷飕飕的，仿佛夹住了一块寒冰。黑胖子边吃边喝，胃口颇大，慢慢地有了饱嗝，似乎连饱嗝也是黑色的，有一种油腻腻的气息。脱可木频频添茶，瞥见对方的粗脖子上，挂着一串佛珠，每一颗珠子大概鸽子蛋大小，十分贵气。佛珠的尾部，吊着一枚金刚杵，样子很老旧，传了没有八代的话，起码也是三辈子的光阴了。这一时，黑胖子终于吃毕了，将指头上的油水仔细地抹在了胡子两侧，又从身上摸出来一把牛角梳子，开腔道：

"娃子，这里死了人呀，还是停了灵？你摆了这么一大堆冥器，等着烧给谁？"

脱可木一揖，答复道："回领房子的话，这是我吃饭的家什。"

"哟，你是卖卜的，还是算命的？"

"我既不卖卜，也不会算命。在我看来，这两样不过是欺瞒世人的，属于瞎子和骗子的把戏，我瞧不起它。"一旦说开后，脱可木便不再觳觫，好像内里当中的一壶水滚沸了，哪怕是铁盖子也压制不住，又接续道，"大掌柜，我是山口外蒙家庄子上的后人，自小而大，别的本事一件也没学会，只是从老先人们的身上，找见了一只活命的饭碗，所以张罗在了这里。哎呀，幸亏你碰见了我，要不然的话，麻烦可就大了。"

黑胖子一怔，没料到个人的身份被戳破了，喝问道："呔，娃子你吃的什么饭？"

"喇嘛梁的饭。"

"你喝的什么水？"

"和尚坡的水。"

"哼,你个贼日下的,你的牙齿比老子的还硬,你的沟门子比老子的还紧。"黑胖子一边咒骂,一边用梳子打理着胡子,表情黝黑地说,"娃子,喇嘛梁远在北面的山坳里,和尚坡却在南部的平川上,你这碗饭着实不好吃。今个天我倒要看看,你怎么挣我的钱,让我痛快痛快,老子少不了赏你一疙瘩响元。"

脱可木答复说:"那就看大掌柜打算从梁上飞呀,还是从坡下过水。"

"假如我从和尚坡一带过水,麻烦在哪?"

"那我就给你驱邪。"

"咦,要是我从喇嘛梁上飞,你又如何应对,保我一个太平?"

"除祟。"

"呸,乱嚼牙茬,你真是一个小贼,的确该死。"

黑胖子面色一沉,叱骂道。其实,脱可木根本看不见对方的愤怒,因为此刻的愤怒也是漆黑一团,将他的五官和神色全部陷落了进去,探不明,究不清。不过,第一招已经见效了,这便是一流的买卖家惯常的手段,先激怒对方,让其气血冲顶,慌乱了主张,率先露出一丝破绽,方能洞悉他的底牌,从而有了坐地论价的资格。再一个,脱可木从对方的口音上判断,这一哨人马来自马鬃山与合黎山一线,那是一块横贯了整个河西走廊以北的广大区域,又与俄境接壤,实属鸡鸣狗盗的三不管地带,他们的性子难免狂躁和野蛮。加之刚才黑胖子对喇嘛梁这个词的极度敏感,令脱可木有了更大的把握,猜测他们一定会取道这一条线路,连夜离开凉州地界。不承想,在这个要紧三关的时候,一旁的惊白却看不顺眼了,替伴当抱打不平,跳将出来,指斥道:

"喂,你这个胖大人好生无礼呀!瞧着你富态宽厚,一脸的福相,却也没料到你竟然如此刻薄,不通人情。人家早就说过了,一不卖卜,二不算命,只想替你和这个商团驱邪除祟。良药虽然苦口,忠言不免逆耳,但你至少也得听上那么一两句吧。"

意外发生了,那个穿羊皮坎肩的家伙飞身跃起,一记大耳光,掼在了惊白的鼻脸上。

"哎哟，领房子你可不是个君子，君子只来文戏，不喜欢动武的。"惊白拖着漫长的哭腔，捂住了腮帮子，喋喋地说，"这一趟少年军来西山口外拉练，起先在馒头山上受挫，迷了方向，幸亏遇见了这位姑舅哥，替大家驱了邪，除了祟，这才重见了天日。哼，难道你比尹先生还能耐么？连尹先生那样的人都不耻下问，你就不替个人预备下一扇活门么？"

"什么活门？"黑胖子问。

"保你从梁上飞过去，一根汗毛也不会掉下来。"无奈之下，脱可木赶紧接住了话茬。

"呃，你了解喇嘛梁么？喇嘛梁上究竟有什么邪祟？"

"略知一二吧。"

胡笳二十一节

列位，总因笔墨有道，人世上因果不虚，这里暂缓一步，且听脱可木当着众人的面，讲述的如下故事：

当初，那一道陡峭的山脊并不叫喇嘛梁，人称鹰脊岭。它的东侧是一连迭的群山，冈峦重复，童山如秃，气象煞是荒劣。往西越过鹰脊岭，走下那一面长坡，则是以永昌绿洲为主的广袤腹地，村落衔接，水木清腴，才是真正的人间万世，仿佛充斥着可以活人的一幕幕大好光阴。是故，鹰脊岭就像一道特大的难题，摆在了路经此地的所有商团、驼队和零客的面前，要么溃散，失败而归，要么豁出去搏上一命，说不定还能觅见一扇活门。

在二十多年前，也就是宣统年间，蒙家庄子里出了一介烈夫，一个狠人，名字叫苏刻赤。起初，苏刻赤不过是一名农户，老实敦厚，性子懦弱，守着家里的两三亩薄田，又娶了一个佃户的闺女为妻，日子也还将就。冬上的一天，苏刻赤给地里拉完沙，扛着背筐进山，打算将山上的积雪背回来，填在葡萄园子里，开了春保住墒情。却不承想，半路上邂逅了一名驼主，将苏刻赤请进了山洞里，指着洞子里的一群大牲口，声称自己已经被困了三天两夜，现在急需要翻越鹰脊岭，把这一趟的货物送达永昌县，否则赔不起。原来，驼主是个小户，规模并不大，总计有七峰骆驼，来的路上还损失了一匹，被山上的落石砸死了，心情也差到了极点。更让驼主悲愤的是，跟了自己许多年的几个老伙计，本来还好端端的，可一旦听说掌柜的为了赶时间，冒死犯险，准备翻越鹰脊岭之后，便石头上撒尿，溅了，跑了，连一个也没留下。谈议了一番，见价钱开得不错，苏刻赤便满口答应下了，甚至有一份暗喜。因为妻子有孕在身，正是花钱的时候，他肩膀上的担子并不轻。不过，那一刻山洞外罡风惨烈，风卷沙移，另一场暴雪渐渐地逼近了，鹰脊岭上的天气不难猜测。苏刻赤提出回蒙家庄子一趟，另外再寻两个得力的帮手，驼主痛快地点了头。

帮手不是外人，恰恰是苏刻赤的两个堂兄弟，一起出了庄子，相率而至。

这么着，一干人牵着骆驼，顶风逆行，钻进了西山当中，朝着那一座山梁进发。刚开始，天老爷还算给脸，尚未发作，一路上也不太吃紧，但是爬到了鹰脊岭的山腰一带后，暴雪下来了，淹没了唯一的孔道，将驼队拦挡了下来。往前一步是死，反身下山又失去了退路，没了办法，几个人只好躲在了崖壁下，寻见了一块背风的角落，拾了些红柳、梭梭和柴草，架起了火堆，苦哈哈地盼着天明。驼主亦不吝啬，拿来了一坛子苞谷酒，另有砖茶、盐和一疙瘩老酥油，吩咐大家赶紧取暖。苏刻赤挖来了一铁锅雪渣子，支在了火堆上，又将东西下在了锅里头。不一时，酥油茶烧开了，每个人喝罢一碗后，身上立刻热乎了起来，心思也就复杂多了。两个堂兄弟原本就是酒鬼，平时在庄子里喝醉撒疯的话，不是打老婆，便是点房子，更是深谙偷鸡摸狗之道。苏刻赤拉他们入伙，无非是念在亲戚的分上，有钱大家挣，如今见二人打开了酒坛子，一碰一大碗，舌头很快就成了棒槌，实在是气不过，掉头走掉了。崖畔下，驼主顶着暴风雪，一直守着自己的大牲口，眉毛胡子一把抓，悉数白了，结成了冰凌。苏刻赤陪着说了一阵子话，替换下对方，催促驼主赶紧去烤火。孰料，这一份良善的发心，一句好话，却最终害了驼主，让他丢掉了性命。

大概是后半夜吧，谁知道呢，反正暴风雪停了下来，风也不刮了，山里头越发成了一座冰窖。苏刻赤挨不住了，跑将过去，坐在了火堆旁，竟发现驼主和两个堂兄弟正在推杯换盏，热络不已，他又不便从中作梗，败坏了诸位的情绪，兀自端起了滚沸的酥油茶，悄悄惦记着次日的行程。几碗过后，苏刻赤突然晕眩了起来，身子靠在了山石上。晕眩也就罢了，或许是受了风寒的缘故吧，但是苏刻赤的脏腑当中，莫名地储满了一肚子的失笑，不笑也由不得他个人。这一刻，倘若再不开口释放出来的话，一定就像火堆中的红柳枝子那样炸裂开来，死得不明不白。瞭见大家都在无法无天地大笑，表情上火光烁闪，苏刻赤也迅速投入其中，左一碗，右一碗，将辛辣的苞谷酒灌进了肚子里，笑得人仰马翻，颊脸上的皮肉也快松脱了。

见火候足够了，这件事终于丧尽了天良，露出了真章。

堂弟夺下了驼主手中的酒碗，笑问说：掌柜的，你这一趟八成是亏大了，这么长的远路，天气又这么瞎，可你偏偏不去温居上几日，等待气候转圜，非要冒死翻过这一道险峻的山梁，你究竟打的什么算盘呀？驼主道：是这，后日一早，我务必要将这一件东西送到永昌城，焉支山下的马王庙自然会派人前来，与我当面交接；我当初签下了契约，如今也反悔不得，毕竟受人之托，忠人之事嘛。堂哥也逼问道：什么金贵的东西呀，皇上的龙袍，还是朝廷的玉玺，值得你这么逞能，还拉上我们三个来垫背？这是一则重大的禁忌，雇工们绝对不能打听所在的商团或驼队的清单，除非领房子乐意，除非那是一批显而易见的货物，无法遮掩。苏刻赤带着一丝晕眩，拼命咽下了那一种难以遏制的笑声，刚要阻拦时，却瞭见驼主掰着手指，逐一细数道：这一趟总计有八十张羔子皮，五色缎子五匹，栽毛毯子十张，猞猁马褂两件，余下的都是香炉、哈达、刺绣与佛像，我是个小户人家，买卖也小，接不了大的活计。闻听此话，堂哥突然间恼怒了，一个耳光掴在了驼主的颊脸上，申斥道：贼日的，谁问你那些鸡毛蒜皮的东西了！你方才说，焉支山下的马王庙派人来跟你交接，交接的是啥？驼主对这一记耳光并不在意，抬着笑脸说：金鞍子，一副金鞍子。什么金鞍子？你仔细说来。两个堂兄弟对视一眼，分别架住了驼主的胳膊，封死了退路。驼主仍然在笑，笑得很猖獗，答复说：是这，焉支山下的贡马场最近要办一场金刚法会，十年一届的大法会。半个月前，来自蒙古的一位王爷寻见我，托我将这一副金鞍子捎到永昌，打算在法会上沾沾吉，求请马王爷赐下平安和祥瑞；至于那些皮张、法器和缎子，依我的揣测吧，大概是蒙古王公赠送给马王庙的一份厚礼，我不能问，我也不敢打听。堂哥不解，卡住了对方的脖子，质问说：呔，不打粮食的话，你最好少讲！我问你，一位堂堂的蒙古王爷，门下肯定有不少的快马和骑手，他干么找到了你的头上，让几匹正在换毛的骆驼来护送？金鞍子可不是别的，金鞍子一般是整个家族的镇宅之物，不会轻易地托付于人，这你骗不了我。驼主不懂得畏惧，一味地笑说：对呀，这就叫生意。常言道，不怕红脸的关公，只怕抿嘴的菩萨，蒙古王爷也不曾料到，他在南下的途中水土不服，耽搁在了半路上，只好来求我帮忙，这不是因为名气大小，恰恰我是一个小户，不那么惹人眼目，谁会在意这么一支小驼队呀。堂弟呵斥道：呸，你知道今个天是啥日子么？驼主乐不可支地说：嗯，我知道，我恐怕是看不见天亮了，明年的今天便是我的祭日。想当初，蒙古王爷交办了这件事，他也是担心自己这一路上的仇家闻见味道，疯狗一样地扑过来；但是我跟你们一无冤，二无仇，这又是何苦来着？堂哥叱问道：你自己来，还是我帮你？驼主刹住了笑，回说：我自己来，不劳你们动手。

这个关节上，苏刻赤虽然郁愤至极，但浑身上下提不起一丝气力，仿佛被一种神秘的东西解除了三魂六魄，割断了五筋七脉，只剩下了一大摊皮肉，颓坐在地上，无以援手。目光尽处，驼主开腔道：其实，我的命还长着呐，我将来在天上看着，等着你们的报应来到的那一天。言毕，驼主突然将整个鼻脸，埋在了那半碗酒水中，咳嗽了一声后，便被呛死了。堂弟按住了对方的脑袋，半天也没有丢手，詈骂道：狼日下的，你不必下咒。

苏刻赤一下子彻悟了，失声道：邪祟，你们施了邪祟，还在碗里头下了毒药吧？堂弟阴笑道：没错，我刚才烧了一张画符，把纸灰撒在了酥油茶里，画符是我从天梯山的一个妖僧手中高价买来的，看来这个钱花得并不冤枉。堂哥也附和道：啧啧，我下在酒中的可不是毒药，应该叫弥勒粉，这种粉末其实并不害命，只会让你提不起精神来，光知道傻笑，我问的所有问题，你都会掏心挖肺地讲出来，一点也不会隐瞒，但是我现在对你没有兴趣，我连一个字也不会问你，我要赶紧下山去了。苏刻赤拼着一口气，吼喊说：长生天在头上呐，难道你们就不害怕报应么？堂弟将剩下的酥油茶泼在了火堆上，又踩上几脚，轻蔑地说：哎呀，你是一个走阴曹地府的贵客，天上的事情你就不必操心了，天老爷睡得正甜呐。

赶在天亮之前，这两个歹人裹挟着那一副金鞍子，以及顺手的货物，消失在了山下。

苏刻赤醒来了，他终究没有被冻死。这倒也不是因为两个堂兄弟心存善念，手下留情，而是后半夜之际，那一匹头驼偎了过来，卧在了旁边，将身上的全部体温馈赐给了他，从而保住了他的性命。头驼却奄奄一息，渐渐地凉了下来。苏刻赤不忍心让它如此熬煎，一发狠，便将酥油袋子套在了它的口鼻上，捂了半天，头驼最后终于解脱了，躲进了六道轮回当中，等待下一幕的转世。崖壁下，其余的骆驼早就咬断了绳子，沿着那一条积雪盈尺的孔道，下山活命去了。毕竟是灵兽，又在换毛的季节，挨过了如此危难而肃杀的一夜，也算是不幸当中的万幸。苏刻赤并不怨怪，相反却滋生出了一份感念，扑腾一下跪在地上，对着耸然入云的鹰脊岭，美美地磕下了三个头，呼号道：长生天，天老爷，你是明理的，你独独留下了我一个，让我扛起这一道天命，那我就去了，我这就去人世上讨一个公道吧。

奇迹的是，那些下了山的大牲口，并不曾进入绿洲，被庄户人家收养，而是在西山口一带，迷失在了一群野骆驼当中，自此生儿育女，蕃息了下去，代代不绝。迄今，在凉州以北的旷原荒滩上，一旦你邂逅了那些惊魂不定、四散奔逃的野骆驼时，你只要叨念上一声刻赤、刻赤、刻赤，它们一定会驻足下来，仿佛听见了一句上苍的法音，泪水滂沱地盯视着你，乖顺得就像一群后生。此乃闲话，匆匆略过不提。

驼主的尸身子已经冻硬了，犹如一根僵死的木头，躺在一张破旧的牛皮中，被几根麻绳捆扎停当后，看不出原状。临下山前，苏刻赤撬下了头驼的门齿，又剥下了尾部的那一块火印，揣在了身上。这是整个河西一带的规矩，也是任何一支驼队与商团内部的至高法则，否则将来不足为信。这么着，苏刻赤扛起了驼主的骸骨，踏上了千里还尸的长路。

没有确凿的地址，也不知道具体姓字名谁，先前更是不曾打问过驼主的任何底细，苏刻赤仅仅凭着对方在世时的只言片语，按着他的那一种特殊口音，一路北上。过了宋河，过了薛百，甚至绕过了镇番县周边，抵达了毗邻宁夏北部的独青山。这一整个冬天，苏刻赤仿佛一只惊弓之鸟，饿了，讨一口剩饭，累了，就地刨一个沙坑，窝在里头睡上一觉。实际上，最难心的则是驼主的尸身子，扛在脊背上赶路，走不上七八里地，它就软塌了，滴滴答答地淌水，分量也更显沉重，堪比一方磨盘。在这种情状下，苏刻赤只得撇开大路，找见一处无人的角落，要么给尸骸泼水，要么在牛皮中塞满冰块，总之让它尽快硬棒起来，以防尸变。另外，沿途上经常游走着一些卡兵，神出鬼没，多半不是为了维持当地的治安，而是专事抢劫，动不动就开枪，枉杀无辜。苏刻赤清楚，自己扛着这么一捆骸骨，一俟被发现，便是显而易见的目标，毫无活门，只有死路。无奈之下，苏刻赤只能昼伏夜出，避开村镇，苍凉而疲倦地瞭见了远处的那一座独青山。

一日，苏刻赤安顿妥了尸骸，只身去了山脚下的镇子，茫然四顾。偏巧，一个麻绳商人的吆喝声，灌进了他的耳朵里，恰是驼主的那一嘴口音，简直活似同一个人。苏刻赤上去打听完，记住了蔡家沟子这个地名，大致在红敖包一带，于是又仓皇上路，竟不知道这一去就没有了折返的机会，最终赔上了性命。

蔡家沟子是一座松散的庄子，白毛风的天气下，家家封门，户户闭锁。苏刻赤将尸骸立在庄子外的一堵破墙下，准备进去打问时，却见一个牧驼人牵着几头大牲口，迎面过来了。未及开口，一匹母驼突然嘶叫一声，发疯般地冲了过来，将头颅抵在了苏刻赤的怀中，哀鸣不已。叔，这是咋了，到底咋了么？苏刻赤吓坏了，央求道。牧驼人说：不咋，你身上一定有它熟悉的东西，它闻见了味道，所以才炸了毛。苏刻赤听罢后，慌忙从身上掏出来一个包袱，搁在了破墙上，原来是那一匹头驼的门齿，另有一块烙着火印的皮张。母驼凄厉地长鸣着，口沫喷溅，不像是哭，更像是一种摔下了悬崖之后的绝望，又伸出了棒子般的舌头，舔舐着那两件遗物。牧驼人相告说：难怪刚才炸了，它认出了自己的伴当，公的死了，母的也就不得活了。苏刻赤弯下了腰，哀告道：叔，你一定知道驼主的家是哪一扇门，你赶紧指给我，我要去报丧，我要去磕头，我要把他的尸身子还回去，尽快入土为安啊。牧驼人长叹一声：唉，四老汉的家门塌掉了，四老汉活不过今日这个除夕夜了，你背回来的肯定是四老汉的长子，你真的会挑日子呀。

孰料，这个关节上陡生变故，那匹母驼止住了哭泣，头颅突然挥了过来，在苏刻赤的脖颈子里咬了一口。

血管或许被撕裂了，脖颈子也可能断了，苏刻赤跌倒在墙根下，既没有惨叫，也不曾哭喊。趁着意识尚在，苏刻赤简略地讲述了这件事的前后因果，对四老汉一门人表达了愧疚，求请他们的宽恕。末了，苏刻赤挣扎着将身上的那一件猞猁马褂脱下来，唯恐弄脏了，交给了牧驼人，一再托付说：叔，我兜里没钱，这个原本也是驼主的，现在权当是给你的盘缠，有少没多，你可不要嫌弃，等你闲下手的话，一定将我一把火烧了，炼成一包骨灰，交给蒙家庄子上我的女人，蒙家庄子就在石羊河边上，在羊拐骨码头一带。牧驼人应承下来，见这个陌生客慢慢地闭上了眼睛。苏刻赤最后嘱咐说：叔，你务必告诉我的女人和娃子，将来不要报仇，悄悄地活着，悄悄地长大成人。

毕竟是义人，翻过年的那一个初秋，牧驼人兑现了诺言，南下了一趟蒙家庄子。

葬埋了丈夫的骨灰后，苏家的女人抱着已经百天的儿子，去了自家的地头上，起早贪黑，春种秋收，在这个寒凉的浮世上艰难度日，一心拉扯着后人。又过了几年，两个堂兄弟挥霍光了劫掠到手的那一笔不义之财，灰溜溜地回到了庄子上，恶习不改，天天醉酒，打架，相互抱怨。事实上，这两个歹人当初下了鹰脊岭之后，不敢西去，进入张掖、酒泉和敦煌一线，更不敢靠近蒙古一带，而是游荡在了省城兰州，伺机寻找着变现的机会。但是天老爷看不过去了，天老爷一直在从中作梗。那一副镶满了宝石的黄金鞍鞯价值连城，买家们虽然心动，却又害怕失主寻上门来，里外落空，所以始终也无法出手，最后困住了这两个歹人，只得返回凉州。可巧，女人从隔壁院子里传来的醉话和争吵中，慢慢地获知了金鞍子还在，原先死灭在心中的那一团复仇的烈焰，开始活转了过来。

有一日，庄子上的媒婆子忽然进了门，放下一大堆礼当，相告说：我这是受人之托，专门来酬谢你的，你的这一颗菩萨心，终于结出了好果子呀。女人不解，再三询问之下，方才得知在前不久的一个沙尘天气里，一支马队敲开了她的家门，暂避了一宿，天不亮便离开了，彼此之间也没说上几句话。媒婆子道：哎哟，你的那一锅热羊汤，简直让他们忘不掉，现在还一个劲地念叨你呐。女人淡泊地说：这也没啥，我从石羊河里捡到的一只死羊，不嫌弃就好，这个礼当我着实担不起，劳烦你原退回去吧。媒婆子胆怯地说：好我的姑奶奶，吃下去的饭，拉出来就是屎，现在干脆退不回去了，他们已经围住了整个庄子，单等着我从你的嘴里讨一句实话，一个准信。女人拿起了扫把，驱逐开来。

信不诬也。这一天，来自河西走廊北部最强悍的一支土匪武装，出现在了蒙家庄子。

媒婆子率直地说：是这，他看上你了，这其实是他下的聘礼，你摇头不算点头算，往后的美日子可都是你的，我不过是来传个话罢了。女人狐疑地问：你说啥，谁看上我了，看上我什么？媒婆子相告道：乖乖，喇嘛爷相中你了，看上了你的脸蛋，你的腰身，打算明日一早就动身，带你去马鬃山下的老家，纳你做一门新夫人。呸，我一个寡妇拉娃娃，本来就苦寒极了，孽障坏了，你嘴里别这么连毛带草的，小心玷污了我的家门。女人反诘道。媒婆子被那一根扫把追撵着，站在了门端里，不甘地说：唉，你的心的确死了，像石头一样不开窍，你也不问问喇嘛爷是谁么？实话说给你知道吧，喇嘛爷可是北疆地区那一支绿林好汉的头把子，坐的是第一号交椅，凉州人提着猪头想巴结，还找不见庙门呐。女人的扫把终于扔了过去，拼命地关住了大门，叱骂道：你个卖沟子的货，土匪那里的价钱好，你自己脱了裤子去卖吧，少在我的门口煽风点火，再不松手的话，我就要咒你。

这个关节上，喇嘛爷不请自来，仿佛一尊天神下了凡，推开了大门，单独进去了。

媒婆子被拒之门外，心中寡落落的，只好跟喇嘛爷的一群扈从搭讪，寻找将来可以炫耀的谈资。媒婆子有所不知，这一支名震整个北疆的土匪武装此番南下，本打算劫掠一个新疆商团的，不料情报有误，商团刚刚进入张掖时，便被当地的驻防团接管了，派出了一支汽车队，沿着甘凉大道火速东进，已于三天前穿过了古浪峡，翻越了乌鞘岭，去往省城兰州。实际上，由于避免了一场跟国民革命军的正面冲突，恪守了双方长期以来的默契，井水犯不着河水，又保全了人马，所以头把子的心情大好，这才有了喜上加喜、半路上提亲的那一折子戏。媒婆子瞭见，几个绿林人士扯开了一匹红绸子，正在装扮一头骡子，显然是替新娘子预备的，突然就恼下了，啐了几口干唾沫。媒婆子纠缠上去，指斥说：天杀的，万万不能用骡子娶亲呀，这是规矩，赶紧牵一匹马来，换成马。鼠从们不解，一再追问。媒婆子方说：哎呀，骡子是天生的绝户头，难道你们在咒喇嘛爷，笑话头把子搞不大新娘子的肚皮，给你们生养不了一个小主子么？说话的间隙，媒婆子的手又熟练地伸进了大牲口的裆里，上下左右地探摸了一番，尖喊道：不行，这个货已经被劁掉了，不是个男将，你们仔细别冒犯了喇嘛爷的自尊，他同样会割掉你们的鸡巴根子。

这一霎，院门打开了，喇嘛爷和女人前后脚地走了出来，立在了日光下。

究竟，在这半个时辰内发生过什么，谁也不知道，当然也无从获悉。反正，媒婆子长了一张快嘴，一根好口条，在以后的大小日子里，反复渲染着这一天的奇迹，似乎上苍对她透露了天机。这些话像炎天之下的一阵阵火风，迅速刮遍了祁连山下的四郡两关，风靡了河西一带，在相当长的一段时期内，让人们一改口径，觉得那个原本青面獠牙、三头六臂的土匪头子，那个杀人无算、劫掠财富的喇嘛爷，在一名寡妇的感召下，彼此结拜成了干兄妹，终于革面洗心，刀枪入库，变成了一位令人称道的义士，一个替天行道的领袖。后来，直到凉州境内的一桩桩诡秘之事频频发作，并引发了河西走廊一线的连锁冲突后，类似的幻觉方不攻自破，成了彻底的流言。媒婆子死于一次心碎，她唯一的闺女再醮之日，也是被一头骡子捎走的，从此断绝了音信。这是闲话，此处按下不表。

众目睽睽之下，喇嘛爷拱手一揖，辞别道：干妹子，你以后在阳世上好好地活着，万一有过不下去的那一天，你带上娃娃来马鬃山，来我的堡子，我一定会在半路上迎你，绝不食言。女人也施上一礼，哀告道：不必了，妹子其实早就死了，你瞭见的不过是一具肉身子，说不定哪一天就让黄土填埋了，你走吧。喇嘛爷逡巡了一圈，指着隔壁的院子说：妹子你干脆扔一句话，你想让这两个畜生怎么死，究竟是五马分尸呢，还是剥皮实草？你现在选上一样。女人捧住了鼻脸，哭将开来，答复说：算了，他们毕竟是我夫家的人，一根藤蔓上的果子，不看僧面看佛面，哥你就饶恕了吧。顿了顿，又接续道：不过，有一件事情妹子着实焦心，还得央求哥哥你，了却了我的这一份愿望，否则我就不得安生。喇嘛爷闻听对方有所托付，一下子血勇开来，目射精光，慨然道：干妹子，你尽管开口，哪怕去老虎的嘴上拔毛，在恶龙的身上剥鳞，只凭你的一句话，我马上就兑现在蒙家庄子。

这么着，女人快快地说：天老爷惜疼我，不忍心我和娃娃落怜，今个天让我跟你结拜成了兄妹；唉，奈何妹子身为女儿身，一不会刀枪，二不善策马，更不能随着你走南闯北，一路上替你牵马拽镫，服侍左右，真是枉顾了这一世的情义。不过么，临走之前，我还是想送哥哥一件礼当，只盼你以后有了它，一定能威风八面，当一个真正能够替天行道的绿林好汉。喇嘛爷一喜：啥礼当？让我瞧瞧。女人掉转了过去，指着隔壁的院门，截铁地说：喏，一副金鞍子，一副蒙古王爷的黄金马鞍，当初我男将寄存在了那两个叔叔的手上，你有本事的话，你现在就去取吧。自始至终，女人的语气一直哀婉着，不曾说过一个惨烈的辞藻，仿佛她的心里头埋着一座旧坟。言毕，女人进了门，落下了一根门杠。

枪响后，喇嘛爷率着一群绿林人士，掩杀了过去，捣毁了那一座院子。

据闻，喇嘛爷不仅当场起获了那一副金鞍子，还擒住了堂兄弟二人，迅速离开了蒙家庄子，沿着羊拐骨码头，消失在了西山口外，最终停在了鹰脊岭上，设下了法场。在一支盐商队伍和几个猎户的见证下，兄弟俩被泼上了火油，点了天灯，燃烧了一个多时辰，这才熄灭。自这一桩事情之后,北疆一带的穷寒百姓,以及南来北往的商贩和驼户们,为了感念喇嘛爷的恩德,也为了报答他当年驱邪除祟的那一番义举,于是将鹰脊岭更了名,换了姓,从此人称喇嘛梁,一直叫到了现在。

但是,这些年来天地不仁,风水又坏了,喇嘛梁上妖风再起,邪祟不断。大掌柜,我碰巧吃的就是这碗饭,也许我可以讨一道你的法旨,现在就去烧一些黄表,点一摞子纸钱,燎擦一番,让你们轻轻松松地翻越前面的喇嘛梁,一路上没有负担。

脱可木说罢,抓起一只茶碗,端在了嘴边,却也没喝。

胡笳二十二节

"哈哈,你的古今说得可真好,我快入迷了,连胡子也忘了打理。咋了,戏就唱完了,没有了下文?"黑胖子喜悦开来,但这种喜悦只能从他颤抖的胡子上才能发现,表情依旧漆黑一团,见不到潭底。又侧转过去,询问身后:"老日鬼,你觉得如何?"

"照我看,这个小贼多半是提着脖子过河,他自身也难保。"老日鬼哈下了腰。

"反正天色还早,不妨听他唱下去吧。"笃定道。

可偏偏,那个穿羊皮坎肩的山西客不干了,横插了一杠子,暴躁地说:"好我的大掌柜,我的领房子,这一路上你一直不放心我,吃喝由我先尝,骑马让我带头,如今一滴毒药没见到,一个陷阱也没碰上,又在这么个荒郊野岭的地方,你最好别生枝节。咱们歇缓一下后,还是抓紧赶路吧,喇嘛梁上的气候,谁也说不准。"

"唉,既然你们都不卖这个面子,看来我只能亏待自己的胡子了。"

大掌柜停下了梳子。

"这两个小贼来路不明,一直让我炸毛,眼皮子也跳得厉害,我真是操心大掌柜你的安危。"山西客突然强硬了起来,激烈地说,"干脆你们先上喇嘛梁,我来断后,我必须马上审一审他们,要么寻获一个答案,要么掰掉这两个小贼的狗牙。"

惊白跳将出来,颠顶地说:"哼,正弄的不弄,茶里面倒醋,你可不愧是山西籍的一个外来鬼。人家是本地的法官,好心替你们设坛作法,驱邪除祟,可谓是割下屎了敬神呢,不承想既冒犯了神,又疼死了他自己，两不划算。"脱可木唯恐伴当吃亏，上前去阻拦时，却已经太迟了。山西客一记猛拳，捶在了惊白的门脸上，后者腾的一下跌落在地。半晌后，惊白方爬了起来，咆哮道："日你妈的，士可杀不可辱，小爷我跟你拼了。"

"各让一步吧，听我说话。"

黑胖子居中调停，控制了整个局面，见双方均无异议，遂抬起了屁股，刚打算站起来，却被身上的疼痛压制住了，抽心一烂，龇牙咧嘴地捂住了膝盖，摔在了条凳上。这个空当上，山西客递出了一记眼色，老日鬼立刻会了意，抱住大掌柜的腿脚，开始挽裤管，要求查看一下伤势。山西客也掏出来一瓶深色药水，再三释解说，此乃军方专用的，消毒止痛，有利于伤口，不如抓紧涂擦上去，尽快缓解一下痛楚吧。这一阵蜂飞蝶乱的聒噪，终于惹恼了大掌柜，一胳膊格开了他们，又将一只茶碗摔碎在了脚下。黑胖子一手指着脱可木，断喝道：

"法官，照你说的来，你赶紧拔掉我腿上的这个疼痛，除掉我心上的病根吧。"

脱可木答应一声，感觉这话里有话。

"娃子，你到底有几成的把握？"又问。

"十成。"

"木哥，你脑子瓜了么？你吃屎了么？你其实只有三成的把握。"惊白抢过了话头，鼻青脸肿地说，"茶七饭八，酒才是满盅，像你这样自吹自擂的话，大掌柜才不肯相信呐。"

"回领房子的话，假如没有一个结论，那我甘愿受罚。"

脱可木截铁道。

"嗯，不错，你口气扎实，不愧是儿子娃娃。"

黑胖子竖起了大拇指，挣着一口气，好歹站了起来，冲着山脚一侧比画了几下。不一时，一名驼工碎步跑了过来，将肩上的一把铁锹交给了大掌柜。铁锹明晃晃的，舌头像一把锋利的大砍刀，黑胖子掂量了掂量，目光忽然焊在了老日鬼的鼻脸上。老日鬼竟不敢对视，偏过了头去，脖颈子里挂满了汗水。黑胖子扑哧笑了，将铁锹递给了对方，低语说：

"劳碌你了，你现在挖个坑，就在这里挖。"

老日鬼诡笑道："头把子英明，按规矩的话，这两个碎鬼全部要灭口，一个也不能剩。"

"嗯，两个一起活埋。"

"那我等你的口令，以咳嗽为号？"

"不急慌，现在是三堂会审，先听这个娃子怎么说，如何作法吧。"

黑胖子道。

惊白眼尖，早已从对方的口型上，约略猜出了一个大概，知道有一枚恶果悬在了头顶，等着他和脱可木去摘取，去品尝，去付出应有的代价。这枚恶果是苦的，涩的，颜色猩红，事关这一辈子的生死，而今沦陷在了这么个地步，其实已别无退路。虽然尿急，裤裆里几乎快爆炸了，但惊白并不打算找一块空旷的地方去开闸放水，一个是走不脱，遁逃不得，那几名凶悍的游击封住了各个角度，揣在他们身上的利器绝不是吃素的；另一个，这几年同窗共读的情义，又让惊白割舍不下。他料定，即便自己侥幸溜走了，脱可木十有八九要变成一根干屎橛子，扔在这一片荒山褶皱中，将来连个哭坟的地方也没有，岂不是白白结交了一场么。心念已定，惊白倏忽间一扫恐惧，凑在了伴当的身畔，开始一惊一乍的，俨然又成了一只令人讨厌的老鸹。

只是，在三五米之外，老日鬼喊来了几个驮工，已经就地开挖了。挖也就罢了，但是铁锹吃进土壤里时，突然就被卵石硌了牙，崩了舌头，一种刺耳的金属声简直能要了人的命。穿羊皮坎肩的家伙也不耐烦了，吼喊说：老日鬼，你急着去死么，最好悄静一点，法官见不得你这么嚣张。老日鬼也不答话，朝掌心里吐了一口湿唾沫，握紧了铁锹把子。

这个时候，脱可木重新布置了一遍满桌子的供品，还念了三遍口诀。

念毕后，脱可木从花瓶中取出了那一支芦苇穗子，仿佛攥着一把拂尘，在黑胖子的头顶、双耳、鼻脸和脖子上掸了掸。接着，又依次扫过了他的肩胛、前襟和后背，顺着两条腿往下，停在了那一双靴子上，拭净了灰土。在这个过程中，雪白的芦花忽然散开了，纤细而修长，纷纷漾荡在了光线中，好像一大把刚刚淬炼出来的银针，锋芒毕现，恐怕连凉州境内最有名的梅郎中也望尘莫及吧。撇下了光秃秃的芦秆，脱可木数了几张黄表，在灶火上引燃后，一边念着口诀，一边用火焰燎擦。黑胖子似乎获得了一道神秘的敕令，彻底放松了下来，叉开双腿，紧密地配合着。火舌在脱可木的手上缭绕着，经久不绝，先是围着对方的左脚烧了三圈，又在右脚上重复了相同的动作。末了，火焰渐渐地熄灭后，脱可木的手在虚空中抓了一把，将拳头举在了黑胖子的眼前。拳头松开时，黑胖子登时吃了一惊，原来脱可木的掌心里连一粒纸灰也不见，竟然卧着一只肥硕的蝎虎子。

蝎虎子乃嗜血动物，在脱可木的手掌上蠕动着，一定是过于贪婪，吸食了不少的鲜血，所以才如此蠢笨，不知道大限将至。脱可木叨念着口诀，接着又吹了几口气息，拳头再次打开时，蝎虎子变成了一根粗钉子，颜色斑驳，上下锈蚀。黑胖子震惊道：

"哎呀，一根绊马钉，你这是如何得来的？"

"站好，别吱声。"脱可木叮咛之后，端起了桌案上的那一只白瓷碗，噙住一口净水，突然喷在了黑胖子的鼻脸上，总计喷了三遍。水滴挂在了对方的五官上，但仍然洗不净那一团黝黑的表情，更窥不出他内里的真实意图。事实上，在这一刻，黑胖子已经彻底信服了这名少年，这个在半路上邂逅的年轻法官，并一再地告诫自己，对方或许恰恰是上苍派来的一介贵人，专门来替自己解套的，否则的话，今天的这一幕僵局便难以破解，性命也将悬于一线。有鉴于此，黑胖子决定打开所有的肺腑，事无巨细地去应和法官，从而获知最后的答案。脱可木不错眼珠子，一直盯视着大掌柜的表情。半晌后，作法失败了，一无所得，不免揶揄道："哎呀，你可真黑，我的法术实在不够。"

"的确，我太黑了，比一百只老鸹还要黑。"

"北疆的日头只照你，难道不晒别的人？"

"不，只因在下是黑喇嘛。"

终于舒了一口气，交代了底细。

"黑喇嘛？"

"你好像一点也不吃惊。你从来没听说过这个名字么？"

"敢问，那你跟喇嘛梁上的那个绿林人士，在蒙家庄子里行侠仗义的喇嘛爷有什么瓜葛么？"脱可木看似平静，但内里深处，却早已经山奔水飞，风起沙移，惊骇得脱了相似的。按住了狂躁的心跳，脱可木料定眼前的这个人所言不虚，恐怕就是名著天下、在北疆一带横行了十几载的最强悍的土匪头子，便又虚声下气地说："哎呀，假如你真是那一位喇嘛爷的话，我应该替蒙家庄子的父老们，现在给你磕头了。"

"不错，世人都喊我黑喇嘛，但是在家里，在马鬃山的城堡中，他们尊称我是喇嘛爷。"黑喇嘛低语着，突然攀住了脱可木的胳膊，哀恳道，"法官，你得助我一拳，我现在刚巧落了难，正在难处，只有你能解开这个死套子，放生了我。"

"如何放生？"

"求你了，十万火急。"

"呃，大家都过来看看吧，也好有个见证。"脱可木爽快道。

不远处，坑已经有了大概的形状，但是铁锹剐擦卵石的声音，依旧明晃晃的，尖啸无比，好像骨骼断了，天灵盖碎了，脑浆也被搅成了一锅小米徽饭。老日鬼扔下家什，喝令驼工们继续开挖，一个蹦子跑了过来，雀跃异常。附近的游击们，不，应该是黑喇嘛的手下，也纷纷拢在了主子的身后，肩膀紧绷着，丝毫也没有放松的迹象。只有一个家伙全然不在乎，脱掉了羊皮坎肩，一边嚷骂着脱可木装神弄鬼，诈骗银钱，一边摸出了纸烟，叼在了嘴角上，但擦洋火的手始终在发抖，点了四根，这才吐出了一口烟气。惊白踱过去时，发现自己的这个仇人终究忍不住好奇，也撅起了沟子，在看脱可木作法，旁边的羊皮坎肩里裹着一把短枪。恼恨之下，惊白窃走了这一件杀人的凶器，却又不敢揣在身上，于是借着撒尿的机会，扔在了山背后的荒坡上，这才鬼祟地回来，站在了伴当的身旁。

这个关节上，那只白瓷碗中的一汪净水终于静止了下来，明亮得像一面水银镜子。

脱可木凝神静气，诵完了一套复杂的口诀，天知道那是什么意思，反正谁也无法猜解。念毕了，他像法官一般庄严，指着碗里那一块亮晶晶的水面，相问说："大掌柜，这一趟你统共带了九匹马，但是途中出了大麻烦，折了整整两匹，其中一匹就是你的坐骑吧？"黑喇嘛一时骇然，盯视着白瓷碗："对，对对的，法官你判得准确，我的那匹马突然就炸了，惊掉了，将我掀翻下来，我当时差一点就没命了。"脱可木道："你瞧瞧，事发的这一段山路多危险呀，左侧是山崖，一直在掉石头，右侧则是十几丈深的长涧，望不见沟底。太可惜了，那两匹快马栽了下去，摔成了肉饼，这才过了大半天的工夫，它们已经被老鹰和狐狼啃成了骨头架子。"黑喇嘛俯在了桌案上，盯看着碗口，硕大的头颅遮挡住了另外的角度，其他人也没什么脾气。黑喇嘛又坦白道："法官，实话说给你知道吧，我是从贺兰山一线接上江特派员的，一路上都很顺利，平安无事，可偏偏到了凉州地界上，便怪事迭发，麻烦不断，以至于伤人害命，我至今也没有一个头绪。"旁侧里，叼着纸烟的那个家伙抬起右手，潦草地敬了一记军礼，傲慢地说："在下江青峰，国民革命军第二集团军特派员，奉命至此。"脱可木不谙此道，也不便搭理对方，目光落在了那一面镜子上，仿佛里头藏着一卷图画，一个真实的答案，再次询问说："大掌柜，今日天亮之前，你是不是闻听到了一种奇怪的声音？后来，骆驼和马队也有过一阵子骚乱，因为有一群麻狼恰巧经过了你们，但是有惊无险，并没有发生什么冲突？"黑喇嘛频频点头，照样看不见他漆黑的表情，供述道："确实，那种声音太不吉利了，我哪怕饿上一年半载，再也不想听第二遍了。"脱可木问说："你摔得很厉害，膝盖骨快碎了，一条腿也几乎要断了，所以你们就地歇缓了几个时辰，这才挣扎着上了路？"黑喇嘛答复道："不错，幸亏我碰见了法官你，好像现在身上也不疼了，你一定为我施了法术，拿走了我的伤病。好我的法官，我只想问你一句，原本还好端端的一切，干今突然炸了群，出了这么大的一场祸端？"这一时，脱可木截铁地说："有人给你下了咒，布下了邪祟，于是你中了他的算计。"黑喇嘛拔起脑袋，目光巡视了一圈，叱问道："谁？哪个狗日的敢在老子背后捅刀子，来阴的？"脱可木坦承道："抱歉，现在还看不出来，但这个人就在你们中间，他一定在。"

特派员阴笑着，对法官的陈述轻蔑极了，欸然道："迷信，这完全就是迷信，革命者从不信邪，革命者就是专门来破除这种下三烂的勾当的。"话虽这么讲，但江青峰还是忍不住好奇，探身过去，用口中的烟雾，吹皱了那一汪净水。惊白不悦了，斥责说："呔，脏手别动热点心，你既然不信，自然看不出什么眉目，最好不要干扰了法官的气息。"江青峰审视了半晌，不过就是一碗普通的水，水面上倒映着凉州的残阳与云朵，实在是没有一丝特殊之处，又道："哼，我敢以军人的名义发誓，如果这不算迷信，那一定就是魔术，我在上海和西安城里见识过，雕虫小技罢了。"惊白忽然咋呼开来，指着白瓷碗嚷喊："快看，大家来看，这是个啥么？"

　　脱可木闭着眼睛，叨念着一套又一套的复杂口诀，停不下来。

　　无疑，这是生死一劫，命在旦夕。原本，蒙家庄子的男女老少承继了古风，各揣各的把戏，家家有招数，门门俱精彩；他们平素里就喜欢占个卜，打个卦，算个命，看看手相，卖弄一番风水，以此赚取一些零碎钱，补贴了油盐酱醋的开销，风气沿袭不辍。这一趟北疆之行，脱可木亦是迫于无奈，拿出了整个庄子里几近于失传的一套本领，投进了西山当中，唯一的念想便是干一桩大的活计，挣上一笔硬邦钱，也好在冬闲的时候，带着娘老子赴武威城里治病。不承想，目下的这一支队伍底子不干净，人员驳杂，远非一般意义上的驼队和商团那样，随便作作法，念念口诀，指一条捷径，便可以轻易打发掉的。嘴皮子乱动，脱可木其实一直在拖延，寻找一个能够解套的契机，争取一别两宽，去各自安生。但是，不远处传来的铁锹和卵石的刷擦声，仿佛将他脑子里的筋，一根一根地抽离了出来，干扰了此刻的法事，让脱可木昏瞑不已，一时间茫然无助。

　　黑喇嘛就像一根橡子似的，定定地站在了法官的跟前，一方面充满了期待，巴望着对方迅速开口，掷下一个清晰的答案，促使他了结了麻烦，终止这一场危局；另一方面，黑喇嘛也在梳理着此行的所有细节，推敲着队伍中的每一个人，可是思来想去，究竟是谁在暗地里长了反骨，设下了机关，差一点索走了他自己的命，还险些使他喂了老鹰与狐狼，这简直太伤脑子了。脱可木睁开了眼，发现黑喇嘛一直在出神，表情也不再漆黑一团，因为一种深红色的东西泛滥上来，敷满了他的颊脸，像是气血，更像是一份杀心。蓦地，脱可木瞭见黑喇嘛的领口上，沾着一根白羽毛，遂伸手摘了下来，会心一笑：

"大掌柜，在事发之前，你一定接到过一封密信？"

"嗯，没错。"

"这是一只信鸽留下的，暴露了你的秘密。"又道。

"所以他们动了手，打算提前干掉我。"

不待黑喇嘛进一步阐述，脱可木牵住了他的胳膊，来到了桌案前的空地上，撤掉了条凳，屏退了众人。奇迹发生了，脱可木念完口诀，打了几声嗯哨之后，原本卧在山脚下吃豆子的七匹快马，竟然纷纷站立起来，头尾相衔，一根线地跑了过来，停在了他的跟前。这一支马队毛色不同，筋脉各异，但明眼人都能看得出来，它们绝对是百里挑一的良骏，即便是焉支山下的贡马场，一时半会，也难以凑齐如此整装的七匹坐骑。脱可木逐一抚摸着每一匹快马的鼻门，它们简直乖顺极了，扬起了长尾，惺惺然地依偎了过来。最后，脱可木单独挑中了一匹灰马，牵给了黑喇嘛。后者握住了缰绳，爽快一笑，好像在说，呵呵，这正是老子刚才的坐骑。再次开始作法了，脱可木声称，这一套法术叫"烧路引"。来自蒙家庄子的法官将纸马、纸鹤、纸庙、纸房子、纸山与纸树等等的，统统码放在了空地上，从灶火中抽出来一根劈柴，轰的一声将其点着了。火焰像一个单薄的人，摇曳在半空，眨眼的工夫，又慢慢地萎缩了下去。这一时，脱可木将白瓷碗中的净水泼了进去，火焰呼哧一下腾跃在了头顶，仿佛那不是凉州的水，而是来自玉门的一碗火油。

意外的事情出现了，那一匹灰马的四个蹄子下，竟然流出了血水，无一例外。

起先，血水还是长蛇状的，在干燥的沙土上蜿蜒，让人误以为这或许是一次外伤。但如此的善念很快就破灭了，灰马的蹄子犹如被镢头刨开的四个泉眼，黑红色的血水突然喷射了出来，腥臭无比，吓退了众人。灰马一阵阵地趔趄着，呻唤着，七窍中也是血流不止。转瞬之间，灰马像一堵山墙似的，慢慢地塌方了，栽倒在了血泊当中，当即毙命。更为诡谲的一幕是，那一具庞大的尸骸在迅速收缩，朝内部塌陷了下去,最终变成了一副干瘪的皮囊。另外的几匹快马咴咴地嘶鸣着,像在垂泪,又像在号丧。

　　黑喇嘛虽然难过极了,但心中的仇恨压倒了一切,赶紧按照脱可木的示意,忘记了周身的疼痛,抢上前去,抓住一根马腿,搁在了自己的膝盖上,详察再三。除了血水,竟看不出一丝异样,马掌是新换的,换季的毛发亦无大碍。黑喇嘛煞是不甘,拔出来一把刀子,硬生生地将那一块蹄铁撬下来,找见了一枚纽扣大小的东西。血水浸染着,黏稠不堪,黑喇嘛吐了一口唾沫,将其在袖子上擦干净,拈在指尖上细看。脱可木终于笑开了,一方面是苦涩的哀伤,一方面却是后快,蒙家庄子的老先人们好歹没有骗人,在过去十几辈子的光阴里淬炼出来的这一套法术,这一份保命护身的本领,迄今未曾失效,依旧管用,并且兑现在了眼前。那是一枚生皮子雕刻的法轮,边缘一圈镶满了枪矛剑戟,利牙尖爪,中心位置则是一只狰狞的骷髅头,两个眼眶中勾描出了恐怖的焰火。黑喇嘛犹不罢休,一刀剁开了马腿,但见从断裂处呼啦啦地跑出来了一群蝎虎子,一个个嗜血之后餍足无比,溃散而逃。不过,脱可木早有防备,抓起一把脚下的纸灰,朝空中扬洒了过去。一团黑雾飘失之后,那些蝎虎子竟然变成了一地的钉子,血钉子,钉在了黑喇嘛的周围。

　　惊白失神地盯看着,一会儿望向地面,一会儿又锁住了伴当的表情,惊诧莫名。听见黑喇嘛喊叫自己时,惊白赶紧跑到了大坑边,拾起驼工们丢下的那一把铁锹,扔给了对方。坑已经挖毕了,深达丈许,两侧沙石的气息很微弱,血水的味道却铺天盖地而来,甚至有些呛人。黑喇嘛举起铁锹,拍打在地上,将那一根根钉子逐个砸进了沙土中,连半截子尾巴也没留下。奇怪的是,铁锹每拍击一下,便会有一股子黑红色的血水飞溅出来,失踪在了空气中。惊白嗅闻到了一股恶臭,一种在荒废的地窖里才能碰见的恶心。蓦地,惊白蹲了下去,指头塞进了喉咙眼,似乎要将肚子里的那种恶心掏出来,鼻涕眼泪也汹涌而出。

　　"法官,你替我作证,我要把它变成一泡屎,这辈子也不会拉出来。"黑喇嘛当着脱可木的面,将那一枚法轮喂在嘴里,干涩地吞咽了下去。脱可木并不答话，瞄了一眼旁边的大坑，一声喟叹，仿佛已经知道了结局。黑喇嘛又道："法官，你不必多说了，我心里有一本明账，我并不糊涂，今个天在坠马的现场，谁替我换了这一匹坐骑，谁就是那个下了邪祟的人，他便是企图要了我这一条老命的仇家。"话音未落，老日鬼冷不丁地从人堆里奔了出来，突然跪在了黑喇嘛的跟前，抱住了对方的大腿，一时间泣不成声。

"咦！你是家里的二把子，二首领。你这是做啥么？"

"头把子，这全都怪我，我的心被猪油蒙住了，恶鬼上了我的身，拿走了我的魂灵。"老日鬼的脑壳快要磕破了，哭诉道，"我知道家里的规矩，我只求头把子开恩，给我来个痛快的，最好留下一个全尸。"

"为了财，还是为了前程？你给我个实话。"

"不，我就图了一个明白。"

"咋讲？"

这个关节上，老日鬼突然掉头，拨开了身后的伴当们，一个蹦子，站在了大坑旁边。众人皆惊，自然也不知道底细，纷纷嚷喊着，相劝着，有事好商量，千万别冲动，头把子其实是一个宽宏大量之人，云云。老日鬼从腰间摸出来一把盒子枪，打开机头，先是对准了自己的太阳穴，可能觉得不妥，又顶在了下颔上，最后将枪口慢慢往下，戳在了心口窝。黑喇嘛并不发话，也不顾忌手上沾满了血水，从脖颈子里摘下那一串念珠，盘在了指头上，嗡嗡营营地絮叨着，目光朝向了特派员。见大势已去，加之惧怕家法，老日鬼扣动了扳机，打烂了跟着自己一辈子的心脏，顺着那一座土堆，跌落在了坑底。

枪声中，特派员已经撒腿跑掉了，眼看着就要冲出岔路口，侥幸逃上一命。

毕竟，这一切尽在掌握当中，黑喇嘛喊了一句红脖子，打了一声唿哨，原本在山脚下打瞌睡的那只獒犬，突然间弓起了光溜溜的脊背，颈项上的那一圈深红色的毛根炸开了，犹如戴了一条围脖子。獒犬龇出了尖牙，低吼开来，然后像一枚箭矢，飞射而去。脱可木登时记起来了，蒙家庄子的老辈人曾经描述过，在祁连山里的游牧部落中，有一种神犬天生异状，系着红围脖，性情凶猛，忠心事主，倘若让其改换门庭的话，它自己便寻了死路，绝不遵从。不错，这种灵兽天上稀有，人间罕闻，土著人给它们起了一个相当夸奖的名字，就叫太阳犬。在北疆一带长大，脱可木分明了解，任何一支成规模的商团和驼队上了路，必定要带上一条母狗，否则难以成行。只有母狗随扈左右，方能让流窜在旷原干滩上的那些野狗，尤其是领头的公狗们夹起尾巴，停止咆哮，放弃袭扰。据说，一只太阳犬堪比一块金砖，像黑喇嘛名下的这一匹灵兽，简直就让脱可木咂舌不已，同时也滋生出了一份莫大的恐惧。幸亏刚才免于一搏，不曾纠缠，否则就两说了。见惊白胆怯地靠了过来，脱可木一把搂住了伴当的肩膀，这才发现他一直在发抖，整个身子寒凉得就像一块冰疙瘩。

太阳犬撕扯着特派员，踉跄地过来了，脚底下漾起了一团尘土，夹杂在夕光中。

出乎众人的意料，獒犬松开了牙齿后，特派员一不惊慌，二不求饶，居然掸净了身上的灰尘，整理了一番衣裳，忽然掏出来一本绿皮子的证件，亮给了黑喇嘛，沉着道："头把子，在下江青峰，乃国民革命军第二集团军少校参谋，听命于冯玉祥将军。作为特派员，我受上峰的指令，此次专门负责押送这一批军火。如今已到了凉州境内，放眼望去，这方圆上百里的荒山和戈壁杳无人烟，但你的马鬃山大本营也指日可待，想必一切均安全无虞了，所以我现在告辞，我必须赶紧归队，七日之后一定要抵达临潼关。"黑喇嘛罕见地一笑，漆黑的鼻脸上，露出了鸡血色的牙花子："江青峰，俗话说有始就有终，你这样撂了挑子，将我和这一批枪支弹药扔在半途中，恐怕也有悖于生意场上的原则，这以后的买卖，难不成就泡了汤，干脆不做了？"特派员收回了证件，又点了纸烟，相告说："头把子，你是螺蛳壳里做道场，长期蜗居在河西这一片锈带上，难怪眼界窄小，器量不足。现如今，中原大战已经到了最关键的时刻，身为军人，我自然不能逍遥在外，将来冯玉祥将军定鼎之后，咱们少不了一起发财。"黑喇嘛喟叹一声，惋惜道："特派员，你非走不可么？"江青峰点头道："不错，马革裹尸，青山埋骨，此乃军人的本分，也是一份莫大的荣耀，我非走不可。"黑喇嘛似乎仍在犹疑当中，决断不明，试探地说："是这，我恰好认得武威县新城大营里的几位长官，我派人护送你南下，至迟在明日傍晚便可抵达，也许有顺路的汽车去西安城，岂不是免了你这一路上的劳顿么？"果然，特派员迅速拒绝了，轻蔑道："不，不不不，河西这一带的地方军阀全都姓马，他们少了两点水，不姓冯。再说了，这是军人的纪律，我堂堂一个基督将军麾下的少校参谋，断然不能去乞求他们，屈从于那一帮杂牌军。"黑喇嘛又笑了，牙花子鲜红："也罢，既然特派员这么固执，去意已决，那我就恭敬不如从命。不过呢，在少校临离开之前，我有一份大礼当，我要当面送给阁下。"特派员一喜："哟，什么礼物呀？"对方伸出了指头，坦率地说："我送你三枪，三颗子弹，现在就替你送行。"

眨眼的工夫，几名扈从自山脚下拽过来一匹骆驼，卸下了驼峰上的左右辎重，撬开了木头箱子。这一时，脱可木和惊白嗅闻到了一股浓烈的药草气息，打眼望去，扈从们已经拆开了木板，黄芪、甘草、青蒿、半夏、薄荷等等的撒了一地。箱子底下埋着军火，油布包裹着。扈从们抽出来三支长枪，撕掉了油布，连同明晃晃的子弹，一起交在了头把子的手里。

咔嚓一声，子弹上了膛，枪口瞄准了特派员的眉心。

不是犹豫，也不是杀心在慢慢地消失，黑喇嘛其实一直在等待对方服软，像一头畜生那样发抖，下跪，求饶，进而在扈从们的面前，挣回自己的这一副颜面。岂料，特派员并不畏惧，嘴角上冒出来的那一股子烟仿佛挑衅。一怒之下，黑喇嘛扣动了扳机，但是枪真的没响，果然印证了陕西方面的说法。换了一支，又换了一支，统统哑火，黑喇嘛气馁地扔掉了长枪，瞥见了在脚下踞伏的獒犬，忽然间有了另外的主张。

"唉，我迟了一步，我现在真是后悔死了。"特派员道。

"江青峰，在我开始让你试毒，让你给这支队伍打头阵，让你扮演领房子的时候，你就应该猜出来那是一次警告，但是你太自负，也太傲慢了。"黑喇嘛再次拈住了那一串佛珠，盘在指头上，这是动手的前奏，也是杀人的信号，又道，"说说看，你收买了我的叔父老日鬼，答应他将来当头把子，坐第一把交椅，你们本来打算在喇嘛梁上要了我的命，却也不知为何，这一折子戏唱歪了。干么对我提前下了手，反倒暴露了你们自己？"

"因为昨日夜间，你接到了一只信鸽。"

"嗯，有这么回事。"

"千里之外，一只信鸽捎来的只能是加急情报，特等机密，除此无他。当时，你在薛百镇的客栈后院里看完了信，一把火烧了，你先给鸽子喂了一把黄米，后来也许觉得不安全，所以掐死了它。"特派员不愧是一介军人，这一番理论头头是道，在在分明，"一般的信鸽认食，我查看过了，你撒下的是陕北黄米，只能说明它是从东边飞来的，你早有防备。"

"想不到呀，你竟然从屎坑子里捞出了那只死鸽子。"

"喇嘛梁上杀喇嘛爷，这原本应该是你的劫数，不过可惜了。"

特派员怅然道。

"呵呵，幸亏我碰见了这个法官，我的恩人。"

"巧合罢了。"

"不，他是天老爷派来搭救我的，他恰好给你讲了一则苏刻赤的故事，摆了一套凉州的古今，说明喇嘛梁就是在下的风水宝地，可你偏偏忽略了，当成了耳旁风，一计不成，打算再施一计。"黑喇嘛在杀人之前，一般先诛心，又恳切地说，"江青峰，实话告诉你吧，我在河西以北这一两千里的长路上，纵横了将近二十年，好歹也挣了一些名声。呵呵，不知我者，喊我是土匪、枭雄和窃贼，知我者，一概称呼我是替天行道的绿林好汉，劫富济贫的在世英杰，并且将马鬃山那一座旱码头，比成了水泊梁山。今个天，你反目在先，我也只好动用家法，再替天老爷做一回主。"

"我是堂堂的特派员，你敢动我一根汗毛，难道你就不怕冯玉祥将军的天威么？"

"呸，你一个吃屎的货，还想拿住我这个蹲茅坑的人么？既然你敢花银子，收买了老日鬼，难道我就不能拿上金条，去结交几个第三枪械所的朋友么？"直到此刻，黑喇嘛才道出了实情，吐出了真章，笃定地说，"江青峰，你是已经被革除了军籍的败类，第二集团军一直在缉拿你,这一批军火全是次品,也是你从枪械所盗窃出来的赃物。"

"鸽子捎来的消息吧?"

"可惜呀,你明白得太迟了。"

"陕西怎么说?"

"就地正法。"黑喇嘛拈动着珠子,款然道,"至于你哪个死法,现在是我说了算。"

喊了一声红脖子,黑喇嘛猛地抬手,掐破了一颗珠子,将一些白色颗粒撒了下去。特派员拦挡时,白色颗粒纷纷掉在了他的胳膊上,獒犬突然从斜刺里杀将出来,一口咬住了他的左手。黑喇嘛好像在哄一个碎娃娃,嚷喊说:吃点心吧,撒了盐的点心,小心别噎着了你。特派员摔倒在地,一边挣扎,一边求饶,却也抗拒不了牛犊般的獒犬,渐渐地落了下风。不一时,獒犬的牙齿像一座铡刀,咔嚓一声,将特派员的左臂齐肩咬断,撕扯了下来。血水软塌塌的,渗进了沙石地里,很快就被吸收干净了。骨茬狰狞,那一截胳膊就像烂劈柴,扔在了脚下,指头上的金戒指还是那么硕大,烁烨发亮,映衬着天边的一缕缕夕光。黑喇嘛又掐破了一颗珠子,将一团焦色的粉末,撒在了特派员的鼻脸上,仔细地说:喂,红脖子,你比我还有口福,你刚刚哐完了点心,现在又开始吃头肉了,小心花椒会麻了你的嘴。獒犬听令,一只蹄子踏上去,踩住了江青峰的脑袋,而后张开了血盆大口,稀里呼噜地啃食了一番,声音很脆,也很过瘾似的。特派员的五官不见了,彻底失踪了,血肉模糊,用剩下来的那一只手抓住了沙子,软弱地抛了过来。末了,黑喇嘛又从身上摸出来一只旧锡壶,拔掉塞子,将一股辛辣的液体,款款地浇在了特派员的脖子里,催喊说:哎哟,吃肉不吃酒,枉来世上走,红脖子你最好抓紧,咱们还要连夜去上喇嘛梁,天色不早了。獒犬扑了过去,一口咬断了江青峰的颈椎,当即送他上了路,关闭了他在这一世里的全部光阴。

干毕后,黑喇嘛掉转身子,双拳一抱,冲着两个少年人走来,呱喊说:

"娃子们,这下太平了。"

胡笳二十三节

秋日的黄昏，在山里头最先凉下来的，不是草茎和沙石，而是人的目光。

岔路口两侧的山顶上，盘桓着一群群旱老鸹，像身穿黑袍的道士，慢慢地拉下来这一道漫长的暮色。脱可木知道，它们其实是来追逐血腥的，尤其是那两具新鲜的尸骸，一定充满了诱惑，值得拼死一搏。但是，这些北疆地带特有的老鸹，跟脱可木一样，心里不停地在打鼓，猜忌丛生，不解其意。半个时辰前，黑喇嘛率着自己的扈从策马离开后，驼工们却不敢懈怠，照着头把子留下的吩咐，迅速填埋了那一座大坑，将老日鬼和江青峰彻底入葬了。这还不罢，驼工们牵着十七头大牲口，连同它们身上的所有辎重，在那个坑口上转圈子，转得人的眼睛也花掉了。骆驼的蹄子凌乱地捶打下去，沙石夯实了，虚土压瓷了，最后竟然跟附近的路面取齐了，毫无二致，不露一丝破绽。天呐，那两个活生生的家伙究竟去了哪里，坑口上怎么就没多出来一粒沙子，也不曾多出来一块石头，仿佛他们原本就没有肉身，不过是化成了空气中弥漫的这一股血腥？脱可木一直在问，山顶上的一群群黑老鸹同样也在问。

瞭见惊白踅出了前面的山脚，撒完尿回来了，脱可木忙站了起来，一时间慌乱不已。

事实上，刚才的那一幕杀戮，仍旧席卷着惊白，恐惧和震惊像一块块滚石，在他的内里当中轰鸣着，经久不散。这是惊白头一次看见杀人，既觉得无辜，又深感罪孽，好像自己也跟那一条恶犬似的，牙齿是红的，沾满了人肉渣子和血腥。其实，惊白没去撒尿，而是跑到了僻静的山脚下，恶心得昏天黑地，几乎连肠子都快吐了出来。稳静之后，惊白这才转出了山脚，前来跟伴当会合。

脱可木漠然地将拳头塞给惊白，松开了巴掌。惊白接在手中一瞧，却原来是特派员戴过的那一枚金戒指，不由得吓了一大跳，失手掉在了脚下。脱可木释解说：真的，这可不是我讹来的，一定是黑喇嘛刚才凑过来跟我说话时，偷偷塞在了我的身上。惊白思忖道：木哥，你赶紧捡起来吧，它归你了，人家或许也是为了酬谢你，又怕你拒绝，所以才这么干的。闻听此话，脱可木突然变色道：呸，你个小贼，仔细你说话走了火，我虽然穷寒，比不上你这位武威城里的少爷羔子，但是这样的不义之财，害命换来的东西，还的确入不了我的法眼，请你高抬贵手吧。料知对方误解了自己，惊白苦哈哈地两手合十，哀恳道：木哥，那你这一趟专门来西山作法，替别人驱邪除祟，不就是为了挣一笔钱，好给姨娘去治病么？况且，你一不偷，二不抢，凭着真本事吃饭，这一坨金疙瘩又是黑喇嘛赠与你的，你干么如此清高？岂想，脱可木怅望着山顶之上的夕光，突然一记耳光，扇在了他自己的颊脸上，忏悔道：日能的，我这一张破嘴竟然害了两条命，不，害了三条命，还有那一匹马，我真是恨不得撕烂它。如此一讲，惊白的劝说完全失效，悻悻然了起来。

半响后，脱可木从巨大的罪愆中回转过来，攀住了伴当的肩膀，恳切道：惊白，你一定要替我作证，我发誓，从今个天开始，我要戒掉这个坏毛病，从此一不驱邪，二不除祟，三不卖卜，四不打卦，五不算命，六不烧纸，七不磕头，八不设坛，九不作法，十不看风水；我打算老老实实地回去务农，做一个规矩的儿子，正常的后人，将来也好给我娘养老送终。惊白知道，脱可木一向是守信之人，然诺君子，他一俟说出，一粒唾沫便是一根钉子，绝无更改。忆想起以前在乡学里的一幕幕，惊白不由得说：木哥，我记得你以前对我讲过，这个人世上有三件衣裳，是轻易穿不得的，一件是戎衣，一件是僧衣，另一件便是血衣，今个天我算是真正领教了，我也害怕了。脱可木一时恍然，原来惊白很在意自己的话，居然记得这么牢靠，遂附和道：的确，这三件衣裳里，戎衣太血腥，僧衣太高贵，至于血衣么，那可不是一般人可以随便披在身上的，要么上山打虎，青史留名，要么囚首垢面，一辈子活在泥涂当中。这一刻，见伴当如此慨然，又这么信赖有加，惊白嗫嚅地说：木哥，你可不要责备我，我这一趟出来寻你，其实是因为我在武威城里闯了祸，我害怕，我没地方可去，所以来投靠你了。脱可木一下子塑住了表情，探问说：什么祸？惊白坦白道：嗯，目下还不清楚，我猜应该是天祸吧。

这么着，脱可木掉头走开，赶紧去收拾桌案上的东西，似乎惊白的话不能过夜，像一道惊烽羽书，否则凉州境内必然要出大事，武威城里也一定会烈焰熏天，火烧连营。惊白踟蹰着，捡起地上的那一枚金戒指，揣在了身上，心知这一趟的逃亡暴露了，结束了，完蛋了，后续的课业，才是自己面临的真正难题。惊白带着这一份愧疚，赶紧追了过去。

西山顶上，那些令人丧气的旱老鸹，再也等不及了，纷纷撑开了黑色的大氅，一群又一群地飞落了下来，盘踞在那一座填埋不久的坑口上，一边斗殴，一边挖掘。脱可木拾掇着家什，逐个搬在了胶皮轮子的车上，下手很重，一语不发，显然还带着气。惊白相帮着，取出了车底下的铁喇叭，摘下了炒面袋子，码放妥当了。偏偏这时，桌案上的那一只白瓷碗突然炸裂了，无缘无故地炸裂了，碎成了许多瓣，不由得令人心荆肉棘，一下子不祥了起来。

果然，脱可木色飞骨惊，简直被吓傻了，一屁股瘫在了地上，莫名地号哭了出来。惊白不明腠理，蹲在了伴当的旁边，再三询问缘由。哭了一阵子，脱可木哽咽道：

"天呐，我娘一定是犯了病，现在心口疼死了。"

"呸，你别乱说话，你嘴里要有章法。"

"我知道的，我懂这个，这是天老爷在警告我，因为我泄露了天机，今个天得罪了长生天，所以才有了这么快的报应。"脱可木的鼻涕眼泪汹涌而下，混沌一团，再也收拾不住了，"天老爷，你降罪就降在我身上，惩罚就罚在我头上吧！你干吗要连累了我娘老子呀？"

这时候，惊白冲着崖壁下的枣红马，打了一声唿哨，仔细叮嘱道：

"木哥，我先回武威城去找梅郎中，你带着姨娘随后就来，咱们在承平堡见面。"

第四拍

胡笳二十四节

岂料，绕了整整一大圈子，却又原路返回，站在了文楼下头。

廖逢节抹了一把鼻脸上的雨水，一连迭地说：怪我，真是怪我，角院的门一向是锁闭的，我刚才糊涂了，竟让先生跟着我受罪，咱们从武楼那边下去吧。暴雨狂乱，夹杂着大小不等的冷子，整个承平堡沦陷在了一片漠漠的水汽当中，路径难辨。朱绣朱先生自然也怨怪不了对方，暗中拽了拽肩膀上的雨衣。角院，这是一个突兀的词。朱绣瞄了一眼文楼下方，只瞭见了前院内的车手房和草料棚，并无其他，倒也并不在意。风斜了过来，窗台上的那一本《赵氏孤儿》愈发湿透了，几乎泡在了水里。毕竟是读书人，荷担着凉州总教一职，朱绣不忍心怠慢了字纸，赶紧抓在手里，用袖子拭净了封皮上的水渍，揣在身上。

下了武楼一侧的坡道，置身于承平堡的庭院中，朱绣仰看一眼，发现凉州的天空忽地一下抬高了，雨水也似乎不太密集。旁侧里栽着一口门海，荷花开败后，耷拉在缸沿上，水面上浮了一层沙土，鱼脊隐现着，这是荒凉日深、久不打理的迹象。不待朱绣感喟一二，南门楼下突然迎过来了一把伞，慌里慌张的，罩在了自己头上。朱绣定睛一瞧，却原来是达云，忙含了含胸：大小姐，我不要紧，你仔细别凉着了。达云在瑟瑟发抖，双目红肿，越发地瘦削了，歉疚道：先生，这回让你失笑了，只怪权家教子无方，养了这么一只白眼狼，熬干了大家的心血，还牵累到了你。果然，又是惊白，朱绣忆想起了少东主顾山农先时的话，权家的头上顶着一只火盆子，另有一只屎盆子，也真够他们操碎了心，难怪有此一说，显见大小姐在恨得牙痒。走了一截路，达云蓦地拉拽住客人，忽然改了口风，哀恳道：先生，等一下你去劝和的时候，一定要掂量住尺码，最好各打五十大板，谁也不许偏向。朱绣不解，咦了一声。达云方释解道：唉，权家的这两个犟驴，他们现在一个是火，另一个是油，一个吃了枪药，另一个拼命作践自己，我夹在中间难心死了，我恨不得出家去做姑子，图一个清静罢了。停下了步履，朱绣盯视着少女主，款然道：大小姐，请问你见过哪一个狗窝里不吵，哪一座鸡窝里不叫？这个比方虽然不甚恰当，却也正好说明他们还青春年少，身上有精力，脏腑中埋着火气，拌得了嘴，打得起架，这才是整个承平堡的生气，承平堡终于活了，呵呵。达云失望极了，本以为靠住了一根柱子，不承想，就连这堵墙也塌掉了，遂嗔怪道：朱先生，你方才的话无异于抱薪救火；你是叔父辈的人，念在家父的面子上，最好是劝和不劝散。天呐，我就怕他们之间谁说了一句什么重话，把对方的心伤烂了，以后再也无法弥合，求你了！也不知咋了，眼前的总教大人竟一反常态，咯咯咯地笑说：嗯，你我先别急慌，让兄弟俩吵去，一人一嘴狗毛才好，倘若令尊泉下有知，他一定会开心的，我掌握权大人的脾气，你尽管放宽心。

一提及父亲，达云禁不住悲从中来，赶紧将雨伞偏了偏，遮住了自己的泪水。雨滴敲击在伞盖上，空洞而无助，就像达云这一刻的心情，几乎灰败到了极点。父亲在世时，犹如一张巨伞，一座阔大的帐篷，不仅遮护着女儿，还让顾山农和惊白一向规矩，从来也没有红过一次脸。现如今，父亲走了，下了世，达云仿佛站在了一块跷跷板的中央，一头惜疼着弟弟，另一头又顾及着丈夫，左右莫是。达云思忖，退一万步讲，即便弟弟闯下了大祸，失踪了这么久，但今个天他能囫囵着回来，毕竟鼻子不少，耳朵不缺，这才是头等之事，该宽谅的宽谅，该赦免的赦免，他们又何必如此激烈，闹到了几乎翻脸的地步啊。

不过，上述的说辞虽然揪心，但还不至于伤筋动骨，无法挽回，大体上属于皮毛的原因，就像浮在汤锅里的一丛沫子，达云用一把勺子就可以撇干净，不至于坏了整整一锅的味道。究其实，这种眼泪收不住的真正根由，在于这是承平堡重新开门以来，达云第一次迈过了这道门槛，终于进入了堡子，却也只能停留在南门楼下，眼睁睁地瞭着权家的两个男将在吵架，在吃咒，在挥舞拳头，大的不谦，小的也不恭，让她万分坐蜡，倍感苦楚。雨雾茫茫中，达云的目光流连在了承平堡的楼阁亭台之上，飘忽在了左右两侧的门窗与柱廊之间，似乎轻轻嗅上一口，便能捉住父亲的气息，再也撕扯不开，从此膝下承欢，一如往日，顾山农亦将无话可讲。是的，父亲就葬埋在了这一座堡子里，他的亡魂并没有走远，说不定就匿身于这一片雨雾当中，也在惊诧，也在心生欢喜；他应该瞭见了女儿的到来吧。达云婆娑着双眼，一直仰看着头顶上的广大虚空，内里潮起了一股温润的汁水，巴兮兮的，冀望着天老爷降赐下一个机会，一偿夙愿。

但是，咫尺之距，达云终究还是一介女流，一个局外人，虽然知道父亲的灵骨葬埋于角院，可到底安放在了哪一片泥壤之下，脚下的哪一块砖石，才是自己可以下跪磕头的地方，迄今无解。事实上，在这三年多的守孝期以来，达云就被彻底孤立了，一直蒙在了鼓里，也被摒除在了这个凉州境内最为核心的机密之外，直到这一幕血腥而惨黯的大光阴尽头。

此乃后话，暂且按下不表。

达云哀戚了良久，忽然有了一计，觉得只有讨好这条路，才能让丈夫心软，破例允许自己进入承平堡，做一回真正的女主人。达云苦笑说：先生，等见了面，你别当和事佬，也不要各打五十大板了；你是叔父辈的，你干脆站在山农的一边，狠狠地教训一下那个小贼，让他知道天高地厚，懂得收敛了身上的野性。此乃恋恳，亦是公然在拉偏架。朱绣听出来了，便道：哎哟，雨太大了！我真的是一头雾水呀，迄今还不知道少东主与惊白吵个啥，他们的疙瘩在哪里。不过呀，既然大小姐邀我出面劝和，那我一定要主持公道，先听听事情的首尾，再做一个判断了；毕竟向人向不过理，我总不能忤逆了个人的教养，是非不清，黑白不分吧？达云胀气地说：哼，那个小贼野得像一头狼，谁的话也不听，谁也束缚不住；前些日子里，他居然偷偷地牵走了山农的那一匹枣红马，去北疆浪了一大圈，这万一出了麻烦，有个三长两短的话，那我也活不下去了。呵呵，原来是一桩芝麻小事，朱绣讥笑道：大小姐，你别自责了，对待惊白这样的少年，我替你开一个方子。方子，什么方子？达云迫切地问。朱绣接续道：很简单，我的方子上只有两个字，散养。你不要试图将他笼络在身边，其实你也驾驭不了，哪怕你天天把他拴在身上，可能也白搭。达云眉头一皱：散养？那岂不是中了他的计，上了他的当，遂了他的心么？朱绣并不客气，直率地说：大小姐，不仅是惊白，对待少东主山农，你也应该抱持同样一个散养的念想；因为大凡是这个人世上的英杰俊才，显赫人物，包括那些硬朗的儿子娃娃，无一不是单人独马，各自发愤为雄，在这个泥潦满途、万壑千岩的世界中野蛮出来的，唯其如此，他们才能在将来的日子里直声壮节，干出一番彪炳天地的大事情出来，而不至于像圈养的羔子和牛犊，一生都是可悯之状。这一席话，达云当然耳熟了，并不惊怪，相告说：先生，家父在世时，也曾对我训导再三，所谓夫烈行义，妇义成仁，大概跟你的话是同一个意思吧。啧啧，看来你对山农的了解，比我还细，还要周全，我真是自愧弗如。这一番肯定，令总教大人身心通泰，如沐春风，感喟道：哎呀，你也不想想，他们兄弟俩究竟是谁家的根苗么！那是你们权家的后人，自然是令尊的那一块福田上生发出来的枝芽，得了权大人的荫庇。达云豁然了许多，这个散养的方子，让一大堆缠麻般的家事，忽然间明晰了起来，大有点石成金的意味，不由得感激道：先生，劳烦你在这个下雨天里的开示，我记住了，这是家父下世之后，我得到的最暖心的一句话。朱绣谦和地说：在下是一介直人，向来不会拐弯抹角，大小姐最好左耳朵听，右耳朵出吧。达云虚上一礼，恳切道：先生的确是一位直人，肝胆俱在，眼光独到，不愧是位列仙班的六郡老之一，我受教了。

不过，类似的喜悦就像脚下的一个个雨泡，倏忽间破灭了，失去了影踪。

达云瞥见了旁边的那一口门海，慌忙扔下伞，撸起了一根袖子，伸手在水缸里搅达了一番。鱼脊隐匿了，那几根枯败的荷花枝叶也经不住折腾，湮没了下去，浮满沙尘的水面，犹如一张写坏了墨字的纸张，丑陋了起来。不一时，达云抓住了一把东西，淘净后，这才松开手，递给了总教大人去瞧。朱绣当然认得，那是一些戈壁玛瑙石，斑斓、温润、形态各异、颗颗分明，已经被这一缸水养得有些年份了，真应了金沙深埋这四个字，颇具境界。达云忽然发问说：先生，那在你看来，这些小石头像什么？朱绣冷不丁地怔住了，料想不及权家的女公子如此古怪，竟然扯起了闲章，也不顾忌眼前的这个坏天气。但是，客随主便，朱绣老练地猜破了对方的心思，沉着地说：是这，在老朽看来，这些玛瑙石不但养在了这一缸清水中，养在了承平堡的庭院内，最要紧的一点，则是养在了大小姐你的心窝子里，你心血滋润，你如琢如磨，如今也才有了这样的品相与质地。达云蓦然一喜，求问道：先生最擅长诗词了，那么用一个什么样的比喻，才能描摹出你心目中的那个理想答案，那个小贼呀？朱绣答：璞玉。达云失声道：璞玉？先生，你真的这么看他，你真觉得他是一介可造之材，将来能够雕琢成器么？朱绣的目光飘远了，落在了南门楼下，率先而走：喏，反正远在天边，近在眼前，咱们不妨去当面问问他吧。

　　扔下了那一把玛瑙石，达云蹲在门海旁边，捧住了颊脸，孤独地伤感开来。

　　另一厢，情况则大致相反，彼此之间不曾动拳头，也毫无言辞的交锋，气氛冷凝着，仿佛两个陌生的路人邂逅在了南门楼下，临时避雨似的。高大的门扇紧紧闭合，顾山农颓坐在一块门石上，拎着一根旧鞭子，仔细地拆解起来。鞭子用了许久，松垮了，其中一股子甚至断裂了，平时干脆使不上劲，不如趁着这个天气赶紧收拾好，借此分分心，也少受一点惊白的罪。这么一念想，顾山农便埋下了头去，干脆不搭理对方。但是，少东主手上的那根粗鞭子，不啻于一种烽火警报，一种威慑。干么姐姐前脚刚离开，他后脚就开始炫耀起了武力？这分明是两口子早就撺掇好了，一个唱红脸，另一个唱白脸，两不亏欠，合谋起来针对自己的。惊白不由得畏惧了，望了望头顶的门楼，瞅了瞅密不透风的庭院，一种被人关门打狗的不祥之感，像斜风吹来的一阵阵寒凉，笼盖在了身上。这一时，惊白懊悔不迭，自己做了一回君子，赤裸着上身，捆缚了双臂，又负荆而来，谈不上请罪，只打算求得一次和解。不承想，少东主却将他的这一份谦逊，当作了软弱,看成了虚声下气,始终也不给个好脸色,难道还真以为他徐惊白是一块玉米发糕,可以随便踩躏么?渐渐地,懊悔变成了一丝敌意,惊白的脖颈子梗了起来,双方冷漠地对峙着,似乎谁先开口,谁就要输掉这一局。

其间,管家廖逢节过来了一趟,凑在少东主的耳朵旁,嘀咕了几句。临走时,廖逢节抽了个空子,闪电般地将一只麻腐包子,塞在了惊白的嘴里。顾不上咀嚼,惊白直接吞了下去,目光求告着。廖逢节借着雨伞撑开的一瞬,再次喂了他一个包子,遂跳下台阶,消失在了雨中。惊白叼着吃食,嗫嚅道:嗯,一饭之恩,当涌泉相报。这一回吃得很慢,凉包子,麻腐也不软糯,卡在了嗓子眼上,冒火似的。刚才姐姐慈悲,还赏过一碗水,现在空碗就扔在地上,越瞧越渴,简直是哑巴吃炒面,迟早会喷的。实在挨不住了,惊白用脚尖将粗碗拨拉了过去,停在了顾山农跟前,嚷喊说:水,给水。鞭子全部拆解开了,总计有五股牛皮绳,顾山农抽掉了其中那一根断裂的,又掏出来一盘油乎乎的,预备在旁边,居然连头也不抬。惊白的脚尖磕了磕碗沿,催喊说:噎死了,水,快给水。顾山农拿着抹布,扼住了那一盘新绳子,下力气一抽,将上面的油脂全部褪净后,却原来是一根焦黄色的牛筋,柔软,明净,且弹性十足。在凉州,上乘的鞭梢子里肯定有一根熟好的牛筋,不仅结实耐用,甩出去的声音还很脆,性子再烈的大牲口往往也会服软。顾山农将牛筋裹挟在了另外几根牛皮绳中,一头踩在鞋底下,另一头攥在手里,边揉搓,边编织,一直阴沉着鼻脸,仍旧不给脖子。惊白真是快被噎死了,怎奈双手已被反绑,无法自救,哀戚地说:哥,求你了,给一口水吧?这时候,顾山农在发呆,因为生疏了许久,刚刚编织出来的那一截子太丑陋,疙里疙瘩的,复又拆开了。最佳的编法名曰五族共和,这是辛亥年武昌首义、民国定鼎之后开始时兴起来的,五股绳子拧成了一根鞭子,其意不言自明。顾山农盘磨了半天,重新开始拉抻,缩扣,打结,对弟弟的下话一概不闻。惊白很快就恼了,抬起一脚,像踢沙包似的,将那只碗踢飞了。奇迹的是,那一只粗碗在地上绕了一大圈,不但没碎,还乖乖地卧在了惊白的脚下,仿佛它天生就是一匹识途的老马。

呵呵，天助我也。惊白粗野地大笑，一个蹦子，跑出了门廊。

这个关节上，雨下大了，廊檐水像一幕灰色的帘子，从南门楼子上狂泻而下，决了堤似的。惊白找见了最粗的一股子雨水，整个身子戳在中央，嘴巴洞开后，一边贪婪地灌进了肚子里，一边暗自垂泪。在西山口外辞别了脱可木，惊白一路南下，人未下马，马不解鞍，竟不知跑了有多久，这才于今日午后潜入了武威城。不料想，在盐仓左近的文庙巷，惊白还没摸到梅郎中的家门口，却意外地邂逅了姐姐和管家，当即就被活捉了，让廖逢节薅住了领口，一气提到了承平堡，交给少东主当面治罪。渴坏了，渴得像一头三伏天气里的骆驼，惊白灌了半肚子之后，方觉得心中的旱田酥润了，醒来了，渐渐地有了活人的资本。垂泪的原因，不外乎是先时见了面，惊白发现姐姐越发地消瘦了，本来就瘦，如今更是瘦成了一根筷子，一口气就能吹倒。在廖逢节赶来的车轿上，惊白还瞭见了一筐子药草，大包小包的，看上面的字迹，显然是从福泰堂刚刚抓上的。惊白猜想，少东主一旦见了他，一定会雷霆大怒，棍棒相加，少不了断胳膊卸腿，将自己打成一个残废，一介半脸汉，然后扔在家里去饲养。可吊诡的是，当着姐姐的面，少东主居然口上留德，只字不提在义兴合发生的那一桩祸端，也不曾追究惊白盗走了枣红马，去了一趟北疆撒野的恶劣行径。尚未进门时，姐姐看似凶蛮，一路上连骂带掐的，但是当顾山农抛下朱先生，从角楼上下来之后，她立刻倒了戈，俨然成了一只老母鸡，将弟弟护在身后，施舍出一捧又一捧的眼泪疙瘩，令丈夫彻底哑了火，无从发作。顾山农单纯提及了惊白的学业，一寸光阴一寸金，奉劝这个少爷将心思放在书本上，不要再贪玩了，总之说了差不多一麻袋的好话。那一刻，惊白盯视着少东主嘴上那一抹优美的盖胡子，暗笑说：演的，这全是演的，在给姐姐，不，在给他的女人权达云唱戏呐。这不，姐姐方才走掉了，顾山农便图穷匕见，露出了狐狸的尾巴，自己少不了要吃他一顿鞭子的。哼，鞭子里居然夹带了一根牛筋，此乃杀人不见血的手段，亏了他姓顾的还能想得出来，真是费尽了心机。

肚子迅速鼓胀了起来，惊白恍惚觉得，起码有半条石羊河奔涌在了脏腑之中，一时间水天一色，烟波浩渺。廊檐水慷慨极了，水花飞溅着，仿佛在给惊白洗澡，洗完了头发和脖子，又冲了几遍肚皮和腿脚，后来弓起了脊背，意思就寡淡了。被活捉后，为了不让姐姐伤心，车轿路过一家劈柴铺子时，惊白喊停了管家，径自跑了进去。一阵子的工夫，惊白又踅了出来，光溜溜的脊梁上，绑了一小捆荆条和几根白蜡杆子，双手反剪，已经让店家相帮着，被一根麻绳捆住了，罪囚似的。达云吓坏了，究问原因，不管不顾地扑将上去，准备解绳子，却被弟弟闪避开了。负荆请罪，将相和，廉颇与蔺相如，达云懵懂地流了一阵子眼泪后，忽然醒悟了过来，忆起了这个成语，这一则老古今，扑哧又笑了，心知这便是少爷羔子的把戏，也就饶过了弟弟，随着他的性子去闹吧。逃亡之际，惊白先是从权家的马院中，盗走了少东主的坐骑，而后返回个人的卧房中，将平时积攒下来的一笔钱收拾上，匆忙出门。丫鬟察觉出不对，追了过去，多问了一嘴。惊白毕竟心虚，敷衍地留下了一个口信：呃，出个城，去北疆浪一趟吧。弟弟失踪后，达云简直快疯掉了，茶饭不思，昼夜无眠，还大把大把地掉头发。除了天天催逼着廖逢节带上伙计们去街上寻人，苦求着丈夫托门子，找关系，最好是他亲自跑一趟北疆外，达云的全部重心，一个放在了无量寺，磕头烧香，另一个则是去福泰堂里照方抓药，期盼着心悸、盗汗、梦魇、口疮、手足冰冷等等的毛病赶紧过去。这期间，让达云糟心的还有丈夫的那一番态度，谈不上冷漠，但也并不积极，往往一推三二五，理由重重，好像他吞下了一块秤砣似的，生冷无情。为了这，达云摔过碟子，砸过碗，恶狠狠地吵过几回架，最后干脆将丈夫关在了卧房门外，让他另寻一个过夜的地方。管家是权府的老人了，现在一心辅佐着顾山农，实在看不过眼，便抽了个空子，私下里劝解大小姐，交代说，承平堡开张在即，这些日子里少东主忙于招兵买马，还要筹办保价局的经营证照，肩膀上扛着整整一河滩的事，怕是分心不得呀。如此一来，达云的怨怼烟消云散，再也没向丈夫下过一句软话，抱定了一个主张，熬吧，一直熬到那个小贼疙瘩幡然悔悟，他自己乖乖地回家。天老爷照应，下半天路经文庙巷时，人稠车密，但家里的那一匹枣红马，率先嗅见了管家的气味，撒着欢地跑将过来。惊白欲逃，却也来不及了，被廖逢节一把薅下了马背，当场扣住了。达云眼见着弟弟焦黑了，寡瘦了，鼻脸上青一块，紫一块，分明是挨了打，龌龊得就像一个八辈子没洗过澡的乞丐，浑身上下也沤臭极了。原本，达云是要回家的，至少让惊白换洗一下，先填饱肚子，但转念一想，这个小贼的病非得顾山农来治，不能给他好脸，否则的话，权家上下将永无宁日。对达云而言，承平堡虽然是一块禁足之地，可事情火急，想必丈夫也不会下达逐客令，统统拒之门外吧。事实上，在那一刻，达云的确不知道顾山农正在陪同凉州总教，更不明白这一桩琐碎的家事，即将带来一幕惊天的转折，进而引发一系列的连锁反应，几乎颠覆整个河西的天空，影响这片广袤绿洲上的浩荡运程。这么着，达云一再催喊管家，让车轿赶紧掉了头，驶出了武威城东侧的中山门，沿着东北角的城郭北上，最后停在了承平堡下。

洗了半晌，脊背上瘙痒难耐，那一捆荆条和白蜡杆子绑得太死，缚住双臂的麻绳浸了水，差不多粗了一倍，劈柴铺子里狗日的店家，下手太狠。不过，惊白现在过足了瘾，喜悦大于胆怯，反正已经到了家，一副破罐子破摔的劲头，但凭少东主来处置吧，绝无怨言。

顾山农郁愤不已，不说惊白和达云，也不提近些日子为了筹办保价局的大小琐事，反正伤脑子，下雨天需要清静才是。方才，顾山农灵感大作，择日不如撞日，既然朱绣朱先生还在角楼上吃茶，那就干脆将惊白的这一盘棋走活，也好趁此卸下自己和妻子头顶上的这一盆子火。先是打发了廖逢节去请朱先生，一想不妥，又让达云去迎一下客人，借机支开了这个拦路虎。顾山农一直哑默着，像祁连山中的土著们熬鹰那样，等着火候一到，才能揭开鹰头上的眼罩，让它洞悉这个人世上的万事万物。这不，惊白正站在廊檐水下，如同一只蛤蟆那么欢快。相信那一股天赐之水是冷的，冰的，醍醐灌顶的，或许可以浇灭了他的戾气与乖张，以后去做一个规矩的少年人。郁愤的另一重原因，在于顾山农刚刚发现，仅仅三年多的工夫，自己原本葱白修长的一双手指，如今面目皆非，变得粗短而皲裂，砂纸一般，指甲皮里积满了黑乎乎的泥垢，龌龊极了。顾山农仔细端详了一番十根指头，内里潸然不止，仿佛在独自哀悼自己过去的一段生平。又思想说：

唉，光阴无情，世事迫人，真的再也回不去了！这双手本来是读书的料子，是唱戏的把式，也应该是凉州境内一介翩然公子的招牌，岂料天命弄人，如今却走到了另外一条险恶且叵测的路上，一切都是两说，一切还有待勠力去争取。脑子一打岔，手上就乱套了，这个所谓五族共和的编织法，还是前些年伙计们手把手教下的，现在干脆不成样子。罢了，罢了罢了，顾山农扔下了一堆活计，明白这一种威慑已然失效，弟弟乃是属核桃的，非得砸开了才能吃。

一抬头，顾山农瞭见惊白冲完了身子，立在廊檐下，对着那一股子雨水在鞠躬，鞠了三次，行礼如仪，仿佛在课堂上似的。顾山农心头一热，拾起地上的粗碗，跑过去接满了雨水，一边啜饮着，一边回到了门楼下，复又坐在了门石上。这是一种宽赦的暗示，惊白果然领悟了，一个蹦子追将过来，蹲在了顾山农跟前，努了努嘴，意思是让对方帮忙，卸掉背后的绳子和那一捆劈柴。顾山农根本不搭理，脸色吓人。惊白的老伎俩便开始发作，一屁股坐在了地上：

"是这，前头我专门来负荆请罪，可你干脆没正眼瞧过我一眼，当我是一只壁虱，连壁虱也不如。行了，现在我洗干净了，把囫囵身子交给你，是杀，是剐，你自己看着办吧。"

顾山农冷漠地说："洗干净了就好，等一下你就去吃牢饭吧。"

"哥，谁要来？你迟迟不肯收拾我，你一定在等谁吧？"突然慌了。

"王伯鱼。"

"马警队的那个队长？"

"嗯，除了王伯鱼，还有新城大营来的一支宪兵队和狼狗，专门是来伺候你的。"雨水毕竟不如平时饮用的井水，味道寡薄，剌嗓子。顾山农抿着舌头，啐出来一粒沙子，接续说："听说，军部的牢房比警察局的要好，那里头已经住了你的两个故人，一位是佛具店的少爷，另一位则是大皮匠家的儿子。他们候了你十来天了，等着跟你团聚，一起吃牢饭呐。"

"陈匹三和马眉臣？他们真的被抓走了么？"

惊恐万状道。

"哼，不光是被拿获了，按照革命军的法律，他们还要被公开枪决，死身子也不会交给家人，一般是剁碎了去喂狼狗。"顾山农口气淡漠，但吐出来的每一个字词，犹如一把把刀子，凌迟在了弟弟的心头。又说："你们勾结在一起，在城里的兽医铺子干下的那一桩歹事，毒杀了革命军的两个士兵，破坏了军地关系，这个烂摊子谁也拾掇不住。"

惊白的气焰登时塌陷了，失了三魂，丢了六魄，哀告道："哥，你是知道我的，我连杀一只鸡、宰一只羊都不敢看，我胆子小，我害怕，我咋能干出那种瞎事呀？"

"主凶认得你，你竟然还抵赖？"

"我不过是一个小跟班，凑了凑人数罢了。"

"哎哟，好我的少爷，你现在跟我犟嘴，对我梗脖子，这些都是白搭。本事大的话，等一下你和王伯鱼去当面对质，去新城大营的牢房里，跟你的那两双狗皮袜子一起理论吧，我可不操这个闲心。"顾山农当真气馁了，拾起了地上的鞭子，连扯带撕的，迅速拆解开来，嗔怒道，"哼，可耻的是你逃走了，当了懦夫，胆小鬼，不义之人，你的裤裆里少了那一疙瘩精肉，你不算一个儿子娃娃。你这么一跑，等于是百口莫辩，整个权家也被你拖入了泥淖，从此再也洗脱不干净了。"

"哥，你干脆把我也这么拆开算了。我不服。我有话要说。"哀求道。

"不必了，你最好把力气攒下来，有你狡辩的时候，但不是现在，也不在承平堡这个院子里。"顾山农更是干脆，抓起剪子，将那一根牛筋咔嚓咔嚓地剪断了，铰成了香头子大小的琐碎。剪子突然卡死了，怎么也掰不开，又气得他扔在了墙根下，半晌无语。末了，顾山农立起了身子，逼视着弟弟，苦笑地说："也好，说不定王伯鱼见了你这一副嘴脸，将来按自首论处，死罪可免，活罪难逃，可以从轻一等。"

"盖胡子，你可不能血口喷人呀。我没罪，我是被冤枉的，天老爷知道。"

"尹先生可能也知道了。"

"天呐，尹先生。"

惊白彻底无助了。

"是这，从警察局里传出来的小道消息说，这一桩毒杀案被破获之后，先后拿获了两名凶犯，另有一人在逃。马警队根据主凶和熏醋坊的伙计绍介，画了影，图了形，在各个城门楼子上张贴了布告，并电告了张掖、酒泉和敦煌三地，于河西全境予以通缉。"说着话，顾山农从身上摸出来一张纸，递给了弟弟，"喏，你自己打开看看吧，这是谁的嘴脸，究竟像不像你徐惊白？尹先生一定会瞧见的，他又不是瞎汉。"

直到此刻，惊白的恐惧方才达到了顶点，神色哀戚，瑟瑟发寒，嗫嚅道："尹先生倘若知道的话，肯定会提着那一把戒尺追上门来，饶不了我。"思忖一下，又摇头说，"不，他来不了了，天气一寒，尹先生的肺病就犯了，咳得让人心疼。"

"你们已经被除名了，陈匹三，马眉臣，还有你徐惊白。"一声响锣，一记重锤。

"革除了学籍？"

"嗯，板上钉钉了。你们伙在一起，犯下了如此重大的命案，将来只有牢饭可吃，没有书本可念了。等着新城大营的革命军审完了这桩案子，贴出了告示，然后就像拖死狗那样，将人犯扔在那一片干滩上，在他们的太阳穴上来上一枪，让他们一命归西。"顾山农如此絮叨时，惊白惶恐的目光，始终落在了那一抹漂亮的盖胡子上，不见嘴唇，只瞧见对方的一丛短髭在动弹，分明是少东主的霸气，这一座堡子里的顶门杠子才能具备的权威。顾山农犹不罢休，继续在重挫弟弟身上的那一份顽劣与野性，也捣毁了惊白最后的幻想："别做梦了，尹先生不会见你的，哀莫大于心死，他这一辈子有你们这样的三个弟子，太失败了，可谓是耻辱至极，他的声名也将因此受损，金瓯有缺。"顾山农掏出来一盒洋火，点着后，当着惊白的面，将那一纸通缉布告迅速焚化了。纸灰落在了地上，顾山农踩了几脚，又将碗里的水泼过去，什么都不见了。

惊白亦是面如死灰，绝望地说："我被除名了，凉州人可能都在看咱们家的可笑，我对不住姐姐，我也玷污了哥哥你。父亲的在天之灵肯定听见了，要不然的话，干么下这么大的雨。冷子就是惩罚，刚才应该砸死我才是。"

"外父一定在伤心,伤心死了。也怪我,我辜负了他老人家。"顾山农仰天长叹。

"哥,这不怪你,这是我的孽罐子。"

"假如,我是说假如。假如你不被弘毅乡学除名的话,警察局和军部来的宪兵队,念在你还是一名年轻学子的分上,或许会网开一面,从轻发落。"顾山农的忧心,就像那一把僵死的剪刀,难以打开,无法排遣,"可惜了,现在的你野鸡无名,草鞋无号,只不过是武威城里的一介少爷,无遮无拦的,谁也保护不了你,只能听凭他们处置了。"

"我是清白的,我发誓。"辩解道。

"喏,你抬头瞧瞧,云彩也觉得自己是清白的,但是它下了一地恶毒的冷子。"

"我不怕,等王伯鱼来了,我再跟他当面理论。"

"瓜娃子,官法似炉,火烈无烟,你的确是太嫩了,只怕你进了警察局的门,坐了革命军的班房,牙齿就不会这么硬了。"事实上,顾山农一直在拿捏着火候,但眼前的这名少年,大大地出乎了他的预料,一不哭,二不闹,三不求情下话,反倒像一根倔强的橡子,凛然地扬着脖子,水米不进,令自己一时间无措。这个关节上,顾山农瞥见妻子回来了,伞下面另有一人,自然是凉州总教。不承想,刚走了半截子,达云和朱先生蓦地站住了,立在那一口门海旁边,又开始嘀咕着什么。顾山农料知,今日的这一切,或许恰恰是天老爷安排好了的,只有顺着冥冥之中的天意,才能将弟弟的这一盘棋走活,从而替权家和整个承平堡,赢得一个相对稳静的天地。这么着,顾山农因笑说:

"惊白,趁着你姐姐此刻不在场,现在是男人们说话的时候,你最好长个心眼。你懂我的意思么?"

"我懂,我姐还傻呢,她并不知道我犯的事,她生的是别的气,怨怪我不打招呼,单独去浪了一趟北疆。"惊白苦笑地说,"既然你对尊夫人哑口不提,那我也只好打碎的牙齿往肚子里咽了。我知道,守密是儿子娃娃的第一义务，最优良的品格之一。"

"不错，难为你还记得我当初的这一句话。"

"你讲过那么多，可惜我三心二意，枉费了你的栽培。哥，实在抱歉了。"

仿佛诀别。

"那你仔细听着，等一下朱先生就过来了，他是权家的世交，肩膀上又扛着凉州总教的招牌，谁见了他，大体上都会礼让三分，连革命军也不例外。"见火候足矣，顾山农这才施出了一记撒手锏，嘱咐道，"既然你已经被乡学除了名，你干脆就拜在朱先生的门下吧。"

岂料，惊白侧转过身子，火急地说："哥，你快来摸摸我的裤兜。"

变起仓促，仿佛马警队的人已经杀上了门，王伯鱼正赳赳然而来，打算一绳子捆走惊白，再将其投入大狱，押上公堂。顾山农万般无奈，只有依言照办，赶紧掏进了惊白的口袋里，三转两摸，拿出来了一枚黄澄澄的金戒指。这枚戒指成色十足，分量颇重，指头蛋大小的金疙瘩上，镂刻着一只传说中的貔貅。诡谲的是，貔貅正在发笑，那一排尖牙利齿被长期搓摸过，比其他部位更亮，样子也更贪婪。戒指太大，箍子上缠了一圈红线绳，油腻斑斑，俨然是一枚老货了。目光尽头，朱先生已经笑吟吟地走了过来，顾山农来不及究问，但震惊与骇然，分明让他遍体冰凉，举止窘迫。惊白亦不例外，惨黯的表情，抽搐的颊脸，仿佛已经站在了生死之际的门槛上，再无退路：

"哥，你赶紧去找一趟梅郎中，这个戒指就算是定金吧。"

眼神询问着。

"是这，脱可木的老娘恐怕不行了，害的是心口疼，我从北疆跑回来打前站，就想托付梅郎中，届时让他出个急诊，搭个手，或许能救老姨娘一命。"惊白的交代很清晰，并没有因为大难临头，祸端上门，言辞中出现一丝混乱。又说："我跟木哥约好了，他一定会来承平堡找我的，肯定会来。倘若见了他，你该帮就帮，该骂就骂，千万不要见外，最好当他是家里的一员。万一，万一木哥问起的话，你就说我出了远门，替我打个掩护吧。"

"闭嘴吧，朱先生过来了。"

顾山农低声呵斥，将金戒指揣在了身上。

"我对不起我姐。往后的日子里，哥你一定要顺着她，抬着她，尊夫人最好面子了，还喜欢戴高帽子。"惊白的眼泪终于下来了，凄楚一笑，"干脆，你们抓紧生上一大堆娃娃吧，有了自己的骨肉，我姐也就不想我这个祸害了。我是别处的鬼，我去别的地方害人吧。"

"朱先生来了。"警告道。

踅进了南门楼下的廊道，朱绣与顾山农相视一眼，迅速了悟了眼前的情状，不由得摇头，似乎下半天在角楼上的促膝一谈，移驾到了这里，又不幸被惊白这个少爷所印证。顾山农阴郁不已，咂摸着剩下的几口水，显然被一桩沉重的家事拿住了，不忍提及。身为客人，朱绣自然明白个人的角色，赶紧解下了肩膀上的雨衣，挂在旁边的钉子上。惊白恍惚着，感觉身外的这个人世间灰黑两色，灰的鸦雀无声，黑的就连自己的心跳也捉拿不住，腿在发软，脊背上苦寒一片，针刺地疼痛。这一刻，惊白的全部心思放在了南门上，等待着想象中的枪声，以及王伯鱼的人马和宪兵队破门而入，将自己五花大绑，塞进囚车，而后开始疯狂抄家，荡平了整个承平堡。天作孽犹可违，自作孽不可逭。惊白甚至想到了这一幕来临时，姐姐达云的几种下场，要么一头撞死在门外的石鼓上，血溅当场，要么在后半夜里上了吊，投了井，抹了脖子，总之是红颜薄命，桩桩件件，皆因自己肇始。一种巨大的负罪感，生不如死的幻灭情绪，犹如这一场席卷了凉州大地的暴雨，让秋天枯了，寒了，落了，一病不起。失神中，惊白瞭见总教大人亘古地笑着，一丝不苟，款款地绕到了他的身后，一面动手解绳子，一面安慰道：哎哟，好我的少公子，这可是在家里，又不是在公堂之上，你又何必磨难自己，受这个委屈呐。惊白不从，一味地扭曲着，抗拒着，眼角眉梢求告着少东主，似乎只有顾山农的一句话才是赦免令，他方能解脱出来。朱绣随和，放弃了去解绳扣，抓紧将惊白脊背上的几根白蜡杆子抽出来，撇在了墙角。但是，那一捆张牙舞爪的荆棘条子煞是纠缠，三角形的尖刺比刀子还利，冷不丁地，朱绣的指头被割破了，一滴血水像红蚂蚁似的，跑出了伤口，渐渐地成了豌豆那么大。唾沫有毒，可以以毒攻毒，朱绣将指头含在了嘴里，吮了一阵子后，果然止住了。顾山农蹊跷地发现，朱绣拾起了墙根下的那一把老剪子，居然轻易地打开了，咔嚓咔嚓的，声音干脆，这让他嘴里的一口雨水，扑哧一下喷了出来，瞪大了眼睛。不错，凡事一定不能逞强用狠，一再地使用蛮力，所谓的驭之有术，所谓的四两拨千斤，应该是这个人世上最浅显的常识，亦是万古不磨的真理。这一刻，顾山农觉得真是受益匪浅，对方一个不经意的举止，便可以让自己打开心门，有所参悟，有所精进，这无论如何都是一件喜悦之事。顾山农的内里滋生出了一份激动，不由得对凉州总教更加亲近了几分，越发觉得这一盘棋顺手遂心，已经下到了尾声。事实上，顾山农的优良之处恰恰在这里，不论是琐碎苛细的日子，抑或是灾连祸结、节节多故的时刻，他都能以此为鉴，从中汲取一种鲜明的力量，获得一份启示，进而化作自己坐虎针龙的手段。基于这一点观瞻，日后的顾山农一飞冲天，成为凉州大地上的剽悍人物，甚至是河西全境的一代典范，扼守住了东西通道、南北两方，足可谓一夫所守，千人莫度，这自然就是一篇顺水达意的文章，俨然天成。

老剪子利索极了，张开了牙齿，将那一捆荆棘条子全部铰断后，碎成了柴火。惊白的脊背上血痕累累，伤口狼藉，完全不似一介少爷，更像是一只待宰的羔羊。朱绣不忍，捉住了惊白的手腕，剪子咬住了那一圈麻绳，但后者始终挣扎不休，求告的目光也并没有得到少东主的应允。朱绣停下了剪子，哀叹说：哎哟，本是一家人，关门好说话，你们一位是兄长，另一个是做弟弟的，手足之情，岂可随意践踏，如今闹成了这样一个局面，我真是替权大人寒心呀。瞭见机会来了，顾山农便拉下了脸，相告说：唉，这个败家子真是够呛，说上三天三夜，只怕也道不出万一，况且我还担心自己害了口疮呐。朱绣反诘道：少东主，这就是你的不是了，兄友弟恭，一团和气，此乃自古而来的治家法则，悖逆不得呀。顾山农数落道：先生不知，这个少爷根本就不是一个念书的料子，不思上进，但歪门邪道的本领却一学就会。喏，上半年他还偷过家里的一只花瓶，权大人留下的宝器，卖给了城隍庙里的古董贩子，拿着现钱挥霍去了，大小姐气得咳血，最后也没有赎回来。朱绣不以为然，咧笑说：哼，康熙的瓶子呀，还是乾隆的夜壶，卖了就卖了吧，权大人只留下了个虚名，实惠让你们兄弟俩去瓜分，这也再正常不过。顾山农接续道：哼，这个羔子在乡学里的表现也太差了，天天写悔罪书，身上背的各类处分，恐怕比马院里的蚊蝇还多，着实让人头痛。朱绣辩护道：少东主此言差矣，在下以为，悔罪书偏偏是一介栋梁之材最杰出的履历，最精彩的日志，庸碌之辈哪有这样的福分，天天去检视自己呀。顾山农不解，探问说：先生，你真这么认为？朱绣笃定道：不错，倘若一名少年连像样的悔罪书也不曾写过，那还称什么少年，他肯定枉为少年，备极苦闷，这一生一白无际，绝无可圈可点之处。

到了此刻，这一番山里套山、戏中有戏的手法，果然见了效。顾山农眼睁睁地发现，总教大人殷勤询问，为了平息事端，早已化身成了一座嵯峨且绵远的祁连山，横亘在了少年人的前面，犹若一道巨大的屏障，将惊白庇护在了他自己的翅膀下，狼顾着世上的一切危险。

岂料，少年的另一个名字叫坦率，叫胸无城府，眼睛里也是揉不得一粒沙子。

闻听了刚才的谈话，惊白回过了神来，一肚子的狐疑。诸如偷花瓶、写悔罪书，甚至自己干过的那些鸡零狗碎的勾当，俱为事实，的确不齿，但毕竟这是枝节小事，顾山农何以避重就轻，放着眼前弟弟的生死于不顾，却扯起了一大堆闲章？惊白不甘，直脱脱地说：先生，我犯下的是死罪，虽然我是被冤枉的，等一下王伯鱼和宪兵队来了，你们千万别插手，别伤及无辜，将来是杀是剐，我自己一个人荷担上。哦，原来如此。到了这一步，朱绣再也不能装聋作哑了，偎在了少年的身畔，劝慰道：我懂，你说的八成是兽医铺子和熏醋坊的那一桩人命官司吧？哼，武威城里的闲人多，老婆舌也多，乱嚼牙茬的更多，没一句是有斤有两的话，我从来就不信那些谣诼之辞，更不相信少公子你会牵涉其中。就像绝望的榔头，看见满世界都是钉子似的，惊白亦不例外，讥讽道：先生，你这是明哲保身，为了维护你总教大人的身份和威望，当然也是不忍伤害权家的面子，才有此一说。朱绣的心思被戳中了，暗红了颊脸，幸亏站在了少年的身后，否则当面难堪，又赶紧举起了剪子：咦，好一个明哲保身，少公子竟然这么看我？惊白让步了，绳索一断，双手从束缚中解脱了出来，口舌却不饶人：唉，武威城里谁不知道，凉州总教和尹先生彼此不睦，一个是井水，另一个却是河水，向来是面和心不和，很少走动，也鲜有交集，所以这一回弘毅乡学的弟子们闯下了天祸，先生宁可袖手一旁，只作壁上观了。这一席话，犹如惊白迎面抛过来了一把干针，不由分辨，纷纷扎在了朱绣的内里深处，令其体无完肤，一时间尴尬极了。瞭见惊白一直寒战不止，牙齿在打架，当然也是为了掩饰个人的窘迫，朱绣脱下了长衫，抖了抖湿气，悉心地披在了惊白的身上。思忖一番后，朱绣剀切地说：少公子，尹先生乃孤傲之人，先生之风，山高水长，令人望尘莫及，在他的面前，我恐怕只有提鞋的份，我也甘心执弟子礼。

顾山农屏住声息，但眼前的一问一答，却是自己渴盼了许久的，本以为会疙里疙瘩，难以驯服这个弟弟，不承想，一切都入了轨，各安其位，只剩下了一件事，就是把话挑明。

但是，真正的少年一定是长角带刺的，锋芒毕现，不知道收敛。惊白拽着这一件长衫，左看右看，略不习惯，嘀咕道：怪了，这世上本来有三件衣裳穿不得，干么现在又多出来了一件呢？朱绣相问说：咦，稀罕的话，什么衣裳穿不得呀？这么着，惊白简洁地历数了一遍戎衣、僧衣和血衣，面呈难色，率直地说：大人，不，叔，晚生乃是尹先生的不肖弟子，一日为师，终身为父，倘若我今个天穿上了这件长衫，更换门庭，改投在了总教大人的门下，将来就再也脱不下来了，像这种悖逆师门的勾当，侄儿实在是干不出来；惊白也不想让尹先生对我失望，况且他老人家身上一直有病，这个冬天肯定难过，经不住伤心。顾山农眉头一皱，愀然不悦，眼瞅着这一盘棋走到了尾声，开始作结，但弟弟的话等于是佛面剥金，一下子将朱绣撂荒了，他自己也进退失据。旁侧里，朱绣却朗声大笑，赞许道：呵呵，不愧是权爱棠的后人，精神血肉，立论煌煌，竟然将在下驳斥得理屈词穷，少东主，你快瞧瞧，我已经汗下如浆了。说着话，朱绣伸出了手，意欲攀住惊白的肩膀，亲近几分，却被后者一胳膊格开了。无奈，朱绣挠着头皮，苦笑地问道：贤侄，哪个乌龟王八说的，要让你明珠暗投，非要拜在我的门下呀？

或许，惊白依旧沉浸在对尹先生的伤感，以及对弘毅乡学的追念上，未曾作答，草草地除下了身上的长衫，头也不回，一把扔给了凉州总教。如此丧失教养的举止，令顾山农骤然变色，大为光火，断喝道：不得放肆，你给我跪下。连喊了三遍，惊白神色木讷，根本不为所动，仿佛心思已经站在了南门外，发现大路上鸦雀惊飞，马蹄杂沓。

转瞬，这个不祥的预感随即应验了，一阵狂乱的马蹄声，朝着承平堡径直而来。惊白恍惚不已，仿佛瞭见了泥浆翻滚，雨水飞溅，王伯鱼的人马和宪兵队全副武装，正在掩杀过来，目标恰是自己的项上人头，个人的这一条小命。惊白觳觫着，求援似的盯望着顾山农，却也始料不及，哥哥威冷的目光，竟然像一根带刺的长鞭，劈空而至，将自己拦腰一斩，不由得浑身瘫软，乖乖地跪了下去，跪向了整个承平堡。

惊白伏下身子，哭诉道："爹，我对不起你呀，儿子不孝。"

天呐，顾山农再次皱眉，知道这个戏又唱歪了，暗嗔道，你个小贼，我说的是东门上的楼子，你偏偏指的是西门上的猴子，你真是一个榆木脑袋，干脆扶不上墙的烂泥。

"爹，你就款款地在堡子里躺着吧，安心睡觉吧，别替我牵肠挂肚了。"惊白知道，这是最后的时刻，于是乎一把鼻涕，一把眼泪，哭噎地说，"待我上了法场，一旦不讳，交代完了这一副热身子以后，我一定要回到堡子里来，也埋在这里。爹，我将来天天陪着你，再给你老人家仔细尽孝吧。"

这个关节上，朱绣竟然二话不讲，也突然跪下了，跟惊白齐肩跪在了门楼下。顾山农心下大骇，头发也乍开了，喝问道：

"朱先生，你这是做啥么？你还有没有长幼之分，有没有做人的尺码？"

"呃，少东主，从今日里开始，在下跟惊白就是同砚席友了，一起同窗共读，教学相长。这是我自愿的，你也无权拦挡。"显然，总教大人主张在握，意志笃定，又恳切地相告说，"既然惊白是我的伴当，我的忘年交了，只要他下跪的话，自然也有我的一分子。"

一时间，顾山农倍感坐蜡，感叹道："唉，朱先生你这个样子，叫我如何是好呀？"

"无心可猜，你也不必多虑。"

朱绣跟着惊白，面对承平堡头顶上那一片广大的虚空，慢慢地伏下了身子。

胡笳二十五节

秋假放了一大半时，秋老虎还在天上徘徊，淫威不散。

武威城快被烤化了，城墙是烫的，瓦叶子是烫的，车轱辘是烫的，麻雀在井口上扎堆，狗的舌头一概煞白，纷纷拖在了身后，比尾巴还长。这一时期，城里最火的买卖当然是冰车子，来自祁连山腹地的土著贩子们，将伐下来的冰块砍削成柱状，用棉被和毛毡包裹严实，整齐地码在了车厢里，而后覆盖上一捆捆麦草，不舍昼夜地进了城，损耗也并不大。一连数日，惊白的胃口不佳，老喊头疼，身上还出了红疹子。达云太了解了，弟弟其实没别的毛病，在家里关了许多天，闻听了墙外的市声，他心里就痒，就想跑出去放风。这天的午食，达云和丫鬟专门做了一块凉粉坨子，醋水、蒜水、辣子水和芥末水，整个碗里鲜红一片，油汪汪的，按说最能开胃了。但惊白见了饭，却等于受了刑似的，干脆不动筷子，苦楚着表情，一再地呻唤：哎哟，心里亢死了，焦干焦干的，肚子里有个火炉子吧。达云穿上了罩衣，气呼呼地说：走，先人，我给你灭火去，省得你诡计百出，这么长的假期了，连一篇像样的文章也做不出来。

走在三合土的街道上，尘土呛人，脚板子烧烫。达云缓颊道：快到了，就在鼓楼那一带，我带你去见识一样东西。惊白开始后悔了，呱喊说：这个鬼天气，早知道我就蹲在地窖里凉快去，打死也不出门。冰，白生生的水冰，南山里贩过来的冰块，你去见识一下吧，姐姐绍介道。惊白突然间凉却了下来，徜徉地说：天呐，炎天饮冻冰，冷暖两重天，这分明是姐姐的宠爱和偏心，叩谢女主子。说着话，便一把挎住了达云的胳膊。

冰车子周围乌泱泱的，买的人多，看的人更多。山里人实诚，价钱也不贵，况且毒日头挂在天上，不抓紧的话，就连一泡尿都不如。土著贩子手艺灵巧，问钱下刀，往往先将刀身支在日光下晒一晒，而后用刀尖切开一个豁口，轻轻一别，一条冰块便齐整地伐了下来，交付给顾客。令人懊恼的是，站了大半天的队，该到达云的时候，整整一马车的冰块竟然全部售罄，人们一哄而散，跑去躲阴凉了。贩子拿着笤帚头，正在打扫毛毡上的冰渣子，大的像拳头，碎的是粉末，打算扔掉的。达云不甘，扔下了几枚铜元，让贩子赶紧用草纸包了起来，掉头离开了。

也不是没嚼过冰，其实还吃过红糖的，豌豆的，扁豆的，包括羊奶与牛奶的，但那些属于冬天里的记忆。眼前却是炎天烈日，一只沙雀子飞着飞着，羽毛就着火了，划过一根黑烟掉在了街上，狗也懒得去闻。惊白吞下了最大的一疙瘩，冰块滑进了脏腑里，天呐，三魂醒来了，六魄归位了，皮囊中的血肉亲戚们也纷纷贺喜，简直比一个戏班子还热闹。刚拐过鼓楼，惊白一失手，草纸包破了，冰疙瘩全部化在了脚下，气得他直跺脚。达云哄唆说：也好，或许是土地爷渴坏了，来跟你抢食的，阿弥陀佛，善哉善哉。惊白剜了一眼姐姐，怨怼道：你个迷信罐罐，说得好像土地爷是你的舅姥爷一样，真是可惜了这一包冰块呀。既然弟弟的馋虫被勾了出来，达云也舍得破费，当即来到了一个瓜摊子跟前，挑了五六个口外吐鲁番的甜瓜，装在了麻袋里，准备带回家。新疆的甜瓜也叫马首瓜，价钱贵死了，跟吃肉一个档次，里面包住的不是水，简直就是一团黏稠的蜂蜜，咬上一口，舌头甜得发麻，嘴唇也会开裂，但相当过瘾。姐姐如此大方，惊白便乐于效力，将麻袋扛在了肩上，一路相跟着。

不巧，走到南道巷口时，墙下的阴凉里坐着一位出家人，一边摇扇子，一边痴痴地发笑。达云被看毛了，本想蹚到对过去，却闻听这个贼和尚絮叨说：女施主，我帮你渡了这一劫吧？脚步停了下来，这么大天白光的日子，达云的内里却罩上了一坨阴影，脊背发冷，乖乖地蹲下去，伸出一只手，递给了和尚。迷信罐罐，不是去朝佛，便是问相看卦，惊白对姐姐的这一番喜好根本见怪不怪，加之天气太热，忙丢下一句话，先自回家去了。

渐渐地，那几只马首瓜显出了分量，让惊白哼哧哼哧的，两条腿发飘。惊白不打算原路返回，抄了几次近道，钻了几条僻静的巷子，忽然间嗅到了熏醋坊里刮过来的那一股浓郁的味道，便知道离家不远了。冷不丁，一块胡基飞了过来，碎在了脚下，有人在喊徐惊白。回眸一望，巷道里连个鬼影子也不见，惊白以为听岔了，也就不搭理。又一块胡基扔过来时，惊白瞭见那两个贼藏在墙角旮旯里，不停地朝自己招手，一个是陈匹三，另一个当然是马眉臣，一双狗皮袜子，谁也离不开谁。突见同窗，惊白的眼睛也亮了，赶紧趋上前去，免不了一阵子亲热。惊白掏出来一颗甜瓜，一拳头砸开后，一家给了一半，让他们解渴。岂料，这哼哈二将一面吃，一面拔长了脖颈子，目光朝天上矬摸，样子竟然很鬼祟。

惊白问说：咋了，究竟咋了呀？马眉臣道：日他娘的，一直不放过我们，从城外跟到了这里，索命鬼似的。呃，原来如此，他们一定下过害，狼狈至此，惊白这么思忖着，来回打量了一番这条巷道，别说是人，就连一只麻雀也不见，便戏谑道：谁么？谁敢跟你们作对？我反正眼花了，只瞭见左首的这位小爷乃秦叔宝在世，右首的则是程咬金重生；瓦岗寨下无活口，隋唐年间有好汉，惊白来给二位做先锋官吧。到了兴头上，惊白犹不罢休，扯开了声嗓，对着空旷的巷道呱喊说：呔，想死的赶紧过来，受小爷一刀吧，再迟的话，你也就没这个福分了。这一顿夸赞与巴结，让伴当们的眼泪几乎笑了出来，煞是受活。马眉臣指了指头顶，揶揄道：你去，你爬到天上去，把那个小狗日的给我揪下来，快去。这一刻，惊白仍不了解事情的原委，脖子都酸疼了，也没瞅清楚天空的深处，究竟有什么名堂。

吃毕后，伴当们打着嗝，进入了正题。马眉臣问：惊白，你属啥的？告知了以后，陈匹三款笑说：干脆，今晚夕咱们一起属蛤蟆吧，有福同享，有难同当。惊白讶异道：好端端的，干么要属癞蛤蟆呀？陈匹三答复说：当了蛤蟆，自然就有天鹅肉可吃了，这个道理连瓜娃子都懂。马眉臣也释解说：所以，我们准备去权家寻你，想问你借一点点钱，其实钱也不多，你只需要掏加工费，我们来出天鹅肉，等一下去醉仙楼开个荤，美美地咥一顿。的确，数目也不大，但惊白摸遍了浑身，一个铜元也没带，目光落在了剩余的甜瓜上，立时有了主意，便一口应允了。天鹅肉呢？你们总不至于现在才找梯子，去云彩上下套吧？惊白追问道。陈匹三深沉地说：唉，人这一辈子着实可怜，各自被肚子里的一泡屎坠住了，全都在地里刨着吃，比不上鸟雀自由，也不如天鹅那般高洁。惊白却道：这个不假，世上的人们虽然没有登云靴，但也不能不心怀凌云之志，去做一只鸡中之鹤，人中之天鹅，比如尹先生就是一介人间的典范。提及尹先生，大家立刻住了嘴，给这个话题打上了结。大皮匠的儿子从脊背上卸下来一个包袱，搁在了地上，招呼惊白来看。包袱蠕动着，兀自发出了一种哀鸣声，扑棱扑棱的。待解开之后，惊白这才发现，根本不是什么天鹅，而是一只麻色的大雁。

显然，大雁已经受了伤，羽毛凌乱，血迹陈旧，一个膀子蜷在身下，另一只膀子挣扎着，被马眉臣一巴掌拍了下去，呜咽不已。原来，上半天的时候，这两个伴当相约去西城外，在西教场附近的荒草滩上捉蚂蚱。这个季节的蚂蚱比较肥，扔在铁锅里干炒，撒上少许盐，滴一点清油，简直比吃肉还香。秋空明净，凉州的大地上一派黄熟，来自俄境一带的候鸟开始南下越冬了，仿佛天老爷不小心洒下来的几滴墨汁，洇了穹顶上，一直晕染到了祁连山以外，去了青海和西藏。突然间，天空大乱，一只沙隼从斜刺里杀将出来，冲垮了人字形的雁阵，搅乱了天庭，让天老爷的脸色相当难看。果然，其中一只大雁掉了队，被沙隼追击了半天，终于运气太差，像一块石头栽了下来，挂在了柳树杈子上。两个伴当赶紧爬上树，擒获了这只大雁，塞在了包袱当中，迅速离开了西教场一带。本来想打个喷嚏，结果咳出来一颗金豆子，本来是捉蚂蚱，岂料到手了一只大雁，两个人喜出望外，一道烟地进了城，却不承想事情并没有如此简单。陈匹三道：哎哟，大雁和天鹅也没啥区别，反正都是天老爷养下的，肯定一个味道，晚上就让醉仙楼的厨子给红烧了，咱们打个牙祭，朝死里吃。或许，大雁听懂了这一句人世间的话，一下子伤烂了心，拔长颈子，凄厉地鸣叫开来。

其实，此乃一个信号，一声诀别，因为天上的另外一只出现了。

事实上，从西教场开始，两个伴当就始终没有摆脱这一只大雁的盯梢。他们进了城，人家也飞过了门楼，他们躲在了巷道里，人家就站在风中，卡兵似的，须臾不离。有几次，大雁还突袭而来，试图抢夺那只包袱，幸亏左右的围墙和屋脊森严壁垒，于是无功而返。陈马二人像一支溃军，在各个巷道里鼠窜，终于下了杀心，这才寻到了惊白，邀其入伙，索要一笔加工费。是日午后，整个武威城的百姓们，大概都目睹了这奇崛的一幕：一只大雁的哀鸣声像断魂，像心碎，像咒语，谁一旦耳食了，谁就会不祥。而大雁投射下来的那一块阴影，游走在房前屋后，仿佛一枚仇恨的记符，在锁定人世上的恶人。这么着，家家闭户，门门落锁，除了这三个当事人之外。马眉臣不胜其扰，捡起半截子胡基，扔向了对手，但大雁盘旋着，一圈一圈地沉降了下来，啼叫的声音中，分明布满了一腔子血泪。胡基从天上掉了下来，陈匹三妈呀一声，捂住了肩膀，脸色白得就像一张奶皮子。

倏忽间，惊白忆想起了姐姐曾经讲过的一则典故，忙说：这个命不能害，害了将来会有报应的。陈马二人没处撒气，听了这种点火的话，当即就炸了。惊白释解说：苍天在上，这人世间最忠义的事情，莫过于夫妻之情、兄弟之谊。依我看，这两只大雁乃是伉俪，是夫妻，一个不幸受了伤，落了单，另一个便也不忍离开，久久地盘旋着，如此的情深义重，好我的伴当们，假如今个天戕害了这一只，另外的一只也绝对不得活了，我敢起誓。其实，有关大雁的忠贞，大雁的生死不弃，一直在凉州的民间流传着，但那是天上的事情，一般人无缘得见。陈匹三似乎被说动了，哑摸着惊白的一席话，面呈怜悯之色，不舍地盯望着头顶上的孤雁。大皮匠的儿子向来见惯了生死，颇不以为然，阴笑道：干脆，把另外那个也捉下来，一锅炖了，让它们两口子一趟子上路，生同衾，死同穴，岂不是遂了人家的心愿么。惊白怒斥道：你个乱贼，你最好少喷这样的粪水，咱们才刚刚开始活人，难道要在个人的这一张白纸上，率先写下"玷污"二字，写下伤天害理的罪名，然后再花上一辈子去洗刷么？如此截铁的话，不容还价的口气，竟然从惊白这个一向软弱之人的嘴里说出来，令伴当们暗吃了一惊。马眉臣当即让步了，诡笑道：少爷，不杀也行，看在你菩萨的心肠上，你现在赎了它，放它一命吧。惊白一喜：呃，这样最好了，怎么赎，你开个价吧，我去问姐姐要钱。不料想，陈马二人相视一笑，款然道：不必了，既然大雁是天老爷的驿使，这个钱拿在我们手里，一定会招灾惹祸的，不如你背诵一首诗词，咱们就两讫了。诗词？呵呵，一首诗词就可以放生么？惊白再三追问，彻底敲定了这个价钱，于是搜肠刮肚了一番。可惜的是，有关大雁的诗文，他的脑子里只记住了半阕，遂嗫嚅道：金河秋半虏弦开，云外惊飞四散哀；仙掌月明孤影过，长门灯暗数声来……

这个关节上，陈匹三突然拽住了两个伴当，仰看着武威城上空的那一只孤雁，神色怆然，发问说：你们瞧，这只大雁像个什么？马眉臣揉了半天眼睛，答复说：像只靴子，穿破了的皮靴子。惊白耳闻着天空中凄厉的长鸣，不由得忆想起了个人的身世，内里当中，渐渐地潮起了一股酸楚的汁水，黯然地说：在我看来，它就是一个孤儿，天老爷家里的孤儿。孤儿？干么是一个孤儿呢？马眉臣不解道。这是一个悲伤的话题，荆棘丛生，惊白不大愿意触及，便将目光瞥向了陈匹三。不承想，陈匹三的答案更是出人意料，笃定地说：

这只孤雁，分明是一炷高香，肯定是天老爷亲手供上去的。

高香？惊白一怔。

马眉臣同样也是懵懂无知，拔长了脖颈子，狐疑道：哎呀，天老爷为王，总管着天庭里的大小神仙，他又是这个人世间的头把子，向来说一不二，他老人家居然还需要求情下话，他到底给谁点香呀？

替咱们三人点香，你，我，他。陈匹三肃穆开来，仿佛独自得到了一份神圣的天启，悠然道：不错，这一对大雁是来传话的，天老爷或许心生怨怪，见不惯咱们上房揭瓦，鸡鸣狗盗，辜负了这一世里的大好光阴，所以派来了驿使，当面点化，现在就看咱们的慧根和悟性如何了。

莫非，这凉州大地就是一座课堂，天老爷在训子课徒，弘扬法脉？惊白请教道。

不是真神不显圣，只怕你是半信半疑之人，我以为，这不唯是一座天地之间传授道德文章的讲坛，更是天老爷刻意设下的一个坛场，分明是在试炼咱们。佛具店的公子俨然有一套缜密的说辞，突然间膝盖一软，跪在了地上，火急地说：诸位，趁早吧，这只大雁累疲了，已经飞不动了，这一炷高香也快烧尽了，此刻再不结拜的话，咱们干脆就散伙，各回各家，各找各命，以后不管是风里浪里，从此永无瓜葛，形如路人。言毕，陈匹三伏下了身子，对着武威城上空的那一只孤雁，率先磕起了头。

呵呵，桃园结义，这岂不是凉州的刘关张三杰么。马眉臣自诩一番，纳头便拜。

惊白一直木讷着，两腿像灌满了铅水似的，迟迟不肯就范。的确，跪天，跪地，跪父母，这些生而为人的法则和律令，惊白再也熟悉不过了，但是目下却被伴当们裹挟而来，偏偏要对着一只大雁叩首行礼，一时间既感觉荒谬不堪，又不免生出来了一种兴奋，一番罕见的好奇。颠倒一想，诸如忠义之类的话题，皆因自己而起，倘若现在撇开了他们，那就只有一个人单飞了，从此无枝可栖，彻底地处于被孤立的境地。这么着，膝盖先自发软了，惊白也就跟着跪了下去，跪在了陈马二人的中间，趴在了地上。

肩膀齐，为兄弟。陈匹三快意道。

不换帖，不歃血，这一世里只换命。大皮匠的儿子牙口带刀，向来这样子说话。

嗯，膝盖骨上长钉子，除非天老爷拔了去。

惊白同样气概，吃完了这个咒，伸开双臂，紧紧地攀住了左右两侧的肩膀，抬望着头顶上凉州一带深邃而浩渺的天空，蓦地发觉先时的那一种伤感，那一番对个人身世的缅怀，真是不足挂齿，甚至有一些愧疚。

也真就奇怪了，待大家相拥而立、重新面对时，一种崭新的关系笼盖在了彼此之间，信任，宽松，释然，似乎一瞬间长大了不少，获取了某种底气，灌输了一种无畏的精神。又论了齿序，惊白居小，陈马二人拍着他的脑袋，言辞当中，自然流露出了惜疼的味道，过去的那些疙瘩和恩怨，犹如一场积雪化掉了，了无痕迹。马眉臣不敢大意，赶紧将那一只受伤的大雁，搁在了墙头上，招呼伴当们抓紧离开：喏，让它的婆娘领回去吧，咱们别打扰了这一双璧人。陈匹三失笑道：咋领回去，抱上，还是扛上呀？这无疑是一个难题。马眉臣略一思忖，计上心头，献策道：是这，我认识兽医铺子的掌柜，名叫周光弼，他治不好的大牲口，一般都送进了我家里，让我爹割了卖肉，熟了皮子，然后私下里瓜分赃墨，想必他会给我一点面子的。咱们这就去，请他检查一下这个先人的伤势，擦点药，包扎好，再让它的婆娘放心领走吧。闻听了地址，恰巧离家不太远，大体上就在同一个街道，惊白满口答应，将剩余的甜瓜扛在了肩膀上。

岂料，伴当们进入兽医铺子后，却目睹了另一番景象，简直令人发指。

临街的店铺内悄寂无人，一排子药柜沿墙而立，抽屉凌乱，味道刺鼻，显然都是猛药，专门给大牲口使的。地上扔着一只礓窝子，药材捣了一半，汁水黏稠发红，令人预感不祥。这一时，后面的院子里传来了软弱的惨叫声，时断时续，煞是瘆人。刚开始，马眉臣还把握十足，声称周光弼正在给大牲口看病，牲口也会喊疼的。但是，再灵性的牲口肯定也不会说人话，更不会骂人，这个道理就像一碗水那么简单。伴当们支起了耳朵，趴在窗台上，果然闻听到了一个寡瘦的声音在谩骂，在求饶，在诀别。尕奶奶，一定是尕奶奶在遭罪，天呐，把我的心也喊疼了，马眉臣恍然道。伴当们舔破了窗户纸，目光跳进了院子里，但见那个瘦削的妇人正躺在地上，被一张破毡捆紧了，披头散发的，动弹不得。周光弼握着一把镬头，用镬头根子拼命地砸下去，不像是耕地，简直是在刨别人家的祖坟似的，完全疯掉了。镬头落了下去，毡皮子一记闷响，塌下了一个坑，又渐渐地复原过来。血水浸透了那一根麻绳，越发地牢固了。周光弼败坏地说：呸，你个小婊子，你个臭娼妇，老子敲烂了你的骨头，宁可让你瘫痪在炕上，也不许你裤裆里藏下别的鸡巴。周光弼不愧是武威城里一流的牲口大夫，不仅了解牛马骡子和骆驼的各个穴位，还掌握了人体的骨骼分布，所以敲下去的每一镬头，充满了杀机，欲将对方置之死地。那个妇人眼见没有了活路，拼着最后的力气，詈骂道：你个老棺材瓢子，中看不中用的东西，本事还比不上一头叫驴，你既然霸占了我这么久，又让我守活寡，我不偷阿骨里的话，难道让我跟大牲口上炕么？这一席话戳中了周光弼的痛处，忽然扔掉了镢头，蹲在地上号哭开来，碎语地说：天呐，门风坏了，周家的门风彻底坏了，让你这个小娼妇给糟蹋光了。

　　周光弼的大房早就下了世，也无儿无女，一直由丫鬟伺候着，谨慎而本分。丫鬟是大房的一个外甥丫头，自小就跟来的，彼此知根知底。半年前，周光弼在院子里置办了两桌酒席，邀请左右邻舍来喝喜酒，大家真是不存偏见，也毫无芥蒂，甚至觉得这一桩姻缘太迟了，早上三四年的话，最为恰当。面对这些同情之辞，周光弼或者一笑了之，或者自诩道：八十八，能结瓜，你们单等着吃红鸡蛋吧。春天像一记哈欠，一下子便过去了，夏天又像谁伸了伸懒腰，打完也就忘了。近些日子里，但凡碰见了街上的邻居，对方大多要揶揄几句：哎呀，结瓜了吧？煮了红鸡蛋吧？你可千万要把瓜地守仔细了，小心自家的甜瓜变成了苦瓜，将来够你喝一尿壶的。有一个长舌妇终究忍不住了，拦住周光弼，警告道：你那个丫鬟蹄子正在害口么？可就算是害口，酸儿辣女的道理，她一天到晚总吃不了那么多的醋水吧？言谈之中，长舌妇朝着附近的熏醋坊努了努嘴，指了一条不归路。一连数日，周光弼借口出诊，躲在对过的街角里暗中观察，发现前来送醋的后生一副猴相，原来是熏醋坊的伙计。吊诡的是，伙计前脚进了兽医铺子，妇人便后脚急慌慌地出来，上上了门板，挂上锁头，而后反身进入了院门。周光弼心知自己被算计了，死也要死个明白，于是托了关系，辗转打问了一圈，得知那个伙计名叫阿骨里，以前端的是文香茶府的饭碗，如今又在熏醋坊的勺子下面盛饭，生性桀骜，纯粹是一个地皮，一介二流子。事情总要有作结的时候，或者是水落石出，或者是两败俱伤。今个天吃罢午饭，周光弼抱起药匣子，谎称要去一趟南门外，后半夜才能回家。趁妇人洗手的工夫，周光弼折起身子，藏在了柜子下头，终于窥见对方鬼祟起来，将打烊的告示牌悬在了门外。这无疑是一个信号。果然，半个时辰之后，阿骨里提着一坛子熏醋进了门，搁在了柜台上，而后一把抱住了妇人，将其压在了条凳上，当即行起了苟且之事。

　　蜷卧在柜台下，周光弼连死的心也有了，本想冲上去捉拿了这一对奸夫淫妇，再送进县警察局，但转念一想，这件事关涉周氏的门风，倘若闹得满城皆知，风言风语，自己恐怕将来也难有一寸立锥之地。周光弼暗自哭了，眼泪淌了有三缸，一边忆想着个人的酸辛，一边耳食着妇人的淫荡，以及阿骨里裤裆里的狂野风声，兀自恓惶不已。事毕，妇人整理完衣裳，匀称了气息，哀求道：瓜娃子，门没关，街坊邻舍们的眼睛也没瞎，纸终究是包不住火的，你我的这一档子麻烦，一旦事发的话，不是杀罪，便是剐罪。阿骨里的嘴上抹了酥油似的，哄唆说：我实在忍不住个家，我天天都想跑过来剥开你的衣裳，在你的身上受活一下；哪怕你象牙色的肚皮，将来是埋我的墓坑，即便你檀香一样的奶头，以后是葬我的坟堆，我也要背着你闯上公堂，在凉州闹出一个天大的名声不可。妇人搂住了阿骨里，相逼道：瓜娃子，趁着那个老棺材瓢子不在，你干脆带上我逃吧，逃到额济纳去，逃到包头去，逃到兰州城里去，越远就越好活人，我的确是怕了，我的肉都在乱跳。阿骨里掀起了妇人的一条腿，咬了一口三寸金莲，挖苦道：呵呵，你这个核桃大的脚，鸡爪子一样，怕是还没有逃出武威城，就要肿成了一堆发面，算屎了。争执中，阿骨里突然瞭见了地上的那一只礁窝子，药草捣了一半，里头的汁水殷红似血，气味不祥，便问这是什么。妇人确乎不知，只含混地讲，此乃一味猛药，全是掌柜的在经手，听说是周光弼的独家方子，专门对付大牲口的。别无分号，只此一家么？阿骨里再三讯问后，获知了确凿的答案，于是咬住了妇人的耳朵，如此这般地叮嘱了一番。妇人的心里已经着了魔，软在了阿骨里的身上，嘻然道：瓜娃子，亏你想得出来这么阴损的一招。这叫借刀杀人吧？至少能让那个棺材瓢子老死在大牢里，成全了这一世的咱俩。阿骨里怨愤地说：哼！前些日子里，那个老贼娃子时常流连在熏醋坊的门口，还使了钱，私下里买通了几个伙计，再三打问我的底细；待我做完了手脚，事情爆发之后，我第一个就去县警察局，状告他投毒，坊上的伴当们也可以作证，谁不听话，谁便是姓周的同谋。妇人突然伸出手，一把攥住了阿骨里裤裆中的家什：天杀的，你再给我烧一根高香吧，就烧这一根高香。

过了许久，周光弼方从泪水中拔出了头颅，摸见了一把铁锥子，歪斜着站了起来。

天气太大了，屋顶上的瓦叶子晒裂了几块，嘎嘣作响。妇人再次受活完之后，身心通泰，也就丧失了廉耻，忘了关闭铺子，提上一桶子温水钻入柴房里，正洗得舒坦。周光弼绝望地蹉到了门口，咳嗽了一声。里头问：阿骨里，你咋又回来了？周光弼掐住声嗓，嗯了一句，便闻听妇人催喊说：快进来，进来凉快凉快吧。这么着，周光弼抄起柴房门口的一卷破毡，左右抻开后，破门而入，将对方囫囵地裹住了，并用一根麻绳捆绑停当，撂在了院子里。妇人呻吟着，娇喘着，误以为阿骨里的诡计彻底得了手，往后余生，便可以双宿双飞，从此置身于极乐世界似的。不承想，一锥子攮了下去，妇人登时疼醒了，待看清了周光弼的怒容后，她的牙齿突然上了一圈钢条，横下了一条心，宁死也不招。事实上，发泄是一种剧烈的体力活，不管是炕上的性事，还是炕下的暴揍，周光弼感觉自己真是今不如昔，被一种衰老的东西拖累了，酿成了如今的这个局面，只能破罐子破摔了。周光弼每扎下一锥子，便逼问一句，你们一对狗男女刚才合计了个啥？那个驴日的干么突然走掉了？他偷走了铺子里的什么贵重？遗憾的是，这一切均不奏效，妇人的牙口像一具石锁，永远也打不开。锥子太短了，破毡子也太厚了，即便攮了下去，攮到了根子里，恐怕也扎不出这个娼妇的血水来。偏偏在这时，妇人骂了一声狗脖子，独头蒜，缩头乌龟。如此阴毒的詈骂，格外地挫伤了周光弼年迈的自尊心，于是不由分说，举起了一把镬头，落雨般地砸了下去。毡皮子很快就红透了，仿佛泼上了两脸盆血水似的。

隔着窗子，伴当们闻听了半晌，大概听出了一个眉目，牙齿都快咬碎了，纷纷替掌柜的鸣不平，却也无可奈何。不错，门门有本难念的经，但是像周光弼家里的这一堆龌龊事，外人很难插手，也劝解不得。第一，炕头打架炕尾和，此乃夫妻之间的惯例，谁也不清楚双方心里的疙瘩究竟在哪里。第二，毕竟错了辈分，周光弼是叔老子一辈的人，假如唐突地闯出去拉架，让他以后的颜面何存？做人留一线，将来好相见，伴当们也掌握着这个尺码。尤为关键的一点，在于暴力之后，麻绳断了，那一卷破毡完全散开了，妇人精赤溜光地蜷在地上，除了血水之外，肉身子白花花的，一丝遮护也没有，令大家非礼勿视，不敢一睹。这么着，伴当们说来道去，便将周光弼的家门不幸，以及所有的罪孽，一致指向了熏醋坊的那个伙计，也早就忘掉了这一趟来的目的。陈匹三道：上一回，南关的转运站里有一个叔叔偷嫂子的，事发之后，哥哥也不曾报官，由凉州的郡老们做主，将那一对狗男女装在铁笼子里，吊在了城门楼子上，大概过了十天半月吧，硬生生地晒成了一堆肉干，这就是下场。马眉臣从裤腿中拔出来一把尖刀，吹了吹，轻蔑地说：别那么泼烦了，最好的法子是你们架住他，我先挑断了他裤裆里的那一根筋，割掉双蛋，而后没收了他的肉橛子，让他以后不再打鸣，也不要再祸害百姓们。大皮匠的儿子如此果决，另外二人便也无话可讲。

可偏偏，藏在包袱皮里的那一只大雁，顾不得伤势，蓦地探出了头，长鸣了几声。天上的话，肯定也只有天上的伴当才能抓住，懂得其中的意思。这一时，日头西沉，倦鸟陆续归林，徘徊在武威城上空的另外一只，本来已经伤心欲绝了，却突然获悉了伴当的行踪，于是放下了膀子，低旋在了这一片屋脊之上，天地呼应，缠绵不休。周光弼哭到了半途中，耳食了这一种意外的声音，目击了头顶上的异状，怔忡之后，冷不丁地开了窍，仿佛大雁的啼叫是一把天赐的种子，撒在了他内里的心田上，破土萌芽，再也不可遏止了。周光弼收住泪水，跑将过去，对着窗户里头的少年们说：出来吧，娃子们出来吧，反正周家的门风彻底坏掉了，我这一张老脸还不如猪尿脬那么光鲜，我也根本不在乎了。

三个少年并没有逃走，多半是同情心使然吧，你推我搡地站在了掌柜的面前。果然，周光弼认出了大皮匠的儿子，也认出了惊白，讶异不少。听完介绍，得知他们是同一所乡学里的同砚席友后，周光弼仅有的一点点警惕，也当即消弭不见了。马眉臣将包袱搁在了窗台上，解开疙瘩，大雁呼哧一下挣脱了束缚，立了起来，但左膀子耷拉着，右膀子却拼命地扇动不停，啼叫声声。终于，这一对伉俪衔接上了，联系到了，天上的那个离地三丈，几乎擦着树顶的梢子，在一圈一圈地盘旋着，不再凄厉，也不再那般哀鸣。陈匹三虚上一礼，道明了来意。周光弼捉住了大雁的膀子，辨识再三，锐利伤，立刻判别出这是被猛禽所伤，伤及了一根骨头，好在性命基本无虞。斟酌一番后，周光弼面呈难色，声称自己勉强还算一介兽医，但专门替大牲口效力的，学问不精，见识浅薄，这一辈子从来也没有给鸟类看过病，着实怯乎，不如另请高明吧。见掌柜的打了退堂鼓，少年们一方面狠狠地夸赞他的医术，叠床架屋地戴高帽子，另一方面又宽慰他，反正这只鸟是捡来的，既不沾亲，亦不带故，干脆请他试一下手，倘若最后死掉的话，大家也就素心了。

　　欣慰的是，掌柜的终于被说动了，挽起袖子，接住了那只大雁，款款地搂在了怀中。少年们一时嘻然，却又见周光弼迟疑开来，腼腆地说：娃子们，我现在答应了，但你们也要帮我干一件小事吧？陈匹三道：你开个价钱，等一下我们去凑钱。周光弼苦笑道：唉，不是钱的问题，我想托你们去一趟街口的熏醋坊，将那个阿骨里请过来，我有一大堆的话，我要当面给他说知道。阿骨里，这个卑鄙且可耻的名字，已经像一根尖刺，扎在了少年们的心头上，不拔不快。马眉臣阴笑道：叔，别的本事我不大，但是绑一头牲口，那我可是行家。

　　自始至终，惊白都未曾插话，更不敢抬头，心跳得很乱，仿佛一张破损的筛子，连一粒沙子也兜不住。然而，越是畏惧，越是羞臊，惊白的心底里反倒滋生出了一份极大的好奇，偷偷地抬起下巴，目光掠过了伴当们的肩膀，盯望着地上那个可怜的妇人。这一时，妇人从昏厥中醒了过来，四仰八叉的，浑身的沟沟壑壑，青紫肿胀的各个器官，连同那一丛黝黑的耻毛，悉数暴露在了夕光之中，清晰入目。也真就怪了，眼睛好像是别人家的，刚刚收了回来，却又一个蹦子挣了出去，落在了尽头。妇人一直哑默着，蠕动着，没有力气去呻唤，去求告，胳膊和大腿断成了几截子，骨头也刺穿了皮肉，骨茬嶙峋，煞是骇人。树坑里有一汪污水，妇人蠕动过去，将整个鼻脸埋在水中，吧唧吧唧地啜饮了起来。白蛆，一只巨大的白蛆，肉乎乎的白蛆，惊白蹍开了目光，觉得自己的口腔里发苦，好像噙住了一颗苦胆。

无疑，这是惊白第一次瞭见女人的肉体，目睹了异性的全部特征，就此打开了少年的心门，或多或少，也填补了他成长中的一些想象与好奇。但是，在如此血腥而暴力的阴影下，这不仅不是一种良好的识见，相反却成了一次隐秘的伤害，篡改了少年的天空，挫伤了将来的日子。此乃别话，不提也罢。

天气太热了，但惊白一直瑟瑟着，目光怆冷，表情木讷。直到伴当们谈妥了条件，拔脚出门之际，惊白这才清醒过来，忙追撵了上去。

胡笳二十六节

夜饭开始后，街上的人们步履匆促，除了那一帮碎娃娃。

熏醋坊一带的味道很重，漾荡在空气中，冲人鼻息，喉咙中却也频频生津，好像这种东西不要钱似的，施舍给了凉州人，让大家胃口大开。惊白早就习惯了，因为权家的院子里昼夜弥漫着这种甘洌的气息，久居芝兰之室，也便不识其香罢了。坊门口，一帮小子们分成了楚汉两界，一边踢沙包，一边在斗嘴。偏巧，伙计们每人端着一大碗荞面搅团出来了，一字型地蹲在了墙根下，低下头狂咥，腮帮子乱响。站在街对过，瞅了大半响，竟也不知道哪一个才是目标，一时无措。马眉臣狂躁地说：呸，干脆来硬的，问清楚之后，绑了就跑，我给你和惊白断后。哼，这是以卵敌石，只怕坊上的伙计们不明底细，杀出来一帮子程咬金，将咱们剁碎了腌在醋缸里，将来就成了腊八蒜，陈匹三当即否决了这个鲁莽的想法，建议用计，将那个贼赚出来，神鬼不知，然后一走了之。这么着，陈马二人拢住了惊白，眼神里喜滋滋的，仿佛这个少年就是卧龙岗上的诸葛先生。

有了，我现在就叫阿骨里，你们快揍我呀。惊白一计如神，催促道。

两个伴当略一迟疑，立刻懂了。

马眉臣当即薅住了惊白的脖领子，怒斥道：阿骨里，你个狗日的，你快把老子逼疯了。陈匹三也帮腔道：阿骨里，谁不知道你驴日的手脚龌龊，不干不净，现在却来充好汉，倒打一耙了？马眉臣接着骂道：阿骨里呀，你个挨千刀的贼娃子，你那一河滩的垃圾事，信不信我去报官，让你今个天端不住饭碗，以后专门去吃牢饭？一时间，少年们撕扯在了一起，拳脚相加，阿骨里这个肮脏的名字，仿佛头顶上的沙包，飞来飞去，令人避之不及。果然，墙根下的一名伙计再也按捺不住了，撂下荞面搅团，拽开了步伐，赳赳然地前来问罪。虽说这家伙一脸猴相，但毕竟出身于肆坊之中，干的是力气活，胳膊上的肌肉疙瘩格外瓷实，眼前的三个青皮少年，其实根本入不了他的法眼。断喝了一声，伙计究问说：日能的，你也叫阿骨里么？惊白点头：在下阿骨里。伙计露出了牙花子，上面沾着一粒韭菜，咧笑道：稀罕了，老子也叫阿骨里，这么蹊跷，竟也不知道这是好是歹，可千万别让你这个碎怂败坏了我的运气呀。得手了，就是这个贼，千真万确的。惊白镇定下来，立刻拿出了少爷的气概，轻蔑地说：哼，你跟着我叫一样的名字，那可是你前世里修来的福报，趁着小爷我心情不错，等一下我赏给你一枚响元吧。你说啥，一块大洋？阿骨里简直呆住了，戾气顿无，也迅速丧失了警惕，感觉今日里喜事连连，自己一河的水全都滚开了，财神爷也驾临眼前。马眉臣苦楚着鼻脸，指了指兽医铺子的方向，无奈道：少爷，钱在我家里，还得劳碌你一趟，现在跟上我去取吧。闻听此话，陈匹三迅速拦挡住了：不，我先来，我家离得最近，就在右手的那个小巷子里，趁着我爹还没回来，我先把钱还上，你让在后面。

街道两侧的烟雾更浓了，柴烟湿重，慢慢地沉降下来，徘徊在了人们的脖膝盖子一带。与此同时，从祁连山上袭来的一道道夕光，刺透了烟雾，斑驳，游离，怪异，就好像在一件破烂的黑皮袄上，另外披上了一袭金色的袈裟，显得不伦不类。刚要开拔，惊白绝望地瞭见，家里的丫鬟抱着一把毛芹菜，迎面走了过来。丫鬟是姐姐的心腹，又是密探，一向心直口快，此刻见了少爷的面，免不了究问行踪。惊白眼瞅着对方佛面剥金，即将喊出自己的真实姓名，赶紧先下手为强，一个蹿子冲上去，搂住了丫鬟，将其扯拽到了熏醋坊的墙根下。惊白天花乱坠了一番，丫鬟问说：咦，那两个似乎是你的同窗，弘毅乡学有活动么？也没啥，就是做一个社会调查，尹先生布置的假期课业，惊白胡诌道。呃，那今个天你们要调查什么？追问道。这一刻，惊白稚嫩而浅薄的一面暴露了出来：嗯，也不太远，就在前面的兽医铺子里，稍后我再回家吃饭，你告诉大小姐一声。丫鬟手搭凉棚，盯望着伴当们远去的背影，再次发问：咦，那个穿汗褡子的人面孔很生，他也是你的同窗么？惊白公然撒谎说：不错，他叫阿骨里，弘毅乡学的先锋分子，门门课业甲等，他是本次的带队，我先走了哦。

墙根下，一名坊上的伙计，差点喷出了嘴里的搅团，失笑地说与了其他人。

天老爷帮衬，待惊白追撵过去时，陈马二人早已在僻背的巷道中，拿获了阿骨里，一绳子捆绑结实后，又在他的身上罩了一块麻袋片子，几乎不露痕迹。两个人分列左右，挟持着这个淫贼，尤其是马眉臣袖筒中的那一把尖刀，危险地抵在了阿骨里的气管上，所以他连一个咳嗽也不敢打。进入了兽医铺子，照着陈匹三的吩咐，惊白一顿手忙脚乱，先是上上了店铺的门板，关门打烊，又锁住院门，插上了门杠。在惊白的慷慨想象中，这个平淡无奇的凉州黄昏，马上就要鸣锣响鼓、耳目一新了，不是别的，乃是一座森严的公堂，威冷的法庭，左首停着一具虎头铡，右首摆着一副狗头铡，即将审出一个山高月小、水落石出的答案。甚至，端坐于大堂之上的冷面判官，并非是开封府里的黑脸包拯不可，而陈匹三和马眉臣，一个充任王朝，另一个则扮演马汉，这一本子戏便完美无缺了。事实上，这个少年人此刻被彻底蒙蔽了，令惊白有所不知的是，一幕奇崛而重大的杀戮，正在闪电般地袭来，奔向这一座古老的城池，进而带来了毁灭性的一夜。

恍惚中，惊白分配完了上述的角色，连蹦带跳地跑进了后面的院子，突然间失望极了。

同样失望的，还有肇事者阿骨里。刚一进来，伴当们也着实恼恨，见不得这个淫贼的猴相，抓起地上的镢头，突然动了手。马眉臣的那一下，敲在了阿骨里的膝盖骨上，人当时就软塌了，下跪在地，但脖颈子一直强硬。陈匹三接住镢头，砸在了淫贼的后心上，脑袋便耷拉了下去。报应来了，下半天还在这里销魂，放了一管子裤裆里的热脓，此刻却是赎罪，知道自己在这一世的路走绝了，皆是死路。阿骨里横下了一条心，瞭看过去时，竟失望地发现，周掌柜正拿着一把铁勺子，将半碗瓜瓤仔细地捣碎后，滗出了汁水，悉心地灌进了妇人的牙缝中。妇人的鼻脸就像一盆子发面，丑陋，虚软，青肿一团，但分明知道那是救命的东西，便也顺从了。惊白蹒跚在侧，先时的羞臊与好奇荡然无存，因为妇人已经穿戴齐整，不再精赤溜光了，安静地躺在树下，身子下面则是一副老旧的担架。周光弼喂罢后，将碗底里剩下的瓜瓤，统统打扫在了他自己的嘴巴里，哑巴着舌头，只说了一个字：甜。

这个关节上，头顶的夕光猛地一沉，转瞬又明亮了。伴当们纷纷举首，突然间恍然开来，内心雀跃，但也不敢开口喧哗。原来，周掌柜已经给那只大雁探查了伤势，敷上药，用透气的麻布包扎停当，并用一只大笸篮和麦草，在柴房顶上筑了一座简易的巢，将其安顿下来。刚才，天上的另一只滑降了下来，扑闪着翅膀，短暂地跟自己的伴侣碰了碰颈子，彼此报了一声平安，又再次分手而去，守在这一座郡城的上空。鸟犹如此，人何以堪，惊白一直盯望着深坑般的天空，一时鼻酸，竟不胜有天涯沦落之感。这一霎，惊白实在不知，大概半个时辰之后，他本人也将仓皇地踏上一条逃亡之路，单人独马，前途莫测，甚至连这一对大雁也不如。

既然周光弼滴水不漏地兑现了承诺，搭手救下了那一只伤雁，陈马二人便打算有所表现，于是按住了淫贼的脑袋，听凭掌柜的全权处置。阿骨里始终不服，咬筋狰狞，但陈匹三的一双巴掌犹如铁扇，扇得他趔趄不已。大皮匠的儿子又寻来了一捆干枯的白草，垫在对方的膝盖下，顿时削败了他的气焰。白草又名骆驼刺，不必细谈。不料，荒唐的一幕发生了，周光弼从店铺里出来后，抱着一只新疆甜瓜，搁在窗台上，仔细切开后，用勺子掏掉了籽粒，抓住其中的一牙，站在了阿骨里跟前。吃吧，天气太大了，这个解渴，也能当饭，掌柜的哀求道。阿骨里的嘴巴躲闪着，挣扎不从，似乎那不是曾经的贡品，而是一碗苦涩的汤药。周光弼接续说：唉，你看你，你嘴上的皮都快干掉了，说明你内火太旺，这个恰巧是下火的，对你只有好处，快快张嘴，我来喂给你吃吧。不承想，阿骨里突然张开了牙口，不去吃瓜，却一口叼住了对方的胳膊，险些撕下来一疙瘩肉。周光弼一声惨叫，跌坐在地，幸亏陈匹三的一记铁拳砸了下来，及时地替他解了围。当然，阿骨里的鼻梁断了，血水喷射了出来，这是意料当中的事。

意料之外的重大变故，猝然间发生了。

枪声是从街道的另一头响起的，点射，应该是盒子枪，总计开了七下，然后便悄静了。往昔里，少年们时常去西门外的教场，或者更远一些，在新城大营以北国民革命军的打靶场上，开过眼界，掌握了这种军事内容，心里有数，所以并不吃惊。

周光弼捂住胳膊，颓坐在诸人面前，待疼痛过去之后，忽然拾起了地上的那一牙甜瓜，也顾不得沾满的灰土，兀自吃将起来。吃得很慢，也很艰难，周光弼的一腔子眼泪，竟然呼啦啦地淌了下来，苦水拌着甜瓜，一点一点地舔进了肚子里，哀恳地说：娃子，天色也不早了，等我说上几句肺腑话，你就走吧，我也该打烊了，晚夕里要关门谢客。阿骨里听见了一线生机，觅到了一扇生门，果然规矩了下来，脖颈子也不再强硬到底。周光弼道：唉，这一切都怪我，怪我老糊涂了，起了贪欲，生出了妄念，将她一个年纪轻轻的大姑娘收了做小，祸害了她的年华，糟践了她的光阴，我这一世的罪孽，我自己知道。忽然被呛了一口，周光弼咳得心惊肉跳，似乎咳出来的那些无良的气息，恰恰是这一辈子积攒下来的罪愆与债务，此刻悉数奉还了。又哭噎地说：娃子，真是对不住呀，先头我被邪祟拿住了，恶煞捉住了我的心，我把她打坏了，打得她只剩下了半条命，我现在连死的心也有了。扔掉瓜皮，周光弼起身去了一趟卧房，又搂着一只牛皮袋子出来，款款地下跪在阿骨里的面前，磕下了一个头：娃子，你现在领上她走吧，她是你的了，你去门外雇上一辆车，车不要太颠，专挑胶皮轮子的那种，你们走得越远越好，赶紧去找一个像样的大夫，毕竟伤筋动骨一百天，这个绝对不敢耽搁呀。束绳解开后，袋子里全是白花花的大洋，周光弼辞别道：是这，这是我积攒了一辈子的钱，有少没多，现在全部赔给你们，请不要嫌弃，毕竟你们活人的光阴还长，还要花钱安顿小日子，而我这个老棺材瓢子，只怕是吃完了上顿，就端不住下一顿的饭钵了。

令人气炸的是，这个淫贼居然眼珠子一转，感觉是陷阱，反诘道：老大夫，看牲口你是一把好手，但是看人的话，你就是一个麻眼，一个瞎汉，你成全不了我，我只是一名伙计。躺在担架上的妇人发了疯，攒足了气力，呱喊说：阿骨里，老掌柜放生了咱们，你赶紧磕头，应承下来吧。阿骨里詈骂道：你个小娟妇，你上下夹紧，这一口黑锅老子不背，原因只在于是你先勾搭我的，你告诉我你是丫鬟，却也没料到，你竟然在做小。陈匹三再也听不下去了，抓起脚下的瓜皮，撬开了阿骨里的牙口，强硬地塞了进去。旁侧里，马眉臣又补了一镢头，声音很软。

突然间，天空惊颤，枪声再次打碎了这座凉州古郡的黄昏，一切开始走入了歧途。

照例是点射，盒子枪，子弹打在了兽医铺子的门板上，哐当作响。院子里的人全部呆住了，不知究竟，但似乎也不害怕，周光弼甚至又拿来了一块甜瓜，打算继续说服下去。入秋以来，城里城外的买卖一概红火，大宗的银两流通迅速，案件频发。其中最猖獗的一支，当数地痞和小偷，害得县警察局的牢房中人满为患，步警队和马警队也是昼夜无息，天天在缉捕嫌犯。偶尔的枪声，实在让百姓们见怪不怪，此刻亦不例外。但是，这一阵点射不过是警告，紧接着，机关枪扫射而来，院子里顿时飞沙走石，尘烟大作。

这日晚夕，来自国民革命军驻新城总部的宪兵队，在王伯鱼部的协同下，紧急包围了兽医铺子，缉拿凶犯阿骨里。机关枪停下后，宪兵队的头子用浓重的河州口音，朝里面喊话：贼日下的，一个个抱着朵落（脑袋）滚屎出来，否则格杀勿论，不留活口。

无疑，这是一桩恶性的突发事件，一度引发了军地双方的紧张对峙，误会解除后，现在开始用武力才能镇压。

话说当初，阿骨里抱着那一只熏醋坛子，趑出了兽医铺子，站在漠漠的天光下，有点迟疑不决。这一手太狠，阿骨里毕竟胆量有限，平素里除了偷鸡摸狗、嫖风打浪之外，还不曾有过伤天害命的罪孽，所以手心里都是汗，将坛子搁在了脚下，在街边歇缓。按妇人的说法，礓窝子里的那些汁水之所以像血，原因只在于它是七八种药草捣成的，其中也不乏马钱子、狼毒草之类的凶药，夺命于一刹那。兽医铺子接待的都是大牲口，大牲口一般是家中的柱梁，但凡有什么头痛脑热、咳嗽喷嚏，主人肯定会火急火燎地牵过来，哀求周光弼施下圣手，然后再囫囵地拉回家里去，接着卖力。实际上，个别的大牲口无病无灾，多半是年岁大了，行将老死，主人也不忍心下了一辈子苦力的哑巴伴当下场惨烈，最终去挨那么一刀子。于是乎，周光弼便配成了这种凶药，遇上类似的情况，双方达成了契约之际，遂一边念经，一边灌在了大牲口的咽喉中，争取让其早一点过去，寻见另一个转世的生门。对象倒地后，主人照例要哭上几鼻子，但他们本人却不情愿亲自处置那一具尸骸，只央求周光弼将牲口的皮子熟好，将来留作一个念想。这么着，马眉臣的父亲就成了周光弼的下家，一来二去，造就出了一介有名的大皮匠，彼此获利。阿骨里思忖，这种凶药连大牲口也能放倒，假如弄掉几个人，闯上一宗大祸，而后栽赃诬陷给兽医铺子，这一切神鬼不知，岂不快哉。街上的行人骤然多了起来，迎面过来了几个大姑娘，好像刚刚吃罢席，脸蛋红扑扑的，有一股胭脂的味道。不过，阿骨里并不认可她们，冲着那一道背影，连啐了几口唾沫，暗骂道：瘦沟子，柴火身子，把老子的眼睛都硌疼了，我才不稀罕呐。这一刻，盘踞在阿骨里心中的，乃是下半天时那一块象牙白的肚皮，那一对檀香般的奶头，似乎药性犹在，让他的脑子里晕眩不已。

  实心说，这个关节上，阿骨里尚未踏上绝路，另一只脚还在阎王殿的门槛外逗留。

  但是，一记抽脖子飞了过来，打在了阿骨里的板颈上，啪地一疼。阿骨里掉头一觑，瞭见了自己的前东家，也就是文香茶府的大掌柜。葛望义讥讽说：碎狗日的，我以为你离开了文香茶府，去穿绫罗绸缎了，去端金饭碗了，去当财主了，怎么如今混成了这个怂样子，一边卖醋，一边在大姑娘的屁股上卖眼呀？阿骨里哀叹道：唉，正弄的不弄，茶里面倒醋，让老东家见识了我的可笑，我的孽障。葛望义心存慈悲，声称自打阿骨里离开后，茶楼里再也没招过伙计，那个位子一直空着，不如继续跟着他干，总比在熏醋坊里下力气要好，不仅轻松，而且还体面。孰料，阿骨里瞄了一眼对过的兽医铺子，阴笑道：这个也难说，指不定再过上几年，我会盘下你的文香茶府，让你套上一件围裙，烧水、沏茶、掏炉灰，天天吃我的责骂，罚你的工钱。葛望义被揭了短，冷笑道：呵呵，你个穷鬼，你倒是说说看，你靠啥来盘我的茶楼，靠你的这一根猪口条么？阿骨里蓦地有了耐心，掰着指头，计划道：哼哼，如今我瞌睡遇见了好枕头，我寻了个捷径，便可以在半道上超过你。首先，我打算娶一个有姿色的小寡妇，霸了她的钱财，睡了她的身子，开一家临街的铺面；而后我要么打锅盔，卖馒头，要么经营油炸豆腐和面皮子，积攒上这么一段，腰里也就有了铜，再像你一样揣上一块金表，摇一把丝绸扇子。一时间，葛望义笑疼了肚子，嘲讽道：看把你日能的，原来你狗日的不走正道，钻的却是妇人的裤裆，你小心淹死吧。阿骨里牙齿很硬，反诘道：哎呀，这有啥可失笑的，想当年韩信也曾受过胯下之辱，最后还不是拜了淮阴侯么。葛望义一下子敛住了表情，告诫说：你个贼骨头，真是跟你的名字一样，坏到了骨头根子里，你仔细自己的孽罐子快满了。阿骨里却道：呸，不是孽罐子快满了，而是我的钱罐子要来了。

　　谁也未曾料及，偏偏是这一番口舌之争，此后竟成了一桩铁证，一纸呈堂证供，勾勒出了案件的前后细节，彻底坐实了阿骨里的罪恶。或者说，葛望义的三言两语，将这个贼的另一只脚也踢进了阎王殿，并就此关上了这一世的大门。

　　这个关节上，有人在喊叫阿骨里，葛望义连一声告辞的话也没听见，这个贼便消失了。唉，端谁的碗，听谁的令，此乃活人的道理，葛望义虽然心思落空了，但也嫉恨不起来。夕光刺眼，葛望义隐约地瞭见，三四辆马车首尾相衔，停在了街口一带，咴咴而鸣，喷鼻的气息在光线的衬托下，犹如一只只热蒸锅。从响铃的声音上判断，应该是一支来自新城大营的车队，因为只有国民革命军的马匹才如此夸张，脖子下佩挂的铜铃，仿佛李元霸手中的擂鼓瓮金锤。葛望义掉头走了，成都来的茶叶商人正在北斗商栈里等他，这一笔贸易很关键，分心不得。大约一两个时辰后，全城的大搜捕开始了，葛望义作为主凶的前东家，被扔进了一辆囚车，关在了新城的军营中，生死未卜。

　　果然是一队军车，刚刚采购完毕，车厢内码满了牛羊肉、水果和各类时令菜蔬,其中的几筐子鲜花煞是惹眼。随车的几名士兵均是伙夫,跟阿骨里年岁相当,彼此也很熟络,见了这个隔三岔五前往军营里送熏醋的伙计,纷纷跳将下来,免不了闲章几句。咦,阿哥们,买这些活生生的牡丹花做啥呢?凉拌一碟子,还是要炖羊肉?阿骨里相问说。对方如实道:牡丹花当然是用来扎旗门、布置宴席的,明个天军部要大宴宾客,隆重地给长官做寿,所以大家忙疯了,饿了一整天的肚子。长官,一旦道出了这个称谓,阿骨里便发现他们的腰杆子直了,表情也亮了,好像在颊脸上点了一盏灯似的,不由得充满了艳羡的情绪。这一时,瞭见阿骨里的怀里抱着一坛子熏醋,伙夫班长也不客气,开腔道:凑巧,也省得我们去熏醋坊一趟,这一坛子归我了,你先记在账上,月底了再一起结算吧,我们现在要赶回去吃夜饭,等一下城外就要吹军号了。唉,一般齐的肩膀,一样大的岁数,瞧瞧人家的英武,而后再看看自己的落魄,阿骨里突然被一种自卑的伤感攫取了,于是昏头涨脑地跑上前去,将熏醋坛子埋在了那一堆菜蔬当中,还亲自用一截麻绳捆扎妥定后,又像往常那样,向阿哥们道了谢,认真地鞠了一躬。

直到垂头丧气地折返回去,在坊内收拾完了一大堆醋糟,端起一碗荞面搅团出了门,蹲在街边后,阿骨里竟也蠢笨不知,忘了自己刚刚送出去的,不单单是一坛子熏醋,实际上是一颗定时炸弹,即将引爆,进而摧毁这个凉州的秋夜。

另一厢,那一支采购的车队驶出了东门,绕过了东关花园,沿着凉州境内最宽阔的大道,铜铃嘹亮,马蹄齐整,奔向了革命军的总部。在本地人的口中,武威城一直叫旧城,新城则在旧城的东北方向上,二者相距十来里地,虽然彼此之间声息可闻,隐约可见,但因为后者乃军事禁地,百米一哨,半里一岗,周围设置了重重的卡兵,擅入者斩,恐怕除了飞鸟之外,一般人难以窥伺其中的机密。整个清朝一季,新城被称为满城,驻扎着庞大的八旗军队,这里历来是经略河西四郡以及西北腹地的总枢之地,为朝廷所倚重。共和初造,民国定鼎之后,这一座四方城开始了腾笼换鸟,辫子军刚刚散伙,革命者便迅速入驻,满城的叫法也随之被废止了。眨眼的工夫,车队就驶入了新城大营，停在了灶房大堂的门前。真是饿坏了，饿得前心贴后脊的，这一帮火头军天不亮就出了门，此刻方归，纷纷跳下了车子，扑向了灶台。见伴当们嚼吃着凉馒头和干锅盔，啃着绿萝卜，班长一时不忍，马上端来了半盆子冰手抓，搁在了廊檐下。冰手抓是军官们吃剩下的，筋肉都被挑走了，盆子里尽是羊油疙瘩。在这么大的天气下，羊油再好，也还需要蒜瓣子和熏醋解腻。这么着，班长将熏醋坛子抱出来，沏上了半碗。伴当们有的怕酸，其中的两个却嗜醋如命，不仅蘸着吃完了羊油疙瘩，还一人一口，喝光了碗底子。

歇缓了片刻，白昼间的乏气尚未放空，新城里的军号已经吹响，该到了上灶忙碌的一刻。班长突然发现，那两个伴当口鼻流血，表情像一张揉皱的旧皮子，一直在抽搐，赶紧上前动了一指头。岂料，他们竟如两扇门板似的，歪斜地倒在了廊檐下，屁股下面也是一大摊血水。医务所的军医被紧急喊进了院子里，连药箱子也来不及打开，探了探眼仁，摸了摸脉息，发现人已经硬了，不必再折腾。见此情状，班长的三魂六魄几乎被吓飞了，目光逡巡一圈，终于落在了那一只醋碗上。车厢里恰巧有一筐子当天购来的活鸡，班长抓出来一只公鸡，撬开了尖喙，将一线醋水注入了进去。不承想，原本还鲜红透明的公鸡冠子，一瞬间变成了炭黑色，膀子扑闪了几下，当即毙了命。公鸡斑斓的羽毛，吸引了门端里的那一匹土狗，一道烟地跑了过来，只嗅闻了一鼻子，却突然吓瘫了，趴在了地上，呜咽开来，仿佛被一句神秘的咒语给拿住了，动弹不得。班长料知事出有因，也是为了最后的验证，飞扑而去，用膝盖压住了狗身子，将半碗熏醋灌入了狗嘴里，果然毒发身亡，立时送命。这一噩讯很快就被上报了，但因为次日即是长官大人的寿辰，为了不影响他的心情，由宪兵队拦截在手，秘密地处置这一桩突发事件。这么着，旧城内的熏醋坊便被锁定为第一目标。出于隐蔽之需要，宪兵队放弃了军用卡车，两个排的骑兵统统荷枪实弹，分别从北门和东门上杀入，将那一条醋味浓烈的街道严密封锁，扎紧了口袋，以防走失了凶犯阿骨里。

事前，宪兵队的一则紧急电话，打给了武威县政府。不巧的是，县长吕介侯去了省城兰州开会，无人做主。电话又打到了县警察局，局长陈垦丁却在古浪峡一带视察，由张彝陪同，家中只剩下了马警队队长王伯鱼。听罢通报，王伯鱼当即慌了，深感兹事体大，两条军人的性命，足以让整个武威城燎起一场惊天怒火，焚为灰烬。事实上，后来发生的一幕，远比王伯鱼猜想的更为惨烈，也更加血腥。马警队先下手为强，包围了熏醋坊，并跟掌柜的再三交涉，一个是查抄现场，保全证据，另一个则是指名道姓地锁拿阿骨里，打算移交给军方。在王伯鱼看来，这名凶犯简直就是一块烫手的火炭，早一刻熄灭，早一点扔出城外，自己才能快速切割，马警队也能及时止血。作为衙门中人，王伯鱼太清楚不过，在河西走廊境内，单单是一个破坏军地关系的罪名，便可以让他脱掉几层皮，从此走投无路。岂料，坊上的大掌柜不干了，明摆着是一缸缸新粮食精酿的熏醋，目下却被构陷成了毒汁，这块牌子毁了不说，莫非还有一场牢狱之灾不成。谈崩了，大掌柜将一盆子醋糟甩在了王伯鱼的身上，伙计们提着铁锹、木叉和棍棒拢了过来，势如水火。这个关节上，宪兵队出现了，根本不废一点点唾沫渣子，直接开了枪，几名伙计栽倒在地，当即丧失了气息。

宪兵们提着铁锤，一锤子一个，将坊上的醋缸悉数砸烂了，茬口嶙峋，荆棘遍地。醋水漫流着，几乎快淹没了诸人的脚脖子。直到进入了腊月里，这种滞重而酸辛的广大气味，仍旧笼盖在这一座古郡的头上，散发不去。伙夫班长也跟来了，抱着那一只肇事的坛子，扔下了空碗，仔细地倒满后，盯住了大掌柜。或许，掌柜的太过于自负，同时也为了辩白，抓起醋碗，嚼上了一大口，突然间神色大变，扼住了自己的喉咙，嘀咕说：火，起火了。谁也看不清那一堆暗火，但大掌柜却因之毙命，趔趄一番，摔倒在了几具死尸当中。这一刻，一名伙计相告说：军爷，我知道阿骨里的下落，吃夜饭时，他被人叫走了，去了西面的兽医铺子。宪兵排长喝问：呔，说话说尽，拉屎拉光，叫走他的同伙是谁？伙计唖摸道：那个贼我很眼熟，假如我没猜错的话，他应该就是隔壁权家的小少爷，但他们千真万确去了兽医铺子；再说了，整个坊上出去送货的也只有阿骨里一个，我们是乡下人，不识城里的路。

枪口迅速掉转后，两支武装到了牙齿的队伍，扇形地围住了周光弱的店铺与院门。因为目标不祥,也是担心遭遇反抗,宪兵排长先放了几枪,又接着喊话,以期震慑住对方。岂料,门板也被打烂了,竟无一人出来求饶,排长顿感在马警队这一支杂牌军的跟前折了面子,恼恨之下,下令机枪手射击。王伯鱼侧立一旁,瞭见整个兽医铺子灰飞尘起,罩上了一幕呛人的烟障,粗粗一算,起码也打出了三四十发子弹,连枪管都发红了。甚为蹊跷的,则是头顶上盘桓着一只低回的大雁,错乱不已,仿佛一枚挂钩似的,挂满了这个秋夜的全部惊惧,以及凉州全境未卜的将来。

尘土弥漫中,先是马眉臣抱住了惊白,陈匹三也冲过来,将伴当们搡在了墙根下,一连迭地催喊说:惊白,你翻墙快跑,这一道浑水可不是你能搅达的,我们早就皮了,让我们来对付。时值此刻,三个少年人依旧不知,这一桩天祸就此更改了各自的命运,而他们想当然地觉得,这不过是因为绑架了阿骨里,或许让熏醋坊报了官,警察才追踪而至的。惊白的牙齿上了锁,始终不肯。马眉臣哀求道:好我的兄弟,这个涝坝池子里的水很脏,你不能进,你也进不起;权大人对我们皮匠坊有恩,我不能拖累了你,玷污了权家的清白。陈匹三亦道:惊白,你可是权家的后人,你爹老子一世的英名,倘若毁在了你的手上,陈家的佛具店也不会答应的。对这些陈词滥调,一向以亡灵压制活人的粗鄙说法,惊白本来就充斥着逆反的心理,尤其在这一刻,更是坚辞不从。蓦地,陈匹三指着柴房顶上的那一座鸟巢,又仰看着黄昏的天际上,那一只徘徊不去的大雁,笃定地问:那你告诉我,大雁像个啥?惊白悠然道:我当然记得,大雁是一炷高香。马眉臣追问说:那么你我他,咱们三个又算什么呀?惊白伶俐地回答:天空作鉴,插雁为香,咱们不是已经磕了头,结拜成金刚兄弟了么。这么着,陈马二人齐声断喝道:那就快滚吧,现在就滚,离开这个是非之地。

撅起沟子,踩着伴当们的肩膀,惊白骑在了山墙上,忽然瞭见了那只受伤的大雁,忙说:二位盯紧了,别忘了让周掌柜给它换药,拜托。一块胡基飞了过来,又扔来了一块瓜皮,马眉臣恼怒道:小贼,逃命要紧,你快跑呀。惊白被这个棘手的问题纠缠住了,惶惑地问:呃,那我咋逃么,我该往哪里去逃呀?陈匹三接茬道:是这,你赶紧回家一趟，牵上一匹快马，趁着城门关闭之前跑出去，只要出了城门，你便万事大吉了。惊白懊恼地说：天呐，武威城有大小八个门洞子，我该从哪一个出去呀？陈匹三截铁地说：朝北，一直朝北走，你抬头盯住了北斗七星，千万不要回头。

或许，恰恰因为这句话，惊白于是日晚夕，仓皇地踏上了前往北疆的逃亡之旅。出城十里后，在星月的掩护下，惊白突然忆想起了一个热烈而亲切的名字，对，脱可木，蒙家庄子的脱可木。如此一来，惊白便寻获了方向，虽说单人匹马，时日漫长，但这一路上终究不再畏惧与孤寂。武威城内，就在惊白刚刚跳出了山墙的那一霎，宪兵队破门而入，当场擒获了凶犯阿骨里，其他的几个，自然也难逃被收监的命运。此后，经过军地两方的一再核实，涉案的全部人员中，偏偏走失了权家的小少爷徐惊白。然则，除了主凶本人，陈匹三、马眉臣和周光弼，包括那个下巴骨被打碎的妇人，统统否认徐惊白牵涉其中，只说他是来医治大雁的，有活物为证。

彼时，王伯鱼犹豫再三，很不情愿地在移交的罪囚名单上签了字，摁上了手印。

胡笳二十七节

跪了大半晌，头磕完了，话也说尽了，但眼前的雨势不休不止，依旧泼烦。

顾山农劝说无果，悻悻然的，心知弟弟的下跪，乃是拔除了他的气焰，重挫了他的嚣张，当然也不乏恐惧与忏悔所致。毕竟，惊白还是一介少年，不谙世事，也尚未勘破这一盘针对他的棋局。但是，朱绣朱先生的这一副膝盖，目下跪在了承平堡内，虽然自称他要跟惊白分担罪愆，同窗共读，实则是将一个秤砣般沉重的难题，交在了顾山农的手上。不错，棋下到了这一步，俨然处于胶着之势，顾山农也不再相劝，背起了两手，一直在仰看着头顶上的廊檐水。听见脚步声后，顾山农瞥了一眼，发现廖逢节刚从马厩后面的偏门里闪了出来。

管家浑身湿透了，一脸铁青色，相当骇人，簌簌地跑到了顾山农的跟前，搭着耳朵说话。见此情状，惊白料想，最后的时辰到了，马警队肯定就站在了门外，廖逢节率先来传话，少东主迫于压力，即将开门交出自己，从此死生有命，挥袂诀别。先时，惊白一直张着双耳，刚才那一阵阵狂乱的马蹄声，犹如祁连山上滚落而下的石块，将他的脏腑深处，碾压成了一片残垣断壁，寒鸦横飞，满目凄冷。其实，此刻也好不到哪里去，惊白清晰地听见，那一支粗野的马队停在了南门外，响铃声、喷鼻声、尾巴的甩打声，悉数入耳，分明是来拿魂的，现在只差王伯鱼带领手下，强行冲进来抄家了。念想至此，惊白的内心突然反弹了，忽然轻松了下来，回首问说：先生，我想最后请教一个问题？见朱绣点头后，方道：你瞧，这么大的一座承平堡，除了砖石和门窗之外，里头居然没有种一棵树，一根草，岂不是大煞了风景,留有遗憾么?朱绣暗自一惊,这个节骨眼上了,面前的少年不但不哭天抹泪,喊冤求饶,相反却在思考这么一个离奇而诡谲的问题,遂答复说:呃,这恐怕是出于防火防盗的缘故吧,听说紫禁城也是如此;另外一个,假如四方城里种树的话,恰巧对应了一颗汉字,困,困境的困,这难免让人忌讳吧。惊白反诘道:呵呵,武威城里还有赵钱孙李,周吴郑王,以及万千的百姓,莫非又对应了另一颗汉字,囚,囚徒的囚?朱绣苦笑道:说的也是,不过呢,这些在书本之外的陈规,总归是老先人们留下来的,后人其实不必去究问,奉行才是最好的王道,正所谓天意难问吧。

话锋一转,惊白却说:先生如果做了山长,将来执掌这一座书院的话,侄儿倒有一个建议。朱绣失声道:哎呀,少公子可不敢乱语,谁说我要做山长,打算执掌什么书院了,这种瞎话最好打住。惊白咧笑说:呵呵,先生怕是忘了吧,虽然侄儿姓徐,但我才是权爱棠大人的真正后人,也是心腹之一。义父在世时,曾经和先生一道昼夜筹谋,孜孜矻矻了数载,擘画了这一座城池,又白手起家,平地高楼,准备在河西筹办一所新式书院,由先生出任山长,这些细节我全都知道。只可惜,义父猝然下世,让这座堡子荒芜了三年之久,如今我也是等不及了,所以才有此一说。朱绣生怕这些无端的妄议,让旁边的顾山农听了去,引发不必要的误会,试图捉住惊白的胳膊,赶紧阻止住对方,却被一次次地格开了。末了,惊白恳切地说:叔,念在你跟义父这一世的情义上,将来这里一旦设立了书院,开始训子课徒之后,你一定要种上杨树、柳树、柏树和松树,越多越好,我也好在地底下乘凉,天天听你们诵读文章,去往下一世的光阴里重新做人。顿了顿,又叮嘱道:对了,义父生前最喜欢牡丹花,城里的那一棵陪了他将近十多年,几乎和房檐一般高了,现在却人死树亡,倘若以后机会合适的话,劳烦你在这个院子里再栽上一棵,义父虽然在九泉之下,但他一定会欢喜的。朱绣一下子怒了,变色道:徐惊白,我不是叔,你也不是我侄儿,我不是教书匠,你更不是朱门弟子,我一个年过半百的人,如此下跪,甘愿与你做一名同砚席友,难道还驯服不了你这匹野马么?终于,朱绣捉住了惊白的胳膊,将少年人的头颅,紧紧地搂在了自己的怀中，惜疼不已。

　　这个关节上，姐姐达云从旁边的廊柱后面闪了出来，嘤嘤而泣，竟不知是泪，还是雨水，反正就像刚刚从门海中捞出来的样子，寒瑟异常。原来，达云躲在了柱子后头，已然将凉州总教和弟弟的这一番肺腑之辞，全部耳食了进去，并懵懂地扮演了一个决定性的角色。

　　另一厢，管家跟少东主悄语了半天，告知了几项武威城内突发的情况。鉴于天色将晚，下雨留客，约摸一个时辰前，廖逢节派人跑了一趟城里，本打算订几个像样的菜肴，灌一壶老酒，抓紧用食盒提回来，热烈款待一下凉州总教，不承想却空手而归。承平堡尚未开张，冰锅冷灶的，除了开水烫嘴，一切都还在筹划当中。实际上，伙计一连跑遍了鸿宾楼、醉仙楼、五福楼和三盛园等几家有名的饭庄，均被告知客满，恕不接待。究问之下，顾山农这才获知，原来有大规模的商团、驼队和马帮，在这些日子里取道南线，也就是沿着祁连山北麓的敦煌、酒泉和张掖的官道下来了，潮水一般地拥入凉州境内，开始在武威城里休整，准备后续的给养。商人和买卖家的鼻子是最尖的，消息也最灵通，但凡有一厘钱的利润，腿脚上长的就不再是筋肉，而是一枚枚飞矢，破空而至。与此同时，从西安城、省城兰州方向上驶来的商队，星夜翻过了乌鞘岭，从包头和榆林一线赶来的贸易驼队，也正在穿过腾格里沙漠，而从南方的西藏、四川和青海地界上汇聚的马帮，纷纷投进了祁连山中的几座隘口，力争在大雪封山之前，人货两全，平安地落脚在河西绿洲上。事出反常，必有妖孽。顾山农内里一震，忙道：哎呀，北疆一旦撂荒的话，贸易和人马那就全部挤在了甘新大道上，这岂不是要封承平堡的大门，砸了保价局的牌子，给咱们活人的眼睛里插柴么？廖逢节的确老练，不仅查清了这其中的原委，而且还预备了一整套的应对策略，于是简略地说与了少东主。究其实，自清雍正三年以来，及至共和之后，分布在河西沿线上的大小税卡，一概分为军地两类，各自为王，互相打压，又逐渐地演化成了一种恶性状态，犹如一方方压榨的磨盘，咂骨吸髓，将所有过境的货物盘剥殆尽，以至于民间贸易停顿，道路荒芜，河西四郡俨然是一座座独立的岛屿，闭锁自守。比如，地方税卡对羊毛一项十抽二三，但军方税卡的胳膊伸得更长，提前上几站，早已经十抽四五，那么前者的算盘便打空了，甚至连一根羊毛也薅不住，这不免引发双方的冲突，乃至于武装械斗。本次事件，一方是酒泉县税卡，另一方则是张掖驻防团，据说还烧掉了税卡的院子，绑架了军方的卡兵。双方坐下来谈判期间，这一段通道突然间敞开了，百货猬集，贸易红火，穿梭于东西方向的商贩们络绎于途。廖逢节笃定地说：我估计，他们也就顶多谈一半个月，到头来，还不是军方吃肉啃骨头，酒泉继续喝清汤么，毕竟张掖方面的手里握着枪杆子，子弹才是真老子。顾山农领首，仔细叮咛道：不错，等西边的这两家媾和完毕，一旦税卡恢复了之后，这个口袋只会越扎越紧，比以前还要酷烈，更要疯狂，那些贸易的团伙也就只剩下了北上这条路，别无他途；所以的话，咱们承平堡一天也耽搁不起，一入了冬，腊月前后肯定是一个贸易热点，保价局开张在即，争取有一个开门红吧。廖逢节一抱拳，沉雄地说：少东主尽管放心，开业典礼之事，已经全部办妥定了，只等你挑一个黄道吉日，承平堡便开门放炮，笑迎三山五岳，礼遇五湖四海。

顾山农瞥了一眼，恰巧发现了廊柱背后的一条裤腿，心知夫人就躲在那里，一定还在哭鼻子，抹眼泪。门楼下，一老一少仍在下跪，朱绣几次去拉拽惊白的胳膊，却被弟弟推开了。廖逢节再道：少东主，下半天时，一个乡下老汉在县府的门口自焚了，轰动了全城。顾山农抽心一疼：什么？一个老汉，县府门口，他居然点了自己的天灯？据管家介绍，这名老汉喊了几天的冤，衙门里一直无人搭理，不承想，今个天他恸哭完之后，朝自己的身上泼满了火油，点了一把火。天老爷怜惜，天老爷也是终究不忍，天老爷降下了这一年最大的雨水，火虽然被浇灭了，但老汉的伤势很重，人也昏迷不醒，已经被好心的路人们，抬进了附近的郎中家里，竟不知结局如何。廖逢节道：唉，我之所以连毛带草地说这个，妨碍了少东主的视听，只因为这个老汉是替他儿子喊冤的，他的儿子叫阿骨里。

阿骨里？顾山农哑摸着这个名字，一边嘀咕，一边觑见达云从廊柱后面踅了出来，迎向了弟弟。这一刻，顾山农突然气炸了，大声呵斥道：老匹夫，他有啥资格在凉州喊冤？他那个贼儿子阿骨里毒杀了革命军的士兵，不是杀罪，就是剐罪，哪怕死上十七八遍，也难以赎回，你廖逢节又凭什么前来聒噪，还一副同情的口气？管家哈下腰，嗫嚅道：少东主，就当我没说，我刚才放了一个屁。顾山农慢慢地止住了愤怒，下巴一扬，将管家的目光引向了达云。廖逢节立时明白了，男将之间的勾当与密谋，绝不能让大小姐忧心，更不可让其窥破。这么着，管家从身上摸出来一个信封，递了过去。顾山农高声问道：谁的帖子？廖逢节答复说：不，不是帖子，这是王伯鱼的一套缉拿文书，他跟马警队正在门外候着呢，等着少东主你签字画押，毕竟你是当家人呀。顾山农冷笑一番，讥讽道：哼，既然他是来抓人的，又何必假惺惺地多此一举。他们只管炸了这扇门，毁了这个堡子，岂不是更干脆，更威风，也更像警察局的手段么？管家出了汗，释解道：唉，王伯鱼这么先礼后兵，自然是冲着权爱棠大人的面子，凉州人谁不知道，老大人如今就睡在这座堡子里，无人敢来打扰他老人家的清梦。顾山农切齿地说：哼，这个字我不签，你快去告诉王伯鱼，除非他先退兵。

管家临走前，顾山农接住了那一套缉捕凶犯的公文，当即撕碎后，掷在了雨水中。视线尽头，惊白抱住了姐姐的大腿，寒颤像一麻袋的鸡皮疙瘩，浇淋在了弟弟的光脊梁上，瑟瑟不已。顾山农断定，这一盘棋下完了，现在结束了。倘若惊白是一只惊弓之鸟的话，那么朱绣朱先生甘愿扮演了一座巢穴，他们彼此接纳，互相服属，已然确认了对方。好了，整个权家的日子，从此有人托了底，筑了坝，打下了可靠的基石。顾山农抬望着凉州的天空，雨云饱满，秋意浩荡，暗中攥紧了拳头，倏忽间激奋了起来，并且用火烫的目光，替承平堡的各个角落，张灯结彩、披红挂绿了一番。可偏偏，在这样一个罕见的幸福时刻，达云拉拽着弟弟，又蹒跚了过来，再次发难，别生枝节：

"山农，我想求你一件事。"

没有哭，也没有眼泪，妻子的颊脸上，布满了寒冷带来的一丝彤红，就像深秋的柿子，惹人惜疼。顾山农瞭了一眼惊白，又瞧了瞧总教大人，心猜，这多半是因为弟弟失而复得，达云出于感激的目的吧，忙点头首肯，做好了全面答应的准备。

"是这，请你给我和惊白，一个可以真正下跪的地方。"

"你说啥？你不妨明示。"

意外道。

"少东主，在这座堡子内，请你划出一块地皮，也不要太大，只要能容纳下我和惊白的膝盖就足够了。"达云轻笑着，手抚在了弟弟的头上，心中俨然有了一纸腹稿，又接续道，"我刚才转了一趟，挑了一个单门独院。喏，就在文楼下面，可惜上了锁，我进不去。"

"角院？"大吃一惊。

"不错，就是角院。钥匙呢？你现在把钥匙给我。"妻子伸出了手。

顾山农别过脸去，一种虚空的感觉，让他好像踩在了麦草垛里，每一步都在发飘："达云，外父下世之前，曾经有过一番慎重的交代。他老人家惜疼你，牵心你，怕你见了他的冷身子之后，一定会肝肠寸断，哭天抢地，所以才让我一切简办，当天就下了葬，封了角院的门。"天呐，突然袭来的这个话题，似乎裹挟着一份缄默的悲伤，令顾山农欲说还休。妻子的手一再伸了过来，仿佛一道敕令，让他无处遁逃，必须作答。"达云，这座承平堡虽然是外父生前主持建造的，但它的一砖一瓦，一梁一木，一沙一石，全部来自百姓们的馈赠，来自田夫故老的义捐，所以它并不是权家的私产，这是整个凉州的公器。"如此截铁的话，正应了河西境内的那一句俗语，刀子来了，棉花接，达云根本不以为然，继续在索要。到了这个地步，顾山农也是万般无奈，只有再次揭开那块伤疤，目睹那一股往日的鲜血渗出来，淌出来，重新痛彻一回。"大小姐，你可别忘了令尊的遗嘱，他老人家在弥留之际，早就仔细安排妥了，你无权染指这个堡子内的一切事务，因为权大人对你下了禁足令，这一世都有效，现在也不曾作废。"让顾山农难堪的是，妻子不仅不放弃，恰恰相反，达云的内里突然喷涌出了一种血勇之色，表情殷红，仿佛深秋的树梢上高挂的柿子，刺破了霜衣，喜悦泛滥。"权达云，这三年多的守丧期，你一直都很规矩本分，恪守着老大人的遗训。你今个天究竟咋了，你干么要破戒？"顾山农分明听见，自己的声音渐渐地萧瑟了下来，气息也像一只被老鹰追撵的乏兔，结局不言自明。

"少东主，请你赐一块膝盖大的地方，成全了这份念想吧。"

顾山农哀恳道："承平堡乃凉州之公器，顾某人也不敢擅作主张，真是得罪了。"

"是这，家父的遗训依旧有效，今个天跨出了这一座承平堡，恐怕这一辈子，我再也不会走进这个大门了。"达云的手停在了半空中，仿佛一张窄小的供桌，静候着佛雨广洒，菩萨呢喃。又接续说："至少，你可以允许弟弟有一个厌身之地、庇护之所吧？"

"你何必强人所难，谋一家之私呀？"苦楚道。

"可是，你又如何能断定，惊白的这一双膝盖骨，将来就不是黄金铸下的？"达云的言辞，令顾山农在诧异之余，也感觉千百倍的陌生，似乎这些话，并非出自眼前这一具柔弱的女儿身，却是一种另外的力量附了体，驻了魂，苏息了过来。这么着，顾山农的手也挣脱了他本人的意识，离身而去，摸入了自己的腰间，掏出来一把黄铜的钥匙，慢慢地递了过去。这一刻，达云璀璨地说："山农，你没撒谎，你这是在兑现诺言。你别忘了，你以前可对我说过，等惊白辞了学籍之后，就把他托付给朱先生，让他跟着朱先生一起单锅独灶，或许将来能有一个优良的前程吧。"

"在承平堡？在角院里设坛讲学？"

顾山农诧异道。但是这一刻，顾山农的手里空了，钥匙移交了出去。

"相信在角院里，惊白一定会听话的，我保证。"

"可是，这里马上就要开业了。"嗫嚅道。

"这样更好，山农你就可以随时去角院里，殷勤教诲，策励惊白，让弟弟有一个长进。对我来讲，我以后也不必担心再丢了他，气得我痛恨自己，险些拔光了头发。"

"你这是在圈禁，等于让他坐牢。"顾山农反击道。

"的确，在惊白的翅膀长硬之前，在我将来管束不住他、散养他之前，我这个做姐姐的圈禁了他，又有何不可？"一时间，达云的情绪抵达了鼎沸的阶段，这无疑是她一生中最艰难的决定，也将是日后最炽热的一枚果实。事实上，达云手中的那一块黄铜，不仅仅是一把钥匙，更是一根强硬而宿命的楔子，不经意之间，钉在了整个凉州最疼痛、也是最为幽秘的心脏地带。刚才的那一番说辞，当然借自于总教大人，达云瞥望了一眼对方，发现朱绣朱先生的颊脸上阴晴不定，手脚局促，好像无处安放似的。末了，达云又说："山农，你我夫妻一场，其实你的性子我最清楚，你也是属于野马一类的，最适合在万里沙疆、荒垠绝漠中散养，像承平堡这样指甲皮大的囹圄，这一方饾饤之地，又怎么能束缚住你的心呐。"

"也许吧，大小姐。"

顾山农背转过身子，懊丧不已。

这个过程中，只有惊白一个人哑默着，不吭不哈。达云察觉出了异状，赶紧摸了摸弟弟的额头，搂住了他精赤溜光的半截身子，竟感觉自己的怀中，抱着一块燃烧的火炭，高烧不退。天凉雨寒，加之一直担惊受怕，这个在下半天里，刚刚从北疆一带归来的少年人，忽然像一团软泥似的，昏厥在了姐姐的臂弯中，脸色惨白如纸，魂魄遥悬。

达云再次哭下了，身心俱疲，眼泪比廊檐水还冷，一嗓子喊来了廖逢节，催令管家抓紧备一辆车轿，立刻回武威城，去找梅郎中。

胡笳二十八节

事后，朱绣也回到了城里的家中，蜗居在他的那一间巴掌大小的苦主斋，竟忆想不起角院的大致模样。这一日的遭际，犹如做了一场长梦，令凉州总教恍兮惚兮，不敢相信这一切都是真的，哪怕他掐青了自己大腿上的肉，也是半信半疑。但是，不管怎么说，朱绣的内里深处，涌动着一层层馨香的波澜，比菊花繁盛，也比芍药明亮，几乎难以抑制。倘若此刻铺开了案头，打开了砚田，捉起一支毛笔的话，朱绣一定会写出如下的辞藻：卷土重归，无由实现，前程远阔，驻帐牧羊，功成名遂，等等。不过，这些词汇太过于造作与雅致，朱绣后来必定要撕了，扯了，扔了，再次落笔成墨，干脆写下了一句凉州境内的大俗话：人抬人，抬出高人；僧抬僧，抬出高僧。

入了前半夜，天气更凉了，朱王氏在炕洞里填了一背篼锯末，将温度轰了上来。燥热之后，朱绣忽然打算小酌几杯，催喊妻子赶紧去街上，抓紧打二两散酒回来。朱王氏没去，打开了炕柜，拿出来半坛子苞谷酒，猴年马月剩下的，味道居然还在。朱绣拦腰抱住了妻子，硬拽到了炕上，还亲自替她脱掉了鞋子，拆开了缠脚布，分别坐在了炕桌左右。朱王氏登时臊得慌，却转念一想，丈夫的心中或许有喜事，便也滋生出了一种分享的欲望，于是碰了几下，抿了几口。承平堡的那一幕，在朱绣的内里逐渐地发酵着，往日的那一份酸辛，目下却酿出了满腔子的蜜汁，让他的脑子里嗡嗡营营的，仿佛筑下了一座蜂巢，始终也消停不下来。不愧是塾师的后人，朱王氏发笑说：哎呀，我知道的，你的病又犯了，我这就去准备一下。我的病，我啥病？丈夫不解。朱王氏答：嗯，你好像动了胎气似的，你每回作诗之前，我都掌握着你的动静。原来如此。朱绣啜下了一小口酒，爽快地说：得写，得作诗，以资纪念，不过此刻我要先办另一套手续，而后才能动笔。你去拿一个盆子来，快去！

盆子搁下后，朱绣蘸着唾沫，翻开了从承平堡捎来的那一册《苦主斋诗抄》。岂料，只瞄了三两页，朱绣便一气撕扯下来，喂在了灯苗上，慢慢地引燃，扔在了盆底里。朱王氏认得，那种锁线和装帧恰是她一手制作的，再熟悉不过了，讶异地问：你这是做啥么？唉，你这辈子的用心一个在教育，另一个放在了作诗填词上，积攒起来不容易，天明了你可别后悔呀。火光敷在了朱绣的颊脸上，决绝地说：呸，我从不吃后悔药，烧掉了好，烧掉了干净！这样的诗稿真让我脸红，幸亏不曾流传出去，所谓的悔其少作，老先人们的话果然在理。又撕下来几页，焚在了盆子里，朱绣捏起一只小瓷盅，将酒水祭在了火焰里，叨念说：权大人，这杯酒是给你暖身的，这些当年题赠与你的诗稿，也是煨心的，你款款接住吧，只当是故人的一份心意。唉，阳世上已经没有了你，没有了权爱棠其人，如今的这一幕大光阴，属于顾山农，也属于承平堡，相信最瞎的瞎子，也能一眼看透现在凉州的风水。朱王氏断定，这便是丈夫欢喜的缘由，忍不住插嘴：她爹，那你以后该给少东主作诗了吧？听来的话说，少东主真是命大福大灶火大，他原本只是一个戏娃子，后来上门做了权家的招女婿，这一夕之间，竟然顶了门，立了户，连城外的那一座堡子都由他说了算；的确应了那句老话，天生是吃热油糕的，也就不操心冷馒头的闲事了。针对类似的浮淫之议，谣诼之语，按着朱绣往日的脾气，少不了要发一顿怒火的，然而此刻，凉州总教的一番答复，却是清晰而确凿，不容置疑。朱绣款笑地说：呵呵，宰相必起于州部，猛将必发于卒伍，况且是像顾山农这样的不世之材呢！依我的看法，少东主的身上有人主之风，品行方面也是火烈无烟，机决明断，相信不出几年的工夫，这个人一定会淬炼成一件凉州名器，甚至于问鼎整个河西四郡的。朱王氏嗯上一声，猜想丈夫的情绪恐怕来了，赶忙抬腿下炕，抓紧去预备一套笔墨了。

炕头上，朱绣盯望着那一颗颗陈旧的墨字，被摇曳的火舌吞噬了进去，不生不灭，不嗔不怪，最后焚成了一堆发白的纸灰，淹没在了残酒当中。突然，膝关节上一阵子剧痛，疼得他整个人卧在了墙根里。朱绣抚摸着膝盖，这才忆起下半天时，自己跪得太久了。

那一刻，置身于角院中，朱绣始终颤栗着，浑身都快锈死了。

多半是天阴下雨，加之文楼像一座高塔，矗立在身畔，似乎将天光完全吞没了。角院里晦暝难分，一派昏暗，瞭不见格局，也看不清门窗，只觉得头顶上板结的雨云，像一只木头板凳那么大，令人压抑。在清洌的雨水中，另一种荒旷不羁的气息格外尖锐，这显然来自砖石、泥浆、地壤和一片片寂寥的瓦叶子。承平堡荒芜了三四年，刚才还有哭闹，还有争执与叫喊，可伙计赶来了一辆车轿，带走了大小姐和少爷，这里又复归于寂静，甚至比先时更加地清寒，让凉州总教一时间目迷口噤。本来，朱绣想搭个便车，一趟子回城里去的，却被少东主劝留下了，领进了角院，估计是有话要说。迷离中，朱绣先是闻听到了一阵细碎的脚步声，踩着积水过来了，紧接着眼前豁然一亮，迅速被一大团温热的灯光所包围。

顾山农将一只羊皮方灯挂在了墙上，扑打着肩上的雨水，款然道：先生，你是第一人。

少东主，你意思是说？朱绣好像被一根针扎醒了，慌忙趋上前去，盯视着对方。顾山农点头，拍了拍旁边的两扇门板，又攥住了门扣上的一把铁锁，释解道：这是外父当初的决定，他既不想进祖坟，也不愿意埋在地藏寺，山农身为孝子，自然是违拗不得，只能照着他老人家的吩咐，将灵骨落葬在了这一间屋子里。思忖片刻，又怆然地说：唉，一切都太潦草，当天就葬埋完了，这个门自打锁闭之后，就再也没有打开过，如今连钥匙丢在了哪里，我也寻摸不见，不过这样子最好，也省得打搅了亡人的清修，让老人家安静地去念他的阿弥陀佛吧。似乎在验证这个说法，朱绣听见了铁锁敲击门扣的声音，一个干脆，另一个滞涩，一个清亮，而另一个沉闷，仿佛夹杂着一种锈迹剥落的味道。顾山农喟叹一声，哀告地说：我守了三年多的孝，就在这个角院里，在这个门槛外，在先生你的足下；如今期限已过，等我走出了承平堡的大门，回到了城里，这才发现人世上的光阴还在，权家还得继续活人，所以我便有了盘活这一座堡子，开一家保价局的念想，还望先生大力提携，多方襄助。实际上，这些湿冷而悲切的絮语，根本入不了凉州总教的耳眼，朱绣在乎的其实只有一点，追问说：少东主，你方才讲过，在下是前来祭奠权大人的第一个，凉州再无他人？顾山农忽он抱拳，笃定地说：的确，角院的这扇门，以后只为先生一个人打开。山农现在恳求先生，将来在大力管束惊白这个少年的同时，你也可以分出一点点精力来，陪一陪权大人的在天之灵吧，毕竟你们曾经堪称莫逆，互为知己，如今却是白首相见，故人宿草。

所谓的阴阳两隔，或许就是这一刻吧。

朱绣腿脚冰冷，虚弱地蹒跚上去，两只手按在了门板上，摩挲不止。门板干裂，粗糙，漆皮斑剥，似乎有无数根的毛刺，扎在了朱绣的皮肉当中，他却感觉不到一毫的疼痛。末了，朱绣又将颊脸贴了上去，不停地偎依着，谛听着，仿佛往昔的某一个夜里，自己跟权爱棠凑在灯下，正在筹谋着一件琐事。顾山农肃立一旁，心知凉州总教的这一番举止，发自肺腑，无可疵议，这不仅仅是皓首故人之间的烂漫，而且大有一种古典意味，着实令人钦羡。朱绣突然问：香案呢，纸火呢，黄表呢？少东主，劳烦你赶紧吩咐下去，取一套家什过来，我现在就要祭拜一下权大人，我等不及了。顾山农转身，从窗台上捧来了一碗水，递给了对方。朱绣接住后，蘸指一尝，狐疑地问：水呀，这是水呀？顾山农却并不惊讶，相告道：先生，你只管泼在地下，意思到了就行了，这也是外父的交代；权大人其实不喜欢那种乌烟瘴气的方式，一碗水就足矣。朱绣苦笑道：唉，你外父这个人向来孤绝，高傲，自信，又特立卓识，一般人很难参透他，在下也是望尘莫及，恐怕只有提鞋的份了。

言毕，朱绣却后一步，深鞠一躬，将那碗水祭在了门口，彻底了却了这三年以来的一桩重大心病。此后，顾山农一手挑着羊皮方灯，另一只手牵着朱先生，脚下深浅不一，三兜两转，走出了承平堡的偏门，站在了东北角的一片瓜田旁。廖逢节带着车夫，早就预备好了一辆呢子车轿，等了大半天了。轿厢里，另有一批俗常的礼当，大致是新磨的麦粉，刚榨的胡麻油，包括当天宰杀的一只大羯羊，以及江南产的绸子和缎子，等等。

这时候，凉州的天空放晴了。

夜空喧嚣，秋田落寞，一些隐蔽的鸟雀在彼此唱和。天老爷一定在天上开了打铁铺子，繁密的星辰飞溅着，烁闪着，火花四弥，照彻着这个即将凉却下去的人世，恩慈广布。承平堡的外墙下，散落着几十名青壮年汉子，或者在烤火，或者在打盹。这一阶段，道路纷传，由少东主顾山农主持的保价局即将开业。竖起大王旗，招来吃粮人，不唯在凉州，整个河西境内的精锐人马也是闻风而动，星夜疾驰，朝着武威城北的这一座堡子拥集而来。顾山农暗揣着一份激动，竟然忘了跟总教大人辞别，一边挑着羊皮方灯，一边信步而去。

临别前，朱绣解下了身上的雨衣，交给了管家，却不承想，手上多出了一本《赵氏孤儿》。可能在怀里揣得太久了，原本让雨水打湿的封面和纸页，如今被烘干了不少，也增厚了几分。朱绣将了将，揉了揉，拍打整装后，便想原物归主。这么着，朱绣追撵了上去，再次被那一盏羊皮方灯的光芒所笼罩。管家见状，赶紧率着伙计和车轿，尾在了主客二人的后头。

呵呵，少东主，听说你最近开嗓子了？朱绣相问说。顾山农一怔，脚下未停，待瞄见了对方手里的那一册唱本后，便知道了原委，遂道：先生，我现在参透了一句话，宁可十年不要将，不能一日不拱卒，我这个声嗓荒疏了这么多年，八成是生了锈，劈了柴，再也拾不起来了。朱绣自有主张，因笑说：哎呀，我倒不这么看，你的声嗓有底子，功夫也打得牢靠，当年就在四喜班里露出了头角，其实拾起来也很容易，不过是一夕之间的事，只要你的念想在。顾山农缓住了步履，哀恳地说：唉，先生有所不知，这三年多以来，虽说我在承平堡里服丧守孝，可到底有一种被拘役的感觉，在精神上，简直像活埋了我似的；你瞧瞧吧，这么空荒的城池，如此森严的高墙，我单人独马地幽闭在里头，倘若不开一下嗓子，不吼上那么一两声的话，我估计自己会彻底疯掉的；我现在重拾旧技，捧住的肯定是一只乞钵，我吃的也必然是嗟来之食。闻听此话，朱绣的内里突然一震，像顾山农这样沉静似水、金针深埋之人，倏忽间打开了心扉，倾肠相告地道出了他个人的不堪，他的一大堆头疼和麻缠，这无疑是一个罕见的时刻。朱绣觉出了一份信任，本打算口占一绝，吟咏一番，却又怕糟践了眼前的气氛，遂道：真的，拾起来并不难，念想其实就像这一只方灯，一旦挑在了手上，光芒就会望风归附，自己拢聚过来的。

这一刻，回忆的窗子迅速关闭了，伤感的话题也刹住了车。

顾山农径自向前，转而询问说：先生，你熟读文章，你如何看待《赵氏孤儿》？朱绣相跟着，思忖道：呃，在我看来，《赵氏孤儿》就是一座坟，一座越筑越高的坟堆，在这个人世上游走着，谁沾上它，谁就会被带走。坟？你这个说法倒是新鲜，山农愿意洗耳恭听。顾山农缓步下来。朱绣释解说：在下以为，那个婴儿一落地，赵氏孤儿这个名字一喊出来，整个晋国便已是负土成坟，坟坑里葬埋着一具明晃晃的骸骨，结局也是不言自明。顾山农大为不解：骸骨？什么样的骸骨？朱绣朱先生似乎斟酌过良久，对此烂熟于心，直率地说：呃，一具精神性的骸骨，所以这个本子戏才代代不绝，一再地上演着；这就好比头顶上的那些星宿，这一道道如水的天命，令人屈服，难以悖逆和抗拒，只有归附，只有驯服。这个关节上，城墙下的汉子们或许认出了顾山农，开始叽叽喳喳了起来；另有一个大胆上前，确认了一眼后，周围登时开了锅似的，一下子鼎沸开来，纷纷嚷喊说：少东主出来了，少东主在送客呐。至此，顾山农不再讨教那些晋国的陈旧往事了，也对类似的高头讲章毫无兴趣，却也抑制不住内里的狂喜，脚步忽然高迈了许多，一时间身轻如燕。此等水涨船高的喜悦，大日子即将来临的情绪，让顾山农忍不住地吟哦道：哎呀呀，你为赵氏存遗胤，我于屠贼有何亲？却待要乔做人情遣众军，打一个回风阵。你又忠我可也又信，你若肯舍残生，我也愿把这头来刎……你、你、你，要殷勤，照觑晨昏，他须是赵氏门中一命根。直等待他年长进，才说与从前话本，是必教报仇人，休忘了我这大恩人。

北门到了，终须一别。顾朱二人依次抱拳，各道了吉祥的话。车轿也一道烟地驶了过来，伙计支好了上马凳，打起了帘子。朱绣似乎意犹未尽，回眸道：

"少东主，整个《赵氏孤儿》的本子里，你最想出演何人？"

"韩厥。"截铁道。

"咦，怎么会是下将军韩厥呢？"朱绣颇为意外，收回了腿脚，哀告说，"下将军韩厥是自刎身亡的，戏唱了还没多久，他就了断了自己，这个角色也不免有些简单了吧？"

顾山农同样问说："先生，如果让你挑一个角色，你愿意扮演谁？"

"公孙杵臼。"

"哟，太平庄上的大宰辅，公孙杵臼大人，他为了保住赵家的婴儿，宁可玉碎，后来竟然撞阶而亡。"顾山农一时欣快，拊掌道，"太好了，先生做文臣，晚生就当武将。这一文一武，一老一少，先把这台戏奏唱开来，让承平堡沾沾吉，也让凉州父老们一饱耳福吧。"

"你韩厥是一团狂燎烈焰，那我公孙杵臼也断然不能取消于百姓。"

"在理！那就大家一起持志节义，把这个戏唱好。"

"一定唯少东主马首是瞻。"

朱绣抱拳，揖上一礼。

这个关节上，顾山农似乎忆想起了一件事，一边抚着短髭，一边斟酌道："先生，我盘磨了许久，至今也没个眉目，心里着实不素心，又不足以与外人道，现在只能向先生请益和讨教了。"盯望着凉州总教询问的眼神，顾山农这才释出了自己的心愿，央告说，"是这，我想请先生替我寻一件乐器，一件衬得上《赵氏孤儿》的乐器。"

"什么乐器？"

"胡笳。"

"胡笳？"朱绣哑摸着这个古旧的词汇，脑子里开始翻箱倒柜，搜章索典，渐渐地刨出来了一些模糊的记忆，大体上明白了对方的意思。朱绣应也不是，不应也不当，感慨道："唉，这种乐器恐怕早就失传了，我怀疑，这个人世上，到底还有没有一件胡笳的踪影？"

"信则有。"

一句夯实的话。

朱绣颔首，赶紧应承道："少东主，那我就试试吧。兴许，你的话是天语纶音，也是头顶上的这北斗七星，指路的方灯，可以让在下不辱使命，寻见一件传说中的胡笳。"言毕，举步上车，落下了帘子。

直到那一辆呢子车轿消失后，顾山农这才掉转身子，打算原路返回。管家小跑过来，接住了那一盏方灯，一面照着主人的脚下，一面述说着有关开张大典的琐碎。这一时，顾山农突然感觉尿急，爆炸了似的，吩咐廖逢节留步，他自己则踅到了道路一侧的大柳树后，解下腰带，掏出了家什。在热烈的溺尿声中，顾山农一边打着激灵，一边仰看着这个秋夜的星空，内心泛滥而生的，却不是一种释然与轻松。恰恰相反，山石一般的重担，一种无法启齿的天命，实际上已经荷担在了他的肩膀上，难以辞让。眼前广袤的瓜田上，沙粒明亮，秋虫声声。大多数的瓜秧趴了下去，一种腐烂的气味，在雨后的夜晚格外刺鼻。秋田的斜对面，一户人家挑灯夜战，正在抓紧砌一座新庄子，打夯的喊叫声起起伏伏，煞是夸张。

尿毕后，顾山农提起裤子，盘好了腰带，绕过脚下的一大堆烂泥，刚刚站定时，一条黑影突然间闪将出来，拦住了去路，抱拳道：

"少东主，在下是……"

顾山农沉静似铁，伸手阻止住对方，又蹙了蹙鼻子，咧笑道："呵呵，你那个名声不太好的顽疾，看来是治愈了，加之最近天气转凉，应该不再瘙痒难耐了吧？"对方仰起了头，双目中噙着泪水，嘴角也抽搭着，一份感激的心情布满了整个颊脸，情难自禁。顾山农嗅见了一股浓烈的硫磺味道，简直呛人鼻息，蔼然地说："喏，那个方子是梅郎中开的，他果然是扁鹊再生，华佗当世。不过呢，你的性子也太着急了，梅郎中开的是一日一洗，你恐怕是天天泡在了汤药里。"

"我一介寒微之人，孽障惯了，少东主慷慨赐药，我真是无以为报。"

"你姓张，你叫张汲水，原本是一名保商游击，常年在北疆一带混饭吃，几个月前南下，进入了武威城。"顾山农已然掌握了对方的全部底细，好像他的身上揣着一本户头似的，从容道，"你先在无量寺里蹲了一段时间，后来就躺在了承平堡的北门外，你什么打算？"

"我专门来投靠少东主。"

"凭什么吃饭？"

"没别的，凭的就是这一具肉身子，这一副热肝辣肠。"

张汲水慨然道。

这一霎，顾山农突然瞭见，承平堡东北方向的角楼上，盘旋着几只鸽子。深夜飞鸽，这些信使一定捎来了烽火警报。顾山农不再絮叨，埋下头去，拔脚离开了。游击张汲水见状，赶紧追撵了上去。大路中央，廖逢节提着那只羊皮方灯，望见少东主快步而来，身后竟然跟着一个陌生人。也不知因为什么，管家的心中咯噔了一声，仿佛一条板凳腿断了。随之出现的，则是一种不祥的预感，一份深刻的敌意，弥漫在了廖逢节的内里。

次日一早，凉州总教托一个出城的买卖家，给承平堡带去了一封信。信囊里有一首新鲜出笼的献诗，墨字端庄，誊写清晰，恳请少东主顾山农笑纳并斧正。另外，朱绣朱先生将重阳之日的那一场雅集，首次命名为：塞外一席茶。

第五拍

胡笳二十九节

承平堡给各位郡老馈赠的礼当,一律写在了明黄色的薄绢上,小楷字迹,落笔周正,郡老们刚一就座便人手一份,令大家欣快之余,又有了兴奋的谈资。礼单大致如下:牛绒背心一件,西藏斜布一匹,冬靴一双,牛角梳子篦子一对,羊毛褥子一套,新鲜酥油两桶,冰糖五十斤,兰州"红泥牌"水烟十方,新疆长棉帽子一顶,护耳一对,陇上名品天生园水晶酥皮点心两副,枸杞五斤,红枣若干,茶叶一份,等等。当然了,这其中最醒目的乃是今日的主角,少东主前不久才从口外的吐鲁番地区,紧急购得的一箱罗布麻新茶,天亮之际,才被运进了堡子里。据经办此事的敦煌急递社的一名游击绍介,因为入夏前后,塔里木河突然改道,加之蝗虫作乱,旱魃肆虐,今年的茶叶产量不足往年的三成;首府迪化的商人们,将价格哄抬到了让人咋舌的地步,已经是有价无市的局面。郡老们欣赏完了这一份礼单,各自将薄绢揣在怀中,留作了纪念。这一刻,日头当空,秋野明净,诸人免不了嘴里焦干,眼中冒火,腋窝下的汗水像一窝蚂蚁在打架。

塞外一席茶。重阳日。承平堡。顾山农。沙山。

先时,郡老们陆续接获了承平堡送达的红帖,时间与地点清晰入目,可唯独事由一项,令这些赫赫著闻、见多识广的士绅一头雾水,不解其意。一席茶?塞外?郊外的沙窝子里?这一连迭的疑问,仿佛一堆堆缠麻,纠结在了他们各自的内里,难以猜解。这么着,诸人将目光投向了凉州总教,由彭澹然大居士亲自出面邀请,以研佛的名义,在家中吃了一顿简便的素饭。问题抛过去之后,大家静待着答案,不承想,朱绣只是一味地发笑,并未释解。这一段,朱绣暗揣着一份秘密，游走在城中，感觉自己便是整个凉州地界上，最为幸福之人，难以与外人分享。有时候，朱绣也会在半夜里笑醒，无法入眠之后，常常捉住毛笔，研究平仄与韵律，写下一些长短不一的诗句，力争捏塑成型，而后题赠给承平堡。目下，情况也未见起色，针对郡老们的疑难，朱绣抓起一块抹布，蘸了蘸碗底的面汤，埋下头去，仔细地搓拭着手指头上的墨迹，不予作答。俗话说，武威城里的耳目多，凉州地上的谣言多。谁不知道，前一阵子，承平堡的一辆呢子车轿，在早上接走了朱绣，直到前半夜才送回来，卸在门口的那一大堆礼当，令人眼馋。少东主顾山农悄无声息的，撇开了另外的四位郡老，只单独跟总教大人相处了一整天，这里头大有文章。

追问得紧了，朱绣方才透露，这塞外一席茶的名号，实则是顾山农的主见，他本人未删改一字，也不曾呛了对方的美意，顶多附议了三两声。哎呀，喝一口茶，竟然将桌子摆在了那么远，也不知少东主打的是什么哑谜？沈光宅道。秦望澜相跟着说：啧啧，沙山那么软，让咱们这几根老骨头挣死了爬上去，喝上一肚子的茶汤，等回到了山脚下，也就是一泡尿罢了，我个人以为，还不如改在承平堡里相聚。听罢此话，武威城外五门十八姓的总乡约王曰信忽然不干了，奚落道：你个老贼娃子，你刚才出门时，是不是忘了拴链子了，现在张嘴就咬人？秦望澜反诘道：呵呵，你个老龌龊鬼，你赶紧把狗尾巴藏好，倘若我喝茶的话，你也绝对吃不上一块肉。王曰信道：嗯，咱俩其实一个尿样！反正瓜子不饱是人的心，虽说茶水不醉，但那也是少东主的一番盛情，快别挑三拣四了；诸位抓紧回去，熨烫上一件体面的衣裳，等着过几天去做客吧。旁侧里，沈光宅感慨道：唉，真是一门英杰呀，想当年权大人在世时，就对在座的郡老们颇为倚重，礼遇再三，如今到了顾山农这一世的光阴上，仍旧古风不辍，善待着咱们，我算是口服了，心里也服了。随后，秦望澜和王曰信也不再斗嘴，纷纷附和道：是呀，重阳之日，九九归真，登高、望远、祈寿、宴饮，只可惜在这个大日子里遍插茱萸，偏偏少了权爱棠一人，殊为遗憾。

彭澹然从隔壁的私家佛堂里，预备了香火回来，瞭了一眼朱绣，便知道情况殊异，远不是吃上一顿素饭，就可以破解承平堡的这个谜题。朱绣一直笑而不语，几根指头都搓红了，墨迹似乎长在了皮肉中，他还在不依不饶地擦拭，日能的。彭澹然坐下后，清理了自己的台面，将一根筷子搁在中央，分出了楚河汉界，相告说：诸位，据老夫揣摩，这重阳之日的雅集么，大概有两项内容，其一，三年的服丧期已毕，少东主出了关，还正式蓄起了胡子，这等于昭告了整个武威城，权家又有了主心骨，承平堡也有了新当家人，往昔的一页，如今翻过去了，大家不必再旧话重提。说着话，大居士蘸了一指头面汤，在筷子的左侧，写下了一颗水淋淋的字，俨然是胡子的胡。又道：呵呵，这第二项么，倘若我猜得不错，八成是顾山农经过了这么些日子的思考，终于从谏如流，接受了诸位大人的美意，同意了票决的结论，答应补齐咱们郡老的这个议事班子，从此金瓯无缺，主事一方，争取为凉州的父老们尽一些绵薄之力。彭澹然又蘸了一指头，在筷子的右侧，写下了一颗字：主。

这一席话，就像一把烧红的刀子，款款切开了酥油，大有醍醐灌顶的意味。

的确，承平堡发来的红帖，让郡老们一度大伤脑筋，摸不出头绪。目下，大居士的这一番点拨，等于捅破了窗户纸，大家的心里纷纷打开了天窗，亮堂了许多。票决的情景恍若昨日，自不必提，顾山农全票当选，入列了名著天下的凉州六郡老班子，但他的谦逊、辞让与襟怀，竟然让这一桩美事延宕至今，真可谓好事多磨也。另外，留须仪式，在整个河西四郡，一向是格外庄重与喜庆的典礼，马虎不得。除了添丁进口、祠堂许愿、先人们梦中托付等等的因由外，新一代的当家人做了顶门杠子，开始主事之际，那一抹胡子便是资格，亦是身份，相当于一张名刺。顾山农出关之后除下了孝服，加之跟妻子尚无子嗣，所以也不便大摆宴席，四处声张，只是悄悄地将待诏喊进了家中，剃头刮脸了一番。顾山农留的不是全须，而是一抹唇髭，当地人称之为盖胡子，令他整个人焕然一新，精气干练，气象上凝重了不少。而这一点，又与另外的五位郡老截然有别，昭示着他乃是一种新生的力量，一股强劲的血脉，即将灌输在这个神仙班子当中，令其生机勃发。这么着，沈光宅开腔道：列位，这几天大家多吃些蜂蜜，多嚯些冰糖，先把口条贿赂好，到了重阳节的那一日，只许当喜鹊，不许做乌鸦，争取好事成双，将彭居士方才讲的那两件事情，一趟子办妥吧。秦望澜竖起了大拇指，夸赞地说：呵呵，想不到你沈光宅一个贩盐的大人物，如今不吆喝雅布赖盐场了，却在鼓噪大家喝蜂蜜水，吃冰糖，足见阁下的宽广胸怀，着实令人钦佩。王曰信亦道：是呀，人敬我一尺，我还人一丈，顾山农如果有了在座郡老们的大力辅佐，众人拾柴的话，何愁承平堡的这一锅水不开，又何必担心这个议事班子形如傀儡，这几年放屁不响呀。沈光宅作结道：不错，既然有了这一桩共识在先，来日方长，咱们这几个老骨头哪怕是抬，也一定要连滚带爬地，从速将顾山农抬放在一个显赫的位置上，定于一尊，并晓谕凉州内外。

朱绣的手指头几乎蜕了一层皮，好歹擦白了，却在不经意之中，瞥见了大居士写在桌面上的左右二字。字迹正在干燥，慢慢地收缩，也不知是光线的缘故，抑或是彭澹然粗了心，做了一回别字先生，朱绣骇然一惊，分明瞧见的是另外的一层含义：故主。

这一时，彭澹然抓起筷子，敲击着桌沿，见大家肃静下来后，方说：是这，我刚才琢磨了一下，这个议事班子去赴重阳之约的话，恐怕要约法三章，如此才能同进共退，一团春风，将少东主单独抬衬出来，以免让其他的杂音混淆了他。见郡老们纷纷首肯，彭澹然又道：呃，这约法三章，实际上就是钳口噤声，诸位一定要约束个人的言辞，该讲的讲，不该说的不说，即便碰上了难堪的时候，你自己淌下来的鼻涕，你还得舔回嘴里去，少恶心了无辜的人。有鉴于此，我粗略地梳理了一番，大致上应该是三不讲，也基本上涵盖了这三年以来，凉州境内所发生的苦楚、酸辛和灾祸。闻听此语，郡老们仿佛被一阵寒彻的罡风所裹挟，内心颤栗，手脚冰冷，不必去猜测，他们也知道了大居士的良苦用心。

彭澹然掰起指头，仔细道：第一，尕司令这个话题，乃是头等禁忌，诸位要慎之又慎。想当年，马仲英的铁骑突入河西之后，凶焰高炽，抄掠百姓，将整个凉州一带糟蹋得鸡犬不宁，几乎鞣成了一张烂皮子。最为惨烈的,当数镇番县屠城一案,杀人盈野,以至于那些侥幸生还的百千流民,迄今还填溢在武威城内的穷街陋巷中,衣食无着,望不见来日。喏,不提这个,并不等于忘记,只因为目下驻扎在新城里的革命军同样也姓马,所谓的共和,实则是这些大小军阀的一套说辞、一面幌子罢了。诸位切记,军阀和衙门才是硬石头,咱们只不过是五颗鸡蛋,务必不要图一时之快,逞口舌之能,给少东主带去不必要的泼烦,毁了重阳节的雅兴,坏了这个议事班子的和睦。

少顷,彭澹然又掰住了一根指头,接续道:唉,人祸之外,另有天灾,几年前的那一场地动山摇,令凉州全境气象惨黯,城社不宁,到了今个天也不曾苏息,一直缓不过劲来。在下虽然老矣,但是那一幕仍旧活泛在心中,当时城池塌了,罗什塔倒了,南部的祁连山走了形,北疆的万里墙城也大段大段地垮塌,田亩撕裂,泉井枯竭,草木焦干,这一片绿洲竟成了人间地府,成了一块修罗之场。因此上,这第二项约法,就是求请大家不要旧事重提,将这个刚刚愈合起来的伤疤,当着少东主的面再次揭开,让他徒增伤感。据闻,这塞外一席茶乃是首届,将来还要持续办理下去,成为一个惯例,谁要是佛面剥金,不识抬举,想必将来一定会被踢出局,革除了席次。

末了,数到了第三根指头上,彭澹然的口气突然截铁起来:这最后一项,还要恳请各位郡老牢记,待重阳之日的茶汤会结束,大家走下了沙山,凉州的天穹下,从此就没有了权爱棠,只有他的女婿顾山农,武威城内外,也没有什么权家,有的只是北门外的那一座城池,名叫承平堡。这一霎,彭澹然起身,相邀几位年迈的伴当,前往佛堂里献供,又忍不住唏嘘道:唉,各位留心脚下,千万走好,咱们这一茬人,活着活着就老了,日子也短下了,将来的这一幕大光阴呀,自然要让贤给少东主,由顾山农去掌舵了。

朱绣最后一个抬起了屁股,尾在了后头,手脚僵硬。原本,朱绣想当然地认为,这些日子以来,唯有他一人在跟承平堡过从甚密,暗中交往,但郡老们刚才的那一番德行,说明大家都不曾闲着,那一桌设在沙山之上的茶席,指不定就是一场招安的法会,令整个议事班子望风归附,谁也不肯掉队。如此一想,朱绣便加快了步子,抢到了当天的头一炷香火。

　　沙山位于武威城以东，冈峦连绵，起伏不大。天知道，腾格里沙漠一向狂躁，横行无忌，可偏偏走到了这里后，停下脚，形成了一道屏障，拱卫着这一座古郡。更早之前，这一带荒凉寂寥，除了牧户和砍柴人之外，一般也是难闻人声。共和初造，尤其是清兵溃逃，革命军驻扎在了新城之后，又将这里围了起来，辟成了一座猎场，枪声时起。几年的工夫下来，沙山上下绿意层叠，草木繁茂，俨然是一座世外桃源，诸如黄羊、沙狼、狐狸和沙隼之类的动物出没其间。雀鸟们扑棱棱地起飞之际，犹如一块块黑云，挂在了头顶，忽东忽西，流窜南北，往往席卷了地上的目光。这一日乃是重阳，经过了几场秋雨的连续洗刷，每一颗沙粒都是透明饱满，色泽稳静。整个沙山兀坐于凉州弧形的天空下，沉浸在放射的日光中，大有虚席以待的欢愉意味，甚至连山头上的那一片红柳林子，也激动地颤栗开来。

　　公鸡开始打鸣，武威城开闸放行之后，东门上驶出了一支呢子轿厢组成的车队，头尾蝉联，响铃大作，一道烟地奔向了沙山。晌午天凉，轿厢的帘子落了下来，承平堡的管家廖逢节格外操心，不仅替郡老们准备了护腿的毡毯，还在每辆车上配备了一只烤手的小火炉，一品木炭，火烈无烟。郡老们各自坐在车轿中，惬意，舒坦，好像只丢了一两个盹的工夫，便瞭见了那一座明亮的沙山。到了山根底下，诸位大人免不了一阵阵发憷，经过一夜的风吹，但见整个沙山壁立如削，陡若悬崖，仿佛刚刚打出来的一块蛋黄色的酥油，虚软得干脆下不去脚，遑论还要登顶。承平堡的伙计们早有预备，三人一组，搀扶起其中一位郡老，开始登爬。郡老们的脚刚刚踩下去，便有一副木质的阶梯供在面前，板子下是一对金属楔子，吃进了沙土中，丝毫也不费劲。抵达了山顶后，回眸一望，这些平素里咳咳嗽嗽、皓首苍髯的权势人物，一下子起心动念，感慨连连。的确，在武威城里蜗居得太久了，鲜有出门放风的机会，肢体麻痹了，脏腑粘连了，人的眼界也渐渐地狭隘了许多，感觉自己就像天热时卧下的那一坛坏浆水，就像入冬前腌下的那一缸烂酸菜，陈腐有余，但浑身的气象却已不再。

此刻，视野中一派明净，云气蓬勃，凉州的全部面目，尽情地铺陈在了眼前：远处，祁连山巅上的云朵如张盖，如覆幕，而整个铁青色的山体，犹如一根劲拔的脊椎骨，贯穿了整个河西，依次勾连起了凉州、甘州、肃州和敦煌，成为西域之根本。沙山的西侧，也就是武威城东一带，田野平阔，树木千章，秋天像一介虔诚的供养人，将无数条金黄色的哈达，致祭在大地上，于是野花灿放，飞鸟低空。身后这一片腾格里沙漠的余绪，则是遥挂天际，山谷纷歧，傲立着一丛丛红柳、芨芨草、骆驼刺、巴格连、梭梭、大小白草、麻黄和业已枯干了的风滚草。这一刻，庙宇未改，人民多非，郡老们的内心深处，禁不住湿漉漉的，但眼角上的泪滴始终也不曾掉落下来。

　　岂料，更大的惊喜又追了过来。

　　就在十几米开外的那一片沙窝子当中，承平堡的人马提前两日，早已筑起了一座蒙古式的大帐篷，周围还分布着一圈零星的帐幕，错落有序，颇有点阴阳双鱼的意味。沙窝子避风，干净，安谧，头顶上的天空像一叶淬炼之后的琉璃瓦，而脚下的细软黄沙，水洗一般，亮若明镜。如此的毳幕穹庐之下，如此蔚然入怀的和风当中，一丝若有若无的三弦声，从对面的坡顶上传来，却原来是一个青年瞎子，正在弹唱着一曲《凉州宝卷》，如泣如诉，内容不外乎是一些劝人善进、尊老尽孝的古今。弦子一响，四周的帐幕突然挑起了帘子，大约二十余名白胡子老叟纷纷趸了出来，朝着郡老们拱手作揖，长短不一地呼喊着，说着吉祥的话。询问之下，郡老们方才得知，少东主顾山农唯恐几位大人孤单，也生怕凉州人嚼牙茬，说闲话，所以借鉴了当年乾隆皇帝筹办千叟宴的方式，特地从城内外精挑细选了这一帮六十岁以上的老汉，前来沙山作陪，并于昨日晚夕，悉数安顿在了那些帐幕中。老叟们有的是行商坐贾，有的是田夫故老，一个个门风干净，子孙满堂，能够在这个日子里，受顾山农之邀，置身于沙山顶上，与赫赫著闻的郡老们一起宴饮，那一种鼎沸的心情，一时间溢于言表。在老叟们的迎迓下，五位大人受到了莫大的抬衬，果然面色红润，频频还礼，挣开了左右两侧的搀扶，一路高迈地站在了主帐门前。举首翘望，但见华丽而非凡的蒙古式大帐的门头上，张挂着一块漆底金字的匾额，上下簇新，门钉烁闪，总计有五颗遒劲有力的墨字：

塞外一席茶

搭起了凉棚，朱绣眯上双眼，从右至左，又从左至右，仔细地巡看了好几遍，字迹似乎眼熟，却也无法确定，一股冷凉之气蓦地蹿入了他的心间，仿佛坠了一坨铅块。管家拉拽了一把，朱绣这才发觉，自己是最末一个进帐的，竟也顾不上欣赏四壁之间的各种稀奇，快快地脱掉鞋子，落座在了他个人的那一方毡毯上，摆正了面前的名签。自始至终，廖逢节全程陪同，一路上嘘寒问暖的；此刻见目的地已到，大人们竟然毫无疲惫之相，继续欢然话旧，他那一颗悬着的心，便也落在了腔子里。郡老们各有一块毡毯，一张几案，沿着弧形的大帐，几乎围成了一个圈，倏忽间生出了这个议事班子的庄重与权威。毕竟是从长路上赶来的，诸人的嘴里焦干着，心中亢旱着，却迟迟见不到那一碗茶，自然也不能催喊，只好哑着声嗓，咸淡不一地私语。廖逢节朝着门外拍了拍巴掌，承平堡的伙计们肩膀一般高，眉目一样俊朗，闪身入内，将一套套果盘，各自摆在了郡老们的眼前，另外还递上了一块热手巾。西瓜、新疆马首瓜、桃子、李子、干杏皮子、炒葵花子、熟麻子，大概不下七八样，总之是一些开胃的零嘴，凉州当地的习俗。

趁着吃喝的工夫，廖逢节亲自捧着一只托盘，将承平堡赠与大家的礼单，逐一敬呈了上去。郡老们打开后，匆匆瞭看了一眼明黄色的薄绢，刹那间相视而笑。一种罕见的羞涩，一种窘迫，笼盖在了诸人的身上，纷纷嚷喊说：少东主呢，山农在哪儿？管家回说：在路上，还在路上呐。彭澹然恍然道：哎哟，大家最好耐下性子吧，少东主一定是陪着大小姐，还有小少爷来的，免不了路上耽搁。岂料，廖逢节否认了，答复说：少东主陪来的是一位贵客，这位上海滩的客人，听说了今个天的重阳茶会，特地来一趟沙山，专门是给各位大人鞠躬的，请安的。谁？何方神圣呀？他的名讳咋写么？郡老们一下子来了精神，七嘴八舌地探问。这么着，廖逢节谨慎地说：张观察，他叫张观察，据说在上海滩和整个江南一带很是吃得开，面子比天老爷还大。

这一席话，似乎比即将到来的那一碗茶汤，更令人企羡。

喊了一声停，车轿戛然而止。

这一刻，张观察突然伸手，捉住了对面顾山农的腕子，双腮潮红，目射精光，急迫道：尊兄，这一路上你给我打了无数个比方，现在你确凿地说一句，究竟何谓沙漠。顾山农已经穷尽了辞藻和想象，勉强地说：呃，这大概就等于把亿万兆的沙子堆起来，堆成了一座座山，坐在了凉州的地界上。张观察一拍大腿：没错，这个词应该称之为恒河沙数。顾山农又道：不过呢，远看像山，可一旦走进去的话，人就像秋上的一片落叶，掉在了湖水里似的，恐怕是活路难寻。张观察缓颊道：是啊，这便是芥子宇宙，针尖道场；目下中国的这一番糟糕时局，内战不止的场面，岂不是也像你所描述的沙漠瀚海一般，看不见彼岸，求不得和平么？顾山农笑说：阁下，这里天高皇帝远的，先请你放下心中的泼烦，舒展了眉头，跟凉州本地的郡老们一同乐和乐和吧，毕竟这是你第一次走河西，头一回见识沙山。言毕，顾山农挑开帘子，抬腿下了车，瞭见车夫跑将过来，赶紧将一只下马凳支好，又去搀扶客人。张观察愣了愣，终于鼓足了勇气，拨开车夫，一个蹦子跳将下来，搂住了顾山农的肩膀。

不承想，环眼一望，天地之间平坦如砥，别说沙山了，竟然连一粒沙子也不见。

张观察立时明白，或许因为太激动，方才喊早了，搁浅在了半途中，这个尴尬还得自己来收拾，以免失掉了身份。这么着，张观察对着车夫，认真地鞠了一躬，督促对方赶紧驾车回城，不必再跟随了，他打算徒步上沙山，没准这也是一桩人生乐事。顾山农的内里哎哟了一声，料知这个任性的客人心血来潮，假如真要走完剩下的这五六里地，黄花菜凉了不说，郡老们也一定会怨怪的。这辆车轿专属于县长吕介侯，车夫亦是，在张观察逗留凉州期间，临时指派给了客人，以示重视，迄今服务了七八天之久，彼此之间有一种心照不宣的情分。

车夫嘟囔着，求告着，问是不是冒犯了客人，或者有不到之处，恳请谅解，否则这么青皮寡脸地回去，县长绝对要开除了他。张观察一迭声地否认，从身上摸出来一件卷轴，递给车夫，释解道：哎呀，你误会在下了！这些天你鞍前马后的，让我过意不去，这是我特地给你写的一幅字，吕县长如果见了，不仅不会责怪，说不定还要嘉奖你的。车夫是个腼腆汉子，一再却步，不肯接受。张观察无奈，遂解开了束绳，一头交给了顾山农，他自己也扯开了另一头，将两行飞舞的墨字，呈现在了晴天丽日之下。莫笑拉车受辛苦，请看当年宋太祖。顾山农偏过头去，念了两遍，却不谙其意，刚打算张开耳朵，聆听对方的阐释时，卷轴却被收走了，重新绑上了束绳。张观察趋前，再次鞠上一躬，两手敬呈上去。车夫红着脸，匆忙接住后，腰身弯成了一张弓，踏实地回敬了三下，而后跳上辕驾，拨转了马头，折返而去。

盯望着武威城的方向，沙石路上漾起了一股股轻淡的烟尘。两侧的高树和郊田上，凉州的秋天业已格外鲜明，貌似一碧如洗的天空，正在酝酿着冬雷与罡风，一般人当然难以窥见其中的天机。目睹了刚才的这一幕，顾山农不由得肃穆了下来，这个客人的谦逊与学识，那一份蔼然和涵养，犹如一道醍醐，灌输在了他的心头，令他如沐春风，一时间忘却了沙山，忘却了那些翘首以盼的家乡父老。旁侧里，张观察慢慢地收回了目光，突然喊了一嗓子：劳工万岁，劳工神圣。因为隔着一层口音，顾山农听不周详，忙问了一句：阁下，你再重复一遍吧。张观察立时明白了其中的隔阂，拾起一根树枝，在地上认真地写下了这些话。劳工，这是顾山农第一次闻听这个词，虽说大概知道字面上的意思，但其中的奥义，又仿佛一道谜题，吸引了他的好奇心。此刻，乃是两个人首次独处，抛开了在驿馆晤面时的尴尬与窘迫，也远离了武威城中的喧嚣，站在了地远天荒的凉州一角，各自放下了戒备与客套。顾山农的内里，渐渐潮起了一种渴望，一种想要结交对方的冲动。因为他确凿地认定，这个客人将是自己的教化之门，机会之窗，一旦关闭的话，恐怕将永世不再。这么着，顾山农腾起了一种勇气，开腔道：

"阁下，我想借你一样东西？"

"尊兄，你尽管吩咐。"

"借你的这只手。"

"手？"

不待对方有所反应，顾山农抢上前去，一把握住了张观察的左手，而后拉拽上他，一道走向了沙山。张观察当即豁然了，身心轻盈了起来，将自己全部交给了这名向导，一任他指天戳地，纵论河西，皆是一些闻所未闻的山川文章，锦绣辞藻。过境陕西的时候，张观察游历了不少的古迹与名胜，一直被诗词牵引着，其中尤喜王维的那首《少年行》：新丰美酒斗十千，咸阳游侠多少年；相逢意气为君饮，系马高楼垂柳边。不承想，此刻置身于祁连山下，穿行在广袤的河西绿洲上，这一幕訇然而来，激越心头。从顾山农的性情上剖析，再从上一次短暂的交往上判断，张观察的心中，沁出了一种惺惺相惜的念头。他一再告诫自己，这个突然间神色飞扬的青年，绝不是县长吕介侯的门客，更不是用来敷衍他的一枚棋子。于是乎，张观察一扫前些天的不快和郁愤，觉得天高云阔，万物斑斓，甚至对整个凉州的那一份深刻敌意，也逐渐地退潮了，忘却在了脑后。两个人相率而行，一边攀谈着，一边跳跃着，大有相见恨晚之势。半路上歇缓时，主客二人论了齿序，原来张观察属兔，顾山农为马，前者比后者整整年长了三岁，竟然连月份都是一致的。在这一番惊喜下，顾山农苦苦哀求，让张观察赶紧改口，最好不要再一嘴一个尊兄地喊了，称呼他一声贤弟，则是此生莫大的喜悦。张观察也顽劣开来，一副板上钉钉的态度，坚辞不从，一连迭地抛出去了十七八个尊兄，几乎呛住了对方。顾山农被喊急了，又是鞠躬，又是作揖，求告再三，追问客人究竟开一个什么条件，他才能恰当地改口，让彼此莫逆起来。张观察放下了戏谑，板正地说：

"这好办，待我从迪化和猩猩峡，从敦煌一带回来后，我开始做兄，你从此为弟。"

"割头？换帖？咱们结下这一世的金兰之谊？"

急迫地问。

"兴许吧，但最好是战友，做同道中人。"

"阁下，你真的打算单人独马，一直走到猩猩峡口，走到迪化，走到天涯的尽头么？这一条路太危险，也太叵测了，着实让我替你捏一把汗，放心不下。"到了这个地步，顾山农已是热肝辣肠，掏出了全部的肺腑，恳切地说，"要不，阁下在凉州待上个一年半载，最起码也要过了旧历新年，等明年开春之后，等我忙完了手头上的琐事，山农愿意替你牵马拽镫，随扈左右，哪怕是远赴口外，去游历整个新疆，我也万死不辞。"

张观察抚掌大笑："岂敢，岂敢。尊兄的志向，在于做一介贸易领袖，打通河西走廊的这一条商业通道，让百货兴旺，民众富足，这的确令人钦佩。唉，在下不过是务虚之人，前来游山玩水的，你大可不必分心，千万不能让我羁绊住你的手脚，耽搁了你的大事呀。"

"阁下，你为何独执己念，一意西行，全然不顾前路上的危险呢？"

"倘若危险是值得的呢？"

"一个'危'字，加上一个'险'字，又何谈值得？"

"而这恰恰是转圜的契机。"

"呃，还请阁下开示，山农洗耳恭听。"

忽然抱拳。

"的确，正如尊兄所言，既然认定将来的路上，布满了种种的危险与荆棘，那就不值得去蹈死犯难，去戴着镣铐起舞，而应该苟且，应该驯顺，填犬儒之乐谱，放奴隶之歌声。俗话说，蝼蚁尚且偷生，飞鸟还爱惜羽毛，遑论像你我这样懂得利害、知道进退的人。"张观察不愧是一位文章家，以屈求伸地说，"但是，这个世界上偏偏有那么一小撮的人类，长了反骨，生了二心，反倒觉得所谓的危险，或许才是一条光明的救赎之道。"

"反骨？救赎？"嗫嚅道。

"不错，这便是目下糜烂已久的中国，十万火急地需要具备的一场启蒙运动，人不分老幼，地无问东西，必须全情投入进去，求得一条死地重生的出路。否则的话，这个国家要是继续被糟践下去，势必瓦裂在即，无足轻重，最终将沦为一支劣等之民族。"

顾山农突然觉得，个人的心中涌出了一股岩浆般的东西，五内俱沸，恳切道："阁下，我似乎听懂了，但实际上我无知透顶。那么，照你刚才的意思，阁下穿州走府，不远千里地投入到了凉州境内，如今落脚在河西首郡，莫非你就是一位专门来寻路的先锋官，一只唱白天下的雄鸡？"

"我跟尊兄殊途同归，一样的念想。"

"不，阁下才是我的启明星，我的祁连山，山农岂敢与天争高，跟山比肩呀。"顾山农的颊脸红透了，一揖到底，"上一次拜访真是受教多多，回家之后，我总是咀嚼再三，仔细消化，生怕辜负了阁下的点拨和垂青。另一个，山农给阁下介绍的那些河西琐碎，纯粹是鲁班门口弄斧，圣人面前念经，对的你就听上一耳朵，不妥之处尽管一风吹净吧。"

"尊兄，你我即将要干的这些事情，大抵上是男儿道场，壮士行径，难免步步惊心，危险时在。我是白手来的，可没带什么礼物，在承平堡和保价局开张之际，我只能送你这么一句话，还请你笑纳。"

男儿道场，壮士行径，顾山农暗自哂摸着，心中烈焰升腾。

"呃，如果说你我有所不同，恐怕也只在于尊兄效仿了当年的班霍二人，用了马蹄，用了驼队，用了自己的一双大脚，在川原平旷上突进，在苍莽山河中行路，这实属一种典型的实践主义。至于我，手中具有的不过是一沓纸，一杆笔，务虚罢了，只能替尊兄鼓噪与喝彩，从而东西呼应，揭橥真相。"这个关节上，张观察俯下身，攥住了郊田上的一把湿土，捏塑成型，竟成了石头的样子，慨然道，"但是，不管区别有多大，你我的这一项天课，这一桩使命，事实上是为这个国家效忠，在替整个西北除锈，目的只在于光大民族，鼓铸国魂。"

"除锈？"

顾山农迫切地问。

"对，非除不可！如此一来，才能焕发精神血肉，气作山河，光绚我们民族。"

"阁下，请你替我拨云见日吧。"深深一揖。

"西北者，乃中国之心腹。尤其是河西绿洲，包括远处的那一座祁连山，天马怒龙，容仪丰伟，堪比一根挺立的脊梁骨，守正不阿。自古而来，从国家的气象上勘察，必定是北胜于南，西胜于东。这一方水土，埋藏着我们民族的千经万典、圣言贤传，一向是匡危扶倾的发源之地，犹如一尊金鼎，一座佛龛，令人敬畏。"张观察丢掉了手中的泥土，遥指着弧形的天空下，那一线烈士般的山脊，唏嘘地说，"只可惜，后来的政权分子们，要么鼠目寸光，要么势孤力蹙，一方面锁国，另一方面却内战不休，取消于列邦，让这一片大好河山，见弃于世界民族之林，见轻于整个中国，成了一块疼痛的锈带，无人问津。"

顾山农一惊，愕然道："锈带！"

"但是，它锈而不死，死而不僵，一直在等待着朴直壮烈、蹈死犯难之人，前来除锈，前来培根固本，重新让它苏息过来，挺直脊梁。"张观察敛回了目光，沉雄地说，"像这一类人物，史不绝书，典范犹在。所以，我这一次的游历，便打算用自己的这一支笔，将这些粗陋的心得，告知天下，求得一个解决之道。"

"那在阁下看来，应该如何除锈？"

"开路。"

截铁地说。

"打通东西，连接道路，寻见一个生息之机？"

"不错，还要输送消息，繁昌贸易。"

顾山农激奋地说："阁下，这正是承平堡的主张，也是保价局的目的。"

"那么，恭喜尊兄开业大吉，将来有一番崭新而有力的作为，这也就不枉了你我相识一场，让我以后在上海和江南一带，对西北有一个美好的惦记。"张观察同样还了一礼，果决地说，"山农，我方才讲的男儿道场，壮士行径，说白了，就是为国家尽一份心力，培一份元气，绵一份国祚，别无他图。"

"阁下，莫非你准备动身，打算离开凉州，继续去西天取经？"顾山农吃惊道。

"最迟后天。"

"但是，那件事还没有了结呀？"

"呃，那不过是身外之物，丢了也就丢了吧，我现在习惯了，不想为它所困。"

闻听此话，顾山农一时间浑身发冷，却又抑制不住这些天以来，建立在心中的那一份依赖与信任。顾山农明白，自己不能强人所难，再多的挽留，毕竟也是一幕天涯邂逅，终有挥泪诀袂的那一刻。这么着，顾山农再次上前，一把捉住了客人的腕子，将一枚黄澄澄的戒指，迅速箍在了张观察的指根上，满足地笑出了声。张观察盯望着自己的指头，瞭见戒指上卧着一只貔貅，兀自摇了摇头，但是也不曾摘下来，交还给主人，只说：

"呵呵，我并不信这些。"

"呃，阁下还是戴上吧，兴许可以辟邪。"这枚金戒指来自弟弟惊白，原本是托付顾山农，交给梅郎中的一笔定金，但北疆的病人一直没来，于是揣在口袋里许久了，"阁下一旦离开了凉州，去往猩猩峡一带，这上千里的长路，难免会有一些颠簸与不顺，避一避邪祟也是应该的。毕竟你出门在外，身处异乡，不管站在了哪个山头上，还是要入乡随俗，拜拜那一尊山神吧。"

"也罢，先暂且寄在我的身上，等返程回来后，我再璧还给尊兄。"

"衬你，你戴上可真漂亮。"

"告饶了，我觉得自己浑身的铜臭气，简直不像一个精良的读书人。"自嘲道。

依旧望不见沙山，剩下的里程还有一大半，懈怠不得。日头踞伏在头顶上，空气渐渐地燥热了起来，两侧的郊田上白花花一片，刺人眼目。两个人拽开了手脚，大步流星，嘴里呼哧呼哧的。偶尔，四目相对之际，各自会心而笑，仿佛共同漂泊于天涯一隅，互为珍重。顾山农终于耐不住这一番单调，央告说：

"阁下，请你给我讲讲江南，讲讲上海滩吧！"

"然后呢？"

顾山农一股脑地说："再讲一讲武汉、南京、广州。"

"再然后呢？"

"当然是北平、天津、东三省了。"

"呵呵，尊兄真是野心不小，气概非凡，你这是让我在做一篇中国文章呀。"

"拜那一本《中华最新形势图》所赐，我最近几乎将它快翻烂了，不过我还想听听阁下的亲口讲述。"顾山农追撵了上去，不依不饶地求请着。

张观察者，本名张翘楚，字独木，江西上饶人氏，上海滩报界闻人，国际观察家，一支笔辛辣老练，擅于针砭时弊，向来言之凿凿，立论煌煌，拥有广泛的拥趸以及深厚的人脉。此番，张观察首次涉足西北，踏勘山川形胜，记录风土民情，受到了陕甘两省的极大礼遇。无论是官方，还是民间阶层，出于为尊者讳，一概称其为张观察。半个月前，甘肃省府电令武威县做好相应的接待准备，一切需求，均由当地供给。县长吕介侯不敢怠慢，亲率了一哨人马，在古浪峡口跟张观察接洽上了，并当场给后者敬了三碗下马酒。

胡笳三十节

那日黄昏，顾山农正在堡子外训话，突然发现家里的一名伙计急吼吼地寻来了。

承平堡招募人手的工作，经过了三轮淘汰，进入了尾声。无疑，招募一事，由少东主亲自定盘，设立了相关的条陈，倘若触犯了其中任何一项，一概不录。至于具体的细节，则交给了廖逢节、张汲水和几名权家的心腹伙计。事前，顾山农召集大家面议，实际上是在紧螺丝，丑话撂在了当面，谁要是敢走门子，托关系，徇了私情，他自己的那一只饭钵，恐怕也将端不住了。竖起大王旗，招来吃粮人。招募的消息传布出去后，仅仅在凉州一地，便有成百上千的青壮汉子星夜而至，填报了名姓，等待检录。时至秋末，武威城外五门十八姓的庄稼人，包括远处各个庄子上的后生们，眼看着进入了冬闲阶段，与其天天赌博和醉酒，倒不如去承平堡挣一笔痛快钱，然后过一个肥实的春节。显然，这样的算盘打错了，错得太离谱。承平堡不招短工，讲究的是一个长期效力，终身投靠。粗检了一遍，人数几乎被砍掉了一大半，留在名册上的，方有资格进入下一轮，犹如过筛子一般，异常挑剔。此后，各种传闻不断，全都是牙茬话与风凉话，来自那些被淘汰下来的龌龊鬼，指着承平堡的方向，啐干了嘴里的唾沫。有的说，顾山农这是在占山为王，招兵买马，那样的歧途不走也罢，等着看他的可笑吧。另外的更是不屑，什么狗屁的保价局，顾山农还不就是开了一家大客栈么，他就想将过境的商团、驼队和马帮拦在城外，入住在他的承平堡，吃独食，挣一些火炕钱和饲料钱罢了。那一阶段，顾山农负谤难明，却也不辩解，不伸张，暗中加快了步伐。

第二轮的名册交在了顾山农的手上，大概有二三百人，等着他勾画。风向突然变了，顾山农的重点，开始放在了以下两类，容不得旁人置疑：其一，凡是在尕司令马仲英的屠刀下侥幸生还，从镇番县的那一场生死浩劫中逃出来的难民，一律优先录用；其二，在前些年的凉州大地震中，从残垣断壁中爬起来的人，眼泪哭干的人，断了炊火的人，同样也在优先录用之列。廖逢节知道少东主的善意，张汲水亦不例外，照此办理去了。名册渐渐地薄了下来，第三轮开始之前，顾山农再次立了几项绳则，不孝者不录，还俗者不录，手脚不净者不录，口敞之人不录，耍赌者不录，酗酒者不录，吃鸦片者不录，打骂牲口者不录，挑是拨非者不录……凡此种种，总计有十七八条，森严不可逾矩。张汲水狐疑道：少东主，其他我大概都能理解，可唯独这一条令人失笑，人家既然还了俗，重新回到了俗世上，干么不录呀？顾山农答复说：这是明摆着的，如果他敢在上午逃离佛陀和菩萨，解下袈裟，那么他一定就能在下半天踢开承平堡，更换门庭；这样的朝秦暮楚之辈，我不开这个口子。廖逢节也问说：咱们吃的是贸易这碗饭，讲求的是勤进快出，赚取利润。这嘴上殷勤的人，天生带有一种优良的本领，讨人欢喜，却又为何被革除在外了呀？顾山农斥责道：你个糊涂匠，你听着，承平堡既不需要喜鹊，也不招募老鸹，最好都是哑巴汉子，手脚灵便就可以了。当着入门不久的张汲水的面，管家被责难了一顿，忙红着脸说：也对，口敞之人把不住门，守不住秘密，我将来就是承平堡的一只看门狗，谁要是敢造次，我第一个咬掉他的屁。旁侧里，张汲水坏笑了一声。

　　筛选到了最后，名册里剩下了六十七人，顾山农全部圈定后，予以雇佣，并提前发放了一个季度的薪酬，让大家交给各自的亲属，而后回来就位，抓紧准备开张迎客。伙计们兴奋极了，扑棱棱地拔脚散去，仿佛天空中南下的候鸟一般，将赞美和大拇指传遍了整个凉州，惹得街坊邻舍们艳羡不已。一时间，不唯凉州本地，甚至整个河西全境的目光，也都齐刷刷地瞽将而来，投射在了承平堡的身上，探问究竟。不过，另一则消息也随即追撵了过来，承平堡竟然搬动了郡老们的那个神仙班子，另外还邀约了城内外的一帮子士绅耆老，打算在重阳节的这一日，去城东的沙山上饮茶，且美其名曰：塞外一席茶。天呐，喝的是什么甘露汤，饮的是什么天河水，还需要那么劳神费力，跑到沙山上去炫耀么？啊啧啧，少东主顾山农的面子，真是比天还大，比地还广，他虽然辞掉了郡老的那个显赫位子，但显然，他才是议事班子的主心骨，拿事的当家人，另外的神仙们也只能唯其马首是瞻。毕竟路途太远了，走一趟实在难辛，否则的话，武威城里的人们，一定会站满沙山，亲眼瞭一瞭这个茶咋喝，这个戏咋唱，同时一睹少东主的风采，也好给此后的余生，储备一些扎实而稀罕的谈资。

招募工作结束后，廖逢节和张汲水之间的关系，出现了一丝微妙的变化。

本来，管家的身份，让廖逢节居于一人之下，万人之上，总绾着承平堡的大小事务，说一不二。岂料，一个北疆来的恶汉子游击，从斜刺里杀将出来，像一条疯狗似的，打算抢班，准备夺权了。这使得廖逢节昼夜惊魂，倍加小心，简直连大声咳嗽一下也不敢，天天提悬了心脏，阴沉着鼻脸。六十七名伙计被录用后，廖逢节看人下菜，并取得了少东主的首肯，将大家分配在了合适的位置上。同时，廖逢节还专门请来了城里最有名的挽具匠、修车匠、赶车匠，以及骡马师傅和草料师傅，手把手地传授技艺，让大家迅速上了道，技成出徒。廖逢节的一只眼睛跟着伙计们，另一只眼睛却盯住了那个游击，发现张汲水有事没事，总爱盘桓在少东主的身边，表情献媚，老鸹一般地聒噪不休。日能的，看把你日能的，明显就是一个舔沟子的货色么。廖逢节由此断定，并在心里渐渐地拉开了距离，事先防备了一手。承平堡太大了，堪比一座城池，安全问题尤为重要。顾山农从录用的人员中，划拨出了十几名精壮汉子，也未曾与管家合计，一发交给了张汲水，成立了护卫班。获知此事后，廖逢节差一点吐血，感觉到了前所未有的冷落；除了精神上的不痛快，除了暗中使绊子，对护卫班申请的一些器械拖宕不办之外，他终究也是无计可施，眼睁睁地看着这个可耻的游击另辟天地，慢慢地做大，几乎快跟自己平起平坐了。有一日，廖逢节实在气不过，偷偷地去买醉，三更天才摸回了权家，蹲在前院的廊檐下唉声叹气，眼泪汾汾的。不料想，这一幕被小少爷窥见了，惊白喊醒了丫鬟，煮了一碗醒酒汤，赶紧端给了管家。廖逢节捧住汤碗，忽然间心魂归了位，知道天还是天，地还是地，自己在权家的那一席之地，尚未被撼动，亦不曾被褫夺。闲章中，廖逢节试探地问，究竟是管家的权大，还是一个护卫班的班头说了算？惊白简直不是人，他一定是从天上下凡的鬼精灵，加之耳食了姐姐平素里的一些絮叨，当即明白了对方之所以苦闷的根由。惊白开示道：哎呀，你心里的这个疙瘩，其实就像一碗水那么简单，那么明白。管家何许人也，管家乃是当朝的宰相，一手遮天的大人物，满朝的文武大臣，还不是看你的脸色行事么？班头算个屁，说得好听一点，不过是九门提督，往难听里说的话，顶多就是一条看门的头狗，你大可不必去计较。廖逢节顿生喜悦，泼掉了手中的汤水，追问再三，自己该如何应对。惊白张开了五指，又狠狠地攥紧了，攥成了拳头，款款地送出了一句话：一旦相权旁落，这个戏就唱不下去了，还得廷杖你，仔细你的屁股蛋子吧。相权旁落，管家反复咂摸着这句话，一直熬到了天明。待城门开启之后，廖逢节徒步出城，不动声色地回到了承平堡，仿佛去收复失地似的，心里头逐渐地有了一块钢。

岂料，张汲水可并不消停，效仿了新城大营国民革命军的方式，将护卫班的那十几个杂碎，天天带出堡子，站在东北角的一块郊田上，开始出操，开始做戏。早中晚三次，一俟新城里的军号吹响后，张汲水俨然成了一只头狗，一手吹着皮哨子，另一只手挥着鞭子，勒令护卫们走正步，喊口号，摔跤，打拳，格斗，好像他本人开了一家凉州武馆似的，嚣张不已。后来，郊田上又多了一些石锁、石磨和拔河用的长绳，号称他们在练肌肉，长力气，乱作一团。廖逢节偷窥过几次，望见护卫们踩踏起来的尘土，像一块黄色的云团，罩在了郊田一带，免不了嘀咕一番：看把你日能的，日能了你还能上天呀。不过，类似的嫉恨与负气，很快就消弭了，被一风吹净，廖逢节讶异地发现，每当堡子外面喊声震天、脑筋错乱时，少东主往往会站在角楼上，一边朝下观望，一边面呈喜色，暗中叫好。终于忍不住了，有一次吃早饭时，管家故意提起了这一茬，连毛带草地讥讽了一番，说承平堡是做贸易的，以挣钱为重，耍那些花把式有个屁用，再说了，承平堡又不是革命军的分号，也不是新城大营的教场，天天驴叫，财神爷闻听后，恐怕也会吓得尿裤子，倒不如实在一点，干些人事。顾山农却不苟同，反而称赞游击张汲水有手段，思想巧妙，原先那十几个面色蜡黄的菜瓜，经过他这一段的捶打，如今一个个筋骨旺盛，肝火炽烈，这恰恰是承平堡求之不得的。末了，少东主又讲了一席话，气得管家撂下了饭碗，干脆饿了一整天，惩罚了自己。顾山农当时声称，他守了三年的孝，浑身的骨骼都快锈死了，等抽了空，他也打算换上一套轻便的衣裳，跟护卫班一道站在郊田上，野蛮体魄，蓄养精神。这倒也罢了，可顾山农接下来的话，令管家心荆肉棘，大感江山失守，一切已不复从前。顾山农笑说：哎呀，依我看，我亲自率这个头，你也参加，带上你的那些账房、车夫、马夫和杂工们，投在张汲水的门下，将来谁也不吃亏，谁都可以长上几两筋肉。廖逢节当即回绝了：哼，瓜子不能当饭吃！那些指屁吹灯的勾当，花拳绣腿的把戏，真还抵不上这一碗捞面；我手里一河滩的事情，我不能分心，更不能出错。结果，这个提议不了了之了，管家没去，顾山农也不曾出现在堡子外的队列中，好像在戈壁滩上扔石头，一切均无从捡起。

这种微妙的变化，让管家品咂到了一种清晰的分野，一种分庭抗礼的黑暗力量。同时，管家也恍惚地觉出，少东主心中的那一台天平，或许已经动摇了，有了别样的心思。千思万想，前后琢磨，廖逢节大概推算出了一幕未来的格局，不外是一个主内，一个主外，由他来操心承平堡的内部事务，而那个不知好歹的游击，则去担负看门护院的任务，犹在外围，绝不是根脉上的角色。这么一思想，廖逢节释解了许多，深感时日漫长，这一番博弈将是持久的课业，自己以后必须睁着眼睛睡觉了。可偏偏，张汲水又施出了一记空前的辣手，喜滋滋地跑到了顾山农的跟前，邀请他以东家的身份，抽空去给护卫班的伴当们训话，紧一紧螺丝。廖逢节刚巧在旁边，怒斥道：哼，保价局是干贸易的，倘若你们一心想扛枪吃粮，穿那一身丘八的皮，最好现在就去新城大营门口排队，承平堡的这个庙着实太小了，装不下你们的金身。张汲水辩解说：哎哟，你这是误会我了，我的本意是这，原先我当保商游击的时候，每一次驼队开拨之前，领房子总要训话，子丑寅卯地说上一通，替大家打气，给伴当们膏油，这个法子真的管用。这个关节上，廖逢节沮丧地发现，少东主的屁股，已经坐在了对方的凳子上。顾山农击掌道：对呀，这个设想巧妙，可以给大家收收心，将一大堆缠麻拧成一股绳子，力出一孔；依我看，不妨就叫讲习社吧，你尽快去落实。事实上，在凉州境内，乃至于整个河西走廊一线，自古而来，便有结社的风气。比如，在长路上昼夜奔波的大小商贾们，喜欢成立行人社，彼此扶持，互相照应。再比如，在城外务农的庄稼汉子们，往往依据时情与天象，喜欢成立青苗社、瓜果社、萝卜社和洋芋社等等。结社亦称邑义，凡是入社的同仁们，在人格上一律平等，贵贱一般，总是手足兄弟。邑义之后，讲求的是遇厄则相扶，遇难则相救，一方有难，八方来助，甚至于割己从他，不生怀惜。这还没完，顾山农转而对管家说：也好，一只羊是放，一群羊也是放，你干脆将堡子里的大小人头全部召集在一起，我一遍过，如此也省去了诸多的泼烦。管家的牙齿几乎快要咬碎了，但舌头一下子答应了下来，答应得很痛快。

开讲的当晚，承平堡的新旧伙计们，乌泱泱地坐在了干燥的郊田上，有的盘膝，有的抱腿，用一张张热脸，迎向了少东主。对大多数人来讲，这是他们头一次面见东家，聆听传说中的顾山农在训话。紧张之余，更多的则是一份激动，大家事先洗了澡，剃了头发，穿上了干净的罩衣。彼时，日头站在了敦煌的方向上，夕光从祁连山上泼洒下来，似乎给整个承平堡，镀上了一层金粉，烁烨光华，堪比一座佛家的赞堂。顾山农出现后，并没有引起一丝骚动，四下里悄静极了，好像掉下来一根针的话，也会飞沙走石，山奔水飞。伙计们吃惊地瞭见，少东主并不是那个想象中的三头六臂、顶天立地之人，他个子中上，体型略瘦，颊脸上挂着一种憔悴的笑容，或许是劳累过度的缘故吧。顾山农站定后，双拳一抱，冲着大家揖上一礼，竟然一屁股坐在了旁边的胶轮车子上，跷起了二郎腿，毫无架子，亲切得就像自己家里的姑舅。哼哈二将跟着过来，张汲水支起了一张简易的几案，廖逢节摆上了茶壶和碗，而后分列左右。此后，顾山农开了腔，侃侃而谈，先是陈述了承平堡的大概构想，又剖析了保价局这一项新式的贸易内容，少不了擘画前景，提升众人的斗志。惊人的一幕发生了，待张汲水点完了护卫班的名录，廖逢节又逐个介绍了其他人员之后，顾山农居然过目成诵，记住了全部的名字，还一一对上了号。闻听自己的名字，竟然从少东主的唇齿间喊了出来，每个人的心中，刹那间潮起了一阵阵醉意，纷纷仰看着他，浑身的骨骼就像一头头豹子，蓄满了力量。或许，这就是千百年以来，民间社会中结社邑义的根本道理吧。

夕光隐退后，暮色苍劲，整个凉州披上了一件寒瑟的秋衣，开始入夜。顾山农的这一席谈话，显得山高水长，传音入密，仿佛一双刚强之手，攥住了一捧散沙，即将锻造出一块崭新的炼砖，形成一支独立的势力，去斥土，去开疆，进而写下一卷河西大地的重大悲剧。

临近结束时，顾山农突然瞭见，一匹快马疾驰而来，家里的伙计跳下了马鞍，形色像一位八百里急递的信使。相问之下，伙计方说，县长吕介侯于夜饭之际，派人给权家捎来了一张字条，约少东主紧急见面，有要事相商。大小姐不敢耽搁，所以派出了快马，另外还带来了一套干净的衣裳和鞋子。这突兀的邀约，令顾山农大感意外，原因只在于他跟吕介侯之间并无私谊，平素里也谈不上什么交往，仅仅在外父权爱棠活着的时候，双方有过不多的几次碰面罢了。

亥时。文庙西侧的儒学院。顾山农问清了地点和时间，一瞧天色，八成是来不及了，赶紧接住了伙计手中的缰绳，一跃而起，跳上了马背，迅疾消失在了湍急的夜色中。

文庙位于武威城东南一角，屋脊连绵，高树密布，号称"陇右学宫之冠"，一向是令人景仰的圣地。大约还有半里地时，顾山农不敢造次，赶紧下了马，牵拽着缰绳，深一脚浅一脚地碎跑着，唯恐失了礼数，见笑于人。这个时辰上，夜色就像一坨康熙年间留下来的旧墨，艰涩冥顽，难以化开。快马的鼻息和蹄声，或许惊扰了这个秋夜的宁静，左右两侧的树丛中，鸦雀惊飞，空气像一页一页被撕裂的草纸，豁喇豁喇的。凭着记忆，顾山农绕过了大成殿的正门，趑入了西侧的车道。突然间，脚下头掠过了一道白光，要么是狐狸，要么是黄鼠狼，闪进了草丛中。快马蓦地被惊吓了，沸腾地嘶叫着，还险些拽脱了缰绳，幸亏被顾山农一把拉住了，赶紧抚了抚鼻门，让其收回了心魂。

　　动静一大，儒学院的偏门开了，一盏明亮的方灯飘了出来，迎向了顾山农。呃，可是承平堡的少东主么？对方探问说。正是，在下顾山农，答复道。对方豁然地说：快跟我来吧，县长一直在盼着你，已经候了将近半个时辰了。顾山农却不急，将坐骑拴在了门端外的石头桩子上，解下来一只包袱，掏出了妻子预备的干净外套和鞋子，匆忙换上后，又戴上了一顶礼帽。相跟着那一盏灯笼，七兜八转的，很快就来到了儒学院的内庭。顾山农认得这里，知道左右两侧的祠堂，一座叫忠孝，另一座曰节义。

　　这一时，县长吕介侯也挑着一盏灯笼，从节义祠的门廊下奔了过来，神色寡薄，心事重重，右手摘下了礼帽，略一颔首，打过了招呼。顾山农同样还了礼，却忽然感觉不自在，借着灯光往身上一瞧，天呐，自己竟然穿着一件府绸的外套，样子泼喇喇的，不仅俗气与滑稽，衣裳还相当地肥大，好像随时会滑脱下来，掉在地上，暴露了个人的不堪。达云一定是糊涂了，或者被县长的邀约冲昏了脑子，似乎觉得只有高档的料子，才能衬得上这个场合。无奈之下，顾山农只有暗中耸起了肩胛，拔长了脖颈子，衣裳才勉强挺括起来，接近于武威城内一介少东家标准的外表。吕介侯歉然道：哎哟，劳苦少东主一路奔波，给吕某这个面子，感谢的话不讲了，留待以后吧。顾山农抱拳，释解道：阁下，山农一得到消息，即刻就从城外赶来听命了，路上稍一耽搁，结果多花了小半个时辰，害得你苦等了。吕介侯者，直隶大兴人氏，此前在省城兰州任职，大概在五年前被外放到了河西首郡，一直孜孜矻矻，倾心于当地发展，官声甚佳。吕介侯摆了摆手，款笑说：呵呵，你千万别自责，一来到文庙，我的老毛病可就犯了，我这不是苦等，而是耗子掉在了油缸里，求之不得呀。这种毫无官腔的自嘲，随性的表情，令顾山农一下子松弛开来，用眼神询问了过去。吕介侯指着节义祠的门廊，接续道：喏，那一方方碑刻，上头可都是张芝、江琼、索靖和余阙等河西诸杰的法帖，我是天刚擦黑时进来的,到现在也还没看够呐。顾山农不免狐疑,在这么一个更深露重的秋夜,对方紧急召见自己,该不会是谈玄说法、舞文弄墨吧?况且,凉州境内的笔墨大家多了去了,再怎么宽容,轮也轮不到他这个姓顾的头上。这一番疑难的情绪,被吕介侯及时地捕捉住了,遂将手中的灯笼交给了随从,唤其离开。眼睁睁地,随从的两只手各挑着一只灯笼,簌簌地退出了院子,四下里的夜色迅速填埋了下来,一派满坑满谷的样子。

阒寂之后,吕介侯在黑暗中盯视着对方,感喟道:富贵不归故乡,如衣绣夜行,谁知之者。此乃《项羽本纪》中的陈词,顾山农内心了然,却也听见了讽刺,忙抱拳一揖,不承想,府绸的外套竟然从右肩上滑脱了下来,狼狈至极:让阁下见笑了,刚才来得太仓促,乱头粗服、鸡皮蛙脸的,万望恕罪,恕罪。但是,这个话题依旧打不住,吕介侯像一个蹩脚的裁缝那样,喋喋地说:呃,看人下菜,量体裁衣,其实这世上的任何一桩事,大体上都有正反两面,一个叫里子,另一个则是面子,如此才能维系下去,否则就穿帮了。顾山农一头雾水,暗中抓住了臂弯里的衣裳,重新搭在了肩膀上,不是因为冷,而是为了体面,回道:哎哟,阁下天语纶音,这是在开示山农,我的大福报来了。吕介侯轻笑说:呵呵,武威县之于本人,就像你身上这一件华丽而肥大的外套,表面上看似光鲜,但里头的身子骨却是不堪忍受,磨折不已,令人萌生退意。这一霎,顾山农明白了对方的禅机,也当即料定,这一场深夜的谋面,堂堂的县长大人绝非是来诉苦的,他一定有不为人知的肺腑,要向自己倾诉。一念至此,顾山农再也忍受不下去了,匆匆解开了纽襻,除下了府绸的外套,随手扔了出去。不巧的是,衣裳挂在了一根树枝上,清瘦地摇曳着,仿佛现场的第三个人。

果然,吕介侯蓦地抬手,攀住了顾山农的胳膊,询问道:少东主,你听说过柯达么?你知道上海的先施公司么?顾山农怔住了,不明就里,一再摇头。吕介侯并不意外:呃,你不知道也罢,其实我也不大清楚,只不过事发之后,我才多方了解到,那一台照相机之类的东西,恰是这个牌子的。闻听照相机这个时髦的词,顾山农坦白地说：阁下，我见识过它，我在城里的冰鉴照相馆拍过肖像，还不止一次。吕介侯失笑地摇头：不，这根本是两回事，冰鉴的那个玩意像一头蠢笨的骡子，而我所说的这个机器，大小就像一只棉靴，可以挂在脖子上，四处漫游，随时拍照。顾山农哑默了下来，静待下文。这么着，吕介侯方才道出了内幕，仔细说：前些日子，从省城兰州来了一名要客，此君姓张，名翘楚，身份是上海滩的一支笔杆子，有名的国际观察家。他此番行走西疆，考察山河，在陕甘两省轰动一时，大小官员们无不以结交张观察为荣；尤其是咱们的省主席孙蔚如阁下，对此格外重视，不仅在兰州肃王府的拂云楼上设宴款待，还亲自陪同他，先后游览了黄河铁桥与五泉山名胜，可谓是风光无限。接获了省府的电令后，武威方面自然也不敢慢待，我专门筹组了一个接待班子，又是锣鼓，又是唢呐，在古浪峡口接上了他，还在黄羊镇逗留了一日，这才吹吹打打地送进了城里，安顿在了霍去病驿馆。顾山农虽然天天在承平堡内忙碌，但也耳食了这一段时间的热闹，附和道：听说，阁下还陪着客人，去了一趟青土湖，去了一趟天梯山，在隔壁的大成殿祭拜了孔圣人，又在城外的果园子里，摘了大半天的果子，最后才尽兴而归。吕介侯哀叹道：的确如此，张观察做客凉州的前期，评点江山，访贫问苦，甚至还蹭过几顿庄户人家的粗食淡饭，大呼过瘾；此君的身上，一无骄矜之气，二无跋扈之相，县府上下真是喜欢得不行。但是，目下这一切全被毁了，武威方面做下的成绩，也基本上枉费了，实在令人痛心呀。暗黑中，县长的口气带着焦虑、烦躁与不甘，突然一跺脚，惊走了树上的几只松鼠。少东主，请问这人世上最快意的事是什么？吕介侯猛地抛出来一句问话。顾山农率直地说：嗯，晚生以为，一枝独秀，莫如万木成林，所以最快意的事情，当数人抬人，僧抬僧。吕介侯一边点头，一边苦笑地说：呵呵，现如今的局面，却是人坑人，僧埋僧，武威方面的这个脸丢大了，丢到上海滩和江南去了！唉，我悔不该将他安排在霍去病驿馆，这个名字不祥，这明显是在给张观察去病么。终于，在这一番疙里疙瘩的铺垫结束后，吕介侯相告说：丢了，张观察的照相机丢了，另外还丢了一只皮箱子，凉州的贼娃子们简直翻了天，吃下了豹子胆呀。顾山农渐渐恍然了，这才是深夜的主题，至为核心的要义。

诸位看官，这台照相机所带来的无穷后患，将要掀起的一幕幕血腥风暴，远非在文庙的这一场托付便可以解决，就此终止。实际上，它才刚刚开始萌芽，接着抽枝，将来的恶果一定会滚落在河西大地上，腐败成泥，溃烂为疮。此处按下不表。

少东主，这件事就交给你了，你去帮我把它寻回来吧，照相机，还有那一只皮箱。吕介侯慷慨相托，腰身微弓，虚上一礼。顾山农头皮一麻，身上立时开了锅：阁下，晚生乃一介素人，一毫无补，百身莫赎，加之服丧了三年，对这世面上的事情睽违太深了，实在是难堪重任，还请你再三斟酌，务必不要耽搁了大事呀。或许，吕介侯料到了这一种拒绝，轻笑说：唉，少东主总不会因为我孤家寡人，而跟那些势利的团伙一个样，不肯援手，站在一旁看我的可笑吧？顾山农忙释解道：阁下，俗话说车走车路，马走马道，像这样麻缠的案子，本应该是警察局的陈垦丁、张彝和王伯鱼的分内事，晚生只是一个买卖人，如此头大身子小的事情，我这辆车拉不了，也拉不动。呵呵，吕介侯灰败地笑开了，俯身捡起了一片落叶，慢慢撕扯着，掩饰住了尴尬：不错，这件事本来归陈垦丁，也归马警队和步警队去负责，去侦缉，但是这毕竟是一桩重大丑闻，如果事先喧哗出去的话，凉州岂不是弄得国人皆知，省府被动，赢得骂声一片么？哼，再说了，即便交给了警察局，那一帮热衷于窝里斗的家伙，也未必能让人遂愿，恐怕还会错失良机，永远也寻获不得了。阒寂中，吕介侯的手里传来了筋脉断裂的声音，那片落叶被撕碎后，扔在了脚下。这一霎，顾山农分明看见了县府和警察局之间，那一种巨大的隔阂与鸿沟，也获悉了吕介侯与陈垦丁二人之间的不睦。冥冥中，这个发现犹如一灯破夜，烛照在了顾山农的心中，并且对于承平堡未来的生涯，似乎有了一种天然的利好消息。顾山农咂摸着对方的情绪，盘算着进退的得失，态度渐渐地松动了下来，潮起了一试身手的念头。不料想，吕介侯却道：唉，看来我今晚夕碰了壁，撞上了南墙，只得无功而返了，少东主，你一定记住，咱们从没谋过面，刚才的那些闲章不作数，一风吹净了吧。言毕，吕介侯掉头走了，儒学院里一下子空荒了许多。

但顾山农终究是一介热肝辣胆之人，不忍对方失望，一个蹦子追撵了上去，在偏门下拦住了吕介侯，哀恳道：阁下，你刚才的托付，山农照办就是了，至于能不能寻获，全凭天老爷的意思吧，我心里着实也没个把握。吕介侯得到了答案，面色也挺括了不少，揶揄地说：哎哟，少东主手段神妙，连承平堡都可以起死复生，保价局也开张在即，只有你想不到的，却没有你做不到的，我现在放宽了心，今晚兴能睡个好觉了。这种叵测的话，令顾山农心荆肉棘，一时间无从应对，遂堆笑道：阁下，保价局不过是一只新饭钵，家中的几十口子人还指望着它呢，将来成与不成，也还是两说；况且阁下当初在保价局的相关文书上签了字，准予开业，鼓励贸易，又来函策励了晚生一番，殷切之情，山农自然铭记于心，没齿不忘。吕介侯踱开了几步，从旁边的树枝上，取下来那一件府绸的外套，吹了吹灰，仔细地递给了对方：夜深了，小心着凉，你赶紧穿上吧。顾山农接住后，将衣裳搭在了臂弯里，身上的那一口锅依旧滚沸，汗下如浆。吕介侯瞟了一眼，接续道：呵呵，衣裳不过是人的一个面子，就像承平堡是你的面子，保价局同样也是你的面子；但愿少东主将来有独立之思考，自由之魂魄，这一生只做你自己的里子，而不要为他人所役所屈，沦为一介傀儡，甘当幕后人物的面子。如此诘屈难测的话，仿佛一把撒出去的银针，迎面袭向了顾山农，让他的心中咯噔一下，眼底里几乎黑透了，一时间失语。临走前，吕介侯摸出来一封信，叮嘱对方抓紧去一趟霍去病驿馆，秘密行事，务必不要声张。待顾山农自夜色中回过了神后，儒学院里已经是死寂一片，唯有萧瑟的秋风，以及几只夜鸟陪伴着他，以防他心弦崩裂，精神错乱，找不见回家的路。

或许，这只是吕介侯的一次试探，一幕委婉的警告，一种敲山震虎的把戏。顾山农颓坐在地上，逐渐醒悟了过来，这才发现，那一件府绸的外套已经被他彻底撕碎了，手指头也疼得钻心。直到偏门外的坐骑开始嘶叫时，顾山农这才抬起了屁股，趔趄地出了门。

胡笳三十一节

　　驿馆在监院巷附近，门首的方砖上，用了黑红二色，粗糙地勾勒出了一位少年将军的样子。蹊跷的是，胯下的坐骑已经掉了色，只留下了一个大致的轮廓，仿佛少年踩在了一坨虚弱的棉花云上，根基不固，随时会一个斤斗摔下来。马屁股的一侧，镂刻了三枚篆体字：霍去病。次日下午，顾山农专程去拜访时，第一眼瞄见这个名号后，不由得忆想起了吕介侯的话，暗自咂摸道：去病，果然去病，这下子去了客人的病，惹了天祸，凉州人也真够腥齪的了。掌柜的跑了出来，瞭见眼前的访客举止不俗，眉目清朗，一口的本地话，又获知对方是来拜见上海客人的，有一封吕县长的亲笔信居中介绍，一时间激奋了起来。支了凳子，沏了茶，另外还摆了一碟子炒麻子，安顿下了访客后，掌柜的这才告知，上海客人不在，八成是去了城里的邮驿，跟邮局长吵架去了。

　　日光从屋脊上斜下来，将院子分为了阴阳两半，几盆子菊花站在那一块阴影下，花瓣炸裂着，竟然看不清楚究竟是黄色的，还是白色的。庭院整洁素雅，门窗一新，带着一份格外的恬静。去了多久？他啥时候回来？他干么要跟邮局长吵架呀？落座之后，顾山农好奇地问。掌柜的坐在了对面，一脸的谄媚，答复道：留人小店，凭客吃饭，这是人家的私事，我可不能乱嚼舌头，我已经吃过大亏了，我不能毁了这一桩营生。顾山农窥见了这句话里的破绽，诘问道：哼，你的鼻脸上在求我，口舌却没有实话，这让我怎么帮你呢？这么着，掌柜的悄声问说：好我的姑舅哥，亲不亲，一乡人，咱们好歹吃的也是一条河里的水，劳烦你给我透个底，这个上海来的大人物，究竟是个什么角色，竟然如此地兴师动众，把半个武威城也惊动了？据掌柜的介绍，半个月之前，县府派出了一名专员，将武威城内的大小客栈和驿馆摸排了一遍，最终选定了这里，并支付了定金，又催促他将另外的客人们撵走了，腾空了院子。破天荒的是，县府还额外追加了一笔钱，让他雇了一帮子匠人，翻新了屋顶，粉了墙壁，油漆了门窗，糊了仰衬纸，砌了一座花坛；还特地请来了八仙楼的一名厨子，专门照顾客人的一日三餐。掌柜的坦承，除了霍去病那一块牌子没变之外，其他的一切，简直就像做梦似的，天老爷赏赐了一般。到了入住的那天，马警队和步警队将整个监院巷封锁了，闲杂人等，一律不得露面。车队是从黄羊镇驶来的，全部是呢子车轿，一路劳顿，县长吕介侯亲自陪同着客人，将其送入了最大的一间明屋里。啧啧，连陈垦丁局长也只是一个跟班，说不上话。掌柜的感慨罢了，表情开始复杂起来。原来，这位客人也过于古怪，除了外出考察和秋游之外，一旦待在驿馆内，大概只有两件事可干，要么伏案疾书，要么从街上邀来一些耆老与乡绅，坐在花坛旁说古今、谝闲章，兴致颇高。见面问根苗，此乃凉州人的德行，掌柜的亦不例外。顾山农听罢，也只好如实相告，他本人并不认识上海客人，今天是头一次前来拜访张观察，有县长的这封信从中引荐。掌柜的探问说：哎呀，观察家到底是个什么家，跟买卖家一样么？顾山农明白，这是一个麻缠的话题，便简略地说：总之，人家是省府的座上宾，也是孙主席蔚如阁下的客人，如今不但在凉州，甚至连整个河西走廊，恐怕都是他一个人的道场，由着他独自耍呢，你最好仔细伺候着。

　　盯望着访客手中的那一封引荐信，掌柜的神色惨黯，眼泪唰地淌了下来，嗫嚅道：难怪么，难怪这么势大，碾死我，还不是跟碾死一只蚂蚁似的！唉，我这下子闯了天祸，我站在绝路上了。顾山农不谙内幕，一再追问。掌柜的怆然道：出了事之后，门外是王伯鱼的便衣，禁止我出去，门内又是失主，我羞于面对，我现在里外不是人，上吊的心也有了。

　　事发在晌午，掌柜的记忆如昨，对每一个细节都如数家珍。

　　赶早，掌柜的从街上采买回来，一进门，便瞧见客人蹲在花坛旁，在一根毛刷子上抹了牙粉，不停地戳弄着自己的口腔。一些黄白色的泡沫挂在他的嘴边，好像长了一圈白胡子，客人干呕着，肚子里卧了一窝癞蛤蟆似的。恶心，太恶心了，一连数天，掌柜的闻听了这种声音后，一再断定上海人或许不是人，起码跟凉州人不是一个路子。昨晚夕，明屋的灯光亮了整整一夜，客人一直在运笔如飞，除了偶尔的咳嗽外，他安静得就像桌子上的那一方砚台。开了这家驿馆，也算是经见过世面的人，掌柜的猜测，客人八成是教授或塾师，又联想起县长对他的那一番礼遇，进一步确信，此君非师爷莫属；于是收起了鄙夷心，陡然多了几许敬重之意。客人刷完牙，换了衣裳，夹着一只布包袱匆匆出来，问武威邮驿在哪条街上，他要去投邮，寄几封信件。掌柜的告知了邮驿的位置，又不大放心，赶紧丢下了手上的东西，甘心做了一名向导。

半路上，掌柜的绍介说，邮局长火爷是他的一个表亲，以前两家人走动频密，但是这半年来，他只当那个坏怂下了世，死尸了，断了这一门亲戚。驴日下的，下辈子投不了胎，转不了世，就在畜生道里吃草吧，掌柜的口音颇重，骂了一路。客人的耳朵里长了毛，竟也不明白对方的这一腔子怒火所为何来，又不便深入打听，只好怏怏地相跟着。这天，恰逢一个大集，武威城内车马喧腾，人粥稠密，五六条街的距离，居然花去了半个多时辰。

邮驿属于官厅，这从门面上便可以窥见一斑。左首的窗板上，站着四颗猪血色的漆字：机密重地。右首则是：违者拿惩。这时候，邮驿已经开门营业了，却无人光临，廊檐下卧着一群野狗，空气中飘满了苍蝇，气息恶劣。掌柜的气血冲顶，携着一种问罪的架势，率先进了门，故意咳嗽了一两声，瞭见火爷从一堆鸡毛中抬起了头，样子像哭丧一般。

邮局长正在扎制鸡毛掸子，脚下是一筐鸡毛、半锅糨子和一盘细麻绳。今天的鸡毛略微受了潮，干脆上不了手，但火爷耐下了性子，依旧干得欢实。这是他的副业，挣一点散碎小钱，以此来补贴家用，却不料想，表亲的突然造访，令其顿生不快。火爷垮下了脸，烦躁地说：狗屎的，眼皮子跳了一上午，难怪么，你又来紧我的皮，升我的血压了。掌柜的道：驴日的，你这是把凉州的公鸡毛全部拨光了，小心母鸡们放不过你，让你下一世里在地上刨着吃。火爷停下了手，张看着一旁的陌生客人，料知买卖来了，遂将一腔子的怨怼压抑在了肚子里，展颜一笑，迅速站在了柜台后面。上海客人解下布包袱，摊开在柜台上，取出来一摞子书信，又搁下了酒资，等待办理。火爷盯看着酒资，发现是一枚甘肃省流通的鹰洋，忙用指头拈起来，吹了几口气，搭在耳朵上谛听了半晌。这个人世上，谁都能听懂钱的话，火爷亦不例外。银子的声音消失后，火爷的笑容更笃定了，赶紧将鹰洋揣在兜里，抓起了那一堆信件。草草地瞄了一眼，待看清了投寄的地址之后，火爷的表情迅速灭失了，颊脸上的青筋一直抽搐着，脑子里轰鸣不已。旁侧里，驿馆的掌柜也发现了这种异常，凭着过去吃亏上当的教训，猜测对方恐怕又要下害了，这个驴日的一定在他的心里头拨打着算盘，搜索着枯肠，于是加倍警惕了起来。

果然，火爷忽地弯下了腰，抱住了肚子，趑身往后院里跑去。掌柜的赶紧伸手，却也拦挡不住，只听见火爷苦楚地说：哎哟，吃得不合适，我去一趟茅厕，先把后门收拾紧凑，炉子上有茶，你们尽管随意吧。就在错身而过的那一霎，火爷紧急递出了一记眼色，朝后院努了努嘴，意思全在里面了。

掌柜的立刻会意，倒也并不着急，先烫了一只碗，丢进去一把春尖茶，注满开水之后，款款地奉给了客人。铁壶空了，掌柜的借口去打水，叮嘱客人自便，悠然地踱出了邮驿的门店，站在了后院里。廊檐下拴着一只大藏狗，乜斜了一眼，显然嗅见了味道，认出了表亲，竟也懒得去打招呼，叼起了一根干骨头，兀自欢实。掌柜的丢下铁壶，咳嗽了一两声，见无人应答，忙跑到了墙根下的茅厕，又寻了一遍公事房与灶房，阒无一人。这么着，掌柜的干笑了起来，嘀咕说：你个驴日的，老子今个天根本不是来索债的，我早就死了心，你晾下我也就罢了，但你不能冷淡了上海滩的客人，他可是吕县长的座上宾呀。倏忽间，掌柜的瞥见一旁的库房内似乎有异动，便脚不沾尘地奔了过去，踹开了门板，闪身入内。这个关节上，自薄暗中杀过来了一条人影，三七不问，从身后一把箍住了驿馆掌柜，哀告说：哎呀，好我的表哥，你现在落在了我的手上，你算是白捡了一条性命，等一下出了门，你赶紧去海藏寺里点香磕头吧。

不是旁人，这个货恰恰就是邮局长火爷。

空气中漾荡着一股陈腐的气息，加之门窗禁锢，味道也越发地糜烂不堪。待眼睛适应了之后，借着光线，掌柜的愕然发现，这间库房内码满了无数的邮品，大大小小的包袱卷叠床架屋，差不多有仰衬那么高。目光落在了地上，简直狼藉一片，邮品全被掏空了，各种撕烂的包袱皮任意丢弃着，几乎让人下不去脚。监守自盗，这个词就像一颗生铁的秤砣，突然掉进了驿馆掌柜的身体内，一时间不堪其重，骇然无比，双脚拼命地踢踏着，挣扎不休。火爷使出了浑身的蛮力，连抱带扛，将表哥强行放在窗下，摁坐在了一堆包袱上，火眼金睛地盯视着。盯了大半晌，掌柜的被盯毛了，求告说：你想干啥？杀人，还是灭口？你可不能胡来呀，姨娘就你这么一根独苗，还等着你养老送终呐。火爷突然抬手，将一记火辣辣的耳光，赏给了对方，切齿道：你个瞎怂，你的命现在就攥在我的手心里，还敢这么嘴硬！今个天你不对我下软话，那么明年的秋上，我就要去给你烧周年的纸。掌柜的被扇醒后，一把攀住了火爷的胳膊，疑难地问说：你这么给我下咒，我到底咋了么，你实话让我知道吧？渐渐地，火爷放下了满脸的威棱，蔑笑说：表哥，我干脆跟你做一桩买卖吧，这人世上没有白吃的饭，哪怕是街上的一个马路消息，有时候也胜过万贯家财。掌柜的一头疙瘩，凄凉地说：哎呀，我这么个孽障人，走路怕踩了蚂蚁，打个喷嚏，又怕吓坏了麻雀，这一世里没有功德，但我起码也不曾造孽，我的小命值不了一吊麻钱。火爷坦承道：本是一家人，关门好说话，表哥，你知道我的根底，我的心很野，所以这辈子手上太紧，一直也不宽裕，活得皱皱巴巴的。这些年，我前后借过你八十块大洋，不是不还，而是根本就还不上；今个天我豁出去了，跟你做一笔生意，你保自己的命，我销个人的债，从此两不相欠，你意下如何？这种骗子的说辞，贼人的勾当，让驿馆掌柜一下子炸毛了，仿佛站在了一座埋人的坑口，申斥道：呸，你的身子姓火，嘴脸却叫贼，你根本不是拮据，而是你五毒俱全，从来就不打算还钱。天良呀，我也是做小本生意的，穷家寒舍，这一辈子挣来的血汗钱，差不多全部填在了你这个窟窿眼里，你干脆送我一根绳子，一身老衣，送我上路吧。火爷摊开了两手，无辜地说：表哥，我这个邮局长，不过是担了一个鸡巴名，县府还欠着我三年半的薪俸，让我天天吃风拉屁、鸡皮蛙脸的，就算你现在宰了我，连皮带骨，肯定也卖不上一个好价钱。料知事情仍旧无果，掌柜的用目光逡巡了一圈，哀叹道：唉，你不光对亲戚们动手，你还给凉州人的眼睛里下蛆！谁都不容易呀，这一屋子千辛百难的邮品，统统被你私自扣下了，拆开了，盗走了值钱的东西，如今只剩下了这一地的龌龊。火爷诡笑道：表哥，这件事只有你知道，你最好在嘴上挂一把锁子，饿僧不饱，不如活埋，我现在对自己也没了信心，干脆刹不住车了。掌柜的郁愤道：狗屎，你这是自己害病，却让凉州人吃药，你就等着东窗事发，去城外的法场上喝一碗断头酒吧。不承想，火爷并不理会这一番肺腑的劝告，轻蔑地说：呵呵，现如今中原割据，军阀连年混战，大小邮路均不保险，十有八九是崩溃的局面；至于这些邮品最终的失踪，罪不在我，罪在这个国家。

　　转念一思想，掌柜的觉得话题跑偏了，倘若再偏下去，自己或许真有不测的可能，忙问：火娃子，你方才说做一桩生意，你想卖给我个什么？火爷答：情报，一句话的情报。情报？掌柜的愕然道。这么着，火爷肃穆了下来，悄语说：表哥，你的驿馆里埋着一颗炸雷，一桶子火油，你最好仔细个人的尺码，可千万别遭了旁人的暗算。哎呀，你说话说完，拉屎拉净，别让我哭上大半天，还不知道死的是谁。掌柜的也是慌了。火爷张看了一下周遭，一种寒冰般的瑟缩，降临在了他的身上，相告说：喏，就是外面坐着的那一尊上海阎王，他一旦炸了，万一着了，别说你区区一家驿馆，恐怕连你自己也会搭了进去，血本无归。听罢此话，掌柜的进一步断定，此乃火爷的讹诈之术，满口雌黄，无非是想赖掉那一笔欠账，还让人对他心生感念，于是蔑笑道：嗯，那么我问问你，凉州的天底下，除了天老爷最大，剩下的是谁说了算？火爷答：天下的衙门朝南开，当然是武威县府金口玉言了。掌柜的起身，掸了掸袖子上的灰尘，打算出门：这就对了，算你眼睛里还有水，这位上海滩的客人，原本就是吕县长安顿在驿馆里的，我一百个放心，你也专心去念你的阿弥陀佛，少操这门子闲心吧。见事有不欢，火爷举起了那一摞上海客人交付的信件，猛烈地晃了晃，告诫道：表哥，你脑子别吃屎了，你以为这是邮品么，这是字纸么，这是书信么？呸，实话说给你知道吧，此乃杀身的状子，找死的罪证；我可早就接到了他们的警告，最近天天坐在柜台旁，专等着这个龌龊鬼前来投邮，也好截获了这一批东西，坐实了他的死罪。拽门的手，就像被烙铁烫了一下，忽地收了回来，驿馆掌柜狐疑地问：咦，你的意思是说，有人盯住了吕县长的客人，在打他的算盘？见火爷点了点头，又追问道：他们，他们是谁？这一霎，火爷的表情中，仿佛埋藏着一种深渊般的恐惧，连连摆手：我不能说，也不敢说，倘若我现在开了口，明个一早，我八成就穿不上这一双鞋子了。掌柜的毕竟不甘，再想进一步打听时，却被火爷一巴掌捂住了口鼻，哀戚地说：哎哟，好我的表哥，你去操心个人的灶火吧，别在我的案板上分神！你最好寻上一个借口，赶紧撵他走，尽早离开你的驿馆；另外一个，咱们刚才的生意两讫了，以前的那些烂账一笔勾销。我的话只能到此为止。

恰在这时，院子里啪的一声，令人心惊肉棘，感觉不妙。火爷平素里也不是吃干饭的，闻听异状，忙丢下了表亲，一矬身子，闪出了门端。廊檐外，一块瓦叶子从库房的屋顶上摔了下来，碎在了地上，但是一无风，二无雨，事情便出现了坏的意思。火爷老练极了，并不曾纠结脚下的碎瓦，一个蹦子跑到了墙根下，果然瞭见那一只大藏狗口鼻出血，命在旦夕之间。火爷抓住了狗头，用一根铁钎子撬开了畜生的牙口，指头掏摸了半天，最终在喉咙一带，捉出来一疙瘩麻线团。麻线团油腻腻的，外表裹着一层老酥油，但是掰开之后，里头却有一撮不祥的粉末，颜色偏蓝。火爷扔下了狗头，在鞋帮子上擦净了手，偏头一问：表哥，我记得你属狗吧？掌柜的哑默着，瞭见瘫在地上的那条大藏狗，渐渐地丧失了声息，皮毛黑了下去，身子骨也变凉了，成了一条名副其实的死狗，便也不敢做声。火爷站了起来，径自朝邮驿铺子里走去，交代说：喏，这下子你该相信我了吧，这就是警告，说来就来。

站在柜台后头，火爷板下了表情，开始办理投邮的手续，却见上海客人已将凳子搬在了门外，一边打望着集市的街景，一边翻看着膝盖上的书本。驿馆掌柜真的怕了，一刻也不想再逗留，迅速踅出了铺子，接过了那一册书本，忙将客人揉进了铺子里。在明亮的日光下，武威城内沸腾不已，牛来马去，交错于道，市声热烈，带有一种鲜明的秋后的喜兴。这本书叫《中华最新形势图》，上海世界舆地学社发行，上虞屠思聪先生编撰。当然了，掌柜的也无心翻阅，趁着店内的说话声，慢慢地踱开后，消失在了人流当中，这才找到了一丝安全感。

火爷在碟子里注了一汪墨汁，膏了小楷墨笔，交给了对方，催他赶紧填写一份涉及邮品和个人身份的表格。客人趴在柜台上，无心可猜，只当这是一道官样的手续，一篇照例文章，煞是认真。火爷拿起一根抽子，驱打着空气中的苍蝇，颊脸上抽搐不休，似乎那只狗的突然被杀所带来的危险，此刻才真正爆发了出来。客人援管思索，只剩下了最后一栏，探问说：呃，至于我下一站的目的地，暂时不写了吧？因为我实在没有打算，只能走一步，看一步，信马由缰罢了。火爷却道：那可不行，这是邮驿的规定与章法，到了月底，还要报备给县警察局，我可不想去吃他们的惩戒，砸了自己谋生的这一只饭碗。这个理由无从反诘，乐见人好，彼此宽谅，客人抱着这一目的，仔细地琢磨着日后的行程，挑剔着方向，不免嘀咕说：唉，照目前这个样子下去，每到了一地，我都被架空了，不是车接车送，前呼后拥，便是宴饮笙歌，浮名缠身，这让我干脆接触不到下层的劳苦大众，听不见民间的肺腑，认不清山川金石，何其无辜哉。夫子自道，等于是老婆娘的裹脚布，没完没了。旁侧里，火爷耳食了这些琐碎的陈词，心思却像一地的鸡毛，恐惧之余，再次龌龊了起来。上海客人兀自道：呵呵，难怪这一次的西北之行笔力不逮，灵感枯竭，全无建树，想必原因皆在于此；我如今被困在了河西腹地，我不过是一只玩偶的角色，即便填写了下一站，也顶多就是旧戏重演罢了。火爷再也不堪其扰，呵斥道：哼，你一个拉屎的主子，还害怕被吃屎的拿住么？阁下，屁股是你的，终归是你说了算。客人眉头一挑，不解地问：仁兄你什么意思？在下愿闻其详。这么着，火爷改用了文明的腔调，相告说：阁下，腿长在你的身上，鞋穿在你的脚上，你要是真心想走，我偏就不信武威城四门关闭，整个凉州会绊住你。这一霎，客人的眼底里，突然有了一丛明晰的光亮，嘻然而乐，仿佛流落人间的齐天大圣，终于邂逅了取经的唐僧，款然道：邮局长，你的意思是金蝉脱壳，让我来一个不告而辞，就此挣脱了官厅的乌烟瘴气，获得一个大自在、一种无上清凉么？火爷手中的抽子甩偏了，脚下的鸡毛腾地飞了起来，一时间遮蔽了各自的表情。

待乱羽纷落后，上海客人已经填毕了最后一栏，递给了邮局长。火爷拿在手上，噘起嘴，吹干了上面的墨汁，瞭见下一个目的地乃是镇番县，而后取道北疆，经合黎山、龙首山与马鬃山一线，直扑敦煌沙州城和猩猩峡，最终落脚在口外的迪化。火爷将这一张表格折叠好，连同那一摞信件，仔细用一根束绳捆扎之后，方停下了手：呃，好走不送，今个天城里很热闹，你不妨去城隍庙一带转转，四喜班也在戏园子里开唱了，一年到头呀，凉州就数秋后的这一段最能活人了，你可千万别错过。客人木讷了半晌，讶异地问：回执呢？你总得给我一张盖着官印的回执吧，这是起码的手续。火爷一拍脑门子，咧笑道：哎哟，我这个猪脑子呀，真是让你见笑了。的确，佛凭香火官凭印，吕布凭的是方天画戟，这是人世上不可更改的道理；可偏偏不巧，邮驿的那个木头章子前几天开裂了，至今也不曾修好，所以我开具不了。就在客人犹疑之际，火爷绕过了柜台，将对方牵出了铺子，送到了街道上，释解说：等章子修好了，我亲自将回执送过去，驿馆掌柜是我的表亲，你刚才可都看见了。客人相信了这一点，挥手辞别，朝城隍庙的方向上而去，一袭长衫孤单而寂寥，有一种说不出来的苦涩。

事实上，在此后的几日，这个异乡人天天都要去邮驿里拜庙，一方面投寄新的信件，另一方面向火爷追讨回执，免不了争吵一番，却又彻底无果，空手而归。事发后，根据军地双方的一系列秘密调查，关于名著天下的国际观察家张翘楚先生，于凉州境内的一切活动轨迹，其实早在第一时间，就已经被擦得一干二净，无迹可寻。仿佛这个秋天渐起的罡风，势必要带走大地上的所有斑斓与生息，只留下一片残山剩水，去酝酿下一季的庄严和杀机。

此乃后话，暂且打住。

不远处，驿馆掌柜就藏在一家布匹店的窗后，左眼睛盯望着上海客人走失了，心中麻缠，却不想去追撵，右眼睛一道烟地跑过去，瞭见火爷钻进了邮驿的铺子，一些鸡毛飞出了门。半晌后，火爷挎着一个布包袱，贼兮兮地出来，匆匆上完了门板，挂上了打烊的招牌，离开了眼前喧闹的主街，蹚入了一条陋巷。俗话说，表亲是狗，翻脸就走，这个货果然不是一个善茬，或许身上揣着另外的机密吧。这么思忖着，驿馆掌柜不由得生出了一种闲心，拽开了手脚，立时尾了上去，开始了盯梢。约摸花了半个多时辰，拐过了流木巷、天公巷和羊市巷，从中华基督教会的门前走过，又穿过了探马巷，几乎是故意兜了一个大圈子，火爷这才停足在了中山路西段。行人稀少，街树丛密，柳条纷纷垂在了地上，仿佛两堵绿色的山墙，矗立于左右。这个关节上，一辆不起眼的麻布车轿驶了过来，火爷二话不讲，跳将上去，落下了帘子。车夫抽了一鞭子，辕马喷吐着鼻息，仿如一团团滚动的空气，奔向了武威城的北门。掌柜的险些被撞倒，趔趄了几下，恨意陡生，遂朝着车轿的方向啐了一口唾沫，发了几句恶咒。牙疼爆发了，这或许就是下咒的结果吧，掌柜的一面捂住腮帮子，一面加快脚步，跟上了目标。即将拐过中山路西段的东口时，出现了一座单门独院，墙头上布满了密密匝匝的铁丝网，一派结禁森严、拒人于外的气象。卧桥状的门首上，雕琢着一排排忍冬的枝条，簇拥着一行砖石色的汉字，大概一米见方，颜体，上下有致：军部办事处。

半路去瞧了大夫，上了药，牙疼稍微缓解后，掌柜的在午饭前后，回到了驿馆。上海客人也到了，提早了一步，刚刚拍净了肩膀和鞋面上的灰土，一点架子也没有，又举起了布抽子，替主人拍打再三。相问之下，原来一个去了城隍庙购买墨笔和纸，另一个却被牙病困扰，竟然在巴掌大的武威城内走失了，彼此惦记不已，于是相视而笑，似乎这是一桩人间美谈，值得往后的余生去回忆，去品咂。这一刻，请来的厨子已经在廊檐下支好了方桌，闻听客人回来后，抓紧端洗脸水，递手巾，又忙着去沏茶上菜。不料想，客人抽吸了几下鼻子，突然间目射精光，登时雀跃了起来，惊呼道：米，白米饭，这可是天外佳音呀。厨子简直被夸坏了，赤红了表情，一再绍介说，这是地道的河套大米，他托了不少的关系，从兰州城有名的悦宾楼里称了十斤，又在南门外等了整整一早上，最后才从一支过路的快马队手中，接获了此物。十斤呀，呵呵，这足够我吃上十天半月的，终于一解乡愁了。说着话，上海客人解开了长衫，打算回一趟客房，换上一身干净衣裳，然后再来大快朵颐，犒劳一番脏腑之间的广大馋虫。

令人错愕的是，明屋的门打开后，上海客人进去不久，突然一屁股坐在了门槛上，浑身颤栗，脸色惨白，就像刚刚从石灰池子里捞出来似的，无辜极了。一番喘息过后，客人方说：事情不妙，在下的照相机丢了，还有这一路上积攒的底稿，也统统丢了。闻听发生了失窃事件，几名伙计七嘴八舌的，纷纷撇清了自己。厨子也有旁证，那一袋子稀罕的白米即便不会开口，但也确凿无疑。掌柜的简直吓傻了，汗下如浆，刚打算替自己辩白时，却被对方阻止了。客人宽慰道：唉，不必多言了，那么精密的机器，就算塞在了你们手中，也只不过是一块顽石，一块铁疙瘩，这分明是冲着我来的，与尔等无关，大家千万不要自责。牙疼再次发作了，掌柜的躬身一揖，央告道：阁下，倘若有了龃牙，那得去看郎中，现在驿馆里发生了这么重大的祸端，如果不去警察局报案的话，我的这一张老脸真的没处放，我这一摊子苦哈哈的营生，恐怕也将名声不好。客人并不接茬，眼角上垂着一两滴泪水，语焉不详地说：呵呵，幸亏我手中的这一支笔还健在，我的精神不可剥夺，祁连山下才有我这一生最重要的文章，大不了舍身饲虎，求得一个金刚涅槃罢了。

到了下半天，那几碗白米饭丝毫未动，彻底馊掉了，霍去病驿馆内的悲切气氛，也渐渐地发酵开来。主仆们感觉罪孽深重，蹲在了墙根下，你一言，我一语，猜想着照相机究竟是一件什么东西，可最终也是歧议纷纷，达不成一致。事情见绝，掌柜的一时间没了退路，遂潦草地写就了一份自述状，于当日夜里，赶到了武威县警察局，亲自叩衙报官。

胡笳三十二节

　　日光灼灼，菊花兀自吐芳。
　　厨子过来后，将一壶新熬的茯茶，端在了桌案上，泼掉凉的，又准备添上烫的。絮叨了大半天，掌柜的赶紧停下了话头，面色紧张，似乎不愿意让八仙楼的厨子听见家丑，失笑了自己。茶壶里放了一把红枣，红枣卡住了壶嘴，怎么也沏不出来。厨子挽起了裤腿，蹲在一旁，仔细地收拾着。这一时，顾山农眯起了眼睛，瞭见厨子的小腿肚子上，有一块指甲皮大小的疤痕，颜色白亮，迥异于周围的肤色，相当扎眼。沏毕了茶，厨子走后，顾山农揶揄道：呵呵，留人小店，凭客吃饭，你这个当家的，方才口口声声说不能泄露了客人的私事，却又聒噪了这么半天，在这一点上，恕我不能苟同。掌柜的慌了，一把按住了访客的膝盖，哀告道：别走，求求你了，我刚才的那些碎嘴闲话，无非是想央求你，念在我的孽障上，尽快把这一尊神佛，这个上海先人请走吧，我当孙子当够了。见访客不松口，掌柜的又道：好我的姑舅哥，你拿的是县长大人的引荐信，至少你能说得上话，等一下张观察吵完架回来，你一定要替我膏个油，说和说和吧。
　　一念曹操，曹操便到，上海客人就像点卯似的，一阵风地进入了驿馆，身上不祥，令大家纷纷皱眉。
　　也不问是谁的茶碗，张观察端起来便喝，牛饮一气，一张江南人特有的五官，渐渐地舒展开来。喝毕了，张观察率直地说：不，今天没吵架，也吵不起来了，因为二缺一，火爷升天了。你说啥，邮局长咋了么？掌柜的厉声质问。张观察并不理睬一旁的陌生人，虽然顾山农一直挂着笑，似乎在打招呼，兀自道：太惨了！谁也不曾料到，火爷竟然用一根裤带，昨日晚间将自己吊死在了邮驿的库房内。我本来是去投邮的，去吵架的，但是步警队已经封锁了现场，队长张彝正在起赃，大大小小的赃墨，拉走了八九车之多，剩下的还正在清点当中呐。毕竟是表亲，掌柜的心生不忍，反诘道：哼，不可能！他那个货是什么成色，斤两如何，我比谁都清楚，你让他吃屎都可以，但是让他去寻死的话，他一定能连吃十泡屎，换取他的一条狗命。张观察空荒地说：呃，忘了告诉你，火爷虽然殒命在了一根裤带上，但他的嘴里塞满了鸡毛，这显然不是自杀，分明是有人不想让他活了，所以连夜制造了一个现场。这一霎，掌柜的大呼了一声姨娘，连滚带爬地奔向了后院，估计是去报丧了。

又饮了一碗茶汤，张观察的目光逡巡过来，停在了顾山农的鼻脸上，盯看了许久。

尊兄，你不必安慰我，你也帮不了我，趁着天色还亮，你尽快回家去吧，这好歹也算一面之缘，你起码可以交差了，客人道。这种败北的口气，心如死灰一般的坦率，堪比从祁连山的峰顶上伐下来的冰块，充斥着千年的寒凉，万世的冷漠。顾山农咂摸着这一道逐客令，肃穆地说：阁下，即便这一趟你有不少疙里疙瘩的地方，有时称心，有时不快，但是在下以为，那些磨折和隐痛，错不在凉州，错在目下的世道和人心，所以恳请阁下千万不要抱憾，事情一定会有转机的，我保证。张观察一拍桌子，惊叹道：呵呵，好一个凉州说客，眼光独具，舌灿莲花！你恐怕是吕介侯身边最会说话的同僚之一，应该也是偌大的武威城中，一个令人不敢小觑的角色吧？就算知道多余，可顾山农还是出于礼貌，掏出了那一封引荐信，不是奉给对方，而是款款地搁在了桌角上。果然，张观察懒得去瞄上一眼，目光迢递，完全笼盖在了访客的身上，须臾不离，就好像天梯山和敦煌窟子里的那些神妙佛像，无论你如何逃避，总归要被一种广大而慈悲的温情所注视。顾山农有点心虚，甚至怀疑自己的颊脸上不干不净，或许有一块脏污之处吧，举止难免僵硬了不少。半晌后，张观察又道：尊兄，我不会算命，更不会卖卜，但是我的直觉告诉我，你绝不是一只甘于平庸的燕雀，你的心中有鸿鹄之志，引而不发，金针深埋，整个中国西北的这一角，说不定就是你将来的道场，也是你清光大来的天地。

　　在这个秋日的下午，顾山农本是衔命而至，应了县长吕介侯的意外嘱托，前来料理一桩失窃的案件，却不承想，失主竟不以为然，化毒为药，公然拿自己做起了文章。羞怯也是顾山农的品格之一，倏忽间腺红了脸，慌忙抱拳，哀恳道：阁下，请容许山农言归正传、马前听命吧！你这样不吝辞藻，一味地给我戴高帽子，在下真是承受不住呀。张观察俨然是一介不羁之士，哗啦一声，打开了一把折扇，手中摇曳着，接续道：尊兄，我也是一个吃南北饭、走东西路的人，不敢说阅人无数，可基本的天人古今、程文墨卷，还是略知一二的。顾山农打眼望去，那一把白色的扇面上，笔飞墨舞地写着一行字，闻一知十，便也迅速了悟了对方颇为高涨的心气，以及那种不可褫夺的自负，只好一再地哑默下来，张开了耳朵。客人款然道：尊兄，所谓的项羽横戈、乌骓陷阵、阿瞒对酒、老骥伧怀、易水激昂、河梁慷慨、伊凉塞曲、敕勒铙歌，如此等等的先贤事迹，烈士篇章，依在下看来，大不了就是一碗陈年的老酒，虽然稀罕，却也寡淡无味了，该泼掉的时候，一定要当即泼掉，否则的话，你就难以远行。这些炽烈的教诲，热情的开示，令顾山农一时间开了锅，身心滚沸，情难自禁。然而，沉静又是顾山农一贯的本色，正欲开口，复又吞声，心知这不是一个可以任性的时刻，哪怕是一句辩白。这么着，顾山农仰看着廊檐下的客人，仿佛面对着一张黑板，内心却像一块河石似的，渐渐地掩埋了下去，悉心聆听。显然，张观察犹在兴头上，不肯罢席，截铁地说：尊兄，前朝黄仲则先生说，自嫌诗少幽燕气，故作冰天跃马行。今日有幸见到了你，我这一趟也算是不虚此行了。见对方抱拳施礼，顾山农讶异地起身，刚准备还礼时，却在那一把扇子的指示下，又乖乖地坐了下来。

　　这些亲爱如素识的话，犹如头顶上凉州的秋空，此刻泌下了一种悲深愿重的大心肠。

　　"尊兄，张某不才，此番从内地而来，现在有一事相托。"

　　"山农不敢，阁下尽管吩咐。"

　　"哦，多少鱼龙争变化，总归西北会风云！此乃元人杨载的诗句,在下深以为然。"张观察合上了扇子,立起身,抬望着屋脊之上透明的风,以及那一群风中凌乱的雀鸟,笃定地说,"这一角西北之地,虽说穷寒,虽说淹滞,虽说荒凉可掬,鹑衣百结,但是它的确恩养了日月,万变不穷,胸次超迈,大有遗世独立之志。倘若打一个比方,盖江南譬之美人韵士,西北则是烈夫侠客也。"扇子收了回来,一指脚下,又慨然道:"无疑,就在凉州的黄沙白草之下,在河西一线的旷原瀚海之间,埋藏着中国的最后一份元气,一捧精血,一种起死复生、难以拘执的勇气。目下,虽然中原已是一片残垣断壁,万事瓦裂,但是先进分子的目光,早已投向了这里;而我,只不过是一名等不到天亮的先锋官,专门来打前站了。"

顾山农攥住拳头,恳切道:"阁下的这一番擘画,已经撒豆成兵,种在了山农的心中。"

"不错,这正是尊兄的过人之处,你也是我在这一次的长旅中,邂逅的知音之一。"张观察在凳子上打开了随身带来的包袱卷,先是掏出来一摞信件,一块袖砚,几支墨笔,而后从窗台上拿来那本半新不旧的《中华最新形势图》,当场馈赠给了承平堡的当家人。干罢了这些,张观察释解下来,长吁了一口气,似乎这是一桩精心预谋的仪式,此刻终于落袋为安了。又叮嘱道:"尊兄,拜托你一定要善待这一片河山,这一角灵异之地,仔细地守住它,陶养它,千万不可伤精耕血,蔽亏日月,因为中国的将来肯定要启用河西一带,去培植一种胆量,灌输一口生气,攫取一份勇敢,也好给这个民族寻获一个实实在在的生机。"

"阁下,恕我冒昧。"

顾山农的内里虽然岩浆翻滚,但一种尖锐的警觉,就像麻袋里的锥子,突现而出。

"咦,尊兄不妨直言,在下听着就是了。"

"阁下刚才的那一席话,剖了肝胆,解了心肠,可谓是肺腑之言,用心良苦,山农真是受教了,心中着实地欢喜,这自然也是劣弟的贱造。"毕竟是头一次晤面,还连一个时辰也不到,但像对方这样的缘浅言深,口称莫逆,一步步地追索而来,顾山农身上的每一根汗毛,每一束神经，陡然逆反，似乎接获了一道烽烟警报，立刻收敛了，蜷曲住了，绝对不肯示人。顾山农哀告地说："阁下，凉州的地界上有千人万夫，其中也不乏栋梁之材、英武之辈。可是，可是你干么偏偏托付与我，又给了我如此大的开示，让我去荷担这样一种无法兑现的课业？真的，我难以答应你，我唯恐辜负了阁下的这一腔子美意。"

"我的直觉告诉了我。"答复道。

"不，直觉是靠不住的，尤其在凉州。"忆想起昨日晚夕，在文庙儒学院中的那一幕，顾山农便有了清晰的对策，款然道，"呵呵，我本来是说客的身份，前来拜访阁下，专程了解一下照相机失窃的细节，或许能帮上一点点小忙。不料想，阁下却反客为主，误把劈柴当作了良木，又将驽马看成了神骏，只怕阁下将来要对我失望的。"话说至此，顾山农既不允诺，亦不拒绝，好像占据了一处进退可守的要津，又进一步解脱地说："阁下刚才对我的那一番赞许，那一种抬衬，八成是吕县长的主意吧？的确，此等恩遇，如同再造，我改天抽个空，一定去县府里拜访他，当面道一个'谢'字。"

这一霎，张观察突然击掌，迭声喝彩："呵呵，顾山农果然不是一尊凡器。"

"夸奖的话，多说无益，阁下最好打住吧。"

"呵呵，你真是金鼓弦索的思辨，清高深隐的人物。"张观察一时雀跃，趋上前来，盯视着顾山农，嘻然地说，"快点，你快张开嘴巴，让我见识一下你的口舌，领教一番凉州说客特有的辩才吧，错过了今天的机会，我恐怕就要后悔一辈子的。"

顾山农登时慌了，一把捂住了自己的嘴，恼恨地说：

"阁下，休得无礼。"

"哎哟，你的小胡子可真漂亮，像一位电影明星呀。"张观察难以窥见对方的愤怒，也不曾理解那一声咆哮，相反却喜滋滋的，展颜一笑，"唉，可惜照相机丢了，否则的话，我乐意跟尊兄拍一张合影，留作纪念，也好在将来沦落天涯的那一刻，时常拿出来看看，记起凉州的这个秋天。"

"阁下，我只能替你做一件事。"

顾山农压住了怒火。

"咦？"

"我知道，这些天你跑了不少的冤枉路，屡次去武威邮驿投寄信件，但是官厅的效率一向懒散，无章无法，更是不保险。你方才又讲，邮局长也死了，邮驿最近肯定会关门停业的。"事实上，顾山农决定告辞，但县长吕介侯的那一番嘱托，必须要有一个简单的交代。这么着，顾山农拿起桌子上的一摞书信，抱住了那本《中华最新形势图》，相告道："阁下，我知道另一条邮路，不仅保险，还比较快捷，我这就去替你代办了吧。"

张观察敛住了表情："这话稀奇。难道在官厅之外，另有一种隐秘的运作？"

"急递社。"

"愿闻其详。"追问道。

"敦煌急递社，这是近几年以来崛起在河西一带的组织，与官方的邮驿别然两样，他们日行一千，夜走八百，打通了东西塞防，将货物和消息传递出去，激活了四郡两关之间的这一潭死水。"顾山农一面绍介着，一面站在了驿馆的门端外，发现上海客人的表情惊奇不定，充满了讶异与好奇。又道："不过，州官自己放火，却不允许民间点灯，河西四郡的官府少不了围剿和盘剥，但急递社却越挫越勇，筋骨劲强，他们的胳膊如今已经伸到了兰州城和西安城，甚至抵达了包头、绥远与平津一线，估计南京和上海，也在他们的生意范畴之内。在这一点上，急递社堪称一切民间贸易的典范，我也正在研判当中，深受裨益。"

"呃，按尊兄的口气，这是一支先进力量，我真想现在就走，去敦煌见识一遭。"

"告辞了，阁下留步。"躬身一揖。

"慢走。"

岂料，顾山农还没走出多远，张观察呱喊了一声，又簌簌簌地追撵上来，一把攀住了对方的胳膊。监院巷的石板街上，游走着一些形迹可疑的家伙，有的是货郎，有的是钉鞋匠，有的叫卖着杏皮水。墙根里的象棋摊子上，呼哧一下，站起来了七八条青壮汉子，纷纷扭头打望了过来，但也不曾有进一步的动作。顾山农心知，他们应该是王伯鱼旗下的马警队的便衣，如此严密地布防在霍去病驿馆周围，单单为了一个上海滩的客人，这其中必有蹊跷，大有文章。

"尊兄，你可慢待我了，我有点生气呀。"

顾山农忙问："这话咋讲？"

"呃，听吕县长绍介，好像在重阳节当日，尊兄将以承平堡的名义，在东北郊的沙山上，设立一座喝茶的坛场，武威城里现在也传遍了，纷纷翘首。"张观察口气含蓄，眉眼带笑，恳切地说，"在下心情急迫，只想去讨一杯茶，不知道有没有这份荣幸？"

"阁下不必客气，九月九日早上，一定会有一辆车轿来迎请大驾。"

截铁道。

胡笳三十三节

不是席卷而来，黄昏似水，其实是一滴一滴地降落在武威城中的。

先是头顶上的那一坨馒头云变了色，像外焦里嫩的烤馍馍片，喷吐着香气。接着，一群群归巢的雀鸟掠过，翅膀梢子忽地亮了，犹如一把撒上去的碎冰糖。末了，左右两侧的新旧屋瓦上，光斑烁闪，绵延不息，仿佛在烧红的铁锅里，丢下了一疙瘩猪油，等待着翻炒。凉州十万八千户，又迎来了一个充斥着油盐酱醋的平常夜晚。或许，因为在承平堡内禁闭了三年之久，加之前一阶段太过忙碌，此刻穿行于穷街陋巷当中，顾山农脚步高迈，竟而感觉到了一种久违的亲切，犹如邂逅了一个个天涯故人，内心唏嘘再三。黄昏垂降，暮色泛起，虽说肚子里嗷嗷乱叫，但一种清晰的饥饿感，又让顾山农倍觉精神，不吃也罢。

夜饭的时辰到了，紧跟着一层层暮色，人家院落的烟囱上，漾出了一股股黑烟。黑烟轻重不一，或者挂在头顶上，或者盘桓于膝盖左右，总之将这个秋夜的武威城，沉入在了墨池当中似的。对此，顾山农略有把握，心知那些轻浮的烟雾，大概是干燥的木柴带来的，而脚下一坨坨的乌云，多半是潮湿的麦草所致，上下有别。麦草是今年刚刚下来的，燃烧过后，居然蓬勃着一丝清冽的味道，仿佛吹散之后，便可以瞭见一案板的长面、花卷、馒头和锅盔，让人涎水横流，牙花子打颤。人间烟火，顾山农一边伶仃地走着，一边抽吸着鼻子，嗅闻着麦草的气息，突然一怔，脑海中浮现出了妻子达云的模样。哎呀，达云此刻吃了么？达云吃的是啥？达云是跟丫鬟们凑合了一顿，还是和挑肥拣瘦的弟弟惊白,又去下了馆子?因为忙于承平堡的开张,顾山农几乎忘了进城,忘了回家,差不多有十天半月,也不曾与妻子同床共寝了。这一霎,顾山农格外地想念了起来,七成在达云的身上,另外三成,则落实在了睡房的那一座大炕上,不由得浑身燥热,舌下生津。顾山农立刻决定,今晚夕不回承平堡,干脆去权家和妻子团聚,一定要说上大半夜的闲章,减缓一下长久以来积攒在心中的焦虑。

岸门街在南城根下,毗邻着一座道观,香火寥落,几近于坍塌。

可偏偏,敦煌急递社的快马游击们,在五年前瞅中了这里,将凉州分社搬迁至此,一切贸易照旧潜伏在水面之下,从不跟武威邮驿发生冲突,其他官厅也是睁眼闭眼,偶有一些半生不熟的生意往来。顾山农谙熟情况,一直往南奔去,专挑了一些偏僻的巷道,一心想在急递社打烊之前,将手中的这些书信投寄出去,尽快了结了上海客人的这一桩心事。离岸门街还有半里地,刚刚拐过县监狱十字时,一群苍蝇扑将过来,打搅了顾山农的思绪。右手的路口上,一名屠夫挥动着拂尘,一边驱赶着苍蝇,一边叫卖羊下水。灯光是蘸了火油的,虽然很呛,但是格外明亮。简易的摊位上,码满了羊头、羊心、羊肝、羊肺、羊肠和带毛的蹄子,血水横流,似乎是傍晚刚刚宰杀的,煞是新鲜。也不知出了什么故障,顾山农的脑子里,冷不丁地跳出了朱绣朱先生这个人,便三七不问,开口欲买。摊主问:要一件,还是一整副?平素里,顾山农从来不跟灶火油烟打交道,一下子被问住了,舌头也打了结似的。摊主做了介绍,可以单点,也可以组成一整副,心肝肺俱全,样样不差,懂得吃肉的主子,哪一件也不肯放过。朱先生最爱这一口了,别看他是读书人,一见了羊肉,即便不是斯文扫地,但那一种饕餮的吃相,类似于苦力和车夫之流,往往让人失笑不已。顾山农付了钱,干脆买了一整副,打算在急递社交办之后,特地去一趟朱先生家里,仔细赔个罪,献上这一副全套的下水,请求对方缓颊,请求谅解。反正,朱家跟权家并不太远,秋夜宜人,凉爽如幕,顾山农并不想辜负了这样的良辰。

买卖场上的事情,有时候也就这么邪性。本来还无人问津,眼看着就要撂荒的摊子，先是来了一个顾山农，忽然间，周围挤满了人，又是问价，又是挑拣，一下子红火得不行。摊主从案子下拿出来一只口袋状的羊胃囊，打开后，依次扔进去一只羊头，一套心肝肺，四只蹄子，另外还抓了一把滑腻腻的羊肠子，末了用一根细麻绳捆扎停当后，交给了顾客。血水滴答，气味恶劣，顾山农拎在了手上，讶异地说：店家，你好歹给我一个篮子吧，你这让我怎么走路呢？摊主摇头，去应付别的顾客了，答复说：哎呀，你小心身上，你那一副下水可是原配的，我挑得很认真，一家人要死也要死在一个开水锅里，不能脑袋姓了张，蹄子又姓了王。这句话太诡谲，充满了不祥，顾山农似乎咂摸出了一种警告，便不再多言，赶紧从挤挤挨挨的人群中趔了出来，掉头就走。

这一条巷子更窄，更加逼仄，宽不过一辆骡车，隔三岔五的，还堆满了胡基、砖瓦和一根根烂檩条。走了半程，顾山农的身子便斜了，夹着书本的左肩高，拎着一副下水的右肩低，却始终也不愿意换手，生怕弄脏了腋下的东西。羊下水越来越沉，就算是一只囫囵的活羊，也不会这么磨折人。顾山农刚要后悔，但是朱先生的一张颊脸浮现在了眼前，表情灰败，就像冬月里腌坏了的酸菜，又像一脚踩烂了的牛屎饼，整个拾掇不起来。星光下，顾山农兀自失笑开来，笑疼了肚子和肋巴，差一点撞在了围墙上，此后竟也不觉得手中累赘了。

那一日，在承平堡内，顾山农一口气签下了两单贸易，保价局尚未开张，便已见喜。

对方分别是从河套地区和乌鞘岭东麓的红城子驶来的百人驼队，这一趟押运的是貂皮、珠宝和东洋药材，规模巨大，准备去俄境与新疆一带贩卖。原本，这两支人马互不相识，毫无瓜葛，但是凉州像一块磁铁那般，将他们从远路上吸附了过来，于武威城外解鞍卸甲，整整温居了十一二天，哭诉无门，几乎到了解散的地步。顾山农摸清了大概，方才获知，河套的那一支取道北疆，昼伏夜行，前半程还颇为顺利，但是到了腾格里沙漠北缘的半腰子井一带后，却遭遇了鬼打墙，差一点全军覆灭。因为这一批货物代价昂贵，领房子放弃了南线，冒险选择了北疆的小径，无非是想逃税，避开各种税卡的骚扰与盘剥，以免落得一个血本无归的下场。休整了一天，驼队离开了半腰子井，进入了一片百里旷原，戈壁大滩，不料想，却陷落在了一座白骨阵当中。起初，领房子并没有意识到这些累累白骨所带来的警示，因为在这种赤天贫地、焦山渴水的环境下，即便发现了一具亡人的骸骨，那顶多也就是一段酸辛的故事，草草掩埋了事，借此给自己记上一件功德。但是，大牲口却不干了，一下子炸了群，驼工们花费了吐血的精力，好不容易揽回来之后，头驼再也不肯举步，仿佛那些白骨之下，不是炸雷，便是无边的泥淖。没了辙，驼队只有北上，复又南下，这才恍悟到整支队伍，其实已经钻进了一个口袋阵里，单等着对方来扎绳子，来做一次沉痛的结算。驼工们拾来了八九颗骆驼的大骷髅，领房子仔细地查看了一遍，惨白狰狞的头盖骨上，除了枪眼，就是刀斧砍削过的痕迹，一幕幕暴力的证据，令大家倒吸了几口凉气，裤裆里也都湿透了。这么着，驼队原路回撤，在半腰子井又邂逅了另一支从红城子驶来的商团，一搭里做伴，温居在了武威城外，只是干着急，没办法。

　　动弹不得，但每天的开销仍然巨大。就在两支驼队死了心，打算贱卖了全部货物，就地解散的当口，他们意外地听说了一对陌生的名字，一个是承平堡，另一个叫保价局。带着试探的心理，当然也是走投无路了，两位领房子一路打听，终于叩开了承平堡的大门，拜见了当家人，并在短短的半个时辰内，一拍即合，彼此签订了契约。事实上，这个口风恰是顾山农本人谋划的，承平堡的伙计们一人一张嘴，四处点火，八方传送，临时驻帐于道路一侧的庞大驼队，很快就捕获了这个消息，觅见了这个机会。根据协议，保价局独立承担了两支商队取道北疆、一路西行的安全责任，目的地签订在了猩猩峡外的哈密。让两位领房子大为困惑的是，在填写最为关键的佣金或抽成比例一栏时，顾山农的眉头竟然也不皱一下，慷慨地落墨了两个字：全免。佣金或抽成不光是一笔财富，更是一种磐石般的义务，一句誓约，死生亦不可撼动。顾山农始终蔼然着，殷勤地将客人们送出了大门，临上马之际，这才相告道：哎哟，你们才是我真正的贵人，你们从千里远的路上赶来，来给承平堡开张，替保价局披红，此乃小弟的贱造，我这一腔子的感激，说上三天三夜，恐怕也难以表达出万一。

当日，下半天的光景上，承平堡紧急派遣了一哨人马，迅速加入到了这两支驼队当中，于傍晚时分拔寨起营，指向了石羊河的方向。其实，在顾山农的全盘筹划中，佣金全免，或者说零抽成，也只是一种托词，一次试水。作为当家人，顾山农准确地料定，这一支业已拧成了一股绳子的华丽而煊赫的商队，一定会将承平堡和保价局的美名，撒播在北疆的路途上，传布给每一个迎面而来的行商坐贾，广闻天下。无疑，这是再多的银两，也难以换取的。

送别了客人，顾山农心情大好，踅入了南门，忽然间动念起意，就想去看看惊白。

角院的木门敞开着，慵懒的光线照彻下来，仿佛在头顶上新开了一扇天窗。这个时辰上，人最容易犯困打瞌睡了，显然不是念书的一刻，尤其对惊白这种猴子性格的少年来说。但是，顾山农很快便知道自己错了，错在了独裁，错在了以旧眼光视人，当即敛住了呼吸，提悬了步履，像一道影子似的，悄静地钻入了院子里。自打辞掉了弘毅乡学的学籍，弟弟惊白被圈禁在承平堡内这一座幽闭的角院后，人虽说沉默了不少，但贼性凿然不改，两只眼珠子时时刻刻地滴溜溜乱转，心思全然没放在课业上，手中的书本也不过是一个幌子。妻子达云却不这么看，一再遮护着弟弟，明贬暗褒地说：唉，你也是心急吃不了热豆腐，你指望着一只散养的孙猴子立刻归正，拴在你的链子上，戴上你的紧箍子，这还得一个磨合的过程吧。令顾山农稍感欣慰的一点，在于朱绣的勤勉与热心，风里来，雨里去，不仅亲自编纂了各门教材，还渐渐地将这一处院落，视为了他个人的舞台，悉心经营了起来。钉子，朱先生就是一根明晃晃的钉子。在顾山农的心目中，只要朱绣这一根钉子始终牢固着，不曾松懈，哪怕是猴子的本尊齐天大圣来了，也将被朱先生一指头摁在地上，难以翻身，不敢造次。

有一日，家里的丫鬟偷偷地来到角院，专给小少爷送吃食，不巧被少东主碰见了。顾山农不悦道：承平堡一视同仁，大灶上做了啥，惊白他就得吃啥，绝不能开小灶；你去告诉大小姐，下不为例，不可坏了规矩。丫鬟不惧，踮起了脚尖，附耳说：大小姐让我给你捎来了一句话，近些日子里，惊白没少在她的面前夸朱先生；可见呀，这师徒二人磨合得差不多了，关系也融洽了许多。闻听此话，顾山农一时语塞，毕竟喜悦压倒了长久以来的担忧，也就不再追究下去了。丫鬟嘴碎，又道：大小姐还说了，一根车轴的磨合，还需要时时膏油，况且是两个大活人呢，假如没有一点油汤辣水，隔三岔五地补一补的话，那么惊白念出来的书，恐怕也是无滋无味的。顾山农觉得在理，未曾防备，当即答应了此事，又交代给了廖逢节和张汲水，破例允许这个乖眉顺眼的丫鬟，从此拥有了在森严的承平堡内行走的身份。事实上，这名跑腿的丫鬟，不仅仅是达云的一个眼线，更是她钉在这座城池当中的第一根楔子。

角院中，惊白的诵读声清晰高亢，婉转入云，充满了一种少年人特有的韵律。

顾山农停在了那一扇日光开凿的天窗下，耳食着弟弟的声音，内里潮起了一股欣慰的波澜，倏忽间释然下来，觉得自己的一番苦心没有枉费，教化之功也不曾落空，这一手棋终于下对了地方，惊白好歹从颠顿与顽劣中醒悟了，现在尝到了念书的快乐，可谓是浪子回头金不换。那一刻，弟弟趺坐在蒲团上，匿身于廊檐撂下的一块阴凉里，背对着门端和少东主，沉浸其中。惊白偶尔翻翻膝头上的书，瞄上一两眼，而后牙茬子很硬，嗓门很亮，一段一段地背诵着，浑然不知身后的异状。听了大半晌，顾山农竟是一头的雾水，辨不清弟弟口中的子丑寅卯，也搞不懂惊白在修习什么样的高头讲章。耐着性子，又听了一阵子，顾山农再也忍不住了，趔进了那一片阴影，一把抓起了书本，只想问个究竟，探个底细。惊白瞭见了少东主，问了安，刚要抬屁股起身，却被顾山农一把按住了，停止了聒噪。

半晌后，顾山农翻完了书，潦草地掌握了一个大概，强行压住肚子里的怒火，佯笑道：呵呵，我见你每日起早摸黑，用功甚勤，琅琅书声，天天拂荡在承平堡的上空，这是一段少年人的好光阴呀，你一定要珍惜才是。呃，是这，哥恰巧路过角院，不妨扮演一回教书先生，我来问，你来答，你把刚才的这些内容，重新给我复述一遍吧。惊白仰看着哥哥，扑哧一笑，一副悉听尊便的样子，这更加惹火了少东主。

那好，现在开始吧，你告诉我，野兔子的干屎，在药草中叫个啥？顾山农发问道。惊白答复说：望月砂。顾山农又问：蝙蝠的干屎呢？惊白道：夜明砂。问：土灶里的灰，这又叫什么？答复说：伏龙肝。问：锅底上的灰？答：百草霜。问：老屋房梁上的灰呢？答：这个叫梁上尘。顿了顿，顾山农带着一份苦涩，再问：那你说说，麻雀的干屎，在中药里叫什么？惊白利索地回答：白丁香，名字叫白丁香。又问：牛粪叫个啥？答曰：牛粪叫百灵草。呃，那么马的干屎呢？追问道。继续答：马的干屎橛子叫白马通。嗯，鸽子的干屎呢？惊白恍惚了片刻，迅速给出了答案：叫左盘龙。

感觉受辱似的，顾山农啪的一下，将那本小楷誊抄、装帧简陋的小册子，猛地掷在了地上，又追过去一只脚，彻底踩烂了。惊白退缩在墙根里，靠在了那一扇永远锁闭的门板上，无辜地说：盖胡子，你吃了枪药么？这可是朱先生亲手编纂的。顾山农咆哮道：呸，你个贼疙瘩，你是拾粪的汉子，还是沤肥的把式？我和你姐天天供养你，让你吃的是干饭，可原来你的肚子里竟然揣着一堆堆屎尿，从不争气，那你刚才还摇什么头，做什么状，背什么书，你真是亏死了先人们！这一顿劈头盖脸的詈骂，无根无由的申斥，让惊白牙齿打架，浑身瑟缩，竟也寻不出一个狡辩的理由。顾山农仍不歇止，厉声数落道：哼，这人世上放着那么多的圣贤书本，道德文章，你不专心去求取，可偏偏念的是一些下三烂的东西，依我看，你现在是无药可救了。惊白鼓足了一丝勇气，反诘道：呔，你也别以大欺小了，明明是你顾山农害了病，却让我徐惊白来吃药，对着我撒气；我才不是一只猪尿脬，任由你随便踩蹦。一瞬时，顾山农明显地怔住了，压低了声嗓，询问说：我害病？我害的是啥病，你实话说知道？惶恐中，惊白瞭见对方的手松开了，渐渐地变成了一把蒲扇的形状，这要么是耳光的前奏，要么就是抽脖子的架势，于是三七不问，抄起了脚下的蒲团，一发狠地扔向了顾山农。

也不计后果如何，干完了这些，惊白掉转过身子，扑在了门板上，一边捶打着，一边杀猪般地呱喊道：哎呀呀，盖胡子要杀人了，承平堡马上要出命案了,天老爷你快点下凡来,收了姓顾的这个魔障吧。末了,惊白的嘴对准了一指宽的门缝,朝着黢黑一团的墓室,再次狂呼:爹,你也别瞌睡装死了,你老人家快从坟里头爬出来瞧瞧吧,你的招女婿疯了,权家的这个顶门杠子惊掉了,你赶紧主持一个公道吧。顾山农又气又笑,对此等恶人先告状的行径,却也是莫可奈何,攥紧的暴力之手,沮丧地垂了下去。趁着这个空隙,弟弟沿着墙根,发足狂奔,一道烟地逃出了角院的大门,消失不见了,让顾山农摇头不止,一味地叹息。

这个过程中,朱先生其实一直兀立在对面课堂的窗口内,冷眼目睹了这一切。

听见了咳嗽声,顾山农猛地回头,发现朱绣竟然在侧,突然间连耳朵根子也红透了,料想自己刚才的失态与粗暴,绝对像一张考试的卷子,交在了凉州总教的手上,被打了分,被下了评语,失去了辩白的可能。顾山农含了含胸,巴夕夕地喊了一声朱先生,却不承想,对方的表情突然扭曲了,变了形,犹如腌坏了的一缸酸菜,也好似一坨湿漉漉的牛粪,被狠狠地踩了几脚,飞溅开来。朱绣并未还礼,戳在了窗口内,艰涩地说:少东主,你是来问罪的,还是打算砸了这间小学堂,腾出这个小院子,让贩夫走卒之辈入住,去光大你的生意?顾山农立时抱拳,歉疚道:先生,山农绝无此意,更没有冒犯之心,我也就是恰巧路过,脑子一热,想抽查一下弟弟最近的学业,问问他有无长进,结果那个贼疙瘩张嘴干屎橛子,闭口粪汤尿水的,简直是离题万里,所以我就跟他争执了几句,请你务必不要挂怀。朱绣冷寂地说:道在屎溺,这一句话也是圣人讲下的,少东主可有耳闻?见对方点了点头,又接续道:呃,千万别小觑了这些日常的辞藻,也不必鄙夷;谁敢拍着腔子说,今天的粪土堆上,就长不出明日的鲜花?顾山农思忖,这一句话意有所指,倘若自己再去争辩,那无异于佛面剥金。如此一想,顾山农便也风止草偃、虚心下气了起来。

少东主,俗话说,是龙得盘着,是虎得卧着,惊白现如今出现了不错的苗头,我可真就担心什么人都过来插手,一巴掌会打灭他,一口气会吹垮他。隔着窗口,朱绣的眉头拧得很紧,仿佛一个绳子疙瘩，结满了忧心与哀怨，又道：是这，鉴于惊白刚刚盘下，刚刚卧好，我需要一段时日，我还想迫切地求得你的一种理解与谅解，所以思想了再三，在下也就不揣冒昧了，今个天愿意跟少东主达成一份默契，签下一个口头的约定。顾山农虚上一礼，心知总教大人的这一番肺腑之语，这一腔子的苦心，显然是为了经营弟弟，进而解除他和达云的拖累，便一迭声地应承了下来。这么着，朱绣颊脸上的那一个绳子疙瘩松动了，缓解了，仔细道：少东主，这一座角院虽说只有巴掌大小，也是整个承平堡的一部分，但是它别有洞天，五脏俱在，荷担了育化人心、教学相长的特殊使命，只恐怕将来跟你手中那些川流不息的贸易格格不入，也跟墙外的算盘声、骡马声与吆喝声迥然不同，所以，以小少爷为重，这里需要恬静、专注和浸淫，不得打扰。呵呵，在下也不怕得罪人，往后的日子，少东主最好就在门口止步吧，千万不要孟浪，跑进来打扰了眼前的这一派大好光阴，搅浑了这一池子的清水。假如你实在按捺不住，想见识一下惊白的课业，那就悄悄地站在门外头，简单地听上那么一耳朵，想必也就足矣。禁足令，顾山农当即判定，朱绣的这一套说辞，已经将承平堡和角院切割开来，一分为二，后者俨然成了一个独立王国，一座撒手而去的孤岛。不待对方有所反应，朱绣又决绝地说：另一个，至于那些教材么，统统出自在下之手，也是我凭着一生所学仔细编纂的，少东主你尽管放宽心，起码不要插手，最好不必过问。唉，我的意思就这些，少东主请便吧，你不抓紧出去，惊白也就不敢进来，这堂课才上了一半。

言毕，窗户啪的一下关闭了。顾山农的眼前，漾起了一团纷乱的灰尘，有点呛人。

悻悻然了半晌，顾山农几乎是退着出门的，退一步，便对着那扇窗口哈一下腰，仿佛一个对凉州犯下了深刻错误的罪人，也好像割水划地，订立了城下之盟，将这一方天地拱手相让了出去。当天夜里，顾山农还收到了一份诗稿，朱绣在一首题为《承平堡角院抒怀》的诗作中，替自己的这一番行径，做了有力的辩护。顾山农阅毕后，按着老习惯，心如止水地收集了起来，留作他用。

但是，从将来的角度上剖析，或许恰恰是因为这一天的让步，揭开了凉州重大悲剧的序幕，同时也埋下了一系列祸端的根苗，这犹如天意，也好似一盘不经意的棋局。自此，惊白这个形单影只的少年人，仿佛一条接近于干枯的鱼，被投进了石羊河，一只懵懂的幼虎，被放归了祁连山的密林当中。但是，在目下这个机关重重的秋天，顾山农自然一无所知。

逛出了窄巷子，周围豁然一亮，原来是一个岔路口。

没了力气，胳膊也好像不是自己的，顾山农将手中的羊下水，搁在一堆砖头上，审视着方向。岸门街不远了，甚至能瞭见火药局那一片尖耸的屋脊，但左首一条巷子，右首一条胡同，顾山农突感陌生，竟不知如何举步。恰在此时，一丛火光烁闪着，映照着岔路口一带。顾山农忙不迭地上前，发现在街角的背风处，两个要饭的一边烤手，一边翻拣着火堆中的洋芋蛋。火是虚的，落叶根本耐不住燃烧，洋芋疙瘩一下子外焦里生，这显然是新手干的，不像乞丐们应有的谋生手段。或许心急，也或许因为这一路上的疲累，饶是像顾山农这样心细如发的当家人，竟也忽视了眼前的不测，糊涂地偎了过去，蹲在火堆旁，搓摸着指头，烤起了火。二位姑舅，借你们的话，这岸门街怎么走？相问道。一名乞丐答复说：呃，那就看大掌柜要图什么了。顾山农夹紧了腋下的书信和《中华最新形势图》，笑说：唉，买卖上的事，真是一言难尽呀，我以前还认得路，今晚夕却走岔了。乞丐拨弄着火焰，令顾山农的五官清晰地浮现了出来，身份乍泄，确凿无疑，便回说：也是，一旦干上了生意，鸡叫了就出门，鬼叫了才回家，哪有像我们这些要饭的逍遥自在呀。聒噪了半天，顾山农不想听了，又问了一声岸门街的方位。这个关节上，另一名年长的乞丐剥开了烤洋芋，分给了顾山农一半，催他赶紧吃，也好驱驱身上的寒气。顾山农接在手上，犹豫再三，乞丐却不悦了，拉下脸说：哼，皇上还有穷亲戚呢，你这么看不起我俩，那你快走，你自己抬着鼻子去嗅岸门街吧。无奈之下，顾山农撕掉焦皮，咬下来一块洋芋，吞进了肚子里。

眨眼的工夫，一记逆嗝打了出来，裹挟着一丝药草味道，令口舌一紧。顾山农登时慌了，心知着了道，遭遇了黑手，却已是太迟，只感觉下盘沉重，仿佛吊挂着七八块磨盘，根本就站不起来。小乞丐一边咧笑，一边击掌：塌了，塌了塌了，麻药伺候了。大乞丐申斥道：瓜娃子，先让麻药发作一下，等老虎栽倒后，咱们再拾掇也不迟，小心他那一张上好的皮子，千万别剐破了。微明中，耳食了凉州地界上的这些黑话，顾山农当即断定：对方第一不是来取命的，因为杀人者往往无情而果决，一般用凶器说话，绝不拖泥带水；第二，他们也不是来请财神，专门绑架自己的。承平堡尚未开张，财力有限，一切也还不曾显山露水，武威城里的豪门强族、缨鼎人家多了去了，轮也轮不到他顾山农的头上。不错，这么一思想，顾山农便释然了不少，怪只怪他个人，偏偏不走亮路，挑了这一条险径，也活该倒霉吧。盯望着那两个邋遢而鬼祟的贼人，顾山农提住了一口气，哀恳地说：姑舅哥，我身上的大洋，有少没多，请二位全部笑纳了去，只拜托你们鹞子翻身后，喊一辆马车进来，也好送我回家。乞丐们咯咯咯地失笑着，牙花子上布满了一种血腥色，并不急于动手。顾山农又道：两位好汉，人心都是肉长的，念在我家中还有七老八十的爹娘，有几个吃奶的碎娃娃，这次就饶过我吧，倘若日后另有见面的缘分，我再报答你们也不迟。如此卑微的求告，下跪似的恳请，全然出自一个人的求生本能，这在顾山农的生涯中，仅此一回，也必将引以为耻。

渐渐地，麻药持续而凶猛地发作了，顾山农终于支撑不住，一屁股跌坐在地上，险些摔成了一堆烂泥。虽说意识还在，但浑身的力气却被一根一根地抽走了，顾山农犹如一座空虚的炉膛，开始黯淡了下去。最为诡谲的一幕发生了，迎合着贼人们的情绪，顾山农竟也大张旗鼓地笑出了声，笑得一没心，二没肺，笑得像一头脱缰之后的大牲口，再也收煞不住了。

瞭见火候已到，两名乞丐突然站起来，扔掉了吃食，除下了身上要饭的衣裳，露出了各自精干而危险的样子，直扑过来，叉住了顾山农的左右两臂。这一霎，顾山农仍在发笑，无助而踉跄的声音，让他似乎站在了悬崖边上，进一步碎尸万段，退一步则由不得自己，只有乏力地挣扎着，待宰的困兽一般。但是，冥想中的这一桩杀戮并没有发生，就在顾山农的双臂被架空的时候，腋下的《中华最新形势图》，以及上海客人的那一摞子书信，突然滑脱下来，掉在了地上。喏，东西都在，全部囫囵着，咱们这就撤吧？碎贼拾起了那些书信，拍打一番，探问道。年长的贼人追问说：一件不少，一样不缺么？碎贼点了点头，拧出了一记响指，率先拔脚离开。这么着，两条黑影一前一后，逃出了岔路口一带的火光，迅速消失了。

顾山农就像一截未被烧毁的木头，浑身冒着烟，颓坐在地上，残山剩水地痴笑着，越发地虚弱了。拼着最后一丝清醒，顾山农料定，对方的目标不是自己，也不是身上的钱财，国际观察家张翘楚托付的那些书信，才是引火的纸捻，也是落井的石头，难怪他会遭此一劫，险些丢了性命。侥幸逃生，一种说不出来的快慰，突然涌集在了顾山农的内里当中，汁水四溅。的确，这不过是麻药，又不是夺命的砒霜和水银，只要它的药效一过，自己还有指望，明日一早，也还能穿住这一双鞋子。自救开始了，这是第一急迫的事情，顾山农将两根指头塞进了咽喉里，拼命地掏挖着，只想引发一场剧烈的恶心，赶紧将麻药吐出来，吐个干净。

但是，恶心就像一位稀客，哪怕盼得人眼睛里哭出了血，一直也没有消息。

狗屎，狗屎最好了，狗屎就可以办到。这一霎，一个尖锐的念头，猛地占据了顾山农的脑海，让他忙不迭地趴在地上，四处寻摸着。平素里，牛粪、马粪和羊粪很快就被拾走了，武威城里狗屎遍地，但眼前的这个岔路口，似乎被人下过咒，也或者附近住了一介樊哙，吓破了狗胆，顾山农竟然一无所获。药劲持续着，盘踞在身上，此刻唯有一吐为快，将肝肠和肺腑统统地晾出来，晾在这一片战抖的夜空下，方才有救。昏黑中，顾山农着实不甘，再次撑起了臂膀，拖行着这一具肉身子，找遍了周围，希望又一次落空了。天老爷，你就发个慈悲心，扔下来一坨狗屎，一根干屎橛子吧，让我嚼了，吞了，咽了，狠狠地恶心上一场，再论生死，我也就知足了，认命了。这么哀告着，内里轰鸣不止，但顾山农几乎说不出一句话来，牙齿咬住了最后一丝精神，又往前爬行。

终于，在一群苍蝇的提醒下，顾山农发现了那一副羊下水，一把从砖堆上扯拽下来,眸子突然间亮了。解掉了束绳,松开了那一只沉甸甸的胃囊,血水漫流开来,一阵膻腥的恶臭犹如一把戒尺,三七不问,悉数搋在了顾山农的颊脸上,打得他一阵子趔趄,靠在了砖堆上,这才稳静了下来。恶心,这个关节上,恶心就像一个难缠的主子,半天也不来光顾,更不垂怜。顾山农真是疯了,将一个胳膊塞进去,胡乱搅拌了几下,首先摸出来了一只羊蹄,又抓住了羊头,但是一概啃不动,也不够恶心人。没了辙,顾山农抓住了一叶羊肺,用牙齿撕下来一疙瘩肉,咀嚼了半天,咽是咽了下去,却感觉很空虚,如同吃掉了一团湿棉花似的,无滋无味。羊心比较硬,牙齿在上面打滑,干脆找不见一个下嘴的地方。不过,顾山农的舌头很快就发现了切开的血管,拼命吸食了几口,羊心抽搐着,淤积在里面的血水,黏稠地漫过了他的舌面,但最终也没有引发一场大面积的逆反,似乎这些腌臜还不够劲。此刻,黑乎乎的胃囊中,一半是血水,另一半则是羊肠子。顾山农将其搁在了腿面上,不住地叨念着,再一次乞求恶心的眷顾。

羊是新宰下的,所以肠子里的粪汤仍旧温热,不仅腻滑,似乎还在蠕动。顾山农找见了一根肠头,叼在嘴中,贪婪地吸吮了起来。一股股稀稠参半的粪水,灌在了他的口腔内,有点扎嘴,也有些苦咸,仿佛带着芒刺与黄连的气息。舌头开始做主了。舌头突然变成了一只笊篱,将尚未消化干净的根须、茎叶和草籽,仔细地打捞了出来,再将渗流而下的粪汤,一股脑地交给了咽喉。于是,喉咙接手后,一夫当关,万夫莫敢不从,只需要寸尺之力,嗓子眼怦然一紧,便能将这些秽物打发在阎王殿当中。奇迹出现了,这个傍晚先后喝下去的各种液体,足足有半条石羊河之多,顾山农觉得自己这一座颓丧的堤坝,再也承受不住了,随时都有垮塌和崩溃的可能。天呐,主子来了,主子就是恶心,犹如一块馊掉的板油,发霉的鞋底,腋窝下的狐臭,晒了一夏天的茅厕,老妇人的裹脚布,纷纷奔涌而至,攫住了这个潜然不已的倒霉鬼,让他一败涂地,毫无招架之力。这么着,顾山农再也憋不住了,偏过头去,洞开了喉咙,一匹污浊的长练飞射出来,挂在了武威城的夜空下。

吐了大半响,终于消停了下来,顾山农仿佛一条被踩扁的皮口袋，干瘪极了，疲倦极了，也空虚极了。在幽冥的天光下，顾山农错觉丛生，甚至觉得自己就像一座灾年中的粮仓，被劫掠一空，心脏挂在了身后的墙头上，肺叶扔在脚下，肝胆被抛在了附近人家的屋脊上，至于那些肠肠肚肚的下水，恐怕将在天明之际，被一个拾粪的老汉扫进背篓，带去郊外沤肥了。天老爷，这一世的热身子，包括种种星灭无常的念想、野心与作为，难道就这么交代了，报销了，泯然于凉州这一块修罗之地么？这一刻，顾山农的手摸见了死羊头，匆忙搂在了怀中，贴住了羊脸，揪住了长耳，俨然对方是此生中唯一的伴当，换帖的兄弟。恓惶中，顾山农骇然地发现，自己跟这一只大羯羊没有两样，生来顺受，死也从命，其实毫无选择。倘若有一点点区别的话，那么作为承平堡的当家人，一干弟兄们的主心骨和头羊，去挨第一刀子，去领受第一份宿命，这才是他真正紧迫的课业。

但是，罪孽还不曾完结，顾山农的舌头麻酥酥的，又喷发出了一阵狂笑。或许，恰恰是这一种放荡无羁的情绪，掩盖了令顾山农终生引以为耻的吃粪行径，也让他慢慢地拾起了体面，修复了自尊，在接下来的场合中蒙混过关，恍惚觉得一了百了。事实上，这个秋夜并不曾赦免承平堡的主人，因为一枚致命的种子已经埋下了，这将带来一系列的连锁反应，引爆整个凉州。

胡笳三十四节

夜空似釜，覆于头顶。

就在顾山农瘆人的狂笑声中，一匹筋存怒脉的大马，出现在了岔路口，蹄声踢踏。承平堡未来的悍将张汲水手执一支炬火，矗在马脊上，大喊了一声少东主。顾山农举目望去，瞭见七八条黑影，仿佛流星一般地散开后，锁住了各个出口。见顾山农兀自在笑，张汲水滚鞍下马，将炬火照了过来，发现主子安然无恙，便一下子释然了。

打开马褡子，拿出水囊，拔掉了塞子，张汲水将一股清流浇在了顾山农的头上。清水漫流而下，犹如佛赐的甘露，来得太及时了，终于让顾山农止住了狂笑，抓紧搓洗一番，五官渐渐地清晰了起来。不过，谁也逃不脱飞行游击的鹰眼，张汲水当即料定，少东主站不起来了，这多半是药效未散，一直拿住了他，所以才如此狼狈。碍于手下人在场，张汲水不便说破，慌忙扔掉了水囊，沿着针脚线，将顾山农的衣裳统统撕扯下来，又脱下他自己的罩衣，换在了对方身上。消停了片刻，顾山农抬望着广袤的夜空，泪水婆娑，一种获救的快慰，好像退潮之后的礁石，横亘于心头。

"咦，怎么是你？"平静地问。

"回少东主的话，我前头去驿馆里接你，听说你朝南门上走了，这才追了过来。哎呀，真是天老爷开眼，幸亏我来得及时，否则就要大祸临头了。"炬火不停地炸裂着，显然是蘸了火油的缘故，令眼前亮如白昼。这时，张汲水打了一声唿哨，但见那一匹大马簌簌而来，身后的一根铁链子上，竟然拴着那两名贼人，却已经是血肉模糊，奄奄一息了。游击又道："少东主，这两个狗日的刚才冒犯了你，是杀是剐，现在就听凭你的发落吧。对了，我的金斧头除了你，其他人我可是六亲不认。"

如此血腥的惨状，令顾山农心下大骇："快，快放开他们，让站起来说话。"

"可惜了，他们现在是狗，只能趴下。"

顾山农一怔。

"呃，他们原本一人有两块膝盖骨，总共是四块膝盖骨，我刚才用斧头全部敲碎了，另外还挑断了他们的脚筋，就差掰下那一嘴的狗牙了。"游击的话既不像邀功，也没有丝毫炫耀的成分，一直冷冰冰的，仿佛在提及一桩祁连山里狩猎的旧事。又催促道："少东主，时候不早了，你赶紧发话吧，咱们料理完这些泼烦事，必须立刻出城。"

"放肆，你这是给在下抹黑，陷承平堡于大不义。"申斥道。

"少东主，你别天真，也别太轻信了，人家把刀子横在了你的脖颈子上，打算取你的性命，夺你的光阴，你难道还要感激不成么？"游击的态度空前强硬，一扫在承平堡里的顺从与谦和，他显然被仇恨激怒了，从口袋里摸出来一只药囊，递给了顾山农。后者不识此物，目光询问了过去，但张汲水并未作答，一把薅住了地上的那个小贼，像拖死狗似的，将他拽过来，掼在了顾山农的脚下，呵斥道："狗日的，你告诉少东主，这是个啥？"

小贼就像一根蛆，在地上蠕动着，半天也不吱声。张汲水受到了挑衅，揪住他的头发，将那一张可恶的嘴脸，送至顾山农的面前，再次喝问道：

"药囊里是啥？"
"桃花水。"
断喝道："大声说，说清楚一些。"
"桃花水，北疆的桃花水。"

闻听此言，顾山农突然僵住了，丢了三魂，失了六魄，刚刚积攒起来的一些精神，转瞬成空。桃花水并不是液体，而是一种无色无味的粉末，乃是北疆和俄境一带的超级盗马集团才能掌握的秘方，一般人只闻其名，无缘得见。据说，像马和骆驼这样的大牲口，一旦误食了桃花水，立刻变得比兔子还乖，比老鼠还胆小。盗马贼指东，它们绝不敢往西，一路雀跃着，离开了驻地，星散于四野八荒之中，踪迹皆无。又传说，那些不幸被桃花水拿住了的大牲口，不仅毫无痛苦之色，相反却表现出了一种二流子的风格，相互讥笑、打骂和排挤，自己被卖了，竟然还帮着贼人们数钱。作为承平堡的当家人，顾山农肯定耳食过这一种令人闻风丧胆的邪药，但是千猜万想，竟也料不到他自己的这一具热身子，居然遭此毒手，陷入在了生死一刻的境地。药效的余绪仍在，失笑又开始了，顾山农笑得七零八落，声音仿佛轰上天去的一群野鸽子，没有缘由，也没有头绪。这一回的笑声是自己跑出来的，好像它长了腿，被桃花水追撵着，由不得顾山农做主。张汲水害怕极了，摸了摸少东主的额头，一不发烧，二不出汗，但他诡谲而恐怖的表情，一定是被某种东西攫取了，难以脱身。这个关节上，游击忆想起了一种叫魂的古老把戏，目光趸摸了一圈，恰巧找见了一件现成的祭品。

"告诉我，你们是哪条路上的？"

小贼哑默着。

"那么，这一包桃花水，你们又是从哪里得到的？"张汲水卡住了小贼的脖颈子，将这一颗脑袋，再次送到了少东主的跟前。又道："你们提前踩了点，一路跟踪，又在这里秘密设伏，专门劫杀我的东家，你们在给谁当狗，受了谁的指使？"

岂料，这个小贼翻了翻白眼，牙齿很硬，坚不吐口。

"也好，那你只告诉我一句，你们今晚夕在何处落脚？"

"日能的，休想。"

一记铁拳砸下去，小贼栽倒在了地上。

在苍凉而瘆人的笑声中，顾山农惊讶地瞭见，自己的手中突然多了一把斧头，金斧头。不错，这正是飞行游击的贴身武器，像一个巴掌大小，刃口锋利，手柄上包裹着一层铜皮，由于常年的摩挲，简直比金块还灿烂。斧头是游击强行塞过来的，顾山农不想接，但腕子已经被张汲水攥住了，忽地举在了半空中。小贼并不打算求饶，待张汲水几乎丧失了耐心，问到最后一遍时，他突然喷出了一口血痰，令游击的颊脸上,登时开了一座染坊。呵呵,这个驴日的,他在给老子洒甘露呐。张汲水揶揄了一声,和顾山农一道,将斧头劈了下去。

其实,斧头在空中变了轨,走了样。由于顾山农的茫然与分神,斧头并没有砸在天灵盖上,成全了这一件祭品,而是一路下滑,劈向了对方的太阳穴。这一霎,顾山农眼睁睁地瞭见,小贼的整张脸被砍削了下来,仿佛热刀子切酥油似的,软弱地掉在了脚下。笑声止住了,或者说,死亡犹如一团乱麻,堵在了顾山农的嗓眼中,哪怕是像桃花水这样的猛药,也难以让他再次发出声音。在炽烈的炬火映照下,那一张被砍下来的五官清晰可见,眼珠子紧绷,口鼻扭曲,左右两侧的咬筋一直在抽搐。顾山农曾经有过在凉州四喜班的戏剧生涯,恍惚觉得,刚才的这一幕可能来自祁连山一带,像极了那些游牧部落的土著傩戏。但是,事情很快就被坐实了,死亡像一记闷棍,同样击打在了这名当家人的头上,让他知道这一切祸逐名起,罪无可逭,只不过才刚刚开始。

那个小贼摇曳了几下,忽然捧住了颊脸(假如他还有颊脸的话),血水从指缝中淌下来,成群的苍蝇扑了上去。既没有喊疼,也不曾求饶,在顾山农错愕与惊惧的目光中,小贼蹒跚了几步,而后一头跌倒在火堆里,将自己当成了一颗烤洋芋。另一厢,那个年纪颇大的家伙发觉事情突变,一切已是末路,便绝望地趴在地上,朝着虚空里磕下了三个头,又从单靴中抽出来一把匕首,攮在了他的心口上,顷刻毙命。

"少东主,咱们一起杀了人。"

"天呐。"

顾山农呼号道。

"不,杀的不是人,杀的是畜生。"张汲水兴奋坏了,捡起地上的斧头,用一角衣襟擦净了血水,明晃晃地别在了腰后,又道,"少东主,按着我们北疆游击的铁律,只有在一起杀过人的伙计,才能称得上生死伴当,也才是这一世里的金兰兄弟。我不敢僭越,更不敢高攀,但是为了少东主你的安危,宰了这一两个蟊贼,我也愿意一个人去大闹公堂。"

"天呐，他们也是爹娘的儿子，刚才还浑身发烫，现在却凉了。"

"呵呵，假如我迟来一步的话，身子骨变凉的就是少东主你。"游击的激动显而易见，聒噪道，"实话说吧，我可不想在开张之前，承平堡里先搭起一座灵堂，做七天七夜的水陆道场，我讨厌和尚与道士，我讨厌极了。"

"但是，这该如何收场呀？"

"这个简单，你不必操心。呃，等少东主离开后，弟兄们会连夜将这两具尸身子偷运出城，埋在郊外的荒滩里。凉州的地界上，根本不会留下他们一毫的痕迹。"

张汲水边说，边用下巴示意了一番周遭。顾山农打眼望去，那七八条黑影，仍旧设伏在墙角旮旯里，将这一处路口，围成了铁桶一般。无疑，这些人乃是张汲水的手下，自然也是承平堡的子弟。倏忽间，顾山农突然有了一种再世为人的感觉。仰看着城头上的夜空，以及慢慢升起来的那一牙新月，一股温热的暖流，涌集在了他的内里当中。但是，顾山农沉静似水的性格犹在，金沙深埋的秉性未改，几句感念的话已到了嘴边，却又吞了下去，只字不出。这个关节上，张汲水抱拳一揖，恳切道：

"少东主，我有一事相告，还请你宽谅。"

顾山农盯视着对方。

"是这，为了承平堡的将来着想，也为了家里几十口子人的饭碗，我斗胆做主，先斩后奏了。"游击的谦恭与实在，令顾山农暗自赞许，又闻听对方说，"少东主，从明日天亮开始，不管你走到哪里，身处何方，我保证你的一双眼睛能看见的方圆之内，一定会有承平堡的护卫，也有保价局的兄弟，昼夜不舍地跟随你。俗话讲，防人之心不可无，这是迫不得已的手段，我只好擅自做主，出此下策。"

"哼，你这是在表功呀，还是在讨好我？"顾山农大怒。

"人心险恶，世道奸诈，咱们不得不防啊。"

"呃，生人造物的天公知道，我姓顾的从不亏人，也对得起这一颗良心。"

"小心能走天下，大意寸步难行。承平堡一旦开张，少东主你马上就要热闹了，不是你求人，而是人们泼烦你，难保这其中没有颠三倒四的虎狼之辈，来动你的香头子。"

顾山农知道自己被号了脉，沮丧地说："多虑了，这件事没那么灾难。"

"实话说，我已经大整旗枪了。"

"天良在上，你这是在逼宫，在要挟，强行让我点头允肯罢了。"

一旦动了气，情绪上便有了落差，桃花水带来的那一种无助与绝望，让顾山农尖锐地感觉到，他自己仍在困境当中，像豆腐一样软弱，像蝼蚁一般卑微，等待援手，也亟需一番有力的护持。这么着，承平堡的当家人语焉不详，回避了游击的建议，仓皇道：

"哎呀，我可真该死，我忘了一件要命的事。"

"少东主，恐怕是那些书信吧，我刚才搜身缴获的？"

"对，正是它们。我方才揪心极了，唯恐那一摞书信被两个乱贼点了火，付之一炬，辜负了张观察的一番托付，日后难以相见，这下子好了。"快慰道。

"一共七封？"

"七封。"

这一霎，瞥见游击从马褡子里，捧出了那些失而复得的信件，顾山农竟不敢触摸，生怕弄脏了，赶紧告知了岸门街敦煌急递社的地址，催促张汲水立刻派一介得力的人手，务必在当晚投寄出去，不得耽误。很快，游击就办妥了，从街口一带簌簌簌地跑了回来，刚要蹲下说话时，却不承想，顾山农再次发作，玉山颓倒，整个身体歪向了一侧。张汲水一个蹦子跳将过去，张开了臂膀，将少东主揽在了怀中，尖声喊了几嗓子，不外是北疆地区叫魂的把戏。

"快放下我，你现在抓紧去一趟驿馆，盯住那个厨子。"

游击不解："干啥？"

"呃，那个厨子是驿馆临时雇来的，他一定不简单，我估计答案就在他的身上。"在即将昏厥之际，顾山农拼着最后一丝澄明的意识，仔细交代说，"他的腿肚子上看似有一块伤疤，实则是枪眼。一个厨子平时在灶火柴烟当中，哪里来的枪眼，你最好长个脑子吧。"

"这并不稀罕，我身上的枪眼多的是。"

说着话，游击就要挽裤腿，却被粗暴地制止住了。

"十有八九，那个贼就是一个密探，跟新城大营的革命军有瓜葛，也说不定他本人就是一介扛枪吃粮的角色，你切莫大意。"顾山农疲倦极了，脑袋耷拉在张汲水的肩胛上，低声悄语，如此这般地吩咐了一番。又道："总之，假如是那个厨子下的手，窃走了照相机，恐怕他还来不及转移赃墨，这恰巧是一个机会，我要兑现诺言。"

"嗯，我似乎有点明白了，这两个要饭的家伙，目标并不是少东主你。"

"你快走，你把我放下来。"申斥道。

这个关节上，张汲水突然侧转身子，将顾山农扛在了脊背上，呼哧而起，掉头北向，一道烟地离开了这个岔路口。在狂乱的颠簸中，顾山农犹如一块麻袋片子，上下起伏，五脏之间翻江倒海，感觉浑身的骨骼已经碎了，彻底碎了。终于，一股股腥臭而热辣的秽物涌上了喉咙，顾山农一连迭地张嘴，居然悉数喷溅在了张汲水的脖颈子和头上。

"送我回家，把我交给大小姐。"哀告道。

"不。"

"要么出城，回承平堡。"

"少东主，我这就带你去见梅郎中。"游击截铁道。

大概在亥时左右，这个叫牛绳街的岔路口，响起了一两声咳嗽。

咳嗽声是从东侧的一片屋瓦上滑下来的。紧接着，一个黑影也滑了下来，站在墙头上，又屈膝跳将下来。借着稀薄的星光，以及武威城头上的那一牙新月，这个人解开裤带，用一泡长尿，浇灭了地上的火堆。目下，那两具死尸的确被带走了，或许已经秘密出了城，送到了郊外的旷原干滩上，但是这一切都过于仓促，手段也相当粗糙，留下了诸多可疑的线索。于是，这个缜密的人掏出来一把匕首，将那一副羊下水全部切碎后，这里一把，那里一撮，抛撒在了岔路口一带。末了，又将大羯羊胃囊中剩余的一些血水，星星点点地洒在了围墙和地上，彻底混淆了夜晚的空气，这才罢手。

一时间，浓烈的膻腥味弥漫在空气中，好像附近的某户人家明天过事，刚刚宰了牲似的。

临离开前，这个人忽然弯腰，从地上拾起来一册书籍，赶紧摸出了火柴，擦亮了。《中华最新形势图》，可惜的是，封皮上竟然有几个湿漉漉的鞋印，真是糟践了字纸。这么着，这个人一面熄灭火光，一面将书本揣在身上，拔脚离开，火速撤离了牛绳街。

就在吹灭火柴的一瞬，管家廖逢节的那一张嘴脸，清晰地浮现了出来。

胡笳三十五节

借助于那种特制的木梯，宾主双方登上了沙山之巅，站在了蒙古式的主帐门前。

川原平旷之间，从俄境一带，从蒙古方向上吹来的秋风，被浣洗一新，犹如一件清凉的罩衫，披在了张观察的身上，格外惬意。日头当空，光芒穿梭，脚下这一片广大的瀚海虚实不定，起伏有序，泛滥着一种金箔似的色泽。先时，这个异乡人微微出了一身轻汗，让他始料不及的是，竟然眨眼之间就干透了，松快了，仿佛天地慈悲，赐下了一纸秘方，将其郁结在心中的不快与仇意一扫而空，同时又滋生出了一份烂漫的热情。张观察背搭着两手，在山顶上逡巡了一趟，了然了武威城外的山川形胜，笑说：江南无秋色，凉州有深意，幸亏我不嫌害臊，应了尊兄今日的邀请，否则的话，恐怕连一碗可口的茶水也讨不上，遑论还有这满目中的烈士疆土、彻悟之区呀。顾山农心知，这一路上的演讲仍没有罢休，对方的亢奋与激烈，一方面说明他接纳了自己，另一方面，在吕介侯和整个县府的面前，也有了不错的交代。顾山农揶揄道：哎哟，阁下是八抬大轿也请不来的贵客，难怪我派出去的那一辆车轿扑了空，入不了你的法眼。张观察红了脸，摆手道：得罪了，多有得罪了，鉴于我失礼在先，为了表达歉疚，今天的这个神仙会，干脆就由我来布席沏茶，替各位乡贤耆老们服务一番吧。转瞬，张观察又扮出了一副鬼脸，嚷喊说：尊兄，你可别忘了，在下是从江南来的，骑马赶骡子，你是大行家，但是论及品茗嗑瓜子，那我可是略有心得呀。闻听此语，顾山农扑哧一笑，拽住了对方的胳膊，用了浓重的凉州土话，催促道：哎呀，我心里焦干焦干的，阁下快进去落座吧，我还等着你洒下甘露，蒙受佛雨呐。

这一刻，沙窝子上下，回荡起了一种三弦的弹拨声。过门毕后，青年瞎子扯开了声嗓，开始演绎《凉州宝卷》之《开篇词》，词曰：自从盘古分天地，三皇五帝治了世，伏羲神农尝百草，轩辕黄帝制易经……循着说唱声，无论是蒙古式的主帐，抑或是星布的个人帐幕中，以五位凉州郡老为首的士绅们，纷纷现身，或是遥遥作揖，或是挥手称好，表面上在迎候那一位远路上来的江南客人，实则是对少东主顾山农的由衷致敬。无疑，这是一份空前的礼遇。张观察刚刚站在了主帐门口，甚至来不及仰首，去欣赏一眼漆底金字的那张门匾，倏忽之间，便被名著天下的郡老们拢住了，拂尘的拂尘，挽手的挽手，问安的问安，一个个笑意盈盈，道尽了各自的谀辞。还了一圈礼，又挨个儿深鞠了一躬，张观察终于消停了下来，这才发现自己抢了风头，成了今日的主角，尴尬和窘迫，自然也是难免的。

但是，当他回头向顾山农求援时，对方却微微颔首，报之以一种信赖与欣赏的笑容，目光中也布满了怂恿之色，似乎在说：喏，戏已经开唱了，阁下不登台，莫非还要藏羞不成？毕竟是世面上的鲜活人物，喜欢被崇仰，也爱好这一种重大的兴奋场合，张观察蓦然肃穆了起来，环视着郡老们，慨然道：

"不敢。在下哪里修来的福气呀，竟然在一天之内，拜见了五位凉州神仙。"

郡老们行礼如仪，谦辞不断。

"呃，元人杨载有诗曰，多少鱼龙争变化，总归西北会风云。"张观察一边仰看着头顶上的门匾，一边抒怀道，"在下从江南起步，行走西疆，沿路上目睹了战火纷飞，哀鸿千里，本以为在大小军阀的压榨下，中国的社会生活，实难打出一条生路来。不过，现在有幸得见了诸位郡老，列位河西版图上的高级柱石，我不再这么悲观了，我修正了先前的看法。"

"阁下不妨直言，我们也好洗耳恭听。"朱绣一抱拳。

"此乃先进生活。"

"咦，这话咋说么？"追问道。

"塞外一席茶。啯,这一块门匾,这一幅卓立天际的书法,这一种森罗万象的襟怀,真是惊魂动魄,别有怀抱,可医庸俗,仰天仅一席耳。在下穿州过府,也算是一个经见过世面的人,恐怕只有在绝域殊方的凉州,在这一片超凡入圣的疆土上,才有如此浪漫不拘的事迹。"走了一路,张观察的声嗓已经冒烟了,嘶哑地说,"不错,在这个大流血的时代,需要先进生活去输血续命,去陶养民间的元气,去支配冥顽的众生,从而整刷精神,力以更新。"

朱绣截断了客人的话:"所以,阁下这一趟称得上是西天取经了?"

"还要东土说法。"

"咦,不知阁下如何设坛开讲?"

"实不相瞒,在下这一路上并不曾搁笔,已经在上海和香港的几家报章上,开辟了个人专栏,开始绍介河西一带的人事社会、古今地理,包括目前这一种兵凶战危的时局。"果然,声音终于哑掉了,张观察指了指自己的嗓子,干燥地说,"借光,我先进去讨一碗茶吧,我现在能吞下半个太平洋,哦不,我恐怕可以吞下一整条石羊河了。"

郡老们笑作一团,相拥着没有一点架子的上海客人,隐入了主帐,吃茶说笑去了。

朱绣落了单,踟蹰了半晌,遂将目光从那一块漆底金字的门匾上,慢慢收了回来。缘于张观察刚才的示意,也或许因为记忆的苏醒,一道电光石火般的灵感,骤然攫住了凉州总教,让他在这个晴明而燥热的午后,孤独极了,落寞极了,脊梁上孵出了一层蚂蚁似的冷汗,不知进退。朱绣断定,"塞外一席茶"这五颗斗大的墨字,一定出自弘毅乡学的尹先生之手。除了那个自命不凡的老夫子,一般人想必也不敢挥翰题签,让顾山农开口去求请一纸墨宝,并镌刻成匾,如此堂皇地张挂在这个罕见的场合。唉,这一切都绕开了自己,撇下了凉州总教,甚至连一句话的意见也不征求。朱绣的伤感无以复加,腿脚上像灌满了铅水似的,蓦地觉得门内的那一碗茶,其实已经凉了,早就寡淡了。

回眸时,朱绣瞥见了不远处的顾山农,他正拿着一根布抽子,拍打着浑身的灰土。恰巧,顾山农也发现了朱先生眼神中的异常,心下暗喜,知道效果显著,遂回之以笑,笑得轻快又意味深长。朱绣生怕个人的嫉妒心被窥破了,被小觑了,赶紧拔脚离开,一道烟地跑入了沸反盈天的主帐内。事实上,此后的下半天,虽说身处于喧哗与宴饮当中,但凉州总教根本上一语未发,心思也不在蒙古式的穹庐之下。朱绣一再告诫自己,少东主绝非那么简单,此人还需要去重新认识,去重新结交。于是乎,朱绣以"塞外一席茶"为题,迅速构思起了一组诗章,并于次日誊抄了一份,托人转呈给了顾山农,力求在少东主的心目中,扳回一局。

另一厢,因为赶脚而来,加之前几日桃花水的阴魂不散,顾山农一直头重脚轻,脑子里也萦回着一种奇怪的轰鸣,只想抓紧凉快下来,让身心松弛一番。不承想,刚刚扫净了肩膀上的灰土,顾山农的右眼,目送着朱先生狼伉地入了席,左眼却瞥见管家廖逢节急吼吼地奔了过来,表情上燃起了一场火灾似的,坏意思来了。

"少东主,面汤爷晕倒了,怕是不妙。"

"人呢?"喝问道。

四五十米高的沙山,顾山农几乎是连滚带爬下去的,蓬头垢面,成了一介土人。

先于顾山农抵达的,却是廖逢节。管家猜到了那一句噩讯的分量,但无论如何,也不曾料及少东主竟然反应过火,一瞬间便失了态,大吼了一声面汤爷,身子已经扑下了沙山。这一面崖壁被日光混淆了,看似平缓,实际上陡峭,沙子里夹杂着大大小小的砾石,并不是上下经行的通道,平日里就连野兽们也避之不及。为了让这一班凉州神仙喝好今日的茶,喝美,喝攒劲,管家在前几天雇了附近的沙农,专门开辟了一条坡道,另外还购置了不少的器械,登山有特制的木梯子,下山有沙划子。刚才,瞭见顾山农纵身跳了下去,廖逢节已是来不及阻止,主子落难,属下蒙羞,于是他拾起了主帐外的一只沙划子,扔在了坡道中,人也跟着坐了进去。

沙划子形似一只大笸篮,是用小拇指粗细的红柳条子编织的,轻盈,光滑,下降速度极快。廖逢节像溜冰似的,沿着那一条孔道,自沙山之巅疾驰而下,悲哀地瞭见,顾山农一步一个跟头,犹如落石一般，翻滚而下，全然丧失了一名当家人应有的持重与稳当。这一霎，管家连死的心也有了，奈何收煞不住沙划子，只能眼睁睁地看着少东主一边踉跄，一边鼻青脸肿，沉浮于瀚海沙浪之中。终于，沙划子停下了，廖逢节一骨碌爬起来，迎向了那一座崖壁，双臂一揽，便将顾山农箍在了怀中，一切都有惊无险。

顾山农鱼跃而立，身上的罩衣早已被撕碎了，还丢了一只鞋子，整张鼻脸如同戏台上的曹操，起码能剐下来半簸箕的白粉。情极成佛，智极成圣，管家虽然对少东主和面汤爷之间的关系略知一二，但是像顾山农这种不管不顾，泼上了性命跳崖的干法，仍让他心存异议，惊出了一身的冷汗。顾山农催问：人呢，面汤爷在哪？管家侧转过去，指着远处郊田上的一排绿树，释解说：唉，也是一头老倔驴，他刚才发了急症，央求伙计们偷偷地送他回城，本不打算告诉你的，结果被我截停了。顾山农没有嘉许，径自问：那，那他发的什么急症，要紧么？管家回说：上了岁数的人都是药罐子，死不死、活不活的，谁知道呀。

或许，就是这句话，令顾山农突然间泪水夺眶，控制不住地恓惶开来，发足狂奔。

树林不大，当中的一棵左公柳却格外繁茂，撑开了浓密的冠盖，荫庇着西边的条田，抵御着东侧的沙际线，平衡了左右两端。大将筹边尚未还，湖湘子弟满天山；新栽杨柳三千里，引得春风渡玉关。草树迷离，森森夹道，这些在秋风中挺拔而波澜的杨柳丰碑，乃是前人们的不朽事迹，如今依旧余音不绝，俨然勾勒出了一派太平景象。一辆承平堡的普通车轿停在阴凉下，帘子垂落下来，悄寂无声。赶车的伙计突见少东主飞奔过来，只当是专程来送别的，慌忙解开了拴在树上的缰绳，牵住了辕马。孰料，到了车轿跟前，顾山农止住了满腔子的哽咽，擦净了眼泪，膝盖一软，当即跪在了地上。

面汤爷，让山农给你老人家行上一个礼性吧。

话毕，顾山农伏下身子，言出法随，认真地磕了一地的响头。面汤爷，侄儿本来是好意，惦记着你在城里待久了，腻歪了，所以今个天特地接你出来散散心，解解乏气，却不承想天气太大了，结果一口茶也没喝上，你老人家就给了我这么重的脸色，我真是愧疚难当，悔不应该呀。这些抱歉之辞，其实来自管家刚才三言两语的绍介。顾山农毕竟不谙详情，只当是对方中了暑，晕倒在了帐幕中，被伙计们紧急抬下了山，便一味地大包大揽，将所有的罪过扛在了他个人的身上。又道：面汤爷，这里清凉有风，比山上要松快几分，你老人家歇缓上一阵子，我这就派人送你回城，你可千万不能有个什么闪失，否则的话，我对不起你当年的恩义，武威城里的唾沫渣子，也一定会淹死我的。廖逢节追了过来，闻听了这些话，感觉一头的雾水。刚才还好端端的，比一碗佛前的净水还稳静，干么一听见面汤爷这个名字，少东主就失了三魂，丢了六魄，完全不似当家人的样子，况且又是下跪，又是磕头，比一个孝子还恭顺。管家拉扯了几把，却被顾山农恼怒地格开了，接续道：面汤爷，你回城里安心地歇着吧，等我闲下了手脚，我一定去府上看你，美美地喝一顿你的芹菜面汤，过个瘾。

事实上，在这一片广阔的阴凉下，在这辆麻布装饰的轿厢内，面汤爷已经醒转了过来，将窗外的这一席话悉数入耳。年纪太大了，七十有二，瘦成了一把干柴的面汤爷早已虚弱不堪，卧在一块毛毡上，即便想支应一声，却也是力不从心。

先时，承平堡给面汤爷安排的个人帐幕在最远处，位置偏僻，少人打扰。对此，面汤爷并不计较，相反还面色潮红，心里像揣了一只兔子似的，打算仔细地过完这个重阳节，回去了给儿女们卖排一番。作为武威城内一家并不起眼的面馆的老掌柜，此番接获了承平堡送来的一张红帖，又在这个晴明的早上，有幸和凉州郡老们一道，浩浩荡荡地杀出了东门，一路欢愉，此刻站在了沙山之巅，面汤爷的喜悦自不待言。个人帐幕颇为窄小，仅能容一个人歇息，在等待少东主来临，并由他主持开席的前夕，面汤爷小憩了大约半个时辰。不承想，一位故人不期而至，托梦于面汤爷，还指责他三心二意，延宕了大事，忘却了双方从前的约定。面汤爷吓醒之后，思忖再三，觉得今天是一个大日子，假如唐突地去找顾山农说话，无异于佛头泼粪，在活人的眼睛里下蛆，干脆择期另说。

在干燥的梦中，出现的这一位故人，不是旁人，乃是权爱棠。

那一刻，顾山农偕同上海客人，业已登上了沙山。按着承平堡的安排，一个青年瞎子盘坐在沙梁子上，开始弹唱《凉州宝卷》，开启了塞外一席茶的序幕。面汤爷晾干了身上的汗粒，踅出了个人帐幕，打算像其他的本地宾客们那样，朝着主帐的方向挥手喊话，以此感念少东主的盛情，全美了今天的这个好日子。三弦乍响，曲子在沙梁子上盘桓几匝，而后就像一场酥润的细雨，下在了眼前的这一座沙窝子当中，引发了无数沙粒的集体共鸣，声音透明，清脆，发光。面汤爷忽然离开了士绅们的行列，似乎听见了一声召唤，深浅不一地走向了沙梁子。这个关节上，青年瞎子刚刚唱罢了《开篇词》，琴声陡沉，乱弦嘈切，转入了正题。至于他具体唱的什么古今，面汤爷听不懂，也不大操心，只是循着冥冥之中的那一分好奇，来了精神。转过一座沙坡时，面汤爷被一排红柳拦挡下了，寻不见出路，又蹊跷地发现，其中一根手腕粗细的树枝已经被撅断了，茬口新鲜，一种血液般的汁水，喷泉似的淌了下来，令脚下的漠漠黄沙，突然间刺目无比，骇人万分。四下里阒寂连绵，眼前连一只沙雀子，甚至连一只蝎虎子也不见，究竟是谁动的手，肇的事，干下了这么一桩报应的勾当，面汤爷也是无从得知。贼，你个贼，你这是在害命呢，你知不知道，一棵树就是一个活人？面汤爷气坏了，跺着脚，朝着虚空中呵斥道。倏忽间，从周围的坡地后面，从红柳和梭梭的林子里，猛地跑出来了一群人，扇形地拢了过来，将这个老掌柜围在了中间。天空广大，日光炽烈，每一粒沙子都携带着虚妄的火苗，令人错乱。面汤爷揉完了眼睛，这才逐一发现，这些头角狰狞、颧骨凸出的家伙，原来是一群索命鬼，手执棍棒和刀斧，挥舞着铁链与长绳，分明是来锁拿自己的。权大人，权大人你也来了？面汤爷失声一叫，果然瞭见故人权爱棠，赫然站在了大小罗刹鬼的中间，锦衣云帽，面笼寒霜，逼视而来的那一道目光，简直能让人五马分尸，绝了这一世的生路。

　　大限来了，权大人催债来了，这怨怪不了别人，只能是自己的错。这么念想着，面汤爷腿脚一软，陷在了沙子里，人也就跟着栽倒了。后来，一个撒尿的伙计发现了他，抓紧去喊人。面汤爷在管家的怀里睁开眼睛后，哀告道：我有话要说，我要给少东主说知道，你快去喊他来。管家也是犯了难，稍一犹豫，却听对方又催促说：唉，权大人托来的梦,我只是一个传话的,小心我今天咽了气,原带回去呀。

天遂人愿,这一桩信使的职责,终于在驶离沙山之前完成了,不曾璧还给权爱棠大人。面汤爷听罢轿厢之外,顾山农趴在地上的那一番哭诉后,顿感自己获得了半条命,慌忙提住了最后一口真气,偎在了帘子下。往事般般,那些过去的枝节重新粉墨登场,在他的肺腑之中唱念做打了起来,不肯谢幕。嗯,你这就是儿子娃娃,凉州的铁塔汉子,知恩义,图报答,一腔子的热心辣肝,人世上哪里去找你这样英武的后生呀!面汤爷激赏毕了,又一遍遍地默念道:权大人,你就听老汉我的一句话吧,一辈人有一辈人的光阴,你跟我的那些糟糠时日,其实都是一锅早就馊掉的面汤,该泼的泼掉,该倒的倒掉。权大人,你精明了一世,从来打不错算盘,连凉州的这个戏娃子,如今也被你调教成了权家的顶门杠子,承平堡的主子,你就宽下了心,今个天领上我走吧。或许,面汤爷忌惮刚才的那些罗刹鬼跟了过来,对自己施加暴力,也或许担心个人枯槁的面貌,吓着了对方,让顾山农疑心。于是,面汤爷事先发出了警告,双方只能隔着帘子说话,谁也不许越界,否则他宁可烂在肚子里,一别两宽。顾山农答应了,依旧跪在车轿下,凝视着那一道神秘的帘子,静候着天语纶音。

山农,这第一句话么,我想说的是,你以后要有架子,一定要有架子;你得把架子端起来,千万不能随和,一旦随和的话,旁人就有了空隙和机会,觉得你好欺负,面汤爷仔细道。架子?我端什么架子,我本来就没架子呀?顾山农大感意外,这根本不像一个面馆老掌柜的话,却又分明出自对方之口。面汤爷答复道:是这,云从龙,风从虎,这风云二字就是龙虎的架子,也是猛兽的气势。你现如今贵为承平堡的当家人,不是什么人都能见,也不应该对所有的人赔笑脸;你要养好自己的这一池子水,你得有架子,高高在上起来才是。蓦地,顾山农不愿纠缠这个话题了,苦笑道:嗯,侄儿记住了,我以后要有架子,我肯定得端起来,让凉州人见识见识。

再一个,我见不惯那个上海来的贼,不管他是县长的贵客,还是你承平堡的故交,总之不顺眼。面汤爷咳咳嗽嗽的,语不成调,人却极为坦率,黑白显明,又气恼地说:哼,今个天沙山上的这个道场,山农你才是坐主席的，大家的脊梁骨，可你瞅瞅那个贼，一上来就指天戳地，大言欺人，根本就没有把你放在台面上，我嘴里攒下的那一口唾沫，真是浪费了。顾山农的头皮麻酥酥的，哀恳道：唉，这也就是人抬人、僧抬僧的事，谁都有过异乡加饭的经历，谁也难免在长路上落难，礼貌罢了。岂料，面汤爷厉声道：呸，他可不一样，这个人的身上有血腥气，小心他给你和承平堡带来血光之灾，让你一无是处。

乍闻此话，顾山农的内里咯噔一声，仿佛一颗扔出去的鸡蛋，摔碎在了山石上。叔，什么血光之灾，还请你明言？顾山农追问道。面汤爷的牙齿几乎掉光了，沉吟半晌，将一些含混的话抛将出来：哎哟，灾难也许过了，也许还在路上，你大体上有惊无险，但承平堡就难说了，你还是小心为妙啊。顾山农长吁一口气，牛绳街的那一幕宛如礁石，覆压在他的心头，又忆想起了自己的脏腑之间，桃花水的余毒迄今尚未散尽，岂不恰恰应验了这位老恩人的气话么？不过，顾山农立刻意识到面汤爷如此颠盹，云里雾里地说话，八成是他有所顾忌，防着隔墙有耳。顾山农拾起了膝盖，慌忙起身，交代管家和车夫，催他们去沟渠里打一桶活水，去秋田上割一些鲜草，赶紧将牲口喂饱了，毕竟还有几十里的长路呐。待四下里悄静下来，左公柳布下的凉爽愈发浓重之后，顾山农方款步上前，热络地喊了一声叔，举止夸张，一把扯开了轿厢上的帘子。

一刹那，顾山农简直惊呆了，鹅立在地上，不知所措。

弧形的轿顶，以及那一扇皲裂的厢门，像极了凉州天梯山或敦煌千佛灵岩上的一眼佛窟，静谧而幽深，矗立于顾山农的面前。此刻的面汤爷不曾蜷卧在毛毡上，而是拼出最后一丝力气，双手抚膝，盘坐在轿厢内，打眼盯望着郊田上的秋风，一根一根地抽走了这个人世上的体温。在顾山农看来，眼前兀坐的此人，并不是武威城内一家面馆的老掌柜，也不是有恩于自己的叔伯，他其实是一尊残损的佛像，羸弱，枯槁，苍白，却又慈心于世。顾山农钉在了地上，赶紧合十，为刚才的莽撞与无礼愧怍不已。

恰巧，一缕活泼的日光，刺破了头顶的枝杈和叶子，投射下来，越过了轿顶和厢门，敷在了面汤爷的颊脸上，如金箔，如银粉，如画匠们手中最珍稀的颜料。三年半之前，顾山农跟凉州人无异，喜欢去祁连山中的天梯山朝佛进香，有个头疼脑热、泼烦心事，或者逢上什么节庆的日子，也热衷于在大小寺庙中磕头许愿。顾山农不是外行，谙熟一切，但是像目下这一张灿烂发光的表情，这一种被金箔银粉装饰过的威仪，仍旧让他目定口呆，恨不得五体投地，一下子虚心服善。神态，对，这就是神态。顾山农的脑海中突然跳出了这个词，蓦地亮堂了许多，思想再三。这眼前的一桩一件，莫非就是一次奇迹，上苍将要借面汤爷的一张嘴，秘示下来，布置一份永生的课业，让自己去安心贴意，不敢妄自论列。这么着，顾山农照着寺里的那一套礼数，匆忙敛回了目光，俯下身子，扪心静听。

"你要有信。"

"信？"

"山农，在这个人世上，在你活人的这一幕光阴里，你起码要信一回。"笃定道。

"信什么，还请叔明示？"

"慈善堂。"

顾山农狐疑地问："慈善堂？叔，这又咋说么？"

"少东主，承平堡的事情你尽可以做主，凉州的生死命脉系于你一身，权爱棠大人也并不惦记，早就放手给了你，你好自为之吧。但是将来，假如将来有人去请教你关于慈善堂的事情，你一定要信，你最起码也要信上一回。"这个关节上，面汤爷，不，原来是轿厢内那一尊疲惫的法身动了动，睁开了被日光沐浴的眸子，恳切地说，"山农，这是你外父交代的，你可千万记住了。好了，我一个字不差，一句话不落，老朽现在对得起权大人了。"

"我外父？"讶叫一声。

"的确，这不是托梦，这是权大人生前交办的差事，我办结了。"截铁道。

半晌后，管家提着一桶子清水，车夫抱着一捆青草，自郊田上回来，打算饮马喂食。顾山农从巨大的震惊中，更是从一种漠无涯际的茫然里抬起了头，一时间虚脱，瞭见轿厢的帘子重新垂落了下来，头顶上的那一束光线也杳然失踪。断定面汤爷再也不肯开口，自己多说无益，顾山农便催促车夫抓紧上路，趁着下半天的好天气，务必要将客人款款地送回城里去，交在吴家人的手中。鞭杆子一响，承平堡的车轿驶出了左公柳下的这一坨阴凉，扑入了外面的世界，迅速被辽阔的日光涂抹掉了，像一个喷嚏那么快。

其实，面汤爷是在半路上迷离的，等回到了武威城的家中，高兴了没几下，结果一口痰没上来，人便下世了。次日天亮之前，顾山农接获死讯后，带上几套香烟纸火，前去祭奠了这一位旧日的恩人，还专门在灵堂内披麻戴孝，行了孝子的礼数，前后长达一个时辰。据传，面汤爷生前寂寂无名，凭一家小面馆维持生计，但由他亲手创制的一套面食，日后却风靡于整个凉州大地，至今盛行不衰，名曰"三套车"。

见车轿驶远了，顾山农放下了表情，提步走向沙山，又叮嘱管家说：

"开始吧，我等不及了。"

"你不去喝茶了？"廖逢节反问道。

"嗯，热闹是他们的，我懒得去磨牙，浪费了口舌。"

胡笳三十六节

"少东主，求你给我一个交情吧？"

"抱歉，给不了。"

"你是嫌我下作，嫌我猪狗不如，枉活了这一场么？"

"是这，交情根本给不了你，因为我的面子太窄，只够自己一个人用。"这一霎，顾山农掉转过身子，目光如矢，逼视着王曰信，又道，"但是，我给郡老你另外一样东西吧。"

"啥东西？"

"人头。两颗人头。"

"人头？"

闻听此话，武威城外五门十八姓的总乡约王曰信，当即吓瘫在了地上。

先时，在蒙古式的主帐内，重阳节的这一席茶刚到了鼎沸的阶段。作为主讲人的张观察兴致颇浓，一忽儿纵论时局，一忽儿谈玄说法，总之是高头讲章，口灿莲花。郡老们要么捧腹大笑，要么夹紧了裤裆里的尿水，张耳细听，生怕出去一趟的话，错过了精彩的章节，让他人沾了光，自己倒吃了亏。当然，罗布麻茶亦是功莫大焉；这种安神润气、强心降压的有利植物，以一种琥珀般的色泽，让郡老们长鲸吸水，唇齿生香，甘心沉浸于这个特殊的坛场当中，难以自拔。王曰信的袖子湿了大半截，全是擦下来的泪疙瘩，偶尔笑出来一个鼻泡，揩在了袖口上，与泪水并无两样。倏忽间，有人在身后捣了他一指头，王曰信扭头，发现是承平堡的管家。廖逢节耳语了几句，王曰信慌忙起身，攥住了裤带，佯称去解手，方才撇下了众人的喧闹，闪出了这一座帐篷。

　　呀，莫非是少东主回话了，这么快？究竟是好，还是歹，麻烦管家爷挤个眼色，让我事先有个精神准备？缓下步子，望着跟出来的廖逢节，王曰信赶紧下话，央告再三。管家笑说：唉，东家的算盘，下人们听不得，也看不得，大人等一下就明晰了。说着话，管家追了上来，将王曰信皱巴巴的外套拍打整齐，捋顺了，有了郡老的样子。冲着对方的这一番殷勤，王曰信当即料定，这件事成了，肯定成了。

　　与其他宾客的不同，少东主的个人帐幕是白色的，大概是用白牦牛的牛绒织下的，披着一层油脂的光泽。在整个藏区，唯有华锐一带才盛产白牦牛，稀少而珍贵，遑论这样一顶类似材质的独立帐篷。在管家的一路引导下，王曰信离开了沙窝子，趄下了沙山，三兜两转，天地之间渐渐地岑寂了下来，进入了另一片沙坡地。突然，视野中霍地一亮，但见弥天接地的黄沙之中，镶嵌着一块蓝色的水泊，如宝石，如天眼，如传说中的圣境花园。水泊有一亩见方，椭圆状，八成是前些日子的雨水积攒下的，仿佛一张供桌，虚位以待。在凉州人的口中，这样的水泊一般称之为海子，一辈子见识上一次，也就够资格去吹牛了。王曰信已经吃惊不小，但更让他诧异的，却是距海子不远的岸边，矗立着四五棵枯死的胡杨树，直插云天，俨然一丛筋存怒脉的高香，正在敬天法地。王曰信一眼瞭见了挂在林子之间的那顶白色帐幕，一时喜悦，竟也顾不得鞋窝里的沙子，忙不迭地奔了过去。在这位总乡约的心目中，那根本不是一间小帐篷，而是一座救赎的宫殿，少东主无疑就是一尊金刚法王，此番下了凡，专门前来护法的。

　　管家撩起了帘子，王曰信迅速抬出了一张笑脸，款然入内。

　　本来，接获口信的那一刻，王曰信已经面露得意，也不免引发了座中的嫉妒与馋涎，这从其他郡老们的颊脸上看得出来。尤其是那个鸡皮蛙脸的朱绣，表情像一只苦瓜，不停地用咳嗽掩饰着内心，咳声中带着一块恶痰似的。谁都知道，廖逢节是少东主的另一个化身，此番单独召见，且位列第一，让这名权势熏天的总乡约有点轻飘飘的，暗中掐了一把自己身上的肉，方感觉是真的，不是做梦。或许，王曰信看惯了武威四喜班的大戏，熟稔那些逝去了的前凉、后凉、南凉、北凉和西凉君王们的舞台扮相，所以一直揣测，在这样一座典雅而高贵的白色宫殿中静候自己的顾山农，想必早已脱略了权家招女婿的形骸，也不单单是北门外的一座堡子所能拘役与束缚的。一灯破夜。这么着，一盏羊皮方灯，悬在了王曰信冥想中的舞台上，果然发现灯火丛中的少东主，有着历代凉王的风采，河西霸主的气派，清迈从容，崖岸自高。

但是，待入了帐内，王曰信这才知道个人想多了，这座殿堂并不是武威城内的戏楼子。

这一刻，顾山农盘坐在一张毡毯上，一手倚住了胡杨树，另一只手攥着玉米，啃得正欢。新下来的苞谷，多汁而甜香，连上面的外衣也是绿莹莹的。跟主帐内大同小异，几案上摆满了来自兰州城有名的天生园的各色点心，一套九样；另有葡萄干、葵花子、杏皮子、红枣、奶疙瘩、瓜干等，也是一套九样，暗合了九九重阳的寓意。失笑的是，顾山农对这些吃食并无兴趣，却偏偏对一盘子刚刚煮出来的新玉米满心欢喜，啃个不停，脚下头扔着几根苞谷棒子，仍不罢休。王曰信唤了几声少东主，听不见回音，便巴兮兮地偎了过去，打算坐在同一张毡毯上，也好跟对方亲近一番。却不料想，顾山农眉眼不抬，粗鲁地扔过来一根玉米，扔在了郡老的怀中。咦，我今个天受活了，点心吃饱了，茶也喝足了，托了少东主你的福，咽是咽不下去的。说着话，王曰信拾起玉米，还了回去，手刚刚搭在碟子上，却瞥见顾山农的目光像一把斧头飞将而来，慌忙改口道：哎呀，少东主吃得香，这一定是从王母娘娘的园子里摘来的，老朽这就沾个吉，添个口福吧。

吊诡的是，嘴扑上去的那一刻，王曰信的牙齿竟像一扇坏掉的门，咯噔一声停下了。再看时，手中的玉米竟不是新摘的，也不是煮出来的，八成是去年秋天剩下的干棒子，比石头还硬，难怪一颗门牙松动了，味道咸腥。少东主，这是咋说么？王曰信简直委屈极了。顾山农轻笑道：哎呀，我可不是让你啃的，那是让你剥的，你慢慢剥吧，数一数到底有几颗苞米。这一记杀威棒，令武威城外五门十八姓的总乡约汗下如浆,当即跌坐在沙地上,乖乖地剥起了玉米。

顾山农吃罢后,打着饱嗝,立起身子,踅向了帐幕的一角。管家利索,赶紧收拾完了地上的垃圾,连同那只盘子,一趟子送出了门,又端着一脸盆热水进来,支在架子上,递上了手巾。顾山农净完面,含上一口水,咕噜咕噜地在漱口,一遍不成,又开始另一遍,始终也不消停。身为总乡约,尤其是凉州郡老之一,王曰信早就扔掉了锄头和铁锨,远离了稼穑与田亩,风雨不侵,怡然度日,哪里又干过如此粗鄙的活计。但是,人在屋檐下,不得不低头,王曰信先是掰,掰不下来,又接着搓,搓也搓不下来,最后是抠,终于撬开了一个缺口,有了喜悦的进展。这一时,王曰信简直恓惶死了,眼瞅着自己这一双葱白绵软的手,这十根像肥蛆一般的指头,红肿了,喊疼了,落怜了,多年来埋在腔子里的那一大堆耻辱,突然被捅破后,酸楚犹如一道道秋后的洪水,几乎淹没了他。然而,王曰信毕竟不甘,思忖道,与其那么窝囊地被溺毙,还不如让自己变成少东主嘴里的那一口水,漱来漱去,即便最后吐在了脚下,但至少也是服属了一回顾山农,攀上了承平堡这一根高枝。一念至此,王曰信蓦地晴朗开来,喜滋滋地张看着对方,手上的速度也加快了,竟然剥下来了一大把米粒。

漱完了口,顾山农接过管家递来的一碗茶,只抿了一小嘴,便扑哧吐掉了,怒斥道:呸,这是茶么,这连泔水也不如,葛望义这个贼咋了,居然大失水准,岂不是存心在拆今天这个台么?管家面呈难色,汗颜道:回少东主的话,这的确不是文香府的掌柜烹下的,而是另有其人;不过么,区别也不是太大,郡老们和张观察喝得十分尽兴,已经喝败了三轮,刚才又换上了一包新茶。如此的抢白,令顾山农大为不满:哼,三斤的鸭子两斤的嘴,你牙茬骨太硬,你明天自己去领几张惩牌吧,到了年底再结算。闻听此言,管家反倒嘻然一乐,好像类似的惩罚,格外表明了少东主对自己的器重与亲昵,忙点头应承了下来。

那个贼,我是说葛望义那个贼咋了,他收了定金却又反悔了?顾山农诘问道。管家相告说:失踪了,葛掌柜失踪了,活不见人,死不见尸,他那一门家人天塌地陷了。失踪了?愕然道。管家又说:早起时，我派了一辆车轿去接葛掌柜，这才获知了此事；没了办法，我临时拽来了另一家的茶师傅，却被你喝了出来，少东主的舌头可真尖。这一刻，顾山农的颊脸腾地烧了，一边捂住了胡子，一边使了个眼色，催促管家赶紧去忙吧，务必不要慢待了重阳节的客人。廖逢节退到了门端里，瞥见那一位赫赫著闻的总乡约正在受惩罚，就像一只从祁连山上闯下来的蠢熊，一五一十地数着玉米粒，便料知这是一个机密的时刻，自己是多余的，于是放下了门帘，一路咳嗽着走远了，也好让少东主放心。

牛绳街遇袭，桃花水，葛掌柜失踪，面汤爷的托梦之辞，如此等等的意外之事，令顾山农的内里一直在打鼓，烽火频递，狼烟四起，仿佛在报警一般。顾山农思忖，这一切都是冲着承平堡来的，自己就是那一根奔行的车轴，危机重重，一旦颠覆的话，不仅满盘尽毁，而且将祸及整个凉州大地。顾山农几乎忘了旁侧里的郡老，一个人兀立在帐幕的角落中，身上孵出了一层鸡皮疙瘩，恐惧也笼盖了下来。挣扎中，顾山农思前想后，将事情反复捋了几遍，竟也寻不见一丝端倪，头绪皆无。这么着，顾山农暗自警告自己：赶紧，赶紧吧。

可偏偏，王曰信冷不丁地开了腔，态度卑微，恳求顾山农给他一个结结实实的交情。这句话不啻于一根火媒，突然引炸了承平堡主人内里的愤怒，不但当场拒绝了，又计出他门，反而要送给对方两颗人头。王曰信一时间吓瘫在了地上，手中的玉米粒也撒光了，原因并不仅仅在于那两颗人头。人头的事情虽然令其无措，大感意外，但仍可以猜解一二。事实上，更大的震惊来自顾山农刚才的那一种嗓音，尖厉，刚硬，短促，冷峻而强悍，犹如刚刚捶打出来的一块沉铁，嗡嗡作响，不容置喙。半晌后，王曰信方才回过神来，嗫嚅道：

"天呐，你仄身子口音？"

"什么仄？"

"敢问，你的嗓子咋了？到底怎么了？"

倏忽间，顾山农感觉自己被窥破了底细，被抓住了把柄，表情唰地红成了一盏灯笼，慌忙捂住嘴，埋下头去："郡老，你啥意思？这些日子里我煞费苦心，一直在替你擦沟子上的屎，你干么要取笑我？"

"少东主，你的声嗓变了，难道你听不出来么？"

"我没变，我一句也没变。"咆哮道。

"天老爷，你再仔细听听自己吧，你明明变了，变成了一副仄身子口音，除非我聋了。"王曰信作为凉州境内的一介门面人物，向来骄横惯了，倔驴的性格，这个关节上更是犯了病，"少东主，你是不是嘴里噙了两根舌头，你刚才和管家说的话，跟现在讲的这些，分明是两种声嗓发出来的？我不聋，我分得很清楚，我可以当面吃咒。"

一时间，顾山农情绪败坏："放肆，你满口喷粪。"

"啧啧，少东主虽然蓄了一层盖胡子，故意遮住了嘴巴，但是嗓音是遮不住的。"王曰信太自负了，全然抛弃了客人的身份，也彻底忘记了自己有求于人，刚才还在求请一份承平堡的交情，又道，"你的口音的确是仄身子，少东主果然是不凡之人。"

见劝止无果，百药罔效，顾山农深以自危，终于施出了一记绝情辣手：

"郡老，那两颗人头，可是记在了你的名下呀。"

"山农，不，少东主。"哀恳道。

"大人，你可别抵赖呀，当初可是你走投无路，寻到了承平堡的门上，我才发了慈悲心，应允了你这一桩必遭天谴的托付，替你料理干净了五门十八姓的大道场，扶稳了你的地位。"说着话，顾山农摸出来一张纸，递给了对方，目光逼视道，"喏，这是化人场出具的字据，他们正等着你去点火呐。那两颗硬邦邦的人头，一个叫石四十七，另一个叫石五十一，你最好去验明正身，将来千万别怨怪了我。"

"我是畜生胎。我不配。我根本就没资格结交少东主你。"王曰信伸手去接，却突然间缩了回来，抽了自己十七八个耳光，又抱住了对方的大腿。

列位看官，行文至此，总因笔墨有限，不能天马行空地铺排开来，只好简述一番这件事的大致原委，做个交代。

话说历经百世，身为河西首郡的武威城外规模大备，气象俨然，早已被五门十八姓瓜分得一干二净，形成了一系列的巨家大族，且你中有我，我中有你，一往而深，外人一般很难插足其中，遑论还要出人头地。这当中最为显赫的五门，在凉州百姓删繁就简的口中，常常被称之为马贩子、粮商子、官轿子、钱串子、水锁子，分别把持住了一方命脉，结禁森严，实在撼动不得。再者，武威城池身处一片沃美的绿洲，广袤而富庶，一向仰赖祁连山雪水与石羊河的滋养，百姓们虽然大体上不谙水性，但喜欢用"码头"这个诗意的名词。这么着，除了上述的五门之外，另外的十八姓依次为玉码头、砖码头、铁码头、煤码头、油码头、车码头、沙码头、菜码头、皮码头、茶码头、布码头、杂码头等等，其意不言自明。清世宗雍正三年，朝廷重启塞防，令从甘肃的五十六个州县，开始大规模移民，填充河西一线的四郡两关。于是乎，武威城内外人粥稠密，牛来马去，人口结构与各个坊之间的关系发生了剧烈的变动。彼时，五门十八姓还是一个松散的体系，但为了应对外部势力的冲击，老先人们几番聚首，决定公推一名总乡约，号令诸坊，以此来调剂行动，共谋进退，保全自身的利益。起初，总乡约是由票决产生的，三年一届，家家门前太阳过，颇有点轮流坐庄的意味。到了咸丰年间，五门十八姓业已彻底做大，整个内部骨骼和外在风貌稳如磐石。渐渐地，三年一次的票决制度便被废弃了，总乡约往往终老在了位子上之后，才又开始新一轮的遴选。后来，城内的居民以及城外的田夫故老一拍即合，拧成了一股绳子，六郡老这个议事班子一经亮相，便迅速定鼎凉州，声威空前，形成了一种跟官府并行不悖的民间力量。唯一的不同仅仅在于，一个在台面上，另一个广布于穷街陋巷和田畴烟村之间，井水与河水，互不侵犯。鉴于总乡约的巨大声望，每一届的郡老班子里，他都是当然的人选，概莫能外。

但是，王曰信的总乡约一职，并非来自票决，而是世袭所致。

他爹老子王澍，在这个位子上干了二十余年，凭着一腔子的精明与热情，不仅将五门十八姓捏塑成了一块炼砖，各个坊勠力一心，同时也将总乡约这一民间领袖的威望，一再推到了顶点。王澍大人生命最末的几年，宣统帝逊位，被逐出了紫禁城，武昌首义，民国初造，内战频发。这一系列的重大变故，类似于前些年在四郡两关之间爆发的大地震，严重殃及了河西这一角孤悬之地，形势岌岌可危。面对江山易帜，人心板荡，军阀蜂起，在王澍落葬百日之后，各个坊的家长们一合计，出于求稳的心理，大概也是基于对王大人的一份缅怀，遂将这一件无上的衣钵，紧急交给了王曰信，让其子承父业，荷担起了这一桩坚忍清绝的使命。不愧是王澍后人，头人子嗣，自打进入了这个角色，王曰信一直唯谨唯恭，恪守成宪，犹如爹老子在世一般，将五门十八姓打理得风生水起，一派合宜。忽忽焉，人世上的光阴走失了十八九年，武威城外的这一块绿洲上始终冰凝水静，无上清凉，大有息机忘世之相。

另一厢，王曰信早年间坐在心中的那个病灶，那一块暗疮，于这半年急遽地溃烂了，爆发了，脓血缠身，仿佛一记噩梦，挣脱不得。王曰信家中的炕柜里，陆续藏下了上吊的绳子、切脉的刀子、夺命的砒霜，可是一旦到了对自己下手的时刻，他一下子就怂了，恓惶不已。事实上，王曰信舍不得这两件堂皇奢华的外衣，一件是总乡约，另一件则是郡老。他打算在自己不讳之后，让唯一的儿子再穿戴起来，继续享有这一份体面，方才踏实。然而，天老爷公正，在大厦将倾、一切都将收煞不住之际，王曰信在一个星光杳然的半夜，偷偷溜出了武威城，叩开了承平堡的大门，抱住了顾山农的大腿。第一句话，王曰信是这么讲的，但凡是一个儿子娃娃，一辈子惹下的各种祸事，大概都缘于两个头，要么是拳头，要么则是鸡巴头。王曰信的第二句话，彻底撕毁了他本人的斯文，直脱脱地说，他这次犯的是鸡巴头的事，他把自己的尕孃孃给日弄下了，如今报应来了。

那一年夏末，也就是亡父五周年祭日的前夕，王曰信去坟地上除草，突然发现墓碑下摆满了各式供品，香烟纸火，一应俱全。偷瞄了半响，让他尤为错愕的是，一个貌似三十岁出头的美妇人正坐在坟堆旁抹泪，嘴里叨念着哥哥，伤心不已。现身后，王曰信便打问对方的底细，干么在此处哭坟，莫非是找错了主家。岂料，妇人当即认出了王曰信，喊了一声信娃子，坦承自己就是王家这一支根脉上的后裔，乃是王澍最小的妹子，亦即新任总乡约王曰信的一房小姑姑。原来，王澍大人这一辈上人丁兴旺，但遗憾的是只有他这一名男将，其他的七个，全是裤裆里不曾挂肉的丫头，爹妈连名字也喊不准。有一段，或许家里遭了邪祟，被人下了恶咒，王澍的爹老子谵妄了起来，浑身不适，于是请来了法官，收拾了几天的风水，效果不著。王澍特地去了一趟海藏寺朝佛，又求问了麻衣相士，终于勘破了机密，获知病根子在于父亲和小妹子的生辰八字相克。救父心切，在哥哥王澍的主导下，这个年幼的妹妹被迅速嫁进了城里，女婿则是一个年近半百的小买卖家，木头疙瘩，常年兜售一些老鼠药和炭石颜料。嫁妆虽然丰厚，但迎娶的过程却是偷偷摸摸，况且有言在先，从此断绝了彼此的关系，互相不再走动。凭着稀薄的记忆，王曰信忆想起了自己小时候，曾经跟着一帮孃孃扔沙包、扎风筝、溜冰车的情景，其中最瘦小的那一个失踪多年，他竟然糊涂不知。此刻，尕孃孃又活生生地站在了眼前，王曰信心里的一块冰登时化了，慌忙松开了膝盖，就想下跪认亲，却被妇人拦挡下了。祭奠毕，除罢草，临分手之际，孃孃留下了城里的门牌地址，打算告辞。恰在此刻，附近的林子里跑出来了两个穿开裆裤的小子。孃孃绍介，这是她自己生养的，姓石，大的是丈夫四十七上结的瓜，碎的那个，则是五十一岁摘的果。王曰信第一次被娃娃们喊哥哥时，手心里出了汗，很不自在，也没有及时行上一个礼性。事实上，这种不自在伴随至今，令王曰信一再认为，自己跟这两个货根本不是一条藤蔓上的瓜，他们其实是索命的罗刹，催债的恶鬼。

　　开始走动之后，王曰信这才清楚，那个鸠面鹄状的姑父，因为半年前的一次酗酒，不幸摔了跤，脑子里走了风，如今半身不遂，天天躺在廊檐下晒日头。吊诡之处在于，王曰信每次进了那座破败的院子，打开一包六合糖，哄走了两个小鬼后，孃孃总喜欢洗头，还要请侄儿搭把手，帮忙在头顶上浇水。伏天的气候，王曰信一手握着土胰子，一手端住水勺，瞭见孃孃撅起屁股，折下了腰身，黝黑的长发像一道害羞的门帘子，款款地垂下来，屏退了日光。那一霎，王曰信的目光很舒坦，犹如一只活泼泼的松鼠，翻过了孃孃豁开的领口，停栖在了那一对疯狂乱颤的奶头上，逗留良久。除了汹涌波动的乳房，孃孃的那一截长脖子更是耐看，一忽儿像胭脂盒，一忽儿像羊脂玉，皮肤下的血管仿佛一尾尾小青鱼，惹人怜爱。有一日，王曰信再也忍不住了，突然发作开来，将满满一勺子凉水，灌在了他的裤裆内，样子痴迷。嬢嬢知道，侄儿的两腿之间起了一场火灾，再不扑灭的话，恐怕他将会烧成一堆冷灰。于是，嬢嬢湿漉漉地偎过来，一把捉住了侄儿的卵蛋，打了一个比喻说，刀子只有插在鞘子里，才能收敛住寒光，至于你这一根肉橛子失了火，我身上倒有一个灭火的家什，你自己寻吧。王曰信遵命，一下子揽住了嬢嬢的腰肢，将其放在了窗台上，头也埋在了两股之间，不费吹灰之力地找见了。

在姑侄二人受活的过程中，那个半死不活的病人，一边张开龅牙，一边痛斥：娼妇，你个烂娼妇。见女人双乳汹汹，摇曳着身子，嗷嗷乱叫，根本顾不上答应，石掌柜便掉转了枪口，詈骂道：驴，你个驴屎日的。针对类似的挑衅，王曰信不仅不退缩，不愧疚，相反还滋生出了一种犯罪的快意，恍惚自己变成了一根大牲口的性器，膨胀而强硬，足以指天戳地，唯我独尊。其实，那时候的王曰信已经有了家室，女人来自茶码头一族，身世优良，也早就享受过床笫之间这种原始的欢愉。然而，比起家中那个鸡皮蛙脸的长相，那个像劈柴棒子一样干瘦的婆娘，眼前的尕嬢嬢，简直就像是从天梯山的壁画上走下来的仙女，妩媚，暄软，丰腴。尤其是她的白净，仿佛刚刚出了笼屉的馒头，又好似一捧发酵的石灰水。再者，尕嬢嬢恰巧也到了虎狼之年，汁水饱满，一直没羞没臊的，技法娴熟，这让王曰信欲罢不能，哪怕去死，也只想死在那一张象牙色的肚皮床上。

时光犹如一块缩水的粗布，越洗越短，短得不成样子。苟且了三年，在一次受活中，旁侧里的石掌柜骂完了一句驴屎日的，结果一口痰没上来，匆匆下了世。次年，姑侄二人正在炕上咥办，门突然开了，两个碎鬼下了学，目睹了大人们精沟子的一幕。王曰信照例拿出了六合糖，打发他们出去。嬢嬢则搪塞说，她跟哥哥在包饺子。娃娃们的嘴上没挂锁子，一边舔着糖果，一边给街坊邻舍讲述炕上包饺子的细节，这件事终于长了腿，泄露了出去。武威城里的闲话多，凉州地上的唾沫毒。那一阵子，郡老们的议事班子面临换届，虽说这个年轻的总乡约属于当然人选，即将加盟进去，但为了扑灭人们的歹念，留个后手，王曰信硬是舍出了一大笔钱财，大张旗鼓地翻新了嬢嬢家的那一座破院子，建起了一排高堂明屋，孝心可鉴。高明之处还在于，王曰信同时整饬了门前那一条常年污水横流、烂泥翻滚的巷道，修成了三合土的路面，铺设了下水道，一年四季，让邻舍们的裤腿和鞋面沾不上灰土。邻舍们以后便彻底改了口，大人长、大人短的，纷纷结交这一位凉州的门面人物，全部是与有荣焉的样子。这么着，谣诼灭失后，一位忠孝子侄的形象便凸显了出来，王曰信由此过起了双重生活，一个在城外，另一个在城内，前者是五门十八姓的总乡约身份，后者则以赫赫著闻的凉州六郡老之一的角色行世，长袖善舞，一切都拿捏得恰到好处。

此去经年，毕竟是纸包不住火，王曰信最后醒悟了，原来这不是受活，而是受刑。

有一回，姑侄二人龌龊后，躺在炕上歇息，谝闲传。嬢嬢从枕头下摸出来一份房契，让王曰信签字画押，落户在其中一个儿子的头上。王曰信记得，半个月前，自己还签过一套文书，刚刚将一家车马挽具店的三成股份，转赠给了嬢嬢。兹事体大，王曰信一骨碌爬起来，从炕柜里取出了那只铁匣子，发现锁头是完好的。咦，你个卖沟子的，你是咋偷出来的么？侄子申斥道。嬢嬢却说，天底下的锁子，没有她开不了的，除非不想。事实上，这么些年来，王曰信利用郡老的身份，将自己在武威城内的各项收益，全部寄存在了嬢嬢家中，从不疑心。如今，铁匣子被做了手脚，王曰信实在不甘，将所有的票据和契约铺了整整一炕，清查了好几遍，真是哑巴吃黄连，有苦无处诉。直至此时，他才洞悉个人名下的财产，起码有一半吧，已经挂在了这母子三人的户头上。而落尾的签名与手印，清晰确凿，昭然在目，的确是他自己在每一次高潮之际，受活之后，欣然允诺的。王曰信打算死个明白，一再究问对方，你个卖沟子的，你是不是一开始就设了局，铺了这个道场，单等着我跳进坑里，也好将我吃干榨尽？嬢嬢不愧是实诚人，坦承说，她一个寡妇拉娃娃，除了这一身肉，根本寻不见别的什么生路，本着肥水不流外人田的目的，干脆押注在了侄儿的身上，斗胆赌上一把。王曰信料知，事情并非那么简单，女人一旦生出了蛇蝎心肠，他自己头上的那一顶顶冠冕，顷刻之间就会落地，狗屎不如。果然，争吵起来后，嬢嬢同样坦率至极，说她做这一切的发心，多半在于复仇，当初她被哥哥逐出家门，剥夺了户头，现如今王澍的儿子被自己夹在了裤裆里，至少也是一种慰藉。

王曰信的心中结了冰，凉透了，慌忙跪在炕下，磕完了三个头。按他的意见，往后余生，孃孃继续做孃孃，他这个侄儿要回去做总乡约，做凉州郡老，彼此一别两宽，再无瓜葛。言毕，王曰信夹起那一只铁匣子，仓皇地出了门，挥泪而去。彳亍了半晌，在门前那一条空旷而荒凉的巷道中，王曰信讶异地发现，有一件陌生的东西，吊在裤裆里，晃来晃去的，始终尾随着他自己。再定睛一瞧，这才认出是男人的家什，原来他这半辈子的荒谬，全部来自这一件烦恼根。王曰信精赤溜光的，眼泪淌了一地，最终却被一声狗叫吓退了，一道烟地折返了回去，掩上了大门。切割未遂，或许也是太贪恋那一具象牙色的肉体，那一对赳赳然的乳房了，王曰信第一次使用了暴力，女人的尖叫声，险些乎掀翻了屋顶。事毕，王曰信又心生悔意，伏在了对方的大腿之间，一再抒怀，孃孃天生的这个坑，将来便是埋我的坟，葬我的穴。孃孃并不示弱，信娃子，你只要想死，我就敢埋你。这么着，王曰信使出了商人的精明，以及郡老和总乡约的那一番高邈眼光，提议从此以后，这样的苟且之事最好把把清，干一次，清一次，互不欠账。孃孃接住了当天的一笔现钱，声称这座窑子只向侄儿一个人开，单锅独灶，每次管饱。

浮世上的光阴，就像一大把碎钱，根本经不住花销，谁都在喊穷。

数年后，石家的两个儿子，找上了王曰信的门，要么骗吃蹭喝，要么借钱，搞得他不堪其扰，苦主一般。彼时，王曰信业已年过半百，脑袋秃了，牙齿松了，褶子爬满了颊脸，裤裆里的火也已经熄灭了良久。每一次撒尿，尿水都不争气，全部溅在了鞋面上，像他年轻时热衷的性事那样，如今呈现出一派有心杀贼、无力回天的状态。平素里，王曰信还会带着一种惯性，偶尔去探视一趟孃孃，相顾无语，前后也就是嗑几个瓜子、喝一碗开水的工夫。王曰信清楚，那两个贼属于鸡鸣狗盗之徒，从根子上就坏透了，他们蹲在县牢里的时间，比在家里的还长。起初，王曰信顾及了孃孃的颜面，也是看在亲门近族的分上，要一角，给一元，要十块，索性扔给一枚大洋，尽量满足对方。这对他来讲，简直就是牙缝中的一粒残渣，根本不值一提。俗话讲，多大的涝坝，多大的鳖。石家的两个贼自打靠上了王曰信这棵大树后，不仅衣食无忧地过了几年，意外的是，他们的野心居然也像一只猪尿脬那样，被慢慢地吹大了，不可一世起来。大概在半年前，也就是清明前后，这两个贼堵住了王曰信，哥长哥短的，掏出来了一份地契，让他签署，并需要额外支付一张大额汇票。永昌城外的三百亩水浇地，价格令人发麻，相问之后，王曰信方才获知，他们打算秘密地种植阿芙蓉，谋取暴利。阿芙蓉是从中原内地引进来的洋气名词，在北疆的俄境一带，红胡子土匪们则称之为花花子，虽然叫法不同，品质殊异，但这种有利植物落户在了河西四郡之后，就是鸦片，就是大烟，能让人们的眼睛里立时泛出一层绿光来。王曰信心知，自己的血汗钱一旦沾染上鸦片，不仅身败名裂，还将被褫夺了一切光环，将来在凉州难有一寸立锥之地。王曰信破口大骂，日娘捣老子的，又喊来了下人们，将这两个贼轰走了，眼不见为净，他自己却被气了个半死，在炕上卧了好几日。

临出门前，小贼狡黠地问：哥，你是属鼠的吧？王曰信惊了一跳：你啥意思么？大贼说：弟弟们给你开了一个方子，从今个天开始就孝敬你，直到你吐口答应为止。什么方子？愕然道。小贼笑曰：呵呵，你可别忘了，石家一直是卖老鼠药的。

这句话就像下了咒，彻底摧毁了总乡约的生活。走在街上，王曰信瞭见屋顶和墙头，店铺与水渠，车辆及茅厕，甚至每一片树叶，每一坨牲口粪，迎面而来的每一张颊脸，仿佛统统撒上了老鼠药，充满了嫌疑。渐渐地，空气中也似乎漾荡着一股呛人的气息，药味汹涌，仿佛整个武威城变成了一只捕鼠的利器，等着他一命呜呼。没了辙，王曰信迅速撤出了武威城，隐居在了乡下，但心中坐下的那个病，丝毫也不见好转。生日的那天，儿女们给爹老子过寿，王曰信端住了一碗长寿面，却突然撂下筷子，将饭食倒在了狗槽里，眼睁睁地看着那一条黄狗毙了命。家里的其他人吃毕后，却全都好端端的，促使王曰信顽固地保守着这个可怖的秘密，内里惊魂不已。那以后，王曰信的疑心更重了，水不敢喝，饭不敢吃，连吸气的时候也要张望上半天，唯恐头顶上撒下来一把药粉，夺走了他的鼠命。就在王曰信急遽地消瘦下来，几乎快要下跪投降的那一霎，石家的两个贼再次堵住了他。

这一回，条件更改了，要价不再是永昌城外的三百亩水浇地，也不是阿芙蓉，而是总乡约旗下的全部生意。面对敲诈，王曰信选择了去死，陆续准备下了绳子、刀子和毒药，但每一次动手时，要么心有不甘，要么勇气不足。次日一早，他又穿上了鞋子，像一介野鬼似的，漂泊在凉州的天空下，魂魄不再。到了签字的那天，王曰信突然强硬起来，泼掉了墨汁，撅断了毛笔，撕碎了契书，使出了一招鱼死网破的架势。不料想，大贼声称说，他们已经准备好了一副担架，雇了一支唢呐队，打算先抬着娘老子在武威城里游街，然后出了东门，去参加重阳节的一个坛场。小贼也附和道，虽然他们人微言轻，不曾接获承平堡的红帖，想必顾山农一定会看在哥哥你的面子上，在九月九的茶会中，多添一把椅子，多加一双筷子吧。王曰信吓坏了，哀恳再三，究问原委。这么着，两个贼一人一口痰，吐在了王曰信的鼻脸上，辱骂说：你个牲口，这么些年来，你提着一个鸡巴头子，举着一根肉橛子，霸占自己的嬢嬢，奸淫姑姑，干着乱伦的勾当，那就让其他的郡老们评评理，给石家一个起码的公道，也给凉州一个风清气正的纲纪吧。

困境之间，王曰信在重重绝路当中，忽然瞭见了一线光亮，发现了一扇生门。于是，在一个漆黑的夜晚，王曰信抛弃了全部的自尊，投奔承平堡，子丑寅卯地道出了这一桩长达十数年的丑闻。在这位郡老看来，顾山农是绝不会让塞外一席茶流产的，更不可能让那两个贼出现在沙山之上，败坏了众人的兴致。但是，纵然千猜万想，王曰信怎么也不会料到，顾山农的解决之道竟然是杀戮，三五日之内，便取下了对方的项上人头。震惊之余，瘫坐在地上的王曰信巴兮兮地望向了顾山农，求援似的，却不承想，更大的灾难像一块滚石，朝着自己碾压了过来，将让他万劫不复，此生彻底沦为了一只走狗。

王曰信不愿接，抽罢了自己一通耳光，鼻涕眼泪挂在了颊脸上，煞是可怜。见状，顾山农倒也不再愤怒，擦着了一根洋火，喂在那一张化人场的字据上，当即焚成了一小撮纸灰。灰烬落在了王曰信的怀中，让他一再确信，石五十一终于死干净了，石四十七好歹也死踏实了，这两个索命的鬼，此后不会要挟，也将不再纠缠他了。这么念想着，王曰信觉得自己的百病散了，心中的那一块疮疤也被消除了，身心痊愈。不错，这一切都仰赖于少东主的情义，赐下了如此一桩恩德。这一霎，顾山农踱了过来，蹲在郡老的身畔，开始低头捡拾脚下的玉米粒。蹊跷的是，每捡起一粒，顾山农便款款地放在了王曰信的手心里，叮嘱他握紧，不要撒掉了。王曰信不解，但出于对少东主的信赖，依言照办了。

在这个过程中，顾山农好像喇嘛念经似的，细数道：呃，这一颗叫打墙，这一颗叫补锅，这一颗叫剃头，这一颗叫打榨，还有阉猪，杀猪，骟牛，修脚，吹鼓手，总计是九颗，你一定要拿稳。又重复了一轮，这一回顾山农总共捡起了十八颗玉米粒，逐一搁在了王曰信另外的手上，嘴里叨念说：呵呵，你仔细瞅瞅，金匠，银匠，铜匠，铁匠，锡匠，木匠，雕匠，画匠，弹匠，泥匠，瓦匠，垒匠，鼓匠，椅匠，鞋匠，漆匠，皮匠，这些东西想必大人并不陌生吧？不待回话，顾山农抓起那一根光秃秃的玉米棒子，扔给了王曰信，作结道：

"唉，一盘散沙呀。"

对方怔忡着，又听见了仄身子口音。

"大人，你现在左手掌握着武威一带的九门行业，右手控制着凉州地界上的十八路匠人。这么些年来，你率着城外的五门十八姓，基本上垄断了大小营生，不显山，不露水，闷声发财，兀自暗肥。"倏忽间，顾山农停顿下来，似乎揣着一腔子的难肠话，不知如何剖析，"哎呀，你恐怕要大难临头了，在下奉劝大人还是好自为之吧。"

"九行十八匠古已有之，这不过是百姓们的饭钵，糊口罢了。"

"谁都做得，偏偏大人你不能染指。"

"少东主明示，老朽错在了哪里？"失声道。

"喏，就像这一根苞谷棒子，大人你才是主心骨，九行十八匠不过是附着在你身上的一颗颗玉米，仰仗你的鼻息，借助你的阴凉。但反过来一想，这种苞谷棒子烧火最好，万一大人有什么闪失的话，他们岂不是砸锅倒灶，将来就成了一盘散沙么？"顾山农的这个比喻，让王曰信觉得，他手中攥住的不再是粮食，而是两疙瘩火药与炸雷，此刻安危就在少东主的一念之间。这个关节上，顾山农忽然失笑了出来，又道："哎呀，孃孃这个人可真不简单，依我看，她老人家应该是百岁的寿数。大人，说出来你也不肯信，昨晚夕吃麻腐饺子，孃孃竟然一口气咥掉了二十多个，比我的饭量还好呐。"

王曰信沉声道："这么说，孃孃在少东主你的手上？"

"嗻，家有一老，如有一宝。山农不才，却愿意举承平堡之力，从此侍奉孃孃，替她老人家养老送终。"顾山农拍净了手，忽然面呈难色，相告道，"大人，我照了你的吩咐，除掉了那两个逆子，孃孃她至今还蒙在鼓里。但也不知咋了，孃孃这几日犯了病，思儿心切，一直呻唤着要去警察局报案，去县府门口击鼓，八成是她疑心两个儿子出了事，性命不保吧？"

"哼，老朽当初并没有让你杀了他们，砍下那两颗头颅。"

"死人一定是好人，我不反对。"

"谅他们现在活着，也不敢动老朽身上的哪怕一根汗毛。"反诘道。

"死了才能闭嘴，彻底哑巴，也就不会再给你的鼻脸上吐痰了。"

"天呐，求求少东主，你别再逼我了，不要再磨折我了。你到底想要什么，你尽管开口，我一定双手奉上，绝无半个字的怨言。"王曰信两手合十，声嗓哽咽，哀恳道，"我说不过你的仄身子口音，我现在就服属你吧，我以后就是承平堡的一条狗，也是少东主你的一名下人。"

"是这，凉州的九行十八匠，承平堡要全面接管。"

这一刻，顾山农截铁道。

胡笳三十七节

信不长，大概有一页半纸，但分量不轻。

白色帐幕中，秦望澜趺坐在一张低矮的几案旁，捧着这一封信，心中默念了七八遍，仍旧舍不得放下。顾山农的手中多了一串佛珠，静谧地捻动着，始终挂着一种温煦的表情。蓦地，秦望澜的眼睛湿下了，一时鼻酸，忙用袖子掩住了尴尬，感慨道：少东主，这下子让你看见了我的失笑；不瞒你讲，我已经有三四十年没淌过眼泪了，原来哭一下的话，居然还这么舒坦呀。顾山农并不答话，款款收起了佛珠，一击掌，管家自帐外应命而来，将一坛上好的苞谷酒搁在了几案上，又分别安顿了两只酒碗。管家撤了，将这一方机密的天地，留给了主宾二人。顾山农盘坐下来，打了酒，沥出了七八分的样子，一碗敬给了郡老，他自己则端住了另一碗。这一刻，秦望澜终于破涕为笑，一把捉住了顾山农的手，恳切地说：天老爷，我原以为我这辈子就鸡飞蛋打，家道中落，将来不得好死了；我做梦也不会想到，少东主你就像凉州头顶上的一只喜鹊，今个天捎来了书信，布下了福泽。我喝，我先干三碗，报答了这一份恩遇吧。

一个被喜讯压垮的人，很快就天经地义地醉了，露出了猩红色的牙花子，笑个不停。

事实上，这是一封没头没脸的信，既没有双方的地址，亦不见收件人的名讳，单薄而神秘。先时，武威城外五门十八姓的总乡约退出去之后，伙计们清扫完了脚下，管家询问下一位是谁，顾山农用了平常的口音，答复说：难日的那个，你快去请秦三大，我就不信啃不动他这一根棒子骨。秦三大者，乃是凉州人私底下给这一位郡老起的诨号，指其说话声嗓大，走路步子大，喝酒酒量大，可谓是入骨三分，一毫不爽。果然，秦望澜从主帐中被延请过来时，一路上大话喧天，嘻嘻哈哈的，全无顾忌，明显地带着一种巨门豪族的威风，一番世家子弟的优越感。在顾山农看来，此刻帐外的这种嚣张气息，俨然是一堆燃烧了一二十年的特大篝火，虽然光焰万丈，但实际上已经到了尾声，只不过是一堆虚火罢了。呵呵，谁说纸里包不住火，顾山农可偏就不信这个邪，闻听门外的脚步声过来时，款款地拿出来了一封信，便想扑灭对方。

果然，在这一页半的纸，以及一坛苞谷酒的发酵下，秦三大又多了一大，舌头大了。

顾山农接受了郡老的敬意，一连三次举起了酒碗，但他仅仅抿了一下，又迅速噙住了一口茶汤，涮了涮口舌，悄悄地吐在了一块手巾上，无懈可击。秦望澜沉浸于眼前这一种席卷而来的狂喜当中，似乎只有一条道可走，那就是用放肆的贪杯，一再地印证他个人的谢忱与感激。然而，毕竟是一方门面人物，久历江湖，意志老辣，秦望澜在前期的铺垫过后，泪水恣肆的眼眶突然间干涸了，闪过了一丝狡黠的目光，直率地问说：

"少东主，小女秦琼的这通书信，你是如何到手的？"

顾山农苦笑不语。

"唉，真是对不住了，我这个话有点造次，但实在是因为心里的疙瘩解不开，故而有此一问，还望少东主多多宽谅，理解我这么个做父亲的，在丢失了一双儿女之后的困境与无助。"这些肺腑之辞令人色飞骨惊，内里昏暗，但顾山农似乎并无兴趣，针对这种当面质疑，迅速放下了表情，满目愠怒。既然话匣子打开了，秦望澜也就收煞不住，一吐为快："少东主，自从秦木和秦琼这兄妹俩相继失踪后，老朽耗尽了平生的心血，花掉了大把的银子，一直在寻找他们的下落，几乎熬煎死我了，大海捞针，却又一无所获。可是，小女秦琼这一封报平安的家书，你是如何轻易得到的？呃，至少你得让我有一本明账，知道一个来龙去脉吧？"

"大人，这封信可是真的？是否确凿？"

终于开了腔。

"不错，完全属实。"秦望澜眼看着真相在即，一时欣快，拍着腔子道，"这上面的墨字，正是小女秦琼的笔迹，我岂能不识。这落尾上的名章，还是当年我在天梯山时，央请了过莽寺的法正住持，专门给闺女制的一方印。他这种刀法，天下人模仿不来。"

顾山农笑曰："知子莫如父，这句老话灵验。"

"可我的心病就在于，这么些年，小女漂泊在外，生死不明，甚至连一个梦也不肯托给我，现在却冷不丁地冒出来了这样一封亲笔信，且由少东主专门转交，我心里不免打鼓。"秦望澜的眉头上布满了疑惑，疙里疙瘩的，接续道，"唉，秦琼一定记得家里的门牌地址。退一万步讲，即便如今的邮路断了，河西与中原分庭抗礼，消息梗塞，那么少东主又是如何接获这两页纸的？"

"大人，信是囫囵的，不曾动过手脚吧？"

"千真万确。"

"呃，是这，信上没有说的，大小姐一再交代我，让我当面告诉你；恐怕这也是因为事涉机密，她提前留了一手吧。"顾山农字斟句酌，沉声道，"秦琼肄业了，上个月离开了兰州女中，先是在西安城逗留了几日，而后出了潼关，不知所踪，据说投奔她哥哥秦木去了。"

秦望澜愕然极了："你们这几个小贼，原来早就串谋在了一起，共同对付老朽呀。"

"大人的话，或许有失公允。"

"咋说？"

"也许，大人应该仔细反省一下自己当年的鲁莽与无情，求得一个心安，现在就能多喝上几碗，身心通泰，万里无云。"顾山农暗忖，这的确是一根难啃的骨头，水米不进，油盐不分，遂揶揄道，"你前头还夸我是一只喜鹊，给你报了平安，现在却矢口不认，又当我是一只不祥的老鸹，惹得大人你动了怒。"

终于，秦望澜使出了一记昏招："姓顾的，你可别忘了，你原本是戏子出身。"

"放肆。"

呵斥道。

"哼，你不但是一介戏子，你现在坐拥的这一切，包括承平堡和候任的郡老位子，那都是你入赘得来的，也是从权爱棠大人的身上剥下来的。"果然不负秦三大之讳号，声嗓剧烈，令白色的帐幕忽闪不已，却也不是风吹的结果。紧接着，秦望澜又说出了一句刨祖坟的话，讥讽道："别的男将睡女人，只为了传宗接代，而你顾山农被招入权家，睡了大小姐不说，还趁机当上了顶门杠子，做了一家之主。天呐，只要是个儿子娃娃，就绝不会如此下贱，这让整个凉州人唾弃，齿冷不已。"

"大人，令郎命在旦夕之间，我奉劝你最好少逞口舌之能。"

在即将晕厥的一霎，顾山农反击道。

"秦木？秦木到底咋了？"

"哼，武装暴动，手刃长官，盗窃军火，秦木最后不幸被活捉了。倘若按军法惩处的话，恐怕他现在已经被冯玉祥将军的宪兵队给处决了，横尸他乡，再也回不来的。"顾山农慢慢矮了下去，悲切中出了错，竟然抓住了一碗酒水，灌在了肚子里，一时间五内俱焚，燎起了一幕猖獗的火灾。又沮丧地说："大人，我一直在想方设法地营救令公子，虽然把握不大，但好歹也觅见了一线生机，寻到了一条生路。不知你何故突然翻脸，恶语伤人？"

秦望澜失声一叫："仄身子口音？少东主，你究竟咋了？"

"半个时辰后，必见分晓。"

"天老爷，你居然是仄身子口音。"吼喊道。

"对，我本是戏子。"

顾山农忽然疲倦起来，倚在了一根帐幕的支护上。

话说秦望澜的父亲秦襄，甘肃甘谷县人氏，清末举人，于光绪后期任灵台县令，一向爱民如子，官声甚佳。致仕之后，秦襄大人并不曾返回故里，颐养天年，而是携带着一门老小，西渡黄河，落脚在了凉州境内。问及个中原因时，秦襄的嘴上总挂着一句口头禅，说和尚不应该在本村念经，和尚于当地是不受悦纳的。在武威城内过了几年浮世的日子，秦襄须发皆白，俨然一介白鹤般的老神仙，又凭借他过人的见识、资历与学问，逐渐地声名日隆，备受尊崇。不料想，武昌首义的消息辗转传到了河西一带后，犹若一块祁连山上的巨石崩塌下来，一路上鬼哭狼嚎，摧城拔寨，将凉州、甘州、肃州和沙州碾压得烟尘四起，天地失色。昨夜东风吹梦远，最可怜一片江山。这秦襄，原本就不是一个窝囊人，值此重大关头，悄悄地择了一个月夜，穿戴上了家人们预备的全套寿衣，骗过了守将，从南城楼上一飞而下，羽化在了凉州的夜空当中。事发后，人们在城门楼子上发现了一面撕碎的五色旗，以及秦襄大人最后的绝笔：肝脑涂地，义无再辱。秦望澜收拾走了爹老子的骨殖，在家中搭了灵堂，布置了水陆道场，四门大开，允许各路人士前来悼念。谁也不曾料到，武威县府突然插了一杠子，就在发丧的前一日，强行接管了这一桩葬礼，全县举哀，一时无两。

本来停灵五日，却因为县府一直不松口，始终拖宕着，引发了各界的广泛猜疑，谣诼不断。到了第八日的黄昏，秦家内外骤然紧张了起来，一个是清水泼街，另一个则是禁绝外人，马警队和步警队实施了全面戒严。一支从古浪峡驶来的秘密车队，停在了灵堂门前，逗留了大概两个时辰，又连夜开拔了，未曾参加次日一早的出殡。据闻，第一个被单独召见的是秦襄的遗孀，第二个便是秦望澜，时任县长谢农则被安排在了最末一位，时间也就是一碗茶的工夫。这么着，武威城心跳加速，道路纷传，称这名从省城兰州赶来祭奠的客人，实际上是秦襄大人的义子，如今贵为省主席的高级幕僚，有陇上张良之称。这股风越刮越邪，甚至出现了甘肃省主席乃是秦襄大人的关门弟子之类的论调。至于真实的内幕，秦家人以及县长却绝口不提。

但是，秦望澜的这一锅水彻底滚开了，他不仅做了当家人，还全票入选了凉州六郡老这个议事班子。跟另外的伴当们不同，秦望澜的身上始终披着一层神秘的官僚色彩，简而言之，便是朝内有人，兰州城里有他这一辈子抱住不放的大腿。

或许因为丧父之痛，也可能是偶然得了一段失心疯，自那以后，秦望澜居然性情大变，古怪，孤僻，尖刻，在武威城内人见人躲，人见人骂。这表现在两个方面，其一，秦望澜重新开始蓄发，绾成了一根牛尾巴辫子，吊在屁股蛋子上，甩来甩去。逢上初一或十五，秦望澜还会特意换上一套爹老子留下的前朝官服，去一趟文庙，在孔圣人的坐像下号啕大哭，直到挤干了这半个月积攒下来的眼泪，方才歇止。其二，秦望澜热衷于提灯游街，像一头磨道上的驴子，不分寒暑，绕行着钟鼓楼，一遍又一遍地转圈子，行为诡谲。蹊跷之处就在于，秦望澜手中的那一只灯笼，在白天是白纸糊的，还点了一根蜡烛，但是入夜之后，却换成了黑纸糊的，连针头大小的一星灯火也瞧不见，如同摆设。一俟邂逅了熟人，追问说：大天白日的，你点灯笼做啥么？秦望澜答复说：日头，日头丢了，我在找日头。设若是半夜，又问说：白昼里点灯，夜黑了却熄火拔蜡，你真是活颠倒了吧？秦望澜反诘道：唉，人世上都瞎了，不光眼睛瞎了，连心也瞎掉了，我浪费那个灯油钱的话，我着实划不来。

　　秦望澜这个游神，在武威城里浮荡了许多年，虽说无病无害，可最终也出了事。

　　首先攻击他的，不是旁人，恰是他唯一的儿子秦木。一日清晨，秦望澜从街上回来，刚钻进了被窝里，却被一阵浓重的烟雾呛醒了。跑进院子里一瞧，秦望澜愕然地发现，儿子在柳树下点了一堆麦草，又将那一件陈旧的官服挂在枝杈上，正接受烈焰的炙烤。歹人，此乃祖传的衣钵，也是你爷爷留下的镇宅之宝，你岂能造次？秦望澜一个蹦子扑了过去，搂住了衣裳，踩住了火势。秦木带着一种少年人的倔强，恶狠狠地说：爸，现在全天下都共和了，可你偏偏丢人现眼，白天恶心人，晚夕里在叫魂，我只有烧了这一件垃圾，你才能醒过来，活得像一个文明人。争执不下后，秦木真是疯了，竟然将一桶子火油泼在官服上，也零星地溅在了爹老子的身上，纵了火。最终，那一件前朝的七品冠冕被彻底焚毁了，秦望澜的肩膀上也烧出了巴掌大的一块疤，抹了半年多的雪鸡油，这才长出了新肉。至为可惜的，则是庭院中的那一棵大柳树，一半呈焦木，另一半却绿意丛生，分庭抗礼了许多年，始终也不曾一统江山。

　　再一回，秦望澜头皮奇痒，知道生了虱子和虮子，便打了一盆温水，解开辫子，站在廊檐下洗头。水很快就黑了，漂着一层白花花的东西。秦望澜喊来了闺女，索要了土胰子，打在头发上揉搓，又督促秦琼浇水，再漂洗一下。这个关节上，恰逢秦木下了学回来，赶紧支走了妹妹，舀了一勺滚沸的开水，一面卡住了爹老子的脖颈，一面浇了下去。天呐，秦望澜的沟门子一紧，杀猪般地尖叫了起来，却又挣脱不得，昏死了过去。待醒来后，秦望澜这才发现，自己的头发被烫了猪毛，掉了一大半，原先牛尾巴一样粗的辫子，如今却成了一根细麻绳，索性全剃光了，省得丢人。秦望澜卧在炕上，绝望地盯看着儿子，究问原因。秦木哭诉道：爸，你这个不叫辫子，你这是封建尸骸的阴魂不散，也是凉州遗老们裤裆里的一堆老屎，我代表文明社会向你开刀，打响革故鼎新的第一枪。秦望澜苦楚坏了，问这是谁教的话，谁怂恿的。秦木答复说，此乃弘毅乡学全体师生的意志，也是整个凉州响应共和之需要，更是他本人作为一名新青年的有力壮举。秦望澜记住了这个仇，但出于虎毒不食子的道理，他并不曾将其记在秦木的头上，而是瞄准了弘毅乡学的主心骨尹先生。

那以后，这个诡异的游神，继续在武威城里浮荡着，白天白灯笼，深夜黑灯笼，头戴瓜皮帽，身披一套孝服，于钟鼓楼一带天天转圈子。谁也不会料到，如此显赫的凉州郡老，竟然在怀里揣着一泡屎，他本人当天拉下的屎，等待着羞辱对手的机会。碰巧了，那一日傍晚，尹先生由秦木陪同，刚刚从探马巷中家访出来，路过钟鼓楼时，被游神拦在了半路上。在尹先生面前，秦望澜自然矮了几分，说也说不过，辩也辩不赢，不如直接动手。秦木发现扑过来的爹老子表情不对，又瞭见他的手上举着一包东西，急乱当中，一胳膊推开了尹先生，他自己却遭到了暗算。钟鼓楼一带人粥稠密，骡马喧腾，突然飞溅开来的大粪，吓退了众人。秦木忍住了浑身的恶臭，荒凉地盯视着父亲，泪水大作。尹先生喊来了一辆运水车，在贩子们的相帮下，将整车的清水，泼在了弟子的身上，草草地浣洗了一番。秦木站在父亲跟前，切齿道：老贼，从今个天开始，我没你这样的爹，我也不要武威城里的这个家，我解放了，我终于是一个自由身了。言毕，秦木跪在地上，朝着钟鼓楼磕了三记响头，而后抛下尹先生和郡老，一道烟地跑出了东门，从此失踪了。

这一切就像打了一个喷嚏，发生得太快，以至于事发之后，武威城里连一句闲话、一个嚼牙茬的也不见。按当地的说法，屎尿乃是驱鬼的利器之一，秦望澜怎么也没有想到，本打算用一泡屎去羞辱他人，岂料阴阳两差，变相地吞进了秦家的嘴里，又奇迹般地治愈了他本人的癫狂，成了一个神智正常之人。终于，游神消失了，秦望澜这位郡老身衔一道道光环，活跃在凉州的舞台上，迄今也不曾褪色。

唯有躺在深夜里，秦望澜的眼泪和后悔，才会像窗外无涯的夜色，压得他喘不过气来。儿子丢了，秦木生死不明，加之碍于情面，秦望澜又不好去弘毅乡学里找尹先生打问，心中的那一块暗疮，渐渐地坐大了，溃烂不愈。这种焦灼持续了有大半年，某一日，秦望澜偶然发现，女儿秦琼从对门的张森林家里取来了一封信，躲在闺房中鬼祟。抽了空子，趁着秦琼不在，秦望澜打开了女儿的炕柜，起获了几封书信，这才恍然，原来兄妹俩感情甚笃，一直在私下里来往。不过，几经核实，秦望澜确凿了一点，这种秘密的联系只是单方面的，也就是说，哥哥只是简单地报个平安，问候一声妹妹罢了，再无多余的话。退出了闺房，秦望澜揣着一腔子的狂喜，暗自发誓，一切都将佯装不知，守护好这个据点，继续偷窥。

秦木投军了。秦木革命了。秦木将在这一年的秋末，就读于一所步兵学校，名称和地址均不详。除此而外，秦木犹如长了一张石狮子的嘴，难以被撬开。

然而，伤感还是宿命般地袭来了，就像每年一打春之后，沙尘必定作乱，侵扰了凉州全境那样。回味中，秦望澜凄凉地发现，儿子的书信里，既没有提及爹娘老子，也不曾过问这个家的近况，仿佛他是石头缝里蹦出来的，无法无天，无亲无故。些许的抱怨之后，秦望澜又迅速放晴了，时常跌坐在家中的佛堂，为一双儿女祈福。每每，秦望澜盯看着头顶上的仰衬纸，再三叨念：儿子，不要紧，你不认老子也行，你把凉州连根拔掉了也可以，但只要你仍是一具热身子，你还活在这一幕大光阴当中，还能端上吃饭的碗，为父便也知足了。

后来再看，逃亡似乎成了这一家人最黯淡的命运。数年之后，眼见着女儿长大了，到了该出阁的年岁，秦望澜便托付了城里的几个媒婆子，四处张罗。终于说定了一家，在男方的爹娘上门提亲之前，秦望澜这才告诉了闺女。不料想，秦琼当场掀翻了桌子，砸烂了几只花瓶。原来，男方和秦琼算得上同窗，只不过后者在女班，点头之交而已。战火燃起后，秦望澜一再劝导，说这家人在哈溪镇开了金厂，院子里都是钱的味道，你将来不愁吃喝，只管做你的少奶奶。秦琼却讽刺说，可惜了，他是个豁豁嘴，看着恶心。秦望澜又讲，人家在城中心买了一座带花园的宅子，有山有水，足够你们风光的。秦琼干笑，他的左腿比右腿短了一寸，走起路来，沟子都是歪的，你让我这么一个囫囵人，天天去做噩梦么。照例谈崩了，秦琼开始绝食，将自己反锁在了闺房内。到了第四日，下人们开始慌了，在秦望澜的首肯下破门而入，发现人去屋空，细软尽失，只在墙上瞭见了三颗墨字：走为上。

不过，这件事的打击并不太大。在秦望澜看来，儿子都丢了，再丢一个扎花的闺女，塌不了门，毁不了屋，难肠不死人。渐渐地，秦望澜显出了罕见的一面，这个人太独，以至于身边寸草不生，恍如戈壁旷原。俗话说，猛兽总独行，牛羊才成群，被儿女们撂荒之后的秦望澜，恰是凭着这一份独性，一心扑在了买卖场上，使出了绝辣之手，渐渐地富甲一方。

这时候，几近于透明的白色穹顶上，突然出现了几个斑点，带着翅膀的扑棱声。

先时，还一直处于假寐状态的顾山农，突然醒转了过来，目射精光，拔身而起。但是，旁侧里的秦望澜分明瞭见，少东主的这一番英武与果敢当中，又带着一种迟疑、焦灼和怯懦。果然，顾山农疾步奔到了门前，蓦地钉在了地上，一再搓摸着两手，手心里全是汗，好像那一道门帘，乃是祁连山中的重大关隘扁都口，连当年的蒙古大军也难以逾越。这半个时辰内，为了那一句刨祖坟的话，为了那一声戏子，秦望澜赔光了表情，说尽了好话，眼睛里几乎哭出了血，但顾山农始终不曾缓颊，也没有回应，根本就不打算宽恕他。此刻，顾山农的犹疑，让这个著名的秦三大好歹悄静了下来，咂摸出了一种不祥，遂膝行上去，揽住了对方的大腿，脑袋埋在了鞋面上，低声啜泣。半响后，顾山农开腔道：大人，关于令郎的消息来了，生死两个结果，现在就在门外，你究竟要哪一个？秦望澜哀告道：好我的少东主，我受不住磨折了，假如秦木有个三长两短的话，我也就不得活了，明年的今日便是我的周年，我坟头上的草一定变黄了。顾山农道：嗯，从天命，尽人事，实话给你说知道吧，我已经尽力了，毕竟秦木也是凉州子弟，一介少年，我岂能忍心他做了枪下之鬼，绝了你们秦家的户头？但是，至于结果如何，山农现在真的没有一点把握。秦望澜曳着哭腔，答复说：天呐，我没有一天不想这个贼疙瘩，我心里的灯油快熬干了，我的灯就要灭了。

话已至此，顾山农挣开了郡老的纠缠，隔着帐幕的门帘子，击掌三次。

管家闻声入内，将一只用芦苇秆子编织的草笼，款款地搁在了几案上。秦望澜一时诧异，不知道葫芦里卖的什么药，刚要扯开嗓子求问时，却瞭见顾山农已是汗水淋漓，十分惶恐，比他自己这个当爹的还紧张。这么着，秦望澜彻底信服了眼前的这一切，知道最后的时刻来了，生死两张牌，即将揭晓，马上就要被掀开。廖逢节相帮着，解除了绳扣，打开了草笼的天窗，手往里一伸，竟然捞出来了两只鸽子，噗噜噜地闪着翅膀，栖在了他的胳膊上，就像承平堡的伙计们那样规矩。鸽子是杂色的，并不起眼，也不喧哗，即便在这一片焦山渴水的所在，照旧机敏而老练。顾山农趋前，从鸽子的腹下，各取出来一枚羽管，握在手中，而后使了一个眼色，支走了管家和天上的访客。秦望澜不敢吱声，又膝行了几步，跪在顾山农的面前，朝佛似的仰看着，鼻脸上乱云飞卷，浑身僵硬，等待着判决。这一霎，顾山农拧开了其中一枚羽管，抽出来一页纸，上下一瞧，表情皆无，只淡然地说了一句：

"事成了。"

又是仄身子口音。

"少东主，啥事成了？"

"都成了。"

"秦木还在，秦木还活着么？少东主，你给个干脆话，我这就给你磕头了。"求告道。

"大人，这个结果，便是你平时种下的福田，修来的福报。秦家的香火不曾断绝，令郎如今还活着，秦木从枪口下侥幸生还，你尽管宽心吧。"顾山农日后的崛起，以及将来横扫河西一线，发展成为一股新型的势力，必有其特殊的品质。也恰是在这一刻，显露出了他自身格外的魅力，不贪功，不炫耀，不冒进，事毕之后，将所有的荣光与功劳，归于当事者一方，他自己却拂衣而去，一切都干得滴水不漏，毫无痕迹。又道："喏，这是令郎的亲笔信，大人你自己看吧。山农穷尽了各种办法，此番所能做的，恐怕也就到此为止了。"

秦望澜接在手中，展眼一瞧，但见纸面上有三行清晰的墨字：死地重生，兄妹团聚，一切无虞。落尾地带，则是一方印信和几颗蝇头小楷：不孝儿秦木秦琼叩首。阒寂中，秦望澜的目光焊在了纸上，自左至右，自右至左，上上下下地默读了许多遍，内里当中竟然无波无澜，无惊无喜，就连他自己也是诧异不堪。的确，这正是儿子秦木的笔迹，并不难认，而那一方印章，同样出自天梯山过莽寺的法正住持之手，刀法独特，一般人模仿不来。常言道，积羽沉舟，聚沙成塔。事实上，这一刻的秦望澜，完全被信纸上黏附的一根羽毛压住了，动弹不得。那根羽毛看似微小轻曼，弱不禁风，在鼻息之间曳荡着，但它所带来的巨大分量，堪比一块沉铁般的镇纸，无从置疑。然而，凉州人并没有走眼，这个诨号秦三大的郡老，不仅难啃，而且还生性多疑，热衷于刨根问底。果然，秦望澜反击道：

"少东主，你手眼通天，好像犬子和整个秦家的生死，完全在你的手心里攥着。"

"呃，不过是景仰大人罢了。"

"老朽只想知道，你究竟走的是哪一个路数？占的哪一座山头？"

顾山农敷衍说："人抬人，僧抬僧，这总可以吧？"

"军方。"

顾山农猛地一怔。

"依我看，你应该来自军方，你跟革命军的军部关系大了。换句话说，少东主你本来就是新城大营里的一员，以七尺昂藏，卓越才华，在凉州境内开始了你凶猛的经营。"秦望澜也被自己的言辞吓了一跳，片刻的怔忡之后，反而不再顾忌，直率地说，"数年前，有一场军地联谊会，老朽应邀去新城的革命军大营里做客，偶尔看见了一批信鸽。询问之后，方才得知，原来鸽子也是革命的战士，共和的武器，所以我确信少东主应该另有一重身份。"

顾山农寂静似水："大人，晚生只是承平堡的一个买卖人。"

"或者，你就是军方的爪牙。"

不语。

"嗯，这没错，你还是马家的走狗，将来凉州的罪人。"

持续哑默着。

秦望澜的这一顿乱拳，悉数打在了棉花垛上，竟毫无反应，不免急躁了起来。到了这个地步，顾山农料知火候足够，对方已经被彻底激怒了，方寸大乱，无善状可言，于是祭出了致命的一招，阅后付火。这么着，顾山农夺走了那一页书信，在对方错愕的注视下，用一根洋火焚化后，烧成了纸灰。仿佛刚才讲过的这一切全不作数，所谓秦木的死里逃生，亦不过是一个噱头，一句天大的玩笑话。

"天呐，我这个吃屎的嘴，我又得罪了满门的恩人，我真是该死。"秦望澜头皮一麻，懊悔极了，连续抽了自己几个耳光，伏在地上，哀告说，"少东主，我现在相信你是个买卖人了。其实在生意场上，谁也不愿意赔本，你现在开个价吧。"

"平心定气馆。"

"什么？"

一时间，秦望澜色飞骨惊，如雷轰顶。

"大人，这么些年来，你步步为营，手段缜密，你仗着自己郡老的身份，包括传闻中的所谓朝内有人，陆续在凉州、甘州、肃州、嘉峪关、瓜州和沙州这几座旱码头，开了二十七家烟馆，几乎垄断了市面上的全部鸦片生意。再者，据我所知，那些但凡想染指这桩贸易的人，恐怕都被你用金钱铺路，与权势勾结，基本上赶尽杀绝了吧。"这一刻的顾山农，才能算得上承平堡真正的主子，言辞与举止，仿佛一堵矗立天际的高墙，随时会覆压下来，笼盖八方，进而断绝了对手在这个人世上的全部生路。又道："呵呵，山农自小好奇，生性冲动，也从来不信什么邪。既然大人吃了这么多年的独食，如今舍一番心肠，分一碗汤水与我，想必不会是一件难事吧？"

秦望澜艰涩地说："我现在相信了，原来凉州人的说法是真的。"

"什么说法？"

"嗯，仄身子口音的人，不是天罡，便是地煞，如同过去的一辈辈凉王。"

"抬举了。"

"另外，仄身子口音的人，五百年才出一位，要么是混世的魔王，要么就是清绝的君主，概莫能外。哎呀，老朽不知是喜还是忧，天老爷让我在这一世的大光阴里，碰上了少东主你，这也算是我的命数吧，我不想认，可也得认了。"终于，秦望澜道出了一腔子肺腑，郡老的气焰忽然扫地，恳切地说，"少东主，老朽愿意让出一半，总之河西全境的利润，将来你占上五成？"

"不，承平堡要全部接管，以后也不许大人你插手。"

"你这是剃头？"吼喊道。

"正是。"

"那，那我宁可现在就下山，这个茶我喝不起。"

"大人，你又何必动怒呢？交出了河西一线的全部烟馆，你尽可以去颐养天年，我保证整个秦家衣食无忧，满门富贵。况且，你也应该仔细算筹一下，剃头总比断头划算得多吧，这个道理就像一碗水那么简单。"这个关节上，顾山农拿出另一枚羽管，取出来一张卷曲的相片，慢慢地捋平后，刹那间一笑。照片的正面，乃是秦氏兄妹的合影，秦木一身戎装，英气逼人，分明已是国民革命军的一名青年军官，而身旁的秦琼，却是笑靥如花，娇娇滴滴的，攀在了哥哥的肩头上，吐着舌头，扮出一副鬼脸的样子。背面，在右上角的位置，以秦木的名义，钤下了一方印信，并写有一行俊秀的墨水字：父亲大人留念，民国一十九年中秋日。顾山农暗忖，这一切真是煞费苦心了，自八月十五日拍照，截止重阳节当天收悉，这中间仅仅隔了二十余天，便已跨越了三山五岳，五湖四海，抵达了凉州境内，真是实属不易呀。这么着,顾山农将相片递给了郡老,款笑道:"大人,我清楚你心里还有一个疙瘩,所以不肯丢手。但是,令郎绝无可能再回到凉州,来接你的班,承继你的衣钵了。"

秦望澜端详着那张照片:"山农,我只想知道,他们兄妹俩如今身在何方?"

"奔赴中原的路上。"

"中原?"

"对,战争已经开始了,他们就在革命军的队伍中。"

"老朽输了。"气馁道。

顾山农却劝慰说:"不,大人,这不算输,咱们这叫联手发财。"

"好我的少东主,我干脆就服属了你,在你的麾下当牛做马吧。"

不为别的,只因秦望澜的余光,瞥见了那一盒洋火,骤然炸起了一身的鸡皮疙瘩,生怕再次惹恼了顾山农,将这张儿女们的珍贵合影付之一炬。秦望澜跪在地上,用左手的袖子,擦净了顾山农单靴上的灰土,啐了几口清唾沫,接着又用右手的袖子,拼命地打理起来。渐渐地,鞋面发亮了,秦望澜瞭见自己的这一张嘴脸,被顾山农穿在了脚上。诨号秦三大,这绝非浪得虚名,应该还有一层胆大包天的意味吧。秦望澜盯看着那一双黝黑发亮的鞋子,忽然想起了脚底抹油、金蝉脱壳之计,不由得心中暗喜。大概半个月之后,秦望澜将河西境内的二十七家烟馆整体打包,以极低的价格转让给了大盐商沈光宅,将自己切割在外。

这时候,彭澹然来了,在帐幕外轻喊了一声。

胡笳三十八节

　　凉州大居士进门的刹那，秦望澜矬住肩胛，矮下身子，从门帘下溜了出去。一束光线来了又走，瞬时灭失，帐幕内就像什么也没有发生过似的。彭澹然揉了揉眼角，再一次确信，这人世上的所有，譬如朝露，譬如闪电，也譬如梦幻泡影。佛是日常的。佛随时降示，随处点化，就看你有没有一颗悦纳的心，接受这一幕幕慈风善雨。但是，这一刻的彭澹然根本不为佛法而来，或者说，他是专门为了忏悔。

　　先时，在蒙古式的主帐内，彭澹然也算一介活跃分子，跟张观察和伴当们谈玄说法，不亦乐乎。茶喝多了，太多了，彭澹然觉得自己的肚子里揣着一座涝坝，一时尿急，便匆忙趄出了帐篷，找了一个背风的角落，解决了难题。信步而去，一片蓝宝石般的沙漠海子出现在了眼前，倒映着整个凉州的秋空，澄澈、凝滞、雍容，美得不可言说。彭澹然愣怔了半晌，这才相信并不是幻觉，于是一屁股坐在了沙子上，滑下了坡地。岂料，这一关节上，也不知道从哪里冒出来了两名少年，像一对游隼似的飞掠而来，一左一右，叉住了这个不速之客，截停了郡老。少年们一身短袄，裹着头巾，脚穿登云靴，靴子里各插着一把刀子，赳赳然的。彭澹然并不知悉，这些人其实是承平堡的贴身护卫，早已将胡杨林子里的那一座白色帐幕，围成了铁桶似的，一般人实难靠近。凉州大居士何曾受到过如此的轻慢，这样的侮辱，任凭他说烂了嘴，再三表明了身份，声称自己只想下去洗个脸，漱个口，凉快一把，但两个少年人死活不肯，还差一点将彭澹然扔了出去，活埋了他。幸亏，管家在不远处闻听到了这些吵闹声，匆忙打来了几个手势，彭澹然方才获释，但浑身的骨骼却已经散了架子。

坐在水边，彭澹然带着一种近乎发霉的心情，咂摸着周遭的一切。

天呐，承平堡简直太可怕了，或者说，顾山农这个当家人过于阴险，野心强悍，简直比这一片沙漠还浩瀚，还令人捉摸不定。别的不讲，单说今个天的塞外一席茶，倘若不是鸿门宴，那也一定是关门打狗的把戏；顾山农其人绝不会做亏本的买卖，或许别有企图。彭澹然忆想起来了，早上出城时，朱绣的脸色就不展括，像被霜打过的茄子，一路上怏怏不乐的，至今也不合群。后来，王曰信被管家喊走了，去时还挂着笑，就像一只兔子那么活泼，回来后却沮丧万分，假寐在了角落里，一声不吭。大约半个时辰前，秦望澜也溜出了主帐，去而不返，兴许他被一个难题绊住了，耽搁了这么久。过堂，彭澹然的心中突然跳出了这个词，脑子里晕眩不已，迅速揣测出下一个便是自己，逃是逃不掉的。唉，真是好吃难消化呀！这一碗罗布麻茶看似清汤寡水的，实际上危机伺伏，潜藏着不少的机关与歧路。

这一时，脚下丰腴的水面上，映照出了凉州大居士那一张清癯的五官，有点花，也有些变形，虚实不定。的确，谈不上真正的持戒修佛，可他彭澹然好歹跟凉州各个沙门有千丝万缕的联系，恍兮惚兮地浸淫了十来年，起码也具备了一种浅薄的觉悟，内里当中，不由得潮起了一层层伤感的涟漪，以至于垂下了几滴眼泪，掉落在了水中，倏忽间便消失无迹了。彭澹然一再忖度，究竟岸上的自己是一具肉身，还是水中的那个人乃魂魄？到底这一座沙山是现世，抑或是渊底的那一片幻象为彼岸？天呐，这个问题难死了他，可终究得不到一个确凿的答案。

岂料，意外发生了，彭澹然伸出一根指头，探向了水面，狠狠地戳了对方一下。水中的那张脸哇的一声，捂住了腮帮子，龇牙咧嘴的，连牙花子都是绿的，比渊底的水草还要深沉。彭澹然恍悟了，其实肉身和魂魄，现世与彼岸，只隔着这么一层水皮子，你中有我，我中有你，无所谓优劣，理不出阴阳，更谈不上福报。趁着影子慌乱的工夫，彭澹然一巴掌捞起了他，挣脱了水面，将其挂在指尖上细察，却瞭见那张支离的五官嘿嘿一笑，讽刺说：贼疙瘩，你演得真好，你可越来越像我了。

身后,承平堡的管家刚钻出了胡杨林子,打算歇凉,不经意地发现,凉州大居士竟然捧着一只干瘪的癞蛤蟆,兀自念念有词。廖逢节知道,沙蛤蟆异常少见,这个季节的沙蛤蟆皮是一味不错的药材,可万一沾了水,也就不值几个钱了。管家不想多嘴,决定对这位跟佛家往来的郡老网开一面,随他的性子吧。

事实上,彭澹然恰是在这一刻发了失心疯的,扔掉了手里的东西,也顾不得个人的仪表,掉头便跑,一道烟地置身于白色帐幕内。过堂,在彭澹然的千猜万想中,过堂一定带有早年间武威县衙当中的那一幕威严与肃穆,两班衙役,分列左右,杀威之声不绝于耳,虎头铡和狗头铡赫然在目,令人不寒而栗。最为蹊跷的,则是当年武威县衙的大堂之上,张挂着一块漆底白字的巨匾,榜书了四颗大字,曰:月光大地。凉州人想破了脑子,猜疼了肝肠,竟也不明白这人世上的种种官司,究竟跟天上的月亮,攀上了哪一门亲戚,结成了什么样的关系。后来,在海藏寺老住持竺云法师的开示下,凉州人纷纷恍然,原来这月光大地,其实是一句佛门偈语,意味着公正、清白和廉明。此刻,这一座帐幕的穹顶上,覆盖着成吨的日光,广大,洁净,安谧,但彭澹然偏偏相信,它并不是供佛的赞堂,也不是避世之所,而是一间当世的法庭,凉州的刑场,在等着他去补缺,去供述。

"少东主,罪人彭澹然前来点卯,听候你的处置。"

顾山农转身,目光咦的一声。

"呃,我是个罪人。我的罪孽大了。我如今百罪莫赎,内心煎逼,值得凉州百姓们一人一刀子,将我活剐了,凌迟了,给我一个恶报,我才能踏实。"话很重,如同他在当面吃咒,鼓舞决心,甘愿切断了自己这一世的生路。彭澹然心知,今天是一个天赐的机会,一旦错过,余生的光阴里,他将坐卧不安,难有宁日。又道:"嗯,老朽清楚,放眼整个凉州,其他人根本不配听我这些当家底子的话,因为他们的沟门子上也有屎,比我还脏。"

"这意思是说,大人对我另眼相看,在抬衬我?"

彭澹然执拗道:"哼,除了少东主你,恐怕也没有第二个人敢治老朽的罪。"

"问话问根苗,大人你总得开开窗子说话吧?"

"我是个赝品,假冒的。"

"大居士,你?"

"是这,我并不叫彭澹然。这么些年,我冒充彭澹然习惯了,一方面享受着凉州郡老的体面和尊贵,另一方面又扮演着居士的角色,在僧俗两界很是吃得开,到了最后,连我自己也深信不疑了。"这个清癯之人,像一根筷子那般瘦削,此刻终于解开了梗塞在心中的疙瘩,释然无比,"少东主,我干下了荒唐的勾当,悖逆了佛祖的美意。我白天怕雷,夜里防鬼,一直就像热锅上的蚂蚁,由不得个人。这些话句句属实,我也是头一次对人坦白。"

"大人,你的话不是在谢罪,反而像一种求援?"

"求少东主替我开一个方子吧!"

"山农不才,且是晚辈,的确也没有那个资格,去给天下著闻的凉州大居士开什么方子,疗治所谓的心疾。"顾山农虽然牙齿很硬,坚辞不就,心里却一再琢磨,这个原本需要火力全开,最难对付的一个门面角色,竟然自己跑来了,虚声下气,飞蛾扑火,难道他另有一套唱本,使出了以退为伸之计?这么着,顾山农慢慢放低了姿态,恳切地说:"大人,别的我给不了,但我可以给你一个交情,这一世的交情。"

"这个咋说么?"

"依我看,大人并没有错,这十多年来你也做得很好,小到百姓人家的婚丧嫁娶,大到佛门中的坛场法会,你都倾心尽力,不辞劳碌,一心扑在了凉州的志业上,在僧俗两界的心目中备受尊崇,至高无上。"这种人抬人、僧抬僧的伎俩,顾山农并不陌生,甚至还颇为娴熟,又接续道,"俗话说,坐惯的板凳,拄惯的拐棍,使惯的丫鬟,谁也不忍心撒手。唉,佛衣难披,居士的那一件袍子,同样也不好打理。大人,既然你穿了那么久了,又格外合身,晚生现在建议,你不妨继续穿下去,一直穿下去。"

"可我不是彭澹然,我是假冒的。这件事天天磨折着我,我快要疯掉了。"苦楚道。

"你就是。"

"不，我不是。彭澹然只是在下的家兄，我跟他是双生子，一胎所生，从小就长得一模一样。这怨怪不了凉州人，因为就连我吃斋念佛的爹娘老子，当年也分不清彼此，时常喊错了名字。"大居士终于说开了，说破了，仿佛身上的一块伤疤，流出了一股股熟透的脓和血，倏忽之间，获得了一种昏暝的快感。又喋喋道："那一年，凉州和河西一带暴发了大瘟疫，彭澹然不幸发了急症，心脏绞痛，手脚溃烂，最后也没能救下，在海藏寺里火化了，圆了家兄一辈子侍佛的念想。但是，死的人太多了，武威城里的亡者亲属们纷纷寻上门来，央求彭澹然去念经，去超度，去做法事。我实在不忍心。我也是信佛的爹妈拉扯长大的儿子娃娃。这么着，我就以彭澹然的名义出了门，替大家张罗去了。一年半之后，待瘟疫过去了，我再想脱下这一件居士的衣裳，还自己一个俗人的身份时，却发现我已经成了另外一个人，成了家兄彭澹然，竟而又当上了凉州的六郡老之一，如同浮在汤面上的那一把葱花和芫荽，受人敬重，各方面也礼遇。"

顾山农恳切道："大人，你发心善良，这一切实属无心之过。"

"少东主，你务必要替我正名。"

"彭毅然。"

一声断喝。

"啊，少东主你，你怎么？"这个关节上，凉州大居士浑身一震，仿佛有一根无形而野蛮的霹雳，贯穿在他的体内，四面纵火，焦土遍地。因为，他亲耳闻听顾山农突然更换了嗓音，用了一种特殊的声嗓，在怒吼，在棒喝，在拒斥。怔忡了半晌，这位开始面笼寒霜的郡老，倾肠相告地说："呃，不愧是一代英才，承平堡的当家人！其实你早已知道我是个赝品，也清楚我本来就叫彭毅然，只不过由于你的涵养和宽容，你的高义，你的善心，你从来不愿意当面戳穿老朽罢了。"言说至此，这个清癯之人潸然泪下，哽咽道："容老朽胡乱猜测一下吧，这一定是你外父权爱棠交的底，给你留下的机密锦囊。因为，在权大人在世的时节，整个凉州乃至于河西全境，谁也逃不出他的法眼，他的账簿。"

"或许吧，他老人家天上有知。"

顾山农既不承认，亦未否定。

"少东主，求你抓紧斟酌，替罪人彭毅然开一个方子吧！"

"喏，这件居士的外衣，大人你务必要穿好，继续穿下去。至于彭澹然这个名字，你也一定要叫响，绝对不可泄露了内幕。你们原本就是一母所生，弟承兄业，荷担佛法，先后披挂上了坚忍无畏的金刚甲胄，所以你也不必愧疚。"蓦地，顾山农却后一步，长躯深揖，诚恳地说，"为了凉州万千百姓的福祉，山农给大人郑重行礼了。"

"岂敢。"

彭澹然也是一揖。

"承平堡需要你，晚生也需要你，大人。"

"少东主，你百事缠身，应酬繁杂，但在我出门之前，还是要叮嘱你一句话，请你务必要惜疼自己，不要过度劳碌了，凡事一定要做长久的盘算。"彭澹然直起身子，慢慢趋前，盯视着顾山农的双眸，款言道，"老朽才学浅薄，习法粗陋，但据我所知，历史上确曾有过那么一个人，说的也是像你这样的仄身子口音。"

"何人？"

"相传，他就是鸠摩罗什法师。"

"呵呵，无稽之谈。"

彭澹然并不退缩，沉声道："河西一带的沙门里传说，像这种仄身子口音，乃是暴露天机的声嗓才能讲出来的，一般人都是蝼蚁之命，绝不会有这种天赐。"说着话，彭澹然摘下了脖子上的一枚金刚杵，慷慨相赠，直率地挂在了顾山农的项上。又道："少东主，除了鸠摩罗什法师，你应该是第二个，第二个身具仄身子口音的人，你好自为之吧。"

"敢问大人，这报应何在？"顾山农失神道。

"双舌。"

"双舌？"

冷不丁，顾山农捂住了自己的盖胡子。

胡笳三十九节

最后轮到了大盐商沈光宅，但在见面之前，顾山农却被另一件事打扰了。

跟着管家，顾山农急切地跑出了那一角白色帐幕，蹚出了胡杨林子，奔向了西北方向。沙子很软，也很烫，每踩下去一脚，身上好像被卸掉了一股子力气，两个人哼哧哼哧了起来。就在刚才，凉州大居士走后，顾山农尚处于震惊和颓败的状态中，廖逢节忽然进门相告，说西北头子的方向上，挂着一根孤烟，八成是一支外地的商团，误入了这一片沙海吧。顾山农收拾住情绪，用了普通的声嗓发问，那根烟是白的，还是黑的？廖逢节却道，那根烟应该是湿的，漾了小一阵子，突然就灭失了，大体的位置，或许就在石人像一带吧。顾山农一番苦笑，拽起管家的手，相率而出，声称要去亲自迎接。闻听此话，廖逢节的心中呼哧一下黑透了，料定张汲水那个贼来了，他一定跟少东主之间，有一桩秘密的勾当，故意撇开了自己。果然，在半途中，廖逢节闻听身后的顾山农在嘲笑，在斥责，说这就是飞行游击们一贯的鬼把戏，不这么装神弄鬼的话，往往吃不饱肚子。到了山脚下，顾山农用眼神喝停了管家，让他原地待命，不必跟着上去，又似乎不忍，伸手攀住了管家的肩膀，蔼然道：听着，你是家里人，家里的事情你要多费心，至于外面的么，你尽可以睁眼闭眼，去做一个甩手掌柜的，千万别牵扯进来。这句话，原本像一帖凉州祖师麻膏药，令廖逢节神清气爽，一时明快。但转念一想，又觉得这其实是一声告诫，勒令他不许越雷池一步，谨守本分，因为家里家外的边界究竟在哪里，连神仙也是一本糊涂账。廖逢节坐在沙坡上，眼瞅着顾山农独自上了山，一些沙子滑将下来，硬是被管家的脊背截停了，不至于大面积塌方。

石人像踞伏在西北角的沙山上，半截子入土，另外一半裸露着，残破，风蚀，剥落，完全看不出本相，也不知是哪个年代栽上去的，反正披了一层锈迹，豁豁牙牙的。光绪年间，雍凉书院的一帮读书人前去考察，掘出了石人像，制作了完整的拓片，捎回去识读。结论出来后，人们这才得知，石人像的前心后脊上，总计有汉蒙两种文字：跨进此境，便入死海。那以后，石人像声名大噪，不仅仅是一个路标，更像是一座神圣的俄博，令人敬畏。沙山一带的放羊娃和牧驼人，一般先在这里磕完头，而后再去经营自己带毛的伴当，从不敢喧哗，更不敢造次。

即将登顶的时候，顾山农鼻子一紧，嗅闻到了一股浓烈的血腥气，顿感不妙。

果然，顾山农一眼瞭见，石人像的身上，搭着一张滴血的兽皮，湿漉漉的。已经是下半天了，天地间凉却了下来，风中带着无数把刀子的意味，这便是重阳节的气候，白昼晒死人，入夜卧冰窖。顾山农并不胆怯，一把抓住了兽皮，翻过来一瞧，竟然是狼。狼也倒罢了，在这一片旱山荒漠之间，流窜着不少的狐狼，令顾山农格外诧异的，则是这一头刚刚被剥下了皮毛的家伙，属于罕见的白狼。狼毛犹如一根根剑戟，石灰色，甚至有点扎手。从体型上看，这匹狼并不比牛犊子小，按照凉州人的说法，白狼如果不是头领，便是披毛戴革的金刚，拥有自己的一方疆域和臣民，堪比帝王。顾山农抓住皮毛，翻看了半晌，终于在腹部发现了一道伤口，相信正是这致命的一击，砍开了白狼的心脏，切断了血管，最终令其毙命的。金斧头，好手段，不愧为一介飞行游击，顾山农在心中频频喝彩，原将狼皮晾晒在了石人像上，抓起一把沙子，洗净手上的血水，直起了身子。

这时候，一阵响铃传来，张汲水矗在马背上，摇曳着身子，大声叱骂着胯下的坐骑，一副得理不饶人的样子。到了跟前时，张汲水收住了骂声，将肩上的一把短铲掷下来，插在了沙堆中，人也随即滚鞍下马，象征性地将缰绳拴在了铁锹把子上，又拍干净衣裳，朝着顾山农抱拳一揖：少东主。

顾山农分明瞭见，那一匹坐骑肌肉痉挛，颈鬃颤栗，四根蹄子急遽地踢踏着，被一种巨大的恐惧所攫取，难以摆脱。喏，它怕了，它捎着死狼走了这一路，从西山口走到了城外，一直就这么个臭嘴脸，游击释解道。顾山农不忍，催促道：唉，它好歹也是你的哑巴伴当，你快点让它消停下来，咱们赶紧说话，我还有一河滩的客人呐。这个简单，跟放个屁一样简单，游击言毕，揭起了石人像上那一张软塌塌的狼皮，顺着沙山顶上的风势，一道烟地滑了过去，完整地覆盖在了坐骑的臀部，身形矫捷，仿佛一头猛兽扑住了猎物，正要饕餮。也就奇怪了，坐骑突然停止了惊惧，不再痉挛，不再出汗，好像一具木头架子，死眉耷眼的，目光中浸透着一种宿命般的寒凉。顾山农心中咯噔一下，暗忖道，这人世上的大小生灵，比如眼前这一位桀骜不驯的北疆游击，恐怕也只有一件事，才能彻底慑服他，摁住他，钉住他，最终为我所用。这件事不是别的，写出来也只有一颗字，那就是：死。或许，恰是从这一刻起，顾山农起心动念，立意已决，准备冒险去做那一张滴血的狼皮，披在游击的身上，令张汲水成为颤栗之马，成为一介恐惧之人，从而了却自己的忧患与戒心，就此腾出手脚，去干真正的大事。一念至此，顾山农淡泊地问：怎么，皮子卸下来，狼肉也全都埋掉了？张汲水答复说：嗯，但在埋掉之前，我用头狼的血水洗了一个澡，刚刚又用沙子淘干净了，从此往后，只要我出现的地方，我保证方圆三十里之内，绝无狼迹。这句话令顾山农不快，好像自己的心思被窥破了似的，表情不由得暗了下去。

但是，飞行游击们长期在旷原荒漠上活命，一个个都是直筒子，习惯了嘻嘻哈哈，根本不看他人的脸色。张汲水偎了过来，在当家人的手里塞了一样东西，叮嘱说：呵呵，这个可以辟邪，你回去串个金刚绳结，挂在脖子里，保佑你长命百岁。顾山农松开掌心，瞭见了一枚弓状的狼牙，长约一根指头，牙根上还带着新鲜的血丝，尖利、神秘、冰凉，犹如一件寺里的法器。见对方如此殷勤，顾山农不便拂了他的面子，于是笑纳了。张汲水又道：少东主，等我进了城，抓紧找一个上乘的皮匠，将这张狼皮熟好后，做一条褥子，送给大小姐御寒吧。顾山农眉眼一拧：咋了，干么要送给达云？你这不是存心让大小姐做噩梦么，她本来胆子就小。张汲水却说：唉，是这，那天我在堡子里碰上了惊白，我从小少爷的嘴里得知，大小姐的腿脚患上了风湿病，最近下不来炕，其实狼皮最管用了，比热炕还管用，眼瞅着天气就要入冬，这只白狼一定是来给大小姐送炭火的。抬手不打笑脸人，况且话说到了这个地步，顾山农也就依了游击的意见，道了一声谢。直到此刻，顾山农放下了脸，肃穆地问说：

"追回来了吧？"

"嗯，一件不差，一样不少，全部缴获了。"

"那就好。这件重阳节的大礼，张观察可是盼了许久，稍后让廖逢节璧还给他。"

"少东主，照了你的吩咐，缴来之后，我仔细将这一件精密机器，包裹在了羔子皮里，万无一失，哪怕连一粒灰尘也不会落上。喏，你要不要检查一眼？"游击解开了几根束绳，手伸进了马褡子里，刚打算去取，却被顾山农拒绝了，以免意外生事。张汲水依照游击们的行规，每一次出猎之后，必须要有一个简略的陈述，遂说："这一趟呀，我险些回不来了，我碰上了硬茬子，不是我死，便是他亡。呵呵，不过我现在囫囵着，另外两个却被干掉了，我的金斧头下绝无活口。"

这并不是表功，但顾山农觉得有必要详察，催促道："你仔细说来。"

"是这，少东主果然法眼通天，窥破了霍去病驿馆临时雇来的那个厨子的身份，我咬住了他，我盯了他好几天，终于等来了机会。此人名叫马伍德，原本是革命军的一名现役军士，也是新城大营安置在武威城内的一个桩子，因为作战时腿上受过伤，后来就成了暗探。"张汲水头头是道，一览无余地说，"上海客人的照相机和全部资料，就是被马伍德窃走的，藏在了驿馆的柴房中。那天，趁着门外的警察换班的工夫，马伍德带着赃物，跑到了北门外，跟前来接应的两个桩子碰面。少东主，干我们这一行的，规矩了就叫保商游击，倘若造起反来的话，恐怕跟强盗也是一个路数。哼，既然马伍德他敢偷，那我凭啥不抢，所以我叼了一个空子，得手之后，单人独马地去了北疆。"

"呵呵，除了那几个暗探追杀你，想必还有一只白狼吧？"揶揄道。

"的确如此。"

"我大概也猜出来了，你是担心城里的特务太多，无法脱身，所以才在北疆撒了一张大网，最终大开杀戒，又在荒滩上掘了一个坑，葬埋了那些革命军的密探吧。"顾山农的这一番剖析，准确而恰切，令张汲水频频称是，一味地点头。岂料，顾山农话锋一转，申斥道："哼，你明天就去管家那里，抓紧领上几张惩牌，到了腊月里再一趟子结算吧。"

张汲水一怔："惩牌？"

"第三个人呢？"

张汲水哑默着。

"如你先前所说，除了那个腿上有枪眼的厨子马伍德之外，另有军部派出来的两名暗探。你杀了其中两个，那第三个人呢？"顾山农的缜密与细心，在这一刻展露无遗，又接续说，"只报喜，不报忧，这绝不是承平堡所能容忍的，下不为例。"

"走失了一个。"

"哼，让他去吧，也许他命不该绝。"

"不。"

突然，张汲水嘶吼一声，拔出来一把匕首，横在了自己的颊脸上。顾山农着实被这个举动吓坏了，一边哄唆着，一边靠上前去，打算空手夺下白刃。但是，一切都晚了，这个性格刚烈的北疆游击，居然自戕了起来，一下子破了相，毁了容，顿时成了一位鲜血淋漓的关公。顾山农抽心一疼，不敢抬头去看对方脸上那些翻卷的伤口，那一张残破的五官，后悔得只想扑过去，将这个伴当搂在怀里，狠狠地嚎哭上一场。孰料，张汲水并未倒下，疼痛地笑说：

"这下子就好，革命军绝对认不出我了。"

"你何故如此？"

"少东主，这就是我从北疆回来，一没有进城，二没有回承平堡，而是首先来给你复命的缘故。因为，跑掉的那第三个人，他似乎认得我，在我动手杀他之前，他狗日的嘀咕了一句承平堡之类的话。"张汲水忍着痛，抓住一角衣襟，擦净了匕首，款款地插在了刀鞘中，接续道，"我不想拖累了承平堡，更不愿意连累少东主你。我想了一路，大概只有毁了我这一张嘴脸最保险，我扛得住。"

"你千万别进城。你干脆去敦煌躲上一年半载吧，沙州城里有我的换帖兄弟。"

"不。我离不开少东主，我要天天在你的眼皮子底下；武威城里自然有我的落脚之处，这个你不必操心，我这就走。"这个关节上，凉州的秋风掠过了张汲水的面庞，仿佛被忠义之热血浣洗之后，由红变紫，呈现出了一种凝重与慷慨。少顷，游击又道："现如今，随着承平堡的红火，四周围聚集了不少的买卖人，各类贩子游走不歇，新城大营里派来的暗探也是一拨又一拨。少东主，假如我没有记错的话，在北门外摆了一个炒货摊子的家伙，就是从我手中脱逃的第三个人，你应该将其早日灭口。"

顾山农沉声道："你安心去避祸吧。剩下的事，根本就不算事。"

"还有小少爷。"

"你说惊白？惊白咋了？"追问道。

"唉，小少爷性子顽劣，好奇心太重，又容易轻信旁人，身上也没有一点点历练的经验，我最担心这个了。"张汲水却后半步，蓦地抱拳一揖，笃实地说，"少东主，在我隐姓埋名的这一段日子，恳求你务必照顾好小少爷，仔细经营这个少年人，我给你行礼了。"

或许，恰是这一句肺腑的言辞，就像一块尖锐而突兀的礁石，浮出了水面，彻底暴露了这名北疆游击身上的重大嫌疑，从此覆水难收，流泻一地。顾山农的内里打了一声响雷，劈下来一道闪电，表面上却恬静如素，款然而笑，慢慢地回敬了一礼，算是接纳了对方的请托。这时候，沙山脚下的管家发出了一声唿哨，顾山农赶紧掉头而走。

究其实，顾山农心知，另一桩重大命运来了，北疆的死士团业已大举南下。

胡笳四十节

沈光宅负手而立，神情倨傲，睥睨着眼前的这一片瀚海，不发一语。

原因只在于两点：其一，廖逢节不过是一介管家，承平堡的一只家犬，刚才很粗暴地拦挡下了他，声称少东主正在谈事，不宜打搅，这让沈光宅煞是恼火。作为河西一线著名的大盐商，沈光宅几乎占据了以雅布赖盐场为核心的盐业贸易之半壁江山，旗下的运输队伍，多达五十九组，分布在黄河以西、长城内外的广袤疆域上，星夜不绝，无惧寒暑。不夸张地讲，沈光宅啐上一口唾沫，就是一根银钉，所有买卖人以及盐品的价格，主要看他的脸色，由他说了算。目下，这位凉州郡老被截停在了半途中，虽然心有不怿，但很快也就淡忘了跟管家之间的龃龉，兴趣转移到了鼻子上。其二，沈光宅的鼻子上架着一副石头镜，这是他前不久去了兰州城，在城隍庙的柜台上亲自挑选的，打算在重阳节的这天，当面送给承平堡的主人。趁着这个空隙，沈光宅自己先戴上了，享受了起来。透过镜片，一种广漠的气息袭面而来，温凉，湿润，沁人心脾，仿佛有一条大河在他的身体内涌荡，水汽弥漫。让沈光宅尤为讶异的，则是眼前的这一片天地，突然褪净了多余的光芒，变成了一种单纯的茶色，日头如此，天空如此，沙漠亦是如此。沈光宅暗自叫好，觉得这一件礼当真是太及时了，完全衬得上顾山农的身份；人家宴请了塞外一席茶，如今回赠给他一副茶色的眼镜子，这称得上投桃报李，说不定将来也是一段凉州的佳话。带着这一份暗喜，沈光宅掉转过身子，瞭见顾山农从对面的沙山上滑了下来，赶忙摘下了石头镜，先用一块绵羊皮包裹上，然后仔细地装进了一只匣子内。

在错身而过的那一霎，顾山农三言两语，对管家交代了若干事情，催他火速去办。廖逢节眼尖，发现少东主面色沉郁，不大痛快，便知道这是游击惹的祸，一时间不安，匆忙衔命而去。列位，总因笔墨不闲，这里暂且略去不表。

见天地荒芜，人世冷清，周遭各处只剩下了两个人，大盐商的真性情便流露了出来。沈光宅捧住了对方的手，哀恳道：少东主，我就怕你把我给忘了。你刚才分别约见了王曰信、秦望澜和彭澹然那三个老贼娃子，朱秀才自不必说，他一直就是你承平堡的门客，可居然没人来喊我，难道老朽是一碟子昨天的剩菜不成？顾山农释解说：大人多心了，约见二字太没有礼数，它并不在山农的字典里。呃，只不过承平堡今日开张，我手头有些头疼的事，需要当面向几位郡老请益和求教罢了。实际上，这句话的打击来得更戳心，也更无情，令大盐商突然间无助了起来。沈光宅咽下一口干唾沫，忸怩道：唉，我就怕我被撂了单，被郡老们给孤立，也被少东主你瞧不起，所以我自己跑来了，愿意在承平堡的帐下听令，听候你的差遣。顾山农瞭见，这一位在北疆地带呼风唤雨、富可敌国的大买卖家，先时还倨傲万分，下巴扬得很高，此刻却谦恭了下来，腰身像一根角尺，满脸堆笑。沈光宅打开了那只精美的匣子，解开绵羊皮，将石头镜取出来，双手呈给了对方：少东主，老朽不能白手来做客，这是我的一个礼性，你千万别嫌弃。顾山农一怔，揶揄道：大人，像这么贵气的东西，恐怕也只有戴在诸位郡老的身上，才显得般配和权威；我这一点岁数，还是饶了吧，你留着自己用。沈光宅谄媚地说：不，少东主这样俊秀的身板，这一抹漂亮的盖胡子，倘若再配上这一副茶色镜子，不像历代的凉王，那也一定赛过了当年西巡的隋炀帝，我敢打包票。

岂料，就在沈光宅递过去的那一霎，镜子掉了，唐突地掉在了脚下，居然像一只沙老鼠似的，惨叫了一声，彻底碎了。天呐，原本是柔软的沙地，却出现了如此的噩讯，沈光宅顿感不祥，甚至连死的心也有了，忙俯下身子，捡起了那几块碎片，央求顾山农再看上几眼，也好印证自己的清白，以及满腔子的诚意。哎哟，这是我在兰州城里花了大价钱购来的，这是我真心行给少东主的一份礼性；这狗日的，偏偏不给我长脸，让我这么难堪。沈光宅拖曳着哭腔，泪水随即挂在了颊脸上。这时候，顾山农或者窥见了一个机会，或者纯粹是为了安慰，立刻将自己脖子里的那一枚金刚杵取了下来，郑重地戴给了沈光宅。不错，这件东西来自大居士彭澹然，只不过借了顾山农之手，尚未焐热，便转赠了出去。沈光宅忽然惊呆了，一把攥住了金刚杵，左右详看，不仅掂出了它是纯金的，且一再确信，这一定是顾山农的先人们传下来的，指不定就是令人景仰的权爱棠大人生前的随身法器。

  这么着，沈光宅被一种强烈的信任感所裹挟，内里潮起了一阵阵愧疚，酸楚无比，又哭噎地说：唉，不是我老了，不中用了，我恐怕是见了你，实在太激动的缘故吧！是这，这个鸡巴镜子不算数，老朽今个天非要行上一个大大的礼性不可，只要少东主你开一下金口，我沈某人绝不反悔，否则，我就是拴着绳子的牲口，在地上吃屎的畜生。顾山农上前，抬手掸了掸郡老衣服上的尘土，又捋顺了左右两侧的领口，轻笑道：山农自小孤寒，德浅福薄，受尽了旁人的脸色，却不知今个天到底咋了么，大人们居然争着抢着抬举我，赠金送玉的，令晚生一直惶惶不安。呃，既然刚才我答应了王大人、秦大人和彭大居士，包括前两天朱绣朱先生他们的一番番美意，假如现在单单拒绝了大人你一个，那便是我不识好歹，有点看人下菜了。这一席话，仿佛一坛新鲜的猪油下了锅，刺啦一叫，腾起了一股无际的香味，弥漫于心田，让大盐商惬意极了。沈光宅不甘人后，匆忙揽住了对方，热络地说：哎哟，本是一家人，关门好说话，你就赶紧开个腔，吐一吐你的莲花舌头吧。顾山农道：呵呵，晚生可是一个胆大包天之人，大人如此纵容，可万一我说出来吓坏了你老人家，那真是百死难赎了。话未落地，沈光宅抓起一块碎镜片，咯嘣一下就掰烂了，挑出来一根尖刺，连同自己的颊脸送了过去，决绝地说：少东主，你戳我的眼睛吧，你干脆戳瞎我算尿了！我这么一大把岁数了，岂能说话放屁？求你了！你就慈悲为怀，洒脱一点，接受了老朽赠送给你和承平堡的礼性吧，只要你开个口；俗话说如果桃子熟了，这时候不及时摘取的话，那一定是一份罪恶。这么着，顾山农截铁地说：

"大人，你干脆给我一个开门大吉吧，如何？"

"尽管说。"

"是这，保价局今日开张，但可以预料得到，万事开头难，这一半个月之内，承平堡的柜台上恐怕是门可罗雀，打问的多，落实的少。大人，你最好当一介典范，开一种风气，让我的这一桩生意尽快红火起来吧。"事实上，这绝不是商榷的口吻，谈议的风格，而是一道敕令，强加在了这位郡老的身上，令其无法拒斥。顾山农接续道："大人，我刚才说过了，晚生胆大包天，所以我想冒险押你一注，让我来保你的五十九组运输线路，从此一马平川，顺风顺水，不仅没有了惯常的九九八十一难，甚至连牲口也不会出现感冒咳嗽的症状。"

沈光宅戳在了地上，瞠目地问："五十九组？你这是要独吞么？"

"嗯，要么全保，要么我一个也不要。"

"少东主你要知道，这么些年下来，老朽可是下了极大的本钱，苦心经营，无负今日。这五十九组线路，虽然说不上坦途一片，但至少略有进账，养活得起我门下的三四百号弟兄们。"沈光宅心知，他夸下的海口，就得自己去拾掇残局，哪怕泥涂缠身，哪怕连滚带爬，这或许就叫现世的报应。又哀恳道："山农贤侄，实话说给你知道吧，这河西境内的大路小径，可全都认识我的那一帮伴当。我的伴当们，也基本上掌握了那些道路的脾性，包括天老爷施舍下来的一次次劫难。再说了，我好歹也算是一个福将，每一趟总是有惊无险，没有出现过大的闪失，更不曾破产关张。呃，你现在让我拱手相让，让承平堡替整整五十九组线路保价护商，我这心里头的疙瘩呀，恐怕用了烧红的烙铁，也熨不挺括，烫不平展。"

"大人，你心里的疙瘩那是你的，就算得了麻风病，也是你的。"

"仁不行商，义不守财，我的毛病我清楚。"

"饱带干粮，晴带雨伞。大人向来是个聪明人，一定知道天晴时，还须防阴。"

"不错。另有一句凉州俗话说，狗朝屁走，人朝势走，如今的少东主和承平堡，俨然是河西境内的一股大势，堪比石羊河的秋水，谁也不敢小觑，谁也不能违拗。呵呵，老朽并不是瓜怂，也不是一块棺材瓢子，我看懂了将来的光阴，少东主你才是凉州戏台子上的真正主角。"沈光宅的颊脸上彤云密布，说不上是兴奋，但至少洋溢着一种驯顺的情绪，又喋喋道，"难怪么，刚才主帐内的郡老们和上海客人，一直在夸你，夸个不停。"

"嗐，怪不得我的耳朵在发烧，原来是大人们在赐教。"

"王曰信夸你，说你应该担当这个议事班子的头把子，首席郡老。秦望澜则说，你是东海蓬莱，西域昆仑，人中俊杰，马中赤兔。张观察也有一比，认为少东主你足以上马击狂胡，下马草军书，胜却了当年的班超与张骞之流，前程不可估量。"沈光宅思忖着，一番搜肠刮肚地说，"朱绣那个酸夫子，还替你填了一首词，当众念了三遍，可惜老朽胸无点墨，一句也没记住。至于那位彭大居士么，声称佛陀曾经托梦于他，指认少东主你就是当世的鸠摩罗什，凉州的金刚护法，替苍生续命，为天地立心，身具了一根不灰之舌。哼，反正他神神道道的，一般人也难懂。"

顾山农下意识地捂住了盖胡子，逊然道："仰赖大人们成全，晚生惭愧至极。"

"呃，紧过沙子，慢过水，早过河的脚早干，咱们最好言归正传吧，了却了这一桩泼烦事，我还想去多喝几碗罗布麻茶呐。"这一刻，沈光宅的身上，显露出了北疆人的果决与痛快，径自道，"但不知少东主押注在了我的五十九组线路上，开具了一个什么样的保法？"

"大人，总计有三种保法。"

"第一？"

"明保。倘若这一趟买卖折了，我赔总价的三成。"

"暗保呢？"

"我自然全额赔付。"

"呃，那最后一种呢？"

"这一项叫子孙保。换言之，就是明保和暗保叠加，贵方首先支付两次保费，方能签约启程。假如在路上失了手，货物被劫，或是出了大小人命，均由承平堡双倍赔偿，绝不食言。"顾山农的心中，早就揣着一本清晰的账簿，事无巨细，有问必答。少顷，又作结道："为了让大人宽心，每一个季度，我会报给你一份总清（总账目）。呵呵，至于你分内每天的草流（流水）么，大人也可以随时来承平堡的柜台上抽查，这个门不会对你关闭，统统破例。"

沈光宅苦笑地说："少东主，你真是贫子骨头、吏员脏腑呀！"

"对不住大人了，在这么个乱世当中，谁都要吃饭。"

"不过，老朽最担心的是，我手下的那几百号兄弟，一个个都是头顶炸雷的硬茬子，也好比草原上的牦牛，只认我这一座帐篷。哼，假如被他们知道了你对我的霸凌，我就怕承平堡将遭到围攻，以后也不会消停，那你还怎么去经营贸易呀？"沈光宅蹙住眉头，表情像一块咸菜疙瘩，在做最后的抵抗，又说，"少东主，这件事也不必慌忙，你先歇息一下。俗话说，三个臭皮匠，赛过一个诸葛亮，等会儿咱们去喝茶，让其他的郡老们给帮着拿个主意，想必更妥帖一些。"

"沈光宅，你个苍然老贼。"顾山农突然断喝道。

一怔。

"呸，你还记得诈马宴么？"

"天呐，仄身子，少东主你怎么变成了仄身子口音呀？"沈光宅愕然道。

"大人忘了诈马宴或有可能，但相信你绝不会忘记那些家破人亡的散户，那些哭诉无门的零客。当初你使尽了下三烂的手段，才成就了如今的规模，别人虽然不知，山农却一清二楚。"不到图穷匕见，这一手棋是不能落子的，一旦落下，胜负便在须臾之际，顷刻立现。刚才的仄身子口音，八成是愤怒使然，但顾山农不想颠覆了眼前的进程，于是和缓了下来，蔼然地说："要不，晚生陪大人去喝茶，给郡老们讲讲你当年发家的龌龊经历，以及如何控制了五十九组线路，替这个重阳节助助兴？"

"告饶了，好我的少东主呀，你宽大为怀，就让老朽多活几年吧。"

沈光宅抢上前去，一把捏住了顾山农的胳膊，揽在了腋下，相率而行。走到了半途中，已经可以瞭见那一座蒙古式的主帐了，沈光宅暗中掰开顾山农的拳头，先搓了搓对方的大拇指，又捋了三下腕子，而后在掌心当中，仔细地画了一个圆圈。此乃北疆地带牲口贩子们交易时的哑语，顾山农对此并不陌生，悉数感知到了，遂款然一笑，加快了步伐。

这个圆圈的意思是说：成交。

这个关节上，主帐所在的沙山脚下，骤然响起了剧烈的炮仗声，震耳欲聋，接天壤地，时间长达一炷香的工夫。按照顾山农的事先安排，承平堡的伙计们在山脚下的平原地带，布设了无数的炮仗，各种节庆时的大小响雷，并在酉时举火，点燃了这些黑色火药。在重阳节即将落幕的天光下，在诸位郡老和一群乡绅贤达的注目中，凉州保价局终于以这样一种低调而俭朴的方式，正式开张了。

顾山农登上山顶时，发现一大团重云，滞涩地悬在半空中，久久不散。

这一疙瘩云团，乃是土制的响雷与炮仗引发的，外黑里黄，密度颇大，仿佛即将冷下去的这个深秋，随手挂在凉州头顶上的一道黑色挽幛，目光难以穿透。或许，恰恰是缘于这个原因吧，顾山农一直被蒙在了鼓里，根本不知道远在十几里地之外的新城大营附近，弟弟惊白已经被押进了刑场，即将被军部处决。

胡笳四十一节

随后，从蒙古和俄境的方向上，刮来了一阵阵罡风，吹散了云团，以及呛人的火药味。沙山左近复归于寂静，除了雀鸟在空气中穿梭，除了海子里的水在慢慢变凉。祁连山不愧是大地之根本，河西之脊梁，重新将烂漫的夕光放出了天仓，笼盖在了这一片绿洲上，令深秋的凉州渐渐地名实相符，出现了一副端庄而深邃的法相，弥漫着首郡之气象。

仪式毕。保价局开张了。

蒙古式的大帐前，郡老们放下了作揖的手，诸位耆老乡绅也停止了恭喜的喝彩声，却也舍不得离开，纷纷拢在了主人的身边，巴不得搭上半句话，摸上一把手，沾个喜气。目光逡巡了一圈，顾山农瞭见，王曰信、秦望澜、沈光宅和彭大居士均无异常，表情上乐开了花，甚至比刚来做客时更加生动，更为驯服。这至少说明，他们已经入了轨，转了意，大体上归附了自己，成了承平堡的一股外围势力，只待将来的调教与摆布了。目下，顾山农的眼前只有一个别扭人，那就是凉州总教。朱绣踅开了众人，独自一个荒凉地站着，仿佛他是一枝清洁的莲花，不染淤泥。朱绣含着一种微醺的表情，面色酡红，一边仰看着头顶上的门匾，一边在衣襟上临摹，擦去，再写，再写，又擦，沉浸其中，始终也不可自拔。顾山农相信，朱绣的微醺绝不是茶汤所致，而是他内里的一种东西在发酵，在作祟，在煽酒风，在点醉火。不错，那种东西叫嫉妒，也叫文人相轻，只需要些许的成本，比如尹先生的一幅墨字，一块木头板子，便可以轻易地勾兑出一滴莫名的液体，令凉州总教摇三晃四，头晕目眩。针对这个议事班子里的每位郡老，顾山农给他们各自开了一张方子，又分别谈话，各个击破，为其所用。至于朱绣这个门客，顾山农认为连谈话的必要也没有，因为此前的一段时间，他对这个自恃清高的人，已经做足了功夫。如今的朱先生，应该像承平堡院子里的一块门扇，早就被合页和螺丝上紧了，起码可以遮风避寒，让人放心一阵子。

当着众人的面，顾山农弯了无数次的腰，作了不少的揖，连声称谢，除了感激大家对承平堡的厚爱，对保价局的祝福之外，还着重强调了诸位大人对他本人的抬举，以及对家人的日常礼遇。啰唆了半天，顾山农突然噙住了眼泪，声称这一场塞外茶会，仅仅是一个序幕，以后将形成惯例，争取每个季度聚首一次，由承平堡主办，供郡老们和各位乡绅贤达见面、叙谈与擘画天下。这也就是说，整个凉州未来的民间社会中，出现了一种新型的社交模式，将有春夏秋冬这四场高端茶会，开始登台亮相。顾山农又再三叮咛，说这样的茶会只是清谈，务虚的性质，大家必须各整衣冠，莫谈国事，自珍而自重，切勿给政府添乱，给县长吕介侯带来不必要的泼烦。这一席话如同公开纵火，一下子点燃了诸位大人的情绪，赞美者有之，喝彩者有之，当然也不乏出谋划策者。一时间，沙山之巅笑声沸腾，群情汹汹，让傍晚的一道道夕光显得绵远悠长，有情有义，充满了世袭的古典气息。

事实上，顾山农祭出的这一招，不仅缜密，而且沉雄有力，彻底架空了凉州六郡老这个议事班子，令彭澹然诸人徒有其表，虚名在身，沦为了几颗咸淡不一的棋子。顾山农本人虽未入阁，却以一碗茶汤的代价，杯酒释兵权，实际上完全掌控了这个民间团体，同时又博取了谦逊、孝廉与恩义的美名。

由此，凉州的天空下，突兀地出现了承平堡这个焦点所在，并与武威县府，以及驻守在新城大营内的国民革命军，形成了三足鼎立之势。乱局开始了，随后发生的这一幕幕腥风血雨，几乎搅乱了祁连山下的全部绿洲，还差一点颠覆了整个西北中国的命运。

列位，总因笔墨有限，这里按下不表，且叙眼下。

喧哗中，承平堡的一帮子精干伙计，从山脚下抬上来了七八桶子热腾腾的羊肉烩菜，另有几大盆子的锅盔、花卷和新麦馒头，香气四溢，肉味扑鼻，引发了喉咙中的一阵阵尖叫。谁都知道，罗布麻茶是一个稀罕物，但这个东西越喝越饿，点心和干果是不抗饥的，不如咥上一大碗烩菜来得实在。顾山农挽起袖子，亲自掌勺，替几位郡老盛了饭，送进了主帐内，安顿大家慢用，待夜饭之后，再集体返回城里。出了门，顾山农刚打算照顾另外的客人时，却一眼瞭见张观察从人群中闪了出来，左手的筷子上戳着一摞子馒头，右手握着一根白萝卜，嘴上还叼着一牙锅盔，来不及吭气，一道烟地跑了。顾山农尾了过去，一路上喊着阁下阁下，直到绕过了一大片沙丘，才在一座沙梁上追住了上海客人，彼此相视一笑。

深秋的夕光下，每一粒沙子都沉静透明，散发着醉人的光泽。小风拂过，偶有一丛丛火苗状的细碎光斑，跳跃着，腾升着，缭乱于眼前，犹如创世的第一日。

张观察讶异地凝望着，突然间迷上了这个转瞬即逝的角度，锅盔掉在了脚下，沾了沙子，竟也不嫌弃，拾起来喂在了嘴里，竟浑然不觉。这么着，张观察也不客气，将手中的馒头和萝卜，一股脑地塞给了顾山农，交代说：尊兄，你且作壁上观，我要去拍照了。这一刻，张观察解开了领口，从怀里掏出来一块黄铜疙瘩，晃了晃，得意道：呵呵，这世上最快意的事情，莫过于失而复得，无论是一位故人，还是我心爱的徕卡。丢下这句话，张观察掉头跑远了，但也始终没有脱离开顾山农的视野，又借助了风势，大声交流开来。

顾山农斜靠在一道塄坎上，吃着馒头，瞭看着远处。无疑，照相机和相关资料的重归，让上海客人一扫惆怅，心情大悦，这就好比关羽关云长跨上了自己的赤兔，张飞张翼德握住了那一根丈八蛇矛似的。顾山农思忖，唉，真是有劳了张汲水，让这个不要命的游击远赴北疆，泼上了一身肝胆，追回了这一件机器，现如今有了最好的交代。再一个，也真够难肠廖逢节的了，将如此规模的一场盛会，打理得井井有条，纹丝不乱，基本上没有出现什么闪失，实属不易。最关键的还在于，廖逢节又在暗中帮衬着自己，精心筹谋，跟几位郡老逐个谈话，施出了软硬两手，结果毕其功于一役，卸掉了大人们身上傲慢的甲胄，灭失了这些门面人物内心的骄矜，进而让他们在明里暗里，开始服属了承平堡，有了一个优良的开局。顾山农的脑海中，闪过了游击的一张脸，又闪过了管家的那一张脸，忽然生出了嘉许之心，干脆给这两个左右手分别奖励了两张劝牌，留待年底了再兑换成现金吧。因了这个念想，顾山农忽然觉得，目下的凉州大地，仿佛一座金丝银线构造出来的辽阔帐篷，显得情义缠绵，储满了平安与温煦。而那些私下里的征伐，那些肮脏的交易，即将被夜色彻底抹去，神鬼不知。

这个关节上，北风擦着沙山，如同一名邮役，捎来了上海客人的雀跃声。

顾山农不时髦，也不谙技术，脑袋想破了，竟也猜解不出，张观察抱着那么一块黄铜疙瘩，撅起沟子，瞄准了身后眼前，咔嚓咔嚓地在捣鼓什么呀。可越是这么想，似乎又越加怂恿了远处的异乡人，让他一忽儿放歌，一忽儿沉吟，简直把自己忙成了一只羊毛线团，扯不出头绪来。身向云山那畔行，北风吹断马嘶声。深秋远塞若为情！一抹晚烟荒戍垒，半竿斜日旧关城。古今幽恨几时平！恰好，一阵罡风翻滚而至，送来了张观察长短不一的诵念声，灌在了顾山农的耳朵里，令其心中一凛。少顷，张观察又趴在沙丘上，鼻脸贴住了机器，将镜头对准了南方的祁连山，高声诵念道：青海长云暗雪山，孤城遥望玉门关；黄沙百战穿金甲，不破楼兰终不还。听罢，顾山农的内里呛啷啷一声，仿佛有一柄长剑脱鞘而出，寒光灿放，与这个黄昏的景致浑然一体，不分彼此。张观察犹在兴头上，不是表演，却像是被一种疯魔的状态彻底裹挟了，再次将机器举起来，对准了山脚下的那一片平畴村树，长啸道：大将筹边尚未还，湖湘子弟满天山；新栽杨柳三千里，引得春风度玉关。拍毕了，张观察仰躺在一块沙丘上，盯望着深渊般的夜空，再次沉吟道：似此才称汗漫游，令人忽到古凉州；笛中几句关山曲，四季吹来总是秋。

不知道咋了，顾山农也是究问不清，反正眼泪一个劲地淌了下来，清凉凉地挂在颊脸上，怎么都擦不干净。疲倦是另一回事，在牛绳街遇袭后，梅郎中虽然开了方子，让顾山农天天喝汤药，但桃花水的神秘来路，令药效大打折扣，至今余毒未散，况且这一整天的忙碌，他也忘了提醒伙计们去煎药。暗中，顾山农攒起了精神，依旧是一副主人的热切姿态，不失风度地张看着上海客人。显然，张观察已到了高潮阶段，正打算趁着这一幕挽歌似的暮色垂降之前，拼命地抢拍几张。然而，这并不妨碍他的诵念，他的激情与烂漫，一阙又一阙的诗词脱口而出，犹如黄沙飞卷，也仿佛山高月小，一再地将顾山农推入一片梦境般的天地之中。顾山农明白，这个新近才结交的伴当，之所以让自己钦羡，感觉有一种特殊的亲热，除了投缘，真正的原因恰恰在于，张翘楚的这一具肉身当中，其实驻着一介少年。对，对对对，顾山农突然被这个嘹亮的灵感唤醒了，告诫自己说，驻扎在伴当心中的那个少年人，八成就叫不屈，叫进步，叫心怀天下，也叫仗剑天涯。他应该是一头永不服输的豹子，他上房揭瓦，他指天戳地，他大闹天宫，总之难以被人世上的陈规陋俗所束缚，一直清清亮亮的，活在他的那一幕大光阴当中，不染一粒灰尘。

这么赞许着，顾山农忽然发觉，所谓的优良少年，其实远在天边，近在眼前。呵呵，他不就是承平堡角院里的那个读书郎么，他不就是妻子达云屁股后头的那一根尾巴么，他不就是弟弟惊白么。也难怪，或许正是有了这样的相似性，顾山农对张翘楚那一种天然的好感与信赖，就像岩浆喷发似的，一时间难以抑制，只有让目光追到了对面的山头上，殷殷地眺望着。同时，顾山农的内里之中，陡然生出了一份疼痛的惦记，一番噬心的思念，喃喃道：惊白你个贼疙瘩，你吃罢夜饭了吧？今晚夕，你打算温习哪一门课业呀？

就在不远处的一丛红柳下，这一刻，落下来了一只黑衣黑袍的老鸹，不啼，也不动弹，仿佛一根不祥的哭丧棒，戳在沙地上，突兀地盯视着顾山农。但是，对这个显而易见的警告，或者说是威胁，顾山农竟然草率地忽视了，一点也不曾察觉。

现在，顾山农好歹也明白了，这一腔子眼泪，实际上是为了告别。经历了从前种种，顾山农已经获取了经验，乃至于对这个人世的尖锐看法，知道越是内心珍重的人，越是惜疼的时刻，到头来却最容易撒手，洒泪而别，各自天涯。眼泪是自己淌下来的，先知先觉一般，敷在了他的颊脸上，又迅速被黄昏的风吹干了，很不自在，犹如戴上了一副咸涩的面具。顾山农刚擦掉了眼角的一颗泪滴，冷不防，瞭见张观察出现在了几米之外，半蹲在地上，朝自己举起了照相机。哎哟，顾山农哀告一声，唯恐脸上的不堪被对方窥见，赶紧别过头去，不予配合。张观察嘻然而笑，一边将机器塞入衣服内，一边踱将过来，开腔道：

"尊兄，我决定了。"

"决定什么？"

"唉，等一下你们就要撤走，拔寨回城了，你干脆给我留下一顶帐篷，再留下一些干粮水囊吧。我要在这座沙山上过夜，与半个月亮为伴，跟银河里的星宿共眠。"张观察的口中，从来都是一篇篇锦绣文章，此刻也并不例外。又道："少则一天，多则四五日，反正你在武威城里不必恭候我了。说不定呀，等你想起我的时候，我已经到了猩猩峡，进入了口外。"

果然，分别在即，眼泪兑现了这一幕场景。顾山农因笑说：

"怎么，凉州对不住阁下？凉州不留客么？"

"凉州固然好，可惜只有你顾山农慢待了在下，让我心生芥蒂，一直不甘。"

"愿闻其详。"

"呵呵，我偶然得知，尊兄你是戏班子里的出身，承平堡至今还藏着一件你当年的戏箱子。我还知道，你最近在吊嗓子，在练声，在抓紧排练《赵氏孤儿》。让我好奇的是，你独马单枪，身边也没有一个外援，你又如何能拿得下这么大的一台本子戏？"不愧是上海滩的国际观察家，消息敏锐，一语中的，狼耳朵，狗鼻子。顾山农一面在心里叱骂着，一面露出了羞涩与难堪的表情，好像被人揭穿了老底，马脚尽现。张观察才不照顾对方的情绪，笃定地说："喂，你我相识一场，别那么吝啬，这可不是大丈夫所为。不过呀，我现在也不难为尊兄你。这个账你先欠着，待我从新疆回来之后，你可得披红挂绿，搭台唱戏，唱完足本的《赵氏孤儿》，好让在下一饱耳福。"

无奈，顾山农一揖："阁下的话，便是山农的诺言，我和凉州一定不辜负你。"

"我另有一句话要讲,尊兄切记。"

"阁下赐教。"

"嗯,你要小心灯下黑。但凡过往的一切人与事,不论是《史记》,或是《汉书》与《左传》,在目下的中国,在这个困厄重重的年代里,一定会重演,肯定要重蹈覆辙。"这一霎,张观察的声嗓冷凉了起来,似乎唯有这样的语气,才能郑重其怀,彰显其心。又接续道:"以我的观察,西北并不太平,尤其是河西四郡,表面上锈迹横生,死水一潭,但它或许恰恰处于这个国家的风暴眼中,一座尚未喷发的火山罢了。尊兄,小心驶得万年船呀!"

"那劣弟该如何应对呀?"

"第一要义,便是隐忍。设若还有第二条的话,那就是积蓄力量,以待来日。"张观察的话结了冰,覆了霜,以致令人寒瑟,"尊兄,我并不看好将来,假如来日大难,你我皆不能幸免。但是我不怕,我已经预备妥了一件衣裳,烈士的甲胄,我可以随时穿起来。"

"唉,山农只是个买卖人,阁下的话太高深了。"

"呵呵,这正是你顾山农的刚愎自用,恰巧也是你的骄傲之处。据我猜测,你和承平堡埋得太深,也太苦楚了,甚至不愿意让他人分担,你一个人偷偷地扛着,还打算继续扛下去。"张观察蹒跚过来,双手含住了顾山农的一只拳头,握得很紧,一方面行了文明礼,一方面在告辞。顾山农一惊,感觉被一块寒冰挟持了,打眼望去,却瞭见对方的指根上,箍着一枚硕大的金戒子,貔貅的造型。不错,这是顾山农当天赠与对方的一件礼当,此刻戴在手上,说明张翘楚已经认可了他这个凉州伴当,彼此之间少了一点罅隙,多了一份亲昵。孰料,上海客人又喋喋道:"尊兄,往后的日子里,随着承平堡的勃兴与壮大,随着财源滚滚,声名日显,你一定会翘尾巴,你难免会独裁,高高在上,说一不二,从而被整个凉州人所孤立,成为一介独夫民贼,最终落得个鸡飞蛋打的下场,毁了你今日的全部志向,你的努力,虽然我并不知道你和承平堡的真实底细。呃,我一向率直,我也不怕得罪你,趁着天黑之前,我把这些肺腑之辞说在明处,权当是殷鉴不远吧。"

"阁下，你的这一纸判词，恐怕要让凉州六月飞雪了。"

"哼，并不。我下午在那一座帐篷式的客厅里，或多或少地发现了一些苗头，一些诡谲之处。前后一共有四位大乡绅，被你一个个地钦点了去，逐一密谈，就连那么醉人的茶汤也忘了品鉴。"这一刻，最后的夕光打在了异乡人的颊脸上，忽然勾勒出了一副崎岖不平的表情，半是灿然，半是昏暝不安。又冷然道："少东主，郡老们出门之前，没有不欢欣、不得意、不眉眼带笑的。但是返回来以后，他们的嘴脸上，可全都写满了糟糕的故事，好像每个人揣着一本难念的经。这想必是拜你所赐吧？"

顾山农突然厌恶了，收回了自己的手，掉转过头：

"阁下，你即将远足，你知道一个人在长路上如何拾火，怎么烤手么？"

一怔。

"呃，那我现在教你一招吧。一旦撂荒在了戈壁旷原上，最要紧的就是拾火，拾火主要拾的是牲口粪。粪有许多种，这其中骆驼粪为贵，牛粪次之，羊粪又次之，马粪最差劲了，因为火力不足吧。"说着话，顾山农丢下了上海伴当，埋下头去，沿着一道阴面的沙坡，径自走了，走进了缓慢沉降下来的暮气当中。半晌后，顾山农又扯开了声嗓，向身后喊话："阁下，胡杨林子里的那一顶白帐篷正在恭候你，我还会给你留下一件羊皮袄，一套干粮。呃，对了，你知道穿羊皮袄的诀窍么？"

身后无语。

"呵呵，告诉你吧，羊皮袄正反都可以穿，随你的喜好了。"

笑声拂荡而来。在山脚下的薄暗中，张观察摇了摇头，叹息一声，缩紧了肩膀。

胡笳四十二节

顾山农的嚣张并没有持续多久，因为天谴和宿命来了，就站在前头等他。

为了重阳节的茶会，提前数日，承平堡的伙计们就开始张罗了。靠山吃山，靠水吃水，即便在腾格里沙漠的西翼，水也是现成的，海子里有的是，好像清朝时就那么丰沛，如今还那么满，从来也舀不尽。柴火更多，除了风滚草、干死的梭梭与红柳外，胡杨木算是上等的燃料，不仅耐烧，油性大，而且火力十足。伙计们挑了一处背风的平地，用捎来的炼砖，盘了一对阴阳灶，支起了大铁锅。阳灶是囫囵的，身上不开窟窿眼，只有一根镔铁的烟筒直戳天际，煞是威猛。阴灶的下端开了一扇巴掌大小的门，根据需要，可以随时关合，控制火候。一般来讲，阳灶烧的是第一遍水，待大火滚沸之后，迅速转移在了阴灶上，让慢火再炖上一段时间，这样既祛除了沙子与泥腥气，还消了毒。阴灶上的水滚开之后，并没有阳灶上的那么疯狂，相反却呈现出一卷又一卷的细微波澜，仿佛一朵花被春天打开了，次第而生，浮在了汤面上。在河西一带，人们将这种慢功夫的水，称之为牡丹花的水；甚至有谚语说，宁喝一顿牡丹花的水，不坐三请六聘九家席。的确，此乃管家从当地的驼户和牧羊人的身上讨来的经验，又事先预演过几次，结果发现水是甜的，舌头从来就不会骗人。

伙计们吃惊坏了，原本以为这些上了岁数的乡绅耆老意思不大，顶多也就喝上三两碗，润个喉咙，解个渴，装个门面罢了。岂料，这一下午的天气里，阳灶上的水还没烧开，阴灶上的已经见了锅底。伙计们烟熏火燎的，忙得连个放屁的工夫也没有，又害怕管家那个索命鬼跑过来问罪，不是踢沟子，就是拧耳朵，于是纷纷怨怼了起来，在嘴上大占便宜。天呐，这帮子老棺材瓢子，下水这么好，跟旱天里的骆驼差不多么。哎哟，大人们恐怕是石羊河里的鱼鳖转世来的，上辈子欠下了，这辈子报仇来了。要么，大人们不是人，他们是天上下来的，本非凡器，也说不定裤裆里多了一只尿脬，才如此牛饮。二尿，伴当们听懂了这句话里的影射，突然间失笑无比，还险些撞倒了一旁的炉灶。不过，越是这么在暗地里诅咒，乡绅和耆老们解手的次数也就越多了，一阵阵尿骚味从不远处拂吹而来，让伙计们恍然觉得，自己的鼻脸好像被大牲口的沟门子夹住了，摆脱不得。夜饭时，一个伙计去送水，刚走到了坡下，一座沙丘湿漉漉地垮掉了，几乎活埋了他。伙计拔出了身子，瞭见头顶上站着朱绣朱先生，正握着裤裆里的家什，撒得欢实，尿声嘹亮。一阵阵激灵过去后，他的两腿抖得很厉害。

　　伙计们千猜万想，这究竟是一种什么样的茶，令大人们如此失态，举止颠顶。有人偏就不信邪，趁机从主帐里偷了一大把茶叶，炖了一缸子，大家七嘴八舌地喝将开来。起初，味道薄寡，略带一丝艰涩，但过了第三水之后，整个喉咙里就像抹上了一圈新鲜的酥油，醇厚绵长，甚至连打出来的嗝也是肥腻腻的，相当舒坦，难怪么。伙计们不知，所谓的清肝利尿、降压降脂、润肠通便、安神强心，恰是罗布麻茶的主要特性，谁也不是金石的肚子，概莫能外。一俟上了瘾，伙计们不免争抢开来，还差一点动起拳脚，最后却和解了，彼此掩护着，又偷来了几把茶叶，彼此开怀畅饮。也就怪了，伙计们越喝越饿，前心贴住后脊似的，再加上这几日的劳碌，简直目射绿光，恨不得活吞了一头牛，才肯罢休。毕竟，承平堡的子弟们几经淘汰，严格筛选，身负了一种荣誉感，整齐划一。夜饭开始后，眼望着那一碗碗热气腾腾的羊肉烩菜，包括新麦子做下的花卷、馒头和锅盔，他们的肚子里在嚎叫，在哭诉，但外表上却是殷勤万丈，让诸位大人受用不尽，一个个满面红光。烩菜是待客的，伙计们单另做饭，左一个洋芋搅团，右一个萝卜面片，必须等客人们走了以后慢慢下锅，恐怕下半夜才能吃得上。更意外的是，这一帮老贼娃子简直太能吃了，舀饭的勺子干脆没个喘气的机会，咥光了一碗，又抓紧去盛另一碗，还专挑丸子与肉片，对粉条和豆腐视而不见，全是稠的，碗里头都快冒了尖。伙计们嗍着舌头，心中求告说，手下留情，你们吃肉，好歹也剩下一点点汤水，让我们沾个肉腥气吧。天可怜见的，幸亏大人们的牙口不太利索，对付不了那些带肉缠筋的羊骨头，最终被伙计们悉数收入了囊中。

　　放下筷子，擦净了嘴角，大人们喝罢了今日的最后一道茶，消食之后，便要启程。伙计们将七八只空桶子带出去，在炉火旁一瞧，表情登时变了，如同那一堆堆残羹冷炙，也好似板结起来的羊油。但是，伙计们并不嫌弃，搜集了剩饭，攒够了大半桶子，准备送完客以后，羊汤泡馍馍，再啃上一顿干骨头，将就一番。事出蹊跷，粉林和浅瓜这两个伙计来取开水时，愕然地发现，一个青皮寡脸的娃子盘坐在炉灶下，一边烤火，一边抱着桶子，贪婪地吸食着羊骨髓，津津有味的，甚至连眼皮子也没抬一下。

　　呔！你个狗日的，你抢食么？粉林冲了上去，开口便骂。娃子张着油乎乎的嘴，答复道：扔了太可惜呀，你们城里人要遭报应的，我这是在替你们还愿呐。在这个抢饭的娃子跟前，两个伙计陡然生出了一种优越感，不好明说那是自己的夜饭，但也不甘心让他吃了独食，于是分列左右，包抄了上去。这一刻，那个娃子从桶子底里捞出来一块羊铲板，上头挂着几疙瘩肥肉，一时间喜悦，喷笑不止。一羊两客，仅剩的一块羊铲板竟然被这个小贼霸占了，浅瓜突然一蹉肩胛，扑将过去，一下子扑空后，碰在了炼砖上，嗷嗷乱叫。娃子登时恍然了，对方是来虎口夺食的，于是不由分说，朝着羊铲板吐了几口臭唾沫，用舌头在肥肉上画下了记号。这还不算完，娃子又擤了一把清鼻涕，当着两个伙计的面，活生生地丢在了桶子里，用指头搅拌了几下，正式宣告了个人的主权，不容他人分享。

　　恶心坏了，粉林捏住自己的脖颈子发问：你到底是谁？这么四野八荒的，你究竟是哪个山头上跑出来的野人？娃子嘻然道：咦，你们明明知道呀，我是狗日的，我现在就要吃夜饭了，快别打搅我吧。浅瓜又问：哼！听你的鞋底子口音，你八成是敦煌沙州城的贼娃子。可这里是凉州的一堂家宴，你一无红帖，二无中人，你是怎么闯进来的？对方因笑说：呵呵，我凭自己的一双脚吃饭，只要是我想去的地方，这祁连山下的大小关隘，恐怕还绊不住小爷我。对了，这一饭之恩，我先谢过了。话未落地，娃子撕下来一疙瘩羊肉，咀嚼的声音简直像一种挑衅，令伙计们的拳头嘎巴作响。浅瓜又问说：你叫个啥？这一片沙山已经被封死了，即便你是豹子头林冲，你也不能乱闯白虎堂，你身上一定不干净，你从实招来。粉林也附和道：啧啧，我以前跟着我爹干活，我爹是个刽猪匠，一刀准；我这个伴当的祖上也很风光，他爷爷是县衙里的刽子手，砍下来的骷髅头不计其数，估计能砌一面墙。听罢威胁，娃子将嘴里的东西噗地吐掉了，阴鸷地说：野鸡无名，草鞋无号，在河西四郡的人事社会中，但凡见过我的人，一般叫我坏天良。

坏天良！

伙计们不知，还以为这是在咒人呢，彼此使了个眼色，便开始动手。浅瓜一扬手，将一把粉末状的沙子抛将过去，喷在了对方的面门上。坏天良一声讶叫，丢开桶子，双手捂住了眼睛，当即失去了反抗。粉林也借机扑了上去，将坏天良的脑袋夹在了裤裆里，死死地压在了地上。踢蹬是没有用的，浅瓜抄起一根木柴棒子，敲在了坏天良的膝盖骨上，后者顿时消停了下来，像一具尸首似的，沦为了待宰之身。唉，原以为碰上了硬茬子，不料却是一只软尿脬，两个伙计觉得太窝囊，也就省下了拳脚，开始搜身。搜了几趟，里里外外全部翻了个遍，结果连一枚麻钱、一根多余的线头也没找到，不由得疑心万分。坏天良，按你的话说，难道你就这么精沟子，在河西一线上混吃骗喝么？浅瓜问道。粉林抬了抬屁股，再次压实了坏天良的脑袋，顺便放了一个热乎乎的臭屁，詈骂道：你个碎狗日的，你绝不是白手素身来的，你的行囊呢？你私闯这一堂家宴，你到底居心何在？坏天良挣扎地说：二位哥哥，你们捶我一顿算了，但千万别碰我的这条小命，因为我的命根子上坐着佛陀，求你们了。如此的诡异之辞，令伙计们头皮一麻，同时又勾起了一探究竟的冲动。这么着，承平堡的伙计们三下五除二，当场剥开了坏天良的上衣，剥了个精光。在炉火的辉映下，粉林和浅瓜愕然地发现，坏天良的心口上，有一块巴掌大的刺青。刺青大概是用青金石的颜料浸染过的，勾勒了一圈忍冬的线条，中间镌着一枚记符：卍。

伙计们一时间吓破了胆，折转过身子，膝盖发软，扑通跪在了地上。粉林哀告道：姑舅，原来你是佛陀的仆人！你咋就不早些言传么，让我们犯下了这么重的罪孽？浅瓜也说：哎哟，佛门中的大小僧侣，其实是我们俗人的福田，刚才得罪了你，这以后就不得活了，至少活不攒劲了。又是下跪，又是叩首，两个人掏心挖肺的，几乎把人世上的软话全都说遍了，竟也得不到对方半个字的饶恕。正在焦灼之际，坏天良忽然趔趄地站起来，伸开双臂，像一个瞎子那般，慢吞吞地摸到了阴灶一侧。铁锅里的水一直滚沸着，牡丹花似的涟漪层层翻卷，重叠往复，却也不曾溢出来一滴。在伙计们惊愕的注视下，一幕离奇而诡谲的事情发生了，但见坏天良双手一掬，捧起了开水，揉洗着眼睛里的沙子。热蒸气笼盖在了坏天良的颊脸上，疼痛占据了他的全部表情。他一边咧开了嘴念念有词，一边翻开了眼皮子，指尖摸索着异物。天呐，那可是烫开水，那是足以让一头死猪褪尽了鬃毛的开水，但是坏天良丝毫也不介意，仿佛他站在了武威大柳一带的泉眼下，手捧的是花雨，沐浴的是甘露，不徐不疾，反而是在享受。两个伙计对视了一眼，觉得这个娃子乃是天人，这样的举止，不啻于一种警告，天雷地火已经悬在了他们的头顶。少顷，坏天良终于洗完了眼睛，掉转过身子，狐疑地盯视着匍匐在地上的伙计们。恰巧，一片火光跑过来，落在了坏天良的颊脸上，犹如敷上了一层金箔，刹那间辉煌无比，法相不俗。粉林以前在寺里待过一段，粗谙常识，这时候脑海中突然跳出来了一个词：金刚怒目。浅瓜听见伴当在哀求：瓜怂你快去，快拿一根棒子来打我，让我先赎了罪孽吧。

实际上，这一日的茶会已接近尾声，物资告罄。浅瓜寻了一圈，也没找到合适的棍棒，于是从阴灶的炉膛内，抽出来一根燃烧的胡杨树枝子，发狠地跑过来。粉林见状，赶紧除下了上衣，将整个脊背裸露出来，交给了伴当。在凉州的民间社会中，信佛崇道之风气久矣；人们相信，一旦语出不敬，口舌污秽，冒犯了各路神祇，那么这一枚恶果就在前路上等着他，终究会开出一朵报应之花。在此期间，倘若渎神者有所悔悟，先行赎罪，或许可以减免这一份业障。减免的办法不外乎有两种，一个是去寺观里做供养，另一个则是鞭笞，用肉体的痛苦和血，换取般般神仙的宽赦。浅瓜知道这个规矩，三七不问，将带火的树枝劈下去，抽打在了伴当的脊背上。一时间，火星四射，一道道燃烧的弧光，绷在了夜空之上。粉林像一只被猎户们捕获的野兽那样，泪水浑浊，不敢动弹，更不敢妄语，生怕错过了这个救赎的机会，罪上加罪。半晌后，粉林已是皮开肉绽，气息奄奄，血水打湿了燃烧的枝条，只冒烟，烟气虚弱地徘徊在膝盖一带，充斥着焦糊的味道。浅瓜也是心同一理，自然不甘落伍，当即扒下了自己的衣服，跪在伴当的面前，用眼神乞求着一场无情的暴力。

这一霎，坏天良却不干了。

坏天良踽踽而来，拾起地上的衣服，交给了浅瓜，催他抓紧穿上，别着凉了。又拽着浅瓜的手，两个人站在了粉林的身后，发现他的整个脊背已经不成样子了，伤口翻卷，淤血像一张烂掉的皮子，覆盖其上，煞是恐怖。浅瓜刚哭了一声，却见坏天良从腰带上解下来一只药囊，打开束绳，将一撮粉末倒在手心里，又款款地撒在了粉林的身上。停顿了半晌，坏天良拿出来一块手巾，开始擦拭，奇迹便发生了。

浅瓜吃惊地瞭见，手巾擦过的地方，伴当的烂脊背突然干净了许多，肤色如常，既没有伤痕，也见不到淤血，就像当初一样完好。同时，手巾擦下来的那些腌臜东西，仿佛积攒了多年的皮屑，纷纷落将下来，掉在了黢黑的脚下。渐渐地，那一面袒露的脊背彻底亮了，光滑，紧致，富于弹性，先时的悲丧气息也一扫而尽。

倏忽间，粉林打了一个长长的哈欠，伸了伸懒腰，似乎从昏睡中醒转了过来，腾地拔身而起，讶异地问说：咋么，刚才发生了啥？你们干么这样子看我呀？浅瓜斥责道：你这个杂碎，你可不能瞌睡装死呀！这是你让我动的刑，你现在却想反咬一口么？粉林被这个问题困扰住了，搔着脑袋，哀告道：哎哟，好我的姑舅，我一点也没有怨怪你的意思，我这是感激的肺腑；我好像害了一场大病似的，现在真的痊愈了，浑身也轻松了不少。这个关节上，坏天良制止住了双方的拌嘴，相告说：是这，大概在一年半之前，你有过一次劫难，还差一点送了命，其实刚才的那些淤血，不过是从你体内逼出来的旧伤，不值得大惊小怪。粉林噙着眼泪，巴兮兮地说：的确，当时我还是一个赶车的，骡子惊了，车也翻了，掉进了古浪峡的深涧中，幸亏被骆驼客发现了，才没有被狼吃掉；我一直没好利索，可再也拿不起鞭杆子了，所以才投奔到了承平堡，吃上了这一碗安全的饭。浅瓜也歉疚地说：你这位姑舅，我刚才舌头上生了疮，烂了嘴，说了不该说的，打扰了你的吃喝；我现在重新给你热一热，你也别嫌弃，你接着将就一下吧！岂料，坏天良打了一记饱嗝，冷笑道：罢了，罢了罢了！凉州的饭绝不是那么好吃的，我承受不住；再说了，三天前在北疆的和尚坡，我吞下的那一只癞蛤蟆，至今也没有消化掉，还在肚子里咕咕地叫唤呐。闻听此言，两个伙计霎时吓傻了，目光飞掠过去，锁住了对方的肚腹。

　　这个关节上，突然传来了一声清亮的咳嗽。

　　薄暗中，顾山农趸出了一座沙丘，面笼愤怒，脚步声像一记记耳光，皂白不分地扇了过来。待认清是少东主之后，粉林和浅瓜这两个伙计忙矮下了身子，一个蹦子飞展了，消失得一干二净。显然，顾山农已经窥视多时，刚才的那一幕，自然也逃不出他的法眼，否则的话，脸色就不会这么铁青，表情更不会如此陡峭。站定之后，顾山农用一种轻蔑的眼神，上上下下地瞄了一番对方，询问道：

　　"法雨寺下雨了么？"

　　"下了吧，也或许没下，谁知道呢。"

　　"哼，如果法雨寺没下雨，那你干么要在凉州露面？露面也就罢了，谁又给你吃了豹子胆，擅闯我的这一座坛场？"刚刚晤面，双方便接上了火，顾山农被对方的第一句话就激怒了，"当初是有约定的，法雨寺不下雨，你们绝不能跨入凉州半步，但现在又为何食言？"

　　"少东主，我们出门太久了，消息梗塞，的确不知道法雨寺的现状。"

　　"你老子郭麻日呢？"

　　"被杀了。"

"什么？你说啥？郭麻日他，你爹老子被谁杀了？"震惊像一堵城墙，訇然倒塌，崩溃在了顾山农的内里，烟尘四起。然而，顾山农料知，这是一个重大时刻，任何一丝情绪的外露，或将招来一场灭顶之灾，便赶紧敛住了内心，发笑说："呵呵，你老子是河西天上的一只鹞鹰，从来只有他啄别人的肉，旁人休想揩他的一滴油水。我偏就不信他会被杀。"

"事发在和尚坡，在来凉州的路上。"

"西山？"

"嗯，杀父的仇人就是黑喇嘛。"

"坏天良，你可不愧叫坏天良，你真是不曾辜负过这个名字呀。"顾山农一边答话，一边从对方的形容上，瞭见了悲戚之色，当即确认了这一桩死讯。又喝问道："对了，你老子郭麻日临死之时，有没有留下什么话？比如说，法雨寺究竟下没下雨？"

"没有。我爹只让我来找少东主你，找承平堡求救。"

"这话咋讲？"

"回少东主的话，这一次是佛头，一具金佛头。"

这一霎，顾山农悲苦地说："天呐，只要你老子郭麻日和你这个坏天良出现，凉州就不会太平，河西一带也就绝不安宁。唉，谁知道这一次你的脚上沾了啥邪祟，你的身上，究竟捎来了什么样的灾祸。我的预感着实不太好，我心里有点发麻。"暗中，顾山农发觉自己的手心里全是汗，仿佛印证了此刻的猜度，遂哀告说："你实话让我知道，你从哪里背来的佛头？一颗佛头扛在你们父子的身上，穿州过府，岂不是在到处纵火降灾么？"

"佛头要找见佛身子，弥合之后，才能天下太平呀。"

"哼！上一次，你老子郭麻日也是这个腔调，如今你坏天良背着一颗佛头，突然闯进了凉州，这分明是来难为我顾山农，要挟承平堡的。"顾山农的心里就像塞了一团缠麻，往事般般，似乎可以从缠麻中拧下来不少酸楚的汁液，切齿不已，"你走吧，你背着佛头赶紧走吧！这个担子我扛不住，我也扛不起。真的，我已经够罪孽的了；我现在一步一个窟窿，周围全是陷阱，自身也难保，我随时都会崩溃的。你消失了最好。"

"少东主如果不出手相救,佛头的灾难,将是整个凉州的罪恶,河西全境的末日。"

"怎么,你在讹我?"

"不,这是求救,恐怕佛陀也是这么念想的,少东主你可千万别拒绝呀。"

"坏天良,信不信我现在就杀了你?"

对方一怔,闻听是仄身子口音,不由得却后几步,满是惊骇。

"你现在就消失吧,立刻滚蛋,别让我动粗。坦率地说,凉州没有你的茶饭,咱们最好互不为难,各走各的路,各找各的光阴。"

"啧啧,只怕少东主你没有杀我的胆量,更不会袖手旁观,忍心看着一尊佛像身首分离,任凭这一颗佛头,在河西境内流浪了许多年,无有安放之地。"坏天良年纪尚轻,面貌稚嫩,但他自幼跟着郭麻日闯荡东西,一路上的罡风与磨难,早已将他淬炼成了一介冷漠的少年。又诡谲地说:"对了,我爹临死之前,让我见到少东主以后,务必打问你一句话,我再抽空去烧个纸,转告给九泉之下的他老人家。"

顾山农沉声道:"什么话?"

"铜马还好么?"

"住嘴。"

"呃,我爹临死也惦记着这一件事。铜马还好吧?"

在这个事涉天机的重大时刻,大概七八丈之外,那一座昏黑的红柳林子里,突然炸起了一群旱老鸹,呼啦啦地蹿上了夜空。老鸹的翅膀擦剌着空气,似乎带着火苗,要点燃这一块黢黑的天幕。顾山农当即料定,这一定是外人摸了进来,且训练有素,行止异常,很轻易地突破了承平堡的封锁线,对方绝非是良善之辈。无疑,坏天良刚才的问话,已经被夜风悉数吹送了出去,满天下皆知了,犹如泼出去的水,实难挽回。这么着,顾山农杀心突起,手按在了腰后的一柄刀鞘上,解开了皮扣,慢慢地拔出了匕首。

顾山农告诫自己,干脆先宰了眼前的这个麻烦之人,而后迂回过去,断了红柳林子里的后路,待拿获对方之后,再问罪也不迟。岂料，顾山农蹒跚上前，目光找见了坏天良的心口，正要动手之际，一块酡红色的火光飘然而至，落在了这名少年人的胸膛上。顾山农瞭见了那一枚记符，那个卍字，一下子慌了神，仿佛他个人的全部恶念，早已被坏天良背后的那位高人识破了，获知了，所以事先在这家伙的皮肉上，绣下了这一片刺青，充当护身符。顾山农根本来不及思想，那个幕后的高人究竟是郭麻日，抑或另有他人，赶紧放回了匕首，张开了双臂，热辣辣地扑向了坏天良。或许，恰是在这样一个惊魂的时刻，顾山农印证了放下屠刀、立地成佛的那句老话，先时的恶念突然间消弭了，代之而起的却是一种强烈的救赎愿望，一份计出别门的策略。

事实上，凭着顾山农的缜密心理与多年的历练，他几乎下意识地认定，既然坏天良走漏了风声，泄露了天机，假如承平堡这张纸最终包不住火的话，那么就迎风扬麦子，干脆将他直接拱上台面，站在凉州郡老和一干乡绅们的面前，由着他的性子和臭嘴，彻底地公之于众吧。这么着，顾山农搂住了对方的肩膀，一方面貌似热络，一方面悄语道：

"你记住，承平堡需要一个小丑，凉州也需要。"

一时不解。

"我是说，我建议你诽谤自己，你尽管去吹牛吧。"补充道。

胡笳四十三节

列位，总因笔墨从容，事无巨细，此刻暂时歇住，且听这一段陈词：

是这，记得那是在俄境一带，那时候我还小，跟板凳一样高。

郭麻日是个胡日鬼，当着他的面，我也敢这么叫他，不过他现在死了，真的去了阴曹地府里日鬼去了，这让我不太习惯。我跟着我爹老子，也就是郭麻日，一直在河西沿线的四郡两关之内做生意，但是和市面上的买卖家不同，我们不卖一般的东西，只卖世外的仙丹与珍奇。比如说，有一次我们爷父俩去了肃州城，兜售一张蜘蛛网，站在城隍庙门口吆喝了十天半月，愣是没一个人给脸，非说我们的脑子瓜掉了，还扔石头砸人。可巧，郭麻日听说城里的一个大财东发了癔症，瘫在炕上，说了大半年的胡话了，便寻上门去，央求试一试。东家的子弟们见爷父俩举着一张脏兮兮的蜘蛛网，误以为是来作法的，身上带了邪祟，一顿棍棒轰出了大门。郭麻日这个货不简单，三言两语便劝服了对方，说试一下又不会割了他的肉，万一有善果呢？这家人也是被病给拿住了，磨折坏了，当即改了口，将爷父俩请进了家门。郭麻日挑了一个后半夜，将蜘蛛网罩在了老财东的身上，开始念咒，念了半个多时辰，然后揭起了那一张网。哎呀，可不得了了！这一网居然从病人的脏腑当中，捕获了七八只鬼；原来它们在老财东的肉体里做了窝，天天吵架，胡话就是它们说下的。郭麻日一把火就烧了它，大鬼小鬼想逃也逃不出去，当场被烧成了一捧黑灰。诸位爷，千万别小看了丝线一样细的蜘蛛网，那八成是金刚蘸着唾沫，仔细捻成的一件法器。回头一瞧，老财东打了个喷嚏，一骨碌从炕上跳了下来，腿脚干散，脑子精神，就像他刚刚做完了一个长梦，瞭见了早上的天光，自己也会穿鞋了。他的后人们千恩万谢，磕了一地的响头，又拿出来一大笔钱，酬谢郭麻日。郭麻日也是亮豁人，分文不取，最后实在抹不开面子，便指着门端外一只叫鸣的大公鸡，说我只要那个。抱走了大公鸡，几天之后，郭麻日便将它卖给了祁连山下的一座金厂，换得了一块金疙瘩，富了大概有一年多，人也吃肿了。不为别的，只因为那座金厂老是矿难不断，风水邪性，那只大公鸡守住了井口以后，从此就消停多了，伙计们连个跟头也没摔过。

我知道，你们当中有人在失笑，笑我亏死先人了，尽说这些不打粮食的话。俗话讲，世道险，人心更险；春冰薄，人情更薄！呵呵，既然我没端你们家的碗，你们也就高抬贵手，别灭了我的香头子，允许我冒上一炷烟吧。

另一回，郭麻日收了一只鞋，大价钱收的，压在手里快大半年了，卖不动，我瞅着也卖不动。因为那只鞋不是皮子的，也不是麻绳纳下的，瓷的，一只瓷鞋，约摸有拇指大小，中间空，外面描了几根花草，样子货罢了。那一阵子，郭麻日和我吃不上饭了，索性领着我，去了甘州、肃州和瓜州，手心里托着那一只瓷鞋，沿路叫卖。人家一听这么个买卖，唾沫就过来了，拳头也过来了，说你疯了，你惊掉了，拇指大的一个鞋，鬼穿上也夹脚，顶多就是麻雀和鸽子穿的，快滚吧。一直进了沙州城，瓷鞋还没卖掉，爷父俩饿得喝风拉屁，牙齿全都松了，真是干着急，没办法。一天晚夕，山西会馆在待客，爷父俩讨了一碗剩饭，蹴在门端里吃歹了，眼睛里都是油。咥得正欢时，突然来了一匹快马，跳下来一个人，给里头报丧说，阎家窟子就要塌了，千佛灵岩就要倒了，莫高窟快走山了。郭麻日挤在人堆中，张开耳朵听了半晌，到底听明白了。大人们，原来有一个山西姓阎的大买卖家，早些年在敦煌发了横财，他担心自己命太薄，压不住这一笔钱财，便发愿在莫高窟的千佛灵岩上，开一座家窟，供养佛陀和菩萨，也算是舍一些小财，求大的福报。其实，这座阎家窟子已经挖了有八九年，花掉了万贯家产，临到了收尾的阶段，单等着大和尚来开光，来念经，也就成了。岂料，窟子的一面崖壁突然斜了，山石滚落下来，砸死了一个塑匠，重伤了一个画匠。伙计骑马跑进了沙州城，赶来报信。阎老掌柜当场哭下了，以为天老爷准备惩罚他，害得吃席的宾客们停下了筷子，你一嘴，我一嘴，纷纷替他拿主意。哎哟，谁会跟钱有仇呀！钱的话谁都能听懂。郭麻日一听买卖来了，马上挤了进去，呱喊说让我试试吧，兴许我有办法的。阎老掌柜也是病急乱投医，立刻答应下来，还亲自将我们爷父俩，扶上了一辆呢子车轿，连夜赶往了六十里之外的莫高窟。吃席的人们不太好意思走开，自然也是好奇，乌泱泱地跟在了后头，那个阵势呀，简直就像娶亲嫁女似的，红火极了。

天亮后，大家站在了阎家窟子的跟前，狠狠地吓了一跳，就想躲开，不想被砸死。窟子的嘴是歪的，一侧的肩膀塌了下来，就像戏台子上的陈世美，腰杆子不直。窟子的门额上，沙石掉得很凶，再不拾掇的话，恐怕三五日之内，也就没皮没脸了，非要活埋了那些佛像和壁画。在敦煌人的眼皮子底下，郭麻日上观天象，下探地理，丈量了几步之后，瞅准了一个位置。这么着，郭麻日用一根铁钎子，在塌陷的崖壁下方，掏开了一条石缝，又将那只瓷鞋塞了进去，布置停当了。眼睁睁地，窟子下头的人们全都瞧见了，那一只瓷鞋站在石缝中之后，整个崖壁咯噔一声，坐了下去，稳稳地坐住了，好像皇帝哥哥坐在了他的龙椅上，舒坦死了。你说也真就奇怪了，敦煌的人们再看的时候，窟子的鼻脸马上端正了，肩膀也不斜了，那一副眉眼好像扑上了胭脂似的，格外光鲜。郭麻日也不傲慢，释解说，这个手段叫正骨，虽说放在人的身上，伤筋动骨一百天，但窟子却不必了，现在就可以进去烧香。现如今，老掌柜也已经下世有许多年了，但那一座窟子还挺精神，只不过敦煌人忘性大，干脆不称阎家窟子，改口叫瓷窟的也有，叫鞋窟的也不少。返回沙州城以后，郭麻日和我就成了阎家的座上宾，敦煌人的脸色一个比一个好看。后来，阎老掌柜为了酬谢郭麻日，竟然舍出了一大笔钱财，用纯金铸了一只鞋子，尺码大小，大概和那只瓷鞋差不了多少吧。实话说，带着那一疙瘩金子，郭麻日和我又美美地过了几个月，脸蛋也快吃成了一缸发面，一睁眼睛就疼。

突然间，啪的一声，一只茶碗掉在地上，炸碎了。顾山农失神地盯看着自己的手，又望了望脚下，似乎不敢相信，这一地的心荆肉棘，居然是他个人的粗心所致。顾山农冷言道：呸，你这个扫把星，天一黑你就在喊鬼。旁侧里，坏天良尴尬一笑，分明接获了这一句警告，登时醒悟到扮演一介小丑，才是他今晚夕的本分，他的角色。于是乎，坏天良再次回到了正题，开腔道：

其实呀，郭麻日这个货，真正过五关的时候少，走麦城的时候最多。

我不敢卖排，我接着说吧，只要大人们开心，丢人现眼的事，我自己就全包了。呃，记得那是在俄境一带，那时候我还小，跟板凳一样高，爷父俩真是饿坏了，饿得只想啃了对方，再拉一泡实实在在的臭屎。因为河西境内闹草遍地，瘟疫流行，一连几个荒年下来，郭麻日就说，咱们往北走，一直往北走，去红胡子的地盘上，寻一条活路吧。我拽着郭麻日的衣服，一路碎跑，穿过了黑水和巴丹吉林，翻过了合黎山和马鬃山，蹚过了整整七面戈壁大滩，夏天刚露头的时候，终于瞭见了白军的骑兵队，摸到了俄人的家门口。

沿路上，郭麻日从骆驼客和货郎们的嘴里得知，红胡子的钱好挣，他们人也大方，容易上当受骗。那些年，列宁的红军一直南下，追剿白军，将他们围困在了边境线一带的大山里，双方各有输赢，僵持不下。对了，听说那里发生了革命，革命之后，溃逃的白军队伍中，夹杂着成百上千的大地主和买卖家。他们领着婆娘和娃娃们，带来了大量的绫罗绸缎、金银财宝，几乎将那几座山谷全部填满了。又听说，红胡子们虽然住在新打的庄园里，天天吃肉，顿顿喝酒，但一个个早就绝望透顶了，知道这辈子再也回不了家，所以破罐子破摔，出手相当阔绰，人也没啥脑子。这当中，最有名的一个大地主叫曹彼得。彼得是人家的学名，至于他如何姓上曹的，说法不一，反正都这么叫他。

应该是下半天吧，听见枪声一响，我从郭麻日的脊背上醒来了。家丁们干的，又开了两枪，子弹打在脚下，吓得郭麻日跪下了，求饶了半晌，对方听不懂，但也不再追究。后来院门开了，大地主曹彼得亲自出来迎客，这家伙虽说胖得像一口水缸，满身是毛，一脸凶煞，人却很客气。郭麻日绍介了自己，说他是一个小买卖人，手头的这个稀罕，恐怕只有曹掌柜才识货，天底下别无二人。曹彼得懂汉话，口音接近于肃北的牧驼人，问是啥东西。郭麻日说，蛋，我是来卖蛋的。大地主顿时不高兴了，要掉头进门，却被郭麻日一肩膀抵开，说我的这个蛋可不一般，它是老虎蛋。老虎蛋？老虎怎么会下蛋？曹彼得的大胡子就像泼上了辣子油，红彤彤的，一下子被勾起了兴趣。郭麻日不愧是胡日鬼，辩解说，鸡能下蛋，麻雀能下蛋，老虎凭啥就不能下蛋？曹彼得思想了半天，只好承认他这辈子还没见过老虎，至于老虎下不下蛋，这的确需要求证一番。这么着，郭麻日从行囊中掏出来一块拳头大的圆石，塞给了大地主，这意思再明白不过了。曹彼得接住了拳石，胡子唰地白了，吓坏了，好像他真的抱住了一只老虎。大门彻底敞开了，爷父俩被请进了庄园，成了大地主的宾客。在谈话之前，曹彼得唤来了仆人，让我们先吃饱了，第一顿是牛奶、列巴、香肠和酸黄瓜。

下半天的日头好，曹彼得举起石头，瞭见光线穿透了老虎蛋，就像一坨新鲜的羊油，白皮白瓤，圆乎乎的样子。也真就怪了，在白色的羊脂当中，嵌着一块暗斑，翻来掉去地看，它都像一只睡觉的卧虎，让人不得不相信。趁着郭麻日去茅厕里拉屎的工夫，我说你撒了个屁谎，那不过是一块从戈壁滩上捡来的玛瑙石，一不是蛋，二没有虎，这个戏你如何唱下去呀？郭麻日却说，瓜娃子，不这么闹腾，你和我的沟门子里，恐怕连一根屎橛子也没有，你最好闭嘴，骗一顿是一顿吧。后来，曹彼得只剩下了一个问题，这个老虎蛋是从哪里得来的，难道你闯了虎穴，掏了虎崽？郭麻日一听就火了，反问说，老爷你想不想要大象、狮子、孔雀和猴子？你现在开个口，我明年就能给你赶回来一大群，你这个庄园够大的了，你可不要担心圈不下。见曹掌柜一头的疙瘩，郭麻日又释解说，哎哟，敦煌莫高窟的洞子里，大牲口和小畜生全在墙上站着呢，在哄佛祖和菩萨开心，这有啥稀奇的，沙州城里的碎娃娃也知道这个道理。这么着，郭麻日揉了我一把，揉到了曹彼得的跟前，说老爷你问他吧，他叫坏天良，吃屎的娃娃可不会嚼牙茬。我为了圆谎，只好顺着这个意思说，的确，我和爹老子在莫高窟要饭时，有一回遇见了暴风雪，钻进山上的窟子里去烤火，到了后半夜里，壁画上的一只老虎在呻唤，在淌血，墙皮突然破了，这个蛋就滚了出来，幸亏被我们当场救下了，要不就冻裂了。不承想，曹彼得不再追究老虎蛋的来历，而是问我坏天良是个啥意思。我虽然叫坏天良，但我也答不出来。郭麻日就绍介说，老爷你有所不知，名字起得越卑贱，越糟心，这个娃子就越容易养活；这人世上最大的东西，莫过于天良二字，让他去坏了天良，我也就省心多了。曹彼得听糊涂了，指天戳地看了一大圈，问天良在哪里，咋就看不见呀？事实上，我也瞭不见，我爹也没瞭见过，但郭麻日聪明地说，还没成交呢，成交之后，老爷你自然就会瞭见天良的。曹彼得答复说，钱不必发愁，这个老虎蛋我先借用一下。

　　后来的十天半月，我和郭麻日被关在庄园内，曹彼得却一次也没露过面。

　　天天吃香的，喝辣的，况且还有一大坑的山泉水，哪怕是坐牢，爷父俩也都认了。仆人们说，那个坑叫游泳池，你们随意。天呐，我跟郭麻日钻进了池子里，开始搓身上的垢甲，皮都搓破了，还没有搓干净；水面上漂着一层油花花，味道是馊的，有点酸臭，仆人们捂住鼻子就跑开了。到了第三天，进来了两个老木匠，卸下了一大堆松木，开始哐啷哐啷地打家什。问了好几遍，老木匠听不懂，仆人们也是摇头，我们便没在意，只顾着大吃二喝。后来，院子里立起来了一只木笼子，还给栅栏刷了漆，红黑各半，晾干以后，抬在了一辆马车上，锁上了铁链子。那天夜里，我跟郭麻日正在睡觉，冲进来几个家丁，三七不问，给了我们一顿枪托子，揍了个半死。等醒来后，发现天已经亮了，爷父俩被关在了木笼子里，老的像囚犯，小的像野兽，喊天天不应，叫地地不灵。这个关节上，曹彼得终于现身了，说他有一个好主意，只要照办的话，保管我们饭来张口，衣来伸手，再也不必忍饥挨饿了。见郭麻日有些动摇，曹彼得便拿出来那只老虎蛋，让仆人们打开栅栏门，连同一块毡毯，摆在了木笼当中。趴下，快趴下，趴在老虎蛋上头！曹彼得突然翻了脸。郭麻日难肠坏了，问，趴下做啥么？你们深更半夜把我和儿子扔在了笼子里，我身上现在连一根线头也没有，丢死人了。曹彼得说，这个蛋是你送来的，孵蛋的事，自然由你来承担，假如你能孵出来一只老虎的话，金币、女人和庄园，随你的性子挑，我绝不吝啬。那一刻，我瞭见郭麻日捂住了裆部，羞臊极了，但他那个东西很不争气，就像一根抽掉了筋的萝卜条，蔫塌塌的。

消息迅速传了出去，俄境线一带的大小山谷里，简直就跟过节似的，也许比河西人过春节还要热闹。

游山开始了，这也是曹彼得的主意，转完了这个山谷，又奔向另一座山谷，几匹马累得够呛，一路上不停地换钉掌。郭麻日落怜坏了，孽障极了，精沟子趴在老虎蛋上，屁股撅得很高，就像一只被剥了皮的瘦蛤蟆，样子滑稽，一个劲地呻唤着。每次到了目的地，马车一般停在了人家的教堂门前，敲完钟之后，红胡子们领着他们的婆娘娃娃出来，里三层外三层地围拢在了木笼子附近，一边取笑，一边晒日头。也就怪了，我发现有几个阔太太的帽子上，插着长短不一的鸟毛，颜色刺眼，飘在了头顶上；她们的胸脯就像两疙瘩猪油，挂在身上，呼哧呼哧地上下跳跃，却怎么也掉不下来。趁其不备，我偷偷拔了一根鸟毛，藏在了袖筒中，留做他用。大人们，那个场面就像在赶集，真是乱成了一大锅粥。男人们在戏弄，婆娘娃娃们咯咯咯地失笑，只有郭麻日这个货夹紧了瘦沟子，趴在老虎蛋上，一动不动。幸亏当中有人懂汉话，转达了一个老军官的问题，问这个蛋需要孵多久，才能孵出来一只老虎，给这一片山林带来生气。郭麻日答复说，也许半年，也或者三年五载，谁知道呀，老虎的事情，本来就不是凡人可以随便打听的。另一个老财东很不高兴，说你这么大的块头，压在一颗蛋上面，万一压碎了，上帝会惩罚你的。郭麻日笑翻了，说滚屎子吧，我的肉身子下面不光压着老虎蛋，还压着我的脖子呢，既然我的两颗卵蛋都碎不了，你又何苦这么骚情呀。红胡子们开心坏了，觉得这个精沟子的家伙真有意思，当即铺开了毡毯，摆上了酒肉，一边拉着手风琴，一边跳舞唱歌。其实，每一回出去游山，各路的流亡贵族、老军官和大地主都要问这些破话，郭麻日也懒得计较，往往撅起瘦沟子，好像在用后门上的那一撮黑毛说话，故意恶心对方。但事情并没完，男将们酒足饭饱之后，往往七仰八叉在地上，醉得像一堆死猪，阔太太们这才有了便利，一个个围在木笼边，开始了婆娘们的把戏。有的央求说，哎哟，老虎蛋到底长了个啥样子么？你让咱们瞧瞧，哪怕瞧上一眼也好。还有人说，你抬抬身子，我们摸一摸温度吧，这种事情女人最在行了。郭麻日害羞，不光臊红了脸，头脚上下都像泼上了大红的颜料，屁股也更尖了，缩住四个蹄子，将老虎蛋捂在了他的肚子下面，干脆不丢手。阔太太们的嗓子都喊哑了，郭麻日一直瞇睡装死，这下子惹怒了在附近巡逻的白军，提起毛瑟枪，刺刀戳进了笼子里，当场见了血。当然，刺刀不那么要命，白军也希望留下木笼中的这一只猴子，给家眷们带来免费的欢愉，滑稽的笑声；但是郭麻日的脊背红透了，好像开满了梅花，开在了一面山坡上，花骨朵繁茂极了，相当耀眼。可即便如此，郭麻日这个货仍旧啬皮，始终也不肯翻过身子，将老虎蛋献出来，哄太太们高兴，这肯定是他的不对。那一刻，我蹴在笼子里浑身发抖，我思来想去，郭麻日毕竟是我爹老子，假如我不救他的话，他前一秒死掉了，后一分钟便是我的末日。这么着，我拦住了白军们明晃晃的刺刀，从袖筒里抽出了那一根鸟毛，说让我试试吧。

也就奇了怪了，我把鸟毛搭在郭麻日的脊背上，轻轻挠动时，这个货突然安静了，就像一块腊月里的猪皮冻那样，颤颤巍巍的，彻底放松了下来。这么一松懈，阔太太们立刻瞅准了机会，你一把，我一把，争先恐后地将爪子塞进了郭麻日的肚皮下，抢着去摸老虎蛋。摸了半晌，这个说，嗯，温度不错，我觉得它在动，胎动很大，不愧是老虎呀。那个道，你们说是石头，可我怎么觉得它就像一坨软肉，莫非已经破壳了，老虎生下来了。后来，这群帽子上插着鸟毛的洋婆娘，又开始乱摸乱猜，咯咯咯地笑完后，一趟子跑远了，下一次还照旧这样。夜深时，我胀气地说，你干么捂住不放？你放开了让她们摸吧，等摸够了，你也就不遭那个罪了。郭麻日戳疼了我的脑门子，恶骂说，你脑子吃屎了么？这个石头是咱爷父俩的命根子，万一让洋杂碎们知道它不是老虎蛋，你我的下场那可就惨了。我望着笼子外的天空，山里的夜色黑得像鞋底子，心里着实害怕极了。我说，你要是当初不撒谎就好了，可你撒下的这个屁谎，永远也圆不回来了。郭麻日抱着那个蛋，牙齿很硬地说，瓜娃子，我宁肯在笼子里吃得像猪一样舒坦，也不愿意在外头饿得像一条瘦狗。这个谎还得编下去，你帮我吧，你可千万不能坏了天良呀。

山里的夏天很快过去了，山里的秋天也就是几场雨，突然间凉透了，飘下来的落叶像客人，一个个打道回府，不见了踪影。最难熬的当然是冬天，雪是一个祸害，另一个祸害便是白风。真的，白风是看不见的，但它刮在皮肉上，就好像在身体里拔钉子，一根一根地拔光了人的精神头，死的心也有了。哪怕在冬天，曹彼得也没放过我们爷父俩，天天派出家丁，赶着马车去游山，继续让洋人们取笑，让阔太太们开心，炫耀他的威风。怕被冻死吧，家丁们扔进来一件烂皮袄，郭麻日顾得了头，却顾不上尾，在摇摇晃晃的木笼中，包住了脑袋，精沟子却撅得很高，趴在老虎蛋上，不敢大意。天寒地冻的，连一只麻雀也不见，可不管转到哪一座山谷，那些杂碎们，那些身上的毛还没有褪尽的洋人，一窝蜂地跑出来，哈着气，眼睛不眨地盯住郭麻日，看他孵蛋，等待一只小老虎孵出来。有个年轻的太太见我可怜，脱下了她自己的猞猁袄子，隔着栅栏，披在了我身上，我一下子就热了。听周围的人说，她叫凯夫人，跟敦煌壁画上的香音神一样漂亮。给完我袄子后，她却着了凉，打着喷嚏回家了，以后也很少再见到她。在那个阴暗的冬天，我被锁在木笼中，吹着白风，渐渐地发现，那些被困在山谷中的白俄，家家户户就像在办丧事，等待着入殓起灵的那一天。这么一想，我就觉得扯平了，我们爷父俩的日子难过，他们也好不到哪里去，大家都是腌在缸里的酸菜，一肚子的苦水。

夏天又来了，孵蛋的事情总要有一个结论。一连几天，曹彼得的庄园被围住了，除了叫骂之外，还有人纵火放烟，逼迫这个大地主给一个期限，赶紧让小老虎生下来，要不然家里的洋娃娃们都快哭死了。郭麻日被家丁们揍了个半死，血丝呼啦地扔进了木笼子里，继续趴在老虎蛋上，撅起三角形的精沟子，只是个笑，啥话也不讲。没了办法，我只好站出来打圆场，说再等等吧，或许这十天半月内，事情就要见分晓了。这个话传出了庄园，一下子解除了外面的围攻，曹彼得没有了压力，赏了一顿肉饭，我们可真是咥美了。实话说，我不忍爹老子这么丢人现眼，从毡毯下面抽出那一件猞猁袄子，苫在了他的瘦沟子上。郭麻日夹紧了屁股，继续趴在老虎蛋上，咒骂我说，坏天良呀坏天良，你这是给我设定了死期，我也就只有一拃长的日子可活了，你等着替我收尸吧。

诸位凉州大人，原来曹彼得是一个精明的生意人，将老虎蛋当成了一门贸易，在暗中秘密经营。俄境线上的各个庄园，为了争看一眼孵蛋的场面，已经事先向曹彼得支付了大把大把的金币，拔长了脖颈子，等着我们爷父俩去表演，去献丑。游山又在继续，木笼车翻过了一道又一道梁峁，进入一座又一座山谷，停在了当地最大的教堂门前，大家静候着老虎蛋破壳。这么说吧，一年至尾，这颗老虎蛋成了俄境线上唯一的话题，没有人操心别的，也操心不起；哪怕列宁的红骑兵时常来围剿，他们也麻木着，就像预备办丧事似的。有天夜里，木笼车返回卡鲁山谷，也就是曹彼得的庄园所在的那一片谷地。活该要出事，因为后半夜时，郭麻日一脚踢醒了我，让我赶紧看头顶上的扫把星。天呐，扫把星太多了，密密麻麻地下着雨，吓得辕马不敢动弹，卧在了山崖下，死活也不肯走。天亮后，突然传来了一排子枪声，押送木笼车的几名家丁被当场活捉，一人捆了一绳子，分头去审问了。刚开始，郭麻日判断，对方一定是白军，因为白军主力不久前刚刚吃了败仗，就藏在附近的深山中。但是，当一名首领率着扈从们，前呼后拥地过来，挤在了笼子四周时，郭麻日只瞟了一眼，便问你们应该是明水碉堡的人马吧？首领反问说，你去过马鬃山镇，你还知道明水碉堡呀？闻听是汉话，郭麻日一下子就活转了，答复说，我不光去过，我还一直敬佩明水碉堡的主子，恨不得给他老人家磕头呐。首领哈哈笑开了，问你认得他老人家么，他叫个啥？郭麻日利索地说，姓黑，人称喇嘛爷，河西境内的大人娃娃们谁不知道他呀，只可惜我造孽太多，没有结识喇嘛爷的福分。这么着，首领让手下人赶紧打开了笼子，说你出来吧，你现在就可以抓紧磕头，错过了这个高粱村，以后再也没有了麦子店。郭麻日听懂了意思，撅起精沟子，挣扎再三，却怎么也爬不起来，淌着眼泪说，喇嘛爷，我这么趴着有一年了，浑身的骨头已经锈死了，这个响头我先欠着，将来再加倍报答吧。这个时候，笼子突然关上了，锁上了铁链子。喇嘛爷说，也好，那你就乖乖地趴着吧，我也想见证佛陀慈悲，看见一只小老虎孵出来；我这辈子只见过老虎枕头，但没见过真正的老虎。

大人们，我发现刚才提到喇嘛爷的名讳时，诸位的脸色就变了，变得像一泡晒干的大粪，鼻脸上趴着一堆屎橛子似的。其实真没啥，喇嘛爷离凉州还远呢，北疆才是他的道场。

实际上，那一回喇嘛爷率着明水碉堡的武装，出现在俄境一带，完全是迷了路的缘故；也幸亏和白军主力错肩而过，跟红胡子没有火拼，才捡了一个大便宜。呃，这些话我全是半路上听来的。喇嘛爷原本打算去劫一支从绥远开来的商团，据说那支驼队有上百头大牲口，拉的是白军秘密采买的一些重要物资。不料想，商团目标太大，走漏了风声，可能被冯玉祥的骑兵连突袭了，扣押在了乌兰图雅附近，双方正在交涉。左等不来，右等不见，喇嘛爷这才收了兵，又因为遇上了春季的黑风暴，结果越走越北，摸到了边境线上。哎哟，占山为王的主子，岂能折了面子，空手而归。喇嘛爷在天亮时，发现了一辆木笼车，当即决定下了那几个家丁的枪，好歹苍蝇也是肉么。动手后，又分头审问了家丁们，喇嘛爷这才明白，他自己本来只想吃一顿素饭的，结果对方孝敬了一大桌满汉全席，不吃白不吃呀。这一顿请吃不在别处，就在卡鲁山谷中，就在大地主曹彼得的庄园里。

这么着，一个家丁反草了，被秘密收买后，提前下山去报信，称老虎破壳就在今日，遍请卡鲁山谷里的逃亡贵族、老军官和大地主们前来参观。当然，这其中的门面人物就是曹彼得，包括他的一群贴身护卫，这才是喇嘛爷要格外提防的目标。事先，被俘的家丁们为了活命，各自在泥地上画出了庄园的大概轮廓，喇嘛爷对照一番，又问清了碉堡的方位与护卫的人头，心里便有了数。喇嘛爷知道，强攻不可取，强攻只是下策，因为距离卡鲁山谷最近的北部防线，仅有不到半个时辰的路程，万一出了差错，白军的主力骑兵掩杀下来，谁也不是红胡子的对手。况且，北部防线的白军旅长不是旁人，恰是曹彼得的独子，劈山救父的事情，相信他绝不会眨一下眼睛。唯一的诀窍，便是将大地主从庄园里赚出来，好说话了，就喂他蜂蜜水，假如牙齿太硬，一顿狼牙棒下去，偏要打出他肚子里的屎不可，不信他不合作。商量妥定后，辕马撒开了蹄子，下山的路一般比较容易，郭麻日趴在老虎蛋上，样子很规矩，生怕磕破了蛋皮，毁了他这一世的名声。我站在木笼中，抱紧一根栅栏，瞭见辕马的后门一紧一放，不停地在放屁。真的，我觉得马屁和人屁干脆是两回事。也许只有和尚们放的屁，才跟大牲口的味道一样，因为他们都吃素，不沾荤腥吧。

但老虎吃肉，老虎的屁一定是臭的，我没闻过，可我真的想闻上那么一鼻子。一年多来，郭麻日也换了看法，认定他趴着的那一块硬疙瘩并不是石头，而是个蛋，真正的老虎蛋。其实，比郭麻日更迷信的就数曹彼得，他收了大把大把的金币，害得俄人们一个个巴兮兮的，眼睛里几乎盼出了血，如果现在连一只鸡娃子也孵不出来，就算他是白军旅长的亲爹，他也会被人们的唾沫淹死，脊梁骨也一定会被戳烂的。到了午饭前后，等木笼车停在了卡鲁教堂的门前，大地主曹彼得果然领着一百来个邻居，大人娃娃的，呼啦啦地围住了我们爷父俩，问东问西，欢天喜地。那一时，谎话已经结出了果子，谁都啃过那么一小口，尝到过甜味，相信小老虎即将破壳，马上就要下下来了。我抽空瞅了一眼，发现了凯夫人，就是那个应该是从敦煌壁画上走下来的漂亮太太，我的眼睛湿了，心上挂着一块铅坠。当初，凯夫人送过我一件猞猁袄子，眼下为了小老虎的出世，她的手上举着一块包毯，拿着一只锡制的奶瓶，跳着脚，噙着泪，一副菩萨的样子。但是，在这个露脸的关节上，曹彼得绝对不允许旁人争抢自己的荣耀。他带着旅长老子的派头，拨开众人，一胳膊推开了凯夫人，肉乎乎地站在了木笼前。郭麻日撅起精沟子，蛤蟆一样地趴着，担心事情彻底败露，自己的死期就在眼前，干脆不敢丢手。天呐，谁会料到，曹彼得的邪病突然间犯了。这个邪病犯大了，他居然命令家丁们卸下铁链子，打开了木笼，拽住郭麻日的四个蹄子，将他扔出了马车；当着大家的面，曹彼得在仆人们的搀扶下，哼哧哼哧地踩着凳子，钻进了笼子里，三七不问，身体一下子放展了，趴在了老虎蛋上。俄人们吃惊坏了，不明白这个大地主唱的哪一折子戏，但也猜出来了那么一点点意思。实话说，癞蛤蟆的姿势最舒服了，等曹彼得趴稳当之后，这才咧开了满嘴的金牙，对卡鲁山谷的邻居们说，哦，上帝的歌声，布满了这一片恩泽的大地，老虎来了，主的旨意就要降临了。大地主的这些胡话，我是后来才听人讲的，上帝原来就是他们的菩萨和天老爷。哼，我才不想操这个闲心。趁着教堂开始敲钟，我也跳下了马车，膝盖骨麻酥酥了一阵子，险些坐在爹老子的头上。郭麻日确实锈死了，骨骼也动不了，还是像一只蛤蟆那样趴着，根本站不起来，丢人丢尽了。教堂的钟声敲了几下，最后敲乱了，因为一梭子子弹打了过来，有个红胡子晃了晃，从钟楼上栽下来，倒挂在了廊檐上。

喇嘛爷到了。喇嘛爷才是掏虎的猎匠，杀狼的天罡。

卡鲁山谷里的家丁们，让子弹撂倒了一批，剩下的突然间怂了，抱住脑袋，蹲在地上，全部被下了枪。来自马鬃山明水碉堡的这一支强人武装，就像一根粗麻绳在拦羊，将俄人们拦在了羊圈中，一个也没有走脱。喇嘛爷亲自动手，关闭笼子，锁上了铁链子，望了望日头，离天黑也就半个多时辰，机会并不多，白军肯定在附近安插了桩子。曹彼得害怕了，一骨碌站起来，用肩膀撞击栅栏，但木笼太结实了，他又被弹了回去，瘫坐在马车上。喇嘛爷的鬼头刀悬在了大地主的头顶，足有二十斤重，随时就会砍下来。曹彼得问对方是谁，吃哪一路饭的。喇嘛爷声称，他是来迎请小老虎的，一年多前，他家里丢过一颗老虎蛋，寻了上千里路，这才打问到了卡鲁山谷，现在碰巧找见了。曹彼得梗着脖子问，你来历不清，口说无凭，你咋能证明这颗老虎蛋是你丢失的呢？喇嘛爷失笑了，说你趴下快孵吧，等小老虎破壳后，看看它究竟认的是你，还是我。这样的蠢话，让周围的俄人们开心极了，好像冷灰里面，突然爆出了一堆金豆子。曹彼得刚打算趴下，卧在那一块硬石头上，去兑现这个赌约时，喇嘛爷的砍刀忽地落了下来，划过了大地主的脊背，从头到脚，将那一件夏衣撕成了两扇门。天呐，曹彼得浑身的肥肉，就像一坨白花花的猪油，连毛带草的，塌在了笼子里，当场坐断了三根木头。喇嘛爷不太满意，用刀尖戳在了大地主的嗉子上，催促他赶紧撅起精沟子，像蛤蟆那样，像地上的郭麻日那样。

这个时候，当然是刀子说了算。

曹彼得不敢抗命，蛤蟆了起来，一大坨猪油慢慢软化了，但沟子尖翘着，露出了后门，肥腻腻地对准了卡鲁山谷的邻居们，不知羞臊。卧了大半晌，这个贼料知不妙，挣扎着抬起身子，揭开了苫布，却发现老虎蛋不见了，取代那一块石头的，则是一捆炸药，呵呵。姓曹的也是老军官，以前还是沙皇陛下的一员猛将，听说他具有二三十年的军事经验，眼睛里当然有水，但此刻中了计，发现喇嘛爷的手里攥着一根引信，自然也不敢轻举妄动。瞥了一眼北山的方向，曹彼得说，刚才教堂的牧师发现了你们，所以才敲了钟，给军方报了警，我儿子大概还有一个半小时的路程，我想介绍你们彼此认识，晚饭时大家不妨喝一杯。列位大人，牧师就等于咱们寺里的和尚，一个屄意思吧。但是，喇嘛爷从来不吃旁人的气，当时就开骂了，说你一个吃屎的，你还能拿得住我这个拉屎的么？离天黑还早呢，我现在就炸了你，先用半个钟头捡起地上的碎肉疙瘩，里脊是里脊，五花肉是五花肉，该炖的炖，该炒的炒。干完了这些，我再花上半个钟头，用这一把鬼头刀，剁一桶子你的肉馅，反正这周围的山坡上，有的是沙葱和野蒜，人肉包子的味道肯定不错。咦，对了，剩下的工夫上，我就专门款待你儿子；等令郎一口咬住了热包子，肥油从嘴角上淌下来，我再如实相告，这是他爹老子施舍的，尽管往饱里吃。大地主到底撑不住了，肥滚滚地趴在一捆炸药上，好像一大坨猪油在腊月里给沁住了。曹彼得思想了思想，问喇嘛爷，说你究竟是来劫财的，还是救人的？诸位，原来大地主人财两旺，自打盘踞在卡鲁山谷以后，他不仅在周围的山坡上，开辟了上千亩的罂粟地，还因为劳力欠缺，又从河西境内，抓来了两三百个青壮汉人，当牛做马，充作了奴隶，也难怪他的河西话说得那么好。对了，俄人的罂粟叫花花子，在市面上相当紧俏，一块烟膏一块金。这个洋贼仗着手中的大把金钱，一方面资助白军武装，另一方面将自己的儿子送到了旅长的位子上，所以他得了一个绰号，人称卡鲁王。听罢了问话，喇嘛爷心头一喜，喊来了手下，咬了咬耳朵，当即拨出一哨人马，杀进了山里。掉头回来后，喇喇嘛爷对大地主说，我一不抢金，二不索银，我只想打问一个地址。曹彼得懵了，不知这葫芦里卖的是啥药，忙问什么地址。这么着，喇嘛爷最后将了一军，问他儿子的军火库究竟藏在哪里？

哈哈，这也就是说，喇嘛爷生吞了豹子胆，这一次跟白军主力干上了。

曹彼得浑身的猪油彻底化了，反正死猪不怕开水烫，趴在那一捆炸药上，打起了呼噜。喇嘛爷也不食言，点着了引信，赶开了人群，下一步就要将大地主剁碎了蒸包子。引信快烧光了，喇嘛爷也捂住了耳朵，可是在这个节骨眼上，凯夫人却从人堆里跑了出来，举起那一只锡制的奶瓶，用壶中的牛奶水，浇灭了刺啦刺啦的火绳子。对了，我后来才知道，凯夫人是一个贵族的寡妇，男将被列宁的红军绞死后，这么些年她一直住在卡鲁的娘家里，娘家爹老子并不是旁人，正是那个一坨猪油的曹彼得。凯夫人真是哭坏了，打开了包毯，盖在了大地主的精沟子上，手底下很轻，好像她正在伺候一只小老虎。干毕了，凯夫人这才指着远处的教堂，对喇嘛爷说，杀人的武器全在那，在圣徒墓下面的地窖里，求求你，千万不要伤害卡鲁的任何一个人，上帝与你同在。喇嘛爷挥了挥手，来自马鬃山明水碉堡的这一支人马，疯了似的扑了过去。

啊啧啧，可不得了了，喇嘛爷这一趟发了财，发了横财。

剩下的时辰里，教堂门口的广场上，码满了各式各样的武器，几乎能开一个集市了。粗粗一算，喇嘛爷从地窖中起获了七百多支长枪、三箱盒子枪、两架轻机枪，子弹就不必说了，比西山顶上的星宿还多。发了横财，本应该是高兴的，但喇嘛爷却眉头不展，遇见了真正的难题。天色暗了，天色给大地主穿上了一条黑裤子，所以他也不害臊，又活了过来。曹彼得笑话说，原来你们是土匪呀，专门来抢劫军火的，现在也该满意了吧？喇嘛爷啐了一口唾沫，呸，我们是绿林人士，此番天兵天将下凡来，只为了替天行道，收拾河山，你趁早看管好自己的牙齿。曹彼得的口气很硬，不打算服软，自称他还有一桩心愿未了，准备跟喇嘛爷做最后一次买卖。这么着，一坨猪油哭下了，哭得太恓惶了，说他要是丢了这一宗军火的话，白军饶不过他，他儿子肯定也是六亲不认，要么绞刑，要么枪毙，但在临死之前，他愿意用这些军火，换回那一颗老虎蛋，彼此两不相欠。喇嘛爷也是糊涂了，这样的买卖，让他的确号不准对方的脉，还以为其中有诈。大地主后来说，反正他活不到天亮了，明日一早，他也许就被葬在教堂下的那一片墓地里，他如今最大的愿望，就是将老虎蛋栽在坟头上，等着小老虎出世的那一天。天杀的，这个关节上，该死的郭麻日却一蹦子跳了起来，扑向了木笼子，隔着栅栏，将老虎蛋塞在了大地主的怀里，再三咒骂说，你个白猪，你仔细瞅清楚了，这可是石头，这并不是老虎蛋。曹彼得偏就不信，说它就是老虎蛋，它不是石头，上帝给我托了梦，让我务必照顾好它。郭麻日失笑了，哎哟，那是我去年撒的谎，我放的一个屁，你还真就当成了一炷香么？曹彼得搂紧了老虎蛋，鼻脸贴在石头上，再也懒得计较了。

郭麻日不知分寸，还要继续逗能时，喇嘛爷却不干了，突然一记胳膊肘，击在了他的心口上，疼得这个货跪在地上，哇哇乱叫。喇嘛爷的确气炸了，说你这个牲口下的，北山的白军们开始放枪了，半个钟头内必到，你这么耽搁老子，你居心何在？喇嘛爷掏出盒子枪，并不想大开杀戒，而是卸下来一颗明晃晃的子弹，赠给了对方，又警告郭麻日，说这一次念在你有功于明水碉堡，我饶恕了你，下一次胆敢多嘴的话，这颗子弹就会要了你的命，你一定要拿好，千万别丢了。劳碌了整整一年，爷父俩受尽了凌辱，除了没被饿死之外，一块麻钱也没捞上，反而挣到了一颗子弹，埋下了将来的祸端。害怕是难免的，谁的身上也只有一条命。所以后来趁着乱，郭麻日拽上我逃进了南山，一直走到了秋末，才翻过大青山，进入了甘州的高台县城。当时，卡鲁山谷的北面吹了号，枪声划过了天空，子弹也是红的，还听见了骑兵旅的马蹄声。曹彼得不老实了，又开始寻衅，说这么多的军火，我倒想见识一下，你们如何才能劫走，逃过我儿子的这一场追杀。喇嘛爷根本不上当，突然跑开了，一把揪住了人群中的凯夫人，拦腰一抱，将洋婆娘埋在了自己怀里。

这个时辰上，教堂门前的广场一带，忽然冲进来了两三百个青壮汉子，黑压压的一群，三七不问，立刻将所有的枪支弹药瓜分一空，扛在肩膀上，又迅速消失在了南方。不用说，喇嘛爷率领的这一支绿林好汉果然在替天行道，从附近山坡上的罂粟地里，解救出了那些被白军圈禁多年的苦力。他们可都是河西子弟，现在菩萨显了灵，于是一边逃跑，一边呱喊着喇嘛爷的美名，脚底下比兔子还快，比沙隼的眼睛还尖，化整为零，一眨眼就消失干净了。诸位大人，俗话说，饱将手下无饿兵，现如今四郡两关的人们谁不知道，黑喇嘛他老人家当年拉出来的队伍中，最凶悍的一支，自然是卡鲁营了。卡鲁营的班底，就是那一年夏天，从俄境线上逃回来的苦力们。他们为了报恩，一个人也没有走失，拜了喇嘛爷为头把子，扛枪吃粮，从此做起了绿林人士，这个不必我再费唾沫了。

实话说吧，那天夜里最劳碌最揪心的，倒不是喇嘛爷和苦力们，应该算我坏天良，因为我当时背着一只蛤蟆，背着爹老子在逃跑。郭麻日孵了一年老虎蛋，骨骼确实锈死了，偶尔回光返照地动弹一下，但大多数时候还是像蛤蟆。我不能丢下他，让红胡子们乱刀给劈了，让野兽给吃了，只好背着他在山里东躲西藏，保住爷父们的这两条命。喏，我学给大人们瞧瞧吧，郭蛤蟆就像这个蠢样子，贴在我的脊背上，让我背了一路。这也就是我坏天良一直没有长开，个子缩水的缘故。

一时间，蒙古式的主帐内，郡老和乡绅们失笑死了，情绪达到了鼎沸阶段。

胡笳四十四节

烛火朗照，四壁间白雪雪的，亮如晴天。

顾山农也不甘落伍，笑声大作，附庸着大家，目光瞥望过去，瞭见了趴在帐篷中央的那一只人形蛤蟆。坏天良也是绝了，为了讲得逼真，说得贴切，他竟然放肆地扒掉了衣裳，脱光了自己，趴在地上惺惺作态，博众人一笑。小丑，神圣之小丑，顾山农的内里虽然如此判定，煞是不屑，但眼瞅着这些凉州的门面人物纷纷失态，笑得前仰后合，便也觉得事情奏效了。坏天良的不着边际，大话喧天，以及他们爷父俩的悲惨遭遇，终于释放出了一种发甜的东西，催情的焰火，令这一席茶会走到了炽烈的高度。然而，面对着这个神圣小丑，顾山农却心头一寒，思忖说：这个荒凉且空旷的人世，必定是寡恩与薄情的，不论是缨鼎人家，还是穷寒之族，谁也见不得别人的好，谁都看不惯他人的烟囱里冒烟；这才是万古不磨的真理，也是世道的冷酷。这一刻，坏天良表演到了精彩处，身体下面是一只空茶碗，他翘起屁股，摊开了手脚，款款地卧了下去，像极了一只蛤蟆在孵蛋。哎哟哎，失笑死了，简直失笑死了，客人们要么弯下腰，抱住了肚子，要么喷出了嘴里的茶汤，喉咙乱叫。空气中漾荡着一股股湿气，穹顶之下，人影绰绰，一切都虚幻了起来。

够了，真的够了。凉州总教不辱斯文，捡起了衣裳，喝令坏天良赶紧穿戴起来。

出场了，终于憋不住了，顾山农心里猛地打鼓，料定朱绣醋意犹深，还在惦记着门口的那一块匾额，嫉恨着那一行墨字非他所书，仍然在跟尹先生暗中较劲，哪怕对方根本不在场。朱绣哑默了整整一天，另外的郡老们早就习惯了他的脾性，尽量不去招惹。此刻，凉州总教突然跳将出来，拿一介小丑、一个异乡人开刀，众人便觉得这其中大有文章。果然，待坏天良整理完装束，满脸堆笑，巴兮兮地张看着对面的这位大人时，朱绣却翻了脸，蓦地抬手，一连打出了三四个耳光，方才作罢。帐篷里立时悄静了，鸦雀无声，承平堡的客人们不明就里，纷纷盯视着顾山农，因为这种公然的暴力，貌似打的是小丑的嘴脸，实则落在了少东主的门面上。凉州土话说，放下筷子骂娘，丢下碗碟刨锅头，指斥的就是朱绣刚才的这一番德行，简直岂有此理。果然，凉州总教神色桀骜地踱了过来，随手一揖，冷然道：敢问少东主，这个小贼你是从哪里捡来的，竟然如此放肆，当众扯下了这么一个弥天大谎？顾山农含笑说：唉，朱先生你是过虑了。这个娃子原本就是个丑角，当年我扛戏箱子的时候认下的，刚才让我拽了进来，无非是想让他说个笑话，喧个古今，让大人们消消食罢了；你大可不必私设公堂，乱棍打死呀。却不承想，这一句降温的话，却引燃了朱绣的熏天烈焰，讥讽道：呵呵，少东主你不一样，你可不能烽火戏诸侯，混淆了当前的形势！在下话丑理端，如鲠在喉，也不怕当众开罪你，因为在老朽看来，如今的承平堡和保价局是小，但凉州最大，倘若因你而起，带坏了凉州的风气，这个罪名恐怕谁也担不起。一时间，顾山农的内里沤臭极了，锁住了眉头：朱先生，灯不拨不亮，话不说不明，这个小丑的玩笑，怎么就带坏了本地的风气，以至于你将屎盆子扣在了承平堡和我的头上呢？冥冥中，凉州总教似乎在等待这个机会，款然上前，撸起了袖子，不卑不亢地说：

"黑喇嘛早就死了，连一座坟也没留下。"

众人哑默着。

"所以说，这个小丑刚才的话，完全是怪力乱神之语，根本就不值得一驳。试想，倘若这个风放了出去，说悍匪黑喇嘛还活着，要枪有枪，要人有人，仍然盘踞在北疆一带，那么不仅凉州恐慌，甘州、肃州、嘉峪关、瓜州和沙州肯定也会被吓破了胆。如此一来，整个河西的面貌将是贸易停顿，百业消沉，沟通东西的各条道路全部废弛，窒碍难通，以致山河板荡，万事虚悬，再一次陷入杀戮之所，修罗之场！哼，这并不是朱某人在危言耸听，我也不愿揭发纠举，还望少东主明鉴一二。"

坏天良诡笑道："呵呵，你白长了那些毛，胡子长并不说明你见多识广。"

"放肆。"一声断喝。

"哼，喇嘛爷至今还活着，他一天五顿肉，顿顿还要喝酒。"

坏天良执拗地说。

"少东主，诸位同仁，"朱绣干脆不理睬这个小丑的纠缠，神色倨傲，环视着穹顶下的同僚们，款然道，"大概在五六年以前，也就是民国十四五年左右吧，在下从《国民日报》《西北新闻日报》这两份报章上获悉，人称黑喇嘛，也就是原名叫丹毕坚赞的这个悍匪头子，已经被苏俄的契卡除掉了，人头也被割了下来，带到了圣彼得堡，供俄人们参观。我犹记得，那一篇文章活灵活现，讲述精妙，谈及黑喇嘛平素里穿的是铁甲，刀枪不入，但他的命门却在两肋之间。事发之日，黑喇嘛破例召见了几个外蒙古来的香客，香客的真实身份，其实是契卡的特务人员。就在黑喇嘛抬手，给香客们摸顶的工夫上，他被人架住了，两臂悬开。当时，刺客们便开了枪，子弹打进了他的腋窝，一下子毙了命。黑喇嘛的贴身侍卫，虽然是一帮重金雇来的河北保定府的武人，但是突见主子血溅明水碉堡，无力回天，于是树倒猢狲散，消失得一干二净了。大人们，此乃甘肃省府白纸黑字的公开报道，言之凿凿，立论煌煌，你们又何必受人蛊惑，在这个犀燃烛照的晚夕，无视真情实相，去听一个小丑满口雌黄呢？"

"哎哟，你这个老刀笔匠，老秀才，你恐怕是念书念愚了，这个道理就像一碗水那么简单，你居然也勘不破。"坏天良笑疯了，不由得犯上作乱，反诘道，"实话说给你听吧，喇嘛爷一共有九条命，况且还有一只藏獒护驾左右，名叫太阳犬。他老人家肯定死不了，你只管操心你自己的后事吧。"

"也好，那我现在问你，黑喇嘛胯下什么马？"

"乌骓马。"

"马背上捆的什么鞍？"

"银马鞍。"

"他身上披的什么衣?"

"黑斗篷。"

朱绣忽然被呛住了,当众坐蜡,颊脸上格外煞白,后续的问话自然也是无疾而终。朱绣清晰地记得,那一篇高头讲章的末尾,如此描述说:……事件当日,月光之夜,一匹乌骓马银鞍灿亮,向西而逝,马上之人斗篷飞卷,身后追着一只獒犬,但那个人没头。对方所言不虚,语气斩关落锁,凉州总教知道碰上了硬钉子,便也压抑下心头的怒火,捧起茶碗,遮住了他阴晴不定的鼻脸。可偏偏,这个关节上,几乎垄断了北疆一带盐业贸易的沈光宅站了出来,语带讥讽地说:朱先生太过武断了!你一个大秀才,天天窝在城里头念书,北疆的尘土是个啥味道,酸的,还是麻的,你恐怕也不知道吧?在下的各路驼队踏遍了整个河西,少不了被黑喇嘛所劫持,敲诈骨髓,这其中的难心和磨折,大人你闻所未闻,又岂能大言欺人,竟敢断定那个杀人如麻的土匪头把子早就死了,以此来松懈意志,令长路上的商团和行旅们麻痹大意,去充当炮灰?凉州总教本以为捏住了坏天良这个软柿子,但沈光宅的出场,无异于喂给了他一颗硌牙的石子,毕竟不甘:老夫起誓,黑喇嘛确凿地死了,甘肃省府的文告,报章上的墨字,便是板上钉钉的铁证!呵呵,至于说悍匪被割头之后,北疆地带仍有黑喇嘛的身影不时出没,那也多半是明水碉堡的余孽,或者其他的土匪武装假借其名,这样的例子屡有记载,代不乏书。沈光宅鄙夷道:哼!不生娃娃的裆不疼,不开染坊的脸不红,让黑喇嘛吃干榨尽的是我们,被剥皮吸髓的也是我们,还轮不到你姓朱的老夫子指手画脚,替那些强人们抹脂粉,涂眉毛。再说现如今,武威城里的吃屎娃娃们只要一哭闹,大人们喊上一嗓子黑喇嘛来了,他必定闭嘴,反倒是朱先生混淆是非,在这里摇唇鼓舌,败坏了诸位郡老的大好兴致。声讨毕,沈光宅瞄了一眼顾山农,又略感失望,因为少东主并不曾投来嘉许的掌声,他一直在作壁上观,表情客观而机械。不承想,凉州总教接下来的这一番话,再次触犯了众怒,将自己置于了悬崖边缘,一时间孤家寡人了起来。朱绣反击道:沈大人讲得不错,这河西大地上的武装力量，除了四郡两关一线的马家军阀之外，西有新疆的杨增新，东有基督将军冯玉祥，北有外蒙和苏俄，还不乏东洋军人盘踞在了阿拉善境内；这其中，各路土匪就像韭菜那样，割完了一茬老的，又生出新的一茬，劫掠商团，阻绝东西道路。但是纵然如此，你们也不能用黑喇嘛这个妖孽糜烂西北，用这一只死老虎恫吓凉州父老；真是荒唐至极，吓唬吃屎娃娃的招数多了，除了呱喊黑喇嘛之外，还有屠城的尕司令，还有上一回带来灭顶之灾的大地震，等等。言说至此，朱绣怕是无法无天了，郡老们先时达成的约定，包括那些禁忌的灾难话题，全然被彻底颠覆了。往事般般，马仲英的残酷血腥，地动山摇之后的萧索与疮痍，忽然像一个巨大的漩涡，将穹顶之下的郡老和乡绅们席卷了，吞噬了，根本就喘不过气来。五门十八姓的总乡约王曰信呵斥道：大秀才，即便是号丧，你好歹也要挑个日子吧？哼，今个天是少东主的保价局开张大喜，你不当喜鹊，却甘心做一只黑老鸹，你这分明是在活人的眼睛里插柴呀。秦望澜也附和道：过了这么些年，整个河西才慢慢苏息，复活了起来，但朱大人的荒谬之辞，俨然是在装聋作哑，一味地悲观。倘若连堂堂的郡老们，也抱持这种败坏的情绪，那么凉州的万千生民，又将如何苦寒度日呢？同僚们的热肝辣肠，肺腑相劝，并没有唤醒凉州总教的一点点良知，反倒促使他一根筋了起来，执拗到底：唉，可惜呀，六郡老这个议事班子，如今蜕化成了一件工具，要么抹黑河西，要么粉饰太平；依我看，它现在就是一堆虚火，一个空架子，也该到了替它叩病问诊的阶段了。锣鼓听声，听话听音，顾山农知道这是朱绣最终的爆发，但这一根火苗危险至极，稍有闪失的话，难保自己所有的用心将付之一炬，心血两空。正在顾山农思谋良策，打算开口应对之际，坏天良又像一介小丑似的，跳将出来，长叹道：

"唉，无非是凉州失信，你们才这么窝里斗。"

"凉州失信？"

朱绣愕然。

"不错，一脚踏入凉州界，便知道人世间乱了，这个地底下更不太平。"

"满嘴喷粪,你这是在恶咒么?"断喝道。

"你们凉州不失信,干么连一颗佛头也不敢接纳,拒之门外,让它漂流至今,以至于无处安放?"坏天良一提及佛头,顾山农暗自释然了,心知承平堡和自己解脱不少,获得了暂时的安全。果然,这个在河西长路上,跟着他爹老子凭嘴吃饭的家伙,天赋异禀,口舌俱佳,接续道:"武威乃河西首郡,凉州一乱,其他的郡县也被牵涉其中,难以翻身,不见太平。哼,我跟着郭大良心送了两次佛头,凉州真是不近人情,直接将我们爷父俩轰了出来。到了今天这一趟,我爹也终于赔上了性命。"

这一霎,大居士彭澹然突然睁开眼,仓皇道:"什么佛头?"

"凉州佛头。"

"在哪?法身现在何处?"

"稍等就来。"

坏天良根本不顾及这一帮门面人物的情绪,又讲了如下的故事:

大人们,我爹郭麻日,也有人称呼他郭大良心,自小就在河西一线上倒腾古物,兜售文玩,根本不会务农,靠胡日鬼吃饭。在郭麻日看来,除了天地星辰,除了生养他的亲老子之外,人世上的所有东西,大到嘉峪关的城门楼子,小到针头线脑,什么都可以作价,可以出卖。其实,我没见过我娘,也许我是石头缝里蹦出来的,也可能是郭大良心在半途上捡来的,反正从记事开始,我就像他的一根尾巴,一条影子,在祁连山下找饭吃。

几年前的一个秋上,爷父俩从墓大夫(盗墓贼)手中收购了一些杂货,正蹲在沙州城的城隍庙里叫卖,结果过来了几名僧人,请我们去吃斋饭。不承想,马车驶出了沙州城,一口气跑了五六十里地,竟然来到了莫高窟,站在了宕泉河边。郭麻日害怕了,追究这顿饭的目的,相问之下,僧人们全都哭开了,恓惶坏了,生死也不肯作答。后来,白胡子方丈出门迎我们,见爷父俩不肯赏脸,便指着远处山谷里的一座寺庙,眼睛唰地就红了。也真叫奇怪,当时头顶上干干净净的,天空亮得像一只瓦盆,但仔细一瞅,瓦盆上锔了一块补丁。原来那不是补丁,其实是一块巴掌大的云彩,扎了根似的,偏偏将大量的雨水,浇在了寺庙的头上,而附近的田舍却是干的,干得快要冒烟了。法雨寺,这个小寺叫法雨寺,命里带来的,难怪这么落怜。老方丈说,这场秋雨下了四天三夜,全寺的人都毛了,觉得这是天老爷在降罪,在惩罚,但是也无计可施。更可怕的是,寺里的一尊佛像霉变了,浑身结满了牛皮癣,味道不祥,但谁也不敢进去查看。无奈之下,他们只好派出了一辆马车,请郭大良心前来收拾一下。郭麻日不解,说我既非法官,也不是庙祝,我可不敢插手沙门中的事务,我怕天上的炸雷劈了我。见事情谈不拢,僧人们密密麻麻地跪了一地,声称法雨寺是康熙年间建造的,现在浸泡在水中,要是塌了的话,没准会给莫高窟带来无妄之灾。康熙事小,但莫高窟为大,因为千佛灵岩上站满了佛陀和菩萨,郭麻日可不想折寿,便匆忙答应了。到了法雨寺,更是奇了怪了,墙内下雨,墙外头竟然连一粒雨渣子也瞭不见,整个院子就像一座涝坝池子。郭麻日天生长了一颗日破天的胆子,他先做了一回郎中,去给佛像看病,结果发现得的不是牛皮癣,而是佛祖的木质胎身上受了潮,结满了大大小小的蘑菇,味道也不是一般。郭麻日爬上了佛像,将蘑菇全部摘采下来,擦拭完佛身子,又披上一件袈裟,方才停手。守候在寺门外的香客们实在太多了,郭麻日寻见了机会,便捧着一朵朵蘑菇,牙齿很硬地说,这根本不是蘑菇,而是佛陀施舍出来的油灯,一朵蘑菇就是一盏油灯,你们赶紧请回去供养吧。的确,蘑菇和油灯的样子太像了,不一时的工夫,呼呼呼地全都卖光了,郭麻日将这笔钱据为了己有,寺里也不好说话。按理讲,攘除了病灾,头顶上的雨水应该歇息了吧,但是不,天彻底漏了,整个寺就像掉在了井底里似的,雨还在下。在鸣沙山的旁侧,在沙漠脚下,这一场下不完的雨算得上百年不遇,古怪而神秘。

当日晚夕,爷父俩将就了一顿,和衣睡在了佛殿的香案上。后半夜的天气,佛殿里突然金光闪闪,似乎发了一场火灾,吓得人也不敢动弹。这时候就听见一个嗓子在喊,在呻唤,在求救,说松开我,快把我松开吧,我要锈死了。听了大半天,也听不出这个嗓子究竟在哪,郭麻日便硬着头皮问,说掌柜的,你好歹给我一个搭手的机会吧,要不我咋救你。话刚一停,满屋子的金光就失踪了,失踪在了香案底下。爷父俩赶紧下来，挪开了香案，竟然发现了一只木匣子，周围用拇指粗的麻绳捆绑着，扎得很牢靠。大概是寺产，外人不能无礼，爷父俩就打消了念头，准备恢复原状。可偏偏，那个嗓子又呱喊说，施主，这一场雨因我而下，你若不施救的话，天明之前法雨寺就塌了。这么着，郭麻日解开了麻绳，拆开了木匣子，里头居然装着一只佛头，金灿灿的佛头，一直在笑。爷父俩肯定吓坏了，慌忙请出了佛头，安置在了案子上，又是上香，又是磕头，直到寺墙外的公鸡开始打鸣后，窗外的雨也已经停住了。诸位大人，事出反常，必有妖孽，等爷父俩出了门，却瞭见整个法雨寺干干爽爽的，连一粒雨渣子也没有，更不曾倒塌，寺门和山墙好像被粉刷了一遍，亮得耀眼。老方丈带着一帮子光头，千恩万谢的，挽留爷父俩一定要住下，再吃半年的斋饭，等次年开了春再走。但是郭麻日并没有领情，当众翻了脸，质问这一尊佛头的来历。老方丈抠破了脑袋，又问遍了弟子们，谁也说不出个子丑寅卯，但一致认定，佛头并非本寺的供养，从品相和色泽上看，年代要久远，没有一千岁的话，至少六百岁能保底。这么着，郭大良心提议，干脆邀请周边各个寺门的当家人，在法雨寺来一个三堂会审，澄清这颗佛头的底细。

　　到了那一日，开元寺的住持拖音，雷音寺的住持释上人，下沟寺的方丈圣光，总之来了七八个高僧，气冲冲的，全是问罪的架势。这场雨下得蹊跷，停得也奇怪，敦煌境内的香客们舍不得这个场面，纷纷赶来听稀罕，简直围成了一座山。查问了半天，谁家也不曾丢失过佛头，更不是哪个香客以前寄存下的，况且木匣子落满了灰土，说明事发已久。天老爷，一向高傲的敦煌佛门，居然被一颗来历不明的佛头攻陷了，这有点意外，也有点难看。商量不出结果，高僧们当天晚上留宿了一夜，突然就出现了奇迹。早课罢后，高僧们坐在一起喝米汤，先是释上人说，他在后半夜做了一个怪梦，梦见佛头哭了，啰唆了好几个时辰，明显不祥。圣光方丈说，他也做了这个梦，大体上一致，但总归是梦，不可尽信，也不可不信。待其他的当家人挨个儿讲完，开元寺的拖音才开了口，说这是佛头给大家托的梦，一样的梦，他自己也不例外，至于为何那般痛哭，八成是佛头在求救吧。这话一说，几个当家人吓白了脸，赶紧撂下饭碗，连滚带爬地冲进了佛殿，围在了香案旁，揭开苫布一瞧，佛头的嘴角上正在淌血，淌个不停。没了办法，高僧们当即设坛作法，开始念经。约摸到了午饭前后，佛头消停了，血也止住了，嘴角上露出了一点笑，好像他的心思实现了。

但是，佛头只是佛头，佛头没了身子的话，哪个寺庙也不敢接纳。

拖音法师是个博物君子，又是敦煌佛门的第一号人物，河西人全都知道。他把自己关在佛殿里，待了整整一夜，最后红肿着眼睛出来了，揭开了谜底。法师说，佛头是凉州的，如今的万全之策，就是趁早归还给凉州，否则河西一线山河不宁，民众动荡，没有一天的好日子可过，务必从速。伴当们问，说凉州的佛头，干么跑到了莫高窟，这是谁唱的一折子戏？再者，佛头是谁请来的，法雨寺上上下下，怎么一概不知，却突然多了这一口子圣人？法师说，佛头是来避难的，佛头一个人徒步走来，藏匿在了法雨寺，因为河西首郡连年大乱，军地龃龉，纷争不止，以至于殃及了另外的三县两关，假如佛头不含愤出走，保全这一根脉息，难道还要等着上刑，一起玉石俱焚么？有人开始弹牙茬，说天老爷，这日头明光光的，法师你咋说夜黑里的话呢？就这么一尊佛头，一没有脚，二没有腿，他又是如何从凉州走到了敦煌，这上千里的长路，一般人可都吃不消呀？拖音法师突然动了怒，眼泪也淌了下来，盯住了瓦盆一样的天空，对大家开示说，你们可以不信，但我信，佛陀就坐在天上，这祁连山下的每一寸泥壤，本应该是布满了无限慈悲的莲花大地，如今却支离破碎，兵火不断；法雨寺的那一场大雨，其实就是佛陀哭下的眼泪，在洗刷人世上的罪孽，你们快点醒悟吧。见众人不动弹，法师又说，即便没有腿脚，佛陀也可以自由行走在这一条河西长路上，哪怕没有身子骨，这眼前的每一缕风，也都是佛陀的翅膀，因为这终究是圣人的天下，总会有太平澄明的那一日。一个香客挤了进来，说佛头是走来的，现在就让他自己走回凉州去吧，我们也借机开了眼，见证了佛陀的法术，岂不更好？法师摇头说，佛陀走下的每一步，其实都是莲花脚印，一般的俗身肉眼根本就看不见，此番为了凉州，也为了四郡两关的庶民百姓计，务必要挑选一两个可靠之人，背着佛头东去，也好让佛陀一路上脚不沾尘，扪心静养，将来以不凡的法相进入武威城。郭麻日不愧是郭大良心，当即请命，由我们爷父俩跑一趟凉州，一切所需，均由个人打理，不支取任何报酬。拖音法师应允了，其他的高僧们也没有意见。

送佛头，这件事成了敦煌的头等大事，简直比正月十五的庙会还要热闹。

法雨寺专门请来了木匠和雕工，连夜打了一座佛龛，又做了一副背笼。佛龛戴着一顶云帽，四面雕刻着海螺、宝瓶、莲花和法轮，上了三遍明黄色的油漆，慢慢晾干了。拖音法师带着莫高窟的大小僧侣，不打瞌睡，念了一天两夜的大经，又以敦煌诸寺的名义，撰写了一封《敦促凉州佛门尽早整刷内务》的书信，揣在了郭麻日的身上。那天子夜，拖音法师特地回避了香客们，喊了一声起驾，便和另外的高僧们一道，将爷父二人送到了宕泉河对岸，匆匆作别了。郭麻日背着佛龛，我跟在爹老子的屁股后面，白天躲日头，夜黑了才赶路，好像跟以前不大一样，我们中间多了一个圣人，一位佛陀，心里也踏实得没有办法。有天早上，天麻麻亮，大概离瓜州不远了，前面的干滩上突然出现了一匹白马，还有一座白色帐幕。走近了一瞧，竟然是拖音法师，另有两个小和尚。佛龛被迎请进了帐幕里，摆上了净水和香火，法师也不多言，丢下爷父俩在外面吃馍馍，他自己一个人在礼佛。礼佛就礼佛吧，法师却哭开了，在四野八荒当中，哭声很瘆人，谁也不敢去劝他。有个小僧说，真是奇怪了，住持也许真的长了一双法眼，认得佛陀留下的莲花脚印，否则这天远地偏的，怎么就截住了你们。另一个说，这是最后一趟送行，佛头东去，我们也该折返西行了。后来，帐幕中的哭声停了下来，我们只听见法师一个劲地在嘟囔，说的全是车轱辘话，不飞之蛇，不飞之蛇，不飞之蛇，总之只有这么一句，连多余的一个字也没有，实在听不懂意思。呃，对了，法师是外乡人，他的口音一向夹生，这也怨怪不了我们。

列位，总因笔墨有限，不敢敷衍开来，有关河西一代名僧拖音法师的事迹，敬请参阅作者的另外一部拙著《敦煌本纪》。这时候，坏天良模仿罢了拖音的口气，接续道：

礼完了佛，法师走出了帐幕，先是送了一袋子酥油炒面，又送了几个苹果，叮嘱爷父俩每天献上一次，不要让佛头嘴干口渴了。郭麻日实在忍不住，说这么个哑巴佛头，一无声息，二不言传，就算把果子献上了，恐怕也是无福受用，又何必多此一举。法师说，听着，佛头只不过是暂时睡着了，等你们一跨进凉州界，佛头一定就会醒来；到了那时候，凉州有救了，整个河西全境也就活转了过来，千万要仔细才是。郭麻日难肠坏了，说凉州那么大，十万八千户人家，这尊佛头究竟要送给哪一家寺、哪一扇门，法师你总得说一句明话，也好让我们的腿脚有一个去处吧。这么着，法师的口中又嘟囔起了那一句车轱辘话，不飞之蛇，不飞之蛇，啧啧，听着像咒语，又像隔夜的醉话。念完后，法师骑上那一匹白马，留下了一句开示，说你们去吧，佛头自然会指路的，佛头知道自己的驻锡地在哪个寺、哪个门、哪个大殿里，根本不必我这个弟子多嘴。临走的时候，法师抱住拳，冲着凉州的方向上作了一揖，脸色突然阴沉，发下了狠话，说既然佛不担当，佛也在逃避，那就由人来承担这一桩罪孽吧，只是这个人将要蒙受不白之冤，恐怕他会被压在祁连山下，一辈子也难以洗脱身上的恶名。法师又哭下了，扯着嗓子呱喊，说天各一方，山远路长，凉州的这位仁义之兄，怨拖音不能亲自前往，帮你吆喝道场，替换一下你的肩膀，万望你善自珍重，一切都逢凶化吉，遇难成祥，力争做一介人世上的金刚勇士。大人们，拖音法师后来的几句话就像一锅糨子，黏黏糊糊的，反正我也听不懂，不说也罢。

言毕，坏天良感觉嗓子冒烟了，随便捉住了半碗凉茶，张开了嘴。气候骤寒，穹顶下，一个个郡老和乡绅泥塑着，膝盖旁是烧红的铁炉子，炭火撕裂，呼呼作响。这些门面人物一直听得入了迷，先是老虎蛋，接着是佛头，但是到了最后，却咂摸出了一种异样的滋味。小丑，混账，挨刀的，半脸汉，大家虽然都在心里骂，可碍于少东主顾山农在场，谁也不肯站出来驳斥，替凉州挽回一些颜面，除了自视甚高的总教大人。这么着，朱绣开腔道：

"哼，它鼻屎大的敦煌县，凭个啥，竟敢轻慢我河西首郡？"

坏天良辩解说："大人，我只是个跑腿传话的，你可别棒打无辜呀。"

"呸！俗话讲，钱越带越少，话越带越多，你就是这样的贼骨头。大人不记小人过，在我将你逐出凉州之前，我再来问你几句话。"朱绣热腾腾的，鼻脸上罩着一层热气，仿佛他的内里当中，单独架了一只火炉子。又问说："你们爷父俩给凉州送佛头，一共几次？"

"回大人的话，这是第三趟。"

"前面两次折了？"

"正是。第一趟来的时候，武威城关闸落锁，自身难保，城头上连一根柴烟也瞭不见。因为尕司令的队伍就在城外，你们正在跟那个杀人的阎王讨价还价，吓得我们爷父俩掉头跑了，藏在了山丹贡马场，躲了有大半年。第二次是天灾，这怨怪不得旁人，几条河全都发了洪水，桥断了，连一只筏子也寻不见，我们又折返回去，在肃州一带混饭吃。"坏天良掰着指头，仔细道，"如今是第三次，虽说站在了凉州地界上，但武威城的门实在难进，所以一听说大人们在沙山上过节，我就没皮没脸地寻了过来。"

旁侧里，顾山农弯下腰，拾起了几块精炭，丢在了炉膛内，趁着火舌扑闪的那一刻，偏过了头去，暗自一笑。顾山农心说，真是人小鬼大，这个坏天良虽然啰里啰唆的，但刚才的这一句辩白，绝对是板上钉钉的话，一锤定音，彻底切割了他本人跟承平堡的关系，挂碍皆无，后患不再了。恍惚中，顾山农甚至觉得，即便红柳丛中那些盯梢的耳朵追了过来，此刻就藏在帐篷之外，恐怕他们的心思也统统枉费了，听不出什么名堂吧。神圣小丑，可堪大任。这么一思想，顾山农登时轻松了不少，积攒了多时的心病与焦虑，仿佛被一股炉火燎光了，深知机密犹在，不曾泄露。

岂料，朱绣却仍不罢休，激愤地说："武威城四门大开，太平天下，童叟无欺，你可不许当众喷粪，抹黑我凉州呀。"

"唉，大人息怒。这个门难进的原因么，并不是凉州心冷，不懂礼数，怪就怪在这一尊佛头，突然间生发出了一种法力，根本不愿意进城。"话说至此，坏天良做出了一个背起背篓的姿势，似乎万钧之力压在了他的身上，抬不起腿脚。又说："也真就邪门了，佛头一路上都是轻飘飘的，可越是接近武威城，它就越重，好像心里气呼呼的，难肠死我了。"

"难道佛头是嫌排场不够，凉州慢待了它么？"

"天老爷知道。"

"凉州也是皈依之地，岂有亵渎之事，我不相信。"朱绣截铁道。

"对了，我这下想起来了，另一个原因恐怕是凉州今天要杀人，佛陀不忍心害命，又怕沾上血腥气，所以施出了法力，不想进城。"坏天良的口气蓦地冷寂起来，犹如一场夜晚的霜降，落在了帐篷顶上，令诸人寒瑟无比，不知所措，"上半天时，我背着佛头刚刚走到了北城门，突然看见几辆囚车游完了街，驶向了郊外的法场。听路人们说，军部要杀人了，一毙就是十来个。也难怪押解囚车的不是武威县的步警和马警，而是新城大营的宪兵队，沿路上一直在放枪，吓死人了。"

顾山农头皮骤麻，仓皇地问："呔，囚车里的是什么人，你认下了没有？"

"几个儿娃子。"

"儿娃子？"

这一霎，顾山农预感不祥，一种尖锐的憎恶感，涌集在了心头。在顾山农看来，这个小丑既像一个庇护者，又是一个揭发者。前半个时辰，他用了伶牙俐齿，天玄地黄了一通，掩盖住了承平堡最机深的秘密；可转瞬之后，他角色突变，又扮演了一只报丧的老鸹，当众聒噪，分明是在给顾山农本人吹唢呐，挫骨紧皮罢了。顾山农也不必猜解，偌大的武威城内，值得让军部亲自动手，让革命军如此兴师动众地行刑的对象，除了弟弟惊白和他的那几个狗皮袜子伴当外，实在掐算不出另外的人选。也或许，坏天良这种走社会的角色，惯于两头吃，谁也不想得罪，只不过他说出了亲见的一幕，陈述了事实。顾山农被这种不祥瞬间攫取了，便有了起身下山、从速回家的念头。但是接下来的经历，却应验了那一句老话，坏事不是一个人来的，坏事往往成群结伙，再一次重挫了顾山农，几乎让他的这半生，堕入了最黑暗的时刻。显然，旁侧里的朱绣并不曾觉察到少东主的异状，以及他内心的惊惧，依旧踱着步，板起了寡瘦的面孔，盯住坏天良不放，厉声叱问说：

"你个碎鬼，你妖言惑众了半天，可你刚才进门时，却是白手来的，身上并无佛头呀？"

"不必，佛头自己会走。"

总教大人怒了："伙计呢？承平堡的伙计呢？快把鞭子给我拿来。"

"哎哟，我这个吃热屎的，这回真的被大人你的冷屁股给伤着了。"坏天良狡黠一笑，牙齿很硬地说，"佛头有佛头的本事，就算我的脊背不是一张供桌，他也会跟我莫逆一气，生死不离。我寻到了这里，我找见大人们，就为了问一句话，凉州接纳不接纳它？"

"倘若真是凉州的法身，我等必定要亲自护送入城，这还轮不到你操心。"朱绣答复道。

"那好吧，既然凉州如此慷慨，我也算终于对敦煌、对拖音法师有了一个交代。"说着话，坏天良踅到了帐篷的一隅，突然伸手，揭开了一块苫布，露出了一副斑驳陈旧的背筐，释解道，"你们来瞧，佛头自己刚刚进门的，我并没有扯谎。"

一时间，众人皆惊，纷纷拢了过来。

谁也不肯相信，在这座人头丛聚的穹顶下，这么大的一只背筐，究竟是如何蒙混过关，跻身于帐篷当中的，好像它本来就是座中的一员，凉州的某位郡老。人们面面相觑、几番思想之后，这才认定除了奇迹，除了佛陀的无边法术之外，的确也没有更好的理由。不待凉州人迎请，坏天良从背筐中扯出来一包衣裳，三七不问，迅速穿戴妥当了，竟然是一身孝服。在众人错愕的目光中，坏天良膝盖一软，突然跪在了地上，泪下如雨，朝着北疆的方向，结结实实地磕下了三个头，祷告说：

"爹，你就干脆瞑目吧！佛头到了凉州，佛头回家了。"

大居士彭澹然也哭开了："娃子，我现在好歹信了你的话，为了奉还这一尊佛头，果真搭上了你爹老子的性命。凉州亏欠了你，凉州也亏欠了郭大良心。"

"也是，也不是。"坏天良澄清道。

"这又咋说么？"

"是这，在西山口的时候，黑喇嘛不念旧情，突然对我们爷父俩翻了脸，射杀了我爹老子。幸亏我的脊背上有这一尊佛头，也幸亏黑喇嘛信佛，信得比谁都深，所以才放了我一条生路，让我赶紧背到凉州，送还给你们。"坏天良声嗓哽咽，泪水打湿了半个襟子，又哀告说，"但是，黑喇嘛那个贼也是有言在先。他警告我说，假如凉州人安顿不好这尊佛头，让它身子姓了张，脑袋姓了王，土匪们照旧会杀了我的。"

朱绣失声道："你意思是说，黑喇嘛已经进了武威城？"

"我不敢打包票，但他确实像一只鹞鹰，就在凉州的头顶上盘着。"

"娃子，你千里送佛头，你现在就是凉州的客人，凉州绝不会失了礼数，亏待了你。"朱绣躬身一揖，又瞥望了一眼埋首不语的顾山农，擅作主张地说，"少东主一向慈悲心肠，承平堡目下也正在用人之际，你不妨投在他的门下，将来有一个庇护之所，安全的靠山。"

"不可。扬汤止沸，不如釜底抽薪。"

彭澹然当即反对。

"嗯，大居士乃侍奉佛祖的人，也许他有好法子。"朱绣让了一步。

"倘若让佛头归了位，身子姓了张，脑袋也姓了张，合二为一的话，不仅佛陀安生，而且还让黑喇嘛失去了冒犯凉州的借口，这才是上上之策。"大居士悠然合十，念了一番佛号，催促道，"快请佛龛吧，先把佛龛打开，让大家沾个吉，连夜将祥瑞之气带回家。"

在凉州总教的相帮下，坏天良从背篼中取出了木质的佛龛，款款地搁在了桌案上，摆放停当。果然精美异常，毫无瑕疵，在明黄色的漆光中，海螺、宝瓶、莲花与法轮栩栩如生，占据着四壁。锁扣是银制的，坏天良抽掉了盖板，将东南西北的壁板逐个放下，又慢慢地揭起了一块黄色丝绒的苫布。这一霎，一尊金光闪闪的佛头，矗立在了郡老和乡绅们的视野中，令众人屏声静气，眼珠子也不敢乱错。彭澹然心知，自己身为一介居士，大家都在等着他带头礼佛，遂掸了掸袖子上的灰尘，整理了一番衣襟。但是，就在彭澹然趋前一步，正准备叩拜的时候，意外却发生了。

佛头始终静默着，一双法眼微微睁开，打量着这个虚妄而荒凉的人世，目光慈悲，恩情广洒，一切都是人们平时熟知的表情。然而，佛头的嘴角渐渐歪了，启开了一条缝隙，一股鲜红的血水淌了下来，滴落在了桌案上，越积越多，竟然有巴掌那么大的一摊。这些血水因何而来，又携带了什么样的大悲之力，发出了怎样的愿心，刹那间就像一道巨大的谜题，究问着这些凉州的门面人物。众人骇然极了，双腿如木，逃也不是，不逃的话，又难以忍受这一尊佛头悲深愿重的疼痛，于是一个个鹅立着，拔长了脖颈子，用眼神求问着大居士。彭澹然的脑海里雾茫茫一片，也是答案空白，但是在目光痉挛的瞥望中，瞭见了蹴在门端里的顾山农，忽然忆想起了对方的仄身子嗓音。这么着，彭澹然刹那之间灵光乍现，仿佛一根霹雳划过了天庭，照亮了一切山河，所有的草木。彭澹然当即跪下了，惊喊说：

"天呐，下落有了！"

其他的同僚们也是萧规曹随，纷纷跪了一地。

"不错，敦煌的那位高僧说得没错，佛头自己会走，佛头认得回家的路。现在佛头回来了，施出了神奇的法力，用血，用了肉身的痛苦，证明给地上的信众。"这个关节上，大居士仿佛获得了一种格外的垂青，眉飞色舞地说，"诸位，我敢拿自己这一世的性命保证，佛头是罗什寺的。这也就是说，罗什寺才是这一尊佛头真正的坛场，从前的驻锡地。"

"何以见得？"朱绣诘问道。

"娃子，你刚才说，你跟你爹老子来凉州的路上，在瓜州附近被拖音法师截住了，还在一座帐幕中做过临时的法事。"彭澹然扯住了坏天良的胳膊，哀恳地说，"你再当着大人们的面，重复一遍拖音的话，他当时说了个啥，说了哪四个字？"

"不飞之蛇。"

"请你再说一遍。"朱绣催喊道。

"就是不飞之蛇么。"

"你这个搅屎棒子,人家明明说的是'不灰之舌',你却雌黄一气。"彭澹然讥讽道。

朱绣大惊:"不灰之舌?"

"烧不化,朽不烂,蒸不透,砸不扁,这根舌头曾经是罗什寺的镇寺之宝。"

"难道,难道这跟鸠摩罗什有关?"

"所以么,佛头终于回家了。"

"彭大人且慢,在下不才,还略微翻过几本书,稍稍知道一点不灰之舌的典故,也了解一些鸠摩罗什法师的古今。但是,容我斗胆一句,像这么一颗供人摆设的器物,无非是木质泥胎,表面贴金,寄托一番念想罢了。你又何必道德三皇五帝,功名夏后商周,非要嫁接在一代名僧的头上,替凉州粉饰一气呢?"抬杠是读书人的秉性,朱绣亦不例外,说罢了这些,感觉自己踌躇满志,内里翻滚,在这个最后的时刻,终于唱上了主角。不料,目光逡巡过去时,朱绣蓦地发现,佛头嘴角上的血水竟然不见了,一张旷远且和善的面容,带着淡漠的微笑,盯视而来。朱绣一下子慌掉了:"大居士,这是什么兆头?"

"证法。"

"天老爷,我说错话了吧?我要遭劫么?"

朱绣本来是站着的,扑通跪下了,肩膀现在和大家一般齐。

"舌头还活着,鸠摩罗什法师的舌头一直活着,不曾寂灭。"彭澹然忽然清泪长流,恓惶极了,双手合十道,"只不过为了证法,法师刚才借助了这一尊佛头,嚼了舌,流了血,让大家看个明白罢了,其实并无太大的深意。"

"证什么法?"

"信。"

"信?"

这个字犹如一块巨大的滚石,自山巅滑落而下,一路上山崩海立,飞沙走石。朱绣愣怔了半响,膝行几步,仓皇地扶住了桌案,目光紧贴着佛头,不由得忆想起了一本佛教秘笈当中的话,遂说:

"不错,鸠摩罗什当年在凉州传法时,向来有两件法宝。"

"舌血算一个，另一个是？"彭澹然明知故问。

"仄身子口音，棒喝之术。"

朱绣截铁道。

"仄身子。"大居士重复着这句话，偏过头去，瞭向了门端里，却发现承平堡的主人已不知去向，他自己原本嵯峨的内心，此刻空荒一片，格外无助。这么着，彭澹然收住了恓惶，嘴里哀告道："唉，还是敦煌的拖音法师说得对，既然佛不担当，佛在逃避，那干脆就让地上的凡人来承担吧。凉州乱局，乱了许久，这恐怕是最后的一个机会。"

夜露很重。寒冷像一件宽大的缁衣，披挂在了顾山农的身上，却仍在发抖。

交代完一些琐事，顾山农接住了管家递来的一大缸子温水，吞在了嘴里，咕噜咕噜地漱了几遍，又扑哧吐在了脚下。在清冽的夜风中，廖逢节分明嗅闻到了一股尖锐的血腥气，心里打鼓，急慌慌地问：少东主，你咋了，你嘴里流血了么？顾山农涮完了口舌，一番苦笑，嗔怪道：哼，你眼睛里有血，却来盯上了我，你赶紧顾你自己吧。管家一时狐疑，捂住了双目，不明就里。顾山农笑说：你呀你，你为了今个天的这一席茶会，熬了不知道几个通宵了，眼睛比兔子还红。是这，等一下你陪着客人们回城之后，我放你半个月的长假；你仔细歇息上一段时间，再来承平堡也不迟，否则的话，我一定给你三张惩牌。

不容管家辩解什么，顾山农突然掉头走了，下山而去，又丢下一句话说：

"快牵一匹马来，我先告辞。"